KB187720

늑대왕, 루프스

늑대왕, 루프스 2

초판 1쇄 펴낸 날 | 2018년 1월 5일

지은이 | 윤하영
펴낸이 | 서경석

편집책임 | 조윤희 편집 | 이은주, 이예진 디자인 | 신현아
마케팅 | 서기원 경영지원 | 서지혜, 이문영

임프린트 | MUSE
주소 | 경기도 부천시 부일로 483번길 40 서경B/D 3F (우) 14640
전화 | 032-656-4452 팩스 | 032-656-4453
이메일 | roramce@naver.com 블로그 | bolg.naver.com/roramce
홈페이지 | http://www.chungeoram.com

발 행 처 | 도서출판 청어람
출판등록 | 1999년 5월 31일 제387-1999-000006호
어람번호 | 제11-0072호

ISBN 979-11-04-91565-9 04810
ISBN 979-11-04-91563-5 (SET)

뮤즈는 도서출판 청어람 단행본사업본부의 임프린트입니다.

늑대왕,
루프스
II
윤하영 장편소설
MUSE

목차

1부

늑대, 소녀를 만나다

Chapter 5
탈출

헤임달의 배를 탄 알렉스는 차가운 밤바다를 헤엄쳐 지난번에 왔었던 그 해안에 도착했다. 몰래 잠입하는 것이기에 알렉스는 혹시나 공중에서 경비를 하고 있을 독수리 수인들의 눈을 피해 바위 뒤에서 긴 머리에 고인 물기를 짜냈다. 알렉스는 호흡을 가다듬었다. 지금은 저들의 감시를 통과해 토스 호무스로 가는 것이 우선이었다.

빌어먹을. 루프스.

알렉스는 주먹을 움켜쥐었다.

“죽이 되든 밥이 되든 일단 해봐야 아는 것이지.”

알렉스는 주먹을 말아 쥐었다.

⚜

"윽."

프레드릭은 감옥의 문이 잠기는 소리를 들으면서 신음을 토해내었다. 그때 이후로 다시 추국이 열리지는 않았다. 그 대신 자백을 받아내려는 고문의 빈도가 늘어났다. 프레드릭은 추운 냉궁에서 몸을 웅크렸다. 매일이 구타와 고문의 연속이었다. 그나마 밥이라도 주니 다행이었다.

"레이라……."

프레드릭은 로켓을 움켜쥐었다. 몸이 약해지니 마음도 약해졌다. 부어터진 두 눈에서 눈물이 비집고 나왔다. 프레드릭은 로켓을 움켜쥐고 흐느꼈다. 레이라가 보고 싶었다. 레이라와 자신의 아이를 보고 싶었다. 그때, 떠나지 말았어야 했다. 알렉스가 말릴 때 그 말을 들을 것을. 프레드릭은 모든 것이 후회되었다.

프레드릭은 손톱이 빠져서 힘이 잘 들어가지 않는 손가락으로 로켓을 열었다. 레이라의 얼굴이 보였다. 레이라의 머리카락에서 그녀의 향기가 났다.

"레이라…… 레이라…… 레이라……."

프레드릭은 로켓을 보면서 오열했다. 그 웃음이, 그 얼굴이, 그 향기가 모든 것이 그리웠다. 레이라를 보고 첫눈에 반했던 때가 떠올랐다. 비가 오는 날, 비를 맞으며 뛰어가면서도 밝았던 레이라가 그는 좋았다. 고아임에도 씩씩하고 항상 한 사람 이상의 몫을 해내는 레이라가 그는 좋았다. 프레드릭은 너무 아파서 이젠 감각조차 느껴지지 않는 몸을 웅크리고 울었다.

똑. 똑.

누군가가 감옥의 돌바닥을 두드렸다. 프레드릭이 빼근한 고개를 돌렸다. 웬 나이 든 뱀 수인이 저를 바라보고 있었다. 뱀 수인은 쉬잇거리는 소리를 내면서 속삭였다.

"저기 간수들 눈치채기 전에 빨리 이쪽으로 기어와."

프레드릭은 뱀 수인의 말대로 겨우 몸을 기어서 움직였다. 뱀 수인은 손을 뻗어서 프레드릭의 몸에 치유 마법을 불어넣었다. 그는 저 뱀 수인이 누구인지 기억해 냈다. 오르페였다.

"지, 지금?"

"유채 양이 부탁한 거야. 미안하다고, 제가 어떻게든 구해주겠다고 기다려 달라더군."

프레드릭은 저 대신 채찍을 맞고 루프스의 손에 끌려간 유채를 기억해 내었다. 본인의 일만으로도 힘들 것인데, 저까지 신경 쓰는 것이 미안하고 고마웠다.

"확실히 수인의 마법은 우리들의 마법과 많이 다르군요. 프레눔의 영향을 비교적 덜 받으니."

"프레눔? 그건 뭐야?"

오르페가 중얼거렸다. 프레드릭은 감옥의 천장과 창살을 훑어보았다. 대륙에서는 구하기 힘든 프레눔으로 떡칠을 해놓은 감옥이었다. 애초에 마력 저항력이 강해 제대로 마법 비슷한 것을 구현하는 수인이 몇 없음에도 감옥은 모두 프레눔으로 만들어놓았다. 이니투스가 세운 감옥이니 마법의 두려움을 아는 그가 미리 대비를 한 것으로 보였다.

프레눔은 마력을 흡수하는 성질이 있었다. 프레눔이 가까이에 있으면 돌이 마력을 흡수해 어떤 마법을 써도 발휘되지 않았다. 그래서 마법사들을 구속할 때 목과 팔목에 프레눔으로 만든 구속구를 채우는 것이었다. 스펠은 목에서 마력이 발산되고 에어리얼로부터 공급받은 마력은 손목에서 발산되니 그곳에 프레눔을 채워 마법을 사용하는 것을 통제했다.

프레눔은 보통 근거리나 접촉된 마법만을 흡수하는데, 지금 이 감옥처럼 프레눔으로 사방이 둘러싸인 곳이라면 마력 양이 상당한 사람을 제외하고는 마법을 사용하는 것이 불가능했다. 하지만, 오르페는 수인이라 마력을 사용하는 방법이 다른 것인지 비교적 수월하게 마법을 사용했다.

"시간도 없고, 여긴 이상하게 마법이 잘 안 되는 곳이라 이 정도밖에는 못 했네."

몸이 완전히 치유된 것은 아니었지만 그래도 살 만한 수준은 되었다. 빠진 손톱도 원래대로 돌아왔고 기력도 되찾았다. 오르페는 간수들이 있나 눈치를 살피면서 자리에서 일어났다.

"여기 온도가 낮아서 중요한 약초를 저장해 놓거든, 나중에 핑계 대고 한 번 더 오겠네. 그때까지 몸조리 잘하시게."

"감사합니다."

프레드릭이 잔뜩 쉰 목소리로 대답했다.

"유채 양에게도 안부 전해주세요."

"……알겠네."

오르페는 조금 어두운 얼굴로 고개를 끄덕였다. 오르페는 냉궁에 들어온 핑계대로 제가 저장해 놓은 약초를 한 움큼 집어다가 주머니에 쑤셔 넣었다. 그는 근심이 가득한 얼굴로 지키고 서 있는 병사들에게 약초 한 뭉텅이를 보여주고 냉궁을 빠져나왔다.

"이거 정말 걸작이군. 사랑에 눈이 멀어서, 저를 죽이려고 했던 자를 변호해?"

토모스의 말을 루프스가 헛소리로 넘긴 줄만 알았다. 그러나 그게 아닌 모양이었다. 유채가 프레드릭의 이야기만 꺼내면 루프스는 격하게 반응하였다. 그리고 그것에 피해를 입는 것은 유채였다. 프레드릭 이야기를 잘못 꺼냈다고 루프스는 블루벨의 출입을 막았다. 그 가여운 아가씨의 유일한 낙이 귀여운 토끼 꼬마를 보는 것인데 그걸 막아버린 것이었다. 그 덕분에 유채는 눈에 띄게 불안해하였다. 몸도 안 좋은 아가씨가 마음까지 불안정해졌으니 큰일이었다.

요즘 루프스의 기세가 무시무시해 아무도 그를 말리지 못했다. 오르페는 한숨을 푹 내쉬었다.

⚜

"바실리사님."

"응?"

추국이 있은 지 일주일을 넘어 이 주를 향해 가고 있을 때였다. 이제 3월이 되었고 아직 날이 풀리지는 않았지만 서서히 봄이 오고 있었다. 그러나 바깥과 달리 유채의 마음은 찬바람만 부는 겨울이었다. 바실리사와 티타임을 가지던 유채는 진지하게 입을 열었다.

"혹시, 혹시 말이에요. 만약의 경우에 블루벨을 루프스로부터 보호해 주실 수 있나요?"

"갑자기 왜?"

"요즘…… 조금 불안해서요. 루프스가 블루벨에게 해를 입힐 수도 있다는 생각이 들어서……."

루프스는 유채를 협박하는 데에 블루벨을 이용했다. 이번에도 정말로 블루벨의 출입을 막았는데 나중에는 블루벨에게 상처를 입히거나, 죽이겠다고 협박할 것이 두려웠다. 루프스는 실제로 그렇게 할 수 있는 남자였다. 유채는 소름이 돋은 팔을 쓸었다.

"만일 무슨 일이 생기면 블루벨을 보호해 주세요."

"알겠어. 그럴게."

바실리사는 간절한 유채의 표정에 고개를 끄덕였다. 제가 루프스보다 약하긴 하지만, 그렇다고 만만하지는 않았다. 블루벨 하나 정도는 그 녀석으로부터 지킬 수 있을 것이다.

"감사합니다."

"뭘, 이런 것 가지고, 내가 더 도와줄 수 없어서 미안하지."

바실리사는 유채의 초췌한 눈동자를 바라보았다. 혈색이나 몸의 상태 같은 것은 예전보다 훨씬 좋아져 있었다. 루프스가 그녀의 회복을 위해 들인 약재와 음식들의 덕이었다. 베노르 콩레수스가 막 끝났을 때보다 훨씬 나았다. 유채의 회복에 가장 큰 도움이 되었던 것은 블루벨과 오르페였다. 또 돌아갈 이유가 생긴 유채의 회복 의지도 한몫했다. 그러나 그 이유가 너무 잔인했다. 바실리사는 유채가 불쌍했다. 지금 닥친 일만으로도 힘든 아이에게 또 다른 무거운 짐을 어깨에 올려준 것이기 때문이었다.

바실리사는 유채의 가늘게 떨리는 팔을 보았다. 프레드릭 일로 블루벨을 만나지 못한 유채의 몸 상태는 꽤나 악화되어 있었다. 크게 상심한 탓인지 유채는 요즘 음식을 통 먹지를 않았다. 루프스도 눈에 띄게 마르는 유채가 걱정인지 그녀에게 여러 보양식을 구해다 주었다. 바실리사는 루프스에게 뭐가 진짜 문제인지 말을 해주려다가 그의 무시무시한 기세에 입을 다물었다.

유채를 힘들게 하는 것은 루프스의 집착이었다. 기억을 찾은 유채가 돌아가게 해달라고 애원한 뒤로 그의 집착이 보다 심해졌다. 궁녀들이 떠드는 말을 듣기로는 유채를 만나기만 하면 품에서 떼어놓지를 않는다고 하였다. 제 무릎에 유채를 앉히고 연인 대하듯이 귀에 속삭이거나 뺨에 입술을 맞추고 목덜미에 얼굴을 묻고 지분거려서 보는 수인들이 민망할 지경이라고 하였다.

유채를 절대로 놓아주지 않겠다는 듯이 루프스는 그녀를 향한 소유욕을 보였다. 그게 유채를 힘들게 했다. 언니를 위해서 돌아가야만 하는 유채를 막는 루프스의 집착이 그녀를 힘들게 했다. 유채는 정신적으로 지쳐 갔다. 토스 호무스의 궁에서 가장 아름답게 꾸미고 있는 것이 유채였지만 그 속은 아니었다. 바실리사는 유채를 보면서 한숨을 내쉬었다. 유채는 한 손으로 떨리는 다른 손을 꼭 붙잡아 떨림을 감추고 있었다.

"난 네가 마음에 들어."

바실리사가 유채의 떨리는 손을 감싸 쥐었다.

"그래서 미안해. 난 네게 해줄 수 있는 일이 없어. 펠릭스 다우스는 루프스의 소유물이고 난 엄밀히 말하면 그에게 복속된 신하거든."

"괜찮아요. 저 때문에 피해 입으실 수도 있으니까 이해해요."

"언제 한 번은 꼭 도와줄게, 내가 정말 미안해."

유채는 바실리사의 따뜻한 말에 비집고 나오려는 눈물을 애써 참으면서 자리에서 일어났다. 유채가 방을 나서자 헤나의 일을 도우며 유채를 보기 위해 바실리사의 방 근처에서 얼쩡거리던 블루벨이 폴짝폴짝 뛰어 유채에게 달려왔다. 유채는 블루벨을 꼭 끌어안았다.

"잘 지냈어? 어디 아픈 곳은 없고?"

"예! 헤나님 일을 도우면서 지냈어요. 유채님은요?"

"난 괜찮아."

유채는 블루벨의 작은 손을 잡았다. 유채는 독을 먹고 깨어난 그날 이후로 마음을 강하게 먹었다. 제가 늦게 돌아가면 언니가 죽을 수도 있다. 확실한 때를 기다리겠다며 늦장 부릴 여유는 더 이상 없었고 알량한 자존심을 지키겠다고 고개를 빳빳하게 치켜들 수 없었다. 일단 이 궁부터 빠져나가야 했다.

"블루벨."

"예?"

"만약 나한테 무슨 일이 생기면 당장 바실리사님에게 뛰어가."

"왜요? 왜 무섭게 그런 말을 하세요……."

"약속해, 블루벨."

유채가 블루벨의 붉은 눈을 마주 보았다. 블루벨은 결연한 빛을 띤 유채의 눈이 너무 두려웠다. 유채에게 무슨 일이 생길 것만 같았다.

유채는 블루벨의 어깨를 움켜잡으면서 대답을 재촉했다. 블루벨은 고개를 끄덕였다.

"유채님께 무슨 일이 생기면 바실리사님께 갈게요. 약속해요."

"고마워, 블루벨……."

유채는 블루벨을 끌어안았다. 블루벨도 유채의 등을 마주 안았다. 너무나도 마른 등이 가여울 정도였다. 블루벨은 지난번 유채와 루프스가 하는 이야기를 엿들었다. 유채의 언니가 아프고 유채만이 그녀를 치료할 수 있는 무언가를 줄 수 있다는 이야기에 크게 놀랐다. 블루벨은 유채와 헤어질 날이 얼마 남지 않았다는 것을 직감했다.

블루벨은 유채가 떠나지 않기를 원했다. 유채가 이곳에 남아서 지금처럼 저와 친구로 지내기를 원했다. 하지만 아무리 유채가 좋다고 해도 그녀를 잡을 수는 없었다. 블루벨에게도 엄마와 동생들이 있듯이, 유채에게도 부모님과 언니가 있었다. 헤어지는 것은 슬펐지만, 그래도 유채가 언니를 구하지 못했다는 자책감 속에 고통스러워하는 것보다 제가 조금 슬픈 것이 더 낫다고 생각했다.

"전 유채님 많이 그리워할 거예요."

블루벨이 속삭였다.

"인사 못 하고 떠나셔도 돼요. 대신에 그곳에 가서도 저 기억해 주셔야 해요? 저도 여기서 유채님을 기억할게요. 만약 딸 하나 낳으면 그 딸에게 유채님의 이름을 지어줘도 되지요?"

"응……."

유채는 눈물을 억지로 참았다.

"정말 고마워, 난 블루벨이 없었으면 진작 죽었을 거야. 블루벨이 나를 구한 거야. 네가 너무 그리울 거야. 너만은 잊지 않을게. 약속할게."

"히히, 유채님은 진짜 울보예요."

블루벨이 유채의 검은 머리카락을 쓰다듬었다. 유채는 포옹을 풀고 일어나 얼굴 표정을 정리했다.

루프스가 저를 불렀다. 최대한 빨리 이곳에서 나갈 기회를 만들기 위해서는 되도록 그 남자에게 잘 보여야만 했다. 유채는 자존심을 모두 버렸다. 지금은 자존심보다 언니의 목숨이 더 중요했다. 유채는 블루벨과 함께 온실까지 걸었다.

"기다리고 계십니다."

유채는 궁녀가 열어주는 문으로 온실로 들어갔다. 블루벨과는 그 앞에서 헤어졌다. 온실은 예전에 보았던 것처럼 푸르름이 가득했다.

"악!"

커다란 손이 유채의 팔목을 잡고 잡아당겼다. 유채는 그 힘에 이끌려 바닥에 엉덩방아를 찧었다.

"뭐, 이리 늦나?"

루프스였다. 풀밭에 누워 있던 루프스는 유채의 허리를 끌어당겨 그녀의 무릎을 베고 누웠다. 유채는 루프스의 비위를 맞추기 위해서 애써 표정을 관리하면서 그의 은빛 머리카락을 쓸었다. 머리카락을 만져 주는 것은 루프스가 좋아하는 것 중 하나였다.

"좀 많이 먹지? 일부러 수고롭게 마레 위르들이 먹는 음식들도 구해주는데, 이렇게 계속 마르면 어떡하나?"

"별로 입맛이 없어요."

"그래도 노력해서 좀 먹든가. 이렇게 말라서는 꼭 나뭇가지 같군."

루프스는 유채의 얇은 허리를 감싸 안았다. 그녀는 최근 수상하단 생각이 들 정도로 태도가 부드러워졌다. 포옹을 하면 마주 안아주었고 볼에 입술을 맞출 때도 예전처럼 피하려 들지 않았다. 그가 부르면 군소리 없이 빨리 왔고, 그의 손길에도 더 이상 과민반응을 보이지 않았다. 물론 그도 바보는 아닌지라 유채가 진심으로 그러는 게 아님은 눈치챘다.

처음에는 변한 태도가 마음에 들었다. 하지만 시간이 지날수록, 유채가 고분고분할수록 루프스는 점점 불안해졌다. 유채는 마치 가면을 쓴 것처럼 행동했다. 그렇게 행동하길 바랐던 것은 자신이기에 이제 와 그러지 말라고 할 수도 없었다. 지금의 유채는 손만 대면 바람처럼 흩어질 것 같았다. 그래서 불안했다.

유채가 프레드릭의 이야기만 하지 않으면 그는 최대한 그녀에게 다정하게 굴었다. 암컷들은 예쁜 장신구를 좋아한다는 바실리사의 수다를 떠올린 루프스는 장인들을 닦달해서 주문한 공예품들을 유채에게 선물했다. 지금 그녀의 머리에 꽂혀 있는, 금을 세공해 루비로 장식한 나비 모양의 장식이 그것이었다. 유채와 꽤 잘 어울려 루프스는 장인들에게는 웃돈까지 얹어서 보답하였다.

젤다 사건 이후로는 괜찮지만 혹시나 궁녀들에게 괴롭힘을 당할까 봐 헤나를 통해 경고도 내려놓았고 입는 옷과 먹을 것 모두 유채의 취향에 맞도록 세심하게 신경을 썼다. 제 꼴이 마치 암컷에게 구애하는 것만 같았지만, 그는 그냥 넘겼다. 이래야만 마음이 편했다.

"이곳도 살 만하지, 레티티아?"

루프스는 유채를 올려다보며 말을 던졌다. 그의 은빛 머리카락을 매만지던 유채의 손끝이 순간 굳었다.

"네가 그곳에서도 잘 자란 건 알겠지만, 여기와는 비교가 되지 않을 거다. 여기에 계속 있으면 어떤 수인도, 마레 위르도 부럽지 않게 여왕처럼 살 수 있어. 내 비호 아래서."

루프스는 유채의 볼을 매만졌다. 손가락 끝에 감기는 유채의 아기 같은 피부의 촉감이 좋았다.

"그러니까, 돌아가지도 못할 그곳은 잊어. 이곳에 계속 머물러."

유채는 루프스의 말이 소름 끼쳤다. 어떤 게 그의 본모습인지 의심되었다. 술에 취해 동생의 이야기를 꺼냈던 애잔한 그인지, 아니면 제 동생의 죽음에도 무감각한 그인지.

"……알겠어요."

유채는 루프스의 심기를 건드리지 않기 위해 거짓말을 했다. 루프스는 떨리는 목소리와 지나치게 굳어 있는 몸짓에 그녀가 거짓을 말하고 있음을 알아챘다. 그래도 루프스는 그것이 진심이라고 믿기로 하였다. 제가 얼마나 잔인한 것을 요구하는지 알면서도 그녀의 눈빛을 외면하기로 했다.

루프스는 일어나 앉아 유채의 턱을 붙잡아 제 쪽으로 끌어당겼다. 유채의 검은 눈이 그를 약간 비껴서 응시했다.

가족을 잃었던 그의 경험에 비추어보아서도 유채를 놓아주는 것이 옳은 일이지만, 그의 마음이 그것을 원하지 않았다. 이성적으로는 이해를 하는데 유채가 돌아가겠다는 말만 하면 눈이 뒤집어졌다. 아무런 이유도 없이 그녀를 잡아야 한다는 생각만이 그를 잠식했다. 루프스는 이성을 따르기보다는 감정을 따랐다.

하지만 딱 하나, 알량한 양심은 유채를 보내지 않겠다고 결정한 그를 비난했다. 루프스는 양심의 작은 소리마저 외면했다. 루프스는 이 질척한 감정이 무엇인지 굳이 알려들지 않았다.

그는 유채의 몸을 끌어안았다. 유채는 헥터의 기억이 떠올라 떨리려는 몸을 필사적으로 막았다. 루프스가 제 얼굴을 유채의 목에 깊숙이 묻었다.

"이렇게만 있어. 그곳이 생각나지도 않게 해줄 테니, 여기에 있어."

루프스의 낮은 목소리가 유채에게는 뱀이 몸을 휘감는 것처럼 소름 끼치게 느껴졌다. 루프스는 입술로 유채의 목의 혈관에서 느껴지는 박동 수를 재었다. 그리고 그녀의 볼에 입을 맞추고 고개를 들었다.

유채가 머뭇거리다가 입을 열었다.

"나, 프레드릭 씨 면회하고 싶어요. 면회하게 해줄 수 없나요?"

"면회?"

루프스의 눈썹이 꿈틀거렸다. 또 프레드릭이었다. 화를 내려 한 루프스의 눈에 유채의 비쩍 마른 팔이 덜덜 떨리는 것이 보였다. 루프스는 입술을 깨물었다. 그래, 한 번쯤은 봐줘도 될 것이다. 루프스는 끓어오르는 화를 억눌렀다.

"토모스가 말한 거 다 거짓말이에요. 프레드릭 씨는 부인도 있고 곧 태어날 아기도 있어요. 조금만 더 조사해 보면, 프레드릭 씨가 무죄라는 증기가 나올 거예요. 그러니까, 나 프레드릭 씨 한 번만 면회하게 해줘요."

유채는 루프스의 팔을 잡고 간절하게 말했다. 탈출하기 전에 프레드릭의 일은 꼭 해결해야 했다. 제가 탈출하면 루프스가 그를 죽일지도 몰랐다. 프레드릭에게 받은 도움이 많기에 유채는 그를 살리고자 했다.

루프스는 유채의 간절한 눈을 보았다.

"정말이에요. 토모스는 날 한 번도 본 적이 없는데, 어떻게 그런 걸 알겠어요. 그러니까……."

"알겠다."

"예?"

"면회시켜 주겠다고, 뭐 어려운 일도 아닌데."

유채는 놀라서 눈을 크게 떴다. 이제 프레드릭을 구할 수 있는 길이 생길지도 모르겠다는 안도감에 유채는 표정을 풀었다. 그 안도감은 기쁨으로 바뀌어서 유채는 저도 모르게 웃고 말았다. 루프스는 유채의 웃는 얼굴에 멍청한 표정을 지었다. 루프스는 유채의 볼을 부드럽게 감싸 자신의 쪽으로 돌렸다. 그녀의 얼굴에서 순식간에 웃음이 사라졌다.

"한 번 더 그렇게 웃어봐."

"예?"

"아까처럼 웃어보라고."

"복사기도 아니고 사람이 어떻게 똑같이 웃어요."

유채는 루프스의 요청에 반쯤은 건성으로 대답했다. 그의 입술이 유채의 입술에 닿았다 떨어졌다. 새의 깃털이 쓸고 지나간 것 같은 가벼운 입맞춤이었다.

루프스는 자리에서 일어나서 유채가 일어서는 것을 부축해 주었다. 그는 유채의 왼손에 깍지를 끼고 그녀의 손가락의 둘레를 재었다. 반지를 만들 예정인데, 지금은 마른 상태이니 이보다 크기를 좀 더 키워서 만들면 될 것이다.

"지하 감옥의 간수들에게 말해놓을 테니, 때가 되면 그들을 따라가서 프레드릭을 보고 와라. 삼십 분 정도만 주겠다."

기껏해야 얼굴만 보고 나올 시간을 기대한 유채는 삼십 분이라는 예상보다 긴 시간에 적잖이 당황했다. 루프스가 유채를 끌어안고 그녀의 귓가에 나지막하게 속삭였다.

"밤에 얌전히 기다리고 있어. 줄 게 있으니."

루프스는 유채의 관자놀이에 입을 맞췄다. 유채는 프레드릭을 위해서 그것을 참았다.

"이쪽으로 오시면 됩니다, 레티티아님."

유채는 두터운 외투를 입고 늑대 수인의 뒤를 따라갔다. 늑대 수인은 유채를 계속 힐끔힐끔 돌아보았다. 예쁘다, 예쁘다 소문만

들었지 이렇게 가까이서 본 것은 처음이었다. 정말 운이 좋았다. 원래대로라면 간수장이신 리사님께서 안내해야 했다. 하지만, 다른 지하 감옥 쪽에 수형자들끼리 집단 난투극이 벌어져 리사님께서 그들을 진압하기 위해 급하게 가시는 바람에 그가 단독으로 유채의 안내를 맡게 된 것이다. 지하 감옥에서 일하는 그는 당연히 내궁에서만 생활하는 유채에 대해 무수한 소문만 들었던 터였다. 바깥에서 일하는 아는 병사들과 궁관(宮官: 남자 궁인)인 형들이 예쁘다고 난리를 쳐서 기대를 많이 했는데, 기대치를 훨씬 뛰어넘는 외모였다. 청초한 분위기의 얼굴에 늑대 수인 암컷들 사이에서는 찾아보기 힘든 낭창한 몸매였다. 확실히 수장이나 되어야 품을 수 있는 암컷 같았다. 간수는 처음으로 루프스를 부러워했다.

"이쪽으로 쭉 가시면…… 흐억!"

검은 물체가 천장에서 뚝 떨어지더니 유채의 앞에 선 간수의 입을 막고 검을 푹 찔렀다. 유채의 얼굴에 뜨거운 피가 튀었다. 간수는 심장을 관통당한 것인지 눈을 감지도 못한 채 바로 즉사했다. 간수의 몸이 뒤로 넘어가고, 유채는 다리에 힘이 풀려서 주저앉았다.

"꺄……! 읍."

비명을 지르려던 유채의 입을 굳은살이 가득 박인 손이 틀어막았다. 유채는 뻣뻣한 목을 움직여 얼굴을 들었다. 자수정색의 눈만 내놓고 복면으로 얼굴을 가린 남자가 검을 들이댔다. 유채는 죽음의 공포에 제 입을 막은 손을 손톱으로 긁었다. 언니 때문이라도 여기에서 죽을 수는 없었다.

"유채 양."

언젠가 들어본 적 있는 목소리였다. 복면의 남자는 입술이 있는 부분에 손가락을 가져다 대고 조용히 하라는 제스처를 취하더니, 유채의 목에 겨눈 검을 거두고 복면을 벗었다.

"나예요. 알렉스 하워드. 기억하죠?"

알렉스가 유채의 입에서 손을 떼어내었다. 유채는 여기서 볼 것이라고는 예상하지 못한 인물에 놀라서 눈을 크게 떴다.

"알렉스 씨. 여, 여기는 어떻게……."

"형을 구하려고 왔어요."

알렉스는 죽은 간수의 시체를 뒤져서 열쇠 꾸러미를 찾아냈다. 그는 그것을 주머니에 집어넣고 유채를 돌아보았다.

"부탁인데, 조용히만 해줘요. 유채 양에게는 아무런 피해가 가지 않도록 할게요."

유채는 머릿속으로 상황을 정리했다. 그러니까 알렉스는 프레드릭을 구출하러 이곳에 몰래 들어온 것이다. 유채는 주먹을 움켜쥐었다. 기회였다. 유채는 간수의 시체를 치우려는 알렉스의 팔을 꽉 움켜잡았다.

"내가 도울게요."

"예? 유채 양이 어떻게……."

"나, 이 궁의 지리를 알아요. 몰래 빠져나갈 수 있는 길을 알려줄게요. 여차하면 나를 인질로 잡아서 써도 돼요."

유채는 시간이 날 때마다 궁의 지리를 살폈다. 어디서 병사들이 경비를 서는지, 언제 경비를 교대하는지, 어디가 궁녀들이 덜 지나가는지, 어디가 감시가 소홀한지. 덕분에 눈에 띄지 않고 이 궁을 벗어날 수 있는 길을 찾아낸 지 오래였다. 적당한 기회만 있다면, 당장에 도망칠 수 있도록 준비도 마쳐 놓았다. 그리고 지금이 그 기회였다.

"나도 여기서 데리고 나가줘요."

지금이 바로 탈출의 기회였다.

"유채 양, 그게 무슨."

알렉스가 당황한 얼굴로 그녀를 바라보았다. 간절하고 절박한 눈과 제 팔뚝을 손마디가 불거져 나올 정도로 움켜쥔 그녀의 손을 보았다. 유채는 다급하게 말했다.

"나, 절대로 민폐 끼치지 않을게요. 약속해요. 그러니까, 데려가 줘요. 나도 여기서 나가게 해줘요."

알렉스는 입술을 짓씹었다. 유채를 동정하지만, 애초에 이 작전은 성공하기 힘들었다. 여기까지 온 것만으로도 기적이었다. 유채를 데리고 나가려다가 오히려 프레드릭과 자신의 목숨마저 위험해질지도 모른다. 지금의 상황에서 셋이 한꺼번에 움직이는 건 위험부담이 너무 컸다. 거기다 전투가 가능한 인원은 자신 혼자였다. 하지만…….

"알겠어요. 따라와요."

그는 도저히 유채를 무시할 수가 없었다. 유채를 볼 때마다 어려운 수인들을 도왔던 아이린이 생각났다. 그래서 유채가 자꾸 눈에 밟혔다. 유채와 알렉스는 프레드릭이 갇힌 감옥으로 갔다. 프레드릭은 알렉스를 보고 경악했다.

"너!"

"입 다물어, 형. 나도 죽이고 싶은 거 아니면."

알렉스는 열쇠 꾸러미를 뒤졌다. 같은 종류의 열쇠가 너무 많아 어떤 것이 여기 열쇠인지 찾기가 쉽지 않았다.

"이거예요. 내가 간수가 열쇠를 미리 꺼내놓는 걸 봤어요."

유채가 기억을 되짚어 간수가 쉽게 찾기 위해 미리 표시해 놓은 열쇠를 알렉스에게 가르쳐 주었다. 알렉스는 반신반의하면서 그 열쇠를 열쇠 구멍에 집어넣고 돌렸다.

알렉스는 감옥 문을 열고 들어가 프레드릭의 몸을 부축했다. 유채의 부탁대로 오르페가 돌봐준 덕택에, 그의 상태는 예상보다 훨씬 나았다. 프레드릭은 알렉스의 부축만으로도 금방 중심을 잡고 걸을 수 있었다. 프레드릭은 뒤늦게 유채를 발견하고는 경악했다. 유채는 손가락을 세워서 조용히 하라는 제스처를 취했다.

"어디로 들어왔어요? 일단 알렉스 씨가 들어왔던 방향으로 모두 나가죠. 저도 삼십 분 정도는 시간이 있어요."

알렉스는 자신이 들어왔던 방향으로 둘을 안내했다. 프레드릭은 고갯짓으로 오르페를 보낸 유채에게 감사를 표한 뒤, 유채의 뒤에 서서 유채를 보호하면서 알렉스를 따라갔다. 알렉스는 마치 범죄 영화에서 하수도를 통해 탈옥하는 것처럼 냉궁의 냉기가 올라오는 통로를 통해서 감옥으로 들어왔다. 그 한기가 너무 강해서 사람이 얼지 않을 수 있을까 의심될 정도였다. 유채가 선뜻 앞으로 나가질 못하자 알렉스가 유채에게 붉은색의 작은 보석을 건넸다.

"화염 계열의 마법을 담아놓은 마법석이에요. 한기를 막아줄 테니 입에 물어요. 그리고 생각보다 이 통로는 길지 않으니까 너무 걱정하지 말고 따라와요."

"알겠어요."

유채는 입에 마법석을 물고 몸을 가볍게 하기 위해서 두터운 외투를 벗었다. 알렉스가 길을 안내할 요량인지 먼저 들어갔다. 프레드릭은 유채를 보호할 목적으로 유채를 먼저 들여보내고 뒤따라서 들어왔다. 생각보다 통로가 넓었지만 서서 지나갈 수는 없어 유채는 열심히 이를 악물고 기었다. 마법석이 효과가 있는지 추위도 느껴지지 않았다. 먼저 통로를 나간 알렉스가 밖을 살핀 뒤에 유채와 프레드릭을 끌어 올려주었다.

"어디로 나갈 거예요?"

"알렉스, 내가 혹시나 싶어 워프 마커를 새겨놓은 곳이 있어. 그곳으로 이동하자."

프레드릭은 베노르 콩레수스 때 숲에 마커를 하나 새겨놓았었다. 만일 유채가 위험한 상황에 있다면 그녀를 구해 탈출하기 위해서 새겨놓은 것이었다.

"그거 다행이네. 나도 그것 때문에 풍(風)계 계열의 마법석을 많이 챙겨왔기든. 그걸로 마력을 보충하면 되겠네. 그럼 워프 마커가 있는 근처로 최대한 이동해서 마법진을 그려서 이동하자, 형."

"어디까지 가야 해요?"

유채가 물었다.

"궁의 동쪽 끝으로 가야 합니다. 베노르 콩레수스가 벌어졌던 숲과 이어지는 메투스(Metus) 산맥 자락이 그 근처에 있습니다."

"다행이네요. 저도 그쪽이 가장 좋은 탈출 경로라 생각하거든요. 따라와요."

지금부터는 유채가 길을 안내하기 위해 앞장서겠다고 하자 알렉스가 그것을 만류했다.

"유채 양, 형이 앞장서고 제가 유채 양의 뒤를 따를게요. 이게 가장 안전합니다."

알렉스가 프레드릭에게 눈짓했다. 가장 앞장서서 가는 사람이 위험할 게 분명하지만 그래도 프레드릭은 마법사였다. 아무 능력도 없는 유채보다는 상황이 나았다. 유채를 보호해야 한다는 데에 동의한 프레드릭이 얼른 그녀의 앞에 서고 알렉스는 주위를 경계하면서 맨 뒤에 섰다.

유채는 제게 주어진 삼십 분이라는 시간 내에 최대한 멀리 이동하기를 바랐다. 그러기 위해 루프스가 선물이랍시고 채워놓은 발찌를 풀어내서 버렸다. 움직일 때마다 짤랑거릴 텐데 귀가 예민한 수인이라면 그 소리를 듣고 저희들을 찾아낼 수 있었다.

얼마나 지났을까. 갑자기 주위가 소란스러워지더니 여럿이 뛰는 소리가 들렸다. 알렉스는 프레드릭을 멈춰 세우고 벽에 몸을 붙였다.

"찾아라. 기껏 해야 삼십분이다. 멀리 가지 못했을 것이다."

루프스가 허락했던 삼십 분이 끝났는데도 유채가 돌아오지 않자, 냉궁 소속의 병사들이 냉궁으로 들어가 유채가 사라진 것과 프레드릭이 탈옥한 것을 발견한 것이다.

알렉스는 유채의 손목을 움켜쥐었다. 그리고 형을 돌아보았다.

"형, 뛸 수 있겠어?"

"다행히도."

프레드릭은 정말로 오르페에게 감사했다. 그가 아니었더라면 얼마 가지도 못하고 꼼짝없이 붙잡혔을 게 분명했다. 알렉스는 유채를 돌아보았다.

"이렇게 된 이상 몰래 가는 것은 힘들어요. 그곳까지 얼마나 남았어요?"

"조금만, 아주 조금만 더 가면 돼요."

"유채 양, 지금부터 나는 유채 양을 인질로 삼고 뛸 거예요."

알렉스가 낮은 목소리로 작전을 설명했다.

"형의 에어리얼은 하늘이 아니라 직접 공간 마법을 사용할 수는 없어요. 공간을 다루는 것은 신의 섭리를 깨는 것이기 때문에 허락받은 소수의 몇 개의 에어리얼을 제외한, 그러니까 다시 말해서, 에어리얼 하늘이 아닌 마법사들이 공간 마법을 사용하기 위해서는 마법진이 필요해요. 우리는 형이 마법진을 그릴 시간을 벌어야 하고요."

알렉스는 유채에게 설명을 하면서 프레드릭에게 단도와 마법석을 건넸다. 공간이동 마법은 마력 소모가 컸다. 그랬기에 마법석의 보조를 받아 마력을 보충 받아야 했다. 마법석의 양이 넉넉하여 그곳까지 가는 데에 크게 무리는 없을 것 같았다. 알렉스는 유채에게도 단도 하나를 쥐여주었다.

"우리는 형을 먼저 보내고 뒤따라서 달릴 거예요. 당연히 병사들은 우리를 발견할 거고, 나는 유채 양을 인질로 잡을 거예요. 그렇게 해서 형이 마법진을 그릴 시간을 벌 생각입니다. 그리고 마법진이 완성되면 우리는 그곳으로 달려야 하고요. 지금은 이 방법밖에는 없습니다."

유채는 고개를 끄덕이고 단도를 꽉 움켜쥐었다.

"이건 형의 힘이 담겨 있는 단검이에요. 형은 이중 에어리얼의 소유자로 바다와 불을 가졌어요. 그중 에어리얼 바다의 힘을 담아놓은 것이 이 단검이에요. 간단하게 설명하면 이 검에 찔린 사람의 몸에 시간핵이라는 것을 심는 마법이 걸려 있어요. 일단 그걸 숨기고 있다가 혹시나 문제가 생기면 써요."

알렉스는 유채의 손목을 잡아서 어떻게 찌르는지를 가르쳐 주었다. 유채는 자신이 누군가를 찌른다는 생각에 손이 떨렸지만, 어쩔 수가 없었다.

"이렇게 찔러요. 그럼 잠깐의 시간을 벌 수 있을 거예요."

"알겠어요."

"너무 무서워하지 말아요. 걱정 말아요. 잘될 거예요."

알렉스는 유채를 안심시키려는 것처럼 그녀의 어깨를 잡고 고개를 크게 끄덕였다. 유채는 단검을 꽉 움켜쥐는 것으로 대답을 대신했다.

망을 보던 프레드릭은 적당한 때를 발견한 것인지 알렉스와 유채에게 손짓했다. 알렉스는 고개를 끄덕였다. 프레드릭은 시야에 병사가 보이지 않자 앞으로 빠르게 달려 나갔다. 인간치고 달리는 속도가 빠른 편인 하워드 형제답게 프레드릭은 몸을 단련하지 않는 학자이면서도 꽤 빠르게 뛰었다. 알렉스도 유채의 손목을 움켜잡고 뛰었다. 유채는 알렉스를 따라가기 벅찼지만, 이를 악물고 뛰었다.

이번에 들키면 두 번째 기회는 얻기 힘들 터였다. 발에 족쇄를 달겠다고 하던 소름 끼치는 청회색 눈동자가 떠올랐다. 두 번 다시는 바깥 구경은 꿈도 꾸지 말라고 속삭이고 방 안에만 가두어놓을 남자였다. 영원히 갇혀 그 남자의 인형으로 살아야 할 것이다.

유채는 마음을 강하게 먹었다. 숨이 턱까지 차올라도 유채는 제 다리를 한계까지 밀어붙였다.

얼마 되지 않아서, 그들은 발각되었다.

"저기다!"

웅성거리는 소리가 커지더니 병사들이 유채와 알렉스의 뒤로 따라붙었다. 프레드릭이 아직 안 된다고 고개를 젓자 알렉스는 유채를 뒤에서 끌어안고 그녀의 목에 검을 들이대었다. 유채는 알렉스가 준 단검을 등 뒤로 숨겼다.

"멈춰."

알렉스의 경고에 병사들이 모두 움찔하며 그 자리에 섰다. 유채는 긴장한 척하는 연기를 해야 하나 걱정했지만, 목에 닿은 서슬 퍼런 검의 기세에 연기를 하지 않아도 될 만큼 절로 긴장되었다.

알렉스는 영화 속에 나오는 악당처럼 유채를 거칠게 대하는 척하면서 병사들을 위협했다.

"거기서 한 발자국만 움직이면, 이 여자는 죽는다."

늑대로 변한 늑대 수인 병사들의 발이 움찔거렸다. 루프스가 아끼는 펠릭스 다우스가 다치면 저희들이 큰일 날지도 모르기 때문이었다. 저 펠릭스 다우스 하나 때문에 젤다는 죽고 토모스까지 화를 입었다는 것은 이미 유명했다.

알렉스는 병사들을 분석했다. 이미 늑대로 변해 있는 놈들은 잔챙이들이고 아직 위르형인 놈들이 실력자들이었다. 알렉스는 좀 더 유채의 목에 검을 들이대었다.

"이 여자의 목이 붙어 있기를 바란다면, 가만히 있는 게 좋을 거다."

알렉스는 유채의 팔목을 잡고 천천히 뒷걸음질을 쳤다. 늑대 수인들은 이러지도 저러지도 못하고 그 자리에서 안절부절못했다. 알렉스가 유채에게만 들릴 정도로 작게 속삭였다.

"유채 양, 뛰어요."

알렉스는 검을 거두고 유채의 손목을 끌어당겼다. 유채는 또다시 온 힘을 다해 뛰었다.

[어떻게 합니까?]

늑대 수인 한 명이 상관에게 물었다. 분대장은 이를 갈았다. 저 놈이 소문으로 듣던 알렉스란 놈이었다. 렉스를 능가할지도 모르는 실력자였다. 어차피 마레 위르 하나가 다수의 수인을 상대로 오래 버틸 리는 없을 것이나, 문제는 레티티아가 인질로 잡힌 것이었다. 그녀가 잘못되면 바로 자신의 목숨이 간당거릴 것이다. 그는 부하에게 명령을 내렸다.

"케릭스님을 불러라."

이럴 때는 높은 놈에게 결정을 미루는 것이 상책이었다.

"그래서. 아직도 못 찾았다?"

루프스는 앞에 서 있는 간수장 리사를 보면서 이를 갈았다. 유채를 보낸 뒤에 해안 경비를 맡기는 독수리 일족과의 계약을 수정하기 위해 올리에와 이야기 중이었다. 지루한 이야기 중 갑자기 리사가 알현을 청하더니, 놀라운 이야기를 꺼내었다. 면회를 하러 들어간 유채가 흔적도 없이 사라졌고, 간수는 심장이 찔려 즉사한 상태였다는 것이다. 그것만으로도 놀랄 지경인데, 프레드릭 역시 탈옥을 했다는 것이었다. 리사는 간수에게 남아 있는 상흔으로 보아 마레 위르의 범행으로 추정된다고 전했다. 올리에는 보고에 얼굴이 새파랗게 질렸다. 육로(陸路)를 통한 마레 위르에 대한 보고가 없었다. 그렇다면 남은 것은 해로(海路)였다. 해로를 맡는 것은 바로 독수리 수인들이었다. 이건 독수리 일족의 잘못이었다.

"이거 정말 면목이 없습니다."

울투르(독수리 수인 일족의 수장) 올리에가 얼굴을 들지 못했다.

"면목이 없다면, 그놈들의 처분권을 내게 넘겨라. 그 쓰레기 같은 놈들을 내가 직접 처리하지."

"그것은……."

"그대들의 일족이 나에게 끼친 피해가 얼마나 큰지 내가 지금 친히 말해주어야 하나?"

루프스의 말에 올리에는 입을 다물었다.

"내가 지금 네 목을 조르지 않는 것만으로도 많이 참아주고 있는 것이라고 생각하는데?"

루프스는 분노로 부글부글 끓어오르는 속을 의자의 손잡이를 강하게 움켜쥐면서 참아냈다. 화를 참지 못했다가는 올리에를 죽여 버릴 수도 있었다. 소 수인들 만으로도 문제가 많은데 독수리 수인의 문제까지 감당할 여력이 없었다. 헤나가 급하게 문을 열고 들어왔다. 헤나는 루프스의 귓가에 속삭였다. 루프스는 그 말을 듣자마자 자리에서 일어났다.

"먼저 일어나겠다. 이 일은 내가 나중에 다시 추궁하지."

루프스는 경고조로 말하곤 빠르게 방을 빠져났다. 루프스는 헤나가 전한 소식을 곱씹었다. 침입자는 알렉스이며, 유채의 외투가 냉기를 올려 보내는 통로에 있는 것으로 보아 그곳으로 빠져나간 듯하다는 것이다. 그리고 유채는 그들에게 인질로 잡혔다고 했다.

"그래서. 어디라고?"

"궁의 동쪽으로 가고 있습니다."

"메투스 산맥을 탈 생각이군."

루프스는 올리에를 만나기 위해서 입고 있던 예복을 벗어 던졌다. 그의 걸음이 빨라졌다. 헤나는 새로운 상황을 보고했다.

"지금 케릭스님이 저격 전문 궁병들과 정예병들을 이끌고 그곳으로 가고 있습니다."

"궁병?"

루프스가 수인 내전을 빠르게 정리하고 포트리스를 몰아붙일 수 있었던 이유 중 하나는 그가 수인과 마레 위르의 혼혈 중 동물화를 할 수 없는 이들을 받아들여서 그들을 궁병으로 길렀기 때문이었다. 원래 수인들은 무기를 쓰지 않았고, 검과 활에도 큰 관심이 없었다. 그러나 루프스는 원거리 공격의 이점을 알아보고 그들을 거두어 궁병으로 길렀다. 마레 위르나 수인 양쪽에서 천대받던 그들은 그들의 안전을 보장해 주기로 약속한 루프스에게 충성을 바쳤고 그들은 수인 내전에서 혁혁한 성과를 올렸다.

"그럼, 레티티아도 위험하지 않나!"

루프스가 노성을 질렀다. 그는 유채에 대한 걱정으로 가슴을 졸였다. 많이 나았다고는 하지만 유채의 몸은 아직 정상이 아니었다. 루프스는 성마르게 얼굴을 쓸어내렸다. 알렉스라면 지난번 그 건방진 놈이었다. 레티티아에게 눈독을 들이더니 결국은 제 이익을 위해, 제 편의를 위해 그녀를 이용하려는 놈이었을 뿐이었다.

루프스는 밖으로 나왔다. 그는 곧 은빛 늑대로 변했다.

[내가 직접 가지.]

알렉스란 놈의 얼굴은 제가 찢어주어야 맘이 편할 것 같았다.

"거기서 멈추는 것이 좋을 것이다."

케릭스를 필두로 한 부대가 궁의 동편에 있는 메투스 산맥 자락의 산비탈에서 알렉스와 대치했다. 알렉스는 잔뜩 긴장을 하고 유채의 목에 다시 한 번 더 검을 겨누는 척을 했다. 병사들이 경계 태세를 취했다.

저기 숨어 있는 저격병의 화살은 어찌어찌해서 피한다고 해도, 케릭스란 놈은 골치 아팠다. 그는 늑대 수인 중 서열이 여섯 번째이지만 실제로는 네 번째인 루크레치아와 엇비슷하거나 더 높고, 특정 부분은 아버지인 플로서스를 능가한다고 평가받았다. 이미 루프스와 함께 늑대 수인 일족을 이끌어갈 재목으로 평가받고 있었다. 유채를 데리고 상대하기는 곤란한 놈이었다. 프레드릭이 마법진을 그리고 있는 것을 들키지 않기 위해 그는 시간을 좀 더 끌어야 했다.

"글쎄? 저기 숨어 있는 화살이 내 머리를 먼저 뚫을까, 아님 내가 먼저 이 여자의 목을 벨까? 내기할래?"

케릭스는 속으로 욕을 했다. 여기까지 오기 전, 딱 한 번 저놈을 끝장낼 기회가 있었다. 하지만 저놈이 유채의 몸으로 앞을 막고 있어서 잘못했다가는 그녀가 위험해질 수 있었기에 공격할 수가 없었다. 지금도 마찬가지였다.

케릭스는 유채가 인질로 잡혔다는 소식을 듣자마자 그녀를 안전하게 구하기 위해서 궁병 셋과 정예병들을 데리고 왔다. 육탄전으로 가면 분명히 알렉스 놈이 유채를 방패막이로 이용할 가능성이 농후했다. 아무리 조심한다고 해도 그렇게 되면 유채가 크게 다칠 것이었다. 궁병들이 탐탁지는 않지만, 방법이 없었다. 궁병 셋은 근처 지형지물에 몸을 숨기고 조용히 알렉스를 노리고 있었다.

그러나 알렉스란 놈도 케릭스가 숨어 있는 궁병을 이용해서 저를 저격할 것을 눈치챈 것인지 유채를 돌 위에 올려놓아 저와 키를 맞추는 방법으로 자신을 보호했다. 저격병들이 케릭스에게 힘들다고 고개를 저었다. 화살로 알렉스란 몸이나 머리를 노리기에는 그리 상황이 좋지 않았다. 유채가 저격수의 시야를 가려 노릴 수 있는 범위가 한정되어 있었다. 케릭스는 이를 갈았다. 알렉스란 놈이 유채를 방패막이로 사용할 가능성이 너무 컸다. 상황이 정말 거지같이 돌아갔다.

"당장 뒤로 물러나. 그렇지 않으면 이 여자의 목숨은 없어."

알렉스가 경고 조로 유채의 머리채를 움켜쥐고 당겼다. 서슬퍼런 검이 그녀의 목에 닿았다.

"네가 그러고도 무사할 듯싶으냐?"

"그럼 이 여자에게 문제가 생기고 나면 네놈들의 목숨도 무사할 것이라고 생각하나?"

알렉스의 검이 유채의 목에 붉은 실금을 그었다. 쓰라린 통증에 유채는 눈을 찌푸렸다. 그가 진심으로 이러는 게 아님을 아는데도 무서워졌다.

케릭스는 유채의 목에서 피가 배어 나오는 것을 보았다. 그는 어금니를 물고 명령을 내렸다.

"모두 뒤로 물러나라!"

케릭스는 정예병들을 뒤로 물러나게 하고 그 역시도 한 걸음 물러났다. 알렉스는 유채를 끌고 뒷걸음질을 치면서 케릭스에게 외쳤다.

"더 뒤로 물러가. 그렇지 않으면……."

[더 뒤로 물러나면 네놈들의 목을 따주지.]

커다란 은빛의 늑대가 유채와 알렉스 앞으로 뛰어들었다. 유채는 온몸에 소름이 돋는 것을 느꼈다. 알렉스 역시 긴장하여 칼을 쥔 손에 힘을 주었다.

루프스가 왔다.

그는 은빛의 늑대에서 위르형으로 돌아왔다. 루프스는 오른쪽 어깨를 풀며 느긋한 태도로 알렉스를 향해 한 걸음 내디뎠다.

알렉스가 유채의 목에 검을 단단히 겨누었다. 탈출에 실패할지도 모른다는 생각에 유채의 얼굴에 긴장이 어렸다. 루프스가 한 걸음 앞으로 다가갔다.

"거기서 한 걸음 더 다가오면……."

"레티티아의 목을 따겠다? 아주 뻔한 레퍼토리군? 삼류 악당이 되고 싶다면 좀 더 그럴싸한 대사를 골라오지 그랬나?"

알렉스는 다급하게 유채의 몸을 끌고 뒤로 물러섰다. 치맛자락을 밟고 넘어질 뻔한 유채가 휘청거리자 알렉스는 얼른 검을 거두고 그녀의 허리를 잡았다.

루프스는 유채의 허리를 감고 있는 알렉스의 손을 노려봤다. 저 손을 잘라내 뼈째로 씹어 먹어버리고 싶었다. 그는 이를 갈면서 으르렁거렸다.

"그렇게 인질을 소중하게 대하는 삼류 악당은 처음 보는군."

루프스가 한 걸음 앞으로 다가왔다. 유채는 몸을 떨었다. 알렉스가 유채를 붙잡고 다시 두 걸음을 물러났다.

"정말 치졸한 놈이군. 암컷 뒤에 숨질 않나, 남의 것을 뺏으려 하질 않나."

"내가 치졸한 것은 둘째 치고 네놈은 왜 그리 너그러워졌지? 인질의 목숨도 신경 써주고 말이야? 언제부터 제 물건을 그리 아끼는 놈이었나?"

"……네놈만큼은 찢어서 죽여주지."

루프스는 분노가 머리끝까지 차올라 유채가 인질로 잡혀 있다는 사실을 잊은 것처럼 성큼성큼 걸어왔다.

"악!"

유채는 비명을 질렀다. 알렉스의 검에 팔을 베인 것이다. 루프스는 그 자리에 멈춰 섰다. 옷이 금세 피로 물들었다. 알렉스는 유채의 귓가에 미안하다고 속삭였다. 루프스를 멈추게 하기 위한 유일한 방법이었다.

유채는 오른손으로 왼팔을 움켜쥐었다. 알렉스가 그녀의 머리채를 잡고 머리를 뒤로 젖혔다. 유채의 하얀 목에 검이 닿았다.

그것만으로 충분한 협박이 되었다.

루프스는 그 자리에서 멈추는 것도 모자라 심지어 뒤로 물러났다.

"네가 레티티아를 그 썩은 눈깔에 담은 줄 알았는데?"

루프스가 당당하게 다가갈 수 있었던 이유는 알렉스가 유채를 마음에 품었다고 생각했기 때문이었다. 그가 그렇게 알렉스를 싫어한 것도 같은 이유에서였다. 알렉스는 비소를 흘렸다.

"여자와 내 목숨을 저울에 올려놓으면 내 목숨을 선택하는 실용적인 인간이라. 너는 아닐지도 모르겠지만."

유채는 뒤로 젖혀진 목의 통증에 약하게 신음을 흘렸다. 루프스는 순간 숨을 쉬는 것조차 잊었다. 유채의 얼굴이 지나치게 창백했다. 그녀의 눈이 불안으로 떨리고 있었다.

"흑."

유채의 입에서 작은 울음소리마저 새어 나왔다. 탈출하지 못할까 봐 너무 불안했다.

유채의 울음소리에 루프스는 이를 악물고 더 뒤로 물러났다. 그녀의 창백하게 질린 얼굴과 붉은 피가 눈에 선명하게 들어왔다.

유채에게 상처를 입힌 저놈은 반드시 찢어 죽여 버리겠다. 그러나 지금은 유채가 우선이었다. 그는 두 손바닥을 펴서 들어 올렸다. 뒤에 있던 케릭스와 정예병들이 놀라서 헉하는 소리를 내었다.

"보내주겠다. 너희 형제를."

루프스는 제 자존심을 죽였다. 그깟 자존심보다 유채가 더 중요했다. 그의 눈에는 유채가 알렉스에게 붙잡혀 목숨을 위협받고 있다는 것밖에는 보이지 않았다. 그는 항복의 뜻으로 손을 들어 올리고 한 걸음 앞으로 내디뎠다.

"그러니, 레티티아를 넘겨라."

"내가 이 여자를 넘기면, 너는 우릴 공격할 것 아닌가?"

알렉스는 차라리 잘됐다 싶었다. 지금이 기회였다. 알렉스는 대치하는 척하면서 작은 목소리로 유채에게 속삭였다.

"내가 루프스만 따로 저 병사들 무리에서 떨어뜨릴게요."

유채는 되도록 루프스가 눈치채지 못하게 하기 위해서 표정 관리에 모든 힘을 썼다.

"아까 준 검으로 루프스를 찔러요. 시간핵이 몸에 심어지면, 루프스는 당분간 움직이지 못하게 될 거예요."

시간핵의 효과는 좀 더 다양했지만 지금 그걸 다 설명하기에는 부족했다. 알렉스는 시간핵이 심어지면 신체의 움직임이 정지한다는 것만 믿고 일을 진행하기로 했다.

"루프스에게 잡히면, 곧장 루프스를 찔러요. 방법은 그것뿐이에요. 그리고 그가 움직이지 못하게 되면 바로 달려와요."

알렉스는 루프스의 기세를 살폈다.

"그럼, 늑대왕. 당신만 나를 따라와. 당신 부하들과 거리가 멀어지면, 그때 이 여자를 넘기지."

알렉스는 유채의 끌고 천천히 뒷걸음질을 쳤다.

"루프스님!"

케릭스가 다급하게 외쳤다.

"여기서 기다려라. 한 놈이라도 움직이면 찢어 죽여주지."

루프스는 케릭스에게 명을 내리고 혼자서 알렉스를 쫓아갔다.

알렉스는 뒤를 살폈다. 아까 유채의 달리기 속도와 마법 저항력이 높기로 유명한 루프스에게 프레드릭의 마법이 어느 정도까지 통할지 고려해 보았을 때 가장 최적의 자리를 골라서 멈췄다.

유채는 등 뒤에 감춘 단검을 단단히 움켜쥐었다. 과연 제가 그를 찌를 수 있을까. 유채는 떨리는 손에 꽉 힘을 주었다.

유하를 지키기 위해서다. 유채는 자신의 행동을 애써 합리화시켰다.

알렉스는 제 안전이 먼저라는 것을 강조하는 것처럼 다리를 최대한 뒤로 빼고 유채에게 겨누고 있던 검을 되도록 늦게 떼어내었다. 알렉스는 곧바로 프레드릭에게 달려갔다. 혹여 저격수가 형을 노릴 위험이 있기 때문이었다.

알렉스가 떨어지자 루프스가 서둘러 달려와 유채를 꽉 끌어안았다. 유채는 단검을 들키지 않기 위해서 필사적으로 손을 등 뒤로 감추고 있었다.

루프스의 입술이 유채의 이마에 내려앉았다. 그는 유채의 얼굴 곳곳에 키스의 비를 뿌렸다. 마침내 그의 입술이 유채의 입술에 닿았다. 유채는 단검을 쓸 기회를 노려야 했기에 눈을 질끈 감고 그의 입맞춤을 가만히 받았다.

루프스는 유채가 제 곁에 있다는 것을 그렇게 확인했다. 루프스의 입술이 유채의 입술에 오래 머무르다가 떨어졌다. 그는 유채를 다시 한 번 더 꼭 끌어안고 그녀의 상태를 살폈다.

"괜찮나? 팔과 목 말고 어디 다친 곳은 없나?"

루프스의 성마른 손길이 유채의 얼굴을 매만졌다. 그는 다시 그녀의 이마에 입을 맞추고 그녀의 팔을 단단하게 움켜잡았다.

"가자. 오르페에게 그 상처를 보여야겠다."

"안 가요."

유채는 루프스의 앞에서 완강히 버텼다. 그가 당황하여 그녀를 돌아보는 사이, 유채는 몸을 뒤로 뺐다.

"난 당신하고 안 가요."

"그게 무슨…… 윽!"

유채는 숨기고 있던 단검을 꺼내 루프스의 왼쪽 어깨에 찔러 넣었다. 혹시나 싶어 온 힘을 단단히 팔에 실었던 터라, 그리고 루프스가 유채는 경계하지 않았던 덕에 단검은 그대로 꽂혀 들어갔다. 루프스가 신음을 삼키면서 다른 팔로 그녀를 잡기 위해 움직였다. 하지만 검에 걸린 마법이 작용한 것인지 루프스의 움직임은 한없이 느리기만 했다.

"난 레티티아가 아니라 한유채야! 당신 애완동물이 아니라 사람이라고!"

유채는 다시 온 힘을 다해서 검을 빼냈다. 상처에서 터진 피가 유채의 얼굴과 옷에 튀었다.

"당신의 애완동물 노릇, 두 번 다시는 안 해!"

유채는 루프스가 다시 움직이기 전에 정신없이 뛰었다. 의도하고 누군가를 찔렀다는 것에 손이 벌벌 떨렸다. 유채는 어쩔 수 없었다고 속으로 속삭였다. 이렇게 하지 않았다면, 결코 이 끔찍한 곳을 탈출할 수 없을 것이다. 지금이 처음이자 마지막 기회였다.

"루프스님!"

한참이 지나도록 아무런 소리도 들리지 않자 불호령을 받을 것을 각오하고 쫓아온 케릭스는 어깨에서 피를 흘리며 굳어 있는 루프스와 피 묻은 검을 들고 뛰는 유채를 보았다. 그는 이를 갈았다. 유채가 하워드 형제와 한패였던 것이다. 루프스를 배신한 것이다. 그는 유채를 용서할 수 없었다. 그녀는 스스로의 행동에 대한 벌을 받아야 했다. 감히 루프스를 시해하려 한 범죄자였다.

그리고 무엇보다 유채는 루프스의 행동에 영향을 미치는 예측

할 수 없는 변수였다. 늑대 일족의 운명을 책임지고 있는 루프스가 그녀에게 비정상적으로 애정을 쏟아붓고 집착하고 있으니 당연히 그녀를 붙잡아야 했다.

원래대로라면 죽이고 싶었으나, 그래도 블루벨의 생명의 은인이었다. 그 점만큼은 높게 사서 죽음만은 면하게 해줄 생각이었다.

"당장 쫓아가서 잡아! 어디 한 군데 부러지거나 다쳐도 상관없다. 숨만 붙어 있게 잡아!"

케릭스의 말과 함께, 케릭스를 따라온 병사들이 늑대로 변했다. 케릭스 역시 거대한 회색 늑대로 변했다.

하워드 형제는 이미 시야에서 사라졌다. 분명히 유채는 저 혼자서 탈출할 능력이 없었다. 그러니, 분명히 언젠가 하워드 형제와 합류할 것이다. 유채가 가는 길에 하워드 형제가 있다. 유채를 잡으면 하워드 형제도 잡을 수 있다. 유채를 쫓는 것이 우선이었다. 케릭스와 병사들은 늑대로 변해 유채를 쫓기 시작했다.

루프스는 케릭스를 막기 위해 소리를 치려 했으나 손가락 하나 까딱할 수 없고 목소리조차 낼 수가 없었다. 그는 하워드 형제뿐만 아니라 유채까지 노리려 하는 케릭스에게 분노했다. 그녀는 스스로 탈출할 수 없어 하워드 형제와 동행하기를 택한 것이었다. 하워드 형제만 없으면 유채는 달아날 수 없다. 약하디약한 유채는 작은 상처에도 죽을 수도 있었다!

루프스는 빌어먹을 마법에서 풀려나기 위해 안간힘을 썼다. 최소한 혀라도 움직이려고 했지만 돌처럼 굳은 몸은 제 마음대로 움직이지 않았다. 루프스는 모든 신경을 손가락에 집중했다. 얼음 속에 굳어버린 것처럼 움직이지 않던 손가락이 조금씩 움직이기 시작했다. 루프스는 눈을 굴렸다. 케릭스와 그 휘하의 병사들이 무서운 기세로 유채를 쫓았다. 케릭스의 기세가 무서웠다. 케릭스가 입을 벌렸다. 케릭스의 거대한 이빨이 유채의 다리뼈를 부러뜨리기 일보 직전이었다. 루프스는 마음이 급해졌다.

[멈춰라!]

루프스의 말소리가 케릭스의 귀에 들렸다. 루프스가 늑대의 모습으로 케릭스의 뒤를 쫓았다. 루프스가 케릭스의 몸을 덮쳤다. 갑작스런 습격에 중심을 잃은 케릭스의 몸과 루프스의 몸이 같이 굴렀다. 뒤에서 케릭스를 쫓아오던 병사들마저 그에 휘말려 같이 산비탈을 굴렀다. 병사들이 뒤엉켜 크게 다쳤다. 루프스는 케릭스를 제압한 뒤에 몸을 일으켰다. 마법의 영향인지 몸이 동물형에서 위르형으로 저절로 돌아왔다. 케릭스는 해명을 위해 위르형으로 돌아왔다. 마법을 억지로 풀은 탓인지 통증이 밀려왔다. 루프스가 몸을 움츠리고 신음을 흘렸다.

"큭!"

"루프스님!"

케릭스가 놀라 소리쳤다. 루프스는 번뜩이는 눈으로 감히 유채를 해하려 한 케릭스의 턱을 한 대 쳤다. 루프스는 뒤를 돌아볼 새도 없이 유채를 잡기 위해서 달렸다. 이미 시간을 너무 많이 지체했다. 마법의 영향인지 달리는 속도가 평소보다 현저하게 느렸다. 억지로 몸을 움직여서 근육이 터질 것 같이 아파왔다. 그는 유채를 향해 손을 뻗었다. 반드시 잡아야 했다.

"레티티아!"

지금 여기서 놓치면 유채를 영영 잡을 수 없을 것만 같았다.

유채는 벌써 루프스가 쫓아온다는 데에 겁을 먹고 이를 악물고 달렸다. 그나마 다행인 것은 마법 때문에 그가 달려오는 속도가 느리다는 것이었다.

알렉스가 유채가 달려오는 것을 보고 외쳤다.

"형, 얼른 스펠을 외워!"

바로 그때 달리던 유채가 돌부리에 걸려서 앞으로 넘어졌다. 유채는 네 발로 기면서까지 루프스와 멀어지기 위해서 최선을 다했다. 알렉스는 제 예상보다 빨리 쫓아온 루프스에 화들짝 놀라서 유채를 데려오기 위해서 산비탈을 미끄러지듯이 타고 내려갔다.

유채를 쫓던 루프스가 그녀가 넘어진 것을 보고는 그 자리에 멈춰 섰다. 그리고 숨을 몰아쉬면서 경고했다.

"지금이라도 내게 돌아오면 이번 일은 없던 일로 해주마."

루프스는 유채가 본인의 의지로 자신에게 돌아오기를 바랐다. 억지로 붙잡기보다는 그녀 스스로 제 품에 안기기를 원했다.

"그렇지 않으면, 블루벨이든 너를 꼬여낸 저 두 놈이든 네 눈앞에서 갈기갈기 찢어 죽여주지."

그새 알렉스가 무릎이 깨져서 피를 흘리는 유채에게 달려와서 그녀의 팔목을 잡아 끌어당겼다. 유채가 알렉스의 품에 반항 없이 안기는 것을 본 루프스의 눈에서 불꽃이 튀었다.

프레드릭의 마법진이 발동을 시작한 것인지 빛을 내었다. 알렉스는 마음이 다급해졌다. 알렉스가 유채를 한 팔로 안고 프레드릭을 향해 달려갔다. 루프스도 다시 유채를 붙잡기 위해서 달렸다.

"가지 마!"

루프스는 저도 모르게 외쳤다. 그는 마법의 영향을 받는 몸을 억지로 움직이느라 근육이 파열되는 것 같은 고통을 억누르고 다리에 힘을 주었다.

유채는 루프스의 것이라고는 믿을 수 없는 절박한 외침에 고개를 돌렸다. 그사이 알렉스가 유채의 허리를 끌어안고 마법진으로 들어갔다. 유채는 제가 처음 보는 표정을 짓고 있는 루프스를 보았다.

"돌아와!"

루프스는 자존심을 집어 던졌다. 유채를 잡기 위해는 그딴 것 버려도 그만이었다. 그는 공포에 질렸다. 전쟁터에서 대군을 맞닥뜨렸을 때도, 절체절명의 상황에 처해 죽음을 눈앞에 두었던 때도 무서워한 적이 없는 그는 작고 여린, 손에 힘만 주면 부러질 것 같은 암컷이 눈앞에서 사라진다는 것에 생전 처음 경험하는 공포를 느꼈다. 지금 유채를 놓치면 그녀는 그가 잡을 수 없는 세상으로 사라져 두 번 다시는 만날 수 없을 것 같았다. 루프스는 이를 악물었다. 유채를 향해 손을 뻗었다. 손끝에 그가 선물한 나비 모양의 머리 장식이 닿았다.

툭.

머리 장식이 바닥으로 떨어졌다. 유채의 몸은 빛에 감싸여서 알렉스, 프레드릭과 함께 사라졌다. 루프스는 아무것도 붙잡지 못한 손을 움켜쥐었다.

"크아아아악!"

그는 분노에 차 고함을 질렀다.

⚜

"크헉! 헉!"

프레드릭은 피를 토했다. 내장이 뒤틀리는 것 같았다. 마력 리바운드(무리한 마법의 사용 부작용으로 마력이 시전자를 공격하는 것)가 찾아왔다. 역시 거리가 지나칠 정도로 멀었고, 에어리얼 하늘의 소유자가 아닌데 공간 마법을 사용하느라 몸에 무리가 간 것이다. 알렉스도 공간이동의 여파로 울렁이는 속을 억누르면서 프레드릭을 살폈다. 유채는 정신을 잃고 쓰러져 있었다.

"유채 양은?"

"기절한 상태야."

프레드릭이 그녀의 목에 걸린 파렌티아를 보았다.

"파렌티아 때문이야. 파렌티아에 마법이 닿으면 전기 충격을 주어서 차고 있는 사람을 기절시키도록 만들어놓았어."

공간이동 마법이 유채의 몸을 이동시키며 동시에 파렌티아도 이동시켰기 때문에 파렌티아에 걸려 있던 마법이 발동한 것이다. 알렉스는 유채를 똑바로 눕히고 자신의 셔츠를 찢어 팔의 상처를 감쌌다. 알렉스는 프레드릭을 돌아보며 물었다.

"마력 리바운드 왔어?"

"어. 그런 것 같아."

프레드릭은 나무에 등을 기대고 앉았다. 마력 리바운드로 온몸이 쑤셨다. 그는 숨을 고르면서 제 몸을 열심히 공격하고 있는 마력을 진정시키기 위해 노력했다. 마법진과 워프 마커가 프레드릭의 부담을 나눠가졌기 때문에 다행히 피해가 적었다.

"형, 유채 양은 왜 이렇게 마른 거야. 무슨 일 있었어?"

알렉스는 뒤늦게 프레드릭에게 물었다. 살집이라곤 하나도 없다고 해도 될 정도였다. 처음 보았을 때도 마른 편이었지만 몇 달 사이에 이렇게 더 마른다는 건 이해가 되지 않았다.

"자세한 건 설명하기 힘들어. 그리고 유채 양도 말하기 싫어할 텐데 내가 굳이 너한테 말해줄 필요를 못 느끼겠다, 알렉스."

헥터의 일을 프레드릭이 대신 말할 수는 없었다. 그것으로 유채가 얼마나 괴로워했고, 그 기억을 잊기 위해 그녀가 얼마나 노력했는지 아는 프레드릭은 제삼자에게 알리는 건 예의가 아니라고 보았다. 프레드릭은 가물가물한 정신을 애써 추슬렀다. 알렉스가 주머니를 뒤져서 마법석을 꺼내었다.

"치유 마법이야. 담아왔어."

"오랜만에 준비성 한번 철저하네. 나 말고 유채 양 먼저 쓰게 해."

"이미 했어. 형 차례야."

프레드릭은 마법석에 담긴 치유 마법을 운용해서 최대한 몸을 회복하고 마력 리바운드를 치료하는 데 사용하였다. 마력 리바운드의 최고의 해결책은 스스로의 마력이 진정될 때까지 마법을 사용하지 않는 것이었다. 프레드릭은 미안한 표정을 지었다.

"미안하다. 나 때문에 이런 고생을 하고."

"미안하면 살아서 레이라한테 돌아가. 레이라가 형 소식을 듣고 얼마나 울었는지 알아? 아이 낳을 때는 옆에서 지켜줘야지."

프레드릭은 목에 건 로켓을 움켜쥐면서 고개를 끄덕였다.

"으윽."

기절해 있던 유채가 정신이 드는 듯 신음을 흘렸다.

"일어났어요, 유채 양?"

알렉스가 유채의 몸을 일으켜 세웠다.

유채는 속이 울렁거리고 머리는 지끈거리는 통증을 느끼며 눈을 몇 번 깜박였다. 바로 앞에 알렉스가 있는 걸 보니 루프스에게서 도망치긴 한 모양이었다.

"여긴 어디예요?"

"베노르 콩레수스가 열렸던 숲입니다."

"……그, 숲이요?"

유채의 목소리가 불안하게 떨렸다. 이곳에서 있었던 일이 다시 떠올라 유채는 저릿한 손으로 치마를 꽉 움켜쥐었다.

알렉스는 지나치게 불안해하는 유채를 걱정하면서 그녀의 어깨를 감싸 안았다.

"놔, 놔주세요……."

유채는 손을 들어서 알렉스를 밀어냈다. 이제 괜찮을 거라고 생각했는데 이 숲에 다시 들어오니 그날의 기억이 다시 생생히 떠올랐다. 유채는 심호흡을 하면서 불안감을 억눌렀다.

"고마워요. 어려운 부탁 들어주셔서."

"아닙니다, 유채 양. 유채 양 덕분에 오히려 탈출에 성공할 수 있었어요."

알렉스가 손사래를 쳤다. 알렉스는 가져온 짐에서 로브를 꺼냈다. 아까부터 마법석도 그렇고, 유채는 알렉스가 허리춤에 맨 작은 가방에서 저렇게 많은 물건이 끊임없이 나오는 것이 신기했다.

"압축 마법이 걸려 있어서 그럽니다. 수인들과 달리 우리 인간들 사이에는 생활 마법이 발달되어 있어서 저런 종류의 물건이 많습니다."

프레드릭이 신기해하는 유채에게 설명해 주었다. 유채는 알렉스가 건네준 두꺼운 로브를 걸쳐 입었다. 로브의 모자 부분에는 마치 동물의 귀 모양처럼 솜을 채워놓은 것이었다. 남성용이라 좀 컸지만 유채는 얼굴을 가리기에는 이 편이 낫다고 생각하며 모자를 깊숙이 눌러썼다.

"혹시 몰라서 여분으로 하나 더 가져왔는데, 그게 선견지명이었네.”

“정말 너 간만에 준비성 철저하다, 알렉스.”

“사안이 사안이다 보니 나도 할 수 있는 한 다 챙긴 거지. 너무 대견해하지 마, 형.”

알렉스가 투덜거리면서 로브를 입었다.

“유채 양은 우리랑 같이 포트리스로 가는 건가요?”

유채는 고개를 저었다.

“아니요. 여기까지 도와주신 것만으로도 감사해요. 전 고양이 수인 일족의 땅으로 가보려고 해요.”

“그럼 같이 가죠.”

프레드릭이 자리에서 일어나며 제안했다.

“포트리스로 가려면 양과 염소 수인 일족의 땅을 지나는 것이 더 빠르지만 거기는 경계가 너무 삼엄합니다. 고양이 수인 일족의 땅으로 돌아서 가는 것이 더 안전해서 저희도 그쪽으로 갈 생각입니다.”

“하지만…….”

알렉스가 부연 설명을 하였다.

“이 산맥은 마물들이 들끓어요. 유채 양 혼자서 가는 것은 위험합니다. 저희랑 같이 가는 것이 유채 양의 안전에도 좋습니다.”

“그럼 제가 너무 많이 폐를 끼치는 것인데…….”

“아닙니다. 유채 양은 이미 저희가 탈출하는 데 큰 도움을 주었어요. 유채 양이 아니었으면 루프스를 막을 수 없었을 거고, 형이 마법진을 그릴 시간도 벌 수 없었을 거예요. 모두 유채 양 덕분입니다.”

“이번에는 우리가 은혜를 갚아야지요. 그리고 유채 양이 제게 오르페 씨를 보내주지 않았습니까?"

프레드릭이 알렉스의 말에 동조했다.

"유채 양이 미안해할 필요 없어요. 그러니 우리랑 같이 가요."

알렉스가 유채의 손을 부드럽게 잡았다. 유채는 정말 기뻤다. 감정을 주체하지 못해 눈물이 터졌다. 유채는 울면서 웃었다.

"왜 울어요, 유채 양?"

유채는 훌쩍이면서 눈물을 닦았다. 그동안의 고생과 돌아갈 수 있다는 희망, 그 남자에게서 벗어났다는 기쁨이 한데 섞인 눈물이었다.

"기뻐서…… 정말…… 기뻐서……."

가슴을 막고 있던 돌덩어리가 이제야 없어진 것 같았다. 유채는 굳이 눈물을 감추려 들지 않았다. 유채는 입으로는 웃고 눈으로는 울면서 그동안의 일을 털어냈다.

알렉스는 유채의 등을 쓰다듬어 주었다. 뼈가 만져질 정도로 마른 등이 그동안 그녀가 얼마나 힘들었는지 말해주는 것 같았다.

프레드릭 역시 유채를 가엽게 바라보았다. 그는 그동안 유채가 겪은 일을 비교적 가까운 곳에서 지켜보았다. 루프스는 그녀에게 직접적인 폭력을 휘두르지는 않았으나 정신적으로는 학대했다. 사지 멀쩡한 여인을 아무 이유도 없이 방에 가둬두고 다른 사람과의 교류를 막았다. 일정 시간 외에는 밖으로 나가지도 못하게 했고 제 취향대로 행동하기를 강요했다.

루프스가 오라고 하면 유채는 가야 했고, 무슨 행사가 있으면 루프스의 전리품인 양 끌려 나가서 꽃 취급을 받았다. 드디어 그에게서 벗어난 지금 그녀의 눈물은 당연한 것이었다.

"정말 고마워요."

유채는 한참이나 눈물을 흘린 뒤에야 진정했다.

알렉스는 지도를 꺼내 지금 자신들의 위치를 가리켰다. 그리고 그의 손가락이 스티폴로르를 크게 가로지르는 산맥을 쭈욱 따라갔다.

"우리는 여기로 이동할 생각이에요. 마물의 서식지라 위험하지만, 그만큼 수인들의 눈에 띄지 않고 이동할 수 있는 유일한 곳이에요."

"루프스의 눈에도 띄지 않고 이동할 수 있는 곳인가요?"

유채가 확인 차 물었다. 유채도 탈출 계획을 세울 때 이 산맥을 염두에 두고 있었다. 하지만 마물과 맞닥뜨렸을 때 그것을 상대할 자신은 없으니 가능하면 위험을 감수하고라도 비교적 인가와 가까운 산길을 쓸 생각이었다. 마법도 그것 때문에 배우려 했었다. 재능이 없다는 것을 알고 다른 쪽으로 방향을 바꾸었지만.

"메투스 산맥을 타고 가다 보면 분기점이 하나 나오는데, 우리는 고양이 일족의 땅인 펠레스 호무스로 이동할 겁니다. 거기에 유채 양이 궁금해하는 것을 알려줄 인물이 있지요."

"설마 형…… 사라 할머니가 얘기한 그 무녀를 말하는 거야?"

알렉스가 조금 뜨악한 표정으로 그를 보았다. 하워드 형제를 보살펴 준 고양이 수인인 사라는 그들에게 재미있는 이야기를 많이 해주었었다. 그중에는 이니투스와 절친이자 앙숙이었다는 고양이 수인 수장에 관한 이야기도 있었다. 그녀는 고양이 수인 일족의 수장이자, 동시에 셀레네님의 선택을 받은 신녀였다. 그녀, 렌은 이니투스가 은가연을 따라갈 수 있도록 신의 신탁을 들려주었다. 그리고 렌에게 딸이 하나 있었는데 리네아란 이름의 그녀는 신녀로서의 직책인 오라클라를 이어받아 지금까지 어딘가에 은둔

하면서 살아 있다는 이야기였다.

"오라클라 리네아. 그녀가 여기 펠레스 호무스에 생존해 있다고 전해집니다."

"형, 오라클라 리네아가 지금까지 살아 있으면, 이 여자는 거의 천 년을 넘게 생존해 있다는 거야. 그게 말이 된다고 생각해? 그리고 갑자기 오라클라 리네아를 왜 찾아?"

"오라클라 리네아를 만나면, 신과 관련된 이야기를 들을 수 있다는 것이지요?"

"예. 이 스티폴로르에서 셀레네님의 음성을 들을 수 있는 신녀는 그녀가 유일할 겁니다. 그녀 이후로 그 누구도 신녀가 되었다는 기록이 없으니까요."

유채는 주먹을 말아 쥐었다. 이제부터 시작이다. 프레드릭의 말대로 펠레스 호무스로 가 오라클라 리네아를 찾아야겠다. 정말로 그녀가 전설처럼 살아 있다면, 그녀를 만나서 실마리를 찾을 수 있다면 돌아갈 수 있을지도 모른다. 유채는 마음을 굳게 먹었다.

"형, 둘만 아는 얘기는 그만하고 나한테도 좀 설명해 주지? 오라클라 리네아 얘기는 또 뭐야? 전설 속의 여자는 왜 찾는 거야?"

"제가 집으로 돌아가려고요."

유채가 알렉스의 눈을 바라보면서 말했다.

"언니가 많이 아파요. 그래서 집으로 돌아가야 하는데, 일반적인 방법으로는 도저히 돌아갈 수가 없어요."

"……."

"그러니까 지금 저는 지푸라기라도 잡는 심정으로 전설이라도 믿어보는 거예요. 오라클라 리네아라면 제게 도움을 줄 수 있을 것 같아서……."

유채는 옷자락을 움켜쥐었다.

"유채 양, 열아홉이라고 했지요? 이제 스물인가?"

"그런데요?"

알렉스는 유채의 볼을 잡아 쭈욱 늘였다. 유채는 신음 소리를 내면서 그를 올려다보았다. 알렉스는 싱긋 웃으며 볼을 놔주었다.

"유채 양이 먼저 무슨 일인지 말하기 전에는 더 묻지 않을게요."

알렉스는 유채의 머리카락을 이리저리 헤집었다. 그리고 뒷머리를 잡아 품에 안고 그녀의 등을 토닥였다.

"하지만, 이거 하나는 약속할게요. 유채 양이 집으로 돌아갈 수 있도록 나도 도울게요."

알렉스는 처음 유채를 본 후로 한 번도 그녀를 잊은 적이 없었다. 제가 지키지 못한 아이린을 떠올리게 해서인지, 아니면 우는 모습이 눈에 밟혀서인지는 알 수 없었다. 이따금 별이 많이 뜬 밤, 포트리스의 언덕에 올라가 밤하늘을 올려다볼 때면 유채가 생각이 났다. 잘 지내고 있는지, 울진 않는지, 자신이 준 손수건은 한 번이라도 사용했는지. 알렉스는 유채의 검은 눈을 바라보면서 웃었다.

"그러니, 그만 울어요."

그는 유채가 울지 않기를 원했다.

"내가 도와줄게요."

유채는 알렉스에 따뜻한 말에 다시 눈물을 쏟았다.

⚜

"루프스님."

케릭스는 사나운 기세로 유채의 머리 장식을 한 손에 움켜쥐고 걸어오는 루프스에게 다가갔다. 루프스의 주먹이 케릭스의 턱을 강타했다. 케릭스는 그대로 맞고 나가떨어져 한참을 굴렀다.

"윽!"

케릭스가 몸을 일으키기도 전에 루프스가 그의 목을 움켜쥐고 들어 올렸다. 공중에 매달린 케릭스는 숨이 막혀서 얼굴이 붉게 변해갔다.

"내가 언제부터 네게 군사 명령권을 쥐어줬지?"

"루프스…… 님의 몸, 을 해하려고…… 한……."

"너는 내가 정사 중에 등을 긁혀도 그 암컷을 죽이겠군? 안 그런가?"

"저는……. 그게…… 허억……."

한계에 달한 케릭스의 얼굴이 이제는 창백해졌다. 루프스는 케릭스를 내던졌다. 나무에 부딪친 케릭스가 헉, 숨을 몰아쉬었다. 케릭스가 그렇게 당하는 것을 본 병사들 모두 긴장하여 납작 엎드렸다.

"고민 중이야. 너를 친구의 정을 보아 그냥 둘지, 입을 잘못 놀린 대가로 그 혀를 잘라 버릴 것인지."

루프스가 턱을 쓸었다. 케릭스는 욱신거리는 몸으로 연신 쿨럭거리면서도 그의 앞에 몸을 숙였다.

"한 번만 기회를 주십시오."

"잡아와."

루프스가 잇새로 말을 뱉었다. 그는 유채의 머리 장식을 부술 듯이 움켜쥐고 있었다. 이렇게라도 하지 않으면 정말로 미쳐서 날뛸 것 같았다.

"레티티아를 사지 멀쩡한 온전한 모습으로 내 앞에 데려와!"

분명 말했었다. 제게 돌아온다면, 순순히 돌아오면 이번 일은 없던 것으로 해주겠다고. 감히 제 어깨를 찌르고 저를 배신하고 도망간 암컷에게 그렇게 후한 조건을 제시했다. 모든 일을 잊어주겠다고까지 했는데 남은 것은 볼썽사나운 저 하나였다.

루프스는 케릭스를 내려다보면서 다시 말했다.

"레티티아를 데려온다면, 네놈이 그렇게 끼고 사는 블루벨이란 토끼 암컷을 네 눈앞에서 찢어 죽이지는 않아주마!"

"루프스님!"

케릭스가 큰 소리로 외쳤다.

"왜? 내가 너와 그 토끼 꼬마의 관계를 모를 것 같았나?"

루프스는 케릭스를 뒤로했다. 병사들은 루프스가 자신들의 쪽으로 내려오는 것을 보곤 한마음으로 외쳤다.

"용서하여 주십시오."

"상관의 명을 따를 수밖에 없었던 네놈들에게 벌을 내리는 것은 부당한 일이지."

루프스가 이를 갈았다. 병사들은 루프스의 하얀 예복이 피에 젖어서 붉게 변한 것을 공포스럽게 바라보았다. 루프스의 살기가 그들의 목줄을 옥죄었다. 병사들은 몸을 벌벌 떨었다.

"한 달간 감봉이다. 너희는 레티티아를 놓친 죄로 케릭스와 함께 레티티아를 찾아라."

루프스는 명령을 내리고 뒤도 돌아보지 않고 궁으로 걸어갔다.

"가지 마!"

뭐가 그렇게 절박했을까? 저를 찌르고 도망가는 암컷이 뭐라고. 도대체 왜? 자존심마저 다 던지고 왜 그렇게 외쳤을까?

머릿속에 마지막으로 보았던 유채의 얼굴이 지워지지가 않았다. 마레 위르 수컷의 품에 안겨서 공포와 두려움이 점철된 눈으로 자신을 바라보았다. 그 눈을 본 순간, 그는 아주 잠깐 멈칫거렸다. 잡을 수 있었다. 유채를 그 빌어먹을 마법진에서 끌어낼 수 있었다. 하지만, 그녀의 표정과 그 눈빛을 본 그 순간 그는 멈칫했다.

심장 한가운데가 욱신거리며 아파왔다.

유채를 위해서 최선을 다해왔다. 그녀가 향이 강한 음식을 꺼린다는 것을 알고, 마레 위르의 음식을 만들 줄 아는 요리사를 찾다가 가장 싫어하는 여우 수인 요리사까지 고용했다. 그 까다로운 입맛을 맞추기 위해 마레 위르들이 먹는 식재료를 구해오게 시켰다. 그래도 계속 마르기만 하는 몸이 걱정이 되어서 오르페에게 원기를 회복시키는 약을 지으라고 명까지 내렸다.

예쁘고 아름다운 것을 좋아하는 바실리사처럼 그녀도 좋아할까 싶어 옷과 장신구를 구했다. 물론 거기에 제 취향이 반영되지 않은 것은 아니지만 그는 최대한 그녀를 배려했다. 외로워하는 것을 보기 싫어 건방진 토끼 꼬마와 귀찮은 바실리사가 얼쩡거리는 것도 허용해 주었다. 그는 그렇게 유채를 품에 넣고 싸고돌았다.

모두 펠릭스 다우스를 위해 했다고는 믿을 수 없는 것들이었다. 귀여운 애교도 떨지 않고 제 앞에서 예쁜 표정 한번 짓지 않는 유채를 위해서 그는 열과 성을 다하였다. 단언컨대, 유채는 궁에서 그 어떤 수인들도 경험할 수 없는 호화로운 생활을 했다. 유채 때문에 헥터와 싸웠고 그냥 벌을 주고 넘어가도 되었을 젤다를 죽였으며 토모스까지도 건드렸다. 그 덕택에 그는 몇 배로 바빠졌다. 마레 위르를 감쌌기 때문에 그를 적대하는 세력까지 늘어났다.

이 모든 것이 그가 유채를 위해서 한 일의 결과였다.

"크악!"

그가 노성을 질렀다. 가장 한심하고 비참한 것은 그렇게 처절하게 배신당해 놓고도 지금 유채의 얼굴을 떠올리고 그녀와 마지막으로 나눴던 입맞춤을 떠올린다는 사실이었다. 살기를 폴폴 풍기는 그에게 헤나가 다급하게 다가왔다.

"루크레치아님이 알현을 청합니다."

"루크레치아가?"

벨라토르를 담당하는 루크레치아가 찾아왔다는 것은 분명 중요한 사안일 게 분명한지라 루프스도 그냥 넘길 수는 없었다. 루프스는 애써 화를 억누르며 루크레치아가 기다리고 있는 알현실로 들어갔다. 짙은 초콜릿빛 머리카락을 늘어뜨린, 한쪽 팔이 없는 중년의 여인이 고개를 숙였다. 루프스는 자리에 앉았다. 그는 손잡이를 꽉 움켜잡으며 물었다.

"무슨 일인가?"

"타우루스 헥터가 미노르 호무스의 벨라토르를 모두 죽였습니다."

"뭐?"

루프스는 자리에서 벌떡 일어났다.

"그가 우리 늑대 일족에 선전포고를 했습니다."

루프스는 화를 참지 못하고 탁자에 놓여 있던 유리잔을 집어 던졌다. 루크레치아는 움찔거리면서도 날아오는 유리잔을 피하지 않았다. 루프스는 미친 수인처럼 뭐든 손에 잡히는 대로 집어 던졌다. 마지막으로 그는 탁자까지 바닥으로 던져서 부숴 버렸다. 그 바람에 칼에 찔렸던 그의 어깨에서 다시 피가 흘러내렸다.

"루프스님, 피가……."

"닥쳐, 루크레치아. 네년의 입을 찢어버리기 전에."

볼썽사나운 모습을 다 보이고도 유채를 놓쳤고, 헥터 놈은 제게 반기를 들었다. 이유는 분명했다. 지난번 사건 때문에 앙심을 품은 것이다.

"당장 군사를 모아서 두 개로 조직해."

"예? 어째서 두 개입니까?"

"너는 머리를 장식으로 달고 다니는 건가?"

루프스가 빈정거렸다.

"하나는 미노르 호무스로 보내고 하나는 라나투스 호무스(Lanatus Humus: 양 수인 일족의 땅)로 보내라. 그리고 되도록 빨리 라나투스 호무스의 벨라토르를 철수시켜."

"발란테스 카르멘이 헥터와 동맹을 맺을까요?"

"그 암컷은 멍청하고 성질이 급하거든. 헥터가 내 감시를 피하는 것에 성공했으니 승산이 있다고 판단하겠지. 장담하는데, 내일이면 그 암컷도 내게 발톱을 내밀 거야."

"그럼, 각 부대의 지휘관은?"

"미노르 호무스로 갈 부대는 너와 토모스가 맡아라."

"토모스…… 말이십니까?"

"제 딸의 일로 헥터에게 열 받아 있을 놈이니 이럴 때 이용해야지. 그리고 그 다친 몸을 이끌고 전쟁에 나가서 헥터의 손에 죽어야 지금 내게 적대적인 수인들의 불만이 헥터 놈에게 향할 거다. 또한 전쟁은 빨리 끝낼수록 좋아. 그렇게 하기 위해서는 토모스라는 전력이 필요하지. 대신 그놈 가족들의 신병을 확보해 둬. 여차하면 인질로 삼겠다."

"그렇다면, 라나투스 호무스로는……."

"나와 아리아가 맡는다. 그쪽으로는 최소한의 정예병만을 끌고 가 발란테스 카르멘과 결판을 짓겠다."

"예? 그게 무슨!"

유채는 분명히 펠레스 호무스로 향할 것이다. 전에 분명히 고양이 수인 일족의 땅에 가면 제집으로 돌아갈 방법을 알아낼지도 모른다고 하였었다. 그리고 그곳은 유채가 그토록 가고 싶어 하는 에클레시아와 가장 가까운 땅이었다. 그곳으로 가기 위해서라도 무조건 지나야 하는 땅이고, 또한 메투스 산맥을 경계로 라나투스 호무스와 가장 가까운 땅이었다.

루프스는 루크레치아의 말을 무시하고 명을 내렸다.

"당분간 토스 호무스의 일은 케릭스에게 맡긴다. 이번 전쟁은 내가 직접 출정한다."

그래, 어디 한번 도망가 봐라. 그래봤자 다시 내 손에 넣을 테다. 그다음의 너의 처우는 나도 장담할 수 없으니.

루프스는 음산하게 중얼거렸다.

"어디, 도망갈 거면 최선을 다해 도망가 봐, 레티티아."

"블루벨!"

케릭스는 루프스의 협박에 놀라서 정신없이 블루벨을 찾았다. 블루벨을 숨겨야 했다. 그가 정신없이 뛰어다니며 찾는 블루벨은 카니스 바실리사와 같이 있었다. 케릭스는 바실리사도 미처 알아보지 못하고 블루벨을 와락 껴안았다.

"블루벨, 무사하구나……."

"……놔주세요, 케릭스님."

블루벨이 전에 없이 낯선 목소리로 케릭스를 거부했다. 바실리사가 둘 사이를 막아섰다.

"이 아이는 나와 같이 내 일족의 땅으로 가기로 했네. 그러니 내 아랫사람에게……."

"바실리사님, 저 케릭스님이랑 잠깐만 이야기하고 올게요."

블루벨은 결연한 눈으로 바실리사를 보았다. 축 처진 귀가 블루벨의 심정을 보여주었다. 바실리사는 한숨을 쉬면서 허락했다. 블루벨은 케릭스를 인적이 드문 곳으로 데려갔다. 케릭스가 다급하게 물었다.

"갑자기 네가 왜, 바실리사님과……."

블루벨이 눈물이 그렁그렁한 얼굴로 케릭스를 보았다.

"루프스님이 유채님을 괴롭힐 때, 그 누구도 루프스님을 막지 않았어요. 그래서 유채님은 정말 많이 다쳤고 힘들어 했어요."

블루벨은 바실리사에게 이야기를 들었다. 유채가 루프스의 어깨를 찌르고 탈출했으며, 케릭스가 늑대로 변한 것도 모자라서 정예병을 투입하여 유채를 제압하려 했다고. 케릭스는 수인이라 제 힘을 잘 실감하지 못했지만 루프스가 막지 않았다면, 유채는 케릭스의 발톱에 찢겨서 죽었을 것이다. 아니면 산비탈에 구르다가 머리가 깨져서 죽었을 것이다.

"유채님은 살기 위해서, 언니분을 살리기 위해서 발버둥 치셨어요. 그 누구도 도와주지 않아서 힘들어 하던 분께, 그렇게 했어야만 하셨어요? 유채님은 마음도 여리시고 눈물도 많아요. 그분이 얼마나 힘들었으면 그런 선택을 하셨을지 한 번이라도 생각을 해보셨어요?"

"그건 블루벨……."

"듣기 싫어요, 케릭스님."

블루벨이 케릭스의 손을 쳐 냈다. 블루벨은 눈물을 닦고 코를 훌쩍이면서도 꿋꿋이 말을 이었다.

"저, 케릭스님 정말 많이 좋아했어요."

열여섯 소녀의 마음에 불어온 첫 봄바람이었다.

"하지만, 이건 아닌 것 같아요."

블루벨은 고개를 숙였다. 케릭스의 눈에 이 모든 광경이 마치 소설 속 그림처럼 보였다.

"안녕히 계세요. 그동안 감사했어요."

블루벨은 그대로 돌아섰다. 케릭스는 블루벨을 잡지 못하고 손만 꽉 움켜쥐었다.

오르페는 루프스의 상처를 치료하고 붕대를 감았다. 회복력이 좋기로 유명한 루프스인데도 어째서인지 회복 속도가 너무나 느렸다.

"치료가 끝났습니다."

"나가봐."

루프스는 뻐근한 왼쪽 어깨를 만지면서 차갑게 말했다. 오르페는 고개를 숙이고 물러 나갔다. 루프스는 오르페가 나가자마자 서랍 속에서 작은 상자 하나를 꺼냈다. 그는 그것을 들고 유채의 방으로 갔다. 루프스는 방으로 들어가 탁자 앞에 섰다. 그 위에 그녀가 흘리고 간 머리 장식과 망가진 발찌가 놓여 있었다. 그는 주먹을 말아 쥐었다.

그녀가 두고 간 것들이 모두 제 처지 같아 보였다. 무시당한 제 정성들이었다.

루프스는 가져 온 상자를 탁자 위에 놓고 뚜껑을 열었다. 그 안에는 다이아몬드가 박힌 금반지가 들어 있었다. 블랑카의, 루프스가 유일하게 지켜낸 그녀의 유품이었다. 레티티아의 희고 고운 손가락과 잘 어울릴 것 같아서 장인에게 크기를 줄이라 명을 내렸었다. 루프스는 반지를 꺼내서 매끈한 표면을 만졌다.

-Meus Ignis(내 사랑)

아버지가 직접 반지의 안쪽에 새긴 문구였다. 아버지가 어머니에게 처음으로 준, 길고 긴 구애의 시작이 되었던 선물이었다. 그런 의미 있는 물건을 그저 잘 어울릴 것 같다는 이유로 유채에게 주려고 했을 정도로 그녀를 아꼈다.

"도망갈 수 있을 때 도망가 봐."

유채를 다시 찾으면, 제가 그녀에게 어떻게 할지 그 자신도 장담할 수가 없었다. 한 가지 분명한 것은 유채를 발견하면 그 즉시 손발을 묶어서 이 토스 호무스로 돌아와 그녀의 발목에 족쇄를 채워서 감금할 것이다. 아니, 양손에 수갑을 채워서 제 방 침대 기둥에 묶어놓겠다. 문은 결코 열어주지 않을 것이고 그녀와 만나고 대화할 수 있는 것은 오직 자신만으로 한정할 것이다.

그렇게 저만 보고 저만 의지하게 만들 생각이었다. 제 손길에, 제 말 한마디에 매달리게 만들 것이다. 저만을 위해서 입을 열고, 저만을 위해서 살아가는 펠릭스 다우스로 만들겠다. 더 이상의 배려는 없을 것이다.

"안 가요."

루프스는 욱신거리는 가슴을 움켜쥐었다. 유채의 얼굴이 생생하게 떠올랐다. 그는 헛웃음을 지었다. 이렇게까지 되었는데도 제 어깨를 찌른 유채가 싫지 않았다. 그녀가 밉지도 않았다. 그가 싫은 것은 유채가 저를 떠난 바로 이 상황이었다.

루프스는 그녀가 두고 간 또 다른 물건을 집어 들었다. 전처럼 이리저리 살펴보고 눌러보니 표면이 밝아지더니 유채의 얼굴이 떠올랐다.

환하게 웃는 유채의 얼굴을 보니, 저를 찌르고 배신하고 도망간 암컷임에도 미치도록 보고 싶었다. 고운 얼굴을 바라보고 가는 몸을 끌어안고 달콤한 향이 나는 말캉한 입술을 탐하고 싶었다.

"돌아간다……."

분명 그가 잡을 수 없는 곳으로 가려는 것이었다. 루프스는 주먹을 움켜쥐었다. 지금 이 세상에는 신과 소통할 수 있는 자도, 신의 힘을 담은 물건도 없었다. 유채가 돌아갈 수 있는 방법은 전혀 없다. 유채는 절망할 것이고 결국 그에게로 다시 돌아올 것이다.

하지만 불안했다.

루프스는 침대로 가서 유채의 냄새가 배어 있는 베개에 얼굴을 묻었다. 유채의 머리카락에서 나는 향긋한 냄새가 콧속으로 들어왔다.

"가지 마."

그는 작게 되뇌었다. 그리고 알고 있지만, 부르기 싫었던 그 이름을 불렀다.

"유채."

낯선 발음임에도 꽤나 자연스럽게 그의 입에서 튀어나온 말은 평소와 달리 습윤함을 머금고 있었다.

⚜

"오라클라 리네아님!"

고양이 귀를 쫑긋 세우고 꼬리를 흔들면서 아일라가 리네아에게 뛰어왔다. 리네아는 난롯가에서 불을 지피고 있었다. 아일라는 리네아를 볼 때마다 신기하다고 생각했다. 고양이 특유의 눈동자와 날카로운 송곳니가 아니었다면, 그 누구도 리네아를 수인이라고 생각하지 못할 것이었다. 리네아는 그만큼 마레 위르와 흡사하게 보였다.

"왔구나, 아일라."

아일라의 집안은 대대로 오라클라 리네아를 모시고 있었다. 아일라는 아주 어릴 적부터 리네아를 보아왔다. 리네아는 그때와 전혀 다를 바가 없는 모습으로 아일라의 곁에 있었다.

은가연과 동시대를 살았으니 최소 천 년은 훌쩍 넘어가는 삶을 살아왔음에도 리네아는 겨우 스물다섯 정도로 밖에 보이지 않았다. 아일라는 꽤나 심각한 표정의 리네아의 옆에 붙어 앉았다.

"무슨 일 있으세요?"

"곧 손님이 올 거야."

리네아가 나지막하게 중얼거렸다. 리네아가 이제껏 살아 있어야 했던 이유 중 하나가 그녀에게 오고 있었다.

"신의 운명에 휘말린 가여운 여인이 올 거야."

"그게 무슨 말이세요?"

"이니투스님이 평생을 짊어지셨던, 그리고 우리 수인들이 짊어지고 있었던 가연과의 약속을 해결해 줄 여인이 올 거야."

리네아는 자리에서 일어났다. 굉장한 희생을 감수하기로 했던 이니투스의 마지막 부탁. 제 일족의 번영과 안전을 바라며 이니투스는 리와인더의 마지막 조각을 짊어지고 모든 일족을 이끌고 이 스티폴로르로 왔다. 가연과의 약속이자, 그녀의 마지막 짐을 덜어주기 위해, 일족의 번영을 바라며 이니투스는 이 스티폴로르로 왔다. 그리고 이제 그 희생의 끝이 보였다.

"또. 검은 머리 이국의 여인이군."

리네아가 조용히 읊조렸다.

Chapter 6

고양이들의 땅, 펠레스 호무스 [Feles Humus]

"아악!"

"유채 양!"

유채는 간신히 나뭇가지를 잡았다. 한국에서 가벼운 등산만 해 보았던 유채는 이런 험한 산을 타는 것에 익숙하지 않았다. 유채는 나뭇가지에 몸을 지탱하고 가파른 경사에 발을 딛고 몸을 일으켜 세웠다. 팔이 완전히 까져 버렸다. 앞서가던 알렉스가 빠르게 내려왔다.

"괜찮아요?"

"좀 까진 것뿐이에요. 괜찮아요."

유채는 상처를 뒤로 감추었다. 살이 까져서 쓰라렸지만 지금 알렉스와 프레드릭에게 입힌 직접적인 피해만 해도 셀 수 없이 많았기에 더 이상 폐를 끼칠 수 없었다.

알렉스는 한숨을 쉬더니 유채가 뒤로 감춘 팔을 잡아당겼다.

유채는 신음을 뱉었다. 알렉스는 살이 까져서 벌건 속을 드러낸 상처를 살폈다. 유채는 미안한 듯이 고개를 숙였다.

"미안해요."

"유채 양이 미안할 것이 뭐가 있어요. 다쳤으면 말을 해야죠. 지금 이게 뭐예요."

알렉스는 가방을 뒤져서 소독약을 꺼냈다. 알렉스는 약이 얼마 남지 않았으니 아껴 써야 한다는 말을 하면서 상처에 소독약을 떨어뜨렸다. 유채는 상처가 쓰라려서 눈살을 찌푸렸다. 알렉스는 상처 위에 붕대를 감아주었다. 프레드릭이 치유 마법을 써줄 수 있다면 좋을 테지만 그는 지금 마력 리바운드의 여파로 당분간은 마법을 쓰지 않는 것이 좋았다.

"정말 미안해요."

"유채 양이 사과할 일 아니라니까, 또 그러네."

알렉스가 붕대를 챙겨 넣으면서 말했다. 알렉스는 유채의 옷차림을 살폈다. 그녀의 옷은 외부 활동에는 전혀 어울리지 않는 풍성하고 화려한 드레스였다. 신발 역시 이렇게 가파른 산을 타기에는 적합하다고 볼 수 없었다. 치맛자락 아래로 보이는 발은 이미 피투성이였다. 퉁퉁 부은 발목이 꺾이지 않은 것만으로도 다행인 상태였다.

"근처에 인가가 있으면 도둑질이라도 해야겠군요."

"그러실 필요 없어요."

유채도 옷이나 신발만 바뀌어도 더 이상 형제에게 폐를 끼치지 않을 수 있다는 것을 알았다. 하지만 도둑질을 했다가 자신들의 위치가 들킬 것이 두려웠다. 알렉스나 프레드릭에게 더 이상 피해를 입힐 만한 상황은 피하고 싶었다.

알렉스는 잠시 고민을 하더니, 유채에게 자신의 등을 내밀었다.
"업혀요."
"예?"
"업히라고요. 지금 발도 엉망이 됐고 옷도 불편하잖아요. 내가 업고 올라갈게요."
"아니에요. 더 이상 폐를……."
"지금 이렇게 고집부리는 게 더 민폐니까. 빨리 업혀요."
알렉스가 냉정하게 말했다. 유채는 스스로가 한심해서 한숨을 뱉으면서 결국 그의 등에 업혔다. 알렉스는 유채의 다리를 단단하게 받친 다음 걸음을 떼었다. 생각보다 가벼워서 유채를 업고 산을 타는 것은 그렇게 힘들지 않았다. 프레드릭이 앞에서 그들을 기다리고 있었다.
"알렉스, 근처에 물이 있어!"
프레드릭이 큰 소리로 외쳤다.
"멀어?"
"그렇게 멀지는 않아! 거기서 오늘은 쉬는 것이 좋을 것 같아!"
"알겠어. 형! 금방 따라갈 테니까, 먼저 가 있어!"
알렉스가 큰 소리로 외쳤다. 프레드릭은 알았다는 듯이 고개를 끄덕이고는 먼저 성큼성큼 올라갔다. 유채는 알렉스에게 미안한지 기어들어 가는 목소리로 물었다.
"혹시 나 때문에 거기까지만 가는 거라면……."
"하아. 그건 아니에요, 유채 양. 물을 확보할 수 있는 곳에서 야영하는 것이 가장 좋기 때문이지, 결코 유채 양 때문에 그곳을 선택한 게 아니에요."
알렉스는 거친 숨을 몰아쉬면서 대답했다. 유채가 삼 일간 지켜본 결과 알렉스와 프레드릭의 체력은 보통 사람의 범주를 넘어섰다. 아무리 최근 큰일을 겪으면서 체력이 떨어졌다고는 하지만, 여자아이치고 운동도 잘하고 체력도 좋은 편이었던 유채도 하워드 형제의 체력을 따라가기에는 너무 벅찼다. 검사인 알렉스는 둘째 치더라도 책상물림으로만 보이는 프레드릭의 체력도 굉장했다. 유채는 그들을 따라가기 위해서 정말 죽을힘을 다해야 했다.

"그런데, 괜찮으세요? 어제 잠도 못 주무신 것 같은데……."

"괜찮습니다. 예전에 스승님께 훈련받을 땐 지금보다 더 오래 못 잔 적도 많은걸요."

알렉스가 웃으면서 대답했다. 그래도 유채는 알렉스가 걱정이 되었다. 그는 저와 프레드릭을 위해 매일 밤마다 불침번을 자처했다. 거기다 낮에는 아직 다 회복되지 않은 프레드릭과 둘에 비해서 체력이 현저히 부족한 유채를 돕느라 배로 고생 중이었다. 유채는 알렉스에게 미안해서 고개를 들 수가 없었다.

"내가 살던 세상에 드라마라는 게 있어요."

"드라마요?"

알렉스는 지난밤 유채와 이야기하면서 그녀가 이곳 사람이 아니라는 것을 듣게 되었다. 그리고 언니를 구하기 위해서 이런 위험천만한 길을 택했다는 것도. 알렉스는 유채가 정말로 가여웠다. 그래서 유채가 하는 말에는 관심을 기울여 주고 호응도 많이 해주었다. 물론 제가 모르는 신비로운 세계에 대한 설명도 꽤나 흥미진진했기 때문에 알렉스는 유채의 이야기를 듣는 것을 좋아했다.

"음. 연극하고 비슷한 건데, 사람들이 연기한 모습을 담은 걸 특별한 장치를 이용해서 다른 곳에서도 볼 수 있거든요. 그게 특정한 날 특정한 시간에 이야기가 끝이 날 때까지 규칙적으로 보여주는 것을 드라마라고 해요."

유채는 되도록 알렉스가 이해하기 쉽게 설명해 보려 했지만, 제가 생각해도 무슨 소리인지 모를 것 같았다. 하지만 알렉스는 대강 알았다는 듯 고개를 끄덕였다. 알렉스가 계속 말을 해달라고 재촉을 하자 유채는 입을 열었다.

"아무튼 그 드라마 중에 도망치는 노예들을 쫓는 사람들의 이야기가 있어요. 거기에 언년이라는 인물이 나와요."

"뭐 하는 역할입니까? 노예를 쫓는다는 건 무슨 내용이고요?"

유채는 제가 보았던 드라마의 내용을 간략하게 설명했다. 전투 장면도 그렇고 이야기 자체가 남성 시청자들을 타깃으로 만든 드라마다 보니, 알렉스도 꽤나 흥미진진하게 이야기를 들었다.

"아무튼 그 언년이란 인물이 민폐란 민폐는 다 끼치는 애라서 저도 보면서 엄청 욕했거든요. 근데, 지금 내 처지가 딱 언년이 같아져서……. 그때 욕한 게 되게 미안해요."

"내가 누누이 말하지만 제발 자책 좀 그만해요."

알렉스가 약간은 격양된 목소리로 말했다. 대체 얼마나 큰일을 겪었던 건지 유채는 자존감이 바닥에 떨어져서는 사소한 것에도 다 미안해했다. 알렉스는 프레드릭이 넌지시 준 힌트로 유채가 무슨 일을 겪었는지를 대강 파악을 했다. 여인으로서 감당하기 힘들 것이다. 포트리스에서도 헥터는 그런 쪽으로 악명 높았다. 솔직히 말해서 베노르 콩레수스 때 겪은 그런 큰 충격에서 이를 악물고 헤어 나와서 탈출할 길을 찾아놓고 적당한 때만을 찾고 있었다는 것만으로도 유채는 대단한 것이었다.

"사람들은 참 이상한 게, 무력으로 누군가를 보호하는 것만이 도와주는 거라고 생각해요. 난 그건 아니라고 보거든요. 유채 양은 유채 양이 할 수 있는 한계까지 우리를 많이 도와주었어요. 사실 유채 양이 실질적으로 우리 형의 생명의 은인이에요. 그러니 나도 유채 양을 돕는 거예요. 그 아르젠 말로 상부……."

알렉스가 어려운 말을 쓸려고 하다가 단어가 가물거리는 것인지 말을 더듬었다. 유채가 웃으면서 답을 하였다.

"상부상조."

"맞아요. 그 단어! 나도 그냥 유채 양에게 은혜 갚는 중이니까, 너무 미안해하지 말아요."

"알렉스 씨는 정말 듣고 싶은 말만 들려주시는 것 같네요."

"저는 아름다운 여성분께만 한없이 친절해집니다."

"와! 나 보고 아름답다고 해주는 거예요?"

"솔직히 말할까요? 포트리스에서 여자들이라면 물리도록 봤는데 유채 양은 그 여자들 얼굴이 하나도 생각나지 않을 정도로 예쁩니다. 솔직히 유채 양의 고향에서도 남자들에게 인기 있었을 것 같은데?"

"생각만큼 인기 있지는 않았어요. 편한 옷차림을 좋아하기도 했고, 입만 열면 깬다고 입 좀 다물라는 이야기를 많이 들었거든요. 그리고 사교적인 성격도 아니고 집에 있는 것만 좋아하기도 했고요."

알렉스는 뒤를 힐끔 돌아보았다. 유채는 긴 머리카락을 싹둑 잘라 버리고 지저분한 단발이 되어 있었다. 단발머리가 움직이기 편하다는 이유로 알렉스의 단검을 빌려서 본인이 자른 머리였다.

"머리카락 아깝지 않아요?"

"언니에게 가발을 만들어줄 생각에 기른 머리카락이어서 아깝긴 한데, 한편으로는 후련해요. 루프스의 취향이 긴 머리라 그 인간 취향에 맞춘다고 궁녀들이 아주 닦달을 해서."

"생각보다 쾌활하고 직설적인 성격인가 봅니다."

"그것보단 쌈닭에 가까웠어요. 여기 와서 성격이 많이 죽은 편이죠. 오르페님이 그러더군요. 자존심을 죽이고 루프스의 비위를 맞춰준다면 오히려 편하게 지낼 수도 있고 더 많은 자유를 얻을 수도 있을 텐데 왜 그리 미련하게 구냐고."

유채는 알렉스의 어깨에 머리를 기대었다. 그 바람에 목에 그녀의 숨결이 닿아오자 순간 알렉스의 몸이 움찔했다.

"근데, 나는 그 인간이 너무 싫었어요. 합리적으로 생각해 보면 오르페님의 말이 맞는데, 내 자존심이 그걸 허락을 안 했어요. 그렇게 지내다 현실에 안주해 버릴 것이 두려웠어요. 사람은 적응의 동물이라잖아요. 그래서 결국 나만 고생했죠."

"후회해요?"

"아니요. 후회하지는 않아요. 오르페님의 말에 따랐다면 나는 이번 기회를 잡지 못했을 수도 있으니까요."

"그럼 된 거예요. 난 사실 인간이라면 포기할 수 없는 한 가지쯤은 지킬 줄 알아야 한다고 생각해요. 그래서 나는 유채 양이 옳다고 생각해요."

"솔직히 말해봐요. 바람둥이죠? 그렇지 않고서는 이렇게 여자들이 원하는 말만 할 수는 없어요."

"만일 그랬다면 제 주위에 여자들이 한 수레는 더 있었겠죠? 그런데 불행히도 전 한 수레는커녕 한 명도 주위에 두기 힘들었습니다."

유채가 키득거리면서 웃었다. 알렉스는 유채가 도란도란 털어놓는 말들을 다 들어주었다. 차분하고 다소곳한 아가씨인 줄만 알았다. 하지만 알고 보니 생각보다 명랑하며 약간은 푼수기도 있는 그냥 그 나이대의 여자아이였다. 그런 여자아이를 얼마나 다그쳤으면 저렇게 위축되게 만들었나 싶었다.

잠시 후 알렉스는 프레드릭이 미리 준비하고 있던 야영지에 도착했다. 숲이라 날이 빨리 저물어, 짐승들과 추위에 대비하기 위해서 장작을 모아서 불을 피웠다.

유채는 신발을 벗고 맑은 물에 발을 담갔다. 물에 닿자마자 발이 너무 쓰라렸지만, 조금 참아내니 냉기에 발이 보다 편해졌다. 알렉스는 유채에게 육포를 건넸다, 유채는 발을 물에 담근 채로 질긴 육포를 질겅질겅 씹었다. 그녀는 요즘 몽골인들이 전쟁 시 왜 육포를 식량으로 가지고 다녔는지를 뼈저리게 실감하고 있었다.

"유채 양, 잠깐 올래요?"

프레드릭이 유채를 불렀다. 유채는 물에서 나와 발을 닦고 그에게 향했다. 프레드릭은 장작불에 지도를 비추어 보여주었다. 그리고 고양이 일족의 땅과 가까운 곳을 손으로 짚었다.

"우리는 지금 여기 있습니다."

"생각보다 멀리 왔네요."

"예. 토끼, 쥐의 영토와 고양이 영토의 경계입니다. 보통 이런 곳에는 군소 일족들이 많이 사는데, 여기는 다람쥐 일족이 많이 산다고 합니다."

"다람쥐요?"

유채는 다람쥐 궁녀들에게 좋지 않은 기억이 있어서 탐탁지 않은 얼굴을 했다. 프레드릭은 고양이 일족의 영토로 들어가려면 다람쥐 수인의 마을을 지나야 한다고 설명했다.

유채는 심하게 긴장을 했다. 제가 인간이고 펠릭스 다우스인 것을 들킨다면, 다람쥐 수인들이 루프스에게 여기 제가 왔다고 일러바칠 것만 같았다. 유채는 도저히 벗을 수가 없었던 파렌티아를 꽉 움켜쥐었다.

"여기 이 마을을 통과하는 것이 가장 위험하고, 일단 고양이 일족의 땅으로 들어가면 문제는 더 없을 겁니다."

알렉스는 턱을 쓸면서 어떻게 마을을 무사히 지나갈지에 대한 고민을 프레드릭과 나누었다. 유채도 몇 가지 아이디어를 냈다. 하지만 딱히 해결점은 보이지 않는 가운데, 일단은 마을의 상황을 보는 것이 낫겠다는 판단을 하고 잠을 잘 준비를 하였다. 유채는 불침번을 서기 위해 준비를 하는 알렉스의 어깨를 가볍게 두드렸다.

"알렉스 씨, 오늘은 제가 깨어 있을 테니까 좀 눈을 붙이세요."

"아닙니다, 유채 양. 몸을 생각해서 조금이라도 더 자요."

유채와 알렉스는 실랑이를 벌였다. 하지만 결국 유채의 고집을 꺾지 못한 알렉스는 한숨을 푹 내쉬고 세 시간 정도 후에 교대하자는 타협점을 제시했다. 알렉스는 검을 베개 삼아서 누웠다. 정말 피곤했던 것인지 알렉스는 눕자마자 잠이 들어버렸다. 유채는 모닥불에 나뭇가지를 집어넣거나 장작으로 모아놓은 나뭇가지에 붙은 나뭇잎을 떼면서 시간을 무료하게 보내었다.

"가지 마."

유채는 마지막으로 보았던 루프스의 모습을 떠올렸다. 저를 놓치게 되었으니 분명 분노할 거라고 생각했다. 하나, 유채가 마지막으로 본 그의 눈동자는 헤어지는 연인을 잡는 것 같은, 아니, 마치 떠나려는 엄마에게 매달리는 것 같은 그런 절박함이었다.

유채는 다리를 끌어안고 무릎에 볼을 기대었다. 정말로 싫은 남자인데도 그의 마지막 표정에 제가 잘못한 것 같다는 기분이 들어 불쾌해졌다.

"아, 그래도 그건 좀 미안하네."

헥터에게서 저를 구해주었음에도 유채는 그에게 제대로 된 감사 인사 한 번을 한 적이 없었다. 솔직히 그건 조금 미안했지만, 그동안 그 인간이 제게 한 짓이 있으니 똑같다고 생각했다.

유채는 제가 여기까지 와서 왜 루프스를 떠올리고 있는 건가 싶어서 지저분하게 잘린 단발을 신경질적으로 헝클어뜨렸다.

바스락. 쿵. 쿠구궁.

유채는 갑자기 나는 큰 소리에 고개를 번쩍 들었다. 유채는 긴장을 하고 다시 귀를 쫑긋 세웠다. 우당탕하는 소리와 나무에 무언가 부딪치는 소리가 계속 들려왔다. 유채는 놀라서 알렉스의 어깨를 흔들었다.

"알렉스 씨. 알렉스 씨."

유채는 조용하지만 다급하게 알렉스를 부르며 어깨를 흔들었다. 하지만 알렉스는 오랜만의 잠에 깊게 빠져 버려 미동도 하지 않았다. 유채는 점점 더 가까워지는 소리에 긴장하여 침을 꿀꺽 삼켰다. 유채는 차선책으로 프레드릭을 돌아보았다가 이내 고개를 저었다. 그는 지금 저보다 체력만 나았지, 쉬어야 하는 병자였다.

유채는 장작불 가까이 다가가서 불이 붙은 장작 하나를 꺼내 두 손으로 꽉 쥐었다. 짐승들은 불을 무서워한다고 하였다. 불붙은 장작이면 어쩌면 짐승 하나 정도는 쫓아낼 수 있을 것 같았다.

유채는 불붙은 장작을 들고 주위를 경계했다. 소리로 보니 두 마리쯤 되는 것 같았다. 유채는 장작을 붕붕 휘두르면서 혹시 모를 습격에 대비했다.

"꺄악!"

하지만, 그런 노력에도 불구하고 풀숲에서 거대한 무언가가 덮치듯 튀어나오자 유채는 순간 눈을 감고 엉덩방아를 찧었다. 유채는 제 머리 위로 뭔가가 넘어간 것 같은 느낌에 가슴이 덜컥 내려앉아 벌벌 떨었다.

아그작. 아그작.

뼈가 바스러지는 소리가 났다.

"유채 양!"

알렉스가 검을 뽑아 들고 달려와서 유채의 어깨를 감싸 쥐었다. 유채는 그제야 고개를 돌렸다. 네 발 달린 동물이 거대한 무언가를 씹고 있었다. 검은 액체가 주둥이에 덕지덕지 묻어 있었다.

알렉스는 온몸의 근육을 긴장시켰다. 마력 리바운드로 고생하고 있는 프레드릭과 유채를 보호하면서 싸워야 했다. 거기다 저렇게 커다란 덩치의 마물을 씹어 먹는 괴물이었다. 승리를 장담할 수 없었다. 마물을 씹어 먹고 있던 동물이 몸을 돌렸다. 불빛에 비친 그것은 거대한 개 한 마리였다. 유채 세상의 기준으로 개의 품종은 아이리쉬 울프하운드였다. 개의 눈동자가 커졌다.

[파렌티아?]

개는 주둥이에서 검은 피를 뚝뚝 흘리며 천천히 다가왔다. 알렉스는 언제 달려들지 모르는 개 수인을 경계하며 검을 든 손에 바짝 힘을 주었다.

개 수인은 유채를 빤히 보더니 순식간에 위르형으로 변했다. 바실리사와 닮은 지저분한 회색 머리카락에, 축 늘어진 개의 귀를 가진 중년의 남성이었다. 알렉스의 검이 중년의 개 수인의 목을 겨누었다.

"누구냐?"

"너, 펠릭스 다우스냐?"

알렉스의 물음에는 아랑곳하지 않고 그가 유채를 바라보면서 물었다. 유채는 고개를 저었다. 세간에서 모두 그녀를 펠릭스 다우스라고, 루프스의 것이라 말해도 유채 자신은 절대로 인정하지 않았다.

"알렉스, 당장 검을 내리고 물러서!"

프레드릭이 개 수인의 얼굴을 보고 놀라서 외쳤다.

"오. 프레드릭 군인가?"

서로 안면이 있는 것인지 개 수인은 프레드릭에게 아는 체를 하였다. 프레드릭은 고개를 숙여서 개 수인에게 인사했다.

"오랜만입니다, 카니스 빅터."

"카, 니스…… 빅터?"

유채가 떨리는 눈으로 중년의 사내를 올려다보았다. 그는 유채를 향해 인자한 미소를 지어 보였다.

"그래, 그렇단다. 레티티아."

알렉스가 검을 거둠과 동시에 카니스 빅터는 유채의 몸을 일으켜 세워주었다. 알렉스는 적잖이 놀란 표정이었다. 이미 카니스의 자리를 내버렸음에도 여전히 카니스라 불리는 개 수인 일족 부동의 최강자였다. 로보의 가장 친한 친구였으며, 블랑카의 소꿉친구였던, 이전 시대에 베니니타스 다음가는 강자였으며, 지금의 루프스와 그나마 대등하게 대결을 할 수 있을 것이라 추정되는 남자. 물론 절대적인 실력은 루프스가 우위를 점하겠지만, 세월에서 비롯된 연륜은 무시할 수 있는 것이 아니었다.

카니스 빅터는 하워드 형제와 유채를 흥미로운 눈으로 바라보면서 손바닥을 비볐다.

"이거, 라이칸의 궁 가장 깊숙한 곳에 있다는 아가씨와 포트리스의 가장 유명한 형제의 조합이라. 꽤나 신선하군."

빅터는 예쁘장한 얼굴의 유채를 바라보았다. 찢어진 옷자락과 엉성하게 잘린 머리카락으로 보아서 탈출을 한 모양이었다. 배짱도 큰 아가씨였다. 전투에 대한 감각은 좋았으나 다른 부분에서는 약간 무식한 구석이 있던 로보와는 달리 라이칸은 꽤나 명석한 아이였다. 명석한 머리는 수인 내전을 지내면서 뒤틀린 성격과 만나 악랄함을 자아냈다. 펠릭스 다우스를 들여서 수단 방법을 가리지 않고 길들이는 괴악한 취미를 갖고 있는 라이칸이 유독 싸고돈다는 암컷이었다.

그렇게 싸고돈 암컷이라면 쉽게 탈출할 기회를 주지 않았을 텐데……. 배짱도 좋고 머리도 좋은 것인지……. 빅터는 유채가 흥미로워 보였다. 빅터는 턱을 쓸면서 유채와 그 일행들이 짐을 풀어놓았던 불 가까이 다가가 마치 그도 일행인 양 자리에 앉았다.

"이렇게 된 것도 인연인데. 이야기나 들어보지. 내가 요즘 오래 산을 타고 있어 바깥소식에 어둡거든."

"지금……."

"프레드릭 군의 다혈질 동생 알렉스 군. 지금 나는 이야기를 듣고 그대들을 도와줄 것인지를 결정할 거야."

빅터는 연륜과 실력에서 비롯된 위압감으로 그들 모두를 침묵시켰다.

"산보다는 수인들의 땅들을 직접 지나가는 것이 편하지? 그렇지 않은가?"

빅터가 빙긋 웃었다.

"그러니 이야기 해봐, 도대체 이런 신선한 조합이 어떻게 생겨난 것인지."

유채는 바실리사와 닮은 얼굴을 하고 있는 그를 바라보면서 침을 삼켰다.

⚜

"정말 더럽게 안 낫는군."

루프스는 어깨 상처의 붕대를 갈면서 이를 갈았다. 유채가 찌르고 간 어깨의 상처는 정말 낫지를 않았다. 붕대를 갈 때마다 피가 배어 나왔다. 원래대로라면 벌써 치유되고도 남을 시간임에도 이 상처는 도저히 나을 기미가 보이지 않았다. 결국 차선책으로 오르페가 치유 마법을 쏟아부었다. 워낙 마력 저항력이 강한 루프스인지라 효과는 미미했지만, 그래도 아무것도 하지 않는 것보다는 나았다. 루프스는 욕지거리를 뱉으면서 더러워진 붕대를 막사 바닥으로 집어 던졌다.

그의 예상대로 발란테스(양 일족의 수장) 카르멘도 소 일족에 동조했다. 소 일족이 독수리 일족을 치고 늑대 일족을 노리기 시작했다면 발란테스 카르멘은 가장 가까운 토끼 일족과 쥐 일족의 땅을 치기 시작했다. 중간에 낀 군소 일족들은 누구의 편을 들을 것인지 지금 굉장한 고민에 빠져 있었다. 개중 늑대 일족에게 앙심을 품은 일족들은 헥터와 카르멘에게 동조했다.

루프스는 타 일족의 땅을 침략하는 자들이 있으면, 늑대 일족은 침략당하는 일족을 돕겠다는 수인 협정에 따라서 움직였다. 방에 틀어박힌 플로서스 대신에 토모스의 막내아들을 인질로 잡아 그를 선봉으로 세워 독수리 수인 일족의 땅에 보냈다. 루프스는 아리아와 함께 소규모의 정예병으로 발란테스 카르멘을 노리러 가는 중이었다. 근처에서 게릴라 작전이라도 펼치는 모양인 군소 일족들과의 전투가 있었지만, 금방 제압되었다.

"빌어먹을 것들."

루프스는 중얼거리면서 간이침대에 몸을 뉘였다. 어차피 토모스가 헥터를 처리할 것이라고 믿지 않았다. 죽지만 않으면 다행이었다. 토모스가 소 수인 일족과 헥터의 힘을 빼주는 사이 그는 발란테스 카르멘을 정리하고 헥터를 죽이러 갈 생각이었다. 더 이상 그를 보아 넘겨줄 수 없었다.

"안 가요."

"젠장."

그는 욕을 지껄이면서 간이침대에서 벌떡 일어났다. 지금 당장 가장 심각한 사항은 타우루스 헥터와 발란테스 카르멘임에도 그는 그들보다 유채에 대한 생각이 더 많았다. 그 찢어 죽일 마레위르 수컷의 품에 안겨서 먼지처럼 사라졌던 유채에 대한 생각이 머릿속을 떠나지 않았다. 그는 옷을 더듬어 품에서 나비 모양 머리 장식을 꺼내었다.

"예쁘네."

유채가 유일하게 반응한 선물이었다. 장인이 이것을 바친 날, 루프스는 유채의 머리카락에 직접 머리 장식을 달아주었다. 섬세하게 생긴 외모와는 달리 손끝이 투박한 편이라 유채의 머리에 머리 장식을 달아주기 위해서 그는 꽤나 시행착오를 많이 겪었다. 그리고 유채를 거울 앞에 세우고 생색을 내며 자랑을 하려고 하는데 그녀가 그때 중얼거렸던 것이다.

"예쁘네."

유채의 얼굴에 미미한 미소가 머금어졌었다. 루프스는 순간 할 말을 잊었다. 가슴이 쿵 하고 내려앉았다. 유채가 웃어서 아름다운 것인지, 아니면 머리 장식이 그녀의 아름다움을 더 돋보이게 한 것인지 구분되지 않았다. 그 순간만큼은 유채는 그가 보았던 어떤 미녀들과도 비교가 되지 않았다.

"한유채."

그는 손에 머리 장식을 말아 쥐고 유채의 이름을 되뇌었다. 제 몸이 고장 난 것 같았다. 하루에도 몇 번이나 기분이 널을 뛰었다. 슬플 때도 있었고 분노할 때도 있었다. 눈을 감으면 유채가 생생하게 떠올랐다. 저에게는 한 번도 제대로 보여준 적이 없어 그저 옆모습으로만 기억하는 밝은 얼굴부터, 잠이 든 모습까지. 제가 미친 것 같다는 생각을 할 정도로 눈만 감으면 유채의 모습이 떠올랐다.

"젠장."

발란테스 카르멘을 처리하는 일은 그가 직접 나설 만한 것은 아니었다. 발란테스 카르멘 정도라면 토모스와 루크레치아도 쉽게 처리할 수 있다. 그가 움직인 이유는 딱 하나. 이 길이 고양이 일족의 땅으로 가고 있을 유채를 잡을 수 있는 가장 빠른 길이기 때문이었다.

그는 얼굴을 성마르게 쓸어내렸다. 발목에 넘실대는 검은 뱀 같은 감정들이 날뛰었다. 당연했다. 그에게 복종하지 않는 것들이 많아졌으니까. 다시 모든 것이 무료해졌고, 무료해진 만큼 검은 뱀들이 극성을 떨어대었다. 하지만, 그것보다 더 가슴 떨리게 하는 것이 있었다.

"오라클라 리네아? 얼어 죽을."

하루에도 몇 번씩 유채는 결코 돌아갈 수 없을 것이고 결국 체념하고 제게 돌아올 것이라고 되뇌었다. 그러나 다른 한편으로는 유채가 영영 떠날 것 같아 두려웠다. 그래서 동물형으로 변하면 워르형일 때 입은 상처에 계속 자극이 감을 알면서도 그는 동물형으로 변해서 일정을 재촉했다.

루프스는 유채가 떨어뜨리고 간 머리 장식을 하염없이 내려다보았다.

"젠장할."

루프스는 팔로 눈을 가리면서 누웠다. 거울에 비쳤던, 미소를 띠고 있던 유채가 도저히 머릿속에서 사라지지 않았다. 그는 조용히 머리 장식을 품속에 집어넣었다.

⚜

빅터는 불꽃이 타오르는 것을 보며 그 너머로 잠이 들어 있는 세 명의 남녀를 바라보았다. 그의 시선이 유달리 많이 머무는 곳은 유채였다. 그녀의 이야기는 소설을 써도 될 정도로 구구절절했다. 유채는 자신이 어떻게 이곳에 왔으며 어떻게 펠릭스 다우스가 됐으며, 어떤 일을 겪었는지, 그리고 어떻게 그곳을 탈출했는지에 대한 이야기를 담담하게 풀어내었다. 물론 말만 담담했다. 말을 하는 동안 유채의 손은 파르르 떨리고 있었다. 빅터의 예상대로 배짱 있는 아가씨였다.

"결국 펠릭스 다우스가 맞으면서 왜 아니라고 했나."

"저는 그 남자의 소유물이 아니니까요. 저는 그저 저 자체로 존재해요. 레티티아가 아니고 한유채예요. 그 사람이 나를 아무리 윽박지르고 구속해도 나는 여전히 한유채예요. 그의 펠릭스 다우스가 아니라."

그렇게 힘든 일을 겪고도 꽤나 당당한 눈동자였다. 결코 자신에 대한 자주성을 놓지 않겠다는 각오였다. 그 단단한 눈동자를 보니 블랑카가 떠올랐다. 늑대도 아니고 개도 아니어서 양쪽에서 배척받던 블랑카도 그렇게 당당했다. 언제나 당당하고 밝았다. 그래서 좋아했다. 그가 가장 후회하는 일은 로보에게 마음을 준 블랑카를 막지 못했던 일이었다.

"아들은 아버지를 많이 닮는다고 했나?"

로보의 열렬한 구애는 결국 블랑카의 마음을 움직였다. 처음에는 제가 줄 수 있는 부를 모두 보여주는 방식으로 시작해서 종국에는 그 자신감이 너무 넘쳐서 오만하다는 평가까지 듣던 로보가 무릎을 꿇고 블랑카에게 사랑을 갈구했다. 물질적인 것에서부터 정신적인 구애까지 모두 이루어진 다음에야 블랑카는 로보의 사랑을 받아들였다. 로보의 아들인 라이칸도 별다를 바 없는 것 같았다. 아버지와 똑같은 암컷 취향에 소름 끼치도록 비슷한 구애 방식까지.

"블랑카."

그의 입에서 습기를 잔뜩 머금은 이름이 흘러나왔다.

"벌써 네 아들이 이렇게 컸어."

빅터는 한 번도 블랑카를 잊은 적이 없었다. 제게서 블랑카를 빼어간 친구 로보를 미워했으며, 블랑카를 지키지 못한 자신을 원망했으며 그녀를 죽인 친구 베니니타스를 증오했다.

"너와 비슷한 암컷을 좋아하는 그런 나이가 됐어."

블랑카의 아들임에도 그는 도저히 라이칸에게 정을 줄 수가 없었다. 소름 끼치도록 로보를 닮았고, 블랑카를 가장 많이 닮았던 에리카를 지키지 못했기 때문이었다. 그는 잠든 유채의 얼굴을 바라보았다. 블랑카와 닮은 구석이 없는데도 자꾸 블랑카가 보였다. 그래서 그는 유채를 돕고 싶었다. 늑대에게 제 암컷을 잃는다는 것이 얼마나 고통스러운 일인지를 잘 알면서도 그는 블랑카를 닮은 유채를 돕고 싶었다.

"그러니, 부디 나를 용서해, 블랑카."

그가 나지막하게 허공에 속삭였다.

유채는 차가운 아침 바람을 맞으며 빅터의 등을 타고 있었다.

날이 밝자 알렉스 대신 불침번을 섰던 빅터가 도와주겠다고 말했다. 이유를 물었지만 그는 그냥이라고 대답했다. 찜찜한 구석이 있었지만 유채와 알렉스, 프레드릭은 그의 제안을 거절할 만한 여유가 있는 것이 아니었다. 물론 그 선택에는 빅터와 안면이 있는 프레드릭의 설득이 주요했다.

프레드릭은 상처를 입고 쓰러져 있던 빅터를 치료해 준 적이 있었다. 그 후에는 프레드릭이 위험에 처했을 때 빅터가 구해준 적이 있어 인연이 생긴 것이다. 프레드릭은 빅터가 인간에게 비교적 우호적인 수인이라는 말도 덧붙였다. 유채도 빅터의 친척인 바실리사를 떠올리고, 좀 더 가벼운 마음으로 그의 제안을 수락했다.

빅터는 거대한 아이리쉬 울프하운드로 변해서 유채와 알렉스, 프레드릭을 태우고 달렸다. 빠른 속도도 속도거니와 유채는 무엇보다 발이 편하고 몸이 힘들지 않아 기분이 좋았다. 알렉스 역시 그동안에 피로가 상당했던지라 빅터의 등 위에서 졸고 있었다. 프레드릭이 입을 열었다.

"도와주셔서 감사합니다."

[별거 아니다. 나도 라이칸 녀석의 고약한 취미가 더 이상 꼴보기 싫어서 말이다.]

빅터가 대충 이유를 둘러대었다. 유채는 고개를 기울이다가 손뼉을 치고 조심스럽게 물었다.

"저…… 혹시 전대의 루프스였던 로보와 울페스였던 베니니타스와 친분이 있으셨나요?"

[우리 셋은 친구였다.]

"정말 실례되는 말일 수 있지만, 한 가지 여쭈어도 되나요?"

[뭔가?]

"정말 전대 루프스인 로보가 베니니타스의 부인인 라일라를 죽였나요?"

"유채 양!"

프레드릭은 유채의 무례에 가까운 말에 놀라서 소리쳤다. 그 소리가 얼마나 컸으면 꾸벅꾸벅 졸고 있던 알렉스가 깨어나서 뭔 일이 생긴 줄 알고 검을 뽑으려고 했을 정도였다. 프레드릭은 피곤한 동생을 진정시켜 다시 졸게 한 다음 유채에게 이건 무례한 짓이라며 혼을 냈다.

[잠깐, 프레드릭.]

빅터가 프레드릭의 말을 끊고 유채에게 물었다.

[아가씨의 말은 마치 라일라를 죽인 범인이 로보가 아니라고 생각하는 것 같은데? 이유가 있나?]

"시체의 처리 방식이 너무 달라서요."

유채는 블루벨이나 바실리사에게 이야기를 들은 후 계속 품고 있던 의문점을 털어놓았다.

"어린아이 둘을 형체도 몰라볼 정도로 태울 시간이 있었다면 자신들이 침입한 흔적도 모두 지울 시간이 있었을 텐데, 굳이 흔적도 지우지 않았고. 또 라일라의 시신은 태우지 않은 것도 이상해요. 마치 내가 했다고 자랑하는 것처럼."

"유채 양. 어린아이의 시신은 모르지만, 다 큰 어른의 시신은 태우기에 시간이 오래 걸리기 때문이 아닐까요?"

"그렇게 생각하면, 난 애들 시신을 태우느니 내가 들어온 흔적을 지우겠어요. 이빨을 지닌 동물형을 가진 일족은 여우도 있어요. 여우 일족 중 라일라에게 반감을 가진 일부가 그랬다고 뒤집어씌울 수도 있으면서 굳이 수고롭게 왜 시신만 태우고 도망갔느냐 말이죠. 또 그렇게 생각하면 이것도 이상해요. 시신이 타고 있는 동안 멍하니 그것만 지켜보고 서 있어요? 그 시간에 흔적을 지워야죠."

[정확히 말해서 로보가 라일라를 죽인 것이 아니라, 루프스 직속의 암살 첩보 부대인 시카리우스(Sicarius)가 한 일이지. 그들은 루프스의 명만 받드는 놈들이거든.]

빅터가 부연 설명을 하였다.

[솔직히 말해 내가 늑대 일족과 혈맹인 개 일족의 수장이었던 것은 맞으나, 나도 그 당시의 자세한 사항은 모른다. 베니니타스는 라일라의 죽음 뒤에 은밀하게 움직여서 블랑카를 죽임으로써 로보에게 선전포고를 했고 그게 수인 내전의 시작이었지. 그때 로보는 이미 이성이 끊긴 상태라 나는 진위 여부를 묻기도 힘들었어.]

빅터 역시 유채의 말을 듣고 돌이켜 생각해 보니, 이상한 점이 많은 것 같았다. 로보가 라일라를 죽여서 얻는 이득이 없음에도 괜히 라일라를 건드려 내전을 발발시켰다는 것 자체가 이상했다. 그 당시에 빅터도 블랑카의 죽음으로 정신이 반쯤 나간 상태라 앞뒤 정황을 따지기보다는 베니니타스를 죽이고자 하는 마음이 더 컸다.

수인 내전이 끝난 뒤로는 그 어떤 수인들도 다시 분란을 일으키고 싶지 않아 그 내막에 대해서는 파헤치기를 꺼려 하며 논의 자체를 피했다. 빅터도 그때의 일을 떠올리는 것을 괴로워하여 깊게 생각해 보지 않았다.

"그러니까 이상하다는 거예요. 나라면, 일단 그 세 명을 죽인 뒤에 세 명의 시체에 불을 질러서 시신에 남아 있는 살해 흔적을 지우는 동안에 내가 들어왔다는 흔적을 지울 거예요. 암살이란 것은 흔적이 남지 않아야 하는 거잖아요? 근데 이건 마치 '우리 늑대가 했다' 수준으로 광고를 했잖아요."

프레드릭은 생각에 잠겼다. 사실 로보의 이유 없는 돌발 행동은 수인과 인간 사이에 있던 라일라로 인해 조성되던 화합의 기운이 사라지게 하였다. 그리고 수인 일족들을 지금처럼 다시 대립하게 만들었다. 그 누구도 이 전쟁에서 이득을 얻은 이가 없었다. 서로를 향한 증오에서 촉발된 전쟁은 마치 누군가의 정교한 말판에 놀아난 것과 같았다. 혹시 만약…… 만약에 그 일이 누군가에 의해서 꾸며진 일이라면?

"그럼 유채 양은 왜 아이들의 시신만 불탔다고 생각하나요?"

"글쎄요. 추리소설에서 보면 시신을 태우는 이유는 보통 크게 두 가지예요. 살해 방법을 감추려고 하거나, 아니면 살해당한 당사자가 누구인지를 감추려고 하는 것."

"누가 죽었는지 감추려고 하는 것이라고요?"

[그렇다면 베니니타스의 아들들이 살아 있단 말인가, 아가씨?]

"그건 모르겠어요. 만일 살아 있다면, 어머니의 죽음을 밝히기 위해서 아버지와 접촉하지 않았을까요? 기억이라도 잃지 않았다면 말이에요."

유채는 더 생각하다가 말을 덧붙였다.

"아니면, 죽이긴 했는데 시신을 찾기 힘들어서 일부러 확실하게 죽었다는 것을 보여주기 위해서 다른 시신을 가져왔다거나."

프레드릭은 머리가 복잡해졌다. 수인과 인간 사이에 쌓였던 울분은 라일라가 풀어가고 있었다. 그러나 그녀의 죽음으로 시작된 수인 내전은 다시 포트리스 사람들의 마음을 단단히 돌리게 해버렸다. 그 대표적 인물이 바로 라일라의 오빠인 렉스 뮈어였다. 렉스 뮈어는 단신으로 베니니타스의 복수를 도움과 동시에 자신의 복수를 이루었다.

로보의 죽음에 렉스 뮈어가 개입했다는 사실에 수인들의 분노는 포트리스로 향했다. 때를 놓치지 않고 수인들에 적대적이던 강경파는 렉스 뮈어를 제 편으로 끌어들여 수인 내전에 뛰어들었다. 라일라의 참담한 죽음으로 이 스티폴로르는 화마에 뒤덮였다.

그런데 라일라의 죽음이 누군가가 정교하게 꾸며낸 일이라면, 그리고 그것을 로보에게 뒤집어씌웠다면. 그리고 그것이 사실로 밝혀진다면 어쩌면 인간과 수인들 사이의 원한이 어느 정도는 풀릴지도 몰랐다. 서로를 원망하기보다는 이 일을 꾸민 다른 이에게 원망이 옮겨갈 것이다. 물론 서로에게 잘못했던 사실은 변하지 않겠지만 그래도 다시 화해를 꿈꿀 수 있는 분위기는 조성될 수 있었다.

"아무튼, 유채 양은 그것이 이상해 보인단 말이죠?"

"뭐, 나는 제삼자의 입장이니까요. 좀 더 객관적으로 볼 수 있지 않을까요?"

[아가씨의 가설 중 하나대로 베니니타스의 아들들이 살아 있어서 그 상황을 증언해 주기 전까지는 그냥 허무맹랑한 소리이지. 그리고 진실이 밝혀진다고 무엇이 달라지나?]

"달라질 수 있지요. 최소한 로보와 블랑카가 억울한 피해자였다는 것이 알려지는 것이니까요."

"어쩌면 수인과 인간 사이에 앙금을 풀 수 있는 기회가 될 수도 있고요."

프레드릭이 조용하게 읊조렸다. 한참을 달리던 빅터는 갑자기 멈추어 섰다.

[옛 이야기는 그만하고, 저기가 너희가 고양이 일족의 땅을 지나기 위해서 지나야 하는 다람쥐 마을이다.]

저 아래에 농업을 생계로 삼고 살아가는 작은 마을이 보였다. 다람쥐 수인 특유의 복슬복슬하고 돌돌 말린 꼬리들이 보였다.

[너희들은 이제부터 내 부하들이 되는 거다. 그럼 너희를 함부로 건드리지 않을 것이다.]

“하암! 저기 수인들과 아는 사이라도 됩니까?”

졸다 일어난 알렉스가 늘어지게 하품을 하면서 물었다. 빅터는 고개를 끄덕였다.

[내가 자주 들르던 마을이다. 안면 있는 수인들이 많지.]

빅터의 말에 유채는 후드를 뒤집어쓰고 로브의 목 부분을 꽉 조였다. 파렌티아를 감추기 위해서였다. 빅터는 주의 사항을 전달한 다음 산을 내려가기 시작했다. 워낙 경사가 가파른 곳이라 유채 혼자 내려가려 했다면 발이 다 까지거나 어디 한 군데는 다쳤을 게 분명했다. 빅터는 적당한 위치에서 멈춰 서서 유채와 프레드릭, 알렉스를 내려주고 다시 위르형으로 돌아왔다.

“여기 이걸 둘러라.”

빅터는 유채에게 갈색 목도리를 건네었다.

“파렌티아를 감춰야 하지 않겠느냐?”

“아, 감사합니다.”

유채는 지저분한 목도리에 한숨이 푹 나왔다. 다른 한편으로는 이것만으로도 감지덕지라고 제 마음을 다독이면서 그것을 목에 둘렀다. 파렌티아가 완벽하게 감추어졌다.

빅터가 앞장서서 산길을 내려갔다. 그는 이미 중년과 노년의 나이에 걸쳐 있음에도 유채는 물론이거니와 알렉스나 프레드릭보다 빠른 속도로 내려갔다. 그리 오래 걸리지 않아, 그들은 다람쥐 수인의 마을에 도착했다. 한적한 시골 마을 분위기가 났다. 유채는 처음으로 보는 보통 수인들의 생활을 신기한 눈으로 바라보았다. 책에서 본 유럽 중세시대의 영지와 제가 알고 있는 조선시대나 고려시대의 농업 마을을 섞어놓은 듯한 모양새였다.

다람쥐 수인들은 모두 빅터를 알고 있는지 마치 영주를 본 것처럼 고개를 깊이 숙였다. 빅터도 익숙한지 그들의 환대를 받으며 길을 걸었다. 유채는 그들의 시선이 부담스러워서 고개를 푹 숙였다.

"어! 오랜만입니다, 카니스 빅터님."

"카니스 일은 내려놓은 지 오래다, 알렌."

빅터는 여관이라 붙여놓아서 겨우 여관이라고 생각할 수 있을 정도로 허름한 삼층집 안으로 들어갔다. 외관과는 다르게 내부는 꽤나 깔끔했다. 그러나 아무리 좋게 봐주어도 도저히 여관으로는 보이지 않는 곳이었다. 유채는 지극히 현대인의 기준으로 여관이라 쳐주기도 힘든 이곳을 경악스러운 눈으로 돌아보았다. 주인인 다람쥐 수인 알렌은 두툼한 꼬리로 먼지를 털어내면서 카운터로 추정되는 곳 안으로 들어갔다.

"그래도, 한번 카니스님은 영원한 카니스님이죠. 빅터님, 아무튼 오랜만에 뵙습니다."

"손님은 많이들 다녀갔는가?"

"에효. 원래는 말 수인 연구팀 예약이 있었는데, 최근에 소 수인들하고 양 수인들이 전쟁을 일으켜서 취소했습니다. 그놈의 소하고 양들 때문에 밥줄이 끊기게 생겼습니다."

"전, 전쟁이요?"

유채가 놀라서 반사적으로 물었다. 알렌은 갑자기 들린 암컷의 목소리에 놀란 것인지 유채의 얼굴을 보기 위해서 고개를 숙였다. 유채는 빅터가 건네준 목도리를 단단히 조였다. 알렌은 후드

아래로 언뜻 보인 유채의 미모에 감탄하였다. 개 수인과 늑대 수인의 수컷 중에는 미남이 많았지만 암컷들은 좀 미묘한 편이었다. 개 수인들 중에 저런 미인이 있었나 싶었다. 미인이 많기로 유명한 고양이 수인이나 소 수인 암컷 같아 보였다.

"예. 뭐, 어차피 여기는 시골 중 시골이라 전쟁의 화마가 닿지는 않겠지만, 들은 바에 따르면, 베노르 콩레수스의 일로 기분이 나빠진 타우루스 헥터가 루프스에게 앙심을 품고 선전포고를 하였고, 발란테스 카르멘이 거기에 동조했답니다. 히르쿠스(염소 수인의 수장)가 발란테스를 열심히 말려보았지만 소용없었답니다. 지금 일단 양은 유니티오 호무스(토끼와 쥐 일족의 땅)의 초입에서 대치하고 있는 중이고, 소들은 이미 독수리 수인 일족의 땅을 절반이나 밀고 들어왔다고 합니다."

빅터가 잡소리 그만하고 열쇠나 달라는 말과 함께 동전을 건넸다. 알렌은 동전을 받고 싱글벙글한 얼굴로 열쇠를 두 개를 내어주었다.

"아무튼 원인은 루프스가 들였다는 그 마레 위르 펠릭스 다우스 때문 아닙니까? 어디서 천박하게 몸으로 루프스를 꼬여내 가지고는. 아무튼 마레 위르들은 있어봤자 하등 쓸모가 없는 것들이라니까요."

유채는 입술을 깨물었다. 제가 한 거짓말의 여파라지만, 그렇다고 해서 저런 말을 듣는 것이 괴롭지 않는 것은 아니었다. 천박하다느니, 창부라느니 등의 경멸적인 표현은 듣기에 괴로웠다. 알렉스가 그녀를 위로하려는 듯 긴 로브에 가려진 유채의 손을 잡아주었다. 유채가 고개를 들었다. 알렉스가 웃으면서 입 모양으로 너무 속상해하지 말라고 하였다.

빅터가 열쇠를 챙기면서 중얼거렸다.

"헥터 놈에게 불만이면 헥터에 대한 욕을 하거라. 괜히 만만한 암컷 하나 잡고 욕하는 양아치 짓 하지 말고."

"무슨 말을 그렇게 하십니까? 빅터님……."

알렌이 빅터의 말에 겁을 먹은 것인지 기어들어 가는 목소리로 중얼거리더니 알렉스와 프레드릭, 유채를 쓱 둘러보면서 물었다.

"한데, 이들은 누굽니까? 그리고 이 예쁜 아가씨는 누구고요?"

"내 수행원들이다."

"수행원이요? 원래 그런 거 잘 안 들이지 않습니까?"

"목적지가 비슷해 동행하던 중에 같이 가기로 하면서 나를 좀 수행해 달라고 부탁했다. 더 궁금한가?"

"아! 아닙니다. 그냥 오랜만에 후드를 뒤집어쓰고 있는 이들을 봐서 말입니다."

알렌이 셋을 조금 수상한 눈초리로 바라보자 알렉스가 유채의 어깨를 끌어안았다.

"제 부인이 몸이 좀 약합니다. 그리고 언뜻 보셨다시피, 너무 예뻐서 수컷들이 하도 많이 탐하려 하여, 이제는 공포감까지 가지게 되어서 얼굴을 밖에 내보이는 것을 꺼려 합니다."

"하긴 저런 미인이라면 탐내는 이가 많겠소. 한데 자네들은 왜 그리 답답하게 뒤집어쓰고 있는가?"

"아무래도 제 부인만 이리 뒤집어쓰고 다니면 더 시선이 쏠려서, 저와 형도 같이 이렇게 쓰고 다니는 겁니다."

유채는 알렉스의 능숙한 거짓말에 놀라서 그를 보았다. 알렉스는 유채의 후드를 정리해 주는 척하면서 마치 진짜 부부인 양 다정하게 굴었다.

"뭐, 아름다운 부인을 둔 수컷의 숙명이지요. 궁금증은 해결되셨습니까?"

"그렇다면 뭐. 아무튼 많이 누추한 곳이지만 편히 쉬시지요."

알렌은 이제는 늙어서 움직이는 게 힘들다고 투덜거리면서 방은 2층이라고 말했다.

방은 생각보다 깔끔했다. 벼룩 같은 것은 없을 것 같아 유채는 그것만으로 감사했다. 애초에 위생 관념도 제대로 서 있지 않을 것 같은 곳에서 뭘 원하나 싶었다. 유채는 뒤집어쓰고 있던 답답한 후드를 벗었다. 그리고 목도리도 풀고 목에 걸린 파렌티아를 내려다보았다. 아무리 잡아당겨도 벗겨지지 않았다. 이걸 볼 때마다 그 끔찍한 남자가 저를 아직도 억압하고 있다는 기분이 들었다.

똑똑.

"안에 있나?"

빅터가 문을 두드렸다. 유채는 후드를 뒤집어쓰고 문을 열었다. 빅터는 목을 가리키면서 파렌티아를 가리라는 충고를 주었다. 유채는 얼른 빅터가 준 목도리로 다시 목을 가렸다.

"무슨 일로 오셨나요?"

"시커먼 수컷 놈들은 쉬라고 내버려 두고 네 옷이나 보러 가자꾸나. 그 옷으론 다니기에 불편하지 않겠느냐?"

빅터는 유채의 드레스 차림이 마음에 걸린다는 듯 말했다. 유채는 그 말에 동의했지만, 이 시골 마을에 옷을 파는 상점 같은 것이 있을까 하는 생각이 들었다. 빅터가 유채의 의문을 알아챈 것인지 설명했다.

"옷을 파는 상점은 없지만, 이 마을 수인들의 바느질감을 맡아 소일거리를 하는 과부가 있는데 그 과부가 이따금 천 조각을 모아서 옷을 만들어 판다. 그 과부에게 네가 입고 있는 옷을 주면, 적당한 옷을 골라줄 것이다."

"아, 다행이네요."

유채는 빅터와 함께 여관을 빠져나왔다. 서로 할 이야기가 별로 없는 사이인지라 어색한 침묵이 둘을 휘감았다. 침묵을 참지 못하고 먼저 입을 연 것은 빅터였다.

"원래 이 스티폴로르의 수인들은 루프스나 그와 비슷한 지위에 있는 것들에게 생긴 불만을 그들의 정부를 욕하면서 풀어낸다. 그러니 너무 괘념치 말거라."

"아닙니다. 신경 써주셔서 감사해요."

옛날 프랑스 절대 왕정 시절에도 백성들은 국왕의 정부를 욕했다고 했다. 하지만 마담 퐁파루트나 뒤바리 부인은 그 누구도 남부럽지 않게 살았지만 유채는 아니었다. 왠지 더 울적해지는 기분이었다.

"오늘 아침에 들었던 가설은 꽤나 신선했다. 그 누구도 더 이상 건들기 싫어서 묻고 있던 일을 그렇게 생각하려 든다는 것이 용감했다."

"전 외부인이니까요. 원래 어떤 일을 겪은 이들은 그것을 쉬쉬하려 하거나 자신들의 피해만 강조하려 하거든요. 이런 일은 외부인의 시각에서 보아야 더 확실한 편이지요."

"너는 진실이 있다면 밝혀야 한다고 생각하느냐? 그것이 어떤 혼란을 가져오더라도?"

"그럼 빅터님은 거짓말을 해도 좋다고 배우셨나요?"

유채가 가볍게 물었다. 빅터는 고개를 저었다.

"세상에 나쁜 진실, 좋은 거짓 따위는 없어요. 그저 힘 있는 놈들이 자기들의 치부를 감추기 위해서 하는 헛소리일 뿐이에요. 아무리 고통스럽고 충격적인 진실이더라도 밝혀져야 해요. 그래야 인간은 모두 앞으로 나아갈 수 있는 것이니까요."

"서로의 잘못은 솔직하게 밝히고 인정해야 하는 거야, 빅터. 누가 먼저 잘못했는가를 따지는 건 더 이상 중요하지 않아. 잘못을 한 게 있으면 누가 먼저 했든 간에 사과를 해야 해."

유채의 모습에서 블랑카의 모습이 겹쳐 보였다. 블랑카도 올곧은 성격이었다. 언제나 옳은 선택을 하고 싶어 했던 그런 수인이었다. 그래서 빅터는 블랑카를 좋아했다. 로보도 그래서 블랑카를 좋아했다.

막가는 망나니였던 로보는 블랑카를 만난 뒤에 성격이 완전히 바뀌었다. 수인들의 민생을 생각하게 되었고, 약한 것은 죄가 아니라는 생각을 하게 되었다. 로보는 수인 일족 간의 화해를 주도하기 시작했고 최종적으로는 마레 위르와의 화합도 생각하였다. 로보의 변한 모습을 통해서 그가 좋아했던 블랑카를 볼 수 있었다. 그래서 빅터는 도저히 블랑카를 잊을 수가 없었다. 그가 사랑했던 모습들을 여전히 로보의 옆에서 보여주고 있기에 그는 블랑카를 잊을 수 없었다.

"너는 블랑카를 많이 닮았구나."

"예?"

"늑대개라 따돌림을 받던 블랑카도 너처럼 힘든 상황에 처했어도 언제나 심지가 굳은 나무처럼 곧았단다."

"저 그렇게 착한 사람 아니에요. 그리고 제가 한 말은 그냥 누구나 다 할 수 있는 당연한 말이고요. 저는 지금 제가 돌아가는 것이 중요한 그냥 이기적인 인간이에요."

"네가 정말 이기적이고 영악했다면 그 토끼 수인이 죽도록 내버려 두었을 것이다. 하지만 너는 그러지 않았지."

"그건……."

"거창한 것을 해야 착한 것이 아니라 당연한 것을 당연하게 지키는 것이 올바른 것이고 착한 것이다. 그래서 너는 블랑카를 많이 닮았다."

빅터는 유채의 얼굴을 내려다보았다. 블랑카가 매력적이긴 했으나 유채만큼 예쁘게 생기지는 않았다. 라이칸의 미모는 로보에게서 물려받은 것이었다.

유채는 여자의 직감으로 뭔가를 깨달았다. 빅터가 여태껏 결혼하지 않은 것은 루프스의 어머니인 블랑카 때문이었다.

"그럼 영광으로 생각해야 하나요? 솔직히 루프스는 싫지만, 그는 꽤 미남이라고 생각하는데 그 미모를 물려준 수인과 닮았다고 하니?"

"아니, 블랑카는 그렇게 예쁜 편은 아니었다."

"……되게 민망해지는 기분이네요."

빅터가 얼굴이 구겨진 유채를 보면서 호탕하게 웃었다. 그리고 그녀의 말을 천천히 곱씹었다. 그래, 어쩌면 블랑카가 자신을 택하지 않은 것은 로보보다 그가 더 비겁했기 때문일지도 모른다. 로보는 망나니였지만, 블랑카를 만나고는 제가 저질렀던 과거의 과오들을 모두 인정했다. 블랑카가 저를 선택하지 않은 것은 어쩌면 당연한 일이었다.

빅터와 유채는 한결 유해진 분위기로 이것저것 대화를 나누다

보니 곧 그가 말했던 과부의 집에 도착했다. 과부는 유채의 체형을 훑어보더니 적당한 옷과 신발을 내주었다. 옷은 바실리사가 입고 다니던 것처럼, 엉덩이를 덮는 긴 상의와 바지로 활동하기 편해 보였다.

"이거면 제 딸아이에게 드디어 번듯한 옷 한 벌 해줄 수 있겠네요!"

과부는 유채가 벗어준 옷을 보면서 싱글벙글하였다. 워낙 험한 일을 겪느라 여기저기 망가져 있었지만 고치면 좋은 옷 한 벌을 해줄 수 있다고 그녀는 기뻐했다.

딸을 아끼는 엄마의 마음은 세상 어딜 가나 똑같은 것 같았다. 유채는 과부를 보자 엄마가 생각나 울적해졌다. 유채는 신발도 그녀에게 주었고 빅터는 과부에게 추가로 삯을 더 얹어주었다.

유채는 조금 울적한 기분으로 여관으로 돌아왔다. 식량을 사러 갔다 온 프레드릭과 알렉스는 그것을 조금 심각한 표정으로 가방에 정리하고 있었다.

"유채 양, 우리는 내일 고양이들의 땅으로 들어갈 거예요."

프레드릭은 유채에게 일정을 설명해 주었다. 빅터는 고양이 일족의 땅에는 갈 생각이 없는지 여기서 헤어지기로 하였다. 이 하루 동안 그에게 받은 도움이 커서 그들은 빅터에게 감사를 표하였다.

저녁을 먹기 위해서 아래층으로 내려오자 알렌이 넌지시 말을 던졌다.

"혹시 펠레스 호무스로 가십니까?"

"예. 연구할 것이 있어서요."

"조심하십시오. 가뜩이나 멸족당한 일족의 땅이라서 저주받은 땅이라 불리는데, 요즘 거기서 어린아이들이 많이 실종됩니다."

"어린아이들이요?"

"예. 어린애들이 호기심에 펠레스 호무스로 들어가서 놀다가 사라져 버리는 일이 한두 번이 아닙니다. 개중에는 짐승에게 뜯어 먹힌 것과 같은 시체로 발견되는 이들도 있고요."

유채는 갑작스럽게 서늘해진 팔을 쓸었다. 알렌은 조심하라는 연신 당부하고 저녁을 내어왔다. 알렉스와 프레드릭이 심각한 얼굴이라 유채는 이유를 알고 싶었지만, 분위기가 어두워서 차마 물어볼 수 없었다. 프레드릭은 몇 숟가락을 뜨다가 입맛이 없다고 다시 올라가 버렸다. 유채는 눈짓으로 알렉스에게 물었다.

"나중에 이야기해 줄게요. 유채 양과 관련된 건 아니에요. 우리 포트리스의 일이지."

알렉스도 더 이상 말하는 것을 꺼려 하는 것 같아서 유채는 더 말을 붙이지 못했다.

유채는 오랜만에 간단하게 씻은 다음 침대에 누웠다. 만감이 교차했다. 드디어 내일이면 고양이 일족의 땅으로 들어간다. 부디 그곳에서 뭔가를 얻을 수 있기를 바랐다. 자신이 왜 여기에 왔으며, 돌아갈 길은 있는지, 돌아가려면 어떻게 해야 하는지 알 수 있기를 원했다. 유채는 주먹을 말아 쥐었다.

"언니, 조금만 기다려."

유채는 조용히 읊조렸다.

"내가 꼭 돌아갈게."

⚜

"루프스님, 어깨의 상처는 괜찮으십니까?"

아리아가 걱정스런 얼굴을 하고 물었다. 루프스는 전투가 끝날 때마다 어깨를 부여잡고 신음을 흘렸다. 전례가 없는 일이었다. 루프스는 괜찮다는 뜻으로 손을 저었다.

아리아는 전시 상황을 되짚었다. 카르멘은 본대가 토끼와 쥐들의 인해전술로 막히자 평소 좋게 지냈던 군소 일족들을 꾀여내서 루프스를 상대로 유격전을 펼쳤다. 물론 루프스가 그런 약소 일족들의 치고 빠지는 공격에 쉽게 무너질 이는 아니었다. 루프스는 이곳으로 오는 동안 이동하는 때는 제외하고는 전투 시에는 모두 워르형으로 그들을 도륙하였다. 아리아는 그에게 경외심을 품었다. 왜 어머니인 루크레치아가 루프스의 강함을 입에 침이 마르도록 칭찬한 것인지 그제야 알 수 있었다. 하지만, 그 빌어먹을 펠릭스 다우스가 내어놓은 상처 때문인지 루프스는 예전과 다르게 온전한 힘을 낼 수가 없었다.

"빌어먹을. 진짜 더럽게 안 낫는군."

루프스는 욱신거리는 어깨를 감싸 쥐었다. 지휘관으로 따라온 수인들이 막사에 하나둘씩 자리 잡았다. 막사 중앙에 놓인 탁자에는 지도가 한 장 펼쳐져 있었으며, 그 지도에는 각 세력의 상황이 적혀 있었다.

"루크레치아님의 말에 따르면 생각보다 고전을 하고 있다고 합니다. 소 수인들이 조금 이상하다고 합니다."

아리아가 어머니의 전언을 말했다. 전언의 내용은 이랬다.

—소 수인들이 미친 것 같다. 그들은 상처를 입어도 고통을 느끼지 못하는 것 같다.

소 수인들이 다리가 잘려도 미친 것처럼 돌진해 와서 오히려 아군들의 사기가 꺾이는 지경이라고 하였다. 루크레치아는 소 수인이 무슨 약을 복용한 것이 아닌가 하는 추측을 했다.

"다행히 카르멘 쪽은 지금 인해전술에 막혀서 움직이지 못하고 있다고 합니다. 저희가 도착하기 전까지는 버틸 것 같습니다."

늑대 수인 일족의 서열 다섯 번째인 카신이 입을 열었다. 원래 그는 토스 호무스의 방어를 하는 수인이었으나 워낙 소수로 부대를 꾸리다 보니 여기에 합류하게 되었다. 루프스는 이를 갈면서 물었다.

"울페스 헤르티아나 에쿠우스 단테는 참전한다고 했는가?"

"울페스는 본인들의 땅으로 들어올지도 모르는 소 수인 일족들을 막아야 한다는 이유로 거절하였고, 에쿠우스 역시 제 일족들의 동물화 문제가 시급해 어렵다는 답을 내놓았습니다. 히르쿠스는 현재 양 수인들과의 맹약으로 인해서 힘들지만, 최대한 지원을 하겠다는 입장입니다. 히르쿠스 자체가 움직이는 것을 꺼려 하는 자이니, 이 정도면 꽤나 괜찮은 것으로 보입니다."

"카니스님도 지금 원병을 독수리 일족의 땅으로 보냈고 후발대가 이쪽으로 오고 있습니다."

"헤르티아랑 단테 놈은 이런 일이 있으면 언제나 발을 빼는 놈들이니 기대도 안 했다."

루프스는 이를 갈았다. 헤르티아 입장에서는 움직이지 않는 것이 최선의 선택이었다. 누가 이기든 그녀에게는 해가 될 것이 없었으니까. 그리고 헤르티아의 열렬한 추종자인 단테 역시 그녀를 따를 것이 자명하였다. 루프스는 이를 갈았다.

앞으로 펼칠 작전에 대한 논의가 끝을 향해갈 쯤, 갑자기 늑대 수인 병사 하나가 종이쪽지를 들고 들어왔다.

"루프스님! 까마귀 수인을 통해서 쪽지가 왔습니다."

"고해라."

"며칠 전 고양이 일족의 땅으로 들어가는 길목에 있는 마을에 카니스 빅터님이 나타났다고 합니다."

"그게 뭐가 중요한가?"

카신이 역정을 내자 루프스가 손을 들어서 그의 입을 막았다. 그리고 턱짓으로 계속 말하라는 신호를 주었다. 늑대 수인 병사는 다시 입을 열었다.

"그런데, 카니스 빅터님이 세 명의 수행원을 데리고 오셨다고 합니다. 로브의 후드를 푹 눌러쓴 수인들이었는데 고양이 일족의 땅을 연구하러 왔다고 했답니다. 암컷 한 명과 수컷 둘로, 수컷 둘은 형제이고 암컷은 그 형제 중 한 명의 부인이라고 했답니다."

"부인?"

"예. 떠도는 말로는 언뜻 보이는 얼굴만으로도 상당한 미녀라는 것을 알 수 있을 정도였다고 합니다. 몸이 약해서 목도리로 목을 둘둘……."

"그만 이야기하고 그들은 어디로 갔는가?"

"그것은 잘…… 아마도 펠레스 호무스로 가지 않았을까요?"

루프스는 턱을 쓸더니 카신에게 명령을 내렸다.

"먼저 토끼 놈들하고 쥐 놈들에게 합류해라. 나는 잠시 펠레스 호무스에 다녀오겠다."

"예? 갑자기 그게 무슨 뜻이십니까?"

"설마 너희들이 너무 한심해서 그 양 놈들을 감당할 수 없다는 말이 아니라면, 그 어떤 반론도 받지 않겠다. 카신, 너는 적당한 실력자 다섯 명만 추려내서 명단을 내게 올려라."

카신은 루프스의 돌발 행동에 당황했다. 카신은 루프스를 설득하려 했고 아리아도 그에게 동조했지만 루프스의 의견은 확고했다. 결국 양측 모두 한발 뒤로 물러섰다. 그들은 수장을 혼자 내버려 두고 갈 수 없으니 펠레스 호무스 근처의 마을에 잠시 주둔하고 있기로 합의했다. 그동안 루프스는 펠레스 호무스에 다녀오는 것으로 계획을 바꾸었다.

루프스는 막사에 들어와서 욱신거리는 어깨의 붕대를 갈고 간이침대에 누웠다. 버릇처럼 루프스는 품에서 나비 모양 머리 장식을 찾았다.

그 셋은 분명 유채와 찢어죽일 그 형제였다. 후드를 뒤집어쓴 이유는 뻔했다. 수인인 척을 해야 하는데, 귀가 없으면 위장하기가 힘들었겠지. 유채가 목도리를 두른 이유는 파렌티아를 감추기 위해서일 것이고. 너무나도 빤히 보이는 변장이었다. 카니스 빅터가 옆에 있으니 대놓고 의심할 놈은 없었을 것이다.

무슨 수로 빅터라는 거물을 움직였는지 알 수 없었다. 루프스는 빅터를 생각하니 머리가 지끈거렸다. 어머니의 소꿉친구이자, 아버지의 친우로 만났던 그였지만 어머니가 죽은 이후로 저를 내친 이였다. 솔직히 말해 이제는 별로 좋은 감정도 남아 있지 않았다.

"부부라……. 빌어먹을. 썩을 것들."

프레드릭 놈은 고지식해 부인이 있는 상태에서 유채를 제 부인이라 둘러대지는 않았을 것이다. 분명 알렉스 놈이다. 알렉스의 품에 안겨 있던 유채가 떠오르면서 가슴속 깊숙이 화가 치밀어 올랐다. 제가 안을 때는 항상 뻣뻣하기만 하고 매번 불안해 죽을 것 같은 눈동자를 하고 있었으면서 그 수컷 놈에게는 아무런 반항 없이 안겨 있던 유채에게 화가 났다.

루프스는 입술을 깨물었다. 유채를 한 팔에 안고 가던 알렉스 놈의 얼굴이 떠올랐다.

빌어먹을 것. 감히 제가 뭐라고 유채를 제 부인이라 칭한다 말인가?

루프스는 미친놈처럼 날뛰고 싶은 감정을 억누르기 위해서 주먹을 꽉 움켜쥐었다. 그러다 머리 장식을 들고 있다는 것을 깨닫고는 화들짝 놀라 손에 힘을 풀었다. 루프스는 머리 장식이 제 힘에 망가진 구석이 있나 찬찬히 살폈다. 그러다 문득 그는 제가 뭐하는 짓인가 싶어서 그것을 아무렇게나 옆에 내려놨다. 하지만 이내 다시 눈앞에 보이도록 가슴 위에 올렸다.

"너를 어떻게 할까?"

루프스는 답이 안 나오는 질문만 계속 스스로에게 던졌다. 예전부터 스스로가 미쳤다는 생각을 했지만, 요즘 정말로 미친 것 같았다. 하루에도 몇 번씩 기분이 변했다. 모든 일에 집중도 되지 않았다.

"젠장."

그는 신경질적으로 몸을 일으켜 세웠다. 헥터에게 밟혀서 기괴하게 뒤틀려 있던 유채의 발목과 피딱지가 내려앉을 정도로 입술을 깨물고 괴로워했던 그녀가 떠올랐다. 그는 한 손을 가슴에 가져다 대었다. 요즘 그의 심장은 그의 어깨보다 더 심하게 고장 난 것 같았다. 시도 때도 가리지 않고 떠오르는 유채의 얼굴에 가슴이 내려앉았다. 마지막으로 보았던 유채의 얼굴을 떠올리면 가슴이 울렁거렸다.

루프스는 머리카락을 거칠게 쓸어 넘겼다. 그리고 멍하니 머리 장식을 쳐다보았다.

"도대체 나는 너를 어떻게 하고 싶은 걸까?"

그는 중얼거렸다. 열심히 궁리를 해보아도 답이 나오지 않았다. 말뚝에 묶어놓고 채찍으로 때리는 것도 아니었고 팔목과 발목을 꺾는 것도 아니었다.

그는 죽어도 인정하기 싫던 한 가지 사실을 드디어 인정했다.

유채가 보고 싶었다. 떠나지 않았음을 확인하고 싶었다.

"젠장. 네까짓 것이 뭐라고!"

루프스는 머리 장식을 바닥에 내던질까 하다가 결국 던지지 못했다. 루프스는 굳은살과 자잘한 상흔이 가득한 손으로 머리 장식을 유채라도 되는 양, 가만히 쓸었다. 그녀를 만나면 도대체 무엇을 하고 싶은 것일까? 왜 그녀를 이렇게 애타게 쫓는 것일까?

유채를 만나면 그 작은 몸을 꽉 끌어안고 싶었다. 그가 입술만 맞추면 얼음처럼 굳어버리는 유채의 부드럽고 달콤한 입안을 탐하고 싶었다. 루프스는 제 왼쪽 가슴에 손을 올린 채로 천장을 올려다봤다. 그는 손을 뻗어서 살아 있는 듯이 생생해 보이는 나비 장식을 눈앞에서 빙 돌렸다.

"나는 도대체 네게 뭘 하고 싶은 걸까, 유채."

허공에 흩어지는 바람 같은 질문을 뱉었다. 당연히 답이 돌아오지 않을 말이었다. 대답을 해줄 이는 그의 곁에 없었다. 또한 루프스가 답을 할 수 있는 질문도 아니었다.

루프스는 다시 품 안에 머리 장식을 넣고 옆으로 누웠다. 눈을 감으니 밤하늘을 올려다보면서 웃던 유채의 모습이 떠올랐다. 그는 욱신거리는 가슴을 손으로 문질렀다.

도대체 너는 무엇이기에 나를 이렇게 얼간이로 만드는 것이냐.

계속되는 물음들이 머릿속에 떠올랐다. 루프스는 결국 결론을 지었다.

그저 유채를 만나보면 그때 알 것 같았다.

⚜

"나와는 여기서 헤어지지."

빅터는 생각보다 유채의 일행과 오랫동안 동행해 주었다. 원래는 펠레스 호무스의 초입에서 헤어질 생각이었다. 하지만 유채가 오랜 여행길에 힘들어 하는 기색을 본 빅터는 펠레스 호무스에 들어와도 근 이틀 정도 그들의 편의를 봐주었다. 그 덕택에 그들은 수인 하나 없는 휑한 펠레스 호무스에서 보다 빠르게 움직일 수 있었다.

"감사합니다. 도와주셔서."

유채가 고개 숙여서 인사했다.

"아니다. 심심하던 와중에 말벗도 생기고 나쁘지 않았다."

빅터는 목에 걸고 있던 이상한 문양의 목걸이를 유채에게 건네었다. 유채는 그것을 받고 그를 올려다보았다.

"내 어머니의 물건이다. 고양이 일족을 만났을 때 주면 무엇이든 해준다고 하더군."

"이게 뭔데 그런 가치를 갖습니까?"

알렉스가 유채가 들고 있는 목걸이의 문양을 더듬으면서 물었다. 그의 눈에도 이 문양은 꽤나 독특한 것이었다. 빅터가 어깨를 으쓱였다.

"나도 잘 모른다. 그저 어머니의 유품으로 받은 것이다."

"알겠어요. 그동안 도와주셔서 정말 감사합니다."

유채는 다시 한 번 고개를 숙였다. 심각한 고민에 빠져 있는 프레드릭을 제외하고 알렉스와 유채는 빅터와 인사를 나눈 뒤에 헤어졌다. 빅터는 말 수인의 땅으로 가서 다시 개 수인의 땅으로 돌아갈 거라고 유채에게 귀띔해 주었다.

빅터와 헤어진 후 자못 심각한 표정의 프레드릭 덕택에 셋은 어색한 분위기로 걷고 있었다. 유채는 이 어색함을 깨보고자 먼저 입을 열었다.

"근데 알렉스 씨, 시간핵이 뭔가요?"

딱히 생각나는 주제가 그것뿐이라 유채는 늦어도 한참 늦은 지금에야 알렉스에게 물었다. 알렉스는 조금 멍한 표정을 짓다가 프레드릭을 힐끔 바라보고는 설명을 시작했다.

"시간 마법의 일종입니다. 전에 말했다시피 우리 형은 이중 에어리얼 소지자인데 그중 하나가 시간을 담당하는 바다입니다. 물론 물 마법도 담당하지만, 아무래도 다른 대지나 하늘보다는 범용성이 떨어지는 편이기에 보통 시간을 담당하는 것으로 유명한 편이지요."

"근데, 그거랑 시간 마법과 무슨 상관인가요?"

"시간 마법은 시간을 정지하거나, 느리게 혹은 빠르게 흐르게 하든지, 아니면 되감는 형태로 이용됩니다. 물론 이 세계 자체의 시간을 그렇게 하는 일은 세계의 법칙에 어긋나는 일이기 때문에 마법을 쓰는 즉시 사망합니다."

대지나 하늘에 비해 바다는 특별한 고유 속성의 사용이 쉬운 편에 속했다. 하나 시간 자체가 신의 힘에 근접한 힘이라 몸에 부담이 가는 마법이 대부분이었다. 또한 에어리얼의 특수 속성을 사용할 수 있는 범위가 한정된 편에 속했다. 망가진 물건의 시간을 돌려 망가지기 전으로 되돌린다든가 상처를 입기 전의 시간으로 돌려 치유 마법을 한 것처럼 효과를 내는 식이었다. 프레드릭은 시간 마법을 동생에게 도움을 줄 수 있는 방식으로 발전시켰는데 그것이 바로 시간핵이었다.

"단검에 시간 마법을 아주 작은 씨앗 형태로 뭉쳐서 담아요. 그걸 우린 시간핵이라고 불러요. 전투 도중에 상대의 몸에 단검을 찌르면 시간핵이 그 상처로 들어가 마법이 발동하죠. 유채 양이 경험한 것처럼 공격당한 자의 몸의 시간이 멈추는 거예요."

유채는 루프스가 자신을 잡으려고 하다가 얼어붙은 것처럼 멈췄던 모습을 떠올리고 고개를 끄덕였다. 알렉스는 이야기를 계속했다.

"시간핵은 세 가지의 역할을 합니다. 치유와 재생 속도의 감소, 움직임의 둔화, 과거 상처의 부활."

수인은 인간보다 힘도 강하고 민첩하며, 재생력과 치유력이 빨랐다. 특히나 늑대 수인과 여우 수인은 싸우는 도중 자잘한 상처 정도는 그대로 나아버리는 경우가 한두 번이 아니었다. 인간은 상처로 계속 지쳐 가는 데 반해 수인은 그렇지 않다는 것이 가장 큰 장점이었는데 이 마법으로 수인의 재생과 회복력이 느려지고 몸놀림이 둔해진 수인과의 싸움에서 인간은 제대로 맞설 수 있게 되었다. 또한 과거 상처들을 다시 되돌리는 것은 수인들의 전투력 약화에 기여하였다.

"마법 저항력이 약하면 세 가지를 모두 겪게 되고, 마법 저항력이 수인 평균 수준이면 과거 상처 부활을 제외한 두 가지를 겪고, 마법 저항력이 상당한 수준이면, 치유력과 재생력의 둔화를 겪게 됩니다."

"그럼 루프스는……."

"아마 상처가 낫질 않아 고생하고 있을 겁니다."

"근데 그게 얼마나 지속되나요?"

"저도 잘 몰라요. 형이 시간핵에 얼마나 마력을 많이 담아놓았는가에 따라서 결정되거든요. 저는 마법에는 워낙 젬병이라 잘 모르겠어요, 유채 양."

알렉스가 머리를 긁적였다. 알렉스는 무효화 에어리얼의 소유자가 아님에도 마법을 쓸 수가 없었다. 형의 스승이 말하기를 알렉스는 인간치고는 심하게 마력 저항력이 강해서 마법을 쓰기 힘들 것이라고 하였다. 프레드릭 역시 인간치고는 마력 저항력이 심한 편이었으나 그에 비례하여 마력이 많았다. 그게 알렉스와 달리 프레드릭이 마법사가 될 수 있었던 이유였다.

"시간 마법이란 거 신기하네요. 그것 말고 다른 것도 볼 수 있으면 좋을 텐데."

"유채 양도 봤어요. 형이 유채 양의 물건을 고쳐 줬다고 하던데요?"

"예?"

"형이 유채 양의 물건은 난생처음 보는 거라 시간을 돌려서 고쳐 놓았다고 하더라고요. 고장 나기 직전으로."

"아, 그래서……."

되짚어 생각해 보니, 휴대폰의 날짜도 그렇고 시간도 그렇고, 배터리까지 사고를 당한 날 아침으로 표시되어 있던 것이 떠올랐다. 그때도 이상하다 생각하고선 잊고 있던 기억이 떠오르는 바람에 그대로 뒤로 넘겼던 문제였다.

알렉스는 유채의 멍한 표정이 귀여워 보였다. 보면 볼수록 참 표정도 풍부하고 생기발랄한 아가씨였다.

"으악!"

앞서가던 프레드릭이 비명을 질렀다. 알렉스와 유채는 놀라서 얼른 그에게 달려갔다. 프레드릭은 주저앉아서 넋이 나간 표정으로 앞만 보고 있었다.

"저…… 저……."

"꺄악!"

유채는 양손으로 눈을 가렸다. 반쯤 부패한 다람쥐 수인의 처참한 시신이었다. 누가 뜯어 먹기라도 한 것인지 배 쪽이 엉망이고 썩은 내장이 줄줄 흘러나와서 바닥에 흩뿌려져 있었다. 알렉스는 셋 중 가장 침착하게 시체를 살폈다.

"죽은 지는 조금 됐는데, 뜯어 먹힌 지는 얼마 안 되었어."

알렉스는 조심스럽게 시체를 살피다가 검이 배를 가른 것 같은 상처 자국을 발견했다. 알렉스는 주위를 둘러보았다. 멸족한 일족의 땅이라 군데군데 빈집들만 보일 뿐 황량했다. 알렉스는 유채를 돌아보았다.

"유채 양, 잠시만 이곳에서 기다려 줄래요? 나랑 형이랑 지금 가봐야 할 곳이 있어요."

"위험한 일인가요?"

"아니요. 위험하지는 않지만, 포트리스에 중요한 일이에요."

알렉스는 조금 머뭇거리더니 입을 열어 설명했다.

"최근 포트리스에 소문이 하나 돌고 있어요."

알렉스는 처음 그 소문을 들었을 때를 생각하면서 머리를 헝클어뜨렸다. 오죽했으면 그런 소문까지 도는 건가 싶었다.

"포트리스에 도는 전염병에 수인들의 간이 도움이 된다는 소문이었어요. 지금 이 수인을 죽인 건, 우리 포트리스의 인간일지도 몰라요."

알렉스가 유채의 어깨를 짚었다.

"여기는 이제 수인이 살지 않는 곳이에요. 일족의 태반이 수인의 동물화로 죽어버린 곳이죠. 모두가 저주받은 땅이라고 피하는 곳이에요. 그러니까 수인들이 유채 양을 공격할 위험은 없을 거예요."

알렉스는 유채에게 단검 하나를 손에 쥐여주었다. 유채는 그것을 알렉스처럼 허리춤에 매어놓았다.

"그러니까, 여기서 잠깐만 기다려 줘요. 금방 돌아올게요. 오래 안 걸려요."

"알겠어요. 여기서 기다리고 있을게요."

알렉스는 복잡한 생각에 정신이 없어 보이는 프레드릭을 추스르고 시신을 대충 수습하여서 치웠다. 유채는 핏자국이 검게 굳어 있는 곳에 앉았다. 누군가가 죽은 곳이라는 게 소름 끼쳤지만 어쩔 수 없었다. 이곳에 온 뒤로 이런 끔찍한 시체들을 너무 많이 보았다. 무서워서 공포 영화도 제대로 본 적 없는데 여기에선 잊을 만하면 시체를 보게 되었다.

유채는 무릎을 끌어안았다.

"부디 좋은 곳으로 가기를 바라요."

유채는 조용히 읊조렸다. 수인에게 그렇게 당해놓고도 유채는 수인이 그렇게 싫지만은 않았다. 블루벨이나 바실리사, 에릭, 오르페 같은 이들이 있고, 특정한 수인에게 당한 일을 수인 전체가 그런 것이라 확대 해석하는 오류를 범하고 싶지는 않았다. 루프스에게 지독하게 당했다고 다른 늑대 수인들을 아무 이유 없이 미워하거나 증오하는 것은 온당하지 못했다.

'그게 사람 마음대로 되는 게 아니라지만.'

유채는 되도록 떠날 곳이라 깊게 관여하고 싶지 않아서 무시한 감이 있었지만, 이곳의 수인과 인간 사이의 증오는 상당한 정도였다. 인간에게 부인을 잃고 남편을 잃고 자식을 잃은 수인이 한둘이 아니었으며, 그것은 인간 역시 마찬가지였다. 사람이 감당할 수 없는 슬픔과 특정할 수 없는 증오를 보다 큰 집단으로 돌리는 것은 어디에서나 흔한 일이었다. 하지만 그 증오를 서로를 향해서 계속 쏘아내고 있는 것이 지금의 상황을 만들었다.

유채도 겪었던 일이었다. 초등학교 때 왕따 피해자였던 유채는 중학교에 가서는 그저 방관자가 되었다. 아이러니하게도 그때 왕따 피해자는 유채를 괴롭힘으로써 초등학교 시절을 힘들게 했던 아이 중 하나였다. 그리고 그때 유채는 그게 당연하다고 생각했다. 그래서 그 아이가 왕따를 당하는 것을 방관하였다.

그러다 문득 유채는 깨달았다. 누군가가 자신을 괴롭혔다 해서 자신이 그들을 괴롭힐 권리는 없다는 것을. 쓰레기통에 버려져 있던 그 아이의 공책을 본 후였다. 유채가 유별나게 착해서가 아니었다. 그렇게 품은 증오는 결국 자신만 힘들게 만든다는 것을 깨달았기 때문이었다.

누군가가 말했다. 최선의 복수는 그냥 잘 사는 거라고. 그래서 유채는 그때부터 증오를 놓았다. 그들을 용서하지는 않았다. 하지만 그렇다고 해서 그들이 해코지 당하는 것을 원치는 않았다. 그리고 그 아이에게 손을 내밀었다. 인생사 새옹지마라고, 그 아이가 지금 유채의 가장 친한 친구가 되었다. 유채는 그저 그렇게 살았다.

“에이! 이런 생각만 아니었어도 마음이 백배는 편할 텐데.”

유채는 시간핵에 대해 괜히 물었다고 생각했다. 그건 정당방위였다. 생각할 필요도 없는 일이었다.

‘그런데 알렉스 씨는 왜 이렇게…….’

“살려주세요!”

어디선가 어린 남자아이의 비명 소리가 들렸다. 유채는 반사적으로 벌떡 일어났다. 잠시 고민하던 유채는 눈을 질끈 감고 소리가 난 방향으로 달렸다.

“헉. 헉.”

유채는 나무에 한 손을 짚고 숨을 골랐다. 숨이 턱 끝까지 차올랐다. 비명 소리를 쫓아 숲까지 들어온 유채는 숨을 죽이고 조용히 주변을 돌아보았다.

“읍읍읍.”

무슨 소리가 나자 유채는 나무에 몸을 숨기고서 고개만 살짝 내밀었다. 왜소한 체격을 가진 남자가 상처투성이의 다람쥐 수인 남자아이를 향해 식칼을 뻗고 있었다. 유채는 더 이상 생각할 것도 없이 그 남자에게 달려들었다.

“안 돼요!”

“컥!”

유채가 온 힘을 다해 남자를 밀쳐 내었다. 남자의 몸과 함께 유채도 바닥에 나뒹굴었다. 불시에 공격당한 남자는 체격은 왜소해도 남자는 남자인지, 금세 정신을 차리곤 유채를 한 손으로 밀쳐 내었다.

"비켜!"

남자는 엉금엉금 기어서 칼을 다시 집어 들려고 하였다. 유채는 남자의 다리를 잡고 매달렸다. 남자는 유채를 떨어뜨리기 위해서 다리를 이리저리 흔들었다. 유채는 죽을힘을 다해서 남자를 잡고 늘어졌다.

남자가 다른 발로 유채의 배를 걷어찼다. 유채의 몸이 뒤로 밀려났다. 하지만 다행히도 남자의 칼이 떨어져 있는 방향이었다. 유채는 배의 통증을 참아내면서 발로 칼을 멀리 찼다. 칼이 비탈을 타고 쭉 내려갔다.

"아아악!"

남자가 망연자실한 표정으로 짐승 같은 고함을 내질렀다. 유채가 배를 움켜잡고 몸을 일으키자마자 남자는 그녀를 바닥으로 다시 누르고 목에 손을 가져갔다.

"악!"

"넌 뭐야! 뭔데 나를 방해해!"

남자는 분노에 차서 울부짖었다. 유채는 컥컥거렸다.

"지금, 저, 아이를……!"

"수인이야! 수인! 인간이 아니라고!"

"그래도 죽이면 안 되는 것이죠! 어떻게……!"

"안 그러면 내 딸이 죽어! 내 딸이 죽는다고!"

유채는 그제야 그 남자를 자세히 바라보았다. 심하게 마르고 맹수들에게 공격을 당한 것이 한두 번이 아닌지, 온몸이 상처투성이에 한쪽 얼굴은 완전히 뭉개져 있었다. 남자가 울면서 소리질렀다.

"난 내 딸마저는 못 잃어! 안 잃을 거야!"

남자의 손이 유채의 목을 강하게 졸랐다. 숨이 막힌 유채는 방어 본능으로 그의 배를 걷어찼다. 남자의 몸이 뒤로 물러났다. 그는 몸을 웅크리고 피를 토했다. 여자의 공격으로도 쉽게 충격을 받을 정도로 그는 약해진 상태였다.

유채는 얼른 일어나서 허리에 매어둔 단도를 꺼내 나무에 묶인 다람쥐 수인 아이를 풀어주었다.

"안 돼!"

남자의 비명이 들렸다. 수인 남자아이는 쏜살같이 도망쳤다. 남자가 그 아이를 쫓으려고 하자 유채는 그을 뒤에서 덮쳤다.

"아직 어린아이예요! 죽여서 무엇을 어떻게 하시려고!"

"내 아내는, 내 아들은 수인 놈들 때문에 죽었어!"

남자가 유채를 떨어뜨리려고 몸부림을 치면서 외쳤다. 그는 수인 내전 때 사슴 수인들의 손에 아내와 아들을 잃었다. 남은 것은 갓난아이인 딸뿐이었다. 그는 엄마 없고 오빠 없는 딸을 애지중지 기르면서 어떻게든 살아왔다. 하지만 이내 포트리스에 원인을 알 수 없는 전염병이 돌았다. 그리고 그 병은 딸마저 집어삼켰다.

처음에는 그도 프레드릭의 말만 믿고 기다렸다. 그는 수인들을 싫어했지만, 그렇다고 그들을 죽이는 것은 옳지 않다고 생각했었다. 알렉스가 약초를 가지고 돌아왔을 때 그는 딸을 끌어안고 울었다. 하지만 그것도 잠시, 약초는 쓸모없는 것이었고 딸은 다시 사경을 헤맸다. 그러던 중 헤임달이 소문을 하나 물어다 주었다. 수인의 간이 전염병에 특효약이라는 것이었다. 그는 지푸라기라도 잡는 심정이었다. 그는 헤임달이 알려준 길로 온갖 고초를 겪어가면서 이곳으로 왔다.

"그놈들이 내 가족들을 죽였는데! 나는 그놈들을 죽이지도 못해! 난 정당해! 정당한 복수야! 내 딸이 죽어가! 내 딸이 죽어간다고! 얼어 죽을 화합!"

그는 유채의 몸을 떨쳐 내었다. 유채는 포기하지 않고 그의 다리를 걸어서 넘어뜨렸다. 그의 팔목을 바닥에 잡아 내리며 외쳤다.

"그래서요! 저 수인 소년은 당신에게 무슨 잘못을 했는데요!"

세상은 정말로 잔혹했다. 피해자에게 너그러운 세상은 없다. 유채도 그것을 뼈저리게 느끼고 있었다. 언제나 괴로운 것은 피해자들이고, 그 고통을 감내해야 하는 것도 피해자였다. 하지만, 아무리 그가 피해자라고 하여도 이건 아니었다.

"저 수인 소년이 당신의 아내를 죽였어요? 아니면 당신의 아들을 죽였나요?"

유채는 숨을 골랐다.

"당신이 수인들에게 가족을 잃었다고 해서 저 아이를 죽일 권리를 갖진 않아요! 이건 복수가 아니에요! 그저 자기 합리화일 뿐이지!"

"네가 뭔데! 네가 내 심정을 알아? 내 아들이, 내 아내가 죽었을 때, 그때의 심정을 알아?"

"몰라요! 하지만 나도 수인들에게 끔찍한 일을 당했어요! 나도 나한테 그런 짓을 한 늑대 수인과 소 수인이 죽을 만큼 싫어요! 하지만, 내가 그 둘이 싫다고 해서 그 둘과 같은 일족의 수인을 죽여도 된다는 생각은 하지 않아요!"

제 증오를 관련 없는 다른 사람에게 풀어내는 것은 그 어떤 때라도 정당화될 수 없었다.

유채와 남자는 실랑이를 벌였다. 하지만 여자가 남자의 힘을 이기기가 쉬운 것이 아닌지라 곧 유채와 남자의 위치가 뒤집어졌다. 남자는 유채가 방해된다고 생각된 것인지 목을 졸라서 죽이려고 하였다.

"유채 양!"

프레드릭과 알렉스가 달려왔다. 남자는 일이 꼬였다고 생각했는지 유채가 놓친 단검을 주워 들고 그녀의 목을 노렸다. 유채는 눈을 감았다.

"멈추세요."

어디선가 웬 여자의 목소리가 들렸다. 그리고 남자가 쥔 검이 바닥으로 떨어지더니, 유채의 위로 남자의 무거운 무게가 그대로 눌려왔다. 유채는 갑자기 숨이 쉬어지지 않았다. 헥터가 생각났다. 숨을 쉬어보려고 노력해도 누군가 제 목을 조르고 있는 것처럼 숨이 쉬어지지 않았다. 동시에 귓가로 헥터의 말소리가 들리는 것 같았다. 온몸에 개미가 들러붙어 있는 것처럼 소름 끼치는 감각이 밀려왔다. 피부에서 헥터의 손이 닿았던 감각이 올올이 살아났다. 유채는 소리를 지르고 싶었지만, 목소리가 나오지 않았다. 유채의 얼굴이 하얗게 질렸다.

"유채 양, 괜찮아요?"

알렉스가 남자의 몸을 치우고 유채를 일으켜 세워주었다. 창백한 얼굴로 벌벌 떠는 유채는 거친 숨을 몰아쉬었다. 눈에는 눈물이 핑 고였다. 알렉스는 유채의 등을 두드려 주었다.

"펜리 씨?"

기절한 남자의 얼굴을 확인한 프레드릭이 눈을 동그랗게 떴다. 유채를 달래던 알렉스가 프레드릭의 말에 놀라서 고개를 돌렸다. 알렉스도 놀라서 자리에서 벌떡 일어났다. 포트리스의 어부인 펜리였다. 레이라와 같은 배를 타고 스티폴로르로 넘어온 사람이었기에 형제 모두 펜리와 친분이 있었다.

"아니, 어떻게 펜리 씨가 여기 있어? 포트리스의 성벽 출입 허가를 내드린 적 없는데?"

포트리스의 성벽 총책임자인 알렉스는 영문을 알 수 없었다. 성벽은 개미 새끼 한 마리 드나들 수 없도록 감시했고 포트리스의 안전을 위해 주민의 출입을 엄격하게 금했다. 그리고 성벽을 어찌어찌 넘었다 해도 여기까지 오는 것은 거의 불가능에 가까웠다.

"거리로 봐서 네가 출발하기 전에 허가를 냈어야 해. 알렉스, 너 펜리 씨에게 허가를 준 적 한 번도 없어?"

"없어, 형. 알잖아. 나 이런 쪽 허가는 잘 내주질 않아."

두 형제는 펜리에 대해 의문을 표하며 실랑이를 벌였다. 유채는 헥터의 일이 생각나 떨리는 가슴을 애써 진정시키기 위해 심호흡을 했다. 계속 헥터의 잔상이 떠올랐다. 유채는 귀를 막고 눈을 감았다.

"제때 마중 나가지 못한 점, 사죄드립니다."

유채는 낯선 여자의 목소리에 고개를 돌렸다. 유채보다 몇 살 더 많아 보이는 백발의 여인이 서 있었다. 인간인가 싶었지만 마치 루프스처럼 위화감이 도는 외모였다. 유채는 그녀를 한참 바라보다가 알아챘다. 고양이의 눈을 한 고양이 수인이었다.

묘령의 고양이 수인은 유채의 앞에 무릎을 꿇고 고개를 숙였다.

"셀레네님의 입인 오라클라 리네아. 신의 사자(使者)께 인사를 올립니다."

리네아는 유채의 손을 잡아 올려서 그 손등에 입을 맞추었다. 그리고 고개를 들어서 유채와 눈을 맞췄다.

"기다리고 있었습니다, 유채님."

유채가 찾던 오라클라 리네아였다.

⚜

"펜리 씨, 도대체 왜 이러신 겁니까!"

프레드릭은 불같이 화를 내면서 펜리를 다그쳤다. 펜리는 초췌해진 얼굴로 울먹였다.

"프레드릭 씨, 제 딸이 죽어가요. 제 딸이."

펜리는 펑펑 쏟아지는 눈물을 닦으며 애원했다. 헤임달이 죽었다고 한 프레드릭이 살아 있었다. 그리고 이제 저는 포트리스의 법에 따라 벌을 받게 될 것이다. 그럼 가엾은 제 딸은 어떡하나 싶었다. 그와 동시에 울분이 차올랐다.

"저는 더 이상 화합이고 뭐고 못 믿겠습니다. 레프스는 아무 효과가 없었습니다! 처음에는 차도가 있는 것처럼 보이더니 시간이 지나니 다시 병이 심해졌습니다. 제 딸도 다시 사경을 헤맵니다."

펜리는 가슴을 부여잡고 오열했다. 그러다 눈을 번뜩이며 프레드릭의 멱살을 움켜쥐었다. 프레드릭의 몸이 나무에 부딪쳤다.

"그 빌어먹을 뜬구름 잡는 소리 때문에 포트리스의 모두가 죽어가게 생겼습니다! 렉스님 말이 옳아요. 그리고 헤임달의 말을 시험……."

"잠깐, 헤임달이요?"

프레드릭이 놀라서 되물었다. 프레드릭은 왜 그에게 잡혔는지 모를 만큼 강한 힘으로 펜리의 손을 풀어내고 그를 다그쳤다. 펜리는 프레드릭의 기세에 놀라서 고개를 끄덕였다.

"헤, 헤임달이 그, 그랬습니다. 수인의 간을 아이들에게 먹, 먹이고 애들을 낫게 한 부모들이 있, 있다고."

"헤임달!"

프레드릭은 크게 고함을 질렀다. 프레드릭은 신경질적으로 머리를 쓸어 올렸다. 생각해 보면 모든 것의 근원에 헤임달이 있었다. 헤임달이 레프스를 가져오지 않았다면 프레드릭은 이곳으로 오지 않았을 것이다. 별 효능도 없는 약을 찾느라 시간을 낭비하여 병을 낫게 할 때를 놓쳐 버렸다. 또 수인과 인간과의 관계는 레프스 건으로 악화되었다. 누가 봐도 이건 루프스가 알면서 일부러 포트리스를 전멸시키기 위해 정보를 감추고 약초를 내어준 것으로 보이기 때문이었다. 지금 눈앞에 있는 펜리 하나만으로 포트리스가 수인들에게 악감정을 품었다는 것을 확인할 수 있었다. 이뿐만이 아니다. 헤임달이 확인되지도 않은 괴소문을 물어온 탓에 포트리스의 사람들이 스스로 사지에 굴러들어 오고 있었다. 펜리는 천운으로 펠레스 호무스에 왔지만, 수없이 많은 포트리스의 사람들은 오는 길에 죽어 나갔을 것이다. 또 이로 인해 다시 포트리스의 반수인 정서가 강화될 것이다.

헤임달은 넉살 좋고 쾌활하고 정이 많은 사람으로 포트리스에서 유명했다. 식량이 부족해서 배를 곯는 포트리스 사람들에게 물고기를 잡아와서 나누어주었고, 고아가 된 아이들을 거두어들였다. 언제나 본인만 알고 있으면 큰 이익이 될지도 모르는 정보를 알렸다. 위험한 부탁을 무조건 흔쾌히 들어주는 것은 아니었으나 언제나 성실할 정도로 최선을 다해서 도와주었다. 그랬기에 포트리스 사람들은 그를 믿었다. 착한 사람이 거짓말을 할 리는 없고 포트리스의 사람들에게 위해를 끼칠 리가 없으니까. 착한 사람은 그냥 아무런 목적 없이 선행을 베풀 것이다, 라고 생각했다. 하지만 다르게 생각해 보면 이상했다.

도대체 헤임달은 왜 그렇게 착하게 구는 것일까? 그가 지나칠 정도로 착해서? 그리고 그 수많은 정보들은 도대체 어디서 나오는 것일까?

"헤임달이 뭐라고 했습니까? 증거가 있답니까?"

프레드릭의 다그침에 펜리는 겁에 질린 얼굴로 더듬거리면서 대답했다.

"그, 헤임달이 예전에 대륙에 있을 때 의, 의사 노릇을 조금 했답니다."

"의사요?"

프레드릭은 한 번도 들어본 적 없는 소리였다. 그러고 보면 헤임달이 스티폴로르에 온 이유를 명확하게 들은 적이 없었다. 그가 대륙에서 무엇을 하던 사람인지도 말이다. 그는 하나뿐인 동생 헬라와 이곳으로 왔고 아내와 아이들은 전쟁에 휘말려서 사망하였다고 했었다. 대륙에서 여기까지 무사히 건너올 정도로 바다를 잘 알고 물고기를 잘 잡는 그를 모두가 뱃사람이라고 생각했다.

"그…… 헤임달이 돌, 돌보는 고아 아이들 중에도 한 아이가 굉장히 아팠습니다. 제가 봐서 압니다. 근데 헤임달이 우연히 해안가에 떠밀려 온 죽은 수인의 시신을 발견했고, 예전부터 동물의 간은 명약으로 사용하곤 해서……. 혹시나 하는 마음에 그 간을 달여서 먹여보았답니다. 그랬더니 아이가 나았다고 제게 귀띔해 주었습니다. 저도 죽네 사네 하던 그 아이가 멀쩡하게 뛰어다니는 것을 보았고요."

"혹시, 펜리 씨 말고 이 이야기를 들은 사람이 있습니까?"

"아니요! 없습니다. 헤임달이 제 사정이 딱하다고 제게만 귀띔해 준 이야기입니다."

"형, 최근에 수인들 사이에 이런 소문이 떠돌고 있대."

프레드릭은 오후에 알렉스가 한 말을 떠올렸다.

"동물화가 진행되고 있는 수인에게 인간의 간을 먹이면 그 증세가 완화된다더래. 최근 포트리스 사람들이 실종되고 있어. 포트리스 사람들은 수인들 사이에 떠도는 소문을 듣고 수인들이 자신들을 잡고 있다고 덜덜 떨고 있고."

만약, 헤임달이 절박한 부모들의 마음을 이용해서 수인들의 땅으로 가는 방법을 알려주고 그들을 그곳으로 보냈다면? 무단으로 포트리스를 벗어나는 것은 불법이다. 아픈 아이를 둔 부모들은 제 자식만 살리기 위해 헤임달의 정보를 저만 알고 있는 줄 알고 혼자서 포트리스의 성벽을 넘었을 것이다. 하지만 혼자서 이곳에서 살아남기란 힘들다. 마물을 만났거나 인간에게 적대적인 수인과 부딪치기라도 했다면 당연히 목숨을 보장받지 못했을 것이다. 포트리스에서는 사람들이 없어졌으니 실종으로 치부할 것이고, 사람들이 하나둘씩 실종되는 와중에 수인들 사이에 그런 소문이 돈다는 사실이 퍼지면?

당연하게도 그들은 실종된 사람들을 수인들이 데려갔다고 생각할 것이었다.

프레드릭은 주먹을 움켜쥐었다.

"펜리 씨, 제가 이번 일은 뒤를 봐드리겠습니다."

그에게는 아군이 필요했다. 정확히는 스파이가.

"그 대신 제 부탁 하나만 들어주십시오."

포트리스를 위해서 헤임달이 무슨 짓을 벌이고 있는지 알아야 했다.

"저, 이걸 바르세요."

아일라는 벌겋게 손자국이 남은 유채의 목에 바를 연고를 가져왔다. 유채는 고맙다 인사를 하고 연고를 목에 발랐다. 유채는 작은 동굴 안을 둘러보았다. 가운데 장작불이 타고 있고, 주변에는 단출한 옷가지들과 소박한 세간들이 있었다. 오라클라 리네아는 유채에게 약차를 건넸다.

"피로와 내상 회복에 좋은 차입니다."

"감사합니다, 리네아님."

"리네아라고 편히 부르세요."

리네아는 유채의 앞에 무릎을 꿇고 앉았다. 프레드릭은 유채를 덮쳤던 남자를 조사하기 위해서 동굴의 밖에 있었고 알렉스는 만약의 사태에 대비해서 그녀의 옆에 앉아 있었다.

리네아는 정말로 고대의 신녀인 것인지, 손짓으로 공간을 찢어서 통로를 만든 뒤 그들을 단번에 이곳으로 이동시켰다. 오라클라 리네아는 잔잔한 미소를 머금고 유채를 바라보았다.

"저……."

"압니다, 저를 왜 찾아오셨는지. 셀레네님께서 말씀해 주셨고, 저는 그분의 말씀을 전해 드리기 위해서 유채님을 모셔왔습니다."

리네아는 찻잔을 바닥에 내려놓았다.

"제 외모가 신기하지 않으십니까?"

리네아가 유채에게 물었다. 동물의 귀나 꼬리가 없는 수인은 루프스 말고 처음이라 신기했다. 유채는 고개를 끄덕였다.

"사실 이것이 수인들의 원래 모습입니다."

"그게 무슨 소리입니까? 위르형이 얼마나 인간과 가까운가는 수인의 강함을 결정하는 요인이 아닙니까?"

알렉스가 놀라서 물었다. 리네아는 고개를 저었다.

"강함이 아니라 얼마나 건강한지를 보여주는 요인입니다. 동물에 가까운 위르형일수록 그 수인은 병이 든 겁니다. 셀레네님의 말에 따르면 유전병이라고 하더군요."

"유전병이요?"

유채가 반문했다.

"수인들의 동물형은 그들의 일족을 결정하거나 종을 결정하는 도구가 아닙니다. 그것은 그들이 싸우기 위해 뒤집어쓰는 외피에 불과합니다. 종이 다르다 하여 교잡종이 태어나는 것이 아니라 그저 부모 중 누구의 외피를 물려받느냐에 따라서 동물형이 결정되는 것이지요. 늑대 부모와 여우 부모의 외피 중 여우의 외피를 물려받을 수도 있고 늑대의 외피를 물려받을 수도 있는 것이지요."

"뭐라고요? 그런데, 그걸 수인들은 왜 모르고 있는 겁니까?"

알렉스가 놀라서 물었다.

"셀레네님은 예전에 이 세상을 멸망시키려고 하셨습니다. 신은 인간의 세상에 관여해서는 안 된다는 법칙을 깨고 차원에 관여를 하셨지요. 물론 세계의 법칙을 거스르는 일이기 때문에 셀레네님은 아주 교묘한 수를 하나 쓰셨습니다."

리네아가 아주 오래된 이야기를 털어놓았다. 이 사건에 대해 온전하게 아는 것은 자신과 에르비오네 린, 에비올가 테루뿐일 것이다. 셀레네님은 자신의 목소리를 온전하게 들을 수 있는 신녀를 간택하셨다. 에르비오네는 인간 중에서 선택이 되었고 에비올가는 눈의 귀족, 오라클라는 수인이었다. 이들은 셀레네님의 목소리를 들었고 그에 따라 신탁을 내렸고 셀레네님이 세계를 유지하시는 일을 돕기 위해 모든 운명을 안배했다. 원래 이는 계승되는 직책이었으나 은가연이 해결하지 못한 문제 때문에 그 당시의 선택받은 에르비오네, 에비올가, 오라클라는 마지막 에르비오네, 에비올가, 오라클라가 되어 영겁의 세월을 살았다.

"그 자체로 세계라 말할 수 있는, 여기 지금 이 차원을 구성하는 근원의 힘, 세계를 유지하는 힘을 담은 구슬을 자신의 신전에 보냈습니다. 모든 소원을 들어주는 구슬, 리와인더(Rewinder)라는 이름을 붙여서 말이지요. 세계를 유지하는 힘을 담은 그 구슬은 너무나 고결하여, 이기심이 섞인 소원이 닿게 되면 망가지고 맙니다. 그리고 그 구슬이 망가지면, 이 세계는 멸망합니다."

유채는 프레드릭이 말해주었던 구전이 생각났다. 리네아는 잠시 말을 고르더니 이야기를 이어갔다.

"그 어떤 소원이든 이기심이 깃들어 있기 마련이기에, 신관들은 그것을 꽁꽁 싸서 봉인을 해두었습니다. 하지만 그런 노력이 무색하게 결국 리와인더(Rewinder)는 오염되었고, 리와인더에 깃든 신의 힘은 그대로 세상을 멸망시키는 악기(惡氣)가 되었습니다. 리와인더의 깃든 악기(惡氣)에 의해 세상은 멸망을 향해 다가갔습니다."

태양과 달은 빛을 잃었고 대지에는 겨울이 찾아왔다. 푸른 초원이 가득하던 대륙은 눈으로 뒤덮이고 호수의 물은 모두 얼어붙었다. 강력한 마물들이 날뛰었고 원인을 알 수 없는 전염병이 노약자들을 죽였다. 세상은 종말을 향해가고 있었다.

"하나, 한 신녀의 희생으로 멸망의 시기는 늦춰졌고 셀레네님은 본인의 가혹함을 깨달으셨습니다. 그리고 이곳에 한 번에 기회를 더 주기로 결정하셨습니다. 신은 이 세계에 개입할 수 없었으므로 그분은 검은 머리의 이국의 여인을 신의 사자(使者)로 보냈습니다."

리네아의 손이 유채의 볼에 닿았다. 더할 나위 없는 부드러운 손이었다.

"그분이 바로 은가연님이셨습니다. 유채님처럼 다른 차원에서 오신 분이셨지만, 유채님과는 다른 세계에서 오신 분이셨습니다."

리네아는 아련한 기억 속 가연의 얼굴을 떠올렸다. 어릴 적 보았던 가연의 얼굴을 손끝으로 떠올렸다.

"가연님은 이 세계를 구원하셨고, 리와인더(Rewinder)는 다시 셀레네님의 품으로 돌아갈 수 있었습니다."

리네아는 유채의 볼에서 손을 거두고 쓴웃음을 지었다.

"하나, 가연님은 최선을 다하셨지만 한 가지 실수를 하셨습니다. 그만 리와인더의 오염된 조각이 하나 남고 말았던 것이죠."

리네아는 그때의 이니투스를 기억했다. 회색 머리카락과 청회색의 눈동자를 지닌 그는 인어, 눈의 귀족, 인간, 수인, 용 그 누구도 나서서 그 조각을 맡겠다고 하지 않을 때, 기꺼이 희생을 자처했다. 제 일족의 번영과 안전을 보장해 준다면 기꺼이 희생하겠노라 나섰던 그 당당한 뒷모습을 그녀는 아직도 생생하게 기억했다.

"이니투스님은 그 조각을 안전하게 보관하기 위해서 신의 힘이 담긴 상자와 보자기에 담아서 이 스티폴로르에 가져와 에클레시아에 그것을 모셨습니다. 그리고 그렇게 삼백 년이 흘렀습니다."

리네아는 제 몸을 감싸고 있던 옷을 풀어 내렸다. 알렉스는 깜짝 놀라 새빨갛게 달아오른 얼굴을 하고 고개를 돌렸다. 유채도 당황하여 고개를 푹 숙였다.

"리와인더의 조각이 머금고 있던 오염된 기운인 악기(惡氣)는 결국 수인들을 유혹했고 한 수인이 결국 에클레시아에서 그것을 훔쳐 소원을 빌었습니다. 조각은 이 작은 땅을 멸망시키기 위해서 움직였습니다. 제가 할 수 있는 일은 조각의 악기(惡氣)를 대신 받아내고 그 시기를 늦추는 일뿐이었습니다. 제 몸에 악기를 가두어서 봉인하는 일 외에는 제가 할 수 있는 것이 없었습니다. 이곳에 남아서 틈 날 때마다 새로운 악기를 제 몸에 가두어두고 있지만, 제 몸이 가둘 수 있는 한계가 찾아왔습니다."

유채는 고개를 들었다. 그리고 비명을 삼켰다. 리네아의 몸은 시체의 그것과 비슷했다. 검게 썩어 들어가고 군데군데 뼈도 다 드러나 보였다. 유채의 손짓에 벌게진 얼굴을 똑바로 한 알렉스도 헉 하는 소리를 내었다. 리네아는 쓴웃음을 지으면서 옷을 다시 여몄다.

"제 몸은 보시다시피 이렇게 썩어가기 시작했습니다. 저는 이 저주의 진행을 막기 위해서 은둔했습니다. 저는 제 모든 힘을 이것에 쏟아야 했습니다."

"그런데, 그것이 왜 수인들이 지금의 형태가 된 것과 관련 있는 것입니까?"

"에클레시아 붕괴 이후 수인들 사이에는 내전이 일어났습니다. 그들은 편을 가르기 시작했죠. 원래 인간들이라는 것이 보이는 것에 따라 나누는 동물인지라, 외피에 따라서 일족을 나누었습니다. 서로의 화합을 바라던 이들은 모두 죽어갔고, 서로를 향한 감정의 골이 깊어졌으며, 각자의 일족과만 혼인만을 지속하는 것이 작금의 상황을 만들었습니다."

"그러니까 개체군의 크기가 작아 본의 아니게 발생한 근친혼이 계속되면서 발생한 유전병으로 인한 결과가, 바로 지금의 모습이란 것인가요?"

유채는 제가 학교에서 배운 지식을 총동원해서 물었다. 리네아는 유채의 말이 무슨 의미인지는 모르겠지만, 결과는 그렇다고 답을 해주었다.

"제가 고양이의 외피를 지녔고 저주를 대신 받아내서인지, 악기가 저와 같은 외피를 지닌 이들에게 영향을 미쳤습니다. 그에 따라 그들은 모두 고양이로 변이하여 죽고 말았습니다."

"수인들의 동물화."

알렉스가 나지막하게 중얼거렸다.

"계속되는 같은 일족끼리의 혼인은 수인들의 병을 심화시켰고 그것이 아직도 남아 있는 악기에 맞물려 이제는 전체 수인들을 대상으로 동물화가 빠르게 퍼져 나가는 것입니다."

"결국 수인들의 일족끼리의 다툼과 그 조각의 악기가 빚어낸 것이 동물화라는 말씀이시군요?"

유채가 물었다. 리네아는 고개를 끄덕였다.

"악기는 점점 심화되고 있습니다. 이곳에 쌓인 사람들의 증오와 원념으로 조각은 제 악기를 불리고 있습니다. 결국 그것도 소망의 일부이기 때문이죠."

"설마 우리 포트리스도?"

알렉스는 포트리스의 전염병도 모두 리와인더의 조각으로 인한 것이 아닐까 하는 생각이 들었다.

"예. 인간들의 수인을 향한 원념, 수인의 인간을 향한 원념이 조각의 힘을 심화시키고 있습니다. 이젠 제가 막을 수 있는 범위를 넘어가고 있습니다. 리와인더의 조각은 스티폴로르를 파괴하기 위해 움직입니다. 수인들은 동물화로, 인간들은 전염병으로. 그 다음은 이 땅 자체를 파괴합니다. 그것이 원래 리와인더가 목적한 세계 멸망의 순서니까요."

리네아는 목이 마른 듯이 찻잔을 들어서 입을 축였다.

"본래 수인들을 스스로를 위르(Vir)라고 불렀습니다. 인간들의 언어로 사람이란 뜻이지요. 수인들이 부르는 마레 위르 역시 뜻을 풀이하자면, 바다 밖에서 건너온 인간이라는 뜻입니다. 같은 종임에도 서로를 증오하는 수인과 인간들의 원념이 모두의 불행을 초래한 겁니다."

"그런데 그게 나와 무슨 관련이 있는 거죠? 그게 내가 이곳에 온 이유와 관련이 있나요? 그리고 난 신과 만난 적도 없어요!"

"제가 셀레네님께 들은 전언은, 과거를 이야기하고 유채님을 자신에게로 인도해 달라는 말씀뿐이었습니다."

리네아는 자리에서 일어났다.

"내일 날이 밝는 대로 셀레네님께 인도해 드리겠습니다."

리네아는 그저 신의 말을 듣고 전하는 신녀였다. 그녀의 역할은 딱 여기까지였다.

"오늘은 일단 편히 쉬시지요."

아아, 어린 소녀를 휘감은 가혹하고 가혹한 운명이여.

리네아는 속으로 깊은 탄식을 뱉었다.

⚜

"얘야?"

세실은 공놀이를 하던 중 굵직한 남자의 목소리에 뒤를 돌았다. 그곳에는 건장한 체구의 은빛 머리의 남자가 서 있었다. 눈의 형태로 보아서 늑대 수인인 것 같았다. 세실은 남자의 잘생긴 외모에 얼굴이 발그레해졌다.

"왜요? 잘생긴 아저씨?"

"그 옷 어디서 났니?"

세실은 고개를 아래로 내렸다. 얼마 전 어머니가 예쁜 옷을 이리저리 잘라내고 바느질을 해서 만들어준 옷이었다. 옷이 얼마나 예쁜지 마을 애들이 모두 세실을 부러워했다.

"엄마가 만들어주셨……."

"세실!"

유채에게 옷을 만들어주었던 과부가 달려와 세실을 부둥켜안고 몸을 납작 엎드렸다. 루프스를 알아본 과부는 몸을 떨었다.

"루프스님! 이 아이는 아무런 잘못이 없습니다. 그저 제가 지어준 옷을 입었을 뿐입니다."

"그 옷을 준 암컷을 보았나?"

"예, 예…… 카니스 빅터님이 데려오신 개 수인분이셨습니다."

"정말 귀가 있던가? 혹여 마레 위르로 보이지는 않던가?"

"그건 저도 잘……. 내내 로브를 뒤집어쓰고 있어 그저 예쁘장하단 것만 알았습니다."

"네 딸이 입은 옷을 입고 있던 마레 위르 암컷을 찾고 있는데, 어디로 갔는지 아는가?"

루프스의 물음에 갑자기 이질적인 목소리가 끼어들었다.

"그 누나 나쁜 마레 위르 아니에요!"

꾀죄죄한 꼴의 다람쥐 수인 소년이었다. 소년의 주위에 옹기종기 모여 선 아이들이 소년을 뜯어말렸다. 그러나 겁 없는 소년은 루프스 앞으로 다가갔다. 소년 주위에 몰려 있던 아이들은 걱정스런 마음 반 동경하는 마음 반으로 소년을 보았다. 그들은 소년이 펠레스 호무스에서 겪은 모험을 흥미진진하게 듣고 있었기 때문이었다.

"그 누나가 날 구해줬어요! 절대 나쁜 마레 위르 아니에요! 나쁜 놈에게서 저 구해줬어요, 루프스님."

루프스는 한쪽 무릎을 꿇고 소년과 눈을 맞추었다. 소년의 주위에 있던 아이들이 모두 반짝이는 눈으로 영웅을 바라보듯이 소년을 바라보았다. 위대한 루프스님이 기껏 다람쥐 수인 소년을 위해서 몸을 굽혀주신 것이었다.

루프스는 성질을 죽이고 부드럽게 말했다.

"나는 그 마레 위르가 아주 대견스러운 일을 해서 보답을 하기 위해서 찾고 있는 것이란다. 어디로 갔는지 아느냐?"

아주 대견스러운 일이지, 감히 제 어깨에 검을 박고 제 애원도 무시한 채 도망쳤으니.

"무슨 보답을 주시려고 하는데요?"

소년이 물었다. 루프스는 다정하지만, 오싹하게 느껴지는 미소를 지으며 답했다.

"그건 나도 만나봐야 알겠구나."

Chapter 7

시간의 호수, 아이타스 라쿠스 [Aetas Lacus]

"저…… 저도 그건 잘 모르겠어요. 근데, 하얀 머리의 마레 위르처럼 생긴 누나가 나타나서 거기 있던 모두가 사라졌어요."

"빌어먹을. 오라클라 리네아."

루프스는 이를 갈았다. 그는 이니투스의 자손이었다. 관심 없는 것에는 무식한 구석이 있던 아버지였지만, 그는 이니투스의 자손으로서 자신과 에리카에게 집안 대대로 내려오는 이야기는 해주었다. 물론 별 관심이 없어 의무라 억지로 알려준다는 티를 팍팍 내면서 말이다.

아무튼 아버지의 이야기에 따르면 오라클라 리네아는 엄청난 힘을 갖고 있다고 하였다. 성력(聖力)을 이용해서 다 죽어가는 수인을 살렸고, 잘린 팔다리가 다시 자라게 하는 것은 기본이었다. 신의 음성을 들을 수 있는 몇 안 되는 신녀로 신출귀몰한 능력마

저 지닌 그녀라면 여러 명을 데리고 공간이동을 하는 것 정도야 쉬울 것이다.

허무맹랑한 전설로 치부했었다. 신께 중요한 임무를 받아 그 임무를 이룰 때까지 불로불사의 몸을 가졌다는 말을 어떻게 믿겠는가. 그런데, 신화의 시대에나 나올 법한 신녀가 생존해 있었다. 루프스는 주먹을 움켜쥐었다.

"루프스님, 무엇을 하실 생각이십니까?"

카신이 심상치 않은 기운을 뿌리는 루프스에게 물었다. 카신은 본인의 이름을 직접 명단에 적어서 루프스에게 제출하였고, 그와의 가벼운 언쟁 끝에 결국 여기까지 쫓아왔다.

"찾아."

루프스가 주먹을 말아 쥐었다. 한 군데, 짐작 가는 곳이 있었다. 루프스는 카신을 향해 돌아섰다.

"펠레스 호무스를 샅샅이 뒤져서라도 레티티아를 찾아."

"하, 하지만 루프스님! 범위가 너무 넓습니다."

카신이 당황한 얼굴로 루프스를 바라보았다. 루프스는 싸늘한 미소를 흘리더니, 저 멀리 보이는 산을 가리켰다. 카신은 숨을 삼켰다. 저곳은 고양이 수인들이 신이 있는 산이라 여기면서 마지막까지 목숨을 걸고 지켰던 사크로(Sacro) 산이었다.

"저 산을 샅샅이 뒤져."

오라클라 리네아와 연관되어 있다면, 그가 예상할 수 있는 곳은 사크로 산뿐이었다. 시간을 빨아들이는 죽음의 호수이자 시간의 호수, 아이타스 라쿠스(Aetas Lacus)가 있는 곳이었다. 리네아가 신의 말을 들었던 곳으로 유명했지만, 이제는 아무도 찾지 않는 고양이 수인들의 신전이 있는 곳이었다.

"반드시 찾아서 내 눈앞으로 데려와."

루프스는 그 말을 끝으로 은빛의 늑대로 변했다. 청회색의 눈이 번들거렸다. 유채는 결코 그를 벗어날 수 없을 것이다.

봐라. 뛰어봤자 제 손바닥 안이지 않은가?

⚜

"일어나셨습니까?"

이른 아침에 리네아가 동굴 바닥에서 불편하게 자던 유채와 알렉스, 프레드릭, 유채를 공격했던 남자인 펜리를 깨웠다. 넷 다 각자의 이유로 잠을 설친지라 벌게진 눈으로 일어났다. 리네아와 그녀를 도와주는 아일라는 각자에게 따뜻한 스튜와 약차를 주었다.

리네아가 무릎걸음으로 펜리에게 다갔다. 펜리는 제가 지은 죄를 알아서 그녀를 슬금슬금 피했다. 리네아가 펜리의 손을 감싸쥐었다.

"그대는 그대의 잘못을 압니까?"

"……예."

펜리가 기어들어 가는 목소리로 대답했다. 리네아의 손이 펜리의 망가진 얼굴을 덮었다. 밝은 빛이 리네아의 손에서 번쩍였다. 그리고 빛이 꺼지자 펜리의 얼굴이 멀쩡하게 돌아왔다. 펜리는 놀란 얼굴로 열심히 제 얼굴을 더듬었다. 리네아는 아일라를 불렀다. 아일라가 작은 병을 건네주자 리네아는 그것을 펜리에게 주었다.

"성력(聖力)이 항상 만능은 아닙니다. 때로는 인간의 의지가 악기를 해결하기도 하지요. 하지만, 그 의지가 길을 발견하기 전까지 성력(聖力)은 그 길을 도와야 합니다."

"이게 무엇입니까?"

프레드릭이 눈을 비비며 물었다.

"제 힘을 담은 물입니다. 악기를 잠시 밀어내어서 전염병의 진행을 막을 것입니다. 한 방울 정도면 병을 해결할 충분한 시간을 벌 수 있을 것입니다."

"하, 하지만. 말씀하시기를 그 전염병은 오염된 조각에서 비롯된 것이라고……."

알렉스가 이해가 안 된다는 듯이 물었다. 신의 힘이 개입되어 있는데, 그걸 인간이 스스로 해결할 수 있다? 그게 말이 되는 소리인가?

"모든 병은 고치는 방법이 있기 마련이죠. 리와인더 조각의 악기가 만들어낸 병도 예외는 아닙니다. 단지, 처음 보는 것이며 기존에 나타나던 것들과 양상이 다른 병이기에 고치는 방법을 찾는데 오래 걸리는 것뿐입니다. 제 몸이 온전하고 이 저주만 아니었더라면 직접 찾아가서 성력으로 낫게 해드릴 수 있으나 지금은 도저히 그럴 수 있는 상황이 아닙니다. 그래서 대신 드리는 것입니다."

"감…… 사합니다. 감사합니다. 정말 감사합니다."

펜리가 동굴 바닥에 머리를 찧으면서 리네아에게 감사를 표했다. 그가 흘린 눈물로 바닥이 젖어들어 갔다. 유채는 그 모습을 애잔하게 바라보았다. 단지 딸을 구하겠다는 일념 하나로 이곳까지 온 아빠였다. 비록 그 방식이 잘못되었다고 하더라도, 그의 부정만은 결코 폄하할 수 없었다.

리네아는 자리에서 일어났다.

"포트리스로 향하는 길을 열어드리겠습니다. 편히 쉬고 계세요."

"저, 리네아님? 저는 어떻게 해야 하나요?"

유채가 리네아의 옷자락을 잡으며 엉거주춤 일어났다. 리네아가 공손히 고개를 숙이며 유채에게 말했다.

"우선 포트리스분들에게 문을 열어드리고 난 뒤에 셀레네님께 안내해 드리겠습니다. 오래 걸리지 않을 것입니다. 편히 쉬십시오."

"알겠습니다. 감사합니다."

유채는 다시 앉아서 스튜를 깨작거렸다. 알렉스는 프레드릭에게 말했다.

"이번 기회에 얼른 포트리스로 돌아가. 레이라가 형을 목 빠지게 기다리고 있어."

"알겠어."

자못 심각한 얼굴의 프레드릭이 고개를 끄덕였다. 그의 시선은 물병을 끌어안고 눈물을 흘리는 펜리에게 닿았다.

리네아는 준비를 끝내고 유채 일행을 모두 동굴 밖으로 불러내었다. 리네아가 손을 뻗자 마치 종이가 찢어지는 것처럼 아무것도 없는 공간이 찢어졌다. 그리고 그 틈 사이로 포트리스의 모습이 보였다. 펜리는 품에 물병을 꼭 끌어안았다.

"여기를 통과하면 포트리스로 갈 수 있습니다."

"감사합니다."

펜리는 연신 고개를 숙였다. 그리고 잠시 머뭇거리더니, 심호흡을 크게 하며 어깨를 들썩이고는 유채에게 다가왔다. 펜리는 고개를 푹 숙이고 사과했다.

"미, 미안합니다, 아가씨. 내가 잘못했습니다."

유채는 예상하지 못한 사과에 눈을 동그랗게 떴다.

"아가씨 말이 맞아. 그 수인은 아무 잘못 없어. 잘못을 한 건 나였지."

유채는 잘못을 인정하고 어려운 사과를 하는 그를 보았다.

"포트리스로 오면 내가 꼭 이 은혜를 갚겠습니다. 정말 고맙고 미안합니다."

"아, 아닙니다."

유채는 손사래를 쳤다. 유채는 그에게 사과를 기대하지 않았다. 정확히는 그것을 바라지 않았다. 부모의 심정을 알기에 그를 이해하고 있기 때문이었다.

프레드릭도 유채에게 인사했다.

"유채 양, 고마워요. 그리고 미안해요. 더 도와주지 못해서."

"아니에요. 지금까지 충분한 도움을 받았어요. 그러니 괜찮아요. 집에 가셔서 몸조리 잘하시고 레이라 씨 잘 봐주세요. 많이 힘들어 했을 거예요."

"난 포트리스로 돌아가서 베니니타스의 아들들을 찾아볼 생각이에요. 그리고 헤임달에 대해 조사할 생각이고요."

"……헤임달이 누군가요? 옛날 일은 왜 다시 조사하시려는 거예요?"

"간단히 설명하면, 유채 양 덕분에 알게 된 새로운 사실들을 통해서 결론을 내린 겁니다. 잘못된 것이 있으면 바로잡아야 하지요."

프레드릭이 책 속에 나오는 귀족같이 완벽한 예법으로 허리를 숙여서 유채에게 인사했다.

"부디 집으로 돌아갈 수 있기를 바랄게요, 유채 양."

프레드릭이 알렉스에게 이제 네 차례라며 눈짓을 하자 그는 오히려 유채의 옆에 나란히 섰다. 그리고 프레드릭에게 말했다.

"난 안 가, 형."

"알렉스 씨?"

"형 먼저 돌아가. 난 유채 양을 좀 더 도울게."

알렉스가 유채의 팔을 잡고 자신의 쪽으로 가까이 끌어당겼다. 알렉스는 어안이 벙벙한 표정의 유채에게 그저 웃어 보일 뿐이었다.

프레드릭과 가벼운 언쟁 뒤에 알렉스는 결국 유채와 함께 이곳에 남기로 결정했다. 프레드릭은 반드시 돌아오라는 말을 남기고 찢어진 공간 사이로 사라졌다. 리네아는 남은 알렉스와 유채를 돌아보았다.

"그래서 두 분이 이제 남으신 건가요?"

"뭐, 그런 셈이죠."

알렉스가 어깨를 으쓱였다. 유채가 리네아에게 물었다.

"리네아님, 알렉스 씨도 나중에 다시 포트리스로 보내주실 수 있으신가요?"

"지금 제 상태로는 힘들겠지만, 노력해 보겠습니다."

리네아가 손을 한 번 휘젓자 숲 속의 풍경이 사라지면서 그들은 호수의 수면 위에 떠 있게 되었다. 유채는 깜작 놀라 옆에 선 알렉스에게 매달렸다가 이내 그것이 환상임을 깨닫고는 머쓱해하며 떨어졌다.

유채가 보기에 호수는 마치 칼데라 호처럼 생겼는데, 물이 깊은 것인지 물속이 온통 까맣게 보일 정도였다. 솔직히 말해 호수라고 하지 않고 검은 물이 넘실거리는 것도 보이지 않았다면 유채는 그냥 깊은 구멍이라고 생각했을 것이었다. 예전에 강원도 수학

여행 때, 석회동굴에서 보았던 깊이를 알 수 없다는 구멍을 보았던 것처럼 온몸에 소름이 돋았다.

리네아가 손끝으로 호수의 중앙에 있는 하얀색의, 폐허가 된 신전을 가리켰다.

"저 신전은 제가 신탁을 받기 위해 셀레네님께 제를 올리던 곳입니다. 이런 몸이 된 뒤로는 제 몸 하나 건사하는 것으로도 벅차서 가지를 못했습니다."

깊이를 알 수 없는 호수 한가운데 떠 있는 신전과 그리로 이어지는 징검다리들은 정말로 이것이 신의 창조물이라는 것이 믿어질 정도로 신비했다.

"이 신전은 우리 고양이 수인들이 신성하게 여긴 사크로 산의 정상 가까이에 있는 시간의 호수, 아이타스 라쿠스(Aetas Lacus)에 있습니다."

"제가 이 신전에 가야 한다는 말이신가요?"

"예. 이 신전에 가셔야 합니다. 마침 제 어머니께서 이모님께 드렸던 목걸이도 가지고 계시니 일이 편하게 될 것입니다."

"이 목걸이요?"

유채가 빅터가 준 목걸이를 들어 올렸다. 리네아가 고개를 끄덕였다.

"선대 오라클라셨던 제 어머니가 개 수인과 결혼한 이모님께 선물로 주신 것입니다. 그것이 아이타스 라쿠스(Aetas Lacus)로 향하는 길을 알려줄 겁니다."

"아."

유채는 뜻밖의 행운에 마음을 들떴다.

"신전에 가시면 셀레네님을 만나실 수 있을 겁니다. 그곳은 셀레네님이 강림하실 수 있는 몇 안 되는 곳입니다. 하지만 한 가지 조심하셔야 합니다."

리네아가 손짓하자 호수의 물이 넘실거리더니 알렉스와 유채를 덮쳤다. 호수 속은 아무런 빛도 통하지 않고 그저 검었다. 아무 생명체도 살지 않는 것 같았다. 사해처럼 죽은 호수, 아니, 정확히는 물이 굳어 있는 것 같았다.

"이 호수는 시간을 가두는 호수입니다. 이 호수 안에 오래 있으면 시간을 빼앗기고 호수에 동화되어서 사라집니다. 이 호수는 모든 것을 잡아당깁니다. 어지간히 강한 수인이 아니면 물에 빠져서 살아 돌아올 수 없지요."

그 예시를 보여주려는 것인지 리네아는 작은 상자를 만들어 그것을 아래로 떨어뜨렸다. 상자는 천천히 아래로 가라앉았다. 한 십 분가량이 지났을까? 상자가 마치 얼음처럼 얼어붙더니, 검게 변해 곧장 물로 흩어졌다. 유채는 오싹한 기분에 팔을 쓸었다.

"그러니, 절대 호수에 빠지면 안 됩니다. 부디 조심해서 건너가시기를 바랍니다."

리네아가 손짓을 하자 신기루처럼 눈앞에 모든 것이 흩어지고 다시 원래 있던 숲 속이었다. 리네아는 능력을 과도하게 쓴 것인지 숨을 몰아쉬었다. 아일라가 수건으로 그녀의 땀을 닦아주었다.

"호수에 가까이 갈수록 제 힘이 약해집니다. 제 힘이 허락하는 한 그 호수와 가장 가까운 곳으로 보내 드리겠습니다. 그리고 그곳에서 그 목걸이가 가리키는 방향을 따라가십시오. 그러면 신전을 찾을 수 있으실 겁니다."

"목걸이가 방향을 가리킨다고요?"

유채가 의아한 듯이 묻자 리네아가 목걸이의 기하학적 문양을 보는 법을 알려주었다. 화살표와 비슷한 문양이 호수가 있는 쪽을 가리킨다는 것이다.

유채는 목걸이를 꽉 움켜쥐었다.

"그곳에 가서 내가 신을 만나면 돌아갈 수 있는 길을 찾을 수 있는 게 맞나요?"

"그건 저도 모릅니다. 셀레네님께서 제게 명하신 것은 유채 양을 인도하여 달라는 것이었습니다."

"그리고 알렉스 씨는……."

"이 공간을 나흘 동안 열어놓겠습니다. 처음 도착한 곳으로 오셔서 다시 한 번 공간을 건너서 제게 오시면 제가 포트리스로 안내해 드리겠습니다."

그 말을 끝으로 리네아는 손으로 허공을 갈랐다. 다시 공간이 찢어졌다. 유채는 침을 삼켰다. 알렉스는 긴장한 듯한 유채의 손을 꽉 잡아주었다.

"걱정 말아요. 모두 잘될 거예요."

유채와 알렉스는 리네아와 아일라에게 인사를 하고, 손을 꽉 붙잡고 공간을 넘었다.

"부디 원하시는 바를 이루기를 바랍니다."

그것이 리네아와의 마지막이었다.

공간을 넘어 도착한 곳은 깊고 세가 험한 산속이었다. 알렉스가 돌아가기 편하도록 지나는 나무마다 검으로 자국을 남기면서 산을 올랐다. 둘은 숨을 몰아쉬면서 목걸이가 가리키는 방향으로 열심히 걸었다. 산이 험하기도 하고 목걸이가 가리키는 방향이 굉장히 복잡하여 두 사람은 금방 지쳐 버렸다.

산속의 밤은 금방 찾아왔고 유채와 알렉스는 적당한 곳에 잠시 짐을 풀고 하룻밤을 묵었다. 아침이 밝자마자 그들은 다시 산을 탔다. 다행히 험한 곳은 다 지났는지 평탄한 길이 쭉 이어졌다. 저 멀리 리네아가 환상으로 보여주었던 호수가 보였다.

알렉스는 들뜬 기색을 감추지 못하는 유채를 보면서 피식 웃곤 그녀에게 물병을 건네었다.

"마셔요."

"감사합니다."

유채는 물을 벌컥벌컥 마셨다. 그리고 또다시 그에게 사과했다.

"죄송해요. 저 때문에."

"미안해할 필요 없어요, 유채 양."

알렉스가 유채의 말을 끊었다. 알렉스는 리네아에게 모든 이야기를 들은 그날 밤, 잠을 이루지 못하던 유채의 얼굴을 떠올렸다. 이글거리는 불빛에 비친 그녀의 표정이 마치 바늘처럼 그의 마음을 쿡쿡 쑤셔왔다. 만지면 부서질 것 같은 아련한 미소를 지으며 그녀가 제게 건넨 말을 알렉스는 회상했다.

"고마워요. 제게 좋은 기억으로 남아주셔서."

"내가 좋아서 하는 일이니까 유채 양은 미안해할 필요 없어요."

유채는 조심스럽게 알렉스를 올려다보았다. 그는 방긋 웃더니 유채의 지저분한 단발을 헤집었다. 유채는 오빠가 있다면 알렉스와 같을 것 같다는 생각을 했다.

"그러니까 미안하단 말 좀 그만해요. 내가 좋아서 하는 일에 미안하단 말을 들으면 괜히 울적해져요."

"아, 죄……."

유채는 얼른 입을 막았다. 알렉스는 박장대소를 하면서 유채의 머리를 가볍게 콩 때렸다.

"내가 근육 머리라고 불리는데, 유채 양도 그런 거 아닌가 싶네요. 얼른 가요. 이제 얼마 안 남았어요."

알렉스는 유채에게 편한 길을 내어주기 위해서 앞장서서 걸었다. 앞에 낮은 비탈이 나타나자 알렉스는 뒤로 돌아 그녀에게 손을 내밀었다.

쏴아아아.

알렉스는 몸을 굳혔다. 바람이 바뀌었다. 알렉스가 덜컥 굳은 듯 움직이지 않자 유채는 의아해했다. 그가 입술에 손가락을 가져다 대었다. 수상한 기척이 느껴졌다. 아주 조심스럽고 빠르게 움직이는 뭔가가 점점 가까워지고 있었다.

알렉스는 눈을 감고 온몸의 신경을 집중했다. 손은 허리에 맨 검에 가져다 대었다. 알렉스는 미세한 공기의 흐름을 읽었다. 유채를 무턱대고 도망 보내기는 위험했다. 적이 어느 쪽에서 오는지 아직 파악하지 못했다.

유채의 뒤.

알렉스는 눈을 떴다. 그리고 오는 자가 누구인지를 보았다.

"고개 숙여요!"

"예?"

유채는 알렉스가 검을 뽑는 것을 보고 바로 고개를 숙였다. 그와 동시에 알렉스가 그녀의 팔을 끌어당겼다. 유채는 제 허리에 굳은살이 박인 또 다른 손이 스치는 것을 느꼈다.

"애송이, 비켜라."

낮고 울림이 있는 잊을 수 없는 목소리. 유채의 얼굴이 새하얗게 질렸다. 유채는 고개를 들었다. 제 앞을 막고 선 알렉스의 어깨 너머로 은빛 머리카락의 루프스가 보였다.

유채는 사시나무 떨듯이 떨었다. 루프스가 환히 웃었다.

"지금이라도 늦지 않았다, 레티티아."

루프스가 유채에게 손을 내밀었다. 마치 지금이라도 손을 잡으면 모든 것을 용서해 주겠다는 인자한 모습이었다. 유채는 그 손을 보면서 벌벌 떨었다.

"아니, 어떻게 신사가 돼서 이렇게 아름다운 아가씨 이름도 제대로 기억 못 하지? 이 아가씨 이름은 유채지, 레티티아가 아닙니다."

알렉스의 말은 들은 척 만 척하며 루프스는 유채만을 보았다.

"내게 돌아온다면, 내 앞을 막아선 저 건방진 놈을 죽이지는 않으마. 그러니, 이쪽으로 와."

"유채 양!"

알렉스가 크게 소리쳤다.

"저놈 말에 속지 말아요. 그리고 난 괜찮아요."

알렉스가 뒤를 힐끔 돌아보고 속삭였다.

"그러니, 뛰어요. 내 걱정 말고. 민폐 끼치지 말고."

알렉스가 루프스에게 달려들었다. 루프스는 알렉스의 검을 피하며 유채를 붙잡으려 했다. 하지만 알렉스가 검을 기묘하게 움직여 루프스의 진로를 방해했다. 루프스는 알렉스를 보면서 이를 갈았다.

알렉스는 루프스의 체술에 적잖이 놀라고 있었다. 그가 수인들 중 가장 강하다는 말은 익히 들어왔지만 이 정도일 줄은 몰랐다. 그는 최소한의 움직임만으로 검을 피해냈다.

루프스는 이를 갈면서 알렉스 너머에서 벌벌 떠는 유채를 보았다. 놈을 죽이고 얼른 유채를 제 품으로 데려와야 한다. 루프스는 날카로운 손톱을 세웠다. 그의 손톱이 검을 찢을 듯이 내리눌렀다. 알렉스는 온 힘을 다해 루프스의 힘을 받아내었다. 그리고 반동을 이용해서 검을 크게 휘둘러 그와의 거리를 떨어뜨렸다.

알렉스는 뒤를 힐끔 보았다. 유채는 안절부절못하며 자리를 뜨지 못하고 있었다. 유채는 강하고 지혜로웠지만, 정이 많았다. 알렉스는 이를 악물고 외쳤다.

"뭐 해요! 유채 양!"

알렉스가 크게 외쳤다. 유채는 움찔했다.

루프스는 유채가 달아나려고 하는 것을 본능적으로 알았다. 기껏 마레 위르 놈 하나를 상대하면서 전력을 다한다는 것이 자존심 상했지만 어쩔 수 없었다. 여기에서 또 유채를 놓칠 수는 없었다. 자존심이고 뭐고 한시라도 빨리 저놈을 처치하고 유채를 품에 안아야 했다. 제 품에 꽁꽁 싸매서 가둬야 했다.

루프스가 이를 갈았다. 그는 거대한 은빛 늑대로 변했다. 상황이 이렇게 되자 알렉스는 명령처럼 유채에게 외쳤다.

"뛰어요!"

유채는 눈을 질끈 감고 뒤돌았다. 정신없이 뛰다가 돌부리에 걸려 넘어져도 아픔을 느낄 새도 없이 다시 일어나서 뛰었다. 몇 번을 넘어지고 일어나기를 반복하다가 팔이며 다리며 상처투성이가 되어서 호수에 도착했다.

유채는 후들거리는 다리를 추슬렀다. 호흡을 고르며 유채는 알렉스의 모습을 애써 떨쳐 내곤 이를 악물고 다시 다리를 움직였다. 유채는 호수 위의 징검다리에 발을 디뎠다. 생각보다 다리의 간격이 넓었다. 유채는 너무 많이 뛰어서 후들거리는 다리에 애써 힘을 주었다. 신전에 거의 다 도착했을 때쯤이었다.

[레티티아!]

머릿속에 소리가 울렸다. 유채는 몸을 돌렸다. 은빛의 반짝이는 털에 군데군데 피를 묻힌 루프스가 보였다. 거대한 늑대는 유채를 향해 성큼성큼 징검다리를 밟아왔다. 유채는 다급한 마음에 도움닫기를 제대로 하지 못하고 다음 디딤돌로 발을 옮겼다.

"꺄악!"

착지를 제대로 하지 못한 유채의 몸이 옆으로 기울어졌다.

"레티티아!"

유채는 루프스가 다급하게 저를 향해 뻗는 손을 마지막으로 보았다. 풍덩 소리와 함께 그녀의 몸이 호수 아래로 잠겨 들어갔다. 리네아의 경고대로 유채는 아무것도 할 수 없이 물 아래로 계속 끌려 내려갔다. 뇌에 산소가 부족해지자 정신이 흐릿해졌다.

[이거, 소가 뒷걸음질 치다가 쥐를 잡은 격이군.]

어떤 여자의 목소리가 머릿속으로 들려왔다. 갑자기 숨을 쉴 수 있게 되고 까만 물속이 환하게 밝아졌다.

[어서 오거라. 미안하고 미안한 나의 사자(使者)여.]

유채는 그 말을 마지막으로 정신을 잃었다.

"으음."

유채는 눈을 뜨자마자 지끈거리는 머리를 눌렀다. 일어나 앉아 주위를 둘러보고 곧 제 몸을 내려다본 유채는 놀래서 눈을 비비곤 벌떡 일어났다. 이곳에 처음 떨어졌을 때 입고 있던 옷이었다.

체크무늬의 셔츠와 스키니진에 워커. 아래를 내려다보느라 숙인 고개 앞으로 머리카락까지 길게 내려왔다. 목에는 파렌티아도 없었다!

"이, 이게……."

유채는 놀라서 말도 나오지 않았다. 주위를 둘러보니 웬 동굴 같은 곳이었다. 유채는 제가 죽었나 싶었다. 영문을 알 수 없어 서서히 두려워지기 시작할 때, 뒤에서 목소리가 들렸다.

"많이 혼란스러운가 보구나."

유채는 고개를 돌렸다. 분명 아무도 없었는데 어디서 나타났는지 알 수 없는 어떤 여자가 뒤에 서 있었다. 여자는 화려한 금발을 하나로 틀어 올려서 질끈 묶어놓았다. 회색 정장 치마에 시스루 재질의 하얀색 블라우스는 여자와 잘 어울렸다. 유채는 예상 못 한 복장을 하고 있는 여자의 모습에 크게 놀랐다. 명랑해 보이는 미녀의 연녹색 눈동자가 유채를 응시했다.

유채는 그녀에게서 위화감을 느꼈다.

"누구세요?"

"일단, 따라와 보렴."

여자가 앞장서서 걸었다. 유채는 그녀를 따라서 걸었다. 동굴 같은 길을 한참 걸으니, 판타지 영화에서 흔히 본, 작은 동굴 연못이 나왔다. 여자는 유채를 돌아보고 싱긋 웃더니 연못으로 발을 내디뎠다.

"잠깐, 거기는 물인…… 데?"

여자는 물 위에 올라서 있었다. 여자가 유채에게 손짓했다.

"올라오거라."

유채는 머뭇거리면서 연못 위로 올라왔다. 밖에서 볼 때는 작게 보이던 연못이 올라와서 보니 바다만큼 넓게 보였다.

"나는 너와 구면이지만, 너는 나와 초면이겠구나."

"그게 무슨 소린가요?"

"내 이름은 셀레네. 위대한 그분께서 직접 간택하신 열둘의 신 중 하나이며, 시간과 운명을 관장하는 여신이다."

유채의 눈이 커다래졌다. 드디어 만났다는 만감이 교차하여 무슨 말부터 해야 할지 알 수가 없었다. 저를 왜 이곳으로 데려왔냐고 물어야 할까? 아니면, 다 필요 없으니 돌아가게 해달라고 빌어야 할까? 유채는 입만 벙긋거렸다.

"묻고 싶은 것도 많고, 듣고 싶은 것도 많겠지. 그래도 일단 내 이야기부터 들어줄 수 있겠느냐?"

"……알겠습니다."

셀레네는 유채의 대답에 바닥을 가리켰다. 유채의 시선이 그쪽으로 향했다. 물 아래에는 한 여인의 마치 잠이 든 것처럼 누워 있었다. 여인의 금빛 머리카락이 물의 흐름에 따라서 이리저리 흔들렸다.

"내 딸이란다."

"예?"

유채가 이곳의 신화를 읽을 때, 셀레네의 딸에 대한 언급은 없었다. 여타 판타지 세계처럼 신화가 곧 진실이라면 왜 셀레네의 딸에 대한 기록은 없는 걸까 하는 의문이 찾아왔다. 신답게 유채의 의문을 알아차린 것인지, 셀레네는 자세한 설명을 하면 이야기가 하염없이 길어질 것이니, 자세하게 말해줄 수 없다고 미안하다고 했다. 유채는 알겠다고 고개를 끄덕였다. 셀레네는 이해해주어서 고맙다고 말하며 이야기를 계속하였다.

"저 아이가 내가 세상을 멸망시키고자 보내었던 악기를 몸으로 대신 받아냈단다. 어미의 잘못된 선택을 막으려 제 목숨을 걸었지. 그래서 이렇게 영원히 깰 수 없는 잠에 빠졌고."

셀레네의 표정은 말로 형용할 수 없을 정도로 슬퍼 보였다.

"나는 내 딸의 희생을 무시할 수 없었단다. 내 아들을 죽인 이들이지만, 또한 내가 창조한 피조물이니 내가 책임을 져야 했지. 그래서 나는 내가 저지른 잘못을 수정할 방법을 찾았단다."

"잠깐만요. 아들이요?"

"나에게는 인간 여자를 사랑하여 스스로 인세로 내려간 아들이 하나 있단다. 그 아들을 인간들이 죽였고, 그것이 내가 그들을 벌하기로 결정한 이유란다. 신은 인간에 한없이 가까운 존재이며, 동시에 인간에 한없이 먼 존재거든."

셀레네가 조근조근 설명했다. 그녀가 손을 흔들자 공중에 검은 머리에 검은 눈동자를 가진 여인의 모습이 나타났다. 옛날 중국 황실의 복장과 비슷해 보이는 옷을 입은 여자가 검에 목을 찔린 채로 숨을 헐떡이고 있었다.

"가연이란다. 은가연. 내가 이 세상을 다시 되살리기 위해서 데려온 죽음과 파괴의 신인 케이카인의 차원의 아이지."

"케이카인의 차원?"

"열둘의 신은 각자가 만든 차원을 가지고 있단다. 네가 온 차원은 유일하게 위대한 그분께서 만든 차원이고. 우리들은 그곳을 중첩 차원이라 부른다. 모든 차원들이 중첩되어 있는 유일한 차원이자, 차원의 이동을 허락받은 인간들이 사는 차원이지. 다른 차원에 사는 이들은 결코 차원이동을 해서는 안 되지만 중첩 차원에 사는 이들에겐 차원이동이 허락되었단다."

유채는 셀레네의 말에 의문을 품었다.

"당연히 내가 가연을 이곳으로 데려오는 것 자체가 그분께서 만든 법칙을 깨는 것이었단다. 하지만 그때 내가 당면한 문제는 굉장히 복잡하게 얽혀 있어서 가연을 데려와야만 그 문제를 해결할 수 있었다. 가연은 망국의 왕녀로 제 부모를 죽인 이의 부인이 되었다가 남편인 황제의 의처증 때문에 죽음을 맞이한 상태였지. 나는 가연에게 리와인더(Rewinder)의 회수를 부탁하며 그녀를 원래 살던 곳으로 다시 돌려보내 주고 그녀의 과거도 바꿔주겠다고 약속을 했단다."

"하지만 은가연은 이곳에서 살지 않았나요?"

"가연이 선택했어. 이곳에서 살겠다고. 그 역시 차원의 법칙에 어긋나는 일이었지만 나는 가연의 선택을 존중하고 그로 인한 어그러짐을 내가 끌어안기로 했지. 아무튼 가연은 내가 부탁한 일을 잘 해주었어. 하지만 작은 실수로 리와인더의 조각 하나가 지상에 남아버렸지. 원래대로라면 내가 조각을 회수해서 정화를 했어야 했지만, 그럴 수가 없었단다."

셀레네가 말을 잠깐 쉬었다.

"나는 세계의 어그러짐과 인세(人世)에 관여해서는 안 된다는 법칙을 어긴 죄로 위대한 그분의 처벌로 상당량의 힘을 잃었단다. 나는 조각을 제외한 리와인더를 정화시키는 일만으로도 벅찼기에 당분간 그 조각을 인간 세상에 남겨두어야 하는 처지였지. 하지만 조각이 대륙에 남아 있게 되면, 무슨 일이 벌어질지는 뻔한 일이었기에 누군가 그것을 안전하게 보관해 줘야 했단다."

가연의 모습이 흐트러지고 회색 머리카락과 청회색의 눈동자의 건장한 청년이 나타났다.

"그때, 이니투스가 나섰다. 그는 내게 수인의 번영과 안전을 약속한다면 기꺼이 그것을 보관하겠다고 했단다. 나는 그에게 조각을 담아 악기를 막는 상아함과 그것을 감쌀 보자기를 내렸단다. 이니투스는 그 함에 조각을 담고 보자기로 감싸 그것을 가지고 이 스티폴로르, 약속의 땅으로 왔지. 이니투스가 살아 있고 그의 유지가 이어지는 동안은 조각은 안전했단다. 결코 아무런 일도 일어날 것 같지 않았지. 하지만 조각은 다시 세상으로 나왔고 그것이 스티폴로르를 좀먹어가기 시작했다."

셀레네는 다시 손을 흔들었고 스티폴로르에 닥친 어려운 상황들이 보였다. 전염병이 도는 마을, 마물들의 습격, 동물화가 된 아이를 끌어안고 우는 수인 부부.

"다행히 나는 힘을 어느 정도 회복했고, 이제 저 조각을 회수해야 할 차례였다. 하지만 조각을 회수하기는 까다로웠어. 나는 적당한 인물을 찾기 위해서 네가 있던 차원을 떠돌았단다."

끼이이익. 쿵!

유채는 차가 부딪치는 소리에 깜짝 놀라서 귀를 막았다. 유채는 고개를 들었다. 눈앞에 자신의 모습이 보였다. 아스팔트 바닥에 힘없이 누워 있는 자신은 가쁜 숨을 몰아쉬고 있었고 눈은 이미 빛을 잃었다. 머리에서 피가 철철 흘러나왔다. 아스팔트 바닥이 피로 물들어갔다.

제 죽음을 바라보고 있다는 충격에 유채는 굳어버렸다.

"그때, 네가 내 눈에 띄었단다."

셀레네의 말과 함께 아스팔트에 누워 있던 유채는 눈을 감았다. 가슴이 더 이상 들썩이지 않았다.

"너는 죽어가고 있었고, 너에겐 살아야 할 이유가 명백하여 절박하다는 것을 나는 알았단다. 그래서 나는 네 몸을 데리고 바로 이 공간으로 왔다."

유채의 앞에 펼쳐졌던 모든 것들이 사라졌다. 유채는 셀레네를 바라보았다.

"그러면, 당신이 나를 살린 건가요?"

"그래, 나는 죽었던 너를 살렸다. 나는 시간과 운명을 관장하는 여신. 나는 인간의 탄생 이후의 수명을 결정하는 여신이지. 신은 인간에게 운명을 부여하지 않는단다. 다행히 너는 죽었지만, 영혼이 언니에 대한 미련 때문에 저승으로 향하지 않은 인간이었고 나는 내 권능을 이용하여 너의 시간을 멈춰 너를 살렸단다. 그리고 너를 에클레시아에 보냈지. 그게 그때 내가 할 수 있는 최선이었다. 그리고 너를 다시 만나기 위해서 나는 지금까지 힘을 회복하고 있었단다."

"나를 왜 이곳으로 데려온 거예요! 왜 나였냐고요! 나 돌아갈 수 있는 건가요? 예?"

유채는 당장이라도 셀레네의 멱살을 잡고 흔들고 싶었다. 자신이 여기서 얼마나 힘들었는지 저 여자는 알까. 애완동물 취급받으며 감금당하고, 어떤 쓰레기에게 강간당할 뻔하고, 어떻게든 정신을 추스르고 살려고, 돌아가려고 발악을 했던 괴로움을 저 빌어먹을 신은 알까 싶었다.

셀레네는 미안한 기색이 역력한 얼굴로 입을 열었다.

"나 대신 저 리와인더 조각을 내게 가져다줄 수 있느냐? 그렇게 해준다면 원래 세상으로 돌려보내 주마."

"내가 왜요? 내가 왜 그래야 하는데요. 나 말고 여기 인간들 많잖아요. 근데 왜 나여야 하는 건데요?"

"너는 조각의 유혹에 휩쓸리지 않을 테니까. 너는 이 세계에서 태어난 내 피조물이 아니기에 리와인더의 조각이 너를 유혹하지도 못할 테지만, 무엇보다도……"

셀레네가 손을 저었다. 다시 눈앞에 보이는 광경에 유채의 눈이 커다래졌다. 아버지의 품에 안겨서 우는 어머니와 유채의 실종을 조사하는 경찰관과 죄책감에 가득한 유하의 모습이 보였다. 유채는 저도 모르게 앞으로 한 발 나섰다. 손을 뻗었지만 잡히는 건 아무것도 없었다.

"예지라는 것은 가능성으로 가득한 미래 중 가장 확률이 높은 것을 보여주는 것이란다."

어느새 눈물이 그렁그렁해진 유채가 셀레네를 돌아보았다.

"한유하의 가장 높은 확률의 미래는 동생의 골수를 제때 받지 못해 갑자기 병세가 악화되어서 죽는 것이다. 맞는 골수를 결국 찾지 못했지."

"당신!"

유채는 셀레네에게 달려들어서 그녀의 멱살을 움켜잡았다. 이제 참을 수가 없었다. 저를 가지고 장난친 것은 백번 양보하여서 참을 수 있었다. 하지만 언니의 목숨을 가지고 장난치는 것은 참아줄 수 없었다. 이딴 게 신이라는 것이 도저히 믿기지 않았다.

"당장 돌려보내 줘! 당신이 신이라면 이러면 안 되는 거잖아!"

"지금 네가 돌아간다면, 너는 돌아감과 동시에 그 세상에서 죽을 것이다. 왜냐하면 나는 너와 계약을 맺는다는 조건으로 죽은 이를 살려서는 안 된다는 세계의 법칙을 속이고 너를 살렸기 때문이지. 네가 계약을 파기하면 그와 동시에 너는 죽을 거란다."

"뭐…… 뭐라고요?"

유채의 손에서 힘이 스르륵 풀렸다. 그래서 그때 시계가 멈춰 있었던 것이다. 자신을 살리기 위해서 셀레네가 시간을 멈췄기에 휴대폰의 시간도 멈춘 것이었다. 다시 말해서 유채는 원래 그곳에서 죽었어야 하는 사람이었고, 셀레네가 이곳으로 데리고 온 덕분에 살았으며, 유채가 계속 살아서 원래 세상으로 돌아가기 위해서는 그녀의 말을 들어야 한다는 것이다.

"리와인더의 조각은 언제나 사람의 가장 약한 부분을 파고들지. 가장 간절한 소망으로 그들을 유혹한단다. 아무리 고결한 사람이라 할지라도 간절한 소망은 있기 마련이거든. 리와인더의 조각은 그 소원을 이루어줄 수 있다고 유혹하고 또한 그 소원들을 이루어줌으로써 사람들로부터의 이기심을, 원념을 수집하여서 자신의 악기를 불리지."

유채는 다리에 힘이 풀려서 그대로 주저앉았다.

"하지만 네 소원은 다르단다. 원래의 세계로 돌아가고 싶다는 네 소원은 나만이, 그러니까 신만이 이루어줄 수 있는 것이란다. 그러니 리와인더의 조각은 너를 유혹할 수 없는 것이고. 따라서 너는 리와인더의 조각에 영향을 받지 않는, 이 스티폴로르에서 유일한 인간이란다."

"하하하."

유채는 실성한 사람처럼 웃었다.

"그러니까! 내가 재수가 없었던 거네요!"

유채가 악을 쓰듯이 소리를 질렀다.

"당신은 이니투스와의 약속을 지켜야 했고, 당신이 싸질러놓은 똥을 치울 사람이 필요했는데, 마침 내가 당신의 조건에 맞는 사람이었다는 것이잖아요. 언니 때문에 나는 당신의 제안을 거절할 수도 없고, 언니 때문에 나는 리와인더의 조각에게 유혹당하지도 않을 테니, 가장 안전하게 당신에게 조각을 배달할 수 있는 인간이라는 거네요. 내가! 나만이!"

"그렇단다."

"당신 때문에 내가 여기서 뭘 겪었는지 알아요?"

유채가 벌게진 눈으로 셀레네를 노려봤다.

"난 여기 도착하자마자 여우 수인에게 윤간당할 뻔했어요. 간신히 위협에서 벗어난 것 같으니까 이번에는 애완동물이 됐죠. 아니, 애완동물이 뭐야. 관상용 노예지."

유채의 눈에서 눈물이 줄줄 흘러내렸다.

"그 남자는 나를 인간으로 취급하질 않았고 나를 고립시켰고, 내 자존심까지 짓밟았어요. 그 남자의 변덕에 온몸이 만신창이가 됐고 그 남자의 인형놀이 때문에 나는 강간당할 뻔했어요!"

유채는 오열했다. 제가 겪은 이 모든 일이 그저 자신이 재수가 없어서, 저 신이 바라는 인간의 조건에 맞았기에 이 세계에 넘어와서 생긴 일이라는 것이 정말 원망스러웠다. 차라리 제가 무슨 잘못을 해서 그랬다면, 납득해 보려고라도 했을 것이다.

"당신이 당신의 목적을 위해서 나를 이곳에 던져 놓았다면, 최소한 나를 조금이라도 배려해 줬어야죠. 나는…… 나는……."

유채는 가슴을 내리쳤다. 너무 원통하고 답답했다. 셀레네가 유채의 몸을 부드럽게 안아주었다.

"미안하구나. 나는 그때, 시간이 없었다. 내 힘이 온전히 회복된 것이 아니기에 차원을 넘어서 너를 살려 데려오는 것만으로도 힘이 벅찬 상태였어. 그래서 너를 배려해 줄 수가 없었다. 내가 힘을 회복하는 대로 너를 만나러 가서 도와줄 생각이었지. 내가 회복하는 것보다 네가 나를 만나러 오는 것이 먼저일지는 몰랐지만."

셀레네는 유채의 눈물을 닦아주고 안아주었다.

"미안하구나. 내가 정말 미안하다. 정말 미안해."

유채는 아이처럼 울었다. 그렇게라도 해야지 제정신으로 버틸 수 있을 것 같았다. 유채는 더 이상 눈물이 나오지 않을 때까지 울었다. 셀레네는 유채를 위로하는 것 말곤 할 수 있는 게 없었다.

유채가 간신히 마음을 추스르고는 물었다.

"내가 그 빌어먹을 조각을 가져다주면, 나는 원래의 세상으로 돌아갈 수 있는 건가요?"

유채는 냉정하게 상황을 살폈다. 일단 제 눈앞에 펼쳐진 진실을 인정해야 했다. 살아서 돌아갈 방법은 저 여자의 장단에 맞추어주는 것밖에 없다.

"그래, 그리고 이 세계를 구해준 보상으로 네 소원을 하나 들어주마."

셀레네가 유채의 손을 감싸 쥐었다.

"원하는 소원을 말하렴. 그 어떤 것이든 들어주마."

"그곳의 시간은 얼마나 흘렀나요."

"원래는 이곳의 시간과 동일하게 흘러가야 하나, 내가 내 능력으로 이곳과 그곳의 시간 흐름을 다르게 했단다. 그곳에선 일주일가량이 흘렀다. 네 언니의 병세가 심각해지는 시점까지는 아직 시간이 있으니 걱정하지 말거라."

"내가 뭘 하면 되나요."

유채는 거친 손길로 눈물을 닦으면서 물었다.

"내가 이니투스에게 주었던 상아함에 리와인더의 조각을 찾아 넣어서 보자기로 감싸서 내게 가져오기만 하면 된단다."

"조각은 어디 있는데요?"

"그걸 네가 찾아야 해. 그 이상을 알려주는 것은 신이 개입하는 일이 되어서 세계의 법칙을 깨버리는 것이거든. 내가 직접 회수하는 것은 세상의 법칙을 어기는 일이기에 나는 나에게 그 물건을 대신 찾아서 보내줄 사람이 필요한 것이란다."

셀레네가 손가락을 튕겼다. 세 개의 빛으로 이루어진 구슬이 유채의 주위를 빙빙 돌았다.

"내 권능을 담은 힘이다. 네가 내 힘의 일부를 사용할 수 있게 해주마."

유채는 손을 뻗어 구슬을 받았다. 빛구슬은 그대로 사라졌고 이내 손등에 아릿한 아픔이 느껴지더니 세 개의 회오리 문양이 새겨졌다. 유채는 그 문양을 쓸어보았다.

"하나는 내게 조각을 올려 보낼 때 사용해야 하는 것이고, 나머지 둘은 네가 자유롭게 쓸 수 있단다. 하지만 처음에 쓰기로 한 힘과 같은 것만 쓸 수 있다. 만약 네가 누군가를 치료하고 싶어 치유의 힘을 쓰면 문양 하나는 치유의 힘으로 정착될 것이다. 그리고 그 문양에 담긴 힘이 다 소진될 때까지는 그 힘을 쓸 수 있을 것이고."

"그러니까 두 가지 신의 능력을 빌려 쓸 수 있는 것이네요. 문양에 담긴 힘만큼."

"그래, 오라클라 리네아가 힘을 쓰는 것을 보았지? 그녀가 할 수 있는 건 너도 할 수 있다. 단, 내 힘은 누군가를 직접적으로 해치는 것에 사용할 수는 없단다."

"그럼, 내 몸은 어떻게 방어하나요."

"너는 이계의 사람이기에 마력이 없지. 네게 마력을 주마."

거대한 힘이 몸 안으로 흘러들어 오자 유채는 그 충격에 숨을 헐떡였다.

"그 마력이면, 네 몸은 충분히 보호할 수 있을 것이다. 그 어떤 위협에도 말이지."

유채는 몸속에서 요동치는 기운을 느꼈다. 그것에 적응하기 위해 유채는 크게 심호흡을 하였다.

갑자기 땅이 흔들리더니 주위가 부서지기 시작하였다. 유리 조각이 떨어지듯이 공간이 깨지는 것을 본 유채가 다급하게 셀레네를 바라보았다.

"누군가 네 몸을 호수에서 끌어내고 있구나."

셀레네가 손을 크게 휘둘렀다. 무너지던 공간이 얼어붙은 것처럼 멈췄다. 셀레네가 재빨리 설명했다.

"이곳은 내가 휴식을 취하고 몸을 회복하는 공간이다. 네가 이곳으로 들어왔기 때문에 신전에서 나를 만나는 것보다 깊이 있는 대화를 할 수 있고 더 많은 힘을 전해줄 수 있게 되었단다."

셀레네는 유채에게 빅터가 주었던 목걸이를 다시 내어주었다.

"이건 리네아의 어머니, 전대 오라클라이자 고양이 수인의 수장이었던 렌이 동생을 위해, 그리고 너를 위해 만든 물건이지. 혹시라도 자신이 신전에 있는 동안 자신을 찾아온 동생이 호수 물에 빠져 목숨을 잃을까 봐 호수의 힘에서 몸을 보호하기 위해 만든 물건이야. 이 물건 덕에 너도 호수에 빠지고도 안전하게 나를 만날 수 있었던 거란다. 그리고 후에 조각을 찾으러 이곳에 올 너를 위해 만든 물건이지."

다시 공간이 조각조각 부서지기 시작하였다.

"조각은 살아 있는 기생물과 같단다. 조각은 자신을 파괴하러 온 사람을 본능적으로 알지. 그래서 너를 직접 만나게 된다면, 너를 공격하려 할 것이란다. 리네아처럼 만들려고 하겠지. 조각을 맨손으로 잡는 건 위험하니 보자기를 쓰렴. 하지만 그 목걸이가 있는 한 아주 잠시 동안은 맨손으로 잡아도 괜찮단다."

셀레네의 모습도 마치 유리가 깨진 것처럼 부서지기 시작했다.

"우선 상아함과 보자기를 찾아라. 그리고 함에 조각을 넣고 보자기로 감싸서 에클레시아로 가져오면 된단다. 에클레시아의 신전 안, 리와인더의 조각이 원래 놓여 있던 곳이다."

셀레네의 손가락이 유채의 이마에 닿았다.

"이건 내 마지막 선물이란다. 네가 입은 모든 정신적, 신체적 상처를 회복시켜 주마. 이제 그 일로 네가 괴로워할 이유는 없을 것이다."

유채의 몸을 빛이 감싸 안았다. 셀레네가 옅은 미소를 지었다.

"미안하다. 정말 미안해. 이 일은 꼭 내가 보답하마. 정말 미안하다."

유채의 눈앞이 새까매지고 의식이 흐려졌다.

[행운을 빈다.]

⚜

"야, 그거 알아, 늑대왕?"

알렉스가 루프스의 발톱을 피하면서 말했다. 볼살이 약간 찢겨 나갔다. 알렉스는 뒤를 힐끔 돌아보았다. 유채는 과연 도착했을까? 그게 가장 걱정이었다.

"남자가 너무 달라붙으면 인기 없어. 아무리 잘생겨도 말이야."

[입 다물어라.]

루프스가 이를 갈았다. 루프스는 정신없이 산을 뒤지다가 유채를 발견했을 때를 생각해 내었다. 저 빌어먹을 마레 위르 놈이 유채의 손을 끌어당기고 있었다. 당장에 달려가서 두 연놈들을 찢어놓고 싶었다.

유채의 하얗게 질린 얼굴을 보자마자 아무런 생각이 들지 않았다. 루프스는 제 앞을 가로막은 마레 위르 놈이 싫었고 죽여 버리고 싶었지만 그랬다가는 유채가 도망갈 것 같아서 살의를 억눌렀다. 용서해 주겠다고까지 했는데 유채는 또 그를 버리고 도망갔다.

루프스는 알렉스의 검의 궤적을 피하면서 알렉스를 몰아붙였다. 변칙적인 검술을 구가하던 렉스 놈의 제자답게 알렉스 역시 검이 어디로 향할지 예측이 불가능할 정도였다. 루프스는 알렉스의 검을 피하다가 콧잔등을 베였다. 루프스의 발톱은 알렉스의 어깨를 노리고 들어갔다. 알렉스는 기이하게 검을 꺾어 루프스의 발톱을 막았다. 루프스는 힘으로 검을 내리 눌렀다.

"당, 당신. 유채 양이 당신을 얼마나 싫어하는지 알아?"

알렉스가 힘을 주고 검을 휘둘러서 루프스를 떨쳐 내었다. 알렉스가 헐떡이는 만큼 루프스도 상처를 입었지만 대부분이 사소한 생채기 수준이었다. 알렉스는 루프스보다 상태가 더 좋지 않았다. 옆구리가 길게 찢겨 지금 움직이는 것이 용할 정도였다. 왜 렉스가 루프스를 조심하라고 했는지 이유를 알 수 있었다.

자신은 루프스의 상대가 될 수 없다.

하지만 알렉스는 포기하지 않았다. 저릿한 손을 폈다가 다시 검을 강하게 움켜잡았다.

"고마워요. 제게 좋은 기억으로 남아주셔서."

"유채 양은 당신 때문에 괴로워했어. 아니, 당신이 호의랍시고 한 일이 유채 양에게는 괴로운 기억으로만 남아 있어."

얼마나 좋은 기억이 없었으면, 제게 그런 말을 할까 싶었다. 알렉스는 그 말 한마디 때문에 포트리스로 돌아가는 것도 미루고 유채의 곁에 남았다. 좋은 기억은 더 만들어줄 수는 없어도 지켜주고 싶었다.

"당신에게 일말의 양심이란 것이 있다면 유채 양을 보내줘. 알잖아, 당신도. 유채 양의 언니가 지금 위독하다는 거. 그런데도 유채 양을 붙잡을 거야?"

[입만 살아서 나불거리는 놈이군.]

루프스가 일갈했다. 그도 알고 있었다. 제 옆에 있던 동안이 유채에게는 하나도 좋은 기억이 아니라는 것쯤은 그도 알고 있었다. 제가 이렇게 유채를 붙잡으려는 짓이 그녀에게 정말 못 할 짓이라는 것도 알았다. 그럼에도 놓을 수가 없다. 유채는 그의 곁에 있어야 했다. 이게 광기에 가까운 감정이라는 것은 본인이 가장 잘 알았다. 하지만, 이게 무엇이든 루프스는 유채를 포기할 생각이 없었다.

[마지막 경고다. 비켜라. 비키지 않는다면 죽이겠다.]

"원하는 바다."

알렉스가 두 손으로 검을 움켜잡았다. 루프스는 끝까지 제 앞을 막아서는 알렉스를 바퀴벌레 보듯이 했다. 그는 강했다. 자존심을 세우고 위르형으로 상대했다면 제가 당했을지도 모른다. 하지만 둘의 가장 큰 차이는 바로 경험이었다. 이미 내전이라는 전쟁을 경험한 루프스와 달리 알렉스에게는 그런 경험이 없었다.

루프스는 마음을 바꾸었다. 우아하게 이기는 것보다 때로는 실리를 차리는 것이 나을 때가 있다. 그는 몸집을 줄였다. 덩치가 큰 것보다 작은 것이 속도를 내기에 더 좋았다. 알렉스 놈의 목적은 저를 최대한 이곳에 오래 붙잡아놓는 것이었다.

루프스는 알렉스를 덮치듯이 달려들었다. 알렉스는 루프스의 공격을 힘겹게 막았다. 큭, 신음을 흘리며 알렉스는 놓칠 뻔한 검을 단단히 감아쥐었다. 힘으로 돌파하려다가 생각을 바꾼 것인지 몸집을 줄이고 속도전을 시작한 그를 따라가기가 벅찰 정도였다. 알렉스의 몸 여러 군데에 발톱에 찢기고 이빨에 물어뜯긴 상처가 생겼다.

몇 번을 부딪치고 멀리 물러선 루프스와 알렉스의 입에서 거친 숨이 새어 나왔다.

[이봐, 수컷.]

공격에 대비하던 알렉스가 머릿속으로 들려온 목소리에 고개를 들었다.

[너와 나의 차이가 무엇인 줄 아나?]

대답을 바란 것은 아닌지 루프스는 뒷다리에 힘을 주고 높이 도약했다. 알렉스는 제 몸을 넘어가려는 루프스를 막기 위해서 검을 높게 들었다. 루프스는 그에 아랑곳하지 않았다.

설마 살을 내어주고 뼈를 취할 작정인가?

알렉스는 급하게 검을 거두어들이고 도움닫기를 하여서 몸을 뒤쪽으로 움직였다. 그의 목적은 루프스를 막는 것이지, 루프스를 상처 입히는 것이 아니었다. 몸을 뒤로 빼는 잠깐 사이에 루프스의 모습을 놓쳤다. 당황한 알렉스가 우왕좌왕하는 사이 순식간에 루프스가 그를 덮쳤다.

"끄악!"

알렉스가 비명을 질렀다.

"너와 나의 가장 큰 차이는 경험이지, 애송아."

루프스는 알렉스가 검을 거둔 그 순간 바로 위르형으로 돌아왔다. 그리고 동물형으로 뛰어들었던 그 자리 바로 아래에 착지할 수 있었다. 알렉스 놈이 저를 찾기 위해 시선을 잠깐 돌린 그 틈을 타서 그의 옆구리를 손톱으로 찌르고 비틀었다. 동시에 다른 손으로 검을 꽉 움켜잡아 그의 움직임을 봉쇄했다.

"렉스가 알려주지 않던가? 수인들은 절벽에서 떨어지거나 하면, 땅으로 착지하기 위해 바로 위르형으로 돌아간다고."

동물형에서 위르형으로 돌아올 때, 동물형이 공중에 있다면 위르형은 동물형이 있던 공중 아래 땅에서 모습을 드러내도록 되어 있는 것이 수인들의 동물형과 위르형 간의 변환 법칙이었다. 그리고 루프스는 다른 수인과 다르게 그 조건을 전투에 잘 활용하는 편이었다.

알렉스의 옆구리는 이미 다쳤던 곳에 더 큰 상처를 입고 벌건 피를 흘렸다. 루프스는 알렉스의 손목을 비틀어 검을 뺏어서 저 멀리 던졌다.

"그동안 레티티아의 신변 보호를 해준 대가로 목숨만은 살려주지."

루프스는 마치 인형을 집어 던지듯이 알렉스를 산비탈로 집어 던졌다. 그리고 바닥에 떨어진 알렉스가 비명을 지르며 신음을 흘리는 모습을 차가운 눈으로 보았다. 루프스는 다시 은빛의 늑대로 돌아갔다. 얼른 유채를 따라잡아야만 했다. 루프스는 제가 달릴 수 있는 한 최대한의 빠르기로 달렸다.

[레티티아!]

그는 징검다리를 거의 다 건넌 유채를 향해 외쳤다. 벌써 저만큼이나 가버렸다. 루프스는 이를 악물었다. 이 호수에 대한 이야기는 그도 알고 있었다. 위험하지만 유채를 잡기 위해서 감수할 만한 가치가 있었다. 루프스는 유채를 따라잡기 위해서 징검다리를 건넜다. 동물형이기에 유채보다 빠르게 징검다리를 건넜다.

"꺄악!"

[레티티아!]

루프스가 소리 질렀다. 유채가 호수에 빠졌다. 루프스는 유채를 잡기 위해 얼른 위르형으로 돌아와 손을 뻗었다. 하지만 간발의 차이로 유채의 몸은 호수 아래로 가라앉았다.

"라이칸. 그 호수는 정말 위험하단다. 물에 빠져 있는 시간이 길어질수록 몸에 있는 모든 시간을 뺏기고 죽게 되지."

루프스는 아버지의 말을 떠올렸다. 그는 이를 악물었다. 약한 유채는 혼자서는 물 밖으로 나오지 못할 것이다. 루프스는 망설임 없이 호수로 몸을 던졌다. 차가운 물이 몸을 휘감았다. 그는 어두운 물속에서 눈을 부릅떴다.

루프스는 유채를 찾기 위해서 물이 끌어당기는 것보다 빠르게 더 아래로 몸을 움직였다. 하지만 그는 멈추지 않았다. 유채는 죽더라도 제 곁에서 죽어야 했다. 유채의 죽음도 그의 것이 되어야만 했다. 결코 이딴 호수에 넘겨줄 수는 없다.

제 것이다. 저의 유채였다.

루프스는 점점 힘이 빠져 가는 몸을 정신력으로 움직였다. 숨이 조금 차기 시작할 때 유채가 보였다. 유채의 몸은 힘없이 가라앉고 있었다. 루프스는 얼른 유채를 붙잡았다. 힘없이 감긴 눈에 숨도 쉬지 않는 것 같았다. 루프스는 유채에게 입술을 맞추고 제 숨을 전해주었다.

그리고 유채의 몸을 끌어안고 팔과 다리를 정신없이 움직였다. 사방에서 잡아당기는 힘을 무시한 채 위로 올라가야 하기에 온몸의 근육이 터질 것 같았다 루프스는 이를 악물었다.

지켜야 한다.

루프스는 드디어 품에 안은 유채의 얼굴을 힐끔 보고 온 힘을 다해서 몸을 움직였다.

"푸핫."

물 밖으로 겨우 고개를 내민 그는 징검다리 위에 유채를 먼저 올리고 자신도 빠져나갔다. 알렉스의 검에 베인 상처가 피를 울컥울컥 쏟아내었다. 그는 유채의 볼을 가볍게 두드렸다.

"레티티아! 레티티아!"

숨을 쉬는 것인가 걱정이 되어서 유채의 코에 귀를 가져갔다. 약한 숨소리가 들렸다. 목 옆을 손으로 짚으니 맥박도 느껴졌다.

"하."

그는 안도의 한숨을 내쉬었다. 루프스는 거친 숨을 고른 뒤에 유채의 몸을 안아 들고 일어섰다. 축 늘어진 유채의 몸은 아무런 저항 없이 안겨왔다. 그는 유채의 몸을 빈틈없이 꽉 안았다.

루프스는 정신을 잃은 유채를 안고 천천히 왔던 길로 내려갔다. 카신과 그를 따라온 정예병들이 알렉스를 포박해 두었다.

알렉스는 루프스의 품에 안겨 있는 유채를 보았다. 그녀는 마치 거미줄에 포박된 가련한 나비 같았다.
"이 개새끼야! 그렇게까지 유채 양을…… 아악!"
루프스가 알렉스의 옆구리를 발로 찼다. 카신이 손날로 알렉스의 뒷목을 가격했다. 알렉스는 정신을 잃고 앞으로 고꾸라졌다.
"어떻게 할까요?"
카신이 물었다.
"일단 산 아래에 있는 버려진 마을로 가자."
루프스는 하늘 위를 올려다보았다. 곧 날이 저물 때였다.
"저 녀석의 처치는 나중에 결정하지."
루프스는 유채를 고개를 제 어깨에 기대게 하고 그녀의 관자놀이에 입술을 맞추었다.

해가 질 무렵 루프스는 마을에 도착했다. 버려진 마을에서 가장 멀쩡하고 좋은 집을 골라서 하루를 묵기로 결정했다. 루프스는 유채를 안고 제가 머무를 방으로 들어갔다. 그녀는 아직도 정신을 차리지 못하고 있었다. 루프스는 유채를 안은 채로 침대에 앉았다.
"자, 이제 너를 어떻게 해야 할까?"
루프스는 유채의 고운 입술을 쓸었다. 하루에도 몇 번씩 생각나던 얼굴이었다. 그럴 때마다 자신을 번민하게 만든 얼굴이었다. 다시 잡으면 어떻게 할까 수없이 물어도 답이 나오지 않던 바로 그 얼굴이었다.
루프스는 물에 빠진 덕에 체온이 떨어져 몸을 떠는 유채를 꽉 안았다. 작은 몸은 그에게 꼭 맞춘 것처럼 맞았다. 부드럽게 안겨오는 몸이 그에게 안정감을 가져다주었다. 그는 유채의 볼에 입술을 맞추면서 다시 물었다.

"내가 너를 어찌해야 좋을까."

막상 유채를 보니 아무것도 떠오르지 않았다. 그는 유채의 지저분하게 잘린 머리카락을 만졌다. 유채에게는 긴 머리카락이 더 잘 어울렸다. 궁에 가면 오르페에게 머리카락을 길게 만드는 마법을 걸라고 명령을 내려야겠다.

그는 유채의 이마에 입술을 맞췄다. 피식 웃음이 새어 나왔다. 유채를 품에 안은 순간 그동안에 그가 품고 있던 모든 불안감들이 흔적도 없이 사라졌다. 루프스는 유채의 몸을 숨 막힐 정도로 꽉 끌어안았다.

"흐읏."

숨이 막혔는지 유채는 작은 신음을 토해내었다. 루프스는 팔에 힘을 풀었다. 유채의 붉은 입술이 눈에 들어왔다. 루프스는 유혹적인 입술을 애써 무시하고 유채를 침대에 눕히고 그 옆에 누워 그녀를 꽉 끌어안았다. 그리고 그녀의 목덜미에 얼굴을 묻었다.

"네가 없는 동안 네가 뭐라고 나는 너만 생각했다."

스티폴로르가 전쟁에 신음하고 있음에도 그에게는 그 전쟁보다 유채가 더 중요했다. 그는 유채를 좀 더 당겨 안았다.

"너를 다시 만난 순간 머릿속이 온통 하얬다."

유채를 다시 본 순간 그는 그냥 얼어붙었다. 아무런 생각도 나지 않았다. 유채의 앞에서는 항상 백치가 되었다.

"네 목숨이 다할 때까지, 아니, 네 죽음조차도 내 것이니 너는 영원히 내 곁에 있어야 한다."

루프스는 담쟁이 넝쿨이 벽을 휘감는 것처럼 유채의 힘없는 몸을 꽉 끌어안았다. 진득한 감정이 유채의 몸을 뒤덮었다. 그의 청회색 눈에는 진득한 소유욕이 가득 담겼다. 작고 부드러운 여체도, 아름다운 얼굴도, 검은 머리카락도, 고운 목소리도 누구와도 공유할 수 없는 모두 루프스의 것이었다. 유채의 모든 것은 바로 그의 것이다. 그가 유채의 코끝에 제 코끝을 맞추었다.

"너는 나를 영원히 떠날 수 없어."

진득한 집착의 말이 그의 입술에서 새어 나왔다. 그가 수없이 번민한 끝에 나온 결과였다.

⚜

짹. 짹. 짹.

유채는 무거운 눈꺼풀을 들어 올렸다. 밝은 햇살이 눈을 찔렀다. 창틀에 작은 참새 한 마리가 앉아서 지저귀고 있었다. 유채는 멍하니 참새를 바라보고 있다가 불현듯 정신을 차리곤 벌떡 일어났다. 어깨 아래로 이불이 흘러내렸다. 유채는 주위를 둘러보았다. 낡은 회가 떨어지는 벽, 먼지 쌓인 물건들. 유채는 초조하게 손톱을 씹었다. 이게 어떻게 된 것인지 이해되지 않았다.

"어?"

유채는 왼쪽 손등에 새겨져 있는 문양을 발견했다. 셀레네를 만난 건 꿈이 아니었다. 유채는 이를 갈았다. 물론 제 목숨을 살리고 언니를 살릴 기회를 준 것은 고마웠다. 하지만 이렇게 무책임해서는 안 되었다. 몸과 마음을 치료해 주겠다는 말은 정말이었는지, 헥터의 일을 떠올렸는데도 이젠 무섭지 않았다. 그건 그저 사고였을 뿐이다. 하지만 병 주고 약 주는 것도 아니고, 유채는 주먹을 말아 쥐었다. 엎질러진 물은 다시 주워 담을 수 없는 법이었다.

"근데 여긴 어디지?"

유채는 침대 아래에 가지런히 놓여 있는 신발에 발을 꿰었다. 신발은 아직도 젖어 있어 축축한 느낌이 그대로 남아 있었다. 유채는 조심스럽게 자리에서 일어났다. 혹여 루프스에게 붙잡힌 것일 수도 있으니 되도록 조심스럽게 움직일 생각이었다. 유채는 방문을 살짝 열었다.

"그래서. 제일 심각한 곳이 소 수인 놈들이 있는 독수리 일족 측이라는 것이지."

"예. 올리에님도 되도록 루프스님께서 직접 와주시기를 바라고 계십니다. 일단 바실리사님께 연락을 드려서 먼저 움직여 달라고 부탁을 드렸습니다."

유채는 루프스를 보고 입을 틀어막고 자리에 주저앉았다.

제 신체 능력으로는 루프스를 따돌릴 수 없었다. 무조건 마법의 도움이 필요했다. 은신 마법을 쓸 수 있다면 루프스의 시선을 따돌릴 수 있다. 또 마법으로 잠긴 문을 빠르게 열 수도 있다. 셀레네 덕분에 마력은 얻었지만 유채는 재능이 없다는 평가 아래 마법을 배우다 말았기 때문에 그것을 사용하는 법에 관해서는 거의 배우지 못했다. 프레드릭의 수업 초반에 몇 번 들었던 주문들은 라틴어 비슷한, 전혀 익숙하지 않은 언어라 외우지도 못했다. 기껏 기억나는 것은 바람을 불게 하는 스펠 하나였다. 유채는 못한다고 일찍 포기한 자신이 한심해서 머리를 쥐어뜯었다.

"……주위를 둘러보고 오겠습니다. 알렉스는 어떻게 할까요?"

"일단 가둬놔. 나도 생각 중이니까. 그리고 나도 같이 가지. 잠시 레티티아 좀 확인해 보고 오겠다."

유채는 발소리를 죽이고 후다닥 움직였다. 유채는 얼른 신발을 아까처럼 가지런히 벗어두고 이불을 덮고 누웠다. 문이 열리고 안으로 들어오는 발소리가 들렸다. 유채는 잠든 척을 했다. 루프스의 손이 볼에 닿는 순간 움찔할 뻔했지만 겨우 참았다.

"묶어놓고 가야 하나."

유채는 루프스의 말에 소름이 돋았다. 그는 정말로 진지하게 고민하는 것인지 유채의 손목을 가만히 쥐었다. 유채는 속으로 열심히 빌었다. 제발, 제발. 그가 그냥 나가주기를 간절히 빌었다. 심장이 쿵쾅거렸다. 손목이 놓이고 루프스의 숨결이 귓가로 다가왔다.

"얌전히 쉬고 있어."

그는 유채의 볼에 입을 맞춘 후 방을 나갔다. 유채는 루프스의 발소리가 들리지 않게 된 후에야 가슴을 꾹 누르면서 일어났다. 긴장으로 참고 있던 숨을 급히 내쉬었다. 심장이 두근두근 뛰었다.

유채는 생각을 정리했다. 이제 뭘 어떻게 해야 하지? 일단은 저 남자에게서 다시 달아나야 한다. 그리고 리와인더의 조각을 찾아야 하고, 그전에 그것을 담았다는 상아함과 보자기를 먼저 찾아야 한다.

알고 있는 것이 아무것도 없었지만 증거가 남아 있을 만한 곳은 있었다. 에클레시아. 유채는 손등에 있는 권능의 표식을 보았다. 리네아가 썼던 힘은 치유, 저주 대신 받기, 공간이동, 이 정도였다. 그중 두 개를 잘 골라 써야 하고 또한 사용할 힘의 양도 조절해야 했다.

유채는 초조하게 손톱을 씹었다. 이 힘은 일단은 되도록 사용하지 않는 것이 좋다. 무분별하게 남발했다가 정작 필요할 때 쓰지 못하게 될 수도 있었다.

유채는 축축하게 젖은 신발을 들고 방 밖으로 나왔다. 사람이 살지 않은 지 꽤나 오래된 집인지 먼지가 자욱하게 쌓여 있었다. 유채는 창가로 다가가서 고개를 살짝 내밀었다. 일단 이쪽에는 루프스는 없는 것 같았다. 유채는 신발을 창밖으로 집어 던지고 창문을 넘었다. 유채는 나름 민첩하게 행동했다. 일단 알렉스의 무사함을 확인해야 했다. 저 때문에 피해를 입은 알렉스를 도와야만 했다.

죽이지 않았다면 어딘가에 가두어두었을 것이 분명한데 어디일지 감이 잘 오지 않았다. 유채는 속으로 고민했다. 루프스는 오만하고 제 자랑하기 좋아하고, 잔혹하고…… 아무튼 그런 인간이었다. 그가 알렉스를 어디에 가두어놓았을까 싶었다.

"감시하기 편하려면 이 근처일 텐데……."

유채는 빠져나온 집 주변을 휙 돌아보았다. 그러다 외따로 떨어진 창고 같은 건물을 발견했다. 저기다! 유채는 얼른 창고로 다가가서 창살로 막아놓은 창문을 까치발을 딛고 들여다보았다.

"알렉스 씨!"

예상대로 그 안에 알렉스가 있었다. 척 봐도 상처가 심각했다. 옆구리와 어깨가 찢어져 피로 범벅이었고 손목도 부자연스럽게 꺾여 있었다. 저렇게 많이 다친 사람을 이렇게 지저분한 곳에 가둬두다니. 제대로 상처 치료도 못 한 몸은 세균에 금세 감염될 위험이 컸다.

"유, 유채…… 양?"

알렉스가 힘겹게 고개를 들었다. 그는 온몸에서 땀을 흘리고 있었다. 유채는 알렉스가 걱정되어서 발만 동동 굴렀다. 알렉스는 팔과 다리가 묶여 움직이지도 못했다. 그럼에도 그가 엉덩이를 질질 끌면서까지 움직이려 하자 유채는 화들짝 놀랐다.

"움직이지 마세요. 거기 계세요. 제가 열어드릴게요."

"유채 양, 그냥 나는 버리고."

"안 돼요. 절대 그렇게는 못 해요."

유채는 자물쇠가 걸린 창고의 문으로 달려갔다. 지렛대를 문틈에 끼워 넣어서 열거나 자물쇠를 부술 수도 있지만, 그러면 큰 소리가 들려서 저들에게 들킬 위험이 컸다. 그럼 다시 도망가지도 못하고 잡힐 것이다.

"아니지. 추적은 피할 수 있어."

유채는 손등을 내려다보았다. 리네아처럼 공간을 찢어서 이동할 수 있다면, 알렉스를 빼낸 다음에 포트리스로 바로 이동하면 된다. 하지만 여기서 포트리스까지는 꽤 멀고 이 문양에 담긴 힘이 얼마나 소모될지도 정확히 몰랐다. 유채는 일단 문부터 열기로 하고 주위에서 적당한 크기의 짱돌을 찾았다.

"유채 양, 그냥 나는 버리고 가요. 지금이 기회예요."

"싫어요."

알렉스의 말을 무시하고 저런 조잡한 자물쇠 정도는 한 번 내려치면 부술 것 같은 단단한 검은 돌을 찾았다. 유채는 체중을 실어서 자물쇠를 내리쳤다. 자물쇠가 걸려 있던 고리가 바닥으로 떨어졌다. 유채는 얼른 창고의 문을 열었다. 문을 열자마자 자욱한 먼지가 쏟아져 나왔다.

"유채 양!"

저를 부르는 알렉스의 목소리에 유채는 먼지 때문에 콜록거리면서 고개를 들었다.

"뒤에!"

"예? 아악!"

억센 힘이 허리를 뒤에서 껴안았다. 뒤에서 뻗어 나온 손이 유채의 손등 위로 손을 겹치면서 깍지를 끼었다. 입술이 귓가에 닿았다.

"얌전히 쉬고 있으라고 했던 것 같은데……."

유채는 그 목소리에 소름이 오소소 돋았다. 바람이라도 불게 하는 마법을 써서 루프스를 쫓아내야 하는 것일까. 수상한 낌새를 알아챈 것인지 루프스가 유채를 뒤에서 당겨 안으면서 속삭였다.

"조금이라도 움직였다가는 저 마레 위르 수컷 놈의 목은 없을 것이다."

루프스의 입술이 창백하게 질린 유채의 볼에 닿았다.

"궁금하면 보여줄까?"

루프스가 카신을 불렀다. 검은 늑대 한 마리가 아가리를 벌리고 알렉스에게 서서히 다가갔다. 늑대가 알렉스의 다친 어깨를 물었다.

"아아악!"

알렉스는 비명을 질렀다.

"알렉스 씨!"

유채는 루프스에게서 벗어나기 위해서 몸부림을 쳤다. 하지만 돌덩이 같은 루프스의 몸은 조금도 움직이지 않았다. 오히려 루프스는 유채의 몸을 돌려서 안았다. 유채는 주먹으로 루프스의 가슴을 쳤다.

알렉스는 더 이상 비명도 지르지 못하고 헉헉거렸다. 그 옆에 늑대로 변한 카신이 버티고 서 있었다.

유채는 루프스의 멱살을 움켜잡았다.

"당신에게 최소한의 인정이라도 있다면 당장 그만둬요! 알렉스 씨가 무슨 잘못을 했다고!"

유채가 바락바락 소리를 질렀다. 루프스는 그녀가 가소롭다는 듯이 웃었다.

"아아, 레티티아."

루프스의 손이 유채의 볼로 다가왔다. 유채는 그의 손이 닿는 것이 끔찍하여 고개를 미친 듯이 저어댔다. 루프스는 인내심이 바닥이 난 것인지 이를 갈았다.

"난 내 것을 훔친 이에게 당연하게 보복을 하는 것뿐이야. 저 마레 워르 수컷이 나에게서 너를 훔쳐 갔는데. 죽음으로 갚아야 하는 죄임에도 너그럽게 살려주고 있다는 걸 모르나?"

"내가, 내가 데려가 달라고 했어!"

유채가 소리 질렀다. 알렉스는 자신을 데려가려고 하지 않았다. 부탁한 것은 유채였다. 뭐든지 하겠으니 같이 데려가 달라고 한 것은 자신이었고, 돌아갈 수 있음에도 저를 지켜주겠다고 남아서 저렇게 된 것도 모두 제 탓이었다. 유채는 알렉스가 시간을 벌어준 덕택에 빌어먹을 셀레네도 만날 수 있었다.

"내가 뭐든 하겠다고 했어! 빌어먹을 당신하고 더 이상 같이 있기 싫으니 데려가 달라고 했어!"

유채가 악을 썼다.

"뭐든?"

"그래! 뭐든! 누구든 나를 그곳에서 데리고만 나가준다면 몸도 팔 수 있었어! 내가, 내가 뭐든 하겠다고 데려가 달라고 했어!"

유채는 루프스의 팔을 쥐어뜯으며 그의 품에서 벗어나기 위해서 발버둥을 쳤다. 굳은 얼굴의 그를 보면서 유채는 쾌감을 느꼈다. 제 말이 저 인간의 자존심을 건드렸는지도 모른다.

유채는 한쪽 입술을 끌어 올렸다. 제가 얼마나 힘들었는데, 어차피 이렇게 된 것 다 털어놓고 싶었다. 빌어먹을 인간의 비위를 맞춰주느라 얼마나 역겨웠는지를.

"당신에게 닿는 것 모두가 다 끔찍했어! 나는 당신을 벗어날 수만 있다면 못 할 게 없었다고!"

유채는 고래고래 소리를 지르느라 잠깐 컥컥대었다. 유채는 제 감정에 취해서 루프스의 청회색의 눈이 어떤 분노에 차 있는지를 미처 인식하지 못했다.

"그러니까 알렉스 씨는 아무런 죄도 없어! 괴롭히려면 나를 괴롭혀! 내가 알렉스 씨를 꾀어내고 당신 어깨에 칼을 박아놓고 도망쳤어! 그러니까 죄 없는 사람 괴롭히지 말고!"

"입 다물어."

루프스가 내뿜는 살기에 그와 가장 가까이에 있던 유채는 거의 기절할 것 같은 기분이었다. 조금 떨어져 있던 카신마저 움찔할 정도인지라 이미 기력이 쇠약해져 있던 알렉스는 그대로 기절해 버렸다. 알렉스의 몸이 바닥으로 떨어졌다.

"알렉스 씨!"

뭔가 쓰러지는 소리에 고개를 돌렸다가 알렉스가 기절한 것을 본 유채가 다급하게 외쳤다. 루프스가 그녀의 고개를 잡아서 억지로 제 쪽으로 돌렸다. 유채는 루프스의 이글거리는 눈동자를 바라볼 수밖에 없었다.

"지금 입을 벙긋하면, 저 수컷의 목이 땅에 굴러다니는 것을 볼 수 있을 거야."

유채의 얼굴이 하얗게 질렸다. 루프스는 유채의 손목을 잡고 끌었다. 유채는 어깨가 탈골될 때 느꼈던 것과 비슷한 통증을 느꼈다.

"따라와!"

그의 성난 걸음에 유채는 하릴없이 끌려갔다. 질질 끌려가다 보니 자주 넘어지려고 했다. 하지만 루프스는 유채가 중심을 잡게 해주는 정도의 배려만 해주었을 뿐 억지로 잡아끄는 것은 그만두지 않았다.

유채는 좀 전에 빠져나왔던 방 안에 다시 내동댕이쳐졌다. 유채는 바닥에 엎어졌다가 간신히 다시 일어섰다. 루프스는 성큼성큼 다가오더니 유채의 어깨를 거칠게 밀쳤다.

"악!"

등이 벽에 부딪쳤다. 아픔을 온전히 느낄 시간도 없이 루프스가 유채의 다리 사이에 제 다리를 끼워 넣었다. 그리고 그녀의 양 볼을 감싸 쥐고 고개를 들게 만들었다. 그의 입술이 곧장 유채의 입술을 내리눌렀다. 유채는 입을 벌리지 않기 위해서 입술에 힘을 주었다. 유채의 입술을 열기 위해 루프스가 송곳니로 입술을 깨물었다. 유채는 아픔을 느끼면서도 입술을 조개처럼 다물고 있었다.

루프스는 신경질적인 표정으로 손으로 유채의 턱을 움켜쥐고 힘으로 그녀의 입술을 벌렸다. 유채의 입안으로 그의 혀가 들어왔다. 유채는 루프스를 밀어내기 위해서 몸을 틀었다. 하지만 그녀의 다리 사이에 있는 루프스가 몸부림을 방해했다. 그는 유채의 손목을 잡아서 벽으로 내리누르면서 고개를 틀었다. 더 깊숙이 파고 들어오는 입술에 유채가 도리질을 쳤다. 루프스는 유채의 볼을 붙잡아 움직이지 못하게 한 뒤 초식동물을 잡는 짐승처럼 입술을 탐했다.

예전에는 숨을 쉴 수라도 있게라도 해주었다면, 이번에는 그런 배려도 없었다. 유채는 루프스가 고개를 트는 그 잠깐 동안 공기를 급하게 들이마셔야 했다. 유채는 벽과 루프스의 몸 사이에 갇혀서 꼼짝없이 휘몰아치는 키스를 받아내야 했다.

유채의 필사적으로 눈물을 참았다. 붉어진 유채의 눈에 눈물이 그렁그렁 맺혔다. 루프스의 혀와 입술은 무자비하게 유채의 입안과 입술을 유린했다. 유채는 아직도 부족하다는 듯이 제 입안을 자유로이 누비고 있는 루프스를 당장에라도 쫓아내고 싶었다. 유채는 큰 결심을 하고 루프스의 혀를 물었다.

"윽."

루프스가 약한 소리를 내면서 입술을 뗐다. 유채는 그의 얼굴이 멀어지자마자 온 체중을 실어서 그의 뺨을 쳤다.

짝! 날카로운 마찰 소리와 함께 루프스의 고개가 옆으로 돌아갔다. 루프스의 볼에 할퀸 자국이 남고 입술도 찢어져서 피가 배어 나왔다. 그는 손으로 입술을 훔치곤 거기에 묻어 나온 피를 보고 가소롭다는 듯이 픽 웃었다.

유채는 씩씩거리며 루프스의 어깨를 밀어냈다. 루프스는 손을 셔츠에 닦고는 유채의 양 손목을 움켜쥐었다. 그리고 그녀의 몸을 침대 위로 집어 던졌다.

"꺄악!"

루프스가 셔츠를 벗어서 바닥으로 벗어 던졌다. 뭔가 집어 던질 것이 필요했기 때문이었다. 그게 아니면 제가 미쳐서 날뛰다가 유채의 목을 조를 것 같았다. 단단한 상체가 드러났다. 유채가 검으로 찌른 왼쪽 어깨는 아직도 붕대로 칭칭 감겨 있었다.

유채는 화를 삭이고 있는 루프스에게 외쳤다.

"자, 이제 협박할 차례죠? 뭐예요? 이번에는!"

"뭐?"

루프스는 갑작스런 말에 머리가 식었다. 유채는 안간힘을 다해 눈물을 참았다.

"알렉스 씨를 구하고 싶다면 어떻게 하라고 협박할 때 아니에요? 아, 이제는 내가 대가를 제시해야 하나?"

유채는 빈정거리면서 입술을 깨물었다.

"어차피 당신 손에 다시 잡혔으니까 그 빌어먹을 방으로 끌려가겠네요. 블루벨은 해당 사항이 없고, 그럼 그쪽이 요구할 것은 하나겠네?"

유채가 입고 있는 셔츠의 단추를 하나씩 풀기 시작했다. 루프스는 당황해서 그녀의 손목을 잡았다. 실랑이를 벌이는 사이에 루프스는 침대 위에서 유채를 아래에 깔고 그녀의 팔을 붙잡아 눌렀다. 루프스는 화가 머리끝까지 차올랐다.

"너는…… 도대체!"

"놔! 놓으라고!"

유채는 잡힌 손목을 풀어내기 위해서 요동쳤다. 하지만 그는 그녀를 놓아주지 않았다. 몸부림치던 유채는 결국 포기하고 숨만 헐떡였다. 루프스에게 잡힌 손목이 파르르 떨렸다.

"내가 당신하고 한 번만 자주면…… 당신도 나한테 흥미가 떨어질 것 아니야!"

참고 참았던 눈물이 결국 흘러내렸다. 루프스는 순간 할 말을 잃었다. 눈물을 뚝뚝 흘리는 젖은 눈이 애잔해 보였다.

"날 놔주면 안 돼요? 데리고 있어봤자 당신 바라는 대로 애교도 안 떨고 울기만 할 건데…… 데리고 있어봤자 당신 손해잖아.

그러니까 놔주면 안 돼요?"

루프스의 입장에서 저는 데리고 있어봤자 좋을 게 하나도 없었다. 그런데 제게 왜 이러는가. 유채는 그가 저를 버리기를 바랐다.

유채의 손목을 잡고 있는 루프스의 손아귀의 힘이 강해졌다. 유채는 신음을 흘렸다.

"어차피 당신 나를 잡아두는 이유도 그냥 흥미잖아. 당신 원하는 대로 다 하고 나면 나한테 흥미가 떨어질 것 아니야!"

유채는 악에 받친 소리를 질렀다. 유채의 물기 진 습윤한 눈동자에서 눈물이 흘러내렸다. 루프스는 제 아래에 있는 유채가 마치 망가진 인형처럼 보였다.

"난 그쪽과 있으면 너무 괴로워요! 언제 당신이 변해서 나를 괴롭힐까? 아니면 갑자기 나를 안으려 들지 않을까? 그곳에 있는 내내 두려워서 잠도 편하게 자본 적이 없어요!"

당연한 공포였다. 붉은 방 이후로 그에게 신체적으로 해코지를 당한 적은 없지만 언제고 그가 자신에게 위협적인 행동을 할지 모른다는 것은 벗어날 수 없는 공포가 되었다. 저 남자는 한 손만으로도 저를 죽일 수 있음을 알기에 그가 언제 돌변해서 다시 괴롭힐지 모른다는 공포에 미칠 것 같았다.

"고독이 얼마나 정신을 피폐하게 하는지 모르죠?"

작은 방에 갇혀 만나는 이라곤 시중들러 오는 궁녀나 루프스가 부를 때에만 오는 헤나, 선생이랍시고 와서는 자기들 얘기만 하고 가는 자들밖에 없었다. 블루벨을 만나기 전까지는 누구와도 나누지 못했다. 블루벨이 없었다면 유채는 진작 미쳐 버렸을 것이다.

"죄책감이 얼마나 사람 미치게 만드는지도 모르죠?"

유채가 루프스에게 밉보이면 피해 입는 사람은 모두 그녀의 주변 사람이었다. 블루벨은 냉궁에 갇혔고, 프레드릭은 억울하게 누명을 쓰고 고문을 받았고, 알렉스는 크게 다쳤다. 언니의 목숨이 언제 위독해질지 모르는데 이곳에서 아무것도 못하고 가만히 있어야 한다. 그게 유채를 정말 괴롭게 했다.

"당신이 나를 어떻게 대하든 참을게요. 그냥……. 흥미로 안고 버려두고 가도 돼요. 죽으라고 저주를 퍼붓고 가도 돼요. 그러니까…… 그냥 나랑 알렉스 씨…… 그냥 보내줘요."

유채는 너무나도 연약한 목소리로 말했다. 루프스의 손에 힘이 들어갔다. 그는 유채의 손목에 멍이 들고 있다는 사실을 깨닫지 못했다.

유채의 벌어진 옷 사이로 봉긋한 가슴과 마른 허리가 보였다. 솔직히 말해서 볼품없는 몸이었다. 풍만하지도 않고 마르기만 해서 예쁘지 않은 몸이었다. 루프스는 입술을 짓씹었다. 이런 몸에 반응하는 제가 한심하고 그녀의 말대로 데리고 있어봤자 좋을 것 하나 없는 빌어먹을 암컷을 버리지 못하는 자신이 천치 같았다. 루프스는 속으로 화를 삭였다.

"나…… 돌아가고 싶어요."

유채가 다시 돌아가고 싶다는 말을 입에 담고 눈물 흘리는 것을 본 루프스는 저도 미칠 것 같았다. 유채를 들인 뒤 손해를 본 것은 자신뿐이었다. 정치적으로 입지가 위태로워졌고 전쟁까지 벌어졌다. 이럼에도 왜 그녀를 놓지 못하는지.

루프스는 유채의 손목을 잡고 있던 손으로 그녀의 목을 움켜쥐었다. 이 목을 부러뜨리면 번민에서 벗어날 수 있을까.

그는 그녀의 목을 움켜쥐기만 했을 뿐 힘을 주지는 못했다. 굳은살이 박인 손에 감기는 여린 피부의 감촉이 선뜩했다. 유채가 체념한 것처럼 눈을 감는 순간 그의 안에서 무언가가 툭 끊겼다.

"크아아아악!"

루프스는 유채를 죽여 버릴 것 같은 눈으로 쏘아보고는 아까 집어 던진 셔츠를 챙겨 밖으로 나갔다. 방문이 부서질 듯한 기세로 쾅 닫힌 후 유채는 힘이 풀려 움직이질 못했다.

유채는 손등으로 눈물을 닦았다. 권능을 이용하면 충분히 탈출할 수 있지만, 그렇게 되면 알렉스의 목숨을 장담할 수 없었다. 루프스는 제가 돌아오도록 협박하기 위해 알렉스를 정말로 죽일 수 있는 남자였다. 이미 한 번 같이 도망가려는 걸 들켰으니 알렉스를 바로 옆에서 감시할지도 몰랐다. 이도 저도 할 수 없게 되자 유채는 눈물만 뚝뚝 흘렸다.

루프스는 셔츠에 팔을 꿰어 넣고 씩씩거리면서 걸어갔다. 악을 쓰면서 했던 유채의 말이 생생하게 기억났다. 가슴속에서 화끈한 것들이 끓어올랐다.

"아악!"

쾅! 루프스는 차오르는 분노를 감당하지 못해서 벽을 내려쳤다. 관리를 하지 않은 집은 그 충격에 흔들리고 돌조각들을 떨어뜨렸다. 루프스는 보이는 놈 아무나 잡고 두들겨 패고 싶은 충동을 억누르며 저릿한 손을 쥐었다 피면서 제 속을 진정시켰다.

신께 맹세코, 절대로 유채를 취하려는 생각은 없었다. 같이 지내는 동안 그런 생각을 한 적은 한 번도 없었다. 벌을 줄 의도로 그녀를 안을 생각도 없었다. 그런데 어떻게 그런 말을 한단 말인가.

"언니가……."

루프스는 울면서 애원하던 유채의 얼굴을 뇌리에서 털어내었다. 욱신거리는 가슴을 잡아 뜯고 싶은 심정이었다. 그도 가족을 잃어보았고 그 슬픔이 어떤 것인지 잘 알았다. 하지만, 안 된다. 도저히 유채가 떠나는 것을 허락할 수가 없었다. 유채가 떠나 있는 동안 갑갑했던 가슴이 그녀를 만나자 뚫린 것처럼 시원해졌다.

"그래! 뭐든! 누구든 나를 그곳에서 데리고만 나가준다면 몸도 팔 수 있었어! 내가, 내가 뭐든 하겠다고 데려가 달라고 했어!"

유채가 알렉스를 구하고 같이 탈출하려는 것을 발견했을 때 그는 솔직히 화가 나지는 않았다. 그냥, 당연하다고 생각했다. 제게서 벗어나고 싶어 안달이 나 있는 유채라 예상하지 못한 것이 아니었다. 그래서 카신을 불러서 본보기로 협박을 하였다. 하지만 유채가 계속 반항하고 알렉스만 신경 쓰는 모습을 보면서 루프스는 서서히 화가 났다.

"몸도 팔 수 있었어."

루프스의 눈앞에 벌거벗은 유채와 그런 유채를 물고 핥는 알렉스가 보였다. 나신으로 얽혀서 나뒹구는 둘의 모습에 루프스는 그럴 리가 없다고 생각하면서 이를 악물었다. 입안에 씁쓸한 피맛이 감돌았다.

루프스는 유채를 방으로 끌고 와 그녀의 부드러운 몸을 누르고 입술을 맞추고 정신없이 유채를 탐했다. 뭐에 홀린 것 같은 기분이었다. 헥터와 카르멘이 날뛰고 있는 지금 이럴 때가 아닌데도 그는 유채밖에는 보이지 않았다. 제 안에서 무언가가 끓어오름과 동시에 진정되는 기분이었다. 유채는 마치 마약과 같았다. 루프스는 마약에 중독된 것처럼 유채를 끌어안고 싶었고 유채에게 입술을 맞추고 싶었다.

정말로 그는 유채를 취하고자 하는 마음이 없었다. 그는 유채에게 애원을 듣고 싶었다. 유채가 제게 기대는 것을 보고 싶었다. 한 번만 봐달라고 빌었다면, 그는 그녀를 따뜻하게 안아주고 떠나지 않는다는 조건으로 알렉스를 치료해 주겠다는 말을 하였을 것이다. 그는 그저 유채가 제게 기대고 뭔가를 부탁했으면 했다.

"내가 당신하고 한 번만 자주면…… 당신도 나한테 흥미가 떨어질 것 아니야!"

그 순간 그는 뭔가 툭 끊어진 것 같은 기분을 느꼈다. 그때 그가 느꼈던 감정은 순수한 분노였다. 그깟 마레 위르가 얼마나 소중하면 가장 두려워하는 짓까지 하겠다고 하는 것인가 싶었다.

"나…… 돌아가고 싶어요."

유채의 목을 조르려고 했다. 눈물이 그렁그렁 맺힌 유채의 얼굴을 보지 않았더라면, 그녀가 체념한 듯 눈을 감는 것을 보지 않았더라면 정말로 그 목을 부러뜨렸을 것이다.

루프스는 벽에 등을 기대고 얼굴을 쓸어내렸다.

밖으로 나온 루프스는 문짝이 뜯긴 창고 안에서 카신의 감시를 받고 있는 알렉스에게 갔다.

저놈보다 제가 못한 것이 뭐가 있나?

분명히 말했다. 제 곁에만 있어준다면 세상 모든 부귀영화를 주겠다 말했다. 여왕이 부럽지 않게 살게 해주겠다고 약속했다. 입맛에 맞는 음식, 고급스러운 옷, 편한 생활, 모든 것을 보장할 수 있는 제가 아니라 약해서 지켜주지도 못할 저 마레 위르를 저렇게 싸고도나 싶었다.

"루프스님?"

루프스는 카신의 손에 든 물병을 뺏어서 알렉스의 얼굴에 뿌렸다. 찬물이 닿자 알렉스는 정신을 차린 것인지 고개를 들었다.

"나가봐, 카신. 내가 할 이야기가 있다."

루프스는 화를 꾹 억눌렀다.

"하지만, 루프스님……."

카신이 알렉스와 루프스를 번갈아 보며 불안한 듯 중얼거렸다. 알렉스는 비웃음 섞인 쓴 웃음을 지으면서 상체를 일으켜 세웠다.

"여자를 강압적으로 취하는 게 부끄럽지도 않아?"

알렉스가 빈정거림에 카신이 버럭 소리를 지르려고 하자 루프스가 손을 들어서 막았다.

"남의 물건을 강탈해 가는 자는 어떻게 해야 한다고 생각하나?"

그렇게 처참하게 당하고서도 알렉스는 지나칠 정도로 당당했다. 스스로를 패배자로 인정하지 않는 듯, 그는 루프스를 노려보았다. 루프스는 속으로 욕을 뱉었다. 더 지랄 맞은 점은 저 자수정빛 눈이 과거를 떠올리게 한다는 것이었다.

루프스는 이를 악물고 카신에게 나가라고 눈짓했다. 카신은 알렉스를 힐끔 돌아보고 창고를 나왔다. 알렉스는 루프스의 셔츠 사이로 보이는 붕대를 보면서 비웃었다. 시간핵이 제대로 통한 모양이었다.

"레이라가 예전에 여자가 한을 품으면 오뉴월에도 서리가 내린다고 했는데, 그 말이 딱 맞네. 얼마나 유채 양이 한을 품었으면 아직도 그 상처가 낫지를 않고 있지? 그 괴물 같은 회복력에?"

루프스는 손으로 알렉스의 어깨를 가볍게 눌렀다. 알렉스는 이를 악물고 그를 노려보았다,

"아까 그 말 때문에 꽤나 열이 받은 것 같은데. 내 목숨이 아까워서가 아니라, 유채 양을 위해서 말해주는 거야."

알렉스는 계속 빈정댔다. 그는 언뜻 본 아까의 행동으로 유채가 그에게 무슨 취급을 받았는지 짐작할 수 있었다. 자신 때문에 누군가가 괴로워하는 것을 원하지 않는 여자였다. 매번 저와 형에게 미안하다는 말만 하던 여자였다. 알렉스는 이를 갈았다.

"유채 양은 정말로 나에게 부탁했어. 데리고 나가달라고."

어깨를 누르는 힘이 강해졌다. 알렉스가 눈살을 찌푸리며 억지로 입을 움직였다.

"유채 양이 내게 이런 말을 했어!"

⚜

"잠이 안 오나 봐요."

가만히 앉아서 하늘을 올려다보던 유채의 어깨에 알렉스가 담요를 덮어주었다. 유채는 고맙다고 고개를 끄덕였다. 알렉스는 유채의 옆에 털썩 주저앉았다.

"별이 예뻐서 올려다보고 있었어요."

"별이요? 매일 볼 수 있는 걸 왜?"

"내가 사는 곳에서는 이렇게 많은 별을 보기 힘들거든요."

유채가 웃어 보이자 알렉스는 뒷머리를 긁적이면서 약간의 어색함을 풀기 위해 말을 꺼내었다.

"근데 유채 양, 이상하지 않아요? 아무리 수인들이 서로 싸우느라 사이가 멀어진 건 알겠는데, 왜 여태까지 통혼을 할 생각은 못 한 걸까요?"

"사람의 증오와 편견이 생각보다 무서운 것이거든요."

유채가 답했다. 인종 차별도 수십 년이 지난 지금까지도 뿌리 뽑히지 않았다. 이곳과 다르게 사람은 다 평등하다는 생각이 퍼져 있고 인권의 논의가 활발하게 이루어지는 곳임에도 아직도 인종 차별은 만연하였다.

사람은 영악하여 서로 무리를 짓고 그 무리 안에서 강자가 되기를 원한다. 그리고 그렇게 되기 위해서는 상대를 폄하하고 혐오해야 한다. 그게 차별과 편견의 기저에 깔린 생각이었다. 이곳도 마찬가지였다. 마음이 맞는 이들끼리 무리 지었으며, 기득권을 지키기 위해서 상대를 배척했다. 그런 시간이 길어지면서 서로와 섞이는 것 자체를 원하지 않게 되어버린 것이다.

"처음에는 감정적으로 저놈들은 싫다 하던 것이 심해지면서 절대 섞여서는 안 되는 것으로 자리 잡아버린 거죠. 사람들 머릿속에 한 번 새겨지면 그거, 지우기 힘들거든요."

"그래도 늑대 놈들 때문이라도 알지 않을까요? 그놈들은 보통 한 번 반하면 거의 집착 수준으로 구애하는데."

"내가 사는 세계에 이런 말이 있어요. 눈에서 멀어지면 마음에서 멀어진다. 저들은 최근에서야 서로 조금씩 교류하기 시작했다고 했잖아요. 늑대 일족도 같은 일족만 자주 보았으니 다른 일족과 사랑에 빠지는 일이 흔하지 않았던 거예요. 그리고 간혹 있다 하더라도 세간의 시선이 좋지 않으니 어디선가 피해서 살았겠지요. 예를 들면……."

"예를 들면?"

"깊은 산속이나 여기 펠레스 호무스 같은 곳이요. 인적이 드문 곳에서는 편하게 살 수 있지 않았겠어요? 살면서 그들의 아이들에게 아무런 이상이 없는 것을 보고 진실을 알게 되었겠지만, 그들이 밖으로 나오는 것을 무릅쓰고 진실을 알릴 수는 없었을 거예요. 워낙 뿌리 깊은 선입견이라 그들이 오히려 배척당할 테니까. 그저 아이들만 세상에 내보냈을 거예요. 아니면 운이 좋은 케이스라 생각했을 수도 있고요. 사실 후자가 더 가능성이 높아 보여요."

알렉스는 무릎을 딱 쳤다.

"유채 양은 정말 똑똑한 것 같습니다. 어떻게 그런 생각을 하죠?"

"에이. 저 그렇게 똑똑하지 않아요."

유채는 알렉스의 칭찬이 부끄러운 것인지 손사래를 쳤다. 유채는 알렉스가 농조로 던진 말에 수줍게 웃으면서 박수를 쳤다. 알렉스가 턱을 기울이면서 유채의 얼굴을 빤히 바라보았다. 유채는 알렉스의 시선이 부담스러워 약간 고개를 뒤로 빼었다.

"왜…… 그렇게 보세요?"

"너무 우울해하지 말아요. 예쁜 얼굴이 아깝잖아요. 포트리스의 여자들은 예뻐 보이고 싶어서 안달이고, 예쁘게 보이려고 웃으려고 노력하는데, 유채 양은 얼굴 아깝게 매일 우울해하잖아요."

알렉스가 유채의 흘러내린 옆머리를 정리해 주었다.

"그러니까 너무 걱정하지 말아요. 잘될 거예요."

알렉스를 바라보던 유채가 작게 중얼거렸다.

"정말. 알렉스 씨는 너무 친절하신 것 같아요."

유채는 다리를 끌어안고 무릎에 턱을 기대었다. 유채는 오늘 있었던 일을 떠올렸다. 다람쥐 수인 소년도, 펜리라는 남자도, 그 남자의 가족도 모두 피해자였다. 피해자에게 가혹한 세상이란 것은 이미 뼈저리게 알고 있었음에도 두 눈으로 목격하니 가슴이 콩닥콩닥 뛰면서 우울해졌다.

"내가 사는 세상에서도 난 약간 독특하게 생긴 편이에요. 그래서 따돌림도 많이 당하고 괴롭힘도 많이 받았어요."

알렉스는 유채의 이야기를 가만히 들어주었다. 유채는 언니와의 이야기까지 모두 털어놓았다.

"난 내가 생각하는 것보다는 착한 사람이 아니라는 것을 알아요. 나를 괴롭힌 사람을 용서하지 못하는 옹졸한 사람이지만, 그래도 내게 부당한 일을 한 사람을 괴롭히기 위해서 그와 관련 있는 죄 없는 사람들에게 해코지하는 것도 올바르지 않다고 생각해요. 물론 복수를 부정하는 것은 아니에요. 복수도 중요하죠. 하지만 그 복수가 선을 넘어서는 안 된다고 생각해요. 근데 그렇게 생각하다 보면, 내가 겪은 일을 그대로 갚아주는 게 불가능할 거란 생각이 들더라고요. 정말 짜증 나게도요."

유채는 잠시 말을 멈췄다.

"세상은 피해자에 대해서 정말 무심하고 비정해요. 나는 오늘 그걸 또 봤어요. 그래서 너무 답답하고 우울해요. 그리고……."

유채의 눈에서 굵은 눈물방울이 떨어졌다. 손을 들어서 눈물을 닦은 유채는 애써 웃어 보이려고 했다. 알렉스는 그 모습이 가여웠다.

"원래 이렇게 눈물 많은 사람 아닌데, 여기 와서는 정말 너무 많이 우는 것 같아. 질질 짜는 여주인공들 진짜 싫어하는데 걔네들에게 욕한 거 미안하다고 해야 할 것 같아요."

유채는 농담 섞인 말을 하곤 잠시 한숨을 쉬었다.

"펜리 씨 보면서 너무너무 우리 가족들이 그리워졌어요."

딸을 위해 목숨을 걸고 이곳까지 넘어온 펜리를 보면서 유채는 너무나도 부모님이 그리워졌다. 유채는 그곳에 남겨두고 온 모든 것을 떠올렸다. 정말로 돌아가고 싶었다. 이곳이 끔찍한 기억만 있는 곳은 아니지만, 유채는 정말 미치도록 돌아가고 싶었다.

"난 아직도 이게 꿈이기를 바라요. 이게 그냥 악몽이어서 잠에서 깨고 나면 아빠가 아침을 만들고 있고, 엄마가 언니 병원에 가기 전에 날 깨우고, 그럼 나는 엄마 품에 안겨서 펑펑 우는 거예요. 나쁜 꿈을 꿨다고. 좋은 사람들도 많이 만났는데 정말 나쁜 꿈을 꿨다고 그렇게 말하고 싶어요."

유채는 잔뜩 잠긴 목으로 계속 말을 이어갔다.

"그리고 우리 언니가 너무 걱정돼요. 내가 늦게 돌아가지만 않았으면 좋겠어요."

유채는 갑자기 작게 웃음을 터뜨렸다.

"울다가 웃으면 엉덩이에 뿔 난다는데."

"어디 볼까요?"

알렉스가 몸을 뒤로 빼더니 유채의 엉덩이 쪽을 가리켰다.

"맞네. 맞아요. 정말 찢어졌네."

"농담도 참."

"아니에요, 유채 양. 정말 찢어졌어요."

알렉스가 정색을 하자, 유채는 혹여나 정말로 옷이 찢어졌을까 봐 다급하게 뒤를 돌아보았다. 그리고 옷이 멀쩡한 것을 보고 알렉스를 쏘아보았다. 알렉스는 어깨를 으쓱였다.

"나 여기 오기 전에 시험을 봤거든요. 근데 그게 점수가 엄청 잘 나왔어요. 빨리 돌아가서 그 점수 써먹어야 하는데, 늦어서 재수할까 봐 걱정이에요. 나 한심하게 이런 걱정도 하고 있어요."

"좋은 겁니다, 유채 양. 미래를 생각하고 있다는 것은 살아갈 의지가 강하다는 것이고 유채 양이 건강하다는 것이거든요."

유채는 알렉스를 돌아보았다. 알렉스도 유채를 돌아보았다. 둘의 시선이 얽혔다.

"저 여기서 잊고 싶은 것들도 많지만, 그만큼 잊고 싶지 않은 것도 많아요."

유채의 눈가에 눈물이 일렁였다.

"저기 무수하게 많은 별들하고, 블루벨, 오르페님, 에릭 씨랑 바실리사님, 프레드릭 씨, 알렉스 씨. 뭐 이 정도?"

그리고 유채가 알렉스의 눈동자를 똑바로 응시하면서 입을 열었다.

"고마워요. 제게 좋은 기억으로 남아주셔서."

알렉스는 그 말에 순간 얼어붙었다. 유채는 아이린을 떠올리게 했다. 고운 마음을 지닌 아이린은 수인 때문에 크게 다친 적이 있음에도 그들을 원망하지 않았다. 동물화로 고통받던 수인들을 돌보았다. 아이린의 진심은 전해졌는지, 그들도 아이린을 존경했다. 그러나 아이린은 결국 헥터의 병사들 때문에 죽었다. 알렉스는 아이린을 지키지 못했다. 아이린은 괜찮다는 말을 남기고 떠났다. 유채의 모습에 아이린이 겹쳐 보였다.

⚜

알렉스는 비웃음을 흘리면서 루프스의 눈을 똑바로 쳐다보았다. 잊을 수가 없었다. 그 말 한마디 때문에 유채를 끝까지 지켜봐 주고자 남은 것이었으니까. 잊고 싶은 것이 많은 세상 속에서 억지로 잊고 싶지 않은 것을 만들어내어 살아가던 유채의 마지막이 외롭기 않기를 원했기 때문이었다.

"내게 좋은 기억으로 남아주어서 고맙다고 하더군."

루프스의 손에 힘이 풀렸다. 알렉스는 아픈 어깨를 억지로 움직여서 루프스의 손을 떨쳐 냈다.

"얼마나 끔찍한 기억뿐이었으면, 고작 좋은 기억이 돼준 것만으로도 고맙다고 그러겠어!"

알렉스는 고함쳤다.

"네가 들리는 말처럼 유채 양을 총애라도 한다면, 유채 양을 배려해 주었어야지. 유채 양이 얼마나 괴로웠으면 내게 그런 말을 할까?"

루프스는 알렉스의 자수정빛 눈동자를 뜯어버리고 싶었다. 빌어먹게도 저 눈동자는 억울한 죽음을 맞았던 라일라의 눈동자색과 똑같았다. 그녀를 떠올리게 만드는 눈동자에 루프스는 이를 갈았다.

"어떤 사람을 아낀다는 건 그 사람을 위해 자신을 포기하고 배려한다는 의미야. 값비싼 선물 하나 던져 주는 게 그 사람을 아끼는 것이 아니야."

알렉스는 정말 왕도적인 것을 이야기하였다. 누군가를 아낀다는 것은 그 사람을 배려한다는 의미였다. 그 사람을 자신의 기준에 맞추려 하는 게 아니라 그 사람의 기준에 자신이 맞추려 하는 것이었다.

"넌 한 번도 유채 양의 마음을 고려한 적이 없겠지. 가슴에 어떤 피멍이 들었을지 한 번도 생각한 적이 없겠지. 너는 그저 네 기분에만 따라서 행동할 뿐이니까."

알렉스가 일갈했다.

"입 닥쳐라."

드디어 루프스가 입을 열었다. 바짝 갈라진 목소리가 그의 분노의 정도를 말해주는 것 같았다.

"네가 나에 대해, 레티티아에 대해 뭘 안다고!"

"유채 양의 언니의 이름은 아나?"

루프스는 순간 당황하여 입을 열지 못했다. 알렉스는 루프스를 비웃었다. 당연히 그럴 것이라 생각했다.

"모르겠지. 넌 그저 유채 양의…… 크악!"

루프스가 알렉스의 옆구리를 걷어찼다. 그리고 그의 멱살을 잡고 들어 올렸다. 알렉스는 목이 졸려서 컥컥거리면서도 루프스를 똑바로 바라보았다.

"별 같잖은 걸로 유세를 떠는군. 졸부가 천박하게 돈 자랑하는 꼴이야."

말은 이렇게 하였어도 그의 가슴은 격한 분노로 날뛰고 있었다. 알렉스와 유채가 서로 웃으며 이야기를 나누는 장면이 떠오르자 순간 손에 힘이 들어갔다. 너 하나 때문에 유채가 얼마나 힘들어질지 말하고 그를 최대한 비참하게 만들 작정이었는데 결국 그의 도발에 놀아났다.

"네가 모른다고…… 허억!"

알렉스가 몸부림쳤다.

"처신을 잘해야 할 거다. 네놈의 말 한마디에 레티티아의 처우가 달라질 수 있거든."

"너…… 유채 양을……."

"총애하지, 근데 네놈이 말하지 않았나? 나는 모든 것을 내 마음대로 하지. 너에게는 불행하게도 말이야, 난 네놈이 비참함에 몸부림을 치는 것을 보고 싶거든. 레티티아가 그런 기폭제가 돼준다면, 나야 좋은 것 아닌가?"

"이 개자식!"

루프스는 알렉스를 바닥에 떨어뜨렸다. 알렉스가 신음을 뱉었다.

"몸이나 회복해라. 네놈을 오래 살려서 데리고 다녀야 네놈이 비참해지는 걸 볼 수 있지. 그동안 나는 네놈 스스로가 얼마나 무능력한 놈인지 깨닫게 해주겠다."

루프스는 따라온 부하들 중 치료를 할 줄 아는 이를 불러 알렉스를 맡겼다.

"저놈, 멀쩡하게 살아남을 수 있도록 치료해라."

"예?"

"써먹을 곳이 있어서 그러니 잔말 말고 치료해."

창고를 나가려던 루프스는 문득 드는 생각에 뒤를 돌아보았다.

"멍에 좋은 연고가 있나?"

병사는 루프스에게 연고를 건네었다. 루프스는 그것을 받아 창고를 나섰다. 곧장 집 안으로 들어간 그는 크게 심호흡을 하고 유채가 있는 방으로 들어갔다. 유채는 침대에 가만히 앉아 있었다. 아직도 셔츠의 단추를 여미지 않아 속살이 그대로 보였다.

"……입어."

"뭐라고요?"

"옷 입으라고!"

그가 소리를 버럭 지르자 유채는 몸을 움찔했다. 순간 루프스가 알렉스에게 무슨 짓을 하고 돌아온 게 아닌가 하는 불안감이 들었다. 유채가 다급하게 그의 팔을 붙잡았다. 옷 사이로 그녀의 맨살이 보이자 루프스는 고개를 옆으로 틀었다.

"알렉스 씨는요?"

유채가 다급하게 물었다.

"알렉스 씨는요!"

목소리가 절로 격해졌다. 유채는 루프스의 팔을 쥐고 흔들었다. 설마 루프스가 정말 알렉스를 죽여 버린 것은 아닐까 하는 걱정이 머리를 꽉 채웠다.

"내가 자주겠다고 했잖아! 당신 마음대로 하라고 했잖아!"

유채가 절규하듯이 외쳤다.

루프스는 유채의 정수리를 내려다보았다. 그녀가 조금 원망스러웠다. 저도 다쳐서 붕대를 감고 있고 그녀가 칼로 찔렀던 어깨의 상처는 아직도 낫질 않았는데도 유채는 제 상처에는 조금의 관심도 보이지 않고 알렉스만 신경 썼다. 그리도 착하고 다정하다면서 제게는 단 한 번도 다정하게 군 적이 없었다.

"안 죽였으니, 옷 입어."

"그 말을 어떻게 믿어요."

"믿어."

루프스가 저를 올려다보는 유채의 검은 눈을 바라보았다.

"믿지 않으면 당장 그놈 목을 가져올 테니."

루프스는 반신반의하고 있는 유채의 볼을 쓸었다.

"그러니. 입어."

유채는 입술을 깨물고 셔츠의 단추를 채웠다. 루프스는 벽에 등을 기대고 고개를 돌려서 그녀를 바라보지 않았다. 유채는 저 인간이 뭘 잘못 먹었나 싶고 알렉스에 대한 걱정으로 머릿속이 꽉 차 단추를 잘못 채웠다.

"칠칠맞지 못하기는."

루프스의 손이 다가오자 유채는 놀라서 뒤로 물러나며 거리를 벌렸다. 하지만 루프스는 그런 것에 아랑곳하지 않고 유채가 잘못 채운 단추를 다시 올바르게 채워주었다. 유채는 아까와는 다른 부드러운 손길에 놀라서 고개를 들었다.

루프스가 유채의 손목을 잡아당겼다. 그리고 품에서 연고를 꺼내어 손목에 발라주었다. 유채의 피부는 여려서 조금만 힘을 주어도 이렇게 쉽게 멍이 들었다. 그가 손목에 이어 팔에도 연고를 발라주는 동안 유채는 무슨 일이 일어날 것 같아서 두려웠다. 루프스는 유채의 바지를 걷어서 다리의 상처에도 연고를 발라주었다.

"아까는……."

그는 억지로 목소리를 내었다.

"흥분해서 그랬다. 미안하다. 다시는 그런 일이 없을 것이라 약속하겠다. 미안하다."

유채는 루프스의 사과가 낯설었다. 루프스는 유채를 침대에 앉히고 그 옆에 앉았다. 그리고 그녀의 양 볼을 잡아서 얼굴을 제게 가까이 붙였다, 유채의 눈이 동그랗게 커졌다.

"알렉스는 살려주지."

"정말인가요?"

"그래. 치료를 해놓으라고 했다."

"그걸……."

"믿기 싫으면 믿지 말고. 난 상관없다."

유채는 얼른 입을 다물었다. 루프스는 유채를 바라보았다. 없는 동안 머릿속에서 떠나질 않던 암컷이었다. 루프스는 유채의 이마에 입술을 맞추고 꽉 끌어안았다.

"지금 내가 엄청난 자비를 베풀고 있다는 것을 알았으면 좋겠군."

루프스가 유채의 귓가에 속삭였다.

"지금부터 나는 발란테스 카르멘과 결판을 짓기 위해서 양들 놈들의 땅으로 갈 것이다."

유채도 전쟁이 일어났다는 이야기는 들었다. 루프스는 수인들의 왕이니 군주가 반란을 진압하러 가는 일은 당연했다. 유채는 참혹한 시신들을 보게 될지도 모른단 생각에 몸을 떨었다. 루프스는 유채의 관자놀이에 입을 맞추고 속삭였다.

"너는 안전할 것이다. 내가 반드시 지켜줄 테니까."

"지금…… 나도 그곳으로 간다는 거예요?"

"얌전히 내 옆에 붙어서 따라오면 알렉스 놈을 포트리스로 돌려보내 주지."

"그 말을 내가 어떻게 믿어요."

"말했지 않나? 나는 약속을 잘 지키는 수컷이라고."

루프스는 유채의 앞에 작은 갈색 병을 내밀었다.

"마셔."

"이게 무엇인지 알고 마셔요? 독일지, 약일지, 최음제일지……."

"나는 싫다는 암컷을 억지로 안지 않는다. 정말로 화내기 전에 마셔."

루프스는 유채가 제게 세우는 벽이 정말 마음에 들지 않았다. 제가 잘 대해주려고 하는데도 항상 저렇게 벽을 세우니 뭘 해줄 수가 없었다. 루프스는 이를 갈면서 병을 유채의 손에 쥐여주었다.

"마셔. 마시는 것도 조건에 포함되니까."

유채는 눈을 딱 감고 병 속 무색무취의 약을 마셨다. 약간 달짝지근한 것이 꼭 시럽형 물약을 먹는 기분이었다. 다 먹고 나니 유채는 머리가 몽롱해지는 기분이었다. 눈꺼풀이 너무 무겁게 느껴졌다. 힘이 풀린 손에서 약병이 굴러떨어졌다. 유채는 그제야 자신이 무엇을 먹었는지 알았다.

수면제였다.

"이거……."

유채는 말을 채 마치기도 전에 앞으로 고꾸라졌다. 유채의 이마가 루프스의 가슴팍에 닿았다. 루프스는 그녀를 제 품으로 당겨 안았다. 그는 유채가 곤히 잠든 것을 확인하고 제 어깨에 편하게 기대게 했다. 루프스는 잠든 유채의 귓가에 속삭였다.

"나에게도 알렉스 놈에게 구는 것처럼 다정하게 굴어봐."

지금처럼 뻣뻣하게 말고.

루프스는 입안으로 중얼거리며 유채를 더 가까이 끌어안았다. 내일부터 이동이었다. 잠든 유채는 물론이고 병자이고 아무짝에도 쓸모없을 알렉스 놈도 데려갈 계획이었다. 아니, 온전히 쓸모없는 것은 아니다. 놈을 적당히 구슬려 전쟁에 참가시킨다면 나름대로 쓸모 있을 것이다. 인정하기 싫지만, 놈은 나름 강하니 전쟁터에서 공을 세워주는 것도 희소식이지만, 죽어주는 것도 희소식이었다.

루프스는 유채가 불편한 듯이 몸을 뒤척이자 그녀를 조심스럽게 눕히고 그 옆에 누웠다. 그는 유채가 잠들었을 때 외에는 그녀의 얼굴을 가만히 제대로 들여다볼 수가 없었다.

"널 데리고 있다고 뭐라도 얻을 수 있는 것도 아닌데, 난 왜 너를 놓지 못하는 걸까."

루프스는 유채의 몸을 끌어안았다. 오늘은 쉬고 내일 움직이기로 했으니 낮잠 겸 눈 좀 붙여도 될 것이다. 유채를 안고 있으니 묘한 안정감이 들었다.

"떠나지 마라."

그가 작게 속삭였다.

"여기 내가 손 닿는 거리에 있어."

그의 말은 바람처럼 흩어져 흩날렸다.

Chapter 8
과거의 편린과 자각

"프레드릭!"

레이라가 프레드릭의 품에 안겼다. 프레드릭은 레이라의 부푼 배를 조심하며 그녀를 꽉 껴안았다. 모진 고문을 받는 동안 한 번도 잊지 못했던 레이라의 얼굴을 쓰다듬었다. 레이라는 주먹을 말아 쥐고 프레드릭의 가슴을 내리쳤다.

"나쁜 새끼. 정말 나쁜 새끼!"

레이라는 펑펑 울면서 프레드릭을 주먹으로 계속 때렸다.

"레이라, 나 아파. 많이 아파."

프레드릭이 앓는 소리를 내면서 레이라의 밝은 금발을 매만졌다. 진짜로 몸이 아직 완전히 회복되지 않았기 때문에 레이라가 가볍게 치는 주먹에도 아팠다. 레이라는 프레드릭의 말에 그의 가슴에 이마를 기대고 눈물만 쏟았다. 프레드릭은 레이라의 얼굴을 감싸 쥐고 그녀의 눈물을 입술로 훑었다. 레이라는 그제야 프레드릭이 제 곁에 있다는 것을 실감할 수 있었다. 레이라는 프레드릭의 야윈 얼굴을 손등으로 쓸었다.

"많이 다친 거야? 어디 아픈 곳은 없어?"

"괜찮아. 내가 너무 늦어서 미안해, 레이라."

"알렉스는?"

"도와줄 사람이 있어서 좀 더 있다가 오겠대."

프레드릭은 레이라를 품에서 놓고 지도를 찾았다. 프레드릭의 스승인 키르케의 에어리얼은 추적이었다. 그녀의 마법으로 만든 것이 바로 이 지도였다. 늘그막에 제자로 들인 사고뭉치 형제들에 대한 걱정이 가득 담겨 있는 지도였다. 키르케는 형제의 안전을 확인하기 위해 지도에 형제의 위치와 상태 등을 표시하는 마법을 걸어놓았다. 프레드릭은 키르케의 유품으로 지도를 물려받아서 요긴하게 쓰고 있었다.

프레드릭이 지도 위를 오른쪽에서 왼쪽으로 쓸자 지도가 빛을 내면서 몇몇 사람들의 이름을 띄웠다. 프레드릭과 레이라는 포트리스에 표시가 되어 있었고, 알렉스는 펠레스 호무스의 사크로 산 근처 마을에 표시가 되어 있었다. 부상을 입었다는 표시가 반짝이자 레이라는 입을 틀어막았다.

"아, 알렉스는 괜찮은 거야?"

"……괜찮을 거야."

레이라에게 하는 건지 아니면 자기 자신을 위로하기 위해서 하는 건지 모를 정도로 습윤하고 낮게 가라앉은 목소리였다. 만일 스승님이라면 알렉스의 상태를 더 자세히 알 수 있었을 테지만, 프레드릭의 재주는 그 정도가 아니었다. 프레드릭은 부디 알렉스에게 큰일이 일어난 것이 아니기를 희망했다. 알렉스를 억지로 끌고 돌아오지 않은 것을 후회하지 않게 되기를 빌었다. 프레드릭은 알렉스를 믿었다. 알렉스는 반드시 살아 돌아올 것이다.

"레이라."

"응, 프레드릭."

레이라는 프레드릭의 등을 쓰다듬어 위로하며 대답했다.

"헤임달이 혹시 와서 무어라 하지 않았어?"

"물고기 몇 마리 가져다주면서 수인들 사이의 소문을 알려준 적은 있어."

"무슨 소문?"

"수인들이 저들 사이에 돌고 있는 불치병을 치료하기 위해서 인간들의 간을 노리고 있다고 조심하라고 경고해 주고 갔어. 실제로 최근 포트리스 사람들이 실종되고 해서 뒤숭숭하거든."

"하."

레이라는 프레드릭이 코웃음을 치는 것에 놀라서 눈을 크게 떴다. 프레드릭은 머리를 쓸어 올렸다. 헤임달은 사람들의 마음이 약해졌을 때를 노리고 말 한마디로 그들을 조종했다. 이제 그의 수법을 알 것 같았다.

"레이라, 나 지금부터 조금 위험한 일을 하나 할 거야."

프레드릭이 레이라의 어깨를 감싸 쥐었다. 레이라가 비장하게 고개를 끄덕였다.

"헤임달이 수상해. 그가 뭔가를 숨기고 꾸미고 있는 게 틀림없어. 그래서 그에 대해 조사해 볼 생각이야."

"그게 왜 위험하다는 거야, 프레드릭."

"해임달이 뭘 숨기고 있는 건지 모르거든."

적에 대해 모른다는 것은 가장 큰 공포이자 약점이 될 수밖에 없다. 상대가 무슨 패를 가지고 있는지 모르면 공격하는 사람은 몸을 사릴 수밖에 없다.

"그리고 나, 라일라님의 죽음에 대해 다시 캐보려고 해."

라일라는 과거 이 포트리스의 정신적 지주이기도 했다. 부패한 신전에서 도망쳐서 자유를 찾아온 그녀는 성력(聖力)을 이용해서 사람들을 치료해 주며 스티폴로르에 정착했다. 포트리스를 위하여 자청해서 울피누스 호무스(여우 수인들의 땅)로 갔으며, 베니니타스를 설득하고 그의 마음까지 얻었다. 라일라는 베니니타스의 부인이 되었고 그것은 포트리스의 안정을 불러왔다.

"그걸 왜? 이미 증거도 없고, 렉스님도 기억이 잘 나지 않으실 텐데."

라일라가 죽고 그녀가 평화와 화합을 위해 노력했던 것 모두가 물거품이 되었다. 그 누구도 라일라의 죽음으로 이득을 본 사람이 없었다. 프레드릭은 그녀의 죽음에 뭔가 더 숨겨져 있다고 결론을 지었다.

"최대한 노력해 볼 거야. 그리고 만약, 아주 만약에 말이야."

프레드릭은 유채가 말해주었던 가설을 떠올렸다. 시신을 태운 건 살해 방법을 감추기 위해서이거나 진짜로 누가 죽은 건지 감추기 위해서일 거라고 했다. 프레드릭은 후자에 좀 더 타당성을 두었다.

"베니니타스의 두 아들이 살아 있다면 말이야……."

"그게 무슨 소리야, 프레드릭? 벤자민과 프리드가 살아 있다고? 그게 무슨."

실낱 같은 가능성이었다. 만일 벤자민과 프리드가 살아남았다면? 이유가 있어 정체를 감추고 있거나 혹은 기억을 잃은 채 포트리스에서 살아가고 있다면? 그들을 찾아내면 그날의 진실을 알 수 있을 터였다.

라일라를 죽인 그들은 벤자민과 프리드의 죽음을 확인하지 못했고, 확인할 수도 없는 상황이 되었다. 그들은 형제가 살아 돌아와 그들을 방해하는 것을 원치 않았으므로 죽은 것으로 처리하기로 마음먹은 것이다. 시체까지 발견됐으니 형제가 살아 있다고 생각할 사람은 드물었을 것이다. 게다가 베니니타스의 아들의 얼굴을 아는 이들까지 드물었다. 게다가 형제는 동물형으로 변하지 못하는 혼혈이었으므로, 인간들을 싫어한 수인들의 손에 제거되는 것을 노렸을지도 모른다.

"나중에 자세히 말해줄게, 레이라."

프레드릭은 레이라의 입술에 제 입술을 꾹 눌렀다. 그토록 그리웠던 입술이었다. 프레드릭은 레이라에게 깊게 입을 맞추곤 다시 지도를 내려다보았다. 알렉스가 움직이기 시작했다.

프레드릭은 주먹을 움켜쥐었다. 이제부터가 시작이었다.

⚜

"그래서, 이제 이쪽은 거의 다 진압된 건가?"

루프스가 지도를 짚으며 묻자 아리아가 고개를 끄덕였다. 양 수인 일족은 생각보다 빠르게 진압되었다. 그들은 쥐 일족과 토끼 일족 특유의 인해전술과 늑대 일족의 전투력을 당해내지 못했다. 루프스의 압도적인 강함이 적들의 사기를 꺾은 것도 주요했다.

"발란테스 카르멘은 겁쟁이처럼 구석에 처박혀 있을 것이고."

루프스는 카르멘이 있을 곳의 위치를 가늠했다. 제 몸 챙기는 것으로 유명한 암컷이니, 분명히 가장 안전하다고 판단되는 곳에 숨어 있을 것이 틀림없었다. 루프스는 적당한 곳을 추측해 보았다. 양과 염소 일족의 땅은 평원에 위치했다. 이 땅에 딱 한 곳, 스티폴로르를 관통하는 산맥의 자락이 닿는 곳에 진입로가 하나밖에 없는 절벽으로 둘러싸인 곳이 있다는 말을 들었다. 루프스는 턱을 쓸었다.

분명히 소수의 호위만 데리고 그곳으로 들어갔을 것이다. 발란테스 카르멘의 한심한 실력은 그가 가장 잘 알았다. 카르멘과 그녀의 호위 부대는 종이 병사와 다름없었다.

"발란테스 카르멘은 어디 있다고 생각되나?"

"이쪽의 산맥에 있는 요새에 있을 거라 추정됩니다."

카신이 대답했다.

"양 수인 일족의 잔당은 얼마면 처리될 것 같나? 혹시 내가 개입해야 할 정도인가?"

"아닙니다. 저와 아리아면 충분히 해결 가능합니다. 혹시 소 수인 일족 측으로 합류하실 생각입니까?"

"아니."

"이유나 들읍시다. 내 아들을 도대체 왜 죽인 겁니까! 내 아들이 무엇을 잘못했다고, 내 아들을 도대체 왜 죽인 겁니까!"

발란테스 카르멘이 죽은 아들의 시신을 부둥켜안고 피눈물을 흘리며 물었다. 그는 그저 기분이 나빠서라고 대답했다. 카르멘의 아들인 드미트리는 생각할 때마다 죽여 버리고 싶은 놈이었다.

루프스는 이제 죽을 암컷에게 진실을 알려주는 자비를 베풀어줄 생각이었다.

"카르멘에게는 내가 간다. 요새의 정확한 위치가 어딘가?"

"예? 그건 안 됩니다!"

"왜? 내가 카르멘과 그녀의 호위를 못 막을 거라고 생각하는 것인가?"

"그것이 아니라……."

아리아가 말끝을 흐렸다. 결코 루프스를 믿지 못하는 것이 아니었다. 하지만, 만에 하나라는 가능성이 있었다.

"저…… 만에 하나라는 것이."

"그런 것 무서워했다가는 아무것도 못 한다."

루프스가 지도를 가리켰다. 양 수인 일족이 마지막까지 버티던 곳이었다. 아리아는 결국 요새의 위치를 표시했다. 루프스는 미소를 띠며 고개를 끄덕였다.

"잘됐군. 귀찮은 놈들을 더 이상 상대 안 해도 되겠어."

루프스가 작게 중얼거렸다.

"아리아와 카신은 토끼 수인과 쥐 수인, 그리고 우리 늑대들을 이끌고 이들을 상대해라. 그 후에 이 요새로 와. 발란테스 카르멘을 처리해 놓을 테니 여기서 합류해서 소 수인 일족의 뒤를 치지."

"하오나……."

"내 실력은 내가 가장 잘 알아. 소 수인 일족은 어떻게 됐나?"

"초반의 기세와는 다르게 저희 쪽이 몰아붙이고 있습니다. 바실리사님과 에릭의 공이 컸습니다. 지금 거의 독수리 일족의 땅에서 몰아낸 상태입니다."

"잘되었군. 다시 말하지만, 양동작전이다. 너희는 양 수인 일족을 치고, 난 발란테스 카르멘을 친다. 불만 있나?"

카신과 아리아는 루프스에게 더 이상 반발하지 못하고 떨떠름한 표정으로 고개를 끄덕였다. 그리고 카신이 조심스럽게 입을 열었다. 루프스가 이동한다면 아무래도 걸리는 인물이 하나 있었다.

"그럼 지금 그, 레티티아님은……."

"루프스님!"

늑대 수인 병사 하나가 막사에 들어와서 고개를 숙였다. 늑대 수인 병사는 머뭇거리면서 입을 열었다.

"레티티아님이 음식을 드시지 않겠다고 하십니다."

그는 최대한 말을 골랐다. 유채는 단순히 식사 거부를 하는 것이 아니라 난동을 부리고 있었다. 루프스를 불러오라고 고래고래 소리를 지르는 그녀를 떠올리면서 늑대 수인 병사는 식은땀을 흘렸다. 루프스는 예상한 일인지 식은땀을 흘리는 늑대 수인의 어깨를 두드렸다.

"알겠다. 가봐. 가서 네 일을 봐라."

루프스는 다시 한 번 더 아리아와 카신에게 작전을 상기시키고 막사를 나섰다. 유채는 그와 같은 막사를 사용했다. 그가 천막을 걷고 들어가자 유채가 그를 쏘아보았다.

"안 먹어요, 이거."

유채가 제 앞에 놓인 묽은 죽 같은 음식을 보면서 단호하게 말했다. 유채는 요즘 제정신으로 깨어 있는 날이 얼마 없었다. 처음에는 그냥 기운이 없는 거라고 생각했다. 하도 고된 일을 당하다 보니 체력이 떨어져 잠이 많아진 줄 알았다. 하지만, 그것도 아주 잠깐이었다. 곧 유채는 제가 지속적으로 수면제를 먹고 있다는 사실을 깨달았다. 밥만 먹으면 쓰러지듯이 잠에 들고 눈을 뜨면 또 새로운 곳에 와 있는데 그것을 눈치채지 못하는 것이 이상했다.

"당신이 먹어보지 그래요?"

"네가 먹을 음식을 내가 왜? 배고프지 않나?"

"당신이 못 먹을 이유가 있어서가 아니고?"

유채는 루프스를 쏘아보았다.

"내가 바보인 줄 알아요? 여기에 수면제를 섞어놓았잖아요. 한참 걸렸어. 물에 섞은 건지 밥에 섞은 건지 확실하게 알 수가 없어서. 왜 이런 짓을 해요!"

"그렇게 하지 않으면 도망갈 것 아닌가?"

루프스가 유채의 턱을 잡아서 부드럽게 들어 올렸다. 루프스는 유채의 당당한 눈동자를 보았다. 그녀의 눈동자는 아직도 죽지 않았다. 도망가겠다는 의지를 아직도 꺾지 않은 것이다. 루프스는 이를 악물었다.

"그러니 먹어. 묶어놓을까 하다가 보다 신사적인 방법으로 바꿔준 거니까."

"신사적인 방법?"

유채가 어이가 없다는 듯이 웃었다.

"내가 잠들어 있을 때 당신이 뭘 할지 내가 어떻게 알아요? 그리고 내가 모르는 새에 알렉스……."

"그놈의 알렉스!"

루프스가 버럭 소리 질렀다. 매번 유채는 알렉스만 찾았다. 그는 괜찮으냐, 다친 건 얼마나 나았느냐, 새로 다치진 않았냐. 루프스는 처음에는 참았지만 더 이상은 참을 수가 없었다. 도대체 그 자식이 뭐라고 제게 알렉스에 대해서만 묻느냔 말이다. 그리고 분명히 얌전히 있으면 알렉스를 살려준다고 약속했음에도 그녀는 믿지를 못했다.

유채가 저를 신뢰하지 못한다는 생각이 들 때마다 루프스는 깊은 물속으로 끌려들어 가는 기분이었다. 분명히 저는 약속을 지켰다. 알렉스를 치료해 주고 그의 목숨을 붙여놓았다. 하지만 유채는 약속을 지키지 않았다. 루프스는 그녀가 원망스러웠다.

"내가 분명 네가 떠나지만 않는다면 살려준다고 약속했는데. 왜 그리 나를 못 믿는 것이지?"

"내가 당신을 어떻게 믿어요? 당신이 나 몰래 알렉스 씨를 죽이고 사소한 걸로 내가 약속 어겼다고 자기는 정당하다고 우기면?"

"날 그렇게 치졸한 놈으로 보는 건가!"

루프스는 참을 수 없을 지경이 되어서 버럭 소리를 질렀다. 화를 버럭 냈다가도 유채가 움찔하면 그는 금세 마음이 약해졌다. 루프스는 무릎을 굽혀서 유채의 손을 감싸 쥐었다.

"그럼, 네가 나에게 신뢰를 주어봐. 내가 떠나지 말라고 했는데도 너는 떠나려는 생각밖에 안 하지 않나? 그러니 내가 이렇게 나오는 것이고. 그러니 내가 너를 믿게 만들어봐. 그럼 저런 짓 더 이상 하지 않지."

"……당신은 정말로 내 사정은 조금도 생각하지 않죠? 내가 떠나려는 이유를 아직도 몰라요?"

"알아. 하지만 안 돼. 그냥 잊어."

네가 없으면 내가 이상해지는 기분이라서 그래. 루프스는 속으로 말을 삼켰다.

"그렇게 걱정되면 보여주지. 아주 잘 살아 있다. 멀쩡하게 살아서 아주 잘 싸우고 있지."

"뭐라고요! 왜 알렉스 씨를 전쟁터에 내보내요! 아무 관련도 없는 사람이잖아요!"

유채가 또 알렉스만 걱정하자 루프스는 이를 갈았다. 지금 그만 싸우러 나가는 게 아니고 저도 맨 앞에서 적들과 맞선다. 그런데도 제 걱정은 눈곱만큼도 하질 않는다. 루프스는 제가 서로 절절히 사랑하고 있는 연인을 억지로 갈라놓는 악역이 된 기분이었다. 루프스는 이를 물고 대답했다.

"본인이 하겠다고 한 거니 토 달지 마라. 그리고 나도 전투에 나가고 있어."

"아니, 왜 알렉스 씨가……."

"입 다물어. 그렇지 않으면 알렉스고 나발이고 아무도 안 보여 줄 테니까."

루프스는 유채의 손을 깍지를 껴서 잡았다. 그녀가 도망가지 못하도록 꽉 잡았다. 유채는 알렉스를 위해서 그의 손을 참아냈다.

루프스는 유채를 데리고 알렉스가 있는 곳으로 갔다. 수많은 시선이 유채에게 꽂혔다. 이 전쟁의 원인이 유채라고 생각하는 수인들은 그리 호의적이지 않은 눈으로 그녀를 바라보았다. 유채는 저를 향해 쏟아지는 적대감을 고스란히 느꼈다.

알렉스가 있는 곳은 야영지의 후미로 가장 위험한 곳이었다. 그는 검을 허리에 매고 보초를 서고 있었다. 발소리를 들은 알렉스가 뒤를 돌아보고 눈을 크게 떴다.

"유채 양?"

"알렉스 씨!"

유채는 안도감에 한숨을 쉬었다. 알렉스는 마지막으로 보았을 때보다 훨씬 더 나은 모습이었다. 셔츠가 약간 불룩한 것으로 보아 붕대를 감고 있는 것 같아 유채는 그에게 미안해졌다. 유채는 알렉스에게 한 발짝 가까이 다가갔다.

"안 되지."

루프스는 저를 앞서가려는 유채를 뒤로 잡아당겼다. 루프스의 팔이 유채의 허리를 뒤에서 끌어안았다. 알렉스를 보자마자 제 앞에서는 잔뜩 구기고만 있던 표정을 풀고 환히 웃는 것이 정말로 보기 싫었다.

"여기서 말해. 확인만 시켜준다고 하지 않았나?"

루프스는 고개를 숙여서 유채의 관자놀이에 입술을 맞추고 작게 속삭였다. 유채는 제 허리를 감고 있는 루프스의 팔을 치워내고 싶었다. 하지만 수틀리면 어떻게 변할지 모르는 인간이라 꾹 참고 알렉스만 보았다.

"괜찮아요? 몸은 정말 괜찮은 거예요?"

"예. 보시다시피 많이 나았습니다."

"이 싸움엔 왜 꼈어요? 당신하고 관련된 것도 아닌데……."

"이 전쟁은 수인들만의 문제가 아닙니다. 소 수인들 때문에 포트리스도 난리가 났을 거예요. 난 포트리스의 안정을 위해서 여기에 있는 겁니다. 그러니 걱정하지 말아요."

알렉스는 유채를 끌어안고 놓아주질 않는 루프스를 힐끔 보면서 거짓말을 했다. 전쟁을 오래 끄는 것보다 빨리는 끝내는 것이 확실히 포트리스에도 이득이니 완전히 거짓말은 아니었다. 하지만 그가 전쟁에 참여한 보다 근본적인 이유는 바로 유채였다. 루프스가 유채의 처벌 수위를 가지고 협박했기 때문이었다.

알렉스는 루프스의 협박을 믿지 않았다. 하지만 만에 하나라는 생각 때문에 결국 루프스의 제안에 동의했다. 알렉스도 루프스의 막사 안에서 좀처럼 나오지 못하던 유채를 볼 수 있어서 안심했다. 다행히 그녀도 어디 아픈 곳은 없는 것 같았다.

“몸은 괜찮아요?”

“저도 괜찮아요. 알렉스 씨, 다행이에요. 그리고 미안해요.”

“미안해할 필요 없어요. 내가 부족해서 생긴 일인데요.”

알렉스는 유채를 위로하기 위해서 손을 뻗어서 그녀의 머리를 쓰다듬으려 하였다.

알렉스의 손은 루프스의 손에 의해서 가로막혔다. 루프스는 알렉스를 차가운 눈으로 바라보면서 유채에게 속삭였다.

“이 정도면 됐지. 확인했으니까 가서 밥이나 먹어. 배곯지 말고.”

루프스가 알렉스에게 눈을 떼지 못하는 유채를 잡아끌었다. 유채는 다리에 힘을 주고 끌려가지 않으려고 버텼다.

“나는 괜찮아요. 그러니까 밥 먹어…….”

알렉스가 말을 갑자기 끊더니 검을 뽑았다. 그와 동시에 유채의 몸이 뒤로 빙 돌려졌다. 루프스가 유채를 자신의 뒤로 숨겼다. 유채는 루프스의 넓은 등 너머로 상황을 보았다. 동물형의 모습을 한 살쾡이 일족의 수인들이었다. 패잔병이 분명한 그들은 날카로운 이빨을 드러냈다. 뼈가 드러날 정도로 깊은 상처를 입은 피투성이 병사의 눈에 살기가 가득하였다.

“이제는 자살 특공대라도 보내는 건가.”

루프스가 한심해하면서 말했다. 살쾡이 일족은 이미 박살을 내주었다. 귀찮을 정도로 잦은 습격에 열이 받아서 두 번 다시 회복하기 힘들 정도로 짓밟아주었는데도 그 와중에 살아남은 놈들인 모양이었다.

[네놈을 죽일 수만 있다면, 내 목숨은 아깝지 않다!]

루프스는 떨고 있는 유채를 힐끔 돌아보았다. 루프스는 유채를 끌어안고 자신을 향해 돌진해 오는 공격을 피했다. 한 주먹이면 끝날 놈들이지만 지금은 유채가 우선이었다. 이 상황에서 제가 저들을 한 번에 처치하겠다고 날뛰면 다치는 것은 유채였다.

어느새 달려온 아리아와 카신이 늑대로 변해서 그들을 포위했다. 어차피 심하게 다친 놈들이고 채 열 명도 안 되는 수로 죽을 각오로 뛰어든 것이라 그들은 눈에 뵈는 것 없이 덤벼들었다. 원래 죽음을 각오한 놈들이 제일 무서운 놈들이었다. 그들은 평소의 실력 이상의 실력을 내었다.

루프스가 충분히 보호해 주고 있었지만 유채는 코앞에서 벌어진 전투에 겁을 집어먹었다. 금방이라도 쓰러질 것처럼 떠는 유채와 살쾡이들을 번갈아 보던 루프스가 날카로운 이를 드러냈다. 생각을 바꾸었다. 루프스는 놈들을 확실하게 끝장내기 위해서 유채를 놓았다. 빨리 정리하고 유채를 막사로 옮겨놓는 것이 가장 안전했다. 루프스는 유채를 위해서 위르형으로 그들을 상대했다.

무려 살쾡이 세 마리가 그를 노렸지만, 그 누구도 루프스에게 이렇다 할 만한 타격을 입히지 못했다. 오히려 루프스는 위르형인데도 그들의 목을 뜯어내거나 다리를 한쪽을 뜯어내는 등의 성과를 올렸다.

피투성이가 돼서 살쾡이들을 도륙하는 루프스의 모습을 본 유채는 충격을 받았다. 더 이상 제정신으로 버틸 수 없을 것 같았다. 눈앞에서 펼쳐지는 잔인한 광경에 유채는 벌벌 떨면서 뒷걸음질을 쳤다. 모두가 전투에 정신이 팔린 새 유채는 점점 경사 높은 비탈 쪽으로 향하고 있었지만 아무도 알아차리지 못했다.

[저년이다.]

살쾡이 한 마리가 유채를 향해 달려들었다. 턱이 날아가고 이미 다리 한쪽은 없는데도 살쾡이는 죽을힘을 다해 유채에게 달려왔다. 유채는 도망가기 위해 뒷걸음질을 쳤다.

"꺄악!"

유채의 몸이 뒤로 기울어졌다. 루프스는 살쾡이 한 마리의 목을 찢어내고 고개를 돌렸다. 아리아가 유채를 공격하는 살쾡이를 뒤에서 덮쳤다. 루프스의 눈에 산비탈로 굴러떨어지는 유채가 보였다. 루프스는 다급하게 산비탈을 미끄러지듯이 타고 내려갔다.

[루프스님!]

아리아가 외쳤다. 루프스는 떨어지는 유채의 팔을 잡고 그녀를 끌어안았다. 하지만 정작 그가 중심을 잃고 고꾸라졌다.

"젠장할."

루프스는 산비탈을 구르기 시작했다. 루프스는 유채를 최대한 보호하면서 상황을 판단했다. 그는 아리아에게 크게 외쳤다.

"작전대로 한다! 나는 발란테스 카르멘에게 간다!"

소리가 닿았는지는 모르지만 루프스는 유채의 몸이 다치지 않게 최대한 끌어안고 속도를 늦출 수 있는 방법을 찾았다.

"젠장."

굴러떨어지는 속도에 루프스의 무게가 더해져 그가 붙잡는 나무뿌리마다 족족 부러졌다. 루프스는 욕을 중얼거렸다. 루프스는 산비탈에 기울어져서 자란 굵은 나무를 붙잡았다. 거친 나무껍질에 살이 긁히고 패였다. 나무는 겨우 그 무게를 지탱해 냈다. 루프스는 유채를 안고 있는 팔에 강하게 힘을 주었다. 위를 올려다보며 루프스는 숨을 몰아쉬었다. 조금만 더 경사가 가팔랐으면 절벽이라 불러도 될 정도였다.

"하아……."

루프스는 오른팔로 단단하게 나무를 잡고 왼팔로는 유채를 부드럽게 감싸 안았다. 유채는 기절한 것인지 눈을 감고 그의 품에 얌전히 안겨 있었다. 루프스는 유채의 허리를 끌어안고 상체를 일으켰다.

"그냥 좀 더 구를 걸 그랬나."

지금 있는 곳에서 바닥이 멀지 않았다. 루프스는 유채의 허리를 단단히 끌어안고 조심조심 아래로 내려가 평지에 주저앉았다. 그는 유채를 내려다보았다. 다행히 다친 곳은 없어 보였다. 루프스는 유채가 편하게 기댈 수 있도록 자세를 고쳤다.

"이번만큼은 도망가서는 안 된다."

양 일족은 마레 위르에게 당한 것이 많아서 마레 위르에게 적대적이기로 손이 꼽히는 일족이었다. 제 펠릭스 다우스인 유채에게 어떤 방식으로든 분풀이를 할 것이 분명했다.

"내가 지켜줄 테니. 제발 도망가지 마라."

루프스가 유채의 귀에 속삭였다. 잠시 쉰 후 루프스는 유채를 안고 자리에서 일어났다. 유채의 안전을 위해서, 전쟁의 끝을 위해서 움직여야 했다.

유채는 정신을 차리자마자 인상을 찌푸렸다. 팔다리가 욱신거리는 것이 안 아픈 곳이 없었다. 일어나려고 손을 앞으로 뻗는데 뭔가 북슬북슬하고 따뜻한 것이 만져졌다. 그리고 살랑거리며 간지러운 것이 코와 입을 간질였다.

[정신을 차렸나?]

익숙한 목소리가 머릿속에 흘러들어왔다. 유채는 고개를 번쩍 들었다. 코앞에 은빛의 늑대가 청회색의 눈을 반짝이고 있었다.

"루프스?"

[본 적이 있을 건데, 그렇게 낯선 반응을 하면 내가 민망하지.]

루프스가 약간 볼멘소리로 말했다. 유채는 자신의 손이 짚고 있는 것을 내려다보았다. 루프스의 앞다리를 손으로 누르고 있었다. 유채는 당황해서 손을 바로 떼었다.

[그리 무겁지는 않다.]

"여기는 어디예요?"

[나도 정확히는 모르는데, 카르멘의 요새 근처일 거다.]

유채는 하늘을 올려다보았다. 어둑어둑한 밤하늘이 보였다. 유채는 기억을 되짚었다. 굴러떨어질 때, 루프스가 저를 향해 손을 뻗던 것이 떠올랐다. 유채는 주위를 둘러보았다. 아무도 없었다. 어두운 숲 속에는 저와 그 단둘만 있었다.

"하."

[도망갈 생각이라면 하지 않는 게 좋아. 여긴 적진 한복판이고 넌 힘없는 암컷 마례 위르다. 분명히 좋지 않은 꼴을 당할 거다.]

"당신하고 있어도 똑같겠죠."

유채는 손등의 권능의 표식을 보았다. 루프스와 단둘이라면 그를 따돌리고 권능을 이용해서 에클레시아로 이동할 수 있다. 스스로의 몸을 지킬 수 있다고 장담하지는 못하겠지만 권능을 이용하면 최소한 도망은 다닐 수 있었다. 유채는 입술을 깨물었다.

"괜찮아요, 유채 양."

알렉스가 있었다. 만일 도망치는 것에 성공한다고 할지라도 알렉스의 목숨을 장담할 수 없었다. 알렉스를 찾아야 하는데 이렇게 떨어져 버렸으니 그와 함께 탈출하는 방법은 사용하지도 못하게 되었다.

셀레네의 말대로라면 권능을 이용하여 공간을 이동하는 방법은 리네아가 하던 것처럼 공간을 찢어야 하는 것이다. 유채는 머리를 헝클어뜨렸다. 원하는 곳 어디든 이동할 수 있냐고 물어봤을 때, 리네아는 가려는 곳의 지명을 정확히 알거나 그곳의 위치를 정확히 알아야 이동할 수 있다고 했었다. 유채는 알렉스가 어디에 있는지 모르니 그를 데리고 탈출할 수 없었다.

루프스는 유채가 손등만 내려다보고 있자 혀를 내어서 손등을 핥았다.

"왜, 왜 그래요!"

유채는 당황해서 빽 소리 지르며 손을 뺐다. 루프스의 침이 진득하게 손등에 묻었다. 유채는 그걸 어디에 닦아야 하나 생각하며 루프스의 털과 자신의 옷을 번갈아 보았다.

[다친 것 아닌가? 흉터인 것 같은데. 피가 멎으라고 한 것이다.]

"피는 나지도 않았는데 무슨 소리예요!"

유채가 어이없다는 듯이 말했다.

[네 머리가 가리고 있어서 잘 안 보였다. 날도 어둡고 하니.]

"그리고 지혈한다고 침을 바르는 사람이 어디 있어요."

[늑대 수인 일족의 침에는 지혈 효과가 있다. 전에 너도 효과를 보았을 텐데.]

"그게 언제……."

루프스가 늑대의 모습에서 다시 원래의 건장한 체격의 은빛 머리의 미남자로 돌아왔다. 그는 유채의 왼손을 잡아 끌어당겼다. 루프스는 유채의 손등에 있는 문양을 살폈다. 얼기설기 엮인 회오리 문양 세 개가 마치 꽃처럼 새겨져 있었다. 유채의 말대로 피는 나는 것 같지도 않고 꽤나 오래전에 생긴 상처 같았다. 진작 알아차리지 못한 것이 이상했다.

"알렉스 놈 실력이 얼마나 떨어지면, 이런 흉터를 남기나."

루프스가 혀를 차자 유채는 제 손을 빼내 뒤로 숨겼다.

"흉터로 치자면 당신이 남긴 게 더 많아요. 등에도 있고 또 어깨도 있고요!"

"등은 네가 잘못 넘어져서 생긴 것이고, 어깨도 내가 아니라 내 늑대가 남긴 것이지. 네가 구해달라고 했으면 생길 일도 없었겠지."

"아, 그러세요. 그 늑대 주인이 누구였더라."

루프스는 가볍게 헛기침을 하고 유채의 어깨를 턱짓으로 가리켰다.

"그리고 네 어깨를 지혈해 준 것도 나다. 기껏 치료해 주었건만 더럽다는 듯이 바라보면 내 기분도 나쁘지."

"어깨에? 당신의 혀가 닿았다고요?"

유채는 소름 끼쳐 하면서 오른쪽 손으로 어깨를 더듬었다. 그때 바로 기절해서 그 뒤에 무슨 일이 있었는지는 모른다. 루프스가 제 어깨를 저렇게 핥았다니, 유채의 표정이 경악으로 물들었다.

루프스는 자신이 무슨 엄청난 잘못이라도 한 것처럼 반응하는 유채가 좀 짜증이 났다.

"그리도 침 묻은 것이 짜증 나면 닦으면 될 것이지. 뭐 이리 뭐 씹은 표정으로 나를 봐?"

"어디다 닦아요? 내 옷? 당신이 묻혀놓고 내 옷에 닦아요?"

"정말……."

루프스는 눈살을 찌푸리고 유채의 팔목을 잡아끌어서 제 옷자락으로 그녀의 손등을 닦았다. 유채는 피가 묻은 루프스의 옷자락에 손등을 닦는 것이 그리 유쾌하지는 않았으나 어쩔 수 없었다. 유채는 손등에 묻은 침이 모두 닦이자 루프스의 손을 뿌리쳤다. 루프스는 별것도 아닌 일에 유난을 떠는 유채를 바라보았다.

"이젠 떨지 않는군. 내가 손만 잡아도 달달달 떨더니."

유채는 당황했다. 그동안 유채는 되도록 루프스의 앞에서 떨지 않으려고 최대한 노력하였다. 그리고 루프스가 그것을 모르는 줄 알았다.

루프스는 어색하게 굳어 있는 유채의 목선을 보았다. 괜한 것을 물었나 하는 생각이 들었다. 그저 예전보다 상태가 나아진 것 같아서 넌지시 던진 말이었는데 저렇게 당황할 줄은 몰랐다. 루프스는 조심스럽게 입을 떼었다.

"말하기 싫으면……."

"오라클라 리네아가 고쳐 줬어요. 성력(聖力)으로 이런 것도 고칠 수 있다고 하더라고요."

유채는 셀레네가 아니라 리네아를 핑계로 대고 둘러댔다. 셀레네와의 이야기는 절대 밝히지 않을 생각이었다.

리와인더의 조각은 이곳 사람들을 유혹한다고 하였다. 그것이 위험하다고 알려줘도 리와인더 조각은 결국 이들을 유혹해 낼 것이다. 루프스가 그것을 알고 조각을 찾아서 소원이라도 빌면 끝이다. 저 욕심 많은 저열한 인간을 유혹하지 못할 리가 없었다. 유채는 루프스에게만큼은 리와인더의 조각 이야기를 끝까지 숨기기로 했다.

루프스가 유채의 흘러내린 옆머리를 귀 뒤로 넘겨주었다. 유채는 귀찮다는 듯이 그의 손을 쳐 내었다.

"그거 다행이군. 오르페가 후유증이 평생을 갈지도 모른다고 해서 걱정했는데."

"당신이 나를 걱정해요?"

"걱정한다."

그러니 눈앞에 없으면 계속 생각이 나고 유채가 호수에 빠졌을 때 고민 한 번 하지 않고 구하러 들어갔고, 헥터가 이리 날뛸 것을 알면서도 유채를 구한 것이다.

"눈에 보이지 않으면 걱정돼. 그러니 가만히 있어. 도망가지 말고."

"나는 당신하고 있는 게 더 무서워요. 변덕이 죽 끓듯 하는 남자잖아요, 당신."

"그래도 나는 헥터 놈 같은 짓은 안 해. 카를리티오 때는 정말 실수였으니 그건 예외로 하지. 아무튼 그때 일은 진심으로 미안하다."

"나랑 처음 만난 날 한 말도 예외예요?"

"그건 협박 겸 통보지. 네 주인이 된 자로서 내가 어떤 이인지 알리는 통보이자 협박."

"참으로 자상한 분이시네요. 신사답고."

유채가 빈정거렸다. 루프스는 가볍게 웃었다.

"폭군에게 필요한 것이지. 피의 복수, 협박. 안 그런가?"

루프스는 유채의 시시각각으로 변하는 표정을 가만히 바라보았다. 생각해 보니 유채와 이렇게 오랫동안 이야기한 적이 별로 없었다. 언제나 유채는 돌아가게 해달라고만 했고 루프스는 그녀의 말을 듣지 않고 협박만 했었다.

루프스는 웃지는 않아도 다채로운 표정을 짓는 유채를 바라보았다. 항상 제 앞에서는 겁에 질려 있거나 무표정이었다. 그런데 오늘은 여러 가지 모습을 보여주었다. 웃지 않아도 예뻤다. 하긴 유채에게는 안 예쁜 구석을 찾는 게 더 빠를 것 같았다.

"본인이 폭군인 건 아나 봐요."

"말했지 않나? 그렇게 치졸하고 옹졸한 수인은 아니라고……."

"치졸하고 옹졸하지 않으면, 나 좀 보내주면 안 돼요?"

"안 돼."

유채의 말에 거의 곧바로 대답했다. 유채는 이를 악물었다.

"나 뭐 하나만 물어봐도 돼요?"

"물어봐라."

"내가 도대체 뭐가 마음에 들어서 이러는 거예요?"

유채는 루프스의 화를 받을 각오를 하고 물었다. 어차피 아까 전부터 그의 신경을 거슬리게 할 정도로 건방을 떨어댔으니 이제와 거리낄 것도 없었다. 이제는 그의 비위를 맞추어봤자 가식으로 볼 것이 뻔했다. 유채는 그냥 막가기로 결정했다.

"아무리 생각을 해봐도 난 당신이 왜 그러는지 모르겠어요. 내가 도대체 뭐가 마음에 들어요? 독특해서? 독특한 거 수집하는 수집벽이라도 있어요? 아니면 과시용? 차라리 나를 묶어놓고 정부로라도 썼으면 모르겠는데, 그것도 아니고. 당신이 나한테 하는 일이라고 억지로 스킨십하고 키스하고 당신 취향대로 나를 꾸며놓고 방에 가두어두는 일뿐이잖아. 도대체 내가 뭐가 마음에 들어서 안 놔주는 거예요? 난 당신 찌르고 도망까지 쳤어요."

루프스는 자신을 물속에 밀어 넣는 것 같은 유채의 질문을 듣기만 했다.

"내가 그렇게까지 했는데 왜 날 아직도 놓지 않는 거예요? 도대체 나를 왜."

"……아름다워서 그런가 보지. 나는 탐미주의자다."

루프스는 대강 둘러대었다.

"예쁘기로 치자면 당신 옆에 졸졸 따라다니는 아리아도 예뻤어요. 예쁘고 강하고, 당신들이 원하는 강한 자손을 낳기에 좋은 여자인데, 아리아나 달고 살지 나는 왜 어디도 못 간다는 거예요? 관상용 첩이라도 되라는 거예요?"

"우리 늑대들은 첩 같은 것 안 둔다. 오직 한 명의 암컷에게만 충실하지. 그 암컷만 바라본다."

"그래서 당신이 나한테 충실하겠다고 붙잡아두는 것도 아니잖아요."

충실.

루프스는 유채의 입에서 나온 단어가 너무나도 이질적으로 들렸다. 왼쪽 가슴이 선득였다. 루프스는 유채가 눈치채지 못하도록 조심스럽게 왼쪽 가슴을 꾹 눌렀다. 손 아래에서 느껴지는 심장박동이 불규칙적으로 빨랐다. 충실이라는 단어를 말하는 유채의 붉은 입술이 예쁘면서도 한편으로는 굉장히 원망스러웠다. 그는 유채의 어깨를 잡고 품으로 끌어안았다. 유채는 갑자기 저를 와락 끌어안는 루프스의 행동에 당황하여 반항했다.

"뭐예요! 당장 안 놔요!"

"잠깐만 이대로 있어봐. 아무 말도 하지 말고."

왜 그럴까?

루프스도 수백 번 더 생각을 해보았던 문제다. 하지만 뭔가를 알기 위해서 한 걸음 디디면 끝을 알 수 없는 함정 속에 빠지는 기분이었다. 그 이상의 이유를 생각하고 싶지 않았다. 그렇다고 뒤로 물러서기에는 진탕의 물웅덩이가 뒤에 자리 잡고 있는 것만 같았다. 그는 라이칸의 이름을 버리고 루프스가 된 뒤로는 더 이상 복잡한 것은 생각하려 하지 않았다. 그저 기분에 충실한 대로 살았다. 유채가 곁에 있다는 것에 루프스는 안심했고, 뭔가 몽글몽글한 것이 가슴속 깊숙이에서 피어오르는 기분이었다. 그 몽글몽글함이 나쁘지 않아 그는 유채를 놓고 싶지 않았다.

"나도 모르겠다. 그것을 알았으면 너도 나도 괴롭지 않았겠지."

루프스는 유채를 품으로 깊숙이 끌어안았다. 유채를 안을 때면 모든 것이 고요해졌다. 번민에 시달리지도 않았고 그를 괴롭히는 죄책감도 더 이상 밀려오지 않았다. 평온했다. 열셋 이후로는 한 번도 느껴본 적이 없는 평온함이 그를 감쌌다. 그래서 놓을 수 없었다.

"원하는 것은 뭐든 들어주겠다. 가지고 싶은 것이 있으면 뭐든 가져다주겠다. 말만 해. 뭐든 해주겠다. 그러니, 영원히 내 곁에 있어."

유채는 매번 도돌이표 같은 대화에 폭발할 것 같은 기분이었다.

루프스는 유채를 안은 채로 하늘을 올려다보았다. 별이 가득한 하늘은 어둑어둑해져서 한밤중을 향해가고 있었다.

"어차피 아무리 이야기해 봤자 결론은 똑같아. 그러니 이제 그만하고 내일 움직이기 위해서 쉬는 것이 좋다."

루프스는 거대한 은빛의 늑대로 변해서는 유채를 향해 말했다.

[내 다리에 머리를 베고 눕든지, 아니면 배에 머리를 베고 눕든지 선택해라.]

"내가 당신을 왜 베고 있어야 해요?"

[숲의 밤은 추워. 얼어 죽고 싶지 않으면 내 곁에 누워. 그리고 딱딱한 땅바닥보다 내가 나을 텐데.]

유채는 딱히 부정할 말을 찾지 못했다. 유채는 주춤거리며 루프스의 몸에 조심스럽게 기대었다. 몰캉몰캉한 물침대에 누운 기분이라 이상했다. 하지만 일단 폭신하고 부드럽고 따뜻하다는 것에 만족했다. 유채는 몸을 뒤척이며 편한 자세를 취했다. 루프스는 머리를 살짝 들어서 유채가 눕는 것을 보았다.

[불편하지는 않지?]

"물침대 같아서 조금 이상한데, 불편하지는 않아요."

유채의 머릿속으로 웃는 듯한 소리가 들렸다.

[나는 네가 정신 차리면 도망갈 것 같아서 나무 넝쿨이라도 가져와서 나무에 묶어둬야 하나 걱정했는데, 왜 이리 고분고분한 건가?]

"내가 도망가면 알렉스 씨 죽일 거 아니에요? 아니면 반죽음이 될 정도로 고문하거나."

루프스는 속으로 이를 갈았다.

[도대체 그 자식이 왜 좋은 건가? 잘생긴 것도 아니고 부유한 것도 아니고 강한 것도 아니고. 솔직히 그 자식보다는 내가 낫지 않나? 객관적으로 생각해서?]

"착하잖아요. 위험하고 짐밖에 되지 않을 나를 버리지 않고 데리고 다녀주고, 나를 위해 당신을 막다가 다치기까지 했어요."

[나도 너 구해주다가 다쳤다. 헥터 때는 멍도 들고.]

루프스가 볼멘소리로 중얼거렸다. 유채는 눈만 굴려서 루프스의 왼쪽 앞다리를 보았다. 위르형일 때 다친 것은 그대로 동물형에도 나타났다. 아까 전에 옷자락 틈으로 루프스의 왼쪽 팔이 길게 찢긴 것을 보았다. 혹시나 싶어 보니, 왼쪽 다리에 핏자국이 묻어 있었다.

루프스는 유채가 별다른 반응이 없자 다시 중얼거렸다.

[그리고 너는 융통성이 없는 거냐, 아니면 지나치게 바보인 거냐. 나 같았으면 진작 알렉스 놈을 버리고 도망쳤을 거다.]

"난 내가 지킬 수 있는 건 지키고 싶어요."

루프스는 유채의 표정을 보고 싶었다. 그러나 이 자세로는 그녀의 얼굴을 볼 수가 없었다. 그저 그 차분하고 결연한 목소리만 들려왔다.

"그럴 만한 힘이 있는데, 그걸 무시하고 넘어가는 것도 나는 죄악으로 봐요. 그러니까 나는 내가 지킬 수 있는 것은 다 지킬 거예요. 언니도, 알렉스 씨도, 블루벨도 모두 지킬 거예요."

[그래봤자 망가지는 것은 너다. 약한 주제에 욕심만 많지.]

"상관없어요. 내가 약하건 강하건 그런 건 상관없어요. 하지만 나는 내가 사랑하는 사람들이 모두 행복하기를 바라요. 그걸 위해서라면 뭐든 할 수 있어요. 그게 내가 사는 방식이에요. 그들이 행복할 때 나도 행복해요. 그러니까 난 내가 살아가는 방식에 후회하지 않아요. 그게 내 정의예요."

유채의 말이 그의 가슴에 콕 박혔다. 가슴이 다시 불규칙하고 빠르게 뛰었다. 유채가 돌아눕자 루프스는 그녀의 뒤통수밖에 볼 수 없었다.

유채는 입술을 달싹이다가 혀를 작게 차더니 모기만 한 목소리로 말했다.

"고마워요."

루프스는 고개를 번쩍 들어서 유채의 뒤통수를 바라보았다. 유채가 지금 어떤 표정인지 몹시 궁금했다.

"나는 별로 많이 안 다쳤어요. 근육통만 조금 있어요."

아무리 끔찍하게 싫다고 해도 최소한 산비탈에서 굴러떨어져 머리가 깨져 죽을지도 몰랐던 저를 품에 안고 대신 굴러준 인간이었다. 이 정도 인사는 괜찮을 것이었다.

"팔에서 피 나던데. 처치 잘해요."

[너.]

"나 잘 거예요. 그러니까 더 이상 말 걸지 말아요."

유채는 단호하게 말하고 눈을 감았다. 이내 유채의 숨이 고르게 변했다. 루프스는 내내 그녀의 뒤통수를 바라보았다. 워르형으로 돌아가 어찌 자고 있는지 보고 싶었지만, 유채가 깰 것이 걱정되었다. 루프스는 그저 늑대인 상태로 가만히 유채의 동그란 뒤통수를 바라보았다.

"고마워요."

루프스는 그 네 글자를 속으로 음미했다. 별것 아닌 말이었다.

루프스는 하늘을 올려다보았다. 수많은 별들이 아름답게 수놓아져 있었다. 전에 그 바닷가에서 유채가 올려다보고 미소를 보이던 그 밤하늘과 같았다. 그날 이후 루프스는 밤하늘을 볼 때마다 유채의 얼굴을 떠올렸다. 그때부터 별것 아닌 저 밤하늘이, 이제껏 수없이 봐왔던 밤하늘이 아름다워 보였다.

다 유채 때문이었다.

루프스는 고개를 내려서 유채를 바라보았다.

"고마워요."

그 별것 아닌 말 한마디에 사춘기 소년처럼 가슴이 떨렸다.

⚜

유채는 루프스의 등에 올라타서 그의 목을 꽉 끌어안고 있었다. 루프스가 목이 졸린다며 자길 죽일 심산이냐고 투덜거렸지만, 유채는 그의 말은 모두 무시했다. 유채의 팔에 점점 힘이 들어갔다. 그렇지 않고서는 그의 등에서 떨어질 것 같았다.

이제야 유채는 루프스가 저를 어떻게 그렇게 빠르게 쫓아올 수 있었는지 알 수 있었다. 이 정도로 빠르게 달릴 수 있는 사람에게서 그만큼 도망갔었던 게 천운이었다.

“좀만 천천히 가면 안 돼요? 너무 빨라요.”

[발란테스 카르멘이 그 빌어먹을 요새에서 도망치기 전에 가야 한다.]

“근데, 그런 곳에 나를 달고 가도 되는 거예요?”

유채가 날카롭게 물었다. 루프스가 그제야 속도를 늦췄다. 유채는 한결 느려진 속력에 안정감을 느끼고 루프스의 목을 조를 듯이 감고 있던 팔에도 힘을 풀었다. 루프스는 고개를 돌려서 유채를 돌아보았다.

[무섭나?]

“글쎄요.”

선택의 여지가 없어서 동행하는 길이었다. 마음 같아서는 루프스를 버려두고 도망치고 싶었지만 그러기에는 알렉스가 걸렸다. 기껏 저 남자에 대항할 수 있는 힘이 생겼건만 제대로 사용하지도 못하고 묵히고 있는 기분이라 속이 상했다.

[걱정 마라. 그 누구도 네 몸에 손끝 하나 댈 수 없을 것이다.]

"무슨 자신감이에요?"

유채가 냉소적으로 물었다.

[넌 내가 지킬 것이니 결코 걱정할 일이 없다. 그러니 얌전히 내 뒤에만 있어. 어디로 도망가지 말고 눈에 띄는 곳에 있어. 그래야 내가 지켜줄 수 있으니까.]

"병 주고 약 주겠단 거네요."

유채는 그 말만큼 지금 상황에 딱 맞는 말도 없다고 생각했다. 루프스는 하늘을 잠깐 올려다보더니 몸을 아래로 수그렸다.

[내려라. 오늘은 여기서 쉬었다 가야겠다. 근처에 물도 있는 것 같으니.]

유채는 조심조심 루프스의 등 뒤에서 내려왔다. 유채가 완전히 땅 위에 내려서자마자 루프스는 워르형으로 돌아왔다. 그는 조금 더운지 손부채질을 하면서 하늘을 올려다보고 다시 유채를 바라보았다. 유채는 가만히 서서 석양이 진 하늘을 올려다보았다.

"먹을 걸 구해올 테니 여기서 기다리고 있어라. 심심하면 불 좀 피우고 있든가."

"먹을 거요?"

"배고프지 않나? 토끼나 사슴 같은 걸 잡아오겠다. 그러니 여기에 있어. 위험한 일 생기면 소리쳐서 부르고, 금방 달려올 테니."

루프스가 절대 여기에서 움직이지 말라고 당부하고는 다시 은빛 늑대로 변해 빠른 속도로 달려갔다. 유채는 자리에 털썩 주저앉았다. 머릿속이 복잡했다. 유채는 한숨을 쉬면서 다리를 모아 끌어안았다. 일단은 알렉스를 살리기 위해 그와 있어야겠다. 알렉스를 포트리스로 돌려보내 준다고 약속했으니 그때까지는…….

유채는 입술을 깨물었다. 그 뒤에는 어떻게 해야 하지.

그 조각에 대한 정보가 아무것도 없었다. 언제 어떻게 사라졌는지, 어떻게 생겼는지, 지금 대체 어디에 있는지. 게다가 그걸 찾기 전에 보자기와 함도 찾아야 했다. 이니투스와 관련된 일이니 토스 호무스의 궁에 자료가 있을 것이고, 보자기도, 함도 거기에 있을지도 모른다. 하지만 거기에 들어갔다가 나올 수 있는 길이 있을까?

만약 토스 호무스로 돌아가자마자 족쇄를 달고 침대 기둥에 묶인다면 기껏 권능을 받아서 얻은 능력도 사용할 수 없을 터였다. 침대를 끌고 공간이동이 가능하지 않은 한은 말이다. 그래도 이건 양반이었다. 만약 루프스가 계속 수면제를 먹여서 재워만 둔다면? 이건 더 해결 방법이 없다.

'아, 블루벨.'

이 대신 잇몸이라고 알렉스가 없어진 뒤 블루벨을 데리고 협박한다면? 유채는 계속해서 끔찍한 상황들만 머릿속에 떠올렸다. 도망치는 것이 먼저일까? 아니면 호랑이 굴에 들어가서 정보를 찾은 다음에 빠져나오는 것이 우선일까?

"시간을 늦춰준다고 했지 멈춰준다고는 안 했는데."

그 말은 여기서 시간을 오래 지체하면 유하를 구할 수 없을 거란 말이었다.

"되도록 빨리 움직여야 하는데……."

유채는 머리를 무릎에 묻었다. 복잡한 생각들을 많이 하니 머리가 아팠다. 유채는 머리를 헝클어뜨렸다. 도저히 답이 나오지 않았다.

'근처에 물이 있다고 했지.'

며칠째 제대로 씻지 못한 몸에서 냄새가 나는 것 같았다. 유채는 자리에서 일어났다.

"그러니 여기에 있어."

루프스는 돌아오려는 기미가 보이지 않았다. 뭐, 원숭이도 나무에서 떨어질 때가 있는데, 그 인간이라고 사냥에 쉽게 성공하여 돌아올까 싶었다. 유채는 루프스가 물이 있다고 했던 방향 쪽으로 걸었다. 그의 말대로 연못이 하나 있었다.

유채는 무릎을 꿇고 손을 물속에 집어넣었다. 시원함에 감탄하며 유채는 기름기가 한 세 겹은 쌓여 있는 것 같은 얼굴을 씻기 위해서 두 손에 차가운 물을 받아서 세수를 했다.

"매번 생각하지만 더럽게 말 안 듣는군."

유채는 물에 젖은 얼굴을 들었다. 유채의 눈앞에 은빛 머리카락이 물에 젖어서 물방울이 뚝뚝뚝 흘러내리는 루프스가 있었다. 떡 벌어진 넓은 어깨와 수많은 전투와 훈련으로 생긴 상처들, 단단하고 조각 같은 근육들이 구릿빛 맨살과 함께 유채의 눈앞에 드러났다. 유채는 차마 루프스의 맨가슴에 시선을 둘 수 없어 눈을 아래로 내렸다. 하지만 거기도 민망하기는 마찬가지였다. 수면 바로 위에 굵은 허리를 보아선 그 아래쪽도 맨몸일 것이 분명했다.

유채의 얼굴이 시뻘겋게 달아올랐다.

"수인 무안하게 뭘 그렇게 빤히 보나?"

"그쪽이 피해요! 그리고 지, 지금 뭐 하는 거예요? 뭐, 사, 사냥한다고 하지 않았어요?"

"끝난 지 오래다."

루프스는 손가락으로 연못가에 놓아둔 죽은 토끼 세 마리를 가리켰다.

"펠레스 호무스에서의 일이 원망스러워서 쳐다보고 있는 것이면 상체만 보지? 나도 하반신은 조금 민망한데."

"안 봤어요! 어차피 보이지도 않아요."

유채가 버럭 소리를 지르고 자리에서 벌떡 일어났다. 물이 찰랑이는 소리가 들리더니 루프스의 젖은 손이 유채의 팔목을 잡았다. 유채의 몸이 휘청거리더니 앞으로 고꾸라졌다.

"아악!"

연못에 빠진 유채는 어푸어푸하며 다리로 짚을 땅을 찾았다. 루프스가 유채의 겨드랑이에 손을 넣고 일으켜 세웠다. 유채는 겨우 얼굴을 쓸어내렸다. 루프스가 낮게 웃었다.

"더우면 들어오면 되지 왜 그러고 있는 건지."

"옷이 젖잖아요!"

유채는 젖어서 달라붙은 옷을 떼어냈다. 하지만 젖은 옷이 그렇듯 떼어내도 다시 달라붙는 것이 여간 성가신 게 아니었다. 시원함의 대가라기엔 너무 큰 희생이었다. 루프스도 아차 싶은 것인지 얼른 말했다.

"내 옷 주마. 저기에 있다."

유채는 루프스를 노려보고 연못을 나가려고 물을 헤쳤다. 루프스가 유채의 손목을 잡았다.

"이왕 들어온 김에 좀 더 식히고 가라. 레티티아 너도 며칠간 씻지 못했을 거니까."

유채는 루프스의 손을 떨쳐 내고 그와 멀찌감치 떨어져서 세수를 하거나, 몸 이곳저곳에 물을 끼얹었다. 유채는 루프스를 힐끔 돌아보았다.

시간핵이 정말 강력하긴 한 것인지 루프스의 어깨는 아직도 낫지 않았다. 그는 여전히 어깨가 아픈 것인지 오른손으로 왼쪽 어깨를 만지거나 왼쪽 어깨를 돌리곤 하였다. 루프스의 얼굴이 미세하게 찌푸려졌다. 루프스는 유채의 시선이 자신을 향하는 것을 보고 그녀에게 다가왔다. 유채는 놀라서 뒷걸음질을 쳤다.

"왜 이쪽으로 와요?"

유채는 팔로 가슴을 가렸다. 루프스는 허리에 손을 올리고 유채를 내려다보았다. 유채는 시선을 둘 곳이 없어서 눈만 정신없이 굴렸다. 루프스는 그녀가 귀여워 작게 웃었다.

"도대체 내 말은 어기고 왜 여기로 왔나?"

"그쪽이 안 돌아와서요. 그럼 그쪽은 왜 여기에 있는데요?"

"덥기도 하고 피도 닦아내야 해서."

루프스는 이제 나갈 생각인 것인지 유채의 뒤로 손을 뻗었다. 유채는 아차 싶어서 얼른 그의 손을 잡았다. 루프스는 유채가 먼저 제 손을 잡았다는 사실에 놀랐다.

"내가 먼저 나갈게요."

"내가 먼저 나가서 옷 가져올 테니까 여기서 기다려라. 내 옷이 어디 있는 줄 알고 나가려고."

루프스는 먼저 연못 밖으로 나갔다. 유채는 얼른 눈을 가렸다. 그의 발소리가 멀어지는 것을 들으면서 유채는 아예 물속에 머리까지 집어넣기도 했다. 그래도 찬물에 씻으니 생각이 한결 정리되는 기분이었다.

'일단은 알렉스 씨를 보내고 생각하자.'

지금 할 수 있는 것부터 해결을 하자. 알렉스를 보내고, 블루벨을 안전하게 보호하고, 그다음 정보를 찾든 직접 발로 뛰든 결정해야 했다.

유채는 정신을 차리기 위해 손바닥으로 제 뺨을 쳤다. 그렇게 생각을 대강 정리했을 때쯤 루프스가 돌아와 그녀의 어깨를 두드렸다. 유채가 뒤를 돌아보자 루프스가 검은 바지를 입고 무릎을 꿇은 채로 자신의 웃옷을 내밀어 보였다.

"이거 입고 있어."

"알았어요."

유채는 연못에서 나와 가슴을 가리면서 조심스럽게 그의 옷을 받았다.

그때 루프스의 옷 사이에서 뭔가 툭 떨어졌다. 유채가 허리를 굽혀서 그것을 집어 올렸다. 나비 모양의 머리 장식이었다. 전에 루프스가 선물해 준 것이고 탈출할 때 제가 흘리고 간 것이었다. 유채는 이게 왜 여기 있는 것인가 싶어서 의아한 얼굴을 하였다.

딴 곳을 보며 딴청을 피우고 있던 루프스는 유채가 머리 장식을 들고 있는 것을 보았다. 그는 얼른 유채의 손에서 머리 장식을 뺏었다.

"옷이나 입어라. 남에 물건에 손대지 말고."

"……알았어요."

유채는 떨떠름하게 대답했다. 유채가 옷을 갈아입기 위해 덤불로 들어가자 루프스는 그녀가 들어간 덤불을 등지고 앉아서 머리 장식을 손가락으로 돌려보았다. 왜 제가 이걸 가지고 나왔는지. 이걸 보면서 유채의 얼굴을 떠올렸고 유채에 대한 그리움을 억눌렀다. 루프스는 바지 주머니에 머리 장식을 쑤셔 넣으려고 하려다가 망가질 것 같아서 그러지도 못했다. 루프스는 머리 장식을 어찌 처리할까 생각하며 눈을 굴렸다.

"와!"

저 멀리서 유채의 감탄사가 들렸다. 루프스는 뭔가 싫어서 자리에서 일어났다. 루프스는 유채의 목소리가 들리는 쪽으로 걸었다. 얼마 걷지 않아서 제 옷을 입은 유채의 뒷모습을 볼 수 있었다. 마치 아빠 옷을 입은 어린아이처럼 보였다. 루프스는 유채의 바로 뒤까지 걸어갔다.

그녀가 감탄하고 있는 것은 한 무더기로 피어 있는 꽃들이었다. 노란색의 작은 꽃들이 넓게 펼쳐져 있었다. 노란색의 흐드러지게 핀 꽃들이 아름다웠다.

"유채꽃이네."

유채가 중얼거렸다. 유채는 아련함과 향수와 약간의 반가움이 뒤섞인 표정이었다. 유채는 넋을 놓고 꽃밭을 감상했다. 루프스는 잠자코 있다가 물었다.

"유채꽃?"

유채의 이름이 들어간 꽃이었다. 유채가 귀찮다는 듯이 그를 바라보더니 꽃밭 사이로 걸어 들어갔다.

"네. 유채꽃이에요. 내 이름이 이 꽃에서 딴 거거든요. 엄마가 나 임신하고 제주도에 가서 본 유채꽃밭이 너무 아름다워서 딸이 태어난다면 유채라고 짓겠다고 했대요. 물론 당신은 내가 유채든 아니든 무조건 레티티아라고 부르겠지만."

유채는 꽃다발처럼 줄기 끝에 모여 있는 작고 노란 꽃들을 손으로 쓸었다. 떠나온 그곳이 생각났다. 제주도도 4월이 되면 흐드러지게 핀 유채꽃으로 가득할 것이었다. 여기 이 꽃밭처럼.

루프스는 꽃밭을 돌아다니면서 꽃의 향기를 맡고 꽃을 어루만지는 유채를 지켜보았다. 이 꽃은 루프스에게도 익숙한 꽃이었다. 어릴 적 자주 나가 놀던 토스 호무스의 들판에 가장 많이 피어 있던 이름 모를 들꽃이었다. 꽃의 이름이 뭔지는 몰랐지만.

루프스는 꽃밭을 거니는 유채를 보았다. 그녀가 입고 있는 제 옷이 마치 하얀색 원피스 같아 보였다. 유채가 빙그르 돌 때마다 셔츠 자락이 나풀거렸다. 옛날에 읽었던 동화책에 나오는 요정 같았다. 유채의 조금 지저분하게 잘린 단발이 찰랑거렸다. 달빛과 유채와 유채의 이름을 가진 꽃이 어우러진 풍경은 그가 화가라면 당장에 화폭에 담고 싶을 만큼 아름다웠다.

그중에서도 눈에 박히도록 아름다운 것은 유채였다.

달빛과 함께 부서져서 그대로 사라질 것 같은 분위기에 루프스는 저도 모르게 달려가 유채의 손목을 움켜잡았다. 유채가 놀라서 루프스를 올려다보았다. 아까의 그 표정은 흔적도 없이 사라져 있었지만 루프스는 그 표정의 의미를 알았다.

유채는 짙게 가라앉은 루프스의 청회색 눈에 공포심을 느꼈다. 그가 저런 눈을 하면 항상 일이 터졌었다. 유채는 루프스에게 잡힌 손목을 빼내려 했다. 루프스가 유채를 끌어당겨서 안았다. 유채의 이마가 그의 맨가슴에 닿았다. 루프스가 유채의 뒷머리를 꾹 눌렀다. 유채는 그를 밀어내려 했지만 루프스는 꿈쩍도 하지 않았다.

"……가만히 있어."

루프스가 나지막하게 중얼거렸다. 유채의 그 복잡 미묘한 표정에서 루프스는 그녀의 그리움을 읽어냈다. 떠나온 세상에 대한 그리움이 유채의 표정에 짙게 배어 나왔다. 그는 유채가 그곳을 추억하고 있다는 것을 알았고, 그녀가 다시 떠날 생각을 하고 있다는 것을 알았다. 그리고 그 달빛에 부서져서 유채가 사라질 것만 같다는 기분을 느꼈다.

루프스의 입술이 유채의 입술에 내려앉았다. 유채는 주먹으로 그의 어깨를 때리고 밀어내었다.

루프스는 그 상태로 움직이지 않았다. 그저 입술을 맞대고만 있을 뿐이었다. 루프스는 무언가를 확인하는 것 같았다.

루프스의 입술이 천천히 떨어졌다. 유채는 입술을 질끈 깨물고 손을 들어 올렸다. 하지만 그녀의 의도를 알아차린 루프스가 먼저 손목을 붙잡았다.

유채는 이를 갈면서 팔목을 이리저리 비틀었다.

"난 당신 장난감이 아니에요!"

유채는 루프스와 닿았던 입술을 손등으로 거칠게 닦았다.

"당신 정말 동생인 에리카를 아꼈어요?"

에리카란 이름에 루프스의 눈이 사나워졌다.

"그 입 다물어라."

"당신이 에리카를 아꼈다면, 나한테 이래서는 안 되는 거잖아요. 당신도 동생을 잃은 슬픔을 알 거 아녜요! 형제를 잃은 적이 있으면서 나한테 이래서는 안 되는 걸 알잖아요!"

루프스와 수많은 날들을 보내면서 유채는 그의 입맞춤에 아무런 의미가 없음을 깨달았다. 진득한 소유욕 그 이상 그 이하도 아니었다. 저를 여전히 소유물로 생각하고 인형처럼 가지고 놀겠다는 표현이었다. 유채는 눈물이 그렁그렁한 얼굴로 물었다. 정말로 딱 한 번만 제게 동정을 품어준다면 좋을 텐데.

"닥쳐!"

루프스가 고함쳤다.

머리로는 수없이 유채의 상황을 이해하면서 가슴은 그렇지 않았다. 유채에 한해서 그는 얼간이가 되었다. 루프스는 입술을 깨물었다. 유채가 얽히면 항상 그는 평소와 다르게 행동했다.

루프스는 가슴께를 눌렀다. 가슴이 선득선득 뛰었다.

"넌 내 펠릭스 다우스고 난 내 펠릭스 다우스를 놓아주지 않아. 그러니, 어딜 갈 생각 하지도 마라."

"조금만 나를 동정해 주면 안 돼요? 당신 동생을 정말 사랑했다면……."

"한 번만 그 입에서 에리카 이야기가 나오면 재갈을 물릴 거니까. 입 다물어."

"정말 당신 비정한 오빠네요. 어떻게 동생……."

"입 닥쳐!"

루프스가 으르렁거렸다. 그리고 유채의 손목을 꽉 움켜쥐었다.

"따라와, 저딴 꽃밭은 토스 호무스에 널렸어. 토스 호무스에 가면 질리도록 보여줄 테니까. 따라와."

그는 유채를 무자비하게 잡아끌었다. 그는 두려웠다. 유채가 이곳에 더 있다가는 사라질 것 같아서 두려웠다. 제 손이 닿지 않는 곳으로 도망갈 것 같아서 두려웠다. 루프스는 반항하는 유채를 무시하고 이를 악물었다.

정말 세상에 둘도 없는 얼간이가 된 기분이었다.

⚜

"카르멘님, 지금 상황이 좋지 않습니다."

양 수인 한 명이 쩔쩔매면서 요새에 숨어서 상처를 치료 중인 카르멘에게 보고했다. 카르멘은 보고를 듣자마자 그 수인에게 돌을 집어 던졌다. 수인은 간발에 차이로 돌을 피했다.

"나가!"

양 수인은 얼른 밖으로 빠져나갔다. 카르멘은 주먹으로 탁자를 내리쳤다. 그리고 증오스러운 루프스의 얼굴을 떠올렸다. 소중한 아들인 드미트리를 그저 기분이 나쁘다는 이유로 죽인 루프스의 모습을 한 번도 잊은 적이 없었다. 카르멘은 분노했다. 드미트리는 결코 루프스 같은 이에게 무례하게 굴 아이가 아니었다. 얼마나 착한 아들이었는지 모른다. 제 아버지만큼 강해지고 있었고 머리도 좋았다.

"드미트리."

발란테스 카르멘은 아들의 유품인 펜던트를 만졌다. 헥터를 도와 루프스를 죽여서 드미트리의 원한을 풀어줄 생각이었다. 원통하게 죽었을 드미트리를 위해서. 그녀는 일족의 운명보다 죽은 아들을 위해서 움직였다.

카르멘은 지도를 내려다보았다. 루프스가 나타나지 않았다고 했다. 그럼 이곳으로 직접 오고 있다는 말이었다. 예전에도 그랬던 놈이니까. 발란테스 카르멘은 자리에서 일어났다.

"데릭."

그녀는 최측근인 데릭을 불렀다. 데릭은 카르멘의 앞에 부복했다. 카르멘이 핏발 선 눈으로 명령했다.

"요새에 남아 있는 병력을 모두 모아 데리고 나가. 루프스가 올 거야."

"예?"

"죽을 때 죽더라도 옥처럼 찬란하게 부서져야지. 안 그래?"

카르멘이 싸늘하게 웃었다. 그녀는 자신과 루프스와의 차이를 분명하게 알았다. 여기 있는 병력으로는 절대 그를 막을 수 없다. 그래도 죽기 전까지는 발악해 봐야 아는 것 아닌가? 제 한 몸은 죽어도 상관없었다. 루프스를 죽일 수만 있다면. 카르멘은 비장하게 전투를 준비했다.

⚜

루프스는 등에 타고 있는 유채가 매우 신경 쓰였다. 그녀는 너무나 조용했다. 어젯밤 이후로 둘은 한마디 말도 나누지 않았다. 조금 부드러워진 것 같던 유채는 더없이 냉랭해졌다. 루프스도 딱히 할 말이 없었다. 그는 그저 열심히 달리기만 하였다.

유채는 만일 토스 호무스로 끌려가게 된다면 탈출할 시나리오에 대한 고민을 하였다. 이 남자는 저를 놓아줄 생각이 없으니 스스로 탈출할 방안을 찾아야 했다. 여러 가지 가능성을 고려하고 있을 무렵 루프스가 갑자기 우뚝 멈추어 섰다.

[내려.]

유채는 의아해하며 루프스의 목에 두르고 있던 팔을 풀었다. 루프스는 몸을 낮춰서 유채가 내리기 편하게 만들어주었다. 유채는 루프스의 등에서 내렸다. 아무런 질문도 하지 않는 유채를 보면서 루프스가 낮게 속삭였다.

[몸을 숨기고 있어라. 카르멘이 온다.]

루프스는 몸집을 더 키웠다. 유채는 얼른 덤불 뒤에 숨어 주위를 살폈다.

루프스는 그 자리에 가만히 서 있었다. 멀리서 살기가 느껴지고 땅이 울리는 것이 느껴졌다. 루프스의 예측대로 얼마 지나지 않아서 거대한 양떼가 루프스의 앞에 나타났다. 카르멘은 오랜 전투로 몸 이곳저곳에 상처를 입은 상태였다.

[배짱인가? 아니면 오기인가?]

[배짱도 아니고 오기도 아니다. 그저 복수지.]

발란테스 카르멘이 루프스의 빈정거림에 답했다.

[그대 아들을 생각해서 살려줄 수도 있는데? 이쯤하고 항복하는 것 어떤가?]

[감히 그 더러운 입으로 내 아들을 조롱하지 마라!]

분기탱천한 카르멘의 노성이 쩌렁쩌렁 울렸다. 루프스는 날카로운 이빨을 드러냈다.

[그럼 즉결 처분을 원한다는 것이군.]

[기꺼이.]

카르멘 직속 정예병이 루프스에게 달려들었다. 루프스는 압도적인 실력으로 그들을 도륙했다. 양들은 루프스의 이빨과 날카로운 발톱에 속수무책으로 당했다. 수인들 중 방어력 최강이라 불리는 양 수인의 북슬북슬한 양털은 루프스의 이빨과 발톱을 조금도 막지 못했다.

일대가 피로 물들었다. 양 수인들은 마지막 발악으로 그들의 속성인 식물을 움직여 루프스를 붙잡아두려고 하였으나 루프스는 그것들을 모두 완력으로 뜯어내었다. 루프스는 마지막 수인의 목을 물어 날려 버렸다.

루프스의 주위에 피 웅덩이가 생겼다. 피투성이가 된 루프스가 싸늘한 미소를 카르멘에게 날렸다.

[아들만큼이나 겁쟁이시로군, 여왕님. 숨어 있지 말고 덤비시는

것이 어떨는지.]

루프스가 빈정거리자 발란테스 카르멘이 괴성을 지르면서 루프스에게 달려들었다. 그 덩치만큼이나 육중하게 돌진해서 들어오는 카르멘의 공격을 유채 때문에 피하지 못하고 그대로 받아내느라 루프스의 몸이 뒤로 크게 밀렸다. 뼈가 부서질 것 같은 충격이었다. 루프스의 털에 돌고 있는 전격은 카르멘의 두툼한 양털에 막혀서 제대로 효과를 발휘하지 못했다. 루프스는 뒷다리로 버티고 날카로운 발톱으로 카르멘의 얼굴을 덮쳤다.

[아악!]

카르멘의 오른쪽 얼굴이 길게 찢겼다. 루프스가 힘으로 밀어내는 대로 카르멘은 뒤로 밀려났다. 카르멘은 몸을 뒤로 굴리면서 식물을 이용해서 넝쿨을 만들었다. 넝쿨들은 루프스의 몸을 구속하기 위해서 움직였다. 루프스는 제게 달려드는 넝쿨을 족족 이빨로 잘라내었다. 그사이 카르멘은 루프스를 공격하기 위한 준비를 하였다. 카르멘은 발을 구르고 루프스에게 돌진했다.

[이봐 카르멘, 돌진이 왜 안 좋은 것인지 알아?]

카르멘의 머릿속에 루프스의 말이 울렸다. 카르멘은 그제야 제 앞에 루프스가 없다는 것을 깨달았다. 하지만 이미 가속도가 붙은 몸을 선회할 수가 없었다.

[아악!]

루프스가 카르멘의 옆구리를 이빨로 물었다. 찢어질 듯한 비명을 지른 그녀는 다급하게 앞발로 루프스를 후려쳤다. 루프스가 카르멘의 살점을 베어 문 채로 뒤로 날아갔다.

카르멘의 옆구리에서 피가 후두둑 떨어지고 내장이 흘러나오려 했다. 뒤로 날아갔던 루프스는 얼른 일어나 공격 태세를 갖추었다. 카르멘은 다시 루프스를 향해 달려들었다.

[아악!]

하지만 몸 상태가 급격히 나빠진 카르멘의 공격은 루프스에게 통하지 않았다. 그는 카르멘의 앞다리를 물어뜯었다. 앞으로 고꾸라지는 몸을 놓치지 않고 목덜미를 물어뜯었다. 피가 분수처럼 쏟아져 나왔다.

루프스의 은빛 털이 온통 붉어졌다. 카르멘은 마지막 발악으로 몸을 버둥거렸다. 하지만 그녀의 몸은 앞으로 계속 고꾸라지기만 하였다.

[보기 추하군.]

루프스가 중얼거리곤 다시 워르형으로 돌아왔다. 그의 온몸은 피로 범벅이 되어 있었다. 카르멘의 돌진을 막아내느라 오른쪽 가슴이 퍼렇게 멍이 들었다. 죽음을 목전에 둔 카르멘 역시 워르형으로 돌아왔다. 카르멘은 한 팔과 남은 두 다리로 땅을 질질 기어서 루프스의 다리를 꽉 움켜잡았다.

"추…… 해?"

"그래 추하다. 내가 본 것 중 가장 추하군."

"난 평생을 이렇게 살았어!"

카르멘이 울분에 차서 소리 질렀다.

"드미트리를 잃고 평생을 지금 이 꼴과 같은 상태로 살았다. 그런데…… 그런데……."

카르멘은 오열했다. 그녀의 목에서 피가 꿀럭꿀럭 흘러나왔다.

"네놈은 동생의 죽음에도 비정한, 차가운 놈이라…… 허억!"

루프스가 카르멘의 목을 붙잡고 들어 올렸다. 카르멘이 손톱으로 루프스의 팔을 긁었다.

"내가 내 동생의 죽음에 비정하다고?"
루프스는 실소를 흘렸다.
"어차피 죽을 년이니 선물 겸 알려주지. 내가 네놈의 아들을 죽인 이유를."
루프스의 손이 분노에 부들부들 떨렸다. 루프스는 이를 악물고 억눌린 목소리로 그날의 일을 뱉어냈다. 평생 말하지 않기로 결심했던 그날의 기억이었다.
"넌 네년의 아들이 둘도 없이 착하다고 생각하겠지. 하지만 네놈의 아들은 둘도 없는 망나니였다! 아? 그것도 모르겠군. 네 아들놈, 비역질하는 걸 계집질하는 만큼이나 좋아했다는 거."
아버지를 잃고 에리카와 단둘이 떠돌아다닐 때, 단테의 동생인 테오도르와 카르멘의 아들인 드미트리 패거리를 만났다. 루프스는 먹을 것을 얻기 위해서 그들의 따까리 노릇을 했다. 말이 좋아서 따까리였지 루프스는, 아니, 라이칸은 그들의 장난감이었다. 그들의 기분에 따라 얻어맞는 날도 부지기수였다.
"내가 이 사실을 어떻게 아나 궁금하지?"
루프스는 주먹을 움켜쥐었다. 아직도 그때의 악몽을 꾸었다. 그놈들이 제 몸을 누르고 뒤에서 덮쳐 오던 그날의 기억은 잊을 만하면 꿈으로 나타났다. 그때마다 그는 펠릭스 다우스를 들였다. 저는 그때의 라이칸이 아니라는 것을 그는 그렇게 확인하고 안심했다.
"내가 네년 아들 밑에 깔려봤거든. 에리카를 위해서! 그놈이 에리카를 욕심내서 내가 내 동생 대신 네년 아들 밑에 깔렸어!"
루프스가 절규하듯이 외쳤다. 루프스는 에리카를 보호하기 위해 동생과 헤어졌다고 말했다. 하지만 드미트리는 그 말을 믿지 않고 에리카를 찾으려고 했다. 루프스는 그때마다 드미트리를 막기 위해서 그의 밑에 깔렸었다.

빌어먹을 그 열세 살의 겨울. 그는 점점 메말라 갔다. 에리카를 지키기 위해서 모든 폭행을 견뎠지만, 점점 그는 지쳐 갔다. 아무것도 못 하고 짐만 되는 에리카가 부담스러웠고 미웠다.

루프스는 받아들이기 힘든 충격적인 사실에 얼굴이 하얗게 질린 카르멘에게 싸늘한 웃음을 흘렸다.

"그리고 그놈들 패거리는 결국 에리카를 찾아내더군."

너무나 지쳐서 제 뒤를 밟은 수인이 있다는 것을 알아차리지 못한 탓이었다. 루프스는 에리카의 붙잡아 옷을 찢고 낄낄거리는 드미트리 패거리들을 보았다. 그는 반사적으로 덤불 뒤에 숨었다. 루프스는 부들부들 떨었다. 그는 열셋의 꼬마였고 그들은 스물이 넘은 건장한 청년들이었다. 에리카가 외쳤다.

"오빠! 살려줘! 구해줘!"

드미트리가 에리카의 작은 얼굴을 손바닥으로 사정없이 내려쳤다. 그리고 낄낄거렸다.

"야. 네 오빠가 여기 와봤자 우리 손에 죽기밖에 더 해? 너 찾으려고 데리고 다녔는데 이제 이용 가치를 다했으니 죽여야지. 안 그래?"

루프스, 아니, 라이칸은 덤불 뒤에 숨어 나가지 못했다. 죽음의 공포가 그를 휘감았다. 에리카는 계속 살려달라고 외쳤다.

"네년 아들이 내 동생에게 무슨 짓을 했는지 알겠지? 그 어린 애에게!"

루프스는 그곳에서 도망쳤다. 그는 지쳐 있었고 에리카를 원망하고 있었다. 스스로 할 만큼 했다고 자기 합리화를 하면서 살기 위해서 도망쳤다. 한참을 달리다 다리에 힘이 풀려서 앞으로 고꾸라졌다. 흙투성이가 된 채로 그는 엎드려서 오열했다. 아무것도 할 수 없는 자신의 무력감에, 자신의 비겁함에 오열했다. 그리고 일어섰다. 다시 달렸다. 에리카를 구하러 돌아갔다. 자신이 죽는 한이 있더라도 동생을 구하려 했다. 하지만 그를 맞이한 것은 목이 꺾인 에리카의 시신이었다.

"놈들은 그 아이를 잔인하게 가지고 논 것도 모자라 목을 꺾어서 죽여 버렸어! 그 빌어먹을 놈 때문에 에리카가 죽었어!"

"그, 그럴…… 리……."

카르멘이 넋이 나간 표정으로 부정했다. 제 착한 아들이 그럴 리가 없었다.

"이 정도면 내가 네년의 아들을 죽인 이유로 충분하지 않나?"

뼈가 부러지는 소리가 들리고 카르멘의 목이 꺾였다. 그리고 마치 끈이 떨어진 인형처럼 바닥에 떨어졌다.

루프스의 무릎도 바닥으로 떨어졌다. 루프스는 얼굴을 손으로 가리고 미친 듯이 웃었다. 한 번도 그날의 무력감과 비겁함을 잊은 적이 없었다. 한 번도 에리카의 모습을 잊은 적이 없었다. 루프스는 피 웅덩이 가운데에 선 자신의 모습을 보면서 자조했다. 자신같이 비겁한 놈에게 딱 어울리는 곳이었다.

자박자박. 누군가 피 웅덩이를 건너오는 소리가 들렸다. 루프스가 힘없이 고개를 돌렸다. 유채가 다가오고 있었다.

"꺼져. 그 이상 가까이……."

유채가 피로 범벅이 된 그의 머리를 끌어안았다. 그의 얼굴이 유채의 배에 닿았다. 루프스는 갑작스러운 상황에 당황해 굳었다.

"당신은 잘못 없어요."

유채가 나지막하게 속삭였다.

"잘못이 없어? 어쭙잖은 위로 하지 말고."

"그때, 당신은 어렸으니까. 열셋밖에 되지 않았으니까. 어쩔 수 없는 거였잖아요. 당신은 잘못 없어요. 당신은 당신이 할 수 있는 최선을 다했어요."

"왜 이리 다정하게 구나?"

"어제, 무정한 오빠라 말한 거 미안해요. 난 몰랐어요."

"……."

"내가 있던 세상에 이런 제목의 책이 있어요. 잘못은 우리 별에 있어."

루프스가 유채의 허리를 끌어안았다. 유채는 가만히 있었다. 스톡홀름 증후군이라도 되는 것인지. 유채는 스스로의 행동에 조소했지만, 그래도 지금 이것은 루프스를 위한 것이 아니라 열셋의 라이칸을 위한 행동이었다.

"운명이 잘못했다는 소리에요. 당신은 어쩔 수 없었던 거예요. 당신의 잘못이 아니에요."

"너는…… 너는!"

루프스가 절규하듯이 외쳤다. 유채는 작게 웃었다.

"나는 열세 살이 아니니까요. 그러니까 좀 더 심지가 굳었던 것뿐이에요. 그래서 지키려고 발악할 수 있었던 거예요."

아.

루프스는 찬물을 한 바가지 맞은 것처럼 머리가 맑아졌다. 그의 머릿속에 예전에 아버지가 해주었던 말이 스쳐 지나갔다.

"사랑을 한다는 것은 세상에 둘도 없는 얼간이가 된다는 것이야."

이제야 알았다. 자신이 얼간이같이 군 이유. 유채에게 웃어달라고 한 이유. 유채가 알렉스를 언급할 때마다 화를 낸 이유. 유채가 프레드릭에게 정답게 굴 때 화를 낸 이유. 카를리티오 때 이성을 잃은 이유. 유채가 저를 찌르고 도망갔음에도 그녀가 보고 싶었던 이유. 가지 말라고 절박하게 애원하면서 손을 뻗었던 이유. 수면제를 먹여가면서까지 잡아두려고 하였던 이유.

그가 탐미주의자여서도 아니었고, 유채가 독특해서도 아니었다. 그저 유채는 달랐기 때문이었다. 유채가 그가 갖지 못한 것을 가져서였다.

유채는 에리카를 버리고 도망간 열세 살의 자신과 달랐다.

그때의 저보다 훨씬 약하면서 끝까지 제게 소중한 것들을 지키려고 노력하였다. 할 수 있는 모든 것을 하려고 하였다. 블루벨을 구하기 위해서 늑대 떼들 한복판으로 들어갔고, 알렉스를 구하기 위해서 자존심을 내놓았다. 프레드릭을 구하기 위해서 독에 중독되었다 막 회복된 몸을 움직였다. 형제의 안전한 탈출을 위해서 제 몸을 기꺼이 인질로 내어주었다.

그래서 유채는 빛이 났다.

에리카의 죽음 이후 미쳐 버린 그의 세상에서, 온통 무채색인 그의 세상에서 유일하게 빛이 났다. 그래서 놓치고 싶지 않은 것이었다. 유채가 있어준다면, 치유받는 기분이었다. 제가 가지지 못한 것을 가지고 환히 빛나는 유채를 그래서 놓고 싶지 않은 것이었다.

제 것이 아닌 것처럼 구는 심장, 유채만을 좇았던 눈, 유채가 좋아한 밤하늘이 저 역시 좋아졌던 그 모든 것이, 얼간이처럼 굴던 자신이, 말하는 것은 하나였다.

이게 사랑이었다.

"가지 마."

루프스는 유채의 허리를 꽉 끌어안았다. 두 눈에서 눈물이 비집고 흘러나왔다. 후회와 환희가 섞인 눈물이었다. 그는 유채를 펠릭스 다우스로 삼았던 것을 후회하는 동시에 다행이라고 생각했다. 그렇게 하지 않았다면 유채를 이렇게 가까이 두지 못했을 테니까. 그제야 유채에게 했던 수많은 행동들이 후회가 되었다.

아아. 너무 늦게 알았다. 너무 늦게 알아버렸다.

"제발. 가지 마."

네가 내 세상이다. 그러니 네가 떠나면 내 세상도 없어진다.

"가지 마."

아아. 이게 사랑이었다. 유채가 그의 사랑이었다.

1부 늑대, 소녀를 만나다 完

Side Chapter
열셋, 열넷 그리고 겨울

유채의 위로를 받고 난 후 분위기는 당연히 어색하였다. 루프스는 무엇을 어떻게 말해야 할지 알 수 없었다.

"고맙다."

뒤에서 따라가던 유채는 입술을 샐쭉이 내밀면서 답했다.

"당신을 위해서 한 건 아니에요. 단지, 당신의 어린 시절을 위해서 한 것이지."

"그게 그거 아닌가?"

"달라요. 내가 당신을 동정하면, 그건 내가 스톡홀름 증후군에 걸린 거예요."

"스톡홀름 증후군?'

"있어요. 납치당한 피해자가 납치범에게 동질감을 느껴서 그를 변호하게 되는 미친 짓."

"내가 납치범인가?"

루프스는 씁쓸했다. 제가 한 짓을 알고 있으니 당연한 것이었으나, 그래도 그녀에게 납치범 취급을 받는 것은 괴로웠다. 유채는 당연하다는 투로 말했다.

"내 세상의 기준으로 당신은 감옥에 가야 할 범죄자예요."

"미안하다."

루프스의 사과에 유채의 눈이 동그래졌다. 유채는 그 사과를 있는 그대로 받아들일 수 없는 처지였다. 둘 사이에서는 침묵이 흘렀다. 그는 카르멘의 요새에서 옷을 뒤져서 유채의 몸에 맞을 것 같은 적당한 원피스 잠옷을 하나 찾아내었다. 유채는 옷을 갈아입을 수 있다는 데에 소박하게 만족하며 씻으러 갔고 그 역시 다른 욕실로 가서 몸을 씻었다.

루프스는 피에 젖은 몸을 씻고 간만에 따뜻한 물에서 피로를 풀 수 있었다. 양 수인 일족과의 싸움 후 그는 유채를 데리고 카르멘의 요새를 찾아냈다. 작고 단출한 곳이었지만, 나름 있을 것은 다 있었다. 하루 정도 지내고 가기에 나쁘지 않아 여기서 묵고 가기로 하였다.

"스톡홀름 증후군이라……."

루프스는 낯선 발음의 말을 중얼거렸다. 입가에 쓴웃음이 달렸다. 유채가 차라리 스톡홀름 증후군인가 하는 것에 걸려서 저를 동정해 주면 좋겠다는 생각까지 들었다. 하지만 그것은 결국 유채의 진실 된 마음이 아니기에 행복한 결말은 될 수 없을 터였다.

그는 얼굴을 쓸어내리고 욕조에서 나왔다. 그는 수인치고도 체격이 큰 편이라 갈아입은 옷은 소매가 짧았다. 루프스는 혀를 차면서 방으로 돌아왔다.

"레티티……."

유채를 부르려던 루프스는 그녀가 침대에 기대어서 잠들어 있는 것을 보고 입을 다물었다. 루프스는 무릎을 굽혀서 유채의 얼굴을 가만히 살폈다. 에리카가 애지중지하던 도자기 인형과 같이 손대면 금세 깨질 것처럼 아슬아슬한 아름다움이었다.

그는 유채의 턱선을 쓸었다. 마레 위르와 수인의 체력은 하늘과 땅 차이였다. 그 길이 유채에게는 고되었을 것이다. 저와 함께 있다는 사실만으로 편하게 자지도 못했을 것이니 당연한 상황이었다. 그는 유채의 작은 몸을 안아 올렸다. 어찌나 말랐는지 몸이 지나치게 가늘고 가벼웠다. 루프스는 유채의 목이 꺾이지 않게 조심스럽게 안아서 바르게 눕혀주었다. 그리고 그 옆에 모로 누웠다.

"널 어떻게 해야 할까."

루프스는 하얀 잠옷 아래 드러난 유채의 발목을 보았다. 저기에 족쇄를 채운다면……. 그는 돌아가면 유채의 발목에 금으로 만든 족쇄를 채워서 침대 기둥에 묶어 방에 가두어놓을 생각이었다. 그녀에게 못 할 짓이지만 어쩔 수 없었다. 그렇게 하지 않으면 그녀는 끝까지 저에게서 벗어나려고 할 것이었다. 유채를 사랑하기에 그녀를 보낼 수가 없었다. 유채가 제게 원망을 쏟아내더라도 기꺼이 받아줄 용의가 있었다. 제 곁에 붙잡아놓을 수만 있다면, 그는 그보다 더한 것도 할 수 있었다.

그에게는 시간이 필요했다.

유채의 마음을 돌려놓을 시간, 유채의 마음이 자신에게 향하게 만들 시간, 유채가 저를 용서할 시간, 유채가 저를 사랑하게 만들 시간. 그렇게 하기 위해서는 유채가 떠나면 안 된다. 어떻게든 유채가 그의 곁에 오래 있어야 했다.

갑자기 과거의 모든 것이 후회되었다. 유채의 목에 파렌티아를 채우고 방에 가두어놓은 것도, 유채를 말뚝에 묶어놓은 것도, 유채의 어깨를 망가뜨린 것도, 트라우마에 시달리는 유채를 붙잡아 억지로 입을 맞춘 것도, 그 모든 것이 후회되었다. 그러면서도 또다시 그녀를 가두어놓을 생각만 하는 제 자신이 원망스러웠지만 그것밖에 할 수 없다는 것도 절망스러웠다.

유채가 몸을 뒤척이며 루프스 쪽으로 돌아누웠다. 고아한 얼굴의 옆 선이 아름다운 곡선을 그리고 있었다. 그의 손가락이 부드러운 곡선을 따랐다. 손가락이 입술에 닿았다. 그는 유채의 붉고 도톰한 입술을 손가락으로 쓸었다. 이 입술에서 영원히 함께하겠다고, 그의 곁에 있겠다는 소리가 나오면 세상 모든 것을 다 가진 기분일 것 같았다.

잠이 든 유채의 얼굴을 가만히 내려다보던 루프스는 제가 한 어리석은 생각에 조소를 흘렸다.

그는 유채가 기억을 잃었으면 하였다.

과거에 제가 했던 모든 일도 잊고, 제가 어디서 왔고 누구인지도 잊었으면 하였다. 그렇게 된다면 다시 시작할 수도 있을 것이고 유채를 계속 이곳에 붙잡아둘 수도 있을 것이다. 그녀와 저는 첫눈에 반한 연인이라 하고 사랑을 퍼부어 영원히 제 곁에 묶어놓을 수 있을 것이다.

"그, 게 없, 없으면 우리 언, 언니 죽, 죽을지도 몰, 몰라요."

루프스는 이를 악물었다. 하지만 빌어먹게도 그건 그의 이기적인 희망사항일 뿐이었다. 유채는 그를 싫어했고 언니를 위해서 돌아가야만 했다. 그는 유채의 몸을 꽉 끌어안았다. 따스하고 부드러운 작은 몸이 그의 품에 안겨왔다. 그는 유채의 목덜미에 코를 묻었다. 고소한 체향을 듬뿍 들이마셨다. 저를 위해서 만들어진 암컷 같았다. 따뜻한 체온이, 부드러운 몸이, 향긋한 체향까지 모두 저를 유혹했다. 그는 유채를 꼭 끌어안았다. 절대 놓고 싶지 않았다.

루프스는 유채의 목에 걸려 있는 파렌티아를 보았다. 그는 입술을 살짝 깨물었다.

유채는 더 이상 펠릭스 다우스가 아니었다. 제 비(妃)가 될 암컷이었다. 파렌티아 같은 치욕적인 물건을 차고 있을 것이 아니라 이곳에서 가장 고귀한 자리에 오를 여인이었다. 하지만, 지금은 안 된다. 저 파렌티아만이 유채를 붙잡을 수 있다. 저것을 목에 두르고 있는 이상 유채는 펠릭스 다우스로서 제 곁을 벗어나지 못할 터였다.

그는 대신에 유채가 입고 걸치는 모든 것을 비(妃)의 지위에 맞추어서 해주기로 결심했다. 그렇게 되면 더 이상 유채를 함부로 여기는 수인은 없을 것이다.

그는 유채의 이마에 입술을 눌렀다.

"내 옆에 계속 남아주면 안 되겠나?"

그가 작게 속삭였다.

"그 어떤 이보다도 행복하게 해주겠다."

그는 자신 있었다. 제 모든 것을 걸고라도 유채를 행복하게 해줄 자신이 있었다. 그는 유채의 뒷머리를 잡아서 제 가슴에 당겨 안았다.

"네가 내 세상인데. 그날 이후 빛을 잃어버린 내 세상에 찾아온 빛이 너인데."

루프스는 잠든 유채의 귓가에 제 과거를, 왜 그녀를 사랑하게 됐는지를 나지막하게 털어놓았다.

⚜

"오빠! 어디 있어? 오빠!"

숨바꼭질에서 술래가 된 에리카가 결국 라이칸을 찾는 것을 포기하고 입 옆에 손을 붙이고 오빠를 불렀다. 라이칸은 발소리를 죽이고 에리카의 뒤로 다가갔다.

"왁!"

"에엑! 오빠!"

에리카는 화가 나서 복슬복슬한 흰색 꼬리를 이리저리 흔들면서 라이칸을 내려쳤다. 라이칸은 항복한다는 의미로 두 손을 들어 올렸다.

"항복. 에리카, 항복!"

"오빠 나빴어. 진짜 나빠. 오빠는 나처럼 꼬리도 없어서 찾기 힘들단 말이야."

에리카는 다리가 아픈지 주저앉아서 라이칸의 다리를 때렸다. 라이칸은 실실 웃으면서 에리카의 작은 주먹에 맞아주었다.

"알았어. 오빠가 미안해. 이번엔 오빠가 술래 할게."

"진짜? 오빠, 진짜지!"

에리카가 폴짝폴짝 뛰면서 박수를 쳤다. 혼자만 계속 술래를 하는 것이 싫었던 모양이었다. 에리카는 환하게 웃으면서 라이칸에게 손을 휘휘 흔들었다.

"그럼 오빠, 나 숨을게. 찾아봐!"

에리카는 그 말을 마치고 달려갔다. 라이칸은 에리카가 보이지 않게 될 때까지 그 자리에 서 있었다.

딱.

"등신."

퍽 하는 소리와 함께 뒤통수를 얻어맞은 라이칸은 머리를 손바닥으로 문지르면서 바실리사를 돌아보았다. 바실리사는 마치 동화책 속의 공주님처럼 분홍색의 드레스를 입고 팔짱을 끼고 라이칸을 내려다보았다. 라이칸은 오랜만에 만난 바실리사가 반가워 헤헤 웃었다.

"왔어, 바실리사?"

"넌 호구냐? 매일 에리카에게 져 주기나 하고."

"에리카가 좋아하잖아. 그럼 됐지, 뭐."

라이칸은 엉덩이를 털면서 일어났다. 자신보다 머리 하나는 작은 라이칸을 바실리사는 한심하게 내려다보았다. 워르형이 마레워르에 가장 가깝게 태어났다고 모든 수인들의 기대를 듬뿍 받더니만 이렇게 동생에게 다 져 주기만 하는 호구 짓만 하고 있었다.

라이칸은 분명 재능이 있었다. 그는 민첩하고 빨랐으며 그 나이대 수인들보다 월등히 전투 센스도 좋았다. 하지만 그는 싸우는 것을 별로 좋아하지 않았다. 라이칸은 책을 읽고 글 쓰는 것을 더 좋아하는 딱 학자 타입이었다. 그의 꿈은 대륙을 여행하고 여행기를 적는 작가가 되는 것이었다. 라이칸은 마법도 배우고 싶어 했지만, 그놈의 강력한 마력 저항력 때문에 마법을 배우는 것은 포기했다. 그 대신 루프스님의 소개로 베니니타스님과 라일라님에게 종족 고유 속성을 이용한 마법을 배우는 등 여타의 수인과는 다른 모습을 보였다.

“근데, 바실리사. 왜 왔어?”
“샌드백 찾으러.”
“또 대련이야? 싸움 같은 건 왜 하는지 모르겠어.”
라이칸은 볼멘소리로 중얼거렸다. 바실리사는 기가 차다는 얼굴로 라이칸을 바라보았다.
“말로 해결할 수도 있는 거잖아. 굳이 싸워야 하는 건가? 다치기밖에 안 하잖아. 서로 이야기해서 해결하면 모두가 다치지 않을 수 있잖아.”
“너 수인의 탈을 쓴 마레 위르지?”
“아니야! 바실리사!”
라이칸이 버럭 소리 질렀다. 라이칸은 라일라를 잘 따랐기 때문에 마레 위르를 싫어하는 건 아니었다. 그러나 수인들이 하도 라이칸을 마레 위르로 오해하였기에 그런 소리를 듣는 것에 굉장히 예민하게 굴었다. 바실리사는 킥킥 웃었다.
“그러니까 네가 자꾸 마레 위르 취급을 받는 거야. 본때를 보여줘. 그럼 누가 너를 마레 위르라고 하겠냐?”
“그래도 싫어. 난 누군갈 다치게 하기 싫어. 차라리 내가 다치고 말지.”
“하여간 호구야, 호구. 넌 나중에 마음에 드는 암컷은 어떻게 지키려고 그런 소리를 하냐?”
바실리사의 말에 라이칸이 환하게 웃었다.
“그때는 내가 뭐든 내어줘서 지킬 거야. 내가 좋아하는 암컷인데, 모든 것을 걸고 지킬 거야. 원하는 건 뭐든지 들어주고 하고 싶은 게 있다면 할 수 있게 해줄 거고, 가지고 싶은 게 있다면 그게 어디에 있든 간에 모두 가져다줄 거야. 세상에서 둘도 없이 행복하게 만들어줄 거야.”

“그러려면 힘이 필요하겠지, 라이칸.”

“스승님!”

라이칸은 베니니타스의 목소리에 종종거리며 그에게 달려갔다. 붉은 머리에 검은 눈을 가진 호남인 베니니타스는 라이칸을 번쩍 들어 올렸다. 라이칸은 로보를 많이 닮았지만 성품은 블랑카를 더 많이 닮았다. 사납고 오만한 성격인 로보와 다르게 다정하고 친절한 아이였다. 여우 수인치고 온화한 편인 베니니타스와 비슷한 구석이 있었다.

“어, 오늘은 어쩐 일로 오셨어요? 울피누스 호무스는 괜찮은 거예요?”

“라일라가 답답해하는 것 같기에 잠깐 놀러 왔다. 왜, 오늘도 나와 라일라에게 배우고 싶은 것이 있느냐?”

“아니요. 그냥 스승님이 반가워서요! 저 이제 온몸에 전격을 두를 수 있게 되었어요!”

“그거 잘되었구나. 나도 네 아버지에게 비법을 알려주었지만, 네 아버지는 하나도 흉내도 못 내던 것을 그렇게 잘 따라 하다니, 넌 신동인가 보구나.”

“헤. 부끄러워요.”

라이칸의 얼굴이 붉게 물들었다. 베니니타스는 제 바짓가랑이를 당기는 손에 라이칸을 내려놓았다.

“벤자민, 프리드!”

라이칸은 땅에 내려오자마자 베니니타스의 아들들인 벤자민과 프리드를 반갑게 맞이했다. 벤자민과 프리드는 베니니타스에게 물려받은 붉은 머리카락에 라일라의 보라색 눈동자를 빼닮은 귀

염게 생긴 형제였다.

"나 왔어, 라이칸 형아."

"오랜만이야, 벤자민."

벤자민이 라이칸과 웃으며 인사하는 중에도 부끄러움이 많은 프리드는 베니니타스의 다리 뒤에 숨어서 빼꼼 고개만 내밀고 그들을 바라보기만 하였다. 프리드는 기어드는 목소리로 물었다.

"라이칸 형, 에리카 누나는 어디 있어?"

"안 알려줄 거야."

라이칸은 입술을 빼죽이 내밀었다. 프리드는 붉어진 얼굴로 라이칸에게 말했다.

"나 에리카 누나 만나러 왔는데. 에리카 누나 보고 싶어."

"안 돼. 프리드가 더, 더 강해져야지 에리카가 어디 있는지 알려줄 거야. 지금처럼 스승님 다리 뒤에 숨어 있는 겁쟁이라면 에리카가 어디 있는지 안 알려줄 거야."

라이칸은 귀여운 여동생을 지켜야 한다는 오빠로서의 사명감을 가지고 있었다. 에리카를 데려갈 수컷이라면 그 누구보다도 강하고 용감하고 현명해야 했다. 아버지의 다리 뒤에 숨어 있는 프리드는 그 조건에 조금도 부합하지 않았다.

"피. 라이칸 형도 약하면서."

프리드가 볼멘소리로 말했다.

"라이칸 형도 바실리사 누나보다 작고 약하면서 나한테만 왜 그래. 난 언젠가 우리 아빠보다도 강해지고 형보다도 강해질 거야!"

"그럼 그전에 아버지 뒤에서나 나와라, 프리드."

벤자민이 핀잔을 주었다. 베니니타스와 그 나이 또래 여자아이 특유의 조숙함으로 남자아이들을 한심하게 보는 바실리사는 크게 웃음을 터뜨렸다. 벤자민과 프리드, 라이칸은 영문을 몰라서 어리둥절하게 서로를 바라보다가 저들끼리 다시 웃음을 터뜨렸다.

"오빠!"

멀리서 에리카의 목소리가 들렸다. 에리카는 블랑카의 품에 안겨서 라일라와 같이 오고 있었다. 라일라를 좋아하는 라이칸은 라일라 앞으로 쪼르르 달려갔다.

"라일라님, 오랜만에 뵈어요!"

"그래, 라이칸. 나도 반갑단다. 그동안 잘 지냈니?"

라일라가 무릎을 굽혀서 라이칸과 시선을 맞추었다. 라이칸은 약간 붉어진 얼굴로 고개를 끄덕였다. 블랑카가 에리카를 내려놓고 라이칸의 볼을 길게 늘였다.

"요거, 요거. 벌써부터 암컷 얼굴 밝히는 거야? 이 엄마가 있는데 아는 척도 안 하고 라일라부터 봐?"

"아니에으요."

라이칸이 고개를 지었다. 블랑카는 쾌활한 웃음을 지으며 라이칸의 이마를 콩 때렸다. 라이칸은 이마를 움켜쥐고 블랑카를 올려다보았다.

"아파. 엄마 미워!"

"엄마도 라이칸 미워. 매번 엄마는 무시하고, 라일라만 이렇게 반겨주니. 엄마 섭섭해."

"오랜만에 절 보아서 반가워서 그럴 거예요, 블랑카님. 못 본 지 벌써 세 달이나 흘렀잖아요."

라일라가 라이칸의 은발을 쓰다듬으면서 그의 편을 들었다. 라이칸은 세차게 고개를 흔들었다.

"요고, 요고. 라일라가 편들어주니까 기고만장해 가지곤. 엄마가 좋아? 라일라가 좋아?"

"당연히 엄마가 좋아요!"

라이칸은 블랑카의 목을 끌어안았다. 블랑카는 우쭐한 표정으로 라이칸의 몸을 안았다.

"역시, 이래야 우리 아들이지. 라이칸은 누구 아들?"

"우리 엄마 아들!"

라이칸은 블랑카의 가슴에 볼을 비볐다. 바실리사가 블랑카의 아래에서 불평했다.

"블랑카님이 자꾸 받아주니까 라이가 어리광만 늘고 약한 거예요! 좀 더 강하게 키우셔야 한다니까요!"

바실리사의 어린애다운 생각에 블랑카와 라일라가 웃음을 터뜨렸다. 바실리사는 영문을 몰라서 고개만 갸웃거렸다. 라일라는 네가 기특해서 그런 것이라면서 바실리사의 손을 잡았다.

라이칸은 블랑카의 품에 안겨서 힐끗 에리카가 있는 곳을 보았다. 프리드가 에리카의 옆에 바싹 들러붙어서 이야기를 하고 있었다. 라이칸의 입술이 비죽이 튀어나왔다. 블랑카가 튀어나온 라이칸의 입술에 쪽 하고 뽀뽀를 해주었다.

"프리드가 싫어?"

"프리드는 너무 약해요. 에리카를 못 지켜줄 것 같아요."

라이칸이 모기만 한 목소리로 중얼거렸다. 블랑카는 아들의 고민에 웃음이 터졌다. 동생에 관해서는 이렇게 예민하게 구는 아들이 귀여워, 그녀는 라이칸의 볼에 연신 뽀뽀를 해주었다.

"아들. 암컷과 수컷이 사랑하는 건 말이야, 지켜주는 것 이상의 의미란다."

"그게 무슨 말이에요?"

"나중에 우리 아들에게 사랑하는 암컷이 생기면 알게 될 거야. 사랑을 한다는 건 말이야, 누군가를 지켜주고 아껴주는 것이 아니라 서로 같이 걸어가 주는 것이거든."

라이칸이 고개를 갸웃거렸다. 블랑카가 아들의 볼에 자신의 볼을 비볐다.

"우리 귀여운 아들이 언제 커서 엄마한테 결혼하고 싶다고 조를까? 그때가 오면 엄마 무지 섭섭할 것 같아."

"내가 어떤 암컷을 만나 결혼해도 난 영원히 엄마 아들 할게! 그러니까 엄마 섭섭해하지 마!"

"으이구. 말이나 못하면."

블랑카가 라이칸의 관자놀이를 꾹 눌렀다. 여느 때와 같은 행복한 오후였다.

"……해서 행복하게 살았답니다."

동화책을 읽어주기에는 지나칠 정도로 걸걸한 목소리였지만 로보는 최선을 다해서 아들에게 동화책을 읽어주었다. 일이 바빠서 이런 때가 아니면 라이칸을 챙겨줄 시간이 없었다.

라이칸은 아버지의 낭독 실력이 형편이 없다는 것을 알고 있었지만, 그가 저를 위해 최선을 다하는 것을 알고 있기에 언제나 기쁘게 들어주었다. 그날도 라이칸은 이불 밖에 눈만 빼꼼 내밀고 눈을 굴리고 있었다.

"라이칸, 잠이 안 와?"

"아빠, 아빠는 엄마를 처음 만났을 때 어땠어요?"

라이칸은 오후에 블랑카가 해준 이야기를 떠올리며 물었다.

"엄마가 사랑을 하는 건, 같이 걸어가는 거래요. 아빠도 그렇게 생각해요? 엄마를 처음 만났을 때 어땠어요?"

로보는 동화책을 덮고 라이칸을 빤히 바라보았다. 이제 열셋이었다. 벌써 이성에 관해 관심을 생길 나이인 것인지, 뭔가 시원섭섭하였다. 로보는 나지막하게 말했다.

"네 엄마를 만났을 때, 아빠는 시간이 멈추는 기분이었단다."

블랑카의 하얀 머리카락이 바람에 흩날리는 모습을 보자마자 로보는 눈을 뗄 수가 없었다. 그녀를 제외한 모든 것의 시간이 멈춘 것 같았다. 머릿속에 종이 울리는 기분이었다.

"그래서 엄마에게 멋있는 모습만 보여주셨어요?"

라이칸은 늠름하고 잘생긴 로보를 항상 멋있다고 생각했고 당연히 블랑카도 로보의 그런 모습에 반했을 것이라고 생각했다. 로보는 고개를 저었다.

"아니, 엄청 바보같이 굴었어. 지금 생각하면, 정말로 민망한 상황의 연속이었단다."

들꽃을 좋아한다고 해서 열심히 들꽃을 꺾으러 갔다가 벌에 쏘여서 퉁퉁 부은 얼굴로 꽃을 전해준 일도 있었고, 잘 보이겠다고 베노르 콩레수스에서 무리하다가 다친 적도 있었다. 돌이켜 생각해 보니 민망했던 적이 한두 번이 아니었다.

"그럼, 엄마는 왜 아빠랑 결혼한 거예요? 멋있지도 않은 아빠랑."

"아빠가 엄마와 같이 걸어가는 방법을 알아냈거든. 사랑이란 것은 말이다, 누군가를 일방적으로 지켜주는 것도 아니고 누군가를 일방적으로 배려해 주는 것도 아니란다. 그건 사랑이 아니라 그저 네 감정을 강요하는 것에 지나지 않아."

"그럼, 사랑은 뭔데요?"

"서로 눈을 맞추고 서로의 생각을 이해하고 배려해 주는 것이 사랑이란다. 사랑은 서로를 이해하고 받아들이고 같이 걸어가는 거야."

"모르겠어요. 서로에게 좋은 모습을 보여주는 게 사랑이 아니에요?"

"아니, 사랑을 한다는 것은 세상에 둘도 없는 얼간이가 된다는 것이야."

로보는 라이칸의 머리를 쓰다듬었다.

"그 수인을 사랑하기에 좋은 모습만 보여주고 싶고 멋진 모습만 보여주고 싶지만, 그게 마음대로 되는 것이 아니거든. 자연스럽게 제 가장 못난 모습들만 보여주게 된단다."

"얼간이요? 그런데 그런 모습을 어떻게 사랑해요?"

"가장 한심하고 가장 바보 같아졌을 때 진심이 전해지는 것이거든."

라이칸은 고개를 갸웃거렸다.

"모르겠어요."

"아직 어려서 그래. 아직 사랑하는 암컷도 없고."

로보는 벌써 제 품을 떠나려는 것 같은 아들을 사랑스럽게 바라보았다. 그는 눈을 굴리는 라이칸의 이마에 입술을 맞추었다. 꼭 닮은 청회색의 눈이 서로를 다정하게 응시했다.

"더 크면 알게 될 거야. 잘 자거라. 좋은 꿈꾸고."

"안녕히 주무세요."

로보가 문을 닫고 나갔다. 라이칸은 어머니와 아버지가 한 말을 곱씹으며 작은 머리로 사랑이 무엇인가 생각하며 몸을 뒤척였다.

"우와! 굉장해요, 헤르티아 누나!"

헤르티아가 뒤에서 들리는 말소리에 휙 고개를 돌렸다. 바위 뒤에서 라이칸이 두 눈만 쏙 내밀고 박수를 치고 있었다. 헤르티아는 바위 뒤로 성큼성큼 다가가 라이칸의 뒷덜미를 잡고 들어 올렸다.

"우왁!"

"너, 언제 내가 몰래 훔쳐봐도 된다고 했어!"

"하지만……. 나도 마법 보고 싶어요. 헤르티아 누나 마법은 신기하단 말이에요."

라이칸이 기어들어 가는 목소리로 말했다. 헤르티아는 예쁘장하게 생긴 외모이기는 했지만 눈매가 사나운 편이라 이렇게 앙칼지게 말할 때면 꽤나 무서운 얼굴이 되었다. 라이칸은 집게손가락을 서로 부딪치면서 우물쭈물 입을 열었다.

"못 보게 하면, 베니니타스님께 단테 형이랑 헤르티아 누나 뽀뽀한 거 말할 거예요."

"너! 그거 언제 봤어!"

헤르티아가 얼굴을 빨갛게 물들이면서 그를 바닥으로 떨어뜨렸다. 라이칸은 바닥에 떨어져 엉덩방아를 찧고 아픈 엉덩이를 문질렀다.

"지난번 울피누스 호무스 방문했을 때, 단테 형이랑 헤르티아 누나랑 정원에……."

"그거, 누구한테 말했어?"

헤르티아가 라이칸의 어깨를 잡고 다그쳤다. 라이칸은 머리가 앞뒤로 흔들려서 어지러운지 관자놀이를 꾹 누르면서 기어들어 가는 목소리로 말했다.

"아무한테도 말 안 했어요."

"누구한테도 말하지 마!"

헤르티아의 얼굴이 시뻘겠다. 아무리 일족들 간의 분쟁이나 갈등이 줄어들고 있다지만, 아직 서로 다른 일족 간의 통혼은 허용이 되지 않았다. 분명히 손가락질 당할 것이다. 게다가 단테는 차기 에쿠우스가 될 수인이었고, 헤르티아는 울페스인 베니니타스의 동생이었다. 이 일이 알려지면 여파가 어마어마할 것이다. 헤르티아는 초조한 얼굴로 손톱을 깨물었다.

"누나가 잘못한 거 아니잖아요."

라이칸이 헤르티아의 눈치를 보았다. 헤르티아가 돌아보자 라이칸은 볼을 긁적였다.

"누구를 좋아하는 게 죄가 되는 게 어디 있어요. 그런 건 죄가 될 수 없어요."

"얼씨구. 그럼 너는 그걸 가지고 나를 왜 협박하냐?"

"음. 그걸 말하면 누나가 내 부탁을 들어줄 것 같아서요. 절대로 전 누나가 잘못했다 생각하지 않아요."

헤르티아가 팔짱을 끼고 라이칸과 눈을 맞췄다. 그리고 제 이마로 꽁 하고 라이칸의 이마를 때렸다. 라이칸은 이마를 부여잡았다.

"힝! 누나 나빠!"

"헤르티아, 애를 괴롭히면 어떻게 해."

라일라가 라이칸을 들어 올렸다. 눈물을 찔끔 흘린 라이칸은 라일라의 목을 끌어안았다.

"얘가……."

헤르티아가 변명을 하려다가 입술을 깨물었다. 변명을 해보았자 저만 손해일 것 같았다.

"미안해, 라이칸."

"핏. 특별히 용서해 줄게요, 누나."

라이칸이 입술을 쭉 내밀고 눈물을 닦았다. 그사이 블랑카가 다가왔고 라일라는 그녀에게 라이칸을 넘겨주었다. 라이칸은 블랑카의 품에 폭 안겨서 헤르티아를 바라보았다.

"벤자민이랑 프리드는 그렇게 끔찍이 여기면서 왜 라이칸은 못 잡아먹어서 안달이야, 헤르티아."

블랑카가 라이칸을 달래면서 헤르티아에게 물었다.

"귀찮게 굴잖아요, 블랑카님."

"블랑카님, 그래도 헤르티아가 라이칸 많이 아껴요. 이번에 올 때 가져온 간식들 모두 헤르티아가 라이칸 주겠다고 가져온 거라니까요."

"라일라 언니!"

헤르티아가 얼굴이 붉어진 채로 소리를 버럭 질렀다. 블랑카와 라일라가 킥킥 웃었다. 라이칸은 헤르티아에게 방긋 웃는 얼굴로 물었다.

"그거 누나가 나 준 거예요?"

"너, 내가 그거 줬다고 내가 널 예뻐한다든가 하는 생각 마라. 프리드 좀 더 아껴주라고 주는 거니까."

"프리드가 강해지면 아껴줄 거예요! 아직 프리드는 에리카를 지킬 만큼 강하지 않잖아요!"

"우리 라이칸은 에리카를 이렇게 아껴서 어떡할까? 이러다 에리카 시집 못 가는 것 아니야?"

"그런 걱정은 하지 마세요. 저도 우리 오빠가 그렇게 유난을 떨어도 결국은 시집왔잖아요."

라일라가 작게 웃었다. 라일라를 끔찍이 아끼는 렉스 뭐어는 당연히 동생의 결혼에 반대했다. 동생이 수인과 결혼해서 수인들에게도 따돌림 당하고 포트리스의 인간들에게도 따돌림 당할 것 같다는 걱정이 앞섰기 때문이었다. 결국 부모 이기는 자식이 없는 것처럼 여동생 이기는 오빠는 없는 것인지 라일라는 렉스를 설득하고 베니니타스와 결혼을 하였다. 그 후로 지금까지 여우 수인들과 포트리스 인간들 모두를 어우르며 잘 살고 있었다.

"그러네, 라일라. 우리 라이칸 어쩌나, 에리카도 그렇게 될 텐데."

블랑카가 라이칸의 볼을 제 볼로 비볐다. 라이칸은 간지럽다는 듯 그녀의 얼굴을 피했다. 다정한 모자의 모습을 보고 있던 라일라에게 헤르티아가 물었다.

"그런데, 라일라 언니는 왜 겨우 그거 하나 받고 오빠에게 더 예물 안 받았어요? 우리 오빠가 가진 게 얼마나 많은데, 그거 하나로 만족해요? 게다가 다른 비싼 목걸이도 오빠가 많이 사 줬는데, 그걸 무시하고 그것만 하고 다녀요?"

헤르티아가 라일라의 목에 걸려 있는 붉은 루비 조각 목걸이를 가리켰다. 라일라가 웃었다.

"이게 제일 좋아서요. 딴 이유는 없어요."

라일라는 약간 걱정스런 표정으로 목걸이를 움켜쥐었다. 블랑카는 라이칸을 땅에 내려놓고 라일라에게 물었다.

"그러고 보니까 내일 돌아간다고 하지 않았나?"

"예. 아무래도 저랑 애들은 먼저 돌아가 봐야 할 것 같아요. 그이도 같이 돌아가려고 했는데, 루프스님이 부탁할 일이 있다고 하시네요."

"저도 오빠 때문에 여기 남아 있어야 해서. 언니랑 애들만 먼저 떠날 것 같아요."

"위험하지 않을까? 호위는?"

"호위는 있어요. 걱정 마세요."

헤르티아는 호위들 모두 실력자라고 치켜세웠다. 블랑카도 그제야 안심한 것인지 오늘 편히 쉬다가 무사히 돌아가라는 말을 건넸다. 라이칸도 섭섭하지만 여름에 꼭 찾아뵙겠다고 인사를 했다.

에리카와 벤자민과 프리드는 각자 제 엄마를 찾으러 온 것인지 달리기 시합하듯이 달려와서 서로의 엄마의 다리를 끌어안았다.

"오빠, 내가 제일 빨랐지!"

에리카가 붉게 상기된 얼굴로 말했다. 라이칸은 고개를 크게 끄덕였다. 벤자민은 분한지 제 무릎을 쳤다. 에리카가 프리드를 놀렸다.

"프리드는 꼴찌다, 꼴찌!"

프리드가 속이 상한 것인지 라일라의 다리를 붙잡고 훌쩍였다. 라이칸은 프리드가 제가 말한 것을 계속 마음에 품고 있는 건가 싶어서 그에게 성큼성큼 다가갔다.

"프리드."

라이칸은 프리드의 이름을 불렀다. 프리드는 눈물 젖은 자수정색 눈동자를 들었다. 라이칸은 주머니를 뒤적거려 제가 가장 아끼는 물건 중 하나인, 블랑카가 처음으로 공예를 배우면서 만들어준 핀을 그에게 건넸다. 좋아하는 암컷이 생기면 주라고 블랑카가 라이칸에게 준 것이었다. 프리드는 에메랄드가 박혀 있는 작은 핀을 멀뚱멀뚱 바라보았다.

"이거 너 줄게."

라이칸은 프리드의 손에 핀을 쥐여주었다. 프리드의 눈이 동그랗게 커졌다.

"이거 우리 엄마가 만든 거야. 그러니까 네가 엄청 강해졌을 때 다시 돌려줘. 알겠지?"

"우와! 프리드 인정받았네!"

블랑카가 무릎을 굽혀서 프리드의 볼을 가볍게 두드렸다. 헤르티아도 약간은 새침한 표정으로 라이칸의 머리를 쓰다듬었다.

"오늘 하는 행동은 마음에 드네."

"자, 그럼 우리 맛난 거 먹으러 갈까? 헤르티아가 특별히 라이칸을 위해서 가져온 간식이 있다니까."

"블랑카님!"

헤르티아는 또다시 얼굴이 붉어져서는 버럭 소리를 질렀다. 블랑카는 건수를 잡았다는 표정으로 계속 헤르티아를 놀려대었다. 라일라가 중간에 중재를 했지만, 그녀 역시 재미있다고 생각해 그리 적극적이지 않았다.

라이칸은 헤르티아의 붉어진 얼굴과 난처한 표정을 보면서 웃음 지었다. 헤르티아가 조금 까칠하기는 해도 정이 있는 누나라는 것을 알기에 라이칸은 그녀의 소녀 같은 모습에 활짝 웃었다.

"라이칸, 섭섭하냐?"

로보는 라이칸을 무릎에 앉히고 놀아주면서 물었다. 라이칸은 풀이 죽은 얼굴로 고개를 끄덕였다. 로보는 라이칸의 볼에 입을 맞추면서 옆구리를 간질였다.

"흐에엑!"

라이칸이 몸부림쳤다. 라이칸은 로보를 돌아보았다.

"다음에 보면 되지. 일이 한가해지면 울피누스 호무스에 데려다주마, 그러니 얼굴 풀고. 사나이는 언제나 어떻게 해야 한다고 내가 말했지?"

"씩씩해야 한다고 했어요!"

"옳지. 그럼 씩씩하게 공부하러 가야지. 오늘 아빠랑 대련할까?"

"아빠랑 하면 아픈데?"

"바실리사랑 해도 아프잖아."

"그래도 바실리사 주먹은 맞아도 그렇게 아프지 않아요. 하지만 아빠한테 맞으면 진짜, 진짜 아파요."

"그래?"

로보는 턱을 쓸었다. 라이칸은 싸우는 것을 좋아하지 않았고 가능하면 대화로 해결하고자 하는 편이었지만 항상 상황이 좋게만 흘러가는 것은 아니었다. 때로는 소중한 것을 지키기 위해서 무력을 사용해야 할 때가 있었다.

"라이칸. 싸우는 걸 좋아하지 않는다는 건 나쁜 게 아니란다. 하지만 그렇다고 언제나 싸움을 피해서는 안 된단다."

"왜요?"

"때로는 말만으로는 지킬 수 없는 상황이 오거든, 그때를 위해서 힘을 길러야 하는 것이란다."

로보는 라이칸을 무릎에서 내려놓고 자리에서 일어났다. 그리고 라이칸의 손을 잡았다.

"그런 의미로 우리 대련할까?"

라이칸은 대련하는 것을 좋아하지는 않았지만, 바쁜 아빠가 저와 놀아주는 시간이라는 것이 신나서 눈을 반짝이면서 폴짝폴짝 뛰었다. 로보는 라이칸의 정수리를 쓰다듬으면서 환하게 웃었다.

"루프스님!"

갑자기 늑대 수인 하나가 다급하게 들어왔다. 로보는 자상한 아버지의 모습을 지우고 냉철한 루프스의 모습으로 돌아왔다. 늑대 수인이 라이칸을 보고는 로보의 귓가에 조용히 속삭였다. 로보의 표정이 급속도로 굳어갔다. 로보는 호기심 가득한 표정으로 그를 올려다보고 있는 라이칸에게 미안한 말을 전했다.

"라이칸, 지금 급한 일이 생겨서 아빠는 나가봐야겠다. 그러니까 내일 놀아줄게."

"알았어요."

라이칸은 섭섭한 얼굴로 고개를 끄덕였다. 로보는 미안한 얼굴로 라이칸을 위로하고 다급한 발걸음으로 늑대 수인과 함께 나갔다. 라이칸은 그런 아버지를 한참을 바라보았다.

그것이 라이칸이 마지막으로 본 로보의 자상한 모습이었다. 그리고 내일 놀아주겠다는 로보의 약속은 영영 지켜지지 못했다.

"오빠!"

에리카가 라이칸의 손을 부여잡고 울었다. 라이칸은 피 칠갑을 한 채로 망연자실한 얼굴로 주저앉아 있었다. 로보는 블랑카의 시신을 부여잡고 오열했다. 블랑카의 시신은 말로 형용할 수 없을 정도로 처참했다. 라이칸은 몸을 벌벌 떨었다. 로보의 절규가 이곳을 가득 채웠다.

라이칸은 덜덜 떨리는 다리를 이끌고 로보의 목을 끌어안고 울먹였다.

"아, 아빠. 미, 미안해. 내, 내가 약해서……."

라이칸이 오열했다. 라이칸은 로보의 옆에 주저앉아서 울었다. 에리카도 라이칸 옆으로 다가왔다. 라이칸은 에리카를 끌어안고 울었다.

베니니타스 스승님이 설마 그럴 줄은 몰랐다. 라이칸은 베니니타스의 차가웠던 검은 눈을 떠올렸다.

[라이칸 도망가!]

블랑카는 하얀색 늑대개로 변해서 분노한 베니니타스를 막아섰다. 라이칸은 바닥에 엉덩방아를 찧었다.

어머니와 산책을 나와서 눈꽃들을 보고 있었을 뿐이었다. 라이칸은 갑자기 나타난 베니니타스를 보고 의아했지만, 그전에 오랜만에 만나는 스승님이 반가웠다. 하지만 베니니타스는 갑자기 거대한 붉은 여우로 변해서 그들을 공격했다. 라이칸은 베니니타스를 말리기 위해서 소리를 질렀고 블랑카도 그를 막기 위해 늑대개로 변했지만 이미 눈이 돌아간 베니니타스에겐 아무런 말도 들리지 않았다.

[너! 너! 너희는!]

베니니타스는 잔뜩 분노하여 계속 블랑카를 몰아붙였다. 블랑카는 루프스인 로보 바로 다음가는 실력자인 베니니타스를 막을 수가 없었다. 블랑카의 옆구리가 길게 찢겼다. 블랑카가 숨을 헐떡였다.

[도대체 라일라가 너희에게 무슨 잘못을 했다고!]

베니니타스가 고함을 질렀다. 분노로 불타는 눈동자가 살기를 담고 블랑카와 라이칸의 목숨을 노렸다. 라이칸은 겁을 집어먹고 더듬거렸다.

"스, 스승님. 뭔, 뭔가…… 오, 오해가 있으시, 신 거예요……."

[오해? 얼어 죽을 오해!]

[라이칸! 빨리 도망가!]

블랑카가 라이칸에게 향하는 베니니타스의 앞을 막았다. 블랑카의 비명이 푸른 하늘을 가득 메웠다.

"엄마!"

라이칸이 소리쳤다. 블랑카는 라이칸에게 외쳤다.

[엄마는 괜찮아! 어서 도망쳐, 라이칸! 그리고 아빠를 불러오는 거야.]

"하, 하지만. 엄, 엄마 피, 피가 많이 나."

[엄마는 어른이라서 괜찮아. 그러니까, 얼른 아빠에게 가. 그게 엄마를 도와주는 거야.]

블랑카는 베니니타스의 공격을 막으며 날카로운 이빨을 드러냈다. 베니니타스의 목표는 저와 라이칸이었다. 제 목숨을 버려서라도 라이칸은 살려야 했다. 블랑카는 낮게 으르렁거렸다.

블랑카는 뒤에 있는 라이칸을 힐끔 돌아보았다.

[얼른 안 도망가면 엄마한테 혼난다! 그러니까. 얼른 가!]

라이칸은 망설이다가 늑대로 변해서 얼른 다리를 움직였다.

[엄마! 잠깐만 기다려! 내가 아빠 데려올게!]

라이칸은 정신없이 뛰었다. 뛰고 또 뛰었다. 심장이 터질 것 같았지만 멈출 수 없었다. 라이칸은 아버지를 발견하자마자 블랑카가 위험하다고 외쳤고, 로보는 미친 듯이 이곳으로 달려왔다. 그리고 그의 눈앞에 놓인 것은 처참한 블랑카의 시신이었으며 베니니타스의 전언이었다.

[라일라와 프리드, 벤자민의 목숨. 이리 갚겠다.]

로보가 베니니타스와 헤르티아를 일부러 토스 호무스에 붙잡아놓고 상대적으로 호위가 약해진 틈을 타서 라일라와 두 형제를 죽여 버렸다는 소문이 돌았다. 베니니타스는 당연히 분노했고 그에 대한 보복으로 블랑카를 살해함으로써 선전포고를 하였다는 것이다.

라이칸은 로보가 벤자민과 프리드, 라일라를 죽였다는 사실이 도저히 믿기지 않았다. 라이칸은 아버지를 찾아갔지만, 이미 머리가 돌아버려 베니니타스를 향한 복수심에 불타는 로보의 귀에는 아들의 목소리가 들리지 않았다. 늑대의 사랑은 뜨겁고 격렬했다. 그들에게 사랑하는 연인이란 제 세상의 모든 것이었다. 로보는 제 연인을, 제 세상을 가장 잔인한 방식으로 잃은 것이었다.

라이칸은 어머니를 잃은 슬픔에 그 역시 제정신이 아니었지만 그래도 상황을 냉정하게 보려고 노력했다. 뭔가 오해가 있는 것이라고, 베니니타스가 그런 짓을 저지른 이유가 있을 거라고 생각했다. 그 생각에는 삼촌처럼, 스승으로 믿고 따랐던 베니니타스의 배신을 믿기 힘들었던 어린 마음이 깔려 있었다.

"친구? 얼어 죽을 친구! 이제 그놈은 적이야, 라이칸!"

토스 호무스는 전쟁 준비에 들어갔다. 그동안 라이칸은 블랑카와 프리드, 벤자민, 라일라의 죽음으로 매일 침대에서 눈물로 보내는 에리카를 위로했다. 라이칸은 동생을 품에 꼭 껴안았다. 에리카는 훌쩍이며 물었다.

"이제 엄마랑, 프리드랑 벤자민이랑 못 보는 거야? 오빠, 그런 거야?"

"응."

라이칸은 목이 멘 소리로 대답했다. 에리카를 위해서 의젓한 척을 하고 있었지만, 그도 열셋의 어린 소년이었고 어머니를 지키지 못한 죄책감에 하루하루를 고통 속에서 살고 있었다. 스승의 배신, 어머니의 죽음, 아버지의 분노, 자신의 무력감까지 라이칸은 견디고 있었다. 라이칸은 아무도 보지 않을 때에만 훌쩍이면서 울었다.

상황은 점점 더 심각해졌다. 로보는 저와 뜻을 같이할 수인 일족들을 모아서 전쟁을 벌였다. 까마귀 수인들의 습격으로 토스호무스의 궁도 더 이상 안전할 수 없어서 두 남매는 아버지를 따라서 전쟁터를 전전했다.

"에리카, 괜찮을 거야. 오빠가 지켜줄게."

라이칸은 매일을 에리카를 위로하며 보내었다. 전쟁터에는 피비린내가 진동을 하였다. 죽어가는 자들의 신음 소리가 가득했다. 라이칸은 그 끔찍한 광경을, 고통스러운 상황을, 로보를 위해서, 그리고 에리카를 위해서 견디고 있었다.

라이칸의 마음은 서서히 곪아가고 있었다. 블랑카의 죽음에 대한 슬픔과 죄책감도, 베니니타스를 향한 분노와 슬픔과 배신감도, 벤자민, 프리드, 라일라의 죽음에 대한 슬픔도 그 무엇 하나 제대로 털어내지 못했기 때문에 그의 마음은 어두운 감정들이 좀먹어가고 있었다.

아들을 위로해 줘야 할 로보는 이미 복수에만 미쳐 있어서 그를 돌보지 못했다. 라이칸은 서서히 메말라 갔다. 라이칸은 점점 지쳐 갔다.

수인 내전은 점점 더 심각해졌다. 포트리스의 마레 위르들도 전쟁에 휘말리기 시작했다. 그들은 베니니타스의 편에 섰다. 여우 일족과 늑대 일족의 싸움은 스티폴로르 전역의 수인과 인간들까지 끌어들여 끝이 날 기미가 보이지가 않았다.

그리고 그날이 왔다.

라이칸은 긴장한 얼굴로 회색 늑대와 붉은 여우를 바라보았다. 베니니타스의 옆에는 렉스 뮈어가 커다란 검을 들고 서 있었다. 베니니타스와 로보의 실력을 비교하자면 로보가 베니니타스의 비해 한참 우위에 있었다. 베니니타스가 고유 속성에 대한 응용력이 뛰어나다 하여도 로보의 전투력에는 한참을 밀리는 실력이었다.

로보는 분노로 눈을 번뜩이면서 베니니타스를 노려보았다. 이미 이지가 없는 그에 비해서 베니니타스는 한결 침착해 보였다. 시간의 차이이며, 복수의 유무가 만들어낸 차이였다. 로보와 베니니타스는 서로에게 달려들었다.

"오빠."

에리카는 라이칸의 팔을 꽉 움켜잡았다. 라이칸은 에리카를 꼭 끌어안았다.

"걱정 마, 에리카. 아빠는 강하니까. 꼭 이길 거야. 걱정하지 마."

라이칸은 이 말이 스스로에게 하는 말인지 아니면 에리카를 달래기 위해서 하는 말인지 구분되지 않았다.

전투는 치열했다. 수인들 중 첫째와 둘째가는 수인끼리의 싸움이었다. 전투가 길어질수록 라이칸은 불안해졌다.

로보는 효율적이고 민첩한 전투 방식을 선호했다. 다시 말해서 꼭 필요한 공격만 하는 군더더기 없는 공격 방식을 가지고 있었다. 하지만 지금은 달랐다. 그는 확실하게 급소를 노리기보다는 베니니타스에게 더 많은 고통을 주기를 원하는 것처럼 움직였다. 라이칸은 그것이 어머니의 죽음과 관련되어 있을 것이라고 생각했다. 블랑카가 산 채로 사지가 잡아 뜯기는 고통 속에서 죽어갔기 때문이었다.

이성을 잃은 로보와 달리 베니니타스는 차분하게 공격을 하였다. 그 덕택에 로보가 우세할 것이라는 예상과는 달리 전투는 누구의 승리도 예측하지 못할 정도로 팽팽하게 흘러갔다. 거기다 두 괴물의 싸움에 끼어든 렉스라는 변수도 크게 작용하고 있었다. 렉스는 중간, 중간에 끼어들어서 베니니타스를 보호해 주거나 로보의 틈을 만들어주는 등 싸움에 굉장한 공헌을 하고 있었다.

라이칸은 손바닥에 배어 나온 땀을 바지에 닦았다. 에리카는 손으로 눈을 가리고 손가락 틈으로 로보의 싸움을 지켜보았다. 라이칸은 애써 의젓하게 에리카를 위로하면서 서 있었다. 하지만, 그의 다리는 금방이라도 풀려서 주저앉을 것처럼 불안하게 떨렸다.

"이길 거야. 이길 거야."

주문처럼 중얼거렸다. 전투는 길어졌다. 베니니타스와 로보 그리고 곁다리로 낀 렉스의 숨소리가 모두 거칠어졌다. 이제는 작은 실수 하나가 모든 것을 좌우하는 정도가 되었다. 라이칸은 조용히 두 손을 모았다. 그리고 눈을 감았다.

[흐억!]

로보의 급박한 숨소리에 라이칸과 에리카는 모두 눈을 떴다. 베니니타스의 이빨이 로보의 목줄을 뜯었다. 렉스가 만들어낸 틈을 베니니타스가 정확히 잡은 것이었다. 에리카가 주저앉았다. 베니니타스의 이빨이 로보의 목을 깊게 파고들었다. 로보가 발악하며 베니니타스의 오른쪽 눈을 파내었다. 그리고 그와 동시에 로보의 목이 바닥에 떨어졌다. 다시 위르형으로 돌아온 그의 머리가 바닥에 데구르르 굴렀다.

[크아아아악!]

베니니타스의 승리의 고함이 이곳을 가득 메웠다. 여우 수인 일족들이 일제히 승리의 함성을 질렀다.

"아빠!"

에리카가 비명을 질렀다. 라이칸은 그녀의 손목을 잡아끌었다. 여우 수인들이 그들에게 달려오고 있었다. 지금은 피해야 하는 때였다. 시신조차 지킬 수 없는 아버지의 죽음을 뒤로하고 라이칸은 살기 위해 달렸다.

그리고 늑대 일족은 그날 최대의 패배를 맞이하고 뿔뿔이 흩어졌다.

에리카는 라이칸이 없을 때에만 눈물을 훌쩍였다. 울면 오빠가 속상해하기에 그의 앞에선 차마 울 수가 없었다. 먹을 것을 구하러 나간 그는 오늘따라 조금 늦고 있었다. 에리카는 혹시 라이칸에게 무슨 일이 생긴 것인가 걱정되어 배로 공포에 질렸다. 에리카는 눈물을 닦으며 숨어 있던 곳에서 몰래 나왔다.

"오빠! 오빠!"

에리카는 저 멀리에서 어기적거리며 걸어오는 라이칸을 보았다. 라이칸은 평소보다 어두운 표정이었다. 에리카는 얼른 라이칸에게 달려가서 그의 허리를 끌어안았다. 라이칸은 휘청거렸지만, 이내 중심을 잡고 에리카를 꼭 안아주었다. 에리카는 라이칸의 가슴에 얼굴을 묻었다. 라이칸의 옷이 눈물로 젖어들어 갔다.

"걱정했잖아. 왜 이렇게 늦었어……."

라이칸은 에리카의 정수리를 약간은 메마른 눈으로 내려다보았다. 그는 평소와 같이 부드러운 손길로 그녀의 머리를 쓰다듬었다. 라이칸이 무릎을 굽혀서 에리카의 볼에 입술을 맞췄다.

"걱정했어, 에리카?"

"응. 응. 오빠. 나 정말 걱정 많이 했어. 오빠가 영영 안 돌아와서 나 혼자 남을까 봐 무서웠어."

에리카가 훌쩍였다. 라이칸은 미안하다며 에리카를 꼭 끌어안아 주고 가져온 먹을 것을 꺼냈다. 말린 과일들과 사슴 고기였다. 과일은 그렇다 치고 사슴 고기는 라이칸이 구하기 힘든 것일 텐데 그것을 알아차리지 못한 에리카가 눈을 반짝였다. 하루 종일 굶느라 배가 고팠기 때문이었다.

"이거 가져오느라 늦었어. 미안해."

"아니야, 오빠. 오빠도 얼른 먹어. 오빠도 배고프겠다."

에리카가 다급하게 고기 조각을 움켜쥐었다. 라이칸은 고개를 저었다.

"오빠는 많이 먹었어. 피곤해서 그러는데, 씻고 올게. 먹고 있어."

"알았어! 얼른 돌아와야 해."

에리카가 허겁지겁 음식을 먹는 모습을 지켜보고 라이칸은 근처의 연못으로 향했다. 노숙을 할 때 물이 있는 곳 근처에 있어야 한다는 건 베니니타스가 알려준 지식이었다. 라이칸은 그것을 떠올리곤 피식, 실없는 웃음을 터뜨렸다.

로보의 죽음 후 에리카와 라이칸은 로보의 자식이란 이유로 수많은 수인들의 추격을 받았다. 그들 중 일부는 로보에게 원한이 있는 이들이었고, 다른 일부는 로보의 아이들을 굴복시켜 제

낮은 자아를 충족시키려는 변태였다. 라이칸은 필사적으로 도망쳤다. 그 덕택에 플로서스와 헤어졌고 카니스 빅터의 도움도 받을 수 없었다. 라이칸이 할 수 있는 것은 단지 숨는 것뿐이었다.

라이칸은 옷을 벗고 연못으로 들어갔다. 하반신이 쓰려왔다.

발란테스 카르멘의 아들인 드미트리 패거리를 만난 것은 라이칸이 사냥감을 잡기 위해서 이곳저곳을 뛰어다닐 무렵이었다. 드미트리와는 안면이 있었기에 마음을 놓은 것이 원인이었다. 드미트리는 라이칸을 도와주겠다고 하면서 에리카가 어디 있는지를 물었다. 라이칸은 에리카가 어디 있는지 모른다고, 자신도 동생을 잃어버렸다고 했다. 그들은 반신반의하는 눈치였지만, 증거가 없기 때문인지 라이칸의 말을 믿어주었다.

자신을 도와주기만 하면 된다던 드미트리는 소름 끼치는 미소를 지었다. 시작은 정말 사소했다. 아주 간발의 차이로 일을 그르치게 되자, 드미트리가 라이칸에게 발길질을 하였다. 드미트리는 그에게 주로 몰이꾼 역할을 맡겼다. 몰이 대상은 때로는 동물이었고 때로는 수인이었다. 몰이가 끝나면 드미트리가 추잡스러운 일을 벌인다는 것을 알기에 라이칸은 그 이후의 일은 보지 않았다.

어느 날, 라이칸은 공복에 움직이느라 너무 힘들어 동물을 제대로 몰지 못했다. 패거리들이 들러붙어서 라이칸에게 발길질을 했다. 라이칸은 영문도 모르고 스물이 넘는 건장한 청년들의 발에 밟히고 차였다. 늑대 일족 특유의 빠른 회복력이 없었다면 죽었을 것이었다. 라이칸은 입에서 침만 꺽꺽거리며 뱉을 때까지 얻어맞았다. 처음에는 제가 뭔가 잘못해서 벌을 받는다고 생각하고 감내했다. 그들의 폭행은 점점 더 집요하고 지독해졌다. 발로 차는 것은 기본이었고 머리를 주먹으로 때리는 것 역시 별것 아닌 일이 되었고, 쓰러져서 일어나지 못하면 배로 더 오래 얻어맞았다. 울거나 애원하면 그들의 구타는 더 심해졌다. 그리고 라이칸은 그들의 표정을 보았다.

웃고 있었다.

그제야 알았다. 그들에게 이것은 한 가지 유희에 지나지 않았다. 제 욕구를 풀어낼 놀이일 뿐이었다. 로보의 자식에게 굴욕을 주려던 변태들과 다르지 않으며 그들보다 더 악질이라는 사실을 깨달았다. 하지만 라이칸은 그들에게서 벗어날 수가 없었다. 그들은 라이칸을 폭행한 뒤에는 항상 충분할 정도의 식량을 주었고 라이칸은 그것을 배를 곯고 있는 에리카에게 전해줄 수 있었다. 지독할 정도의 폭행의 대가로 받는 식량. 라이칸은 모든 굴욕을 받아 넘겼다.

라이칸은 입술을 꽉 베어 물었다. 라이칸은 물로 몸을 씻으면서 피부가 벗겨질 정도로 벅벅 문질렀다. 드미트리의 손길이 아직도 남아 있는 것 같았다. 라이칸은 그 더러운 손길을, 그 지저분한 손길을 지워 버리고 싶었다.

라이칸은 두 손을 들어서 얼굴을 가렸다. 오늘도 여느 때와 똑같았다. 다른 점이 있다면 그들이 뭘 먹고 온 건지 정신이 조금 몽롱한 상태였다는 것이다. 마치 미친놈들처럼 낄낄거리더니, 매캐한 연기를 내뿜는 막대기 하나를 건넸다.

"너도 피울래? 특별히 하나 줄게."

"싫, 싫어요."

그것이 너무나 이상한 것 같아서 라이칸은 손으로 그것을 쳐내었다. 그랬더니 갑자기 드미트리의 표정이 변했다. 그는 라이칸의 머리끄덩이를 잡아서 던졌다. 온몸의 뼈가 부서지는 것 같은 충격에 라이칸이 제정신을 차리기도 전에 드미트리가 다시 배를 걷어찼다. 그리고 숨을 꺽꺽거리고 있는 라이칸의 머리채를 잡아 올렸다. 드미트리는 번뜩이는 눈동자로 라이칸의 청회색 눈동자를 마주했다.

"너는 진짜, 기분 더럽게 만드는 새끼야. 기껏 죽은 얼간이 루프스 자식밖에 안 되는 주제에 내가 네놈 아래에 있는 놈으로 보이지?"

라이칸은 고개를 흔들었다. 드미트리가 실실 웃으며 라이칸의 볼을 툭툭 기분 나쁘게 때렸다. 라이칸은 굴욕감에 주먹을 움켜쥐고 눈을 똑바로 치켜떴다.

"이게 어디서 눈을 치켜떠!"

볼에 불이 나는 것 같은 고통에 라이칸은 눈을 찌푸렸다. 드미트리는 라이칸의 몸을 뒤집어서 제 아래에 깔았다. 드미트리 패거리가 휘파람을 불면서 낄낄거렸다.

"오! 오늘은 그렇게 놀게?"

"너도 하려면 하든가?"

드미트리가 바지를 벗겨내려고 하자 라이칸은 놀라서 몸부림을 쳤다. 드미트리가 라이칸의 뒤통수를 후려쳤다. 바닥에 부딪친 이마에서 피가 흘렀다. 드미트리가 낄낄거렸다.

드미트리가 라이칸의 등을 쓸었다. 드미트리의 손길이 닿는 모든 부분에서 소름이 돋아 라이칸은 반항했지만 위에서 누르는 힘을 이길 수가 없었다.

"싫으면, 에리카가 어디 있는지 말해. 그럼 봐줄게."

"몰, 몰라요."

"정말 몰라? 매일 두 명 분의 식량을 꼬박꼬박 챙겨가면서?"

드미트리가 라이칸에게 속삭였다. 라이칸은 움찔했다. 하지만, 에리카를 드미트리에게 넘길 수는 없었다. 그의 본능이 결코 말해서는 안 된다고 하고 있었다. 라이칸은 에리카가 어디 있는지 모른다고 잡아뗐다.

드미트리는 혀를 차더니 라이칸의 허리를 잡았다.

"난 계집질을 좀 더 좋아하지만……. 어쩔 수 없지."

라이칸은 드미트리의 말이 무슨 소리인지 이해하지 못했지만 얼마 지나지 않아서 알 수 있었다. 엄청난 고통이 밀려왔다. 라이칸은 땅을 손톱으로 긁으면서 살려 달라고 외쳤다.

드미트리 패거리들은 낄낄 웃으며 라이칸을 비웃기만 했다. 라이칸이 고통에 몸부림치며 도와달라고 외쳐도 그들은 손가락질만 했다.

"루프스님은 얼마나 고결하셨는데 그 아들이란 놈은 이렇게 천박하고 더러워서야."

드미트리가 라이칸의 등 뒤에서 떨어지면서 낄낄거렸다. 라이칸이 할 수 있는 유일한 일은 피를 닦고 옷을 챙겨 입는 일뿐이었다. 드미트리는 라이칸을 향해 식량이 든 주머니를 집어 던졌다.

"오늘 아주 만족스러웠어. 화대야. 가져가."

"어이구. 우리 왕자님, 화대도 받으시고 출세하셨네요."

드미트리 패거리가 그를 조롱했다.

라이칸은 물에 목까지 담그고 두 손을 들어서 얼굴을 가렸다. 눈물이 흘러나왔다. 라이칸은 얼굴을 두 손에 묻고 오열했다.

비참했다.

그 누구도 그를 위로해 주지 않았다.

열셋의 라이칸은 이를 악물고 살기 위해서 노력했다. 최선을 다해서 에리카와 살아남기 위해서 아득바득 노력했다. 살아야 했기에. 하지만 더 이상 버틸 수가 없었다.

죽고 싶었다.

이제 더는 버틸 수가 없었다.

그날 이후 드미트리 패거리에서 라이칸은 두 가지 대접을 받았다. 단순한 폭행과 성적인 학대. 다른 녀석들은 아직 어린 그를 성적인 대상으로까지는 보지 않았으나 드미트리는 그를 가지고 놀기를 서슴지 않았다.

라이칸은 서서히 무너져 가고 있었다. 그는 점점 감정을 잃어갔다. 라이칸의 청회색의 눈동자는 빛을 잃었다.

어제 라이칸은 잠든 에리카의 목을 조를 뻔하였다.

에리카만 없으면 모든 것이 편해질 것 같았다. 그가 학대를 받으면서까지 드미트리 패거리에게서 벗어나지 못하는 이유도 에리카를 위해서였다. 에리카만 없다면 충분히 혼자 잘 살 수 있었다. 에리카 때문에 그는 이렇게 힘들었다.

아무것도 하지 못하는 무능력한 에리카.

그런 생각을 하고 라이칸은 잠든 에리카의 목에 손을 올렸다. 에리카의 가는 목을 움켜잡았다. 조금만 힘을 주면 가는 목이 부러질 것이다. 에리카만 죽으면 모든 게 편해질 것 같았다.

"오빠…… 가지 마……."

에리카가 잠꼬대로 그를 불렀다. 라이칸은 무릎을 꿇고 울음소리를 억누르면서 오열했다. 눈물이 뚝뚝 떨어졌다. 하나밖에 남지 않은 가족이고 제 동생이었다. 어떻게 동생을 죽일 수 있단 말인가. 아무리 힘들어도 끝까지 살아봐야 하는 것이다.

아침이 되어 라이칸은 에리카에게 먹을 것을 챙겨주고 생각을 정리하기 위해서 밖으로 나왔다.

이후의 삶이 힘들어지더라도 드미트리 패거리를 떠나야 한다. 일단 그것만이 답이었다.

라이칸은 오랜 고민의 결론을 짓고 에리카에게 돌아가기 위해서 터벅터벅 걸었다. 저 멀리서 비명 섞인 웅성거림이 들렸다. 라이칸은 덜컥 심장이 내려앉는 것 같았다. 비명 소리가 들린 쪽은 에리카가 있는 곳이었다.

"아악! 제발. 제발!"

라이칸은 입을 틀어막고 주저앉았다. 드미트리 패거리들이 결국 에리카를 찾아낸 것이다. 그들은 에리카의 옷을 찢어내고 그 아이의 사지를 붙잡고 있었다. 라이칸은 그 끔찍한 장면에 아무 소리도 못 내고 몸만 벌벌 떨었다. 에리카를 구해야 한다고 생각은 하면서 다리는 조금도 움직이지 않았다. 라이칸이 할 수 있는 일은 고작 숨어서 그 상황을 지켜보는 것뿐이었다. 그리고 그 순간 에리카의 눈과 그의 눈이 얽혔다. 에리카의 눈이 커졌다.

"오빠! 살려줘! 구해줘!"

에리카가 절박하게 외쳤다.

"아이씨! 입 닥쳐!"

"악!"

드미트리가 에리카의 얼굴을 사정없이 내리쳤다.

"야, 네 오빠가 여기 와봤자 우리 손에 죽기밖에 더 해? 너 찾으려고 데리고 다녔는데 이제 이용 가치 다했으니 죽여야지. 안 그래?"

라이칸은 털썩 주저앉았다. 몸이 벌벌 떨렸다. 지금 나가면 죽는다. 라이칸의 눈동자가 사정없이 흔들렸다. 라이칸은 눈을 질끈 감았다. 스물이 넘는 수인들에게서 에리카를 구해낼 자신이 없었다.

살고 싶다.

죽고 싶다고 중얼거렸던 주제에 막상 죽음의 위협이 다가오자 한심하게도 너무나도 살고 싶었다. 라이칸은 에리카가 저를 부르는 소리를 뒤로하고 달렸다. 정신없이 달렸다.

에리카를 위해서 할 만큼 했다. 에리카를 위해서 모든 굴욕과 폭행들을 견뎠다. 그가 그렇게 고통스러울 때, 에리카는 그를 위해서 무엇을 해주었는가? 에리카는 울기만 했다. 라이칸은 제 마음도 추스르지 못한 상태에서 에리카를 위로해야 했다. 라이칸은 최선을 다했다. 그는 정말 최선을 다했다. 라이칸은 스스로를 그렇게 합리화했다.

라이칸은 돌부리에 걸려서 앞으로 넘어졌다.

"악!"

무릎이 깨져서 피가 흐르고 온몸이 흙투성이가 되었다. 라이칸은 그 자리에 주저앉았다. 두 눈에서 눈물이 흘러내렸다.

그래, 그는 그저 에리카가 원망스러웠다.

아무것도 하지 못하는 에리카가 싫었다. 에리카가 죽어버렸으면 하였다. 에리카가 짐처럼 느껴졌다. 하지만, 그는 에리카의 오빠였다. 에리카를 지켜야 하는 오빠였다. 프리드가 약해서 에리카를 못 지킬 것 같다고 싫어한 주제에 저는 에리카의 위험에서 도망쳤다.

꽉 쥔 주먹 위로 눈물이 뚝뚝 떨어졌다. 라이칸은 눈물을 거칠게 닦아내었다. 그리고 벌떡 일어섰다.

에리카를 지켜야 한다.

라이칸은 다시 미친 듯이 달려서 그곳으로 돌아갔다. 다리는 부러질 듯이 아파왔고 심장은 터질 듯이 쿵쾅거렸다.

"에리카!"

저 멀리 에리카가 보였다. 라이칸은 바닥에 쓰러져 있는 에리카의 몸을 안았다. 에리카의 목이 아래로 부자연스럽게 축 늘어졌다. 라이칸의 손에 힘이 빠지고 에리카의 몸이 바닥으로 떨어졌다.

"안 돼!"

라이칸은 아직 온기가 남은 에리카의 손을 부여잡았다. 이미 목이 꺾였는데도 라이칸은 온기가 남아 있으니 에리카가 살아날지도 모른다는 바보 같은 희망을 품었다. 라이칸은 에리카의 손을 따뜻하게 하기 위해서 그녀의 손을 꼭 감쌌다. 하지만, 에리카의 손은 점점 차갑게 식어갔다. 라이칸은 에리카를 부여잡고 오열했다.

비겁하고 비겁하고 또 비겁했다.

도망가서는 안 되었다. 죽는 한이 있어도 드미트리 패거리에게 덤볐어야 했다. 라이칸은 목이 쉴 때까지 오열했다.

그가 눈물을 그친 것은 밤이 다가올 무렵이었다. 온몸에 있는 물이 다 말라 버린 듯 그는 탈진해서 숨만 몰아쉬었다. 라이칸은 이를 악물고 몸을 일으켜 세웠다. 그리고 겨울이라 언 땅을 손으로 열심히 팠다. 돌조각과 딱딱하게 굳은 흙이 그의 손에 상처를 남겼다. 손끝에서 피가 흘러내렸다. 그는 아픔도 느끼지 못한 채 계속 땅을 팠다. 한참 후 라이칸은 에리카의 몸을 구덩이에 내려놓았다. 에리카가 추울까 봐 그는 낙엽들을 모아서 그녀의 몸 위에 덮어주었다.

"미안해. 미안해, 에리카. 내가 약해서."

이제야 아버지가 말했던 힘이 필요한 이유를 알 수 있었다. 힘이 있으면 이런 일을 당하지 않을 수 있었다. 힘이 있으면 높은 곳에 올라서서 그 누구도 저를 해치지 못하게 할 수 있었다. 에리카의 몸을 흙으로 덮는 라이칸의 눈이 번뜩였다. 에리카의 모습이 흙에 묻혀 사라질 때마다, 라이칸의 안에서 무언가가 하나씩 끊겨갔다. 그는 스스로도 알 수 없는 무언가를 에리카와 함께 묻었다.

에리카를 땅에 다 묻었을 때 그는 에리카와 함께 예전의 자신도 땅에 묻었다.

라이칸은 너무나도 원망스러운 하늘을 올려다보았다. 하늘에서 함박눈이 내려왔다. 라이칸은 흘러내린 눈물을 손으로 대강 닦아내었다.

"에리카, 네가 죽은 것이 하늘도 슬픈가 봐."

꽃을 좋아했던 에리카의 무덤에 꽃 한 송이 못 놓는 것이 한이 되었다. 라이칸은 에리카의 무덤을 뒤로하고 걸었다.

그날은 라이칸이 열네 살이 된 첫 번째 날이었다.

삼 년 뒤.

라이칸은 베니니타스를 바라보았다. 수많은 싸움의 결과로 엄청난 상처들을 입은 베니니타스는 마치 거대한 산처럼 보였다. 로보의 덕에 잃은 한쪽 눈은 안대로 가리고 있었다. 라이칸은 예전의 스승을 바라보는 거라기엔 냉정한 눈동자로 베니니타스를 바라보았다. 마지막 싸움이었다. 이 싸움만 이기면, 그 누구도 저를 복종시킬 수 없었고, 모두를 제 발밑에 둘 수 있었다.

베니니타스의 정예병들과 베니니타스가 단신으로 온 라이칸을 노려보았다.

[삼 년간 잘 지냈나?]

베니니타스가 여상한 말투로 물었다.

[덕분에 아주 잘 지냈습니다, 스승님.]

에리카의 죽음 이후 라이칸은 미친 수인처럼 날뛰었다. 에리카의 죽음은 남을 다치게 하는 것을 꺼리던 라이칸이 스스로 만들어놓은 선을 넘게 만들었다. 그 선을 넘은 이상 그는 두려울 것이 없는 강자가 되었다. 덤비는 수인들을 물리치고 점점 세력을 넓혀 가던 중 라이칸은 어느 날 드미트리 패거리를 만났다.

그들은 라이칸의 압도적인 실력에 무릎을 꿇고 머리를 바닥에 찧으며 애걸복걸하였다. 라이칸은 그때만큼 허탈했던 적이 없었다. 그는 그놈들의 생식기를 발로 밟아서 터뜨렸다. 피의 복수가 끝나자 그의 눈앞에 있는 것은 처참한 시신이었다.

힘이 있으면 뭐든 할 수 있었다. 모두가 그의 발아래 복종하고 애원했다. 라이칸은 자신이 서서히 미쳐 가고 있음을 알고 있었지만 멈출 생각은 없었다. 어차피 미쳐 돌아가는 세상에 미친놈 하나 더 있어봤자 달라질 것은 없었다. 그렇게 살육을 벌이다 보니, 어느새 그는 루프스가 되어 있었다.

"살려줘. 그, 그거, 드미트리가 꾸민 일이야. 난 네 동생 죽일 생각이 없었어. 드미트리가 죽이자고 했어!"

드미트리 패거리에 있었던 단테의 동생인 테오도르가 그에게 그날의 진실을 털어놓았다. 그리고 단테는 자신의 동생이 하는 말을 모두 들었다. 라이칸은 단테의 눈앞에서 그를 죽였다. 제 동생의 죄와 죽음에 아무 말도 못 하는 단테를 뒤로하고 그는 드미트리를 가장 처참하게 죽였다. 그리고 단테에게 그 일을 함구할 것을 명했다.

라이칸은 에리카의 죽음에 대해 스스로 밝힐 수가 없었다. 제 치욕스런 과거, 비겁했던 과거가 밝혀지는 것은 두렵지 않았다. 하지만 에리카가 어떻게 죽었는지 알려져 저들이 더러운 입방아를 찧어 에리카의 죽음을 욕보이는 것이 싫었다. 착하고 가련한 아이가 생각 없는 놈들의 더러운 농담거리로 희생되는 것을 원치 않았다. 에리카는 그런 모욕을 받아야 하는 아이가 결코 아니었다.

그는 침묵했다. 무정한 오빠라는 말은 기꺼이 참을 수 있었다. 인륜을 저버렸다는 말도 참을 수 있었다. 모두가 그의 업보였다. 라이칸은 그렇게 삼 년을 살아서 다시 베니니타스의 앞으로 돌아왔다.

[삼 년간 많이 변했더군.]

[십 년이면 강산이 변한다는데, 삼 년이면 수인 정도는 변해주어야지요.]

그 말을 끝으로 그들은 전투를 시작했다. 베니니타스의 정예병들이 라이칸에게 달려들었다. 청회색의 눈동자에 광기가 돌았다. 라이칸은 그들을 도륙했다. 그의 발톱과 이빨에 그들은 마치 종이로 만들어진 병사처럼 찢겨 나갔다.

라이칸의 전투 방식은 전성기 시절의 베니니타스와 로보의 전투 방식을 장점만 빼와서 조합시킨 방식이었다. 라이칸의 은빛 털이 붉은 피로 물들었다. 라이칸은 마지막 정예병의 앞다리를 씹으면서 베니니타스의 앞에 위협적으로 다가왔다. 베니니타스가 라이칸에게 달려들었다. 그렇게 두 강자의 싸움이 시작되었다.

거대한 붉은 여우와 은빛 늑대는 서로의 목줄을 노렸다. 전투가 격해질수록 둘은 피투성이가 되어갔다. 예전 로보와 베니니타스의 전투처럼 베니니타스의 빈틈을 라이칸이 파고들었다.

[흐억!]

베니니타스의 비명이 울렸다. 라이칸의 이빨이 베니니타스의 목을 물어뜯었다. 라이칸의 청회색 눈동자와 베니니타스의 검은 눈동자가 마주쳤다. 베니니타스는 모든 것을 내려놓은 수인처럼 평온한 눈빛이었다. 라이칸의 이빨에 베니니타스의 목이 떨어졌다.

그 평온한 눈빛의 의미는 무엇이란 말인가.

라이칸은 이를 악물었다. 자신은 베니니타스 때문에 지금까지 지옥에서 살아왔다. 베니니타스를 죽이고 아버지와 어머니의 복수를 한다면 모든 것이 괜찮아질 것 같았다. 하지만 그의 마지막 눈빛 때문에 그는 더욱더 깊숙한 나락으로 떨어진 것 같았다.

"라이칸!"

복수에 불타는 눈동자를 하고 저를 노려보는 헤르티아가 보였다. 후환을 없애기 위해서는 죽여야 한다.

베니니타스의 시신이 보였다. 라이칸은 이를 악물었다. 그리고 억눌린 목소리로 말했다.

[지금 항복한다면, 목숨만은 살려주겠다.]

수인 내전이 끝났다. 라이칸은 정식으로 루프스의 자리에 올랐다. 꿈꾸지도, 바라지도 않은 자리였지만 그는 루프스가 되었다. 그에게 약한 것은 죄였고, 다시는 비참한 라이칸이 되지 않기 위해서 그는 모든 이들을 제 발아래 두고자 했다. 그래서 그는 루프스가 되었다. 그렇게 십 년을 살았다.

모든 것이 무료했고 두려웠다.

드미트리의 밑에 깔리는 악몽을 꾸었고 누군가 저를 해치고 다시 예전의 나락으로 떨어뜨리지 않을까 하는 공포에 휩싸였다. 그의 발아래는 공포란 이름의 검은 뱀들이 우글거렸다. 그는 펠릭스 다우스를 들였고 그들이 복종하는 것을 보면서 마음의 안정을 찾았다. 그는 그것 외엔 사는 방법을 찾지 못했다.

세상은 그의 눈에 무채색이었다. 어떤 암컷을 보아도 몸이 동하지 않았고, 어떤 유희를 보아도 즐겁지 않았고, 그 무엇도 신기하지 않았다. 그리고 그의 스물여섯 번째 생일에 유채가 찾아왔다.

신기하게 생긴 마레 워르 암컷. 반항적인 눈을 하고 저를 보는 암컷에 흥미가 생겼다. 저 암컷이 제게 복종하는 것을 보는 것이 또 다른 즐거움이 될 것 같았다. 하지만, 유채는 결코 그에게 복종하지 않았다. 끝까지 스스로의 자긍심을 잃지 않았으며, 제 신념을 지키기 위해 노력했다. 아무리 힘든 일을 겪어도 꿋꿋하게 다시 일어섰다. 그리고 제가 지키고자 하는 이들을 위해서 끝까지 물러서지 않았다.

그게 계속 눈에 밟혔다.

세상에 둘도 없을 것 같은 이국적이고 아름다운 외양이 매력적이어서가 아니었다. 그 굳은 신념이, 그 용기가 빛이 났다. 그래서 시선을 잡아끌었다. 빛을 잃어버리고 색을 잃어버린 그의 세상에 유채는 찬란하게 빛이 났다. 그래서 놓을 수가 없었다.

다른 수컷들이 아름다운 유채의 용모를 보며 힐끔거리는 것이 싫었고, 유채의 눈물을 보면 제가 그녀에게 그런 의미밖에 될 수 없는 수인인 것 같아서 가슴이 내려앉았다. 제게는 보이지 않는 웃음을 타인에게 짓는 것을 보면 격렬한 분노가 차올랐다. 유채가 저에게만 웃어주기를 바랐고 저만 바라봐 주기를 바랐고 손을 뻗으면 닿는 곳에 있기를 바랐다. 그 모든 그 이기적인 바람을 그는 그저 펠릭스 다우스를 향한 소유욕으로 치부했다. 하지만, 그건 소유욕이 아니었다.

사랑이었다. 그의 사랑이었다.

유채가 저를 찌르고 도망간 것마저 용서한 것도, 유채가 없는 동안 그녀를 계속 그리워한 것도, 유채가 예쁘다고 웃어준 머리 장식을 계속 가지고 다닌 것도, 저를 걱정하지 않는 유채가 원망스러웠던 것도, 저를 위로해 준 유채에게 느꼈던 벅차오르는 그 감정도 모두.

사랑이었다.

유채는 제가 잃어버렸던 어린 시절의 순수와 신념의 결정체였다. 그래서 동경했고 사랑할 수밖에 없었다. 그랬기에 바라볼 수밖에 없었다.

유채가 그의 사랑이었다.

⚜

짹. 짹. 짹.

루프스는 눈을 떴다. 몸을 움직이려고 하니 팔 위에 있는 묵직한 무언가가 느껴졌다. 루프스는 몸을 돌렸다. 유채가 그의 팔을 베고 그를 향해 돌아누워 있었다. 루프스는 유채가 깰까 봐 다시 조용히 누웠다.

유채는 아기처럼 새근새근 숨소리를 냈다. 숱 많은 속눈썹이 만든 그림자가 유채의 고아한 분위기를 배가시켰다. 루프스는 유채의 작고 오밀조밀한 얼굴을 바라보았다. 봐도 봐도 질리지 않는, 눈에 박히도록 고운 얼굴이었다.

이렇게 평생을 같은 침대에서 아침을 맞이하고 싶었다.

금실 좋은 부부였던 부모님처럼 매일 같은 침대에서 잘 수 있다면. 유채의 잠든 얼굴을 바라볼 수 있는 수컷은 오직 자신이기를 바랐다. 잠에서 막 깨어난 유채의 눈동자에 담기는 것이 루프스 자신이기를 바랐다. 루프스는 유채의 몸을 당겨 안았다.

"미안하다."

아프게 해서, 제 감정을 미리 알아채지 못한 못난 수컷이라 괴롭게 하고 지켜주지 못해서 미안했다. 그리고 유채에게 해주지 못한 일이 많아 미안했다. 루프스는 유채의 몸을 꼭 끌어안고 그녀의 목덜미에 코를 묻었다.

"미안하다."

유채의 행복이 그녀의 가족이 있을 그곳에 있음을 알아도 보내줄 수 없기에 미안했다. 유채가 사라지면 그는 시름시름 앓다가 죽어버릴 것이다. 유채를 향한 그리움에 평생을 앓다가 그 슬픔에 죽어버릴 것이다. 제가 이기적이고 못난 수컷이라는 것쯤은 알고 있었다. 하지만 그녀는 평생을 끝이 없는 어둠 속에서 살았던 제게 찾아온 유일한 색이고 빛이었다.

여기서 그 누구보다 행복하게 만들어줄 자신이 있었다.

"평생 미안해하는 마음으로 살겠다."

저를 사랑하지 않아도 괜찮다. 제가 유채를 사랑하니 상관없었다. 유채와 같은 하늘, 같은 곳에서 살고 싶었다. 손 내밀면 잡을 수 있는 곳에 유채가 있기를 바랐다. 그저 제게 웃어주고 제 곁에만 있어준다면, 유채가 원하는 모든 것을 줄 수 있다. 제 영혼을 팔아서라도 가져다줄 수 있다. 암컷에 미친놈이라 손가락질 당해도 괜찮다. 그렇게라도 유채를 잡아둘 수 있다면 뭐든 할 수 있다.

아버지의 말이 맞았다. 사랑을 하면 얼간이가 된다.

지금 이 전쟁의 상황보다 유채가 중요했다. 유채가 저를 이렇게 만들었다. 세상에 둘도 없는 바보처럼 행동하게 만들었다. 그는 부서질 것 같은 유채의 몸을 꽉 끌어안았다. 어떻게 이 여린 몸에서 그런 강단이 나왔는지, 신기할 정도였다.

열셋과 열넷, 그사이의 겨울에 멈춰 있던 자신의 시간을 유채가 움직였다.

"내가…… 너를 연모한다."

이렇게 한심한 수컷으로 만들어놓고 무책임하게 사라져서는 안 된다. 루프스의 입술이 유채의 입술에 닿았다. 맞닿은 입술 사이에 온기가 오갔다. 짧은 닿음 뒤에 루프스는 유채의 머리를 품에 끌어안았다.

"……그러니 여기 남아주면 안 되겠나."

루프스는 유채의 귓가에 주문을 거는 것처럼 속삭였다. 그렇게 하면 유채가 저를 떠나지 않을 것이라고 믿으며.

2부

돌아오다

Chapter 9

소들의 왕, 타우루스 [Taurus]

"타우루스님, 곧 방어선이 뚫릴 가능성이……."

"꺼져!"

헥터는 분을 참지 못하고 재떨이를 집어 던졌다. 소 수인 한 명은 벌벌 떨면서 헥터의 방을 빠져나갔다. 헥터의 방에는 아편의 연기가 자욱했다. 헥터는 헤임달이 쥐어주고 간 아편과 정체 모를 약을 움켜쥐었다. 그는 그것을 입에 털어 넣었다. 고통을 억제시켜 주는 약이라고 했는데, 효과 하나는 뛰어났다. 헥터는 술잔이 부서질 정도로 주먹을 꽉 움켜쥐었다. 분명히 승기는 제 쪽에 있었다. 헤임달이 준 약을 제 군대에게 먹이니, 군사들이 호전적으로 변해서 적을 물리칠 수 있었다.

파죽지세로 독수리 일족들의 땅으로 밀고 들어갔다. 그 당황한 올리에의 표정이란. 고지식한 영감에게 치욕을 안겨주고 헥터는 짜릿한 쾌감을 느꼈다. 올리에의 날개 하나를 찢고 독수리 일족을 거의 전멸 상태로 몰아갔다고 생각했을 때, 루크레치아와 토모스가 늑대 수인 일족을 이끌고 왔다. 그때부터 일이 꼬이기 시작했다. 불행 중 다행인 것인 토모스의 상태가 정상이 아니라는 것이었다. 토모스가 정상이었다면 분명히 상황은 배로 악화되었을 것이다. 전쟁은 교착상태에 빠졌다.

딸의 죽음이 헥터 탓이라 생각해 마구잡이로 달려들기만 하는 토모스가 전선을 이탈하는 덕에 소 수인들은 간신히 전선을 정비하고 독수리, 늑대, 개 연합과 대등하게 겨룰 수 있었다. 그러던 중에 발란테스 카르멘의 죽음과 양 일족의 항복 소식이 들려왔다. 헥터는 카르멘이 그 정도 버텼으면 오래 버틴 거라 생각하고 그래봤자 이쪽에는 별 영향이 없을 것이라 예상했다. 하지만 루프스가 이쪽으로 합류하면서 그의 예상과 다르게 많은 것이 바뀌었다. 루프스의 등장은 전쟁의 판도를 뒤집었다. 소 일족은 후퇴를 거듭했고 결국 루프스는 미노르 호무스까지 밀고 들어왔다.

"그 계집."

헥터가 제 옆에 있는 정보부 소속의 소 수인에게 물었다.

"루프스 옆에 있나?"

"그런 것으로 알고 있습니다."

"아마, 루프스의 유일한 약점일 것입니다. 제 예상이 옳다면 말이지요."

헤임달이 그렇게 말했었다. 헥터는 유채를 떠올렸다. 낭창한 몸과 색기가 돌던 그 얼굴이 떠오르자 아랫배가 묵직해졌다. 루프스 놈의 목줄을 뜯으면 그놈의 곁에 있는 그 암컷부터 깔아뭉갤 생각이었다. 애초에게 제가 이렇게 된 것은 그년이 제게 반항을 한 탓이었다. 좋게 말할 때 제 말에 따랐다면 이런 일은 없었다.

"잡아와!"

"예? 그건 불가능합니다."

"어디에 있는지라도 알아와. 그년밖에는 이 상황을 뒤집을 방법이 없다."

만약 루프스 놈이 그 암컷을 마음에 품었다면 제 아비와 똑같을 것이다. 늑대 놈들이란 제 암컷에게는 간이고 쓸개고 다 빼주어도 행복해하는 놈들이었다. 루프스를 당해내기 힘들다면, 그 암컷의 목줄을 틀어쥐면 된다.

막사를 지키는 일을 맡은 데릭은 막사 안을 힐끔거렸다. 그 안에는 깊은 잠에 빠진 펠릭스 다우스가 있었다. 발란테스 카르멘을 해결하고 돌아온 루프스의 품에 저 암컷이 안겨 있어서 얼마나 놀랐는지 모른다. 이런 전쟁터에 하등 쓸모도 없는 암컷을 데리고 왔다는 것에도 놀랐지만 대부분의 병사들이 궁금해하는, 그 대단하다는 레티티아의 미모에 대한 호기심이 밀려왔다.

데릭은 막사 사이로 힐긋 보이는 얼굴에 광대가 붉어졌다. 상상했던 것을 가뿐히 뛰어넘는 미인이었다. 데릭은 새삼스레 저런 미인을 원하는 때면 언제나 안을 수 있는 루프스가 부러워졌다. 잠든 유채의 얼굴을 힐끔 보다가 얼굴이 더 붉어졌다. 지난번에 언뜻 보았던 광경이 기억났다.

일부러 보려고 한 것도 아니었지만, 그때만큼 야릇한 광경도 처음이었다. 루프스가 잠이 들어 있는 암컷 마레 위르를 일으켜 세우더니 입안으로 뭔가를 흘려보내 주었는데, 그게 꽤나 야릇하였다. 한 팔로 암컷을 품에 안고 액체를 입에서 입으로 넘겨주고 손가락으로 흘러내린 약을 닦고 다정한 손길로 눕혀주었다. 그 이상을 보았다간 제 목이 달아날 것 같아 얼른 시선을 떼고 보초를 서는 척을 하였다.

그 후 매일 밤 귀를 쫑긋 세우고 혹여나 날지도 모르는 신음소리에 온 신경을 곤두세웠지만 아무 소리도 나지 않았다. 루프스가 아무짝에도 쓸모없는 암컷을 데리고 다니는 이유는 잠자리밖에 없다고 생각했던 그의 예상은 보기 좋게 빗나갔다. 주위의 모두가 루프스가 제 침상을 덥힐 용도로 저 암컷을 데려온 것이라고 음담패설을 하였었다. 하지만 데릭이 이 막사를 지킨 이후로 한 번도 루프스는 저 암컷과 정사를 치른 적이 없었다.

"어이, 이봐! 뭔 생각을 하기에 늙은이를 세워두고 난리야!"

데릭은 제 눈앞에서 손을 흔드는 오르페를 보고 화들짝 놀랐다. 매번 생각하지만, 뱀 수인 일족들은 어딘가 소름 끼치게 하는 구석이 있었다. 데릭은 머리를 긁적이며 소리쳤다.

"놀랐잖아요, 오르페님! 오르페님은 본인의 외모가 심약한 수인의 심장을 얼마나 놀라게 할 수 있을지 생각 안 하세요?"

"어린것이 늙은이한테 못 하는 말이 없구나! 그리고 내가 이렇게 생긴 것에 대해 네가 뭐라도 보태줬느냐!"

"제 말은 그게 아니잖아요, 오르페님. 그리고 조용히 하세요. 만약 안에 있는 펠릭스 다우스가 깨어나면 저 루프스님께 목이 달아날지도 몰라요!"

오르페는 끌끌 혀를 찼다. 장담컨대 유채는 겨우 이 정도의 소란에 일어나지 않을 것이었다. 루프스는 유채에게 소량의 수면제를 지속적으로 먹이고 있었다. 처음에는 밥에 조금씩 탔고, 그다음은 잘 때 몰래 먹였다. 수면제라는 것이 정상적인 생활 리듬을 방해하는 것이라 그만 쓰는 것이 좋다고 그렇게 충고를 해도, 전쟁이 끝날 때까지 쓰겠다고 워낙 고집을 부려서 오르페도 말릴 수가 없었다.

"이 정도 소란으로는 안 깬다. 그리고 빨리 비키기나 해라."

"매번 말씀드리지만, 저 걸리면 목이 댕강……."

"그건 나도 마찬가지야, 이 녀석아! 빨리 입 다물고 비켜라, 이 놈아."

오르페가 왕진 가방으로 데릭의 옆구리를 쳤다. 데릭은 아픈 옆구리를 문지르며 막사의 입구에서 비켜서서 오르페가 들어가게 해주었다. 오르페는 주위를 두리번거리고 얼른 막사로 들어갔다.

간이침대에 얌전히 누워 있는 유채가 보였다. 유채는 동화책에 나오는 영원한 잠에 빠진 공주처럼 얌전히 잠들어 있었다. 오르페는 얼른 유채의 맥을 짚었다. 아직까지 큰 문제는 없는 것 같았다. 오르페는 가방을 뒤져서 침을 꺼내었다. 그는 젊은 시절, 아르젠인 선의를 만난 적이 있었다. 오르페의 의술 중 일부는 우연찮은 난파 사고로 스티폴로르에 정착한 늙은 아르젠인 선의에게 배운 것이었다. 오르페는 그가 유품으로 남긴 긴 금침을 깔끔한 헝겊에 몇 번 닦았다. 그리고 유채의 손에 침을 놓기 시작했다.

"이렇게라도 하지 않으면 큰일이 날 수 있으니……."

오르페가 혀를 끌끌 찼다. 루프스는 유채가 도망가는 것을 막기 위해 잠에 들게 만들었다. 늑대 놈들은 사랑 문제에서는 골 때리는 면이 있어서 일반 수인들의 상식을 뛰어넘는 미친 짓을 할 때가 종종 있었다. 이것도 그런 종류의 미친 짓이었다.

수면제를 과용하다가 중독되어 문제가 생길 수도 있다고 몇 번이나 얘기를 했는데도 귀를 막아버리는 루프스 때문에 오르페는 이렇게 몰래 움직여야 했다. 그래도 막사를 지키는 놈과 안면이 있는 사이라 적당한 협박이 먹혀서 다행이었다. 오르페는 유채의 손에 놓았던 침을 모두 빼고 침통에 챙겨 넣었다.

"어디 보자. 그게 어디 있더라."

오르페는 가방을 뒤져서 하얀 가루를 꺼내고 물을 담은 그릇에 그것을 풀어내었다. 새끼손가락으로 약을 찍어서 맛을 본 오르페의 미간이 구겨진 종잇장처럼 변했다.

"매번 생각하지만 이건 정말 못 먹을 약이야."

오르페는 고개를 절레절레 흔들었다. 그리고 은수저를 꺼내어서 약을 한 숟갈씩 떠서 유채의 입에 넣어주었다. 그릇에 담겨 있던 약을 모두 비우고 오르페는 물에 적신 수건으로 유채의 얼굴을 닦아주었다.

"에휴. 운명이 이렇게 가혹할 수가 있나."

애초에 사랑이 양방향이라면 늑대 놈들의 열렬한 사랑도 그렇게 나쁘지는 않았다. 제 순정을 모두 바치는 사랑이 얼마나 숭고하고 아름다운 것인지는 그 어떤 수인들도 모르지 않았다. 하지만 서로의 마음이 어긋난 경우라면? 사랑을 하는 늑대 놈도 고역이지만 받는 쪽도 고역이었다. 받기 싫은 선물을 자꾸 안기는 것은 그저 돌멩이를 던져 주는 것에 지나지 않았다. 그 덕택에 이렇게 전쟁터까지 끌려와서 고생하고 있는 것 아닌가?

잔혹한 장면을 보지 못하는 아이가 전쟁터에 끌려왔으니, 얼마나 고통스러울 것인지 짐작이 되었다. 다행히 루프스도 나름 배려를 해주느라 예전이라면 제 몸이 피로 범벅이 되어 있건 말건 곧장 막사로 돌아갈 수인이, 이제는 피를 닦고 제 몸에 혈향이 배어 있지 않나 확인을 했다.

오르페는 한숨을 내쉬면서 자리에서 일어났다.

솔직히 말해 어떤 암컷이 자기를 거의 폐인 직전으로 만들 뻔한 수컷을 마음에 담을 수 있겠는가? 그리고 유채는 돌아가야만 하는 이유가 있다고 하였다. 필연적으로 비극이 될 수밖에 없는 사랑이었다. 루프스나 유채 둘 다에게 좋지 않은 것들만 남기고 끝날 사랑이었다.

"수인 마음이란 것이 마음대로 되는 것이 아니니."

오르페는 꺼냈던 물건들을 차곡차곡 가방에 챙겨 넣었다. 루프스의 눈을 피해서 이렇게 조치를 취해놓았으니 빠르면 오늘, 늦어도 내일쯤에는 정신을 차릴 것이었다. 건강을 위해서라도 그쯤에는 정신을 차리는 것이 이로웠다.

오르페는 가방을 챙겨 들고 다시 막사를 빠져나왔다. 제가 머무는 막사로 곧장 돌아간 그는 막사 앞에서 실랑이를 벌이고 있는 긴 머리의 청년을 보았다. 막 전투를 마친 것인지 붉은 머리에는 검붉은 피가 튀어 있었다.

"알렉스 군?"

"오르페님!"

저를 찾는 것이었는지 알렉스는 실랑이를 마치고 달려왔다. 오르페는 프레드릭과 안면이 있는지라 자연스럽게 알렉스와도 가까워졌다. 알렉스는 오르페에게 유채의 소식을 물어보았다. 처음에는 유채의 소식을 전해주는 것을 꺼리던 오르페는 알렉스 특유의 친화력에 금세 마음을 풀었다. 그는 알렉스가 유채를 진심으로 걱정하는 것을 알아보고 이따금 소식을 전해주었다.

"유채 양은 어떤가요? 이제 괜찮나요?"

알렉스는 오르페의 가방을 들어주며 물었다. 이 나이대의 늙은 이들이 그러하듯이 오르페도 제게 이렇게 예의를 갖추는 젊은 마레 위르 청년이 마음에 들었다. 그는 고개를 끄덕였다.

"그거 다행입니다."

"아마 오늘에서 내일쯤이면 일어날 걸세. 그리고 거기 있는 게 안전할 거니까 딴 마음 품지 말게."

막사 안으로 들어온 오르페가 어깨를 두드리니 알렉스는 얼른 그의 뒤로 가서 어깨를 주물러 주었다. 오르페는 만족스런 표정으로 안마를 받았다. 오르페는 알렉스를 쓰윽 훑어보았다. 외모도 저 정도면 나쁘지 않은 수준이고, 강하고 성격도 좋았다. 마레 위르라는 것이 걸리기는 하지만, 솔직히 말해서 사윗감으로 큰 흠은 아니었다. 오르페에게는 혼기가 꽉 찬 손녀가 하나 있는데, 그 손녀의 짝으로 알렉스가 나쁘지 않을 것 같았다.

"자네 그…… 유채 양에게 가진 관심을 조금 돌려서 다른 암컷에게 쏟아보는 것이 어떤가?"

"예?"

"자네가 사윗감으로는 좋은 것 같아서 말이야. 내가 참한 암컷 하나 소개시켜 줄 테니 토스 호무스에서 살 생각 있는가? 자네가 요즘 올린 전공 덕에 평판이 나쁘지도 않으니, 적당히 루프스의 비위를 맞추면서 살면 높은 지위에도 올라가고 부와 명예를 쌓을 수 있을걸세. 솔직히 그 가망 없는 포트리스보다는 여기가 훨씬 낫지 않나?"

"말씀은 감사하지만, 제 소중한 인연이 있는 포트리스는 버릴 수 없습니다."

알렉스가 완곡하게 거절을 하였다.

"포트리스와 수인들의 사이가 나아져 서로 화합할 수 있다면 그때 오르페님의 손녀를 만나보겠습니다. 그리 봐주셔서 감사합니다."

"이거, 속마음을 들켰네. 아쉽군."

오르페가 머리를 긁적였다. 알렉스는 싱긋 웃어 보였다. 알렉스는 유채를 돌봐준 오르페에 대한 고마움에 정성스럽게 안마를 해주었다. 오르페가 알렉스를 힐끔 돌아보더니 물었다.

"자네는 회의에 참여 안 하나? 자네 정도의 전공이면……."

"저야…… 용병 주제에 무슨 회의에 참여하겠습니까?"

"그렇지……. 아, 어디 다친 곳은 없나? 내가 봐줌세."

"다 나았습니다. 저도 상처가 좀 빨리 낫는 편이라서요. 그리고 크게 다치는 편도 아니고요."

오르페는 고개를 끄덕이면서 알렉스가 예전에 해줬던 이야기를 곱씹었다. 기억을 잃고 형과 함께 떠도는 것을 고양이 수인이 발견해서 길러주었다고 했었다. 고양이 수인이 발견할 정도라면, 아마도 포트리스와 멀리 떨어진 스티폴로르 깊숙한 곳이었을 것이다. 아무리 생각해도 그건 마레 위르들이 모여 사는 해안이 아닌 내륙에서 살았다는 사실을 의미했다.

오르페는 알렉스를 휙 훑어보았다. 생김새는 그냥 보통의 마레 위르였다. 눈도 수인들처럼 동물 눈도 아니었고 동물의 흔적 따위는 남아 있지도 않았다. 하지만, 그냥 마레 위르라고 치기에는 힘이 강했고 재생력이 너무 좋았다. 수인과 마레 위르의 혼혈들을 보아온 오르페의 경험에 미루어볼 때, 알렉스는 수인과 마레 위르의 혼혈로 보였다.

"그, 자네……."

"오르페님, 급한 환자가 있습니다!"

독수리 수인 하나가 다급하게 오르페를 찾았다. 오르페는 나중에 이야기하자고 한 후 허둥지둥 가방을 챙겨서 독수리 수인의 뒤를 따라갔다. 알렉스는 머리를 긁적였다. 유채가 어찌 지내는지 알고 싶었는데 결국 아무것도 듣지 못하였다.

"아, 목말라."

유채는 목이 말라 잠에서 깼다. 머리가 어지러웠다. 밖에서 남자들이 무어라 옥신각신하는 소리가 들렸다. 귀가 울려서 그게 무슨 소리인지 들리지 않았다. 유채는 간이침대에서 일어서서 땅에 발을 디뎠다.

휘청.

기립성 저혈압인지 아니면 너무 오래 누워 있었던 여파인지, 유채는 휘청거리면서 옆으로 쓰러졌다. 탁자를 잘못 건드린 것인지 그 위에 있던 물건들이 바닥으로 쓰러지며 와장창 소리가 났다.

"유채 양!"

"……알렉스 씨?"

유채는 천막 밖에서 들려오는 알렉스의 목소리에 고개를 들었다. 어질어질한 시야가 겨우 진정이 되고서야 침대를 붙들고 일어났다.

"들어가시면 안 됩니다."

입구의 천 사이로 꼬리가 갈색인 늑대 수인이 알렉스를 막는 것이 보였다. 알렉스는 그와 실랑이를 벌이고 있었다. 유채는 상황을 파악하고 얼른 그쪽으로 가 막사 입구 밖으로 고개를 내밀었다.

"유채 양, 괜찮아요?"

"예. 전 멀쩡해요. 알렉스 씨는 괜찮으세요? 아, 피가……."

유채는 피가 튄 알렉스의 얼굴을 닦아주기 위해서 손을 뻗었다.

데릭이 다급하게 그 사이에 끼어들었다. 언뜻 봤을 때도 예쁘다고 생각했었지만, 가까이서 보니 넋이 나갈 만큼 아름다웠다. 하지만 데릭은 제 본분을 잊지 않았다. 이 일이 루프스의 귀에 들어가면 제 모가지가 달아날 것이다.

데릭은 떨리는 목소리를 가다듬고 말을 했다.

"루프스님께서……."

"그 인간은 나한테 이 막사를 나가지 말라고만 했어요. 봐요, 내가 밖으로 나갔나요?"

그가 요구한 단 하나였다. 막사에서 나가지 말 것. 그러면 알렉스를 위험한 곳으로 돌리지 않겠다고 하였다. 유채는 데릭을 밀어냈고 그는 우물쭈물하다가 두 마레 워르 사이를 팔로 막는 것으로 합의를 보고 자리에서 가만히 서 있었다.

"어디 안 다치셨어요? 저 때문에……."

"유채 양, 이거 내 피 아니에요. 그러니 걱정 말아요. 나 걱정해서 괜히 루프스 말에 휘둘리지 말아요."

"그런 게 걱정이라면 내 눈앞에서 꺼져 주지?"

"루프스님!"

데릭이 루프스의 등장에 오체투지로 땅에 엎어졌다. 루프스는 차가운 눈으로 데릭을 힐긋 보고 제 등장에 굳어버린 유채와 알렉스를 보았다. 루프스는 알렉스를 밀어내고 유채를 끌어안았다. 분명 매일 저녁마다 약을 주었는데도 잠에서 깬 걸 보니 오르페가 저 모르게 수를 쓴 모양이었다. 오르페를 데려다가 경을 칠까 했지만, 그가 유채를 아끼는 마음을 알기에 그냥 넘어가기로 했다. 유채를 아끼는 몇 안 되는 이 중 한 명을 제 명을 어겼다는 이유로 죽이기는 아까웠다.

루프스는 제게서 벗어나기 위해서 바르작거리는 유채의 뒷머리를 눌러서 알렉스의 시선에서 그녀를 감추었다.

"가만 보면 너는 참 남의 물건을 탐을 내는 것 같군."

루프스의 말에 알렉스는 지지 않고 대답했다.

"탐을 내는 것이 아니라 걱정하는 것입니다. 부디 제가 그쪽과 같은 저열한 생각을 할 거라고 넘겨짚지 말아주시기 바랍니다."

저열한 생각이라는 말에 루프스는 화가 치밀어 올랐다. 그때 유채가 그의 팔을 다급하게 잡았다.

"나 약속 지켰어요. 당신도 약속 지켜요."

유채가 떨리는 목소리로 속삭였다. 루프스는 순간 살의가 차올랐다. 도대체 알렉스 저놈이 뭐가 좋아서 이렇게까지 하는 것인가? 유채와의 약속이건 뭐건 알렉스를 찢어 죽여 버리고 싶었다. 그러나 알렉스를 건드렸다가는 유채가 저를 지금처럼이라도 봐주지 않을 것 같아서 살의를 억눌렀다.

"꺼져. 여기서 얼쩡거리지 말고."

루프스는 알렉스를 뒤로하고 막사 안으로 들어갔다. 루프스는 침대에 유채를 내려놓았다. 그새 무슨 일이 있었는지 볼에 생채기가 생겨 있었고 옷에는 흙이 묻어 있었다.

"일어났으면 가만히 있을 것이지, 왜 움직여서 이렇게 다치는 것인지."

루프스는 바닥에 쓰러진 물건들을 주워 올리고 수건에 물을 적셔서 유채의 얼굴을 닦아주었다.

"당신이 또 약 먹였죠?"

"그래."

너무 선선하게 답이 나와서 유채는 이제 황당할 정도였다.

"전쟁터 한복판이다. 네 행동이 무모한 것이 한두 번이어야지. 네 안전을 위해서 그랬다."

"빌어먹을 안전. 도망가면 알렉스 씨를 죽인다고 했는데, 내가 어떻게 도망가요? 안 그래요?"

"네겐 선택지가 하나 더 있지. 알렉스와 같이 도망가는 것."

루프스는 유채에 대한 사랑을 깨달은 뒤로 모든 것이 막막했다. 일단 전쟁을 끝내야 하는 것이 우선이었지만 유채를 어떻게 해야 제 곁에 붙들어놓을 수 있을지에 모든 신경을 쏟고 있었다. 유채의 마음을 잡기 위해서는 사과부터 해야 할 것 같은데, 어떤 방식으로 사과를 해야 그녀가 받아줄지 몰라서 막막하였다.

루프스가 유채의 머리를 정돈해 주었다. 유채는 예전과 다른 따뜻한 손길에 또 다른 공포를 느꼈다.

"내가 장담하지. 알렉스는 여기서 너를 못 지켜."

루프스는 유채의 왼손을 잡아서 약지에 입을 맞추었다.

"나 정도는 돼야 지키지."

유채는 강단은 있는 편이어도 마음은 여렸다. 그게 루프스에게 일말의 희망이 되었다. 그녀는 카르멘과의 싸움이 끝난 뒤에 저를 위로해 주었다. 그 순간만큼은 저를 안아주고 다정하게 위로해 주었다. 제 곁에 붙잡아놓고 온 마음을 다해서 사과를 한다면, 유채도 제게 마음 한편 정도는 줄지도 모른다.

"그럼 당신한테서 나는 어떻게 지켜요."

"……아직도 못 믿나?"

루프스는 억울한 기분까지 들었다. 제가 지은 죄가 있으니 당연한 반응이었지만, 그래도 저런 말을 듣는 것은 속이 상했다. 알렉스 놈과 다닐 때는 저런 생각을 하지 않았을 것이 분명하면서 제게만 저런 말을 하는 유채가 원망스러웠다.

"그리고 당신이 약속한 걸 지켰다는 것도 못 믿겠어요. 알렉스 씨는 온몸이 피투성이던데 당신은 멀쩡하……."

"그건 지켰다!"

루프스는 억울함에 버럭 소리를 질렀다. 알렉스는 전투시 후방을 지키는 일을 맡았다. 유채와의 약속을 지키기 위해서 한 일이었다. 오히려 가장 위험한 건 선봉에 서는 자신이었다. 싸움이 끝나면 유채가 무서워할까 봐 피를 깨끗하게 지우고 냄새까지 없애려고 노력했다. 그러나 돌아오는 것은 오해뿐이었다.

루프스는 차마 유채에게 화를 낼 수가 없어서 제 머리만 거칠게 쓸어 올렸다. 알렉스는 보자마자 괜찮냐고 물어보면서 저에게는 한 번도 괜찮냐는 말을 한 적이 없었다. 그런데도 그녀에게는 화를 낼 수가 없었다.

어떡하겠는가. 사랑은 더 많이 하는 자가 약자인 것을. 유채의 마음을 여기에 붙들어놓기 위해서라도 그녀가 싫어하는 행동은 피해야만 했다. 루프스는 문득 생각난 것이 있어 주머니를 뒤졌다.

"정말이라면 오해해서 미안…… 뭐 하는 거예요!"

유채는 제 머리카락을 만지작거리는 루프스의 손길에 펄쩍 뛰었다. 루프스는 유채에게 가만히 있으라 한 뒤에 머리카락을 붙들고 끙끙거렸다. 루프스의 손이 떨어지자 유채는 손을 들어서 제 머리카락을 만져 보다가 멈칫했다. 머리 장식이 다시 달려 있었다.

"잘 어울리는군."

루프스가 유채의 머리를 정돈해 주었다. 머리 장식이 다시 제 주인을 찾은 것 같아서 기분이 좋았다. 루프스는 유채의 흘러내린 머리카락을 귀 뒤로 넘겨주었다.

"헥터의 궁에 들어가면 할 일이 많아지겠어."

유채의 지저분하게 잘린 머리카락도 정리해야 하고, 그녀에게 어울리는 아름다운 옷과 신발도 준비해야겠다. 토스 호무스의 물건들이 미노르 호무스의 것보다 훨씬 더 나아도 어쩔 수 없었다. 일단 미노르 호무스에서 급한 일을 처리한 다음에 토스 호무스로 돌아가서 미노르 호무스 이상의 것을 해주면 된다. 루프스는 유채의 지저분하게 잘린 머리카락 끝을 매만졌다.

"헥, 터…… 요?"

유채의 몸이 보기 안쓰러울 정도로 굳었다. 셀레네가 정신적인 상처도 치료해 주었다고 하지만, 헥터를 향한 공포감은 아직도 남아 있었다. 루프스는 떨리는 유채의 볼을 쓰다듬었다.

"걱정 마라. 그놈이 다시 너를 건드는 일은 없을 거다. 내가 약속하지."

루프스의 머릿속에 베노르 콩레수스에서 헥터에게 당해 망가졌던 유채의 모습이 떠올랐다. 루프스는 주먹을 말아 쥐었다. 작고 여려서 때릴 곳도 마땅치 않은 유채를 어떻게 폭행했는지를 생각하니 피가 거꾸로 솟았다. 그때 헤르티아가 막아도 헥터 놈의 목숨을 아예 끊어놓았어야 했다. 이제서라도 바로잡을 길이 열렸다. 그는 유채의 몸을 꽉 끌어안았다.

"그놈에게 당한 일이 분하면 그놈에 대한 처벌은 너에게 맡기겠다. 헥터를 죽이든지 살리든지 그건 네 마음대로 해라."

"당신처럼…… 하라는 거예요?"

유채가 힘없이 중얼거렸다. 솔직히 그를 정말 죽여 버리고 싶었다. 그에게 맞으면서 느꼈던 고통과 공포는 아직도 생생했다. 하지만, 그렇다고 해도 살생을 할 수는 없었다. 유채는 불안감에 손만 만지작거렸다.

"그건 네 마음대로 해."

루프스가 유채의 몸을 꽉 안았다.

"난 네 눈앞에 헥터를 잡아다 줄 테니까."

유채가 갑자기 헛웃음을 흘렸다. 루프스는 또 유채가 제가 뭔가를 바라고 이런 말을 한다고 생각할까 봐 얼른 덧붙였다.

"고마워서 하는 일이니, 별다른 생각은 하지 마라."

유채가 바라는 일이라면 뭐든 못 해줄 리가 없었지만, 갑작스럽게 다가가는 것에 놀라서 그녀가 저를 더 멀리할 것이 겁이 나서 다른 이유를 억지로 만들어 둘러대었다.

"그때 네가 나를 위로해 준 것, 그것에 대한 보답이다."

루프스는 유채의 이마에 입술을 맞추었다.

"약은 더 이상 먹이지 않으마. 그리고 내일은 행군이라 몸이 고될 수 있으니 편히 쉬어라. 다른 생각하지 말고."

유채가 떠나려는 루프스의 손목을 붙잡았다. 루프스는 제 손목에 감겨오는 갑작스런 감촉에 놀라서 그녀를 돌아보았다. 유채는 머뭇거리더니 입을 열었다.

"당신은 나에게 잘못한 게 없다고 생각해요?"

헥터의 처벌을 제게 논할 때부터 유채는 루프스의 말이 황당했다. 마치 자신은 아무 잘못한 것 없다는 양 헥터에 대해서만 처벌을 내릴 거라 하는 그의 말을 납득하기가 힘들었다. 분명 그도 헥터만큼이나 제게 심한 짓을 저질렀다. 요새에서 그가 약간 떨떠름한 기색으로 사과 비슷한 것을 한 적이 있지만 유채는 그것을 사과로 받아들일 수 없었다. 아니, 그건 사과도 아니었다.

"당신은 나를 동등한 인간으로 보기나 해요?"

유채는 항상 루프스가 저를 독특한 장난감 정도로 보고 있다고 생각했다. 유채는 눈을 치켜떴다. 검은 눈동자와 청회색 눈동자가 마주쳤다. 루프스의 눈동자가 묘하게 흔들렸다. 그는 입을 달싹였다. 유채는 한쪽 입꼬리를 말아 올렸다.

"선심 쓰듯이 말하지 마요, 나한테는 정도의 차이만 있을 뿐 당신이나 헥터나 똑같으니까."

유채가 루프스의 손목을 놓았다. 루프스의 눈동자가 잠깐 어두운 빛을 띠었다. 그는 마른세수를 하고 편히 쉬라는 말을 남긴 뒤에 막사를 나갔다. 루프스는 데릭을 물리고 막사 밖에 우두커니 서서 얼굴을 쓸어내렸다. 유채가 저를 좋아하지 않는다는 것은 이미 알고 있고 그녀의 원망을 모두 들어줄 각오도 하고 있었다. 하지만.

"당신이나 헥터나 똑같으니까."

이 말은 가슴에 박히도록 아팠다.

"형님, 근데 그 약쟁이 수인 놈들은 정말 그렇게 처리하실 생각이오?"

알폰소가 창고에 쌓아놓은 아편을 정리하는 헤임달을 도와주며 물었다. 헤임달은 땀을 닦으며 눈썹을 치켜세웠다.

"그럼, 너는 어떻게 처리하고 싶은 건데?"

"솔직히 더 써먹을 구석이 있지 않을까?"

"미친 소리 하고 자빠졌어. 그거에 중독된 놈들은 곧 폐인이 돼. 그리고 죽기도 쉽게 죽고 말이야. 써먹을 구석은…… 얼어 죽을. 그게 제일 나아."

헬라가 면박을 주자 알폰소는 끙 하는 소리를 내면서 다시 아편을 정리했다. 요 근래 헤임달은 아편에 중독된 수인들을 죽여서 그 간을 파내고 있었다. 그리고 그 시신을 잘 보이는 곳에 버렸다. 알폰소는 헤임달의 목적이 무엇인지 몰라서 그의 작전에 따르고만 있었다.

"헬라, 너는 형님이 뭘 하고 싶은지 아냐?"

알폰소가 헬라의 허리를 쿡 찌르면서 물었다. 헬라는 알폰소의 뒤통수를 크게 내리쳤다.

"그것도 모르는 등신이 어디 있소?"

헤임달이 껄껄 웃으면서 손을 털고 일어섰다. 그가 느긋하게 입을 열었다.

"그거 알아, 알폰소?"

헤임달은 가지고 온 담뱃잎을 곰방대에 넣어서 불을 붙였다. 천천히 연기를 들이마시는 헤임달 가까이로 알폰소는 궁금하단 얼굴을 하고서 다가갔다. 헬라는 그 꼴을 보고 기가 차다는 듯이 웃었다.

"인간은 얄팍한 증거를 너무 쉽게 믿는다는 거야."

심증만 있어도 사람들은 사실을 넘겨짚고 믿으려 했다. 베니니타스가 그랬다. 로보가 저를 잡아두었다는 것과 늑대의 이빨 자국이 선명히 남은 라일라의 시신을 보고 그가 그랬을 거라고 결론을 내려 버렸다.

원래 사람은 제가 어림짐작하고 있는 사실에 아주 조금의 근거가 돼줄 증거가 있으면 조작된 진실이라 하더라도 쉽게 믿어버렸다. 그리고 그렇게 생긴 믿음을 없애기 위해서는 배로 더 많은 진짜 증거들이 필요했다. 가짜 믿음을 없애기 위해 진짜 증거가 필요해지는 것이다.

"수인들 사이에 인간들이 수인들의 간을 노린다는 소문이 돌고 있을 때, 실제 간만 없어진 수인의 시체가 나온다면, 수인들은 그 소문을 더 믿게 되겠지. 안 그래?"

"그래서 형님이 얻는 것은 뭔데?"

"공멸. 포트리스가 약해 보여도 생각보다 강해. 수인들이 여태까지 포트리스를 제압하지 못한 것을 보면 알 수 있지. 이런 소문으로 시작된 균열은 결국 수인과 인간의 공멸을 불러오겠지."

"그럼 왜 소 수인들을 부추긴 거야? 그건 이 일과 상관이 없잖아."

헤임달이 짜증 난다는 얼굴로 곰방대로 알폰소의 뒷머리를 가격했다. 뜨끈한 것이 뒤통수에 닿아 머리카락이 타는 느낌을 받은 알폰소가 버럭 소리를 지르며 일어섰다.

"형님!"

"이 등신아. 세력의 균형을 맞춰야 할 것 아니야! 아무리 그래도 아직 포트리스가 전력상 밀리는데, 세력 균형을 맞춰야 둘이 싸우다 같이 죽을 거 아냐? 원래 전쟁이란 것은 진정한 승자가 없는 법이야. 전쟁에서 승리한 놈도 병신이고 진 놈은 더 병신이 되는 거야. 장담컨대 이번 전장에서 늑대 수인 놈들은 토모스를 잃을 거야. 그럼 늑대 놈들의 진력도 약화되겠지."

"그래서 토모스를 움직이셨소? 역시 형님이야."

"에휴."

헤임달은 한심하다는 듯이 고개를 저었다. 토모스는 루프스의 시선을 돌려 소 수인 일족이 전쟁을 준비할 시간을 벌어주는 역할이었다. 벨라토르를 통한 루프스의 감시가 철저하기 때문이었다. 토모스 놈이 그 계집애를 건들면 루프스 놈이 날뛰느라, 벨라토르를 통해 헥터 놈을 감시하는 것이 느슨해지는 것은 뻔한 사실이었다. 게다가 토모스가 발각당한 덕택에 늑대 놈들의 전력까지 줄어들었으니 일석이조였다.

"근데, 왜 헥터 놈에게 헤르티아를 건들지 말라고 신신당부한 거야?"

"헤르티아는 절대로 전쟁에 참여하지 않을 거라서 그런 거지."

헬라가 짜증 나는 것인지 끼어들고는 그를 향해 아편을 집어 던졌다. 헤임달이 헬라에게 아편을 험하게 다루지 말라고 충고를 하자 헬라는 건성으로 고개를 끄덕였다.

"헤르티아는 꽤나 영악해서 제게 득이 될 일이 아니면 나서지 않아. 그러니까 전쟁이 일어나도 헥터가 대놓고 제 영토를 침입하지 않으면 안 움직일 거야. 헤르티아의 추종자인 단테도 가만히 있을 것이고, 헤르티아는 가만히 앉아서 늑대 놈들이 제 전력을 깎아 먹는 꼴만 지켜보면 되는 것이지. 그 뒤에 늑대 놈들을 치면 되거든."

"그러니까, 형님은 늑대 놈들의 전력을 깎아 먹고 포트리스와 수인들 간의 갈등을 키우는 게 목적이구만. 그러면 헤르티아가 늑대 놈들을 칠 시기를 앞당길 수 있을 테니까 말이야."

"그걸 이제 알았수?"

헬라가 툴툴거리면서 헤임달 앞으로 다가와 털썩 주저앉으면서 물었다.

"근데 오빠, 프레드릭 녀석이 라일라의 죽음에 대해서 캐고 다니는 건 알아?"

헤임달이 눈썹을 찡긋거리는 것으로 긍정의 대답을 하였다. 알폰소가 손뼉을 짝 쳤다.

"그게 뭔 걱정이라고 십삼 년, 아니, 이제 해가 지났으니 십사 년 전이겠구만. 이미 증거도 없어."

"하나 있긴 하지."

헤임달이 담뱃재를 털었다.

"설마 베니니타스의 아들놈들이 살아 있으려고? 확인했잖아. 그놈들이 절벽에서 떨어지는 것. 그놈들이 살아 있었다면, 진작 나타나서 진상을 밝히려고 했겠지."

"그놈들의 시신이 발견된다면, 증거가 될 수는 있겠지."

헤임달이 중얼거렸다. 그는 과거의 기억을 되짚었다. 그 형제의 시신 외에 이렇다 할 만한 증거는 없었다. 그리고 시간이 흘러서 그것들도 이미 사라지고도 남았을 것이었다. 곁눈질로 알폰소와 헬라를 보던 헤임달의 시선이 문득 동생의 가슴께에 머물렀다. 헬라가 당황한 얼굴로 제 목에 걸려 있는 루비 목걸이를 손으로 움켜쥐었다.

"이건 절대 안 내놔, 오빠!"

“네가 그걸 가지고 있다면 증거가 될 순 있겠네. 그건 베니니타스가 라일라에게 결혼 선물로 준 거니까.”

“설마. 그냥 주웠다고 하면 되지. 렉스 앞에서는 저것도 항상 감추고 있고, 렉스도 언뜻 보고 모르고 넘어갔잖아. 괜찮겠지.”

헤임달은 생각에 잠겼다. 처음에 저 목걸이를 보았을 때는 라일라가 결혼 선물로 요구한 것인지라 뭔지는 모르지만 귀한 것일 거라 생각했다. 헬라도 그렇게 생각한 것인지 달라고 하도 졸라대서 죽은 라일라의 시신에서 떼어온 것이었다. 주웠다고 둘러대도 될 테지만, 의심을 품은 사람에게는 그것마저도 수상할 것이다. 헤임달은 헬라에게 손을 내밀었다.

“이리 줘, 헬라. 나중에 긴히 쓸데가 있을 거야. 대륙에 돌아가면 그것보다 알이 더 큰 걸로 사줄게.”

“됐어, 오빠! 그때가 될 때까지는 내가 가지고 있을 거야.”

헬라가 목걸이를 숨기고 내놓으려 하지 않자 헤임달은 한숨을 내쉬었다. 라일라가 저걸 왜 결혼 선물로 달라고 했는지 궁금해서 마법에 조예가 깊은 세라와 함께 조사하다 보니 저 안에 굉장한 힘이 담겨 있는 걸 발견했다. 세라가 우연하게 제 마력을 저 붉은 돌에 흘려 넣다가 발견한 사실이었다. 압축된 힘을 개방시킨다면 마법 폭탄으로 쓸 수 있을 정도의 힘인지라 나중에 요긴하게 쓸 예정이었다. 헤임달은 졌다는 뜻으로 고개를 절레절레 흔들었다.

알폰소는 두 남매의 실랑이를 지켜보다가 물었다.

“근데, 형님 프레드릭 놈을 대비해야 하는 것 아니야? 만약을 위해서?”

“그래야겠지.”

헤임달이 무릎을 손가락으로 치면서 고민을 하였다. 이 일을 맡을 적합한 인물이 하나 있었다. 헤임달이 자리에서 일어섰다.

“알폰소, 란텔에게 연락을 넣어 만나자고 해.”

“란텔 녀석? 그 녀석 올 수 있을까, 오빠? 울피누스 호무스에 있을 거잖아.”

“그 녀석 외에는 적합한 놈이 없어. 그리고 이 기회에 프레드릭도 처리하자고. 귀찮은 걸림돌은 없애야지.”

장담하건대, 약간의 정보만 흘려주면 프레드릭은 증거를 잡기 위해서 위험을 무릅쓸 것이었다. 그럼 그 후의 일은 란텔에게 맡기면 된다.

헤임달은 턱을 쓸면서 알폰소와 헬라를 데리고 창고를 나왔다. 창고 문을 닫고 자물쇠를 채우고 있는데 저 멀리서 렉스가 다가오는 것이 보였다. 프레드릭이 신녀에게 받아왔다는 물로 병세를 늦추어 강경파의 입지가 잠시 줄어든 참이라 현재 렉스의 행보가 굉장히 중요해진 때였다.

“헤임달! 내가 바쁠 때 온 건가?”

렉스가 헤임달에게 손을 내밀었다. 헤임달은 건장한 렉스의 손을 잡고 반갑게 악수를 하였다.

“아닙니다, 렉스 씨. 렉스 씨는 언제나 환영이지요. 오늘 잡은 싱싱한 물고기가 있으니 그걸 안주 삼아서 술 한잔합시다.”

헤임달은 헬라에게 술과 안주를 부탁했고 렉스에게 물었다.

“어쩐 일로 오셨습니까?”

“최근 실종자가 늘어서 말이야. 혹시 수인들 사이에 도는 소문 중에 아는 것 없나?”

헤임달은 절로 올라가려는 입꼬리를 내리기 위해서 고생했다. 그의 계획대로 되고 있었다. 실종되는 사람들, 수인이 인간의 간을 노린다는 소문. 얼마나 완벽한 조건인가. 렉스는 약간 툴툴대는 투로 중얼거렸다.

"프레드릭 놈은 아직도 화합 타령이야. 그놈들을 기른 키르케랑 고양이 수인이 촉망한 청년들을 다 버려놨어. 안 그래?"

"그런가요? 그래도 키르케님께 배운 만큼 아는 것도 많지 않습니까."

그래서 정말 골치 아프지만 헤임달은 모르는 척 칭찬했다.

"그래서 소문은 있나?"

"저도 조금 이상한 얘기를 듣긴 했는데 말입니다. 워낙 괴소문이라 믿기가 힘들어서. 사실 뜬소문 같기도 하고……."

헤임달은 뱃속에 검을 감추고 입에는 꿀을 담았다.

"오늘은 여기서 멈추지."

루프스가 지쳐서 잠이 든 유채의 몸을 안아 올렸다. 소 수인들의 최후의 방어선까지 뚫은 이후 행군은 순조로웠다. 간혹 무슨 목적인지는 정확히 모르겠지만, 누군가를 노리고 달려드는 인물들이 몇 있기는 했다. 다행히도 그런 이들은 병사들에 의해서 쉽게 처리가 되었다. 루프스는 막사가 지어지자마자 유채를 침대에 내려놓았다. 그녀는 잘 버텼으나 며칠간 이어진 행군에는 결국 이겨내질 못했다. 루프스는 땀에 젖은 그녀의 머리카락을 넘겨주었다.

"루프스님, 냉수 들여왔습니다."

데릭이 막사 앞에서 말했다. 루프스가 들어오라고 하자 데릭은 막사 안으로 들어와 탁자 위에 냉수를 담아놓은 대야를 내려놓고 물러갔다. 루프스는 깨끗한 수건에 물을 묻혀서 유채의 얼굴을 닦아주고 갑갑해 보이는 옷의 단추를 풀어주었다. 찬 수건이 얼굴이나 목, 손에 닿자 유채도 시원함을 느끼는 것인지 표정이 풀어졌다.

루프스가 유채의 얼굴을 다 닦아준 후에 작은 입술 사이로 색색거리는 숨소리가 새어 나왔다. 그는 유채의 잠든 모습을 내려다보았다. 그의 손가락이 차가운 파렌티아에 닿았다.

"당신은 나를 동등한 인간으로 보기나 해요?"

청회색 눈동자가 짙어졌다. 맹세코 그는 유채를 자신의 소유물이라 여기지 않았다. 소유물이라 여겼다면 이렇게 번민하지 않았을 것이다. 하지만 유채는 이것을 계속 걸고 있는 이상 그렇게밖에 생각하지 않을 것이다.

"하지만, 이게 없으면 나는 너를 무엇으로 붙잡아둘 수 있지?"

파렌티아를 풀어주고 싶었다. 하지만, 이게 없으면 그는 무슨 구실로 그녀를 붙잡을 수 있을까. 수인들이 흔히 그를 보고 겁이 없다 하지만, 자신만 한 겁쟁이도 없을 것이다. 그는 제 앞에 있는 작고 약한 마레 위르 암컷이 너무 무서웠다. 그녀의 말 한 마디 한 마디가 그를 움직였다.

"이미 너는 내 모든 것을 지배하고 있는데."

놓아달라는 말만 제외하면 그는 무엇이든 기꺼이 들어줄 것이다.

루프스는 유채의 콧잔등에 입을 맞추었다. 사랑을 하면 얼간이가 된다는 아버지의 말이 옳았다. 평생 이러고만 있어도 행복할 것 같았다. 그는 유채의 작은 손을 부드럽게 감싸 쥐었다.

"사과는 해야겠지."

루프스의 손에 힘이 들어갔다. 유채가 약하게 신음을 흘리자 루프스는 얼른 손에 힘을 풀고 그녀의 머리를 쓰다듬으면서 괜찮다고 속삭였다.

유채가 다시 깊은 잠에 빠지자 루프스는 그녀에게 어떻게 사과를 해야 할 것인가 하는 고민을 시작했다. 보석을 줄까? 아니면 꽃을 좋아하는 것 같으니 유채의 이름과 같은 노란 들꽃을 꺾어다 줄까? 정원을 그 꽃으로 온통 채우는 것도 좋을 것이다. 아니면, 솔직하게 제 잘못을 말하고 용서를 구할까?

당연히 사과를 해야 하지만, 그렇게 했는데도 냉랭하게 저를 무시할 유채를 보는 것이 두려웠다. 제 진심을 담은 사과도 모두 거절해 버리면 일말의 희망도 남지 않을 것 같아서 두려웠다. 일단 선물을 한 아름 안겨주고 마음이 조금이라도 풀어지는 것을 기대해야 할까? 유채도 제가 조금 더 자상하게 대한다면 제게 조금 누그러질지도 모른다. 그리고 그때 유채에게 사과를 하면 사과를 받아줄지도 모른다.

"루프스님."

막사 밖에서 아리아가 그를 불렀다. 루프스는 유채의 이마에 입술을 맞추고 자리에서 일어났다.

"무슨 일인가."

"현 상황에 대한 보고를 드리기 위해 모두 사령부 막사에 모여 있습니다."

아리아는 천막 입구 사이로 얼핏 보인 유채를 아니꼽게 생각했다. 감히 루프스의 어깨를 찌르고 도망까지 쳤던 주제에 뭐가 잘

났다고 루프스의 막사를 차지하고 배짱 좋게 잠이나 자는 것인지. 하나부터 열까지 마음에 안 드는 것 투성이었다. 아리아는 혀를 차고 싶은 마음을 억지로 억눌렀다.

"레티티아님께 벌은 언제 내리실 것입니까? 감히 루프스님의 어깨를 찌르고 도망간 펠릭스 다우스입니다. 그 죄에 대한 적합한 벌을 내려야 합니다."

"내가 언제 네게 내 것에 관한 처벌을 논하는 것을 허락했나?"

루프스의 냉랭한 대꾸에 아리아는 몸을 사렸다. 유채가 본대로 온 이후 그녀를 호위하는 일을 맡은 아리아는 지금 자존심이 상당히 많이 상해 있었다. 그녀는 물론이고 어머니인 루크레치아는 늑대 수인 중 네 번째로 강한 수인이자, 세 손가락 안에 드는 세력가였다. 그런 어머니의 딸인 자신이 기껏 저 천한 마레 위르의 호위나 맡고 있는 것이 싫었던 것이다. 아리아는 끙 하는 소리를 내며 주제넘어서 죄송하다는 말을 건넸다.

루프스가 모두 기다리고 있다는 막사로 들어갔다. 안에 있던 루크레치아와 토모스, 카신이 그를 보고 고개를 숙였다. 토모스는 여전히 루프스에게 반감을 품고 있는 것 같았지만 제가 어찌할 수 없는 그의 강함에 분노의 방향을 제 딸을 꾀어낸 헥터 쪽으로 틀었다.

"헥터의 향방이 모호합니다."

루크레치아가 입을 열었다. 그녀는 지도 위 미노르 호무스의 궁을 짚었다.

"정찰병과 남아 있는 벨라토르를 이용해서 알아본 결과 헥터가 궁에 없는 것이 확인되었습니다."

"미노르 호무스는 산이 없어서 요새도 없고 숨을 곳도 없을 것인데……."

루프스가 턱을 쓸었다. 함정인 것일까? 미노르 호무스의 궁이 있는 곳은 평지라 이렇다 할 만한 매복지가 없었다. 딱 한 곳. 타우루스의 별장이 있기는 하나, 워낙 포트리스와 가까워 헥터가 그곳으로 이동했다면 포트리스에서 반응이 있어야 했다.

"쥐새끼. 궁에 숨었나."

루프스는 간만에 머리를 쓴 것 같은 헥터의 잔머리에 속으로 감탄을 하였다.

"궁이라니요?"

"궁에서 나오는 것도 못 봤다, 궁에도 없다. 그러면 궁 어딘가에 처박혀서 숨어 있다는 것이지. 미노르 호무스의 궁은 그 자체로 요새다."

루프스는 예전에 아버지를 따라서 미노르 호무스를 방문했었던 기억을 떠올렸다. 라일라가 보여준 마레 위르의 요새들과 닮아 있었다. 성벽이 이중으로 되어 있어. 성벽 사이의 빈 공간에 군대를 포위할 수 있었다. 루프스는 손가락으로 책상을 두드렸다.

"사냥감을 잡으려면 일단 굴에 들어가야겠지."

"궁에 들어가실 생각이십니까?"

카신이 넌지시 물었다. 루프스는 고개를 끄덕였다. 이 전쟁은 헥터 놈이 죽어야 온전하게 끝이 날 수 있었다. 불씨는 하나도 남기지 않고 꺼뜨려야 한다. 그리고 지금 소 수인 놈들의 상황으로 보아 헥터가 죽으면 곧 미노르 호무스 안에서 저들끼리 치고 박고 싸울 가능성이 컸다. 당분간은 미노르 호무스에 머무르면서 질서를 잡을 필요가 있었다. 그러기 위해서는 저들을 압도적인 힘으로 눌러야만 한다.

“토모스, 궁 안에 남은 병력은 어느 정도로 추정되나?”

“정예병 몇 외에는 없을 것으로 사료됩니다.”

“그럼 그놈이 노리는 것은 나겠군.”

아리아가 얼른 미노르 호무스의 궁의 지도를 책상에 펼쳤다. 미노르 호무스의 궁은 토스 호무스의 궁보다 배는 컸다. 따로 숨을 곳이 없는 평지의 마지막 요새 기능을 할 목적으로 지어진 탓이었다. 고대 수인 내전에서 궁지에 몰린 소 수인들이 모두 이곳에 틀어박혀서 결사 항전을 했다는 기록도 남아 있었다.

루프스는 출입구를 찾았다. 남쪽과 북쪽 중에 지금 루프스가 향하는 방향에서 가장 가까운 출입구는 북쪽이었다. 루프스는 북쪽 출입구를 가리켰다.

“토모스, 루크레치아, 카신을 선두로 궁으로 들어간다. 만약 매복한 놈들이 있다 하더라도 수는 많지 않을 것이고 위협적이지도 않을 것이다.”

예상대로 매복이 있다면 이쪽의 피해를 입을 것이 분명했다. 하지만 실력자들을 내세워 희생을 각오하고서라도 궁으로 들어가는 것이 나았다.

토모스가 두 개 지점을 짚었다.

“안전하게 들어간다면 조를 나누어서 궁을 수색하겠습니다.”

“그래. 그놈은 우리의 생각만큼 머리가 좋지 않은 놈이라 어딘가에 숨어서 벌벌 떨고 있을 수도 있다. 그놈을 찾아라. 나는 그동안 단독 행동을 하겠다.”

“호위가 없어도 괜찮으시겠습니까?”

“팔 한 짝, 뿔 한 짝 없는 놈이 무엇이 무섭다고.”

루프스가 루크레치아의 말에 어이가 없다는 듯이 피식 웃었다.

루프스는 문득 유채가 헥터의 이름을 듣고 무서워하던 게 기억났다. 혹시 모르니 준비를 해서 나쁠 것 없었다.

"그 호위, 레티티아에게 붙여라. 그리고 궁에 들어가자마자 안선한 방을 찾아서 넣어놔."

"예?"

카신과 루크레치아가 눈을 동그랗게 떴다. 토모스는 이를 갈았다. 또 그놈의 마레 위르였다.

⚜

"힘들 테지만, 조금만 기다려라. 헥터를 잡고 소 수인들의 질서를 잡을 때까지만 기다리면 토스 호무스로 너를 데려가겠다."

미노르 호무스 궁으로 들어온 루프스는 유채를 한 방에 밀어 넣었다. 미리 별동대를 보내서 궁의 내부를 모두 살핀 루프스는 토모스가 이 방이 가장 안전하다고 한 것을 조금 의뭉스러워했지만, 다른 이들도 같은 말을 하자 그들을 믿고 유채를 이 방 안으로 들여보냈다. 유채는 제게는 감옥밖에 되지 않는 그곳을 마치 안전한 보금자리처럼 여기는 루프스의 말이 소름 끼쳤다.

"그 감옥을 또 들어가라고요?"

유채가 빈정거리자 루프스는 속을 알 수 없는 표정을 지으며 그녀의 허리를 끌어당겼다. 유채는 그의 손을 치워내려고 했지만 그의 힘을 이길 수가 없었다. 루프스가 유채의 귓가에 속삭였다.

"나와 같이 토스 호무스로 돌아간다면 알렉스를 포트리스로 돌려보내 주겠다."

"그 말 진짜예요?"

"……그래."

루프스는 유채의 이마에 입술을 맞추고 애가 타는 듯한 눈으로 바라보았다. 유채는 루프스의 그런 시선이 오히려 더 불안하였다.

"알렉스는 포트리스로 돌아가고, 너는 나와 토스 호무스로 돌아가서 여태처럼 같이 지내는 거야. 같이 산책도 하고 이야기도 하면서."

여전히 제 자유를 구속하겠다는 말밖에 하지 않는 그였다. 유채는 루프스의 빈틈을 만들어내는 것이 우선이었기에 그의 시선을 피하면서 고개를 끄덕였다.

"너에게 나와 헥터가 동급일지는 몰라도……."

루프스가 손가락으로 유채의 턱을 들어 올렸다. 유채는 매번 보던 것과 달리 약간 애잔한 빛을 띤 청회색 눈동자를 마주했다. 루프스는 머뭇거리더니 입을 열었다.

"나는 내 잘못을 안다. 최소한 헥터처럼 후안무치하지는 않아."

루프스의 입술이 유채의 볼에 닿았다.

"나중에 마저 이야기하지."

루프스는 그 말을 마치고 루크레치아와 함께 떠났다.

늑대로 변한 늑대 수인이 방문을 닫아 잠갔다. 제법 호화로운 세간이 가득한 방 안에 홀로 남은 유채는 입술을 깨물고 양팔을 감싸 안았다. 헥터의 궁에 들어왔다는 사실만으로도 등에 소름이 돋았다. 베노르 콩레수스에서 구출되지 못했다면, 그에게 붙잡혀 와서 이곳에 갇혀 있어야 했을지도 몰랐다.

유채는 온갖 쇠사슬과 채찍, 성인 용품으로 보이는 것들이 가득한 한쪽 벽을 보면서 몸을 떨었다. 침대에는 사지를 결박시켜 놓을 도구인 것인지, 침대 기둥마다 족쇄가 달려 있었다. 점점 더 아득해지는 기분에 유채는 결국 다리에 힘이 풀려서 자리에 주저앉았다.

유채는 루프스가 제 잘못은 안다고 했던 말을 곱씹었다. 헛웃음이 나왔다. 마치 정치인들이 잘못이 탄로 났을 때만 사죄드린다고 고개 숙이는 쇼를 보는 기분이었다.

"미친. 어!"

갑자기 앉아 있는 바닥이 훅 꺼졌다. 두꺼운 손이 유채의 발목을 잡아당겼다. 유채가 비명을 지르려고 할 때였다.

유채의 발목을 잡고 끌어당긴 남자가 그녀의 입과 코를 틀어막았다. 알싸한 냄새를 맡음과 동시에 정신이 가물가물해진 유채는 본능적으로 반항했다. 혀 차는 소리가 들리더니 남자가 유채의 머리를 돌 벽에 박았다. 유채는 그대로 정신을 잃었다.

정신을 잃은 유채의 몸을 어깨에 들쳐 멘 남자는 돌계단을 밟아 내려가면서 제가 열어젖힌 바닥을 닫았다.

유채의 이마에서 흐른 피가 계단에 동심원을 그리며 떨어졌다.

"그쪽이 협력 안 했으면 어려웠을 거야."

유채는 기분 나쁘게 웃는 남자의 목소리에 조금씩 눈을 떴다. 어깨가 뻐근했다. 이마에서 흘러내린 피가 눈 위에서 굳었는지 눈을 뜨기가 힘들었다. 눈을 깜박이며 유채는 정신을 차렸다. 눈앞에 두 남자가 보였다. 유채는 무의식적으로 몸을 움직였다.

"읍."

발이 바닥에 닿지 않아 유채는 당황했다. 그제야 손목의 통증이 느껴졌다. 고개를 드니 두 손이 천장에서 내려온 갈고리에 묶여 있었다. 입안에는 천 덩어리가 들어 있어 소리를 낼 수가 없었다. 갈고리의 사슬이 흔들렸다. 짤랑거리는 소리에 두 남자가 유채를 돌아보았다. 유채는 눈을 깜박여서 초점을 맞추었다.

"일어났어?"

"으읍!"

유채는 비명을 질렀지만 소리는 나오지 않았다. 헥터가 기분 나쁜 웃음을 지으며 다가왔다. 유채는 몸부림을 쳤지만 갈고리에 단단히 고정되어 있어 조금도 움직일 수 없었다. 다리만 앞뒤로 흔들릴 뿐이었다.

헥터의 두터운 손가락이 유채의 볼을 건드렸다. 유채는 숨을 급하게 몰아쉬었다. 완벽하게 구속된 상태라 헥터가 무엇을 하든 반항조차 할 수가 없었다. 유채의 눈이 공포에 질려서 헥터의 손가락을 좇았다.

"우리 구면이지?"

유채는 정신없이 머리를 저었다. 헥터가 낄낄거리면서 그녀의 상체를 손으로 쭉 쓸어내렸다. 유채는 벌벌 떨었다. 베노르 콩레수스 때의 기억이 생생하게 떠올랐다.

"걱정 마. 네년의 처음은 아직 안 가져갔어. 루프스가 아껴 먹으려고 한 걸, 내가 그렇게 쉽게 먹으면 아깝지. 안 그래?"

헥터의 혀가 유채의 볼을 핥았다. 유채는 반쯤 울음소리가 섞인 신음을 흘렸다. 온몸이 미친 듯이 떨렸다. 이 와중에 옷이 벗겨져 있지 않았다는 데에 감사해야 하는 자신이 너무 한심하고 무력했다.

헥터가 유채의 가슴을 움켜쥐었다. 유채의 몸이 크게 튀어 올랐다. 헥터가 낄낄 웃으며 뒤를 돌아보았다.

"이봐, 토모스. 네 덕이 커. 네놈이 아니었으면, 이렇게 귀한 인질을 어떻게 잡았겠어."

유채는 헥터의 뒤에 서 있는 토모스를 보았다. 유채의 눈이 커다래졌다. 토모스가 내통자였나?

"루프스가 마음에 품은 암컷이라 그런지, 꽤나 호위가 심했어. 몇 번을 시도했는데, 하는 족족 막히더군. 적당한 놈 매수해서 납치를 하려는데 그놈 막사에 머물러서 실패하고, 이동 중에 납치하려 하니 아리아가 호위 중이고. 그놈의 약점은 너밖에 없는데 말이야."

헥터는 유채를 잡아오기 위해서 많은 노력을 기울였다. 그녀를 인질로 삼은 뒤, 루프스의 추적을 따돌릴 계획이었다. 어차피 늑대 놈들은 제 암컷에 눈이 돌아가는 놈이니 유채를 붙잡고 있으면 제게 막무가내로 나올 수 없을 것이라 예상했다. 그동안 저 암컷을 제 것으로 만들고 적당히 체력과 세력을 회복한 뒤에 루프스를 다시 칠 생각이었다. 하나, 그 인질을 잡기가 쉬운 일이 아니었다. 루프스는 무려 아리아를 호위로 붙여놓고 제 막사에서 함께 생활하며 유채를 보호했다. 그래서 헥터는 방법을 바꾸었다.

"딸의 복수를 하게 해주겠다고 하니 기꺼이 협조해 주겠다고 하더군."

헥터는 유채가 가엽게 떨고 있다고 속살거리면서 재갈이 물린 그녀의 입술을 가만히 쓸었다. 유채는 이게 다 꿈이었으면 하고 바랐다. 그렇지 않고서야 이 끔찍한 상황을 버틸 수 없을 것 같았다.

"그 방에는 내 하렘의 암컷들이 드나드는 통로가 있지. 나는 그 통로로 너를 이곳으로 데려온 거야."

헥터의 뒤에 선 토모스가 마치 벌레를 보듯이 유채를 쓱 훑어보았다. 유채는 몸부림을 치면서 반항했다. 헥터는 유채의 얼굴을 꽉 움켜잡고 가만히 있으라는 뜻으로 양쪽으로 거칠게 흔들었다. 그러곤 욕망에 번들거리는 눈으로 토모스를 돌아보았다.

"네놈이 나한테 이년을 넘긴 걸 보면 이걸로 복수가 됐다고 생각하는 모양이지만, 그래도 억울하지 않아?"

헥터는 제 발밑에 있는 채찍을 발로 툭 차서 토모스에게 넘겼다. 토모스는 그 채찍을 주웠다. 그의 입가에 비웃음이 감돌았다.

"네 딸이 겪었던 고통을 맛보게 해주고 싶잖아?"

"네놈이 저년의 몸에 관심이 많은 줄 알았는데?"

"내가 관심 있는 건 이년의 몸이지, 등짝이 아니야."

헥터가 유채의 몸을 빙 돌렸다. 갈고리가 돌아가면서 유채는 토모스에게 등을 내놓았다. 헥터가 유채의 상의를 죽 뜯었다. 실오라기 하나 없는 맨등이 드러났다.

"으읍! 으으으읍!"

유채는 반라의 상태로 공중에 대롱대롱 매달리게 되었다. 유채가 몸을 미친 듯이 흔들었다. 비명이라도 질러 제가 여기 있다고 알리고 싶었지만 입에 물려 있는 재갈 때문에 억눌린 소리밖에는 나오지 않았다.

유채의 눈앞으로 헥터가 잘린 팔을 들이밀었다.

"네년이 고분고분하게 굴지 않아서 이렇게 된 것도 갚아줄 테니 기대해."

헥터의 두툼한 혀가 유채의 얼굴을 쓱 핥아 올렸다.

"읍읍읍읍읍!"

유채의 몸이 이리저리 흔들렸다. 헥터가 낄낄거리면서 웃었다.

"벌써부터 기대하는 거야? 그럴 필요 없어. 느긋하게 은신처로 가서 품어줄 테니까. 기대만 하고 있어."

짝!

"읍!"

헥터의 말이 끝나자마자 유채의 맨등에 토모스가 휘두른 채찍이 날아왔다. 그 한 번만으로 등이 깊게 파이고 피가 흘렀다. 유채는 급하게 숨을 몰아쉬었다.

채찍이 공기를 가르면서 유채의 등을 사정없이 내려쳤다. 고문용으로 만든 채찍이라 한 번 맞을 때마다 정신을 잃지 않는 것이 차라리 불행일 정도였다.

등에 채찍이 닿을 때마다 유채의 허리가 꺾이고 목이 꺾였다. 금세 채찍에 살점과 피가 묻어났다. 토모스는 미친 듯이 유채의 등을 때렸다. 유채는 기절하지도 못한 채 고통에 몸을 부르르 떨면서 몸을 꺾는 것이 고작이었다.

헥터는 유채의 경련하는 몸을 보면서 낄낄거렸다.

유채의 등은 이미 붉은 속을 드러냈다. 토모스는 채찍질을 계속했다. 그의 얼굴에 땀이 송골송골 맺혔다. 유채의 등에서는 피가 뚝뚝 떨어져 바닥에 피가 흥건하였다.

유채는 축 늘어졌다. 토모스가 온 힘을 다해 휘두른 채찍에 유채는 눈이 뒤집힌 채로 몸을 부들부들 떨었다.

토모스가 채찍을 손에서 놓곤 이마의 땀을 닦았다. 토모스는 처참하기 이를 데 없는 유채의 꼴을 보면서 희열을 느꼈다.

"그래서 이제 어떻게 할 거냐. 나는 이걸로 만족하는데."

"아직 하나가 남았지."

헥터는 갈고리가 달린 쇠사슬을 잡아당겼다. 유채의 몸이 좀 더 위로 올라갔다. 유채의 허리가 제 눈앞으로 올 때까지 헥터는 쇠사슬을 잡아당겼다. 그는 쇠사슬을 벽에 고정하고 화로에 정체 모를 가루를 한 포대 부었다.

"헤임달 녀석이 준 거지. 아편이라고 부르는 것 같던데? 이걸 마시면 아무리 반항적인 암컷이라도 고분고분해져."

헥터는 가루에 불을 붙였다. 고된 채찍질의 여파로 거의 정신을 잃었던 유채는 아편이란 말에 불현듯 정신이 번쩍 들었다. 지금 헥터가 말한 아편이 제가 아는 것과 같다면 그것은 바로 마약이었다.

불이 붙은 가루에서 연기가 피어오르고 작은 방은 곧 연기로 가득 찼다. 유채는 연기를 마시지 않기 위해서 노력했다. 하지만 도망갈 수도 없는 상태에서 숨을 쉬지 않을 수 없었기에 연기를 들이마시고 말았다. 이미 아편에 상당량 중독이 된 헥터는 상당히 적극적으로 연기를 들이마셨다. 토모스는 약간 불쾌한 기분이 되어 주위에 몽롱한 연기를 손으로 흩었다.

"일단 저년을 이걸로 고분고분하게 만들어서 은신처로 데려갈 거야. 저년이 입은 옷과 핏자국이면 루프스 놈이 미쳐서 펄쩍 날뛰겠지."

헥터가 낄낄거리며 웃었다. 유채는 헥터의 손아귀에 떨어질 것이 두려웠다. 어떻게든 이곳을 빠져나가야 하는데 방법이 없었다. 마법은 영창을 해야 하는데, 입에 재갈을 물고 있으니 영창을 할 수 없었다. 꼼짝없이 묶여 있는 상태라 권능을 이용해서 공간을 찢어 이동할 수도 없었다. 제가 너무 한심해서 미칠 것 같았다.

헥터는 아편의 연기를 계속 흡입하면서 몽롱한 기분으로 말했다.

"저년을 끼고 있으면 루프스도 함부로 날뛰지 못할 거야."

"이 이상한 가루는 언제까지 태울 건가?"

헥터는 유채를 가리켰다.

“저년의 몸이 달아오를 때까지. 이 연기를 마시면 고분고분해지고 수컷에 환장하게 되거든. 단, 너무 오래 흡입하면 죽더라고. 아마 저 안에 들어 있는 가루가 다 타면 죽을지도 몰라.”

“그거 잘됐군.”

토모스가 중얼거리더니 갑자기 갈색 늑대로 변했다. 토모스는 약에 취해 반응이 늦은 헥터를 방에서 끄집어내었다. 헥터의 몸이 바닥으로 나뒹굴었다. 토모스는 헥터를 따라 나온 다음 유채가 묶여 있는 방의 문을 닫았다. 철컥 소리가 나면서 걸쇠가 잠겼다. 헥터는 토모스의 갑작스런 태세 변화에도 약에 취해 정신을 차리지 못하다가 뒤늦게 노성을 질렀다.

“뭐냐! 토모스!”

[내 딸의 복수다!]

토모스가 크게 으르렁거렸다. 토모스는 결코 헥터 놈에게 완벽하게 협력하려는 마음은 없었다. 그의 목적은 하나였다. 억울한 젤다의 죽음을 갚아주는 것. 그래서 헥터에게 협력하는 척하며 유채를 빼돌렸다. 헥터를 도와 루프스에게서 유채를 빼돌리면 그녀를 죽일 생각이었다. 그것으로 루프스에게는 사랑하는 암컷을 잃은 죽음보다도 깊은 고통을 선사해 줄 수 있고 또한 제 딸을 죽음으로 몰아간 마레 위르에게도 복수할 수 있었다.

토모스는 굳게 닫힌 철문을 바라보았다. 저 안에 연기가 가득 차면 저 암컷은 무력하게 죽어갈 것이다.

[복수?]

[그래. 그 복수에는 너도 있다.]

젤다가 죽음에 이르게 한 원인을 제공한 것은 헥터였다. 헥터가 아니었다면 젤다는 살아 있을 것이다. 토모스는 한 번도 제 딸의 억울한 죽음을 잊은 적이 없었다. 가슴에 묻은 딸을 어떻게 잊을 수 있을까. 제 복수는 유채가 죽고 헥터가 죽어야 완성될 수 있었다.

헥터가 강하기는 하지만, 지금 그는 다친 상태이고 뿔을 이용해 몰아붙이는 공격을 주로 하는 소 수인은 이렇게 협소한 공간에서는 절대적으로 불리했다.

토모스는 이를 악물었다. 죽이지는 못하더라도 최대한 오랜 시간을 붙잡아두어서 저 철문을 못 열게만 해도 성공이었다. 지금쯤이면 마레 위르 암컷이 없어진 것에 놀라서 루프스가 미친 듯이 날뛰고 있을 것이다. 루프스도 바보는 아니니 금방 찾으러 올 것이고, 분노한 루프스가 헥터를 죽일 것이 분명했다. 그사이 저 마레 위르 암컷은 서서히 죽어갈 테니, 어떤 방향으로 가든 그의 복수는 완성될 수 있었다.

[이것들이. 팔 한 짝 잃었다고 나를 뭘로 보는 거냐!]

거대한 소로 변한 헥터가 분노에 찬 목소리로 울부짖었다. 그의 코에서 뜨거운 콧김이 쏟아져 나왔다. 토모스는 이를 드러냈다. 그의 인생 마지막 싸움이 시작되었다.

"으으읍. 흡흑."

유채는 울음 섞인 신음을 흘리면서 몸을 흔들었다. 방 안은 너구리 굴처럼 뿌연 연기가 가득 찼다. 점점 정신이 몽롱해지자 유채는 제 모든 감각을 등에 집중했다. 사정없이 제 등을 채찍으로 내려친 토모스가 고마울 지경이었다. 등의 통증이 아니었다면 이미 연기에 중독되었을 것이다.

하지만 그것도 잠시였다. 아편의 효과인지 점점 등의 통증이 느껴지지 않았다. 유채는 몸을 이리저리 비틀었다. 하지만 쇠사슬은 이리저리 흔들리기만 할 뿐이었다.

"흐흑."

여기서 죽을 수는 없다. 언니에게 돌아갈 방법이 생겼는데, 여기서 허망하게 죽을 수는 없다. 유채는 모든 힘을 짜내서 몸을 양옆으로 움직였다. 쇠사슬이 차릉거리는 차가운 금속성의 소리를 내면서 흔들렸다. 벽에 고정된 쇠사슬도 풀릴 듯이 움직였다. 저 쇠사슬만 벽에서 떨어뜨리면 자연스럽게 바닥으로 내려갈 수 있다. 그 후엔 손목을 묶은 밧줄을 불에 태우고 이 방을 탈출하면 되는 것이다. 유채는 아편에 취해 힘이 빠지는 몸을 애써 열심히 움직였다. 어깨가 빠질 듯이 아팠다.

"흐흑."

유채는 눈물을 흘렸다. 이젠 더 이상 몸을 움직일 힘조차 없었다. 머릿속이 몽롱해지고 눈앞이 흐려져만 갔다. 유채는 자꾸만 감겨가는 눈을 뜨기 위해서 노력했다. 몸이 계속 늘어졌다. 온몸이 무거웠다.

유채는 가물거리는 정신을 차리기 위해서 고개를 흔들었다. 방 안은 연기로 가득 차서 한 치 앞이 보이지 않았다. 유채는 다시 정신을 차리고 미약하게라도 공중에 매달린 몸을 흔들었다. 하지만 몸을 흔드는 시간보다 축 늘어져 있는 시간이 길어져 갔다. 유채의 고개가 자꾸만 뒤로 꺾였다. 이제는 목도 가누기가 힘들었다.

유채는 이제 자신이 꿈을 꾸고 있는 것인지 아니면 깨어 있는지 분간이 되지 않았다. 습관처럼 아주 잠깐 정신이 들어올 때마다 몸을 움직였다. 이제는 그냥 잠이 들었으면 좋겠다는 생각밖에 들지 않았다. 유채의 목이 앞으로 고꾸라졌다.

쾅! 쾅! 쾅!

철문이 부딪치는 소리가 났다. 유채는 머나먼 곳에서 들리는 것 같은 소리에 귀를 기울이지도 못하고 지나치게 무거운 눈꺼풀을 내리깔았다. 유채의 몸은 마치 죽은 사람처럼 축 늘어졌다.

철문에 쾅쾅거리며 부딪치는 충격이 작은 방을 흔들었다. 그 충격에 벽에 고정되어 있던 쇠사슬이 바닥으로 떨어졌다. 천장에 매달린 도르래가 차르륵 소리를 내면서 움직였다.

[레티티아!]

루프스는 문을 부수고 들어서자마자 유채를 불렀다. 루프스는 얼른 위르형으로 돌아와 바닥으로 떨어지는 유채의 몸을 받아내었다. 그녀는 제 몸을 가누지 못하고 자꾸만 뒤로 넘어갔다. 루프스는 유채의 입에서 재갈을 풀었다. 입안에 있는 천 덩어리를 빼내고 가는 손목을 감고 있던 밧줄을 풀었다. 손목은 벌건 자국이 남은 것도 모자라 진물 섞인 피가 흘러내리고 있었다.

루프스는 헥터와 토모스를 향한 분노에 이를 갈았다.

⚜

루프스는 유채가 없어진 것을 알아차리고 불같이 화를 냈다. 그리고 그녀가 있던 방에서 지하로 통하는 입구를 찾아냈다.

[내가 들어가서 토모스와 헥터를 찾을 테니 너희는 통로의 출구를 찾아서 원천 봉쇄해라.]

루프스는 늑대로 변해서 지하 통로로 내려가기 전 부하에게 명을 내렸다.

[만일 레티티아가 헥터에게 인질로 잡히게 될 시에는 너희는 내 손에 죽을 것이다.]

루프스는 부하들을 협박하고서 통로로 급하게 내려갔다. 루프스는 제 어리석음을 탓했다. 토모스의 가족을 인질로 잡아놓고 있었기에 딴 마음을 품을 것이라는 예상을 하지 못했다. 토모스는 권력욕도 많았지만 다른 한편으로는 일족의 번영을 위해서 노력하는 충신이기도 했다. 비록 로보의 마지막 전투에서 도망갔을지라도 그도 플로서스와 함께 무너져 가던 늑대 일족을 마지막까지 지킨 충신 중 하나였다. 그랬기에 늑대 일족을 배신하고 설마 헥터에게 붙을 것이라는 예상을 하지 못했다.

[젠장할. 빌어먹을. 멍청한 놈.]

루프스는 스스로를 책했다. 다 자신이 안일하게 생각한 탓이었다.

지하는 마치 미로와 같아 루프스는 길을 잃고 빙빙 돌면서 헤맬 수밖에 없었다. 루프스는 욕지거리만 뱉었다. 마음은 급한데 길은 보이지 않았다. 무작정 들쑤시고 다니던 중 눈앞에 갈림길이 나왔다. 루프스는 어느 쪽으로 갈지 한참을 고민했다.

[저건?]

루프스는 위르형으로 돌아왔다. 오른쪽 길로 가자 바닥에 뭔가 반짝이는 것이 떨어져 있었다.

"이건……."

유채의 머리 장식이었다. 이게 여기 떨어져 있다는 건 유채가 이 방향으로 끌려갔다는 말일 것이다. 루프스는 곧장 길 안으로 들어가려다가 멈칫했다.

이게 함정이면 어떡할 것인가?

만일 이게 저를 따돌리기 위한 함정이라면 유채는 어떻게 되는 것일까? 루프스는 이를 악물었다. 머릿속에 처참하게 망가졌던 유채의 모습이 스쳐 지나갔다. 그런 모습을 두 번은 볼 수 없었다. 유채는 그저 웃어야만 했다.

루프스는 통로를 바라보았다.

"밀져야 본전이지."

루프스는 다시 늑대로 변해서 오른쪽 통로로 정신없이 달렸다. 피비린내가 나는 것 같았다. 루프스는 제가 옳은 선택을 했음을 깨달았다. 정신없이 달려가니 토모스와 헥터가 싸우고 있는 것이 보였다. 루프스는 상황을 살폈다. 토모스가 필사적으로 철문에 접근하는 헥터를 막고 있었다. 저곳이다. 저기에 유채가 있다.

루프스는 토모스의 의도를 알아차렸다. 그는 루프스, 헥터, 유채 모두에게 복수를 하려고 한 셈이었다. 유채를 죽임으로써 분을 풀고 동시에 루프스에게 복수를 하고, 헥터까지도 노려서 복수를 끝맺을 생각이었다. 헥터와 싸워 유채를 구하려는 척 위장하여 제 가족들의 안위를 보장하려 했을 것이다. 루프스는 토모스에게 이를 갈았다.

[토모스!]

루프스는 헥터와 토모스 사이에 난입했다. 토모스는 예측하지 못한 변수에 당황했다. 루프스가 지금 나타나는 건 그의 계산에 없는 일이었다. 분노한 루프스가 토모스의 목덜미를 물어뜯었다. 그리고 헥터의 공격을 피하여 몸을 움직였다.

[윽.]

엉덩이가 벽에 닿았다. 공간이 너무 협소해서 마음대로 움직일 수가 없었다. 어쩔 수 없이 헥터와 토모스의 공격을 피하지 말고 받아내야 했다.

토모스와 헥터는 공공의 적인 루프스를 먼저 없애는 것이 낫다고 판단한 것인지 협공을 시작했다. 루프스는 최소한의 움직임으로 공격을 피하거나 역공을 했다. 루프스만큼이나 좁은 공간이 약점이 된 헥터와 이미 헥터에게 당해 상처가 깊은 토모스는 루프스의 상대가 되지 않았다.

[크악!]

루프스는 토모스의 심장을 뜯었다. 새빨간 피가 은빛 털에 튀었다. 루프스는 남은 헥터 쪽으로 시선을 돌렸다. 유채에게 그의 처분을 맡기고자 하였으나 지금 유채를 구하기 위해서는 헥터를 제거해야 했다. 루프스는 피투성이의 헥터에게 달려들었다.

[크아아아악!]

헥터의 하나 남은 앞다리를 뜯고 머리를 박살 냈다. 그리고 서둘러 철문으로 다가갔다. 굳게 닫힌 철문을 열기 위해서 미친 듯이 몸을 부딪쳤다. 열쇠를 찾아야 한다는 생각은 조금도 하지 못하고 미친놈처럼 무식하게 철문에 몸을 박았다. 부딪칠 때마다 상처가 벌어져 피가 철철 흘렀지만 상관없었다. 그리고 철문이 뜯기듯이 떨어지자, 그의 눈에 유채가 들어왔다.

루프스는 유채를 찾았다는 안도의 한숨을 내쉬었다. 그러나 곧 아무 미동 없는 유채에 대한 걱정이 밀려왔다.

"레티티아! 레티티아!"

루프스는 유채를 깨우기 위해서 그녀의 볼을 두드리고 소리를 질렀다. 하지만 유채는 축 늘어진 채로 그의 손길에 따라서 힘없이 움직일 뿐이었다. 루프스는 유채의 입가에 귀를 가져다 대었다. 미약한 숨이 느껴졌다.

"유채! 한유채! 정신 차려라! 유채!"

루프스는 주위를 둘러보았다. 루프스는 한쪽에서 타고 있는 정체 모를 가루를 발견했다. 이 방 안에 있는 연기의 원인이 바로 저 가루인 것 같았다. 루프스는 화로를 걷어차 불을 끄고 혹시 몰라 가루를 한 줌 주머니에 챙겨 넣었다.

그러다 발치에 걸린 것을 내려다보았다. 피와 살점이 덕지덕지 붙어 있는 고문용 채찍이었다. 루프스는 다급하게 유채의 몸을 뒤집었다.

까득.

루프스는 이를 갈았다. 유채의 등은 완전히 까진 것도 모자라 살점까지 뜯긴 상태였다. 등이 이 지경이 될 때까지 채찍을 휘둘렀다는 것을 눈치챈 루프스의 눈이 살기로 번뜩였다.

"늦어서. 미안하다."

루프스는 유채를 끌어안았다. 유채의 숨이 점점 잦아들어 가는 것 같아서 루프스는 얼른 제 상의를 벗어서 그녀의 벗은 몸을 감싸고 방을 나섰다.

[크악!]

"큭!"

죽은 줄 알았던 헥터가 동물형으로 기어서 루프스를 노렸다. 루프스는 유채를 감싸고 피하느라 왼쪽 팔을 내어주어야 했다. 헥터의 이빨이 루프스의 왼팔을 물었다. 루프스는 고통을 억누르며 유채를 제 어깨에 기대게 만들고 오른팔을 움직였다.

"버러지 같은 것들!"

루프스는 오른손으로 헥터의 턱을 뜯어내었다. 드디어 숨이 끊긴 헥터의 몸이 아래로 떨어졌다. 워르형으로 돌아온 헥터의 시신은 양팔과 턱이 뜯기고 머리의 반쪽이 날아간 참혹한 모습이었다. 루프스는 이를 갈면서 한 팔로 유채를 안고 걸음을 옮겼다.

"루프스님, 팔이……."

지하에서 한 팔로 유채를 끌어안고 올라오는 루프스를 발견한 아리아가 빠른 걸음으로 다가왔다. 왼팔에 상처가 깊었지만 루프스는 아리아의 걱정을 무시하고 큰 소리로 고함쳤다.

"오르페를 불러와!"

"예?"

"당장 오르페를 불러와!"

아리아는 대강 눈치를 채고 얼른 움직여서 적당한 방의 문을 열었다. 루프스는 유채의 축 늘어진 몸을 얼른 침대에 눕혔다. 하얀 침대 시트가 금세 붉게 물들었다. 루프스는 이를 갈았다.

오르페가 허둥지둥 들어왔다.

"당장 살려내! 지금 당장!"

루프스가 몸을 떨면서 외쳤다. 오르페는 심각한 상황에 놀라서 얼른 유채에게 다가갔다. 숨이 옅었다. 전에 독에 중독되었던 때랑 비슷해 보였다. 오르페는 해독을 하기 위해서 몸을 살피다가 붉게 물든 시트를 보고 유채의 몸을 뒤집었다.

"세상에!"

오르페는 유채의 등을 보고 화들짝 놀라서 엉겁결에 뒷걸음질쳤다. 루프스는 성난 얼굴로 오르페를 다그쳤다.

"쓸데없이 놀라지 말고! 얼른 치료해!"

"알, 알겠습니다."

오르페는 분주하게 손을 움직였다. 거의 죽기 직전처럼 숨도였고 얼굴도 창백하고 몸도 차가웠다. 축 늘어진 유채를 보면서 루프스는 제 얼굴을 쓸어내렸다. 유채를 혼자 둘 생각을 한 자신이 멍청했다. 위험하더라도 데리고 다니면서 제가 보호해야 했다. 헥터가 유채를 노릴 거라는 생각을 했어야만 했다. 루프스는 심장이 타들어가는 기분이었다.

급한 처치를 마친 오르페가 땀을 닦았다. 다 죽어가는 유채를 일단 이승에 붙들어놓았다.

"혹시 유채 양이 뭘 마시거나 먹었습니까?"

"이걸 태운 연기를 흡입했다."

루프스는 유채가 갇혀 있던 방에서 나온 가루를 오르페 앞에 건네었다. 가루의 냄새를 맡은 오르페의 얼굴이 심각해졌다.

"루프스님."

아리아가 루프스의 오른팔을 잡아당겼다. 아리아는 루프스가 유채 때문에 오르페의 진료를 받지 않을 것을 알고 다른 군의관을 불러서 데려왔다. 아리아에게는 무엇보다 루프스가 우선이었다. 그녀는 루프스의 피가 뚝뚝 떨어지고 있는 왼팔을 가리켰다.

"그 상처를 치료받으셔야 합니다."

"제가 여기서 유채 양을 꼭 살릴 터이니, 루프스님은 왼팔의 상처를 치료받으십시오. 상처를 오래 방치하는 것은 좋지 않습니다."

오르페도 아리아를 거들었다. 유채의 옆에 있으려 하는 루프스와 오르페가 실랑이를 벌였다. 결국 최후의 수단으로 오르페는 루프스가 곁에 있으면 방해되어서 유채를 완벽하게 치료할 수 없을지도 모른다는 말을 꺼냈다. 루프스는 오르페의 말에 입을 다물고 아리아가 데려온 군의관을 따라서 나갔다. 제 팔의 사소한 상처를 치료하겠다고 오르페를 끌어내어 유채의 치료를 지연시키느니 이렇게 하는 것이 나았다.

루프스는 유채가 있는 방 앞에 의자를 가져다 놓고 어두운 표정으로 아리아가 데려온 군의관의 진료를 받았다. 헥터에게 물린 팔은 붉기보다 검은 빛깔에 가까운 피를 쏟아내고 있었다. 군의관은 약을 뿌리고 혹시 모를 독에 대비하여 해독 작용이 있는 약초를 상처 위에 덮은 다음 붕대를 감았다.

저 멀리서 소 수인 궁녀가 허둥지둥 달려왔다. 그녀의 품에는 깨끗한 의복이 들려 있었다. 소 수인 궁녀, 엘가는 루프스의 앞에 벌벌 떨면서 몸을 숙였다. 제가 이전에 헥터의 암컷들의 시중을 들었다는 이유로 루프스의 명을 듣고 불려온 것이 좋은 일인지 나쁜 일인지 알 수 없었다. 루프스가 냉랭한 목소리로 말했다.

“네가 여러 암컷들의 시중을 들었다지.”

“예. 그러합니다.”

“가서 레티티아의 시중을 들어라.”

엘가는 벌벌 떨면서 몸을 일으켜 침을 꿀꺽 삼키며 방으로 들어가려고 했다.

“만일 레티티아에게서 조금이라도 불편하다는 말이 나오거나, 레티티아의 몸에 조금이라도 이상이 생기면…….”

엘가는 뒷목에 소름이 오소소 돋는 것을 느꼈다.

“네년의 목줄을 친히 끊어주마.”

“며, 명심하겠습니다.”

엘가는 벌벌 떨리는 목소리로 대답을 하고 얼른 방 안으로 들어갔다.

루프스는 아리아와 군의관을 모두 물리고 유채가 있는 방 앞에 우두커니 앉아 있었다. 그는 주먹을 말아 쥐고 오르페가 나오기를 초조하게 기다렸다. 실력 좋기로는 둘째가라면 서러워할 오르페이니, 반드시 유채를 살릴 것이다. 루프스는 스스로에게 다짐을 하는 것인지 위로를 하는 것인지 분간이 되지 않는 말을 속으로 중얼거렸다.

오르페가 엘가를 데리고 다시 나온 것은 둥근 보름달이 거의 남쪽에 떠 있을 쯤이었다. 유채의 상처가 너무 깊어 치료하는 데 너무 많은 시간이 걸렸다. 루프스는 이제 괜찮다는 말을 듣자마자 자리에서 벌떡 일어나 방으로 들어갔다. 오르페는 눈치껏 방문을 닫았다.

루프스는 성큼성큼 유채가 누워 있는 침대로 다가갔다.

"아."

루프스는 외마디의 탄식과 함께 가슴을 쓸어내렸다. 여전히 창백하기는 했지만 아까보다는 혈색이 많이 좋아진 얼굴이 보였다. 아까는 정말 죽은 줄로만 알았다. 지금은 고른 숨을 내쉬며 살아 있다는 것이 분명하게 보였다.

옷 틈으로 붕대가 보였다. 차마 침대의 시트를 갈 시간은 없었던 것인지 유채의 아래 깔린 시트는 여전히 붉었다.

루프스는 유채의 손을 잡아 입을 맞추었다.

"미안하다."

이 말밖에는 해줄 말이 없었다. 지켜준다고 해놓고 지키지 못했다. 약속을 잘 지킨다고 말해놓고 정작 중요한 약속은 못 지켰다. 루프스는 미약한 온기가 도는 유채의 손을 제 볼에 붙였다. 살갗 너머로 느껴지는 박동에서 유채가 살아 있음을 느낄 수 있었다.

창으로 들어온 달빛이 유채의 얼굴을 비추었다. 찬란하게 부서지는 달빛 아래 유채의 얼굴은 세상 그 무엇보다 아름다웠다.

그래, 저렇게 아름다우니 다른 수컷들이 탐을 내는 것이다.

루프스는 유채의 손을 부서지지 않을 정도로만 꽉 움켜잡았다. 수컷 모두 다 입을 모아서 세상에 둘도 없을 미인이라고 이야기할 만큼 유채는 아름다웠다. 수컷이란 모름지기 아름다운 암컷만 보면 군침을 흘리는 것들이었다. 그러다 보니 헥터 같은 놈들이 꼬이는 것이다. 젤다 같은 같잖은 것들이 유채를 질투하여 이리 괴롭히는 것이었다. 루프스는 유채의 손등에 입술을 맞췄다.

"토스 호무스로 돌아가면……."

토스 호무스로 돌아가기만 한다면 궁 가장 깊숙한 곳, 누구도 함부로 드나들 수 없는 곳에 유채를 숨길 것이다. 또다시 헥터 같은 미친놈이 나타나지 않는다는 보장이 없었다. 자신만 드나들 수 있는 곳에 유채를 숨기고 지킬 것이다. 유채는 제 화원에 활짝 핀 곱고 여린 꽃이어야만 하고 제 새장 속에서 지저귀는 작은 종달새여야만 한다. 루프스는 유채의 앞머리를 넘기고 이마에 입술을 눌렀다.

"이게 없었으면, 늦었을지도 모르지."

루프스는 품에서 나비 모양 머리 장식을 꺼내고 중얼거렸다. 이게 없었다면 유채를 찾는 데 더 오래 걸렸을지도 모르는 일이었다.

⚜

"윽."

유채는 가슴을 모포로 감싸고 침대 시트를 움켜쥐었다. 오르페가 조금만 참으라고 말했다. 풀어낸 붕대에 진물과 피가 묻어 나왔다. 오르페는 다시 상처를 소독하고 연고를 바르고 치유 마법까지 썼다. 유채의 상처는 너무 심해 오르페의 마력으로는 한 번에 치료하기 힘들었다. 애초에 수인들은 인간에 비해 마력량도 얼마 되지 않았고 거기에다 본인들이 가진 마력 저항력 때문에 마력 컨트롤이 잘 되지 않아 마법을 시전해도 공기 중에 손실되는 마력량이 너무 많았다. 베노르 콩레수스 때는 프레드릭 덕택에 한 번에 치료가 가능했으나, 지금 상황은 오르페라도 한 번에 치료하기 너무 힘들었다. 상처가 서서히 아물어갔다. 이렇게 조금씩 나아지게 하는 것이 최선이다. 어느 정도 나아지자 상처 부위에 딱지가 앉지 않도록 다시 붕대를 둘러주었다.

오르페를 포함한 세 명의 뱀 수인이 열심히 치료 마법을 쏟아부은 효과인지 유채의 상처는 빠르게 낫고 있었다. 모두가 루프스가 유난 떤다고 수군거렸지만, 유채의 등 상처는 심각한 수준이었기에 결코 유난이라 치부할 수 없었다. 프레드릭이 있다면 좀 더 빠르게 낫게 할 수 있겠지만, 의학에는 뛰어나도 치료 마법에는 뛰어나지 못한 오르페의 한계였다. 유채는 매번 치료를 할 때마다 침대 시트를 손마디가 하얗게 될 정도로 움켜쥐었다.

유채는 거치적거리는 머리카락을 한데 모아서 앞으로 넘겼다. 마레 위르들의 치유 마법은 상처에만 영향을 미쳤지만 뱀 수인들의 치유 속성은 그만큼 섬세하지 못해서 다른 곳에도 영향을 미쳤다. 수인은 마력 저항력으로 마력 컨트롤이 완벽하지 못했기에 시전된 마법에서 마력 손실이 발생했다. 재생력을 빠르게 하는 마법을 사용해서 등의 상처를 치료했기에 해당 마법에서 손실된 마력은 유채의 머리카락에 영향을 미쳤고, 상처가 낫는 것만큼 머리카락도 빠르게 길어서 가슴까지 내려왔다. 유채는 길어진 머리카락이 익숙하지 않은지, 손으로 열심히 정돈했다.

"내일이면 외상은 다 치료될 걸세. 조금 이따 다시 붕대를 갈면서 다른 수인이 치료 마법을 써줄 거야. 알겠지?"

"예. 감사합니다."

옆에서 유채의 시중을 들어주는 소 수인인 엘가가 달달 떨면서 약을 건넸다. 아편의 독소를 빼주는 약이라고 하였다.

"거기 쥐 수인 아가씨는 어떤가?"

오르페가 유채의 옆에 웅크리고 있는 작은 몸집의 쥐 수인 소녀를 가리키며 물었다. 유채는 자신의 팔을 구원줄처럼 붙잡고 있는 쥐 수인 소녀의 머리카락을 쓰다듬었다. 소녀는 웅, 하는 소리를 내면서 유채에게 파고들었다.

"똑같아요. 아직 정신이 온전치가 않아요."

헥터의 하렘에서 살아남은 유일한 여자였다. 유채가 잡혀 있던 곳과 얼마 멀지 않은 곳에서 하렘에 있던 여자들의 시신들이 발견되었는데, 마레 위르부터 수인 일족 여성들의 시신들이 한데 엉켜 있었다. 그 와중에 죽은 척을 하고 시신 틈에 뒤엉켜 있던 쥐 수인 소녀가 알렉스에 의해서 발견되었다.

루프스나 다른 수인들은 헥터나 소 수인 일족의 상황을 알기 위해 소녀를 심문했지만, 헥터의 성적인 학대 때문에 그녀는 이미 제정신이 아니었다. 말도 어눌했고 소녀와 여인의 사이로 보이는 것과는 다르게 열 살짜리 어린아이처럼 굴었다. 유채는 그 소식을 듣고 억지로 소녀를 데려왔다. 그 뒤로 소녀는 유채가 제 엄마라도 되는 것처럼 옆에서 떨어지려고 하지 않았다.

오르페는 성치도 않은 몸으로 소녀를 돌보는 유채를 대견스럽게 바라보았다. 듣자 하니 저 쥐 수인 소녀가 밤에는 더 무서워해서 품에 꼭 안고 잔다고 하는데, 그러면 당연히 등의 통증이 보다 심해질 것이었다. 그럼에도 유채는 소녀를 최대한 배려해 주었다. 오르페가 짐을 정리하면서 물었다.

"이름은 뭔지 알아냈나?"

"옥타비아요. 8월에 헥터의 하렘에 들어와서 옥타비아라고 이름을 받았대요. 고아라서 애초에 이름은 없었다고 하구요."

유채는 새근새근 잠든 옥타비아의 머리를 쓰다듬었다. 헥터의 성적 학대로 정신이 무너진 상태였으나 그래도 이따금 두서없지만, 제정신에 가까운 말을 할 때가 있었다. 옥타비아는 전쟁 때문에 부모와 형제를 잃은 고아로 열다섯 살 때까지 시장 바닥을 전전하며 구걸로 먹고 살다가 인신매매단에게 붙잡혀 헥터의 하렘으로 들어왔다는 것이었다.

헥터의 총애를 받아 유희실에 가장 많이 끌려갔고 온갖 변태적인 취향을 다 받아주면서도 쥐 수인 특유의 끈질긴 생명력 덕택에 유일하게 살아남을 수 있었다. 유채는 헥터의 변태적 행각에 머리가 아찔했다. 정말 그건 사람이 할 짓이 아니었다. 옥타비아가 완전히 미쳐 버리지 않은 것이 다행이라고 여겨질 정도로 끔찍한 행위들이었다.

"알렉스 씨에게 제 이야기 전해주셨어요?"

"당연하다마다. 헤임달이란 이름을 듣더니 정말로 그 이름을 들었냐고 너한테 되물어달라고 하더구나."

"예. 분명히 들었어요. 헤임달이란 작자가 헥터에게 아편을 주었다고 했어요."

"아편이란 건 대륙에나 있는 것으로 알고 있는데……. 나도 실제로 봤을 때 꽤나 놀랐다고."

전쟁 중인 대륙에서는 싸울 병사가 모자라 아직 어린 소년들까지도 이용하며 고통을 잊게 할 용도로 아편을 악용한다는 했다. 오르페에게 아편에 대해 알려준 아르젠인 선의는 그것들은 보는 즉시 없애 버려야 한다며 이를 갈았었다.

“포트리스의 일이니 괜히 신경 쓰지 말고 네 몸이나 챙겨라. 알렉스 놈도 걱정 말고 몸 회복에 집중하라고 하더구나.”

오르페는 알렉스가 제 사위 제안을 거절한 뒤에 약간 꽁해 있었다. 그래도 그가 꽤나 마음에 든 것인지 루프스 몰래 소식을 전해주었다. 오르페가 눈짓으로 옥타비아를 가리켰다.

“저 아이 좀 깨워라. 아편 중독 치료를 해야 하니.”

옥타비아 역시 아편에 중독되어 있는 상태였다. 오르페는 옥타비아를 가엽게 여겨서 남는 시간마다 그녀도 치료해 주고 있었다. 유채는 잠든 옥타비아를 깨웠다. 옥타비아는 유채의 허리를 감싼 팔에 힘을 주면서 잠에서 깼다.

“옥타비아, 오르페 할아버지가 잠깐 같이 가자고 하시네.”

“싫어. 싫어.”

옥타비아는 고개를 저으면서 유채의 허리를 더 꽉 끌어안았다. 예전 유채가 그랬던 것처럼 옥타비아도 남자를 무서워했다. 옥타비아는 유채에게서 떨어지기를 싫어했다.

“옥타비아.”

유채가 옥타비아의 팔을 풀었다. 옥타비아는 눈물이 그렁그렁한 얼굴로 고개를 저었다.

“싫어. 싫어. 언니, 좋아. 언니랑. 언니랑.”

때마침 엘가가 간식거리를 들고 들어왔다. 유채는 침대에서 내려와서 엘가에게서 간식이 담긴 쟁반을 낚아챘다. 엘가가 당황한 얼굴로 자신이 들겠다고 했지만 유채는 고개를 저었다. 유채는 몸을 웅크리고 달달 떠는 옥타비아에게 다가가 쿠키를 내밀었다. 옥타비아가 눈을 굴렸다. 먹는 것 하나도 의심하고 경계할 정도로 옥타비아의 상태는 심각했다.

"아, 해봐, 옥타비아."

"아."

옥타비아가 작은 입을 벌렸다. 유채는 옥타비아의 입에 쿠키를 넣어주었다.

"맛있어?"

"응, 언니."

옥타비아가 행복한 얼굴을 하고 유채에게 칭얼대었다.

"더 줘. 더 줘. 저거 좋아. 좋아."

옥타비아가 구사하는 언어는 딱 유치원생 수준이었다. 성적인 학대로 모든 것을 놓아버린 옥타비아의 머리카락을 쓰다듬으면서 유채는 그녀를 달랬다.

"오르페 할아버지를 따라가서 치료 잘 받고 오면, 언니가 이거 다 줄게."

옥타비아는 고개를 기울이며 치열하게 고민을 하였다. 그러더니 갑자기 비명을 지르면서 유채의 품으로 파고들었다.

"그건 너를 위해 내가 만들라 한 것인데, 내 정성을 너무 무시하는 것이 아닌가?"

루프스였다. 유채는 겁에 질린 옥타비아를 달랬다. 루프스는 나른한 미소를 지으며 천천히 방 안으로 들어왔다. 유채는 옥타비아를 꼭 껴안으면서 루프스에게 외쳤다.

"당장 나가요! 옥타비아가 겁먹었잖아요!"

"어?"

"당장 나가라고! 당신은 조금 이따 상대해 줄 테니까 일단 나가요!"

루프스는 어안이 벙벙한 표정을 지었다. 하지만 유채의 태도가 워낙 단호하여서 루프스는 엉겁결에 도로 방을 나가야만 했다.

유채는 겁을 먹은 옥타비아를 어르고 달래기 위해 손에 과자를 한 움큼 쥐어주었다. 옥타비아가 겨우 진정한 후 오르페는 능숙하게 그녀를 데리고 나갔다.

유채는 욱신거리는 등의 통증에 한숨을 뱉으면서 엘가의 부축을 받아서 침대에 다시 앉았다. 엘가는 유채의 등 뒤에 푹신한 베개를 놓아주었다.

"애를 잘 돌보는군."

쫓겨났던 루프스가 다시 방으로 들어왔다. 그는 의자를 끌어와서 앉아 유채의 턱을 가볍게 잡고 돌렸다.

"몸은 괜찮나?"

"오르페님 덕분에 괜찮아요."

"미안하다. 지켜준다고 해놓고 매번 이렇게 힘들게 하는 것 같다."

루프스가 유채의 볼을 쓰다듬으며 애잔한 목소리로 말했다. 유채는 애초에 그 말 따위는 믿은 적도 없었다고 쏘아붙여 줄까 하다가 그냥 접었다. 저 남자로부터 제 몸이나 지킬 수 있으면 다행이라는 생각 외에는 해본 적도 없었다. 이번에도 저 남자에 의해서 죽기 직전에 구출되기는 했지만, 절체절명의 상황에서 저 남자를 찾는다는 생각은 한 적도 없었다.

"몸은 빈 대롱처럼 마르기만 하면서 왜 그렇게 다른 이들을 싸고도는 것인지. 네 몸부터 챙겨라. 저 꼬맹이는 그냥 두고."

루프스는 유채에게 핀잔을 주었다. 그리고 밖에 있던 이들을 불러들였다. 미노르 호무스 궁의 궁녀들이 온갖 먹을거리를 들고 들어왔다. 그들은 탁자 위에 그것들을 내려놓고 물러갔다. 루프스가 손짓으로 먹으라고 재촉했다.

"아플 땐 많이 먹고 몸을 회복하다는 것이 중요하다는데, 너는 매번 이렇게 마르기만 해서 어쩌려고. 뭘 좋아하는지 몰라서 만들 수 있는 건 다 해오라고 했다. 먹어보고 마음에 드는 것이 있으면 말해라. 더 만들어주마."

루프스는 가는 유채의 팔목을 보았다. 이렇게 계속 마르다가는 뼈와 가죽밖에 남지 않을 것 같았다. 유채가 떨떠름한 표정으로 보고만 있자 답답해진 루프스는 빵 하나를 집어서 유채의 손에 쥐여주었다.

"너무 마른 것은 몸에도 좋지 않고 보기도 좋지 않아. 그러니 살을 좀 찌워. 건강해야 하지 않나."

유채는 루프스가 쥐어준 빵을 깨작거리며 먹었다. 루프스는 유채에게 이것저것을 권하며 무엇이 더 맛있냐고 물었다. 엘가가 얼른 차를 내어왔다. 유채는 다 먹기 부담스러울 정도로 많은 음식을 권하는 루프스에게 물었다.

"헥터랑 토무스는 어떻게 됐어요?"

누구도 그들이 어찌 되었는지 알려주지 않았기에 유채는 루프스에게 물을 수밖에 없었다. 루프스는 잠시 머뭇거리더니 짧게 답했다.

"죽었다."

"당신이 죽였나요, 둘 다?"

"그래. 토모스는 이미 죽어가고 있었으니 내가 죽였다 하기는 뭐 하지만, 일단 그놈의 목숨 줄을 끊어놓은 것은 나다."

루프스는 유채의 파리한 얼굴과 등의 상처를 생각하며 이를 갈았다. 유채가 느꼈던 고통을 조금이라도 느끼게 한 다음 죽였어야 했다. 너무 쉽게 평안을 준 것 같아 분했다. 루프스는 주머니 속 머리 장식을 만지작거렸다. 아직까지 전해주지 못하고 있는 물건이었다. 루프스는 그것을 손에 쥔 채 힘겹게 입을 열었다.

"미안하다."

"뭐가 미안한데요?"

그는 입을 달싹이다가 시선을 들어서 유채의 차가운 눈동자를 마주 보았다.

"……약속을 못 지켜서 미안하다. 지켜준다고 말해놓고 이렇게 다치게 만들어놓고 헥터를……."

"예전에 말했잖아요. 나한텐 당신이나 헥터나 똑같다고. 그런 이유라면 나한테 미안하다고 말하지 말아요. 난 당신 인형이 아니에요."

유채는 제가 뭘 기대한 것인가 싶어 스스로를 한심해했다. 유채는 주위를 둘러보았다. 깨어나고 난 뒤 이 방을 한 발자국도 나갈 수 없었다. 하루 종일 엘가가 옆에서 감시 겸 시중을 들었고 방 밖에는 경비병들이 개미 한 마리 지나갈 수 없을 정도로 엄중하게 보초를 서고 있었다. 장담하건대, 토스 호무스에 돌아간다면 방에 갇히고 두 번 다시 바깥 구경을 못 하게 될 수도 있었다.

유채는 자신의 무력함에 시트를 움켜쥐었다. 여신이 능력을 주었지만 제대로 써보지도 못했다. 마법은 중간에 포기한 덕택에 쓸 수 있는 것 하나 없었다. 저는 무력했다.

"루프스가 마음에 품은 암컷이라 그런지, 꽤나 호위가 심했어."

유채는 헥터가 한 말을 곱씹으면서 헛웃음을 흘렸다. 루프스를 바라보니 그는 제가 한 말이 어지간히 마음에 들지 않는 것인지, 시선을 내리깔고 처연하게 탁자를 바라보고 있었다.

루프스가 저를 사랑한다고? 얼어 죽을 소리.

가두고 윽박지르고 강압적으로 키스하는 것이 사랑인가? 아니 애초에 복종시키기 위해서 육체적으로, 정신적으로 학대하던 사람이 저에게 사랑이란 감정을 느꼈다는 것 자체가 코미디였다.

"미안하다."

루프스가 등의 상처를 건드리지 않게 어깨를 감싸 안고 유채를 제 품 안으로 끌어안았다.

"그딴 사과……."

"듣기 싫어하는 것을 알아도 나는 해야겠다. 너를 아프게 해서 미안하다."

루프스의 입술이 유채의 이마에 붙었다가 떨어졌다. 루프스는 유채의 이마에 제 이마를 기대었다.

"내가 말주변이 없다."

루프스는 코끝이 닿는 가까운 거리에서 입을 열었다.

"네가 원하는 말을 들려주고 싶어도 자신이 없다."

루프스는 유채의 머리카락을 넘겨주고 다시 나비 모양 머리 장식을 달아주었다. 루프스는 애잔한 시선으로 유채를 보았다.

유채는 루프스의 눈빛에 기분이 이상해졌다. 저 눈을 보면 헥터의 말이 사실인 것만 같았다. 유채는 루프스의 시선을 피하기 위해서 고개를 약간 틀었다.

"쉬고 싶어요."

"그래. 편히 쉬어라. 곧 토스 호무스로 돌아……."

"당신을 따라서 얌전히 토스 호무스로 돌아갈 거고, 당신이 나를 감옥에 가두든 어쩌든 아무 말도 안 할 거니까. 알렉스 씨는 포트리스로 돌려보내 줘요."

"……알았다. 편히 쉬어라."

유채는 루프스를 향해 등을 보이면서 옆으로 누웠다. 루프스는 저를 거절하는 듯한 유채의 태도에 가슴 부근에 둔탁한 고통이 느껴졌다. 그는 유채의 몸 위에 이불을 덮어주고 방 밖으로 나갔다. 카신이 소 수인들의 처우를 물어보기 위해서 다가왔다. 루프스는 피곤하다는 핑계를 대고 그를 물렸다.

루프스는 제 처소로 돌아가서 침대에 몸을 던졌다. 그는 손으로 얼굴을 쓸어내리고 붕대가 감긴 팔을 들어 올렸다. 헥터가 물어뜯은 상처는 아직도 낫지 않았다. 유채가 제 왼쪽 어깨를 찌른 이후로 왼쪽 팔에 입은 상처들은 다른 부위에 비해서 심할 정도로 낫지를 않았다.

"예전에 말했잖아요. 나한텐 당신이나 헥터나 똑같다고."

그는 헛웃음을 지으면서 옆으로 돌아누웠다. 유채를 만나면 그의 기분은 널을 뛰었다. 오르페에게 이제 유채가 어느 정도 회복이 되었다는 말을 아침에 듣고 그녀가 좋아하는 달달한 음식을 만들라고 명을 내렸다. 유채를 만나러 가기 위해서였다. 항상 잠든 모습만 지켜보다가 그녀와 이야기할 수 있을 거란 생각에 기분이 들떴다.

유채가 쥐 수인 꼬맹이를 달래는 모습을 보면서, 그녀가 제 아이를 낳고 그 아이를 돌보는 모습을 그려보았다. 쥐 수인 꼬맹이에게 지어주었던 다정한 웃음을 제게 지어주는 것을 상상했다.

하지만 유채는 여전히 저를 꺼려했다. 아니, 끔찍하게 생각했다. 다 제 잘못이었다.

"알렉스 씨는 포트리스로 돌려보내 줘요."

"나도 많이 다쳤는데."

루프스가 붕대가 감긴 팔과 가슴을 보며 중얼거렸다. 처음 만난 쥐 수인 꼬마나 알렉스에게는 그리도 다정하고 조그마한 상처에도 그렇게 걱정을 해주면서 저에게는 그런 말이 없었다. 분명히 제 팔에 붕대가 감긴 것을 보았음에도 괜찮냐고 물어봐 주지 않았다. 유채도 참 잔인했다.

루프스는 유채를 지하 통로에서 찾았던 그때의 일을 회상했다.

"그럼 뭐 하나……. 네가 다치는 것은 막지 못했는데……."

루프스는 씁쓸하게 중얼거렸다. 아파서 눈매를 찡그리는 유채를 보면 가슴이 찌르르 아파왔다. 자신이 너무나 한심했다. 토모스가 계획한 대로 되었다면 뒤늦게 유채를 찾아낸 저는 그녀의 시신만 안을 수 있었을 것이다. 그리고 바보처럼 토모스가 유채를 구하려 했다고 믿었을 것이다.

한참을 그러고 있는데 오르페가 들어와 상처를 좀 보겠다고 했다. 루프스는 귀찮아하면서도 일어나 옷을 벗었다. 그의 몸은 온통 멍투성이였다. 무식하게 철문을 들이받은 탓이었다.

"몸을 조심히 쓰십시오."
"됐다. 싸움할 때 어떻게 몸을 조심히 쓰나?"
"그런 뜻으로 하는 말이 아니라는 것 아시지 않습니까?"
"레티티아를 구했으니 상관없다."
루프스는 귀찮다는 듯이 손을 휘휘 저으며 오르페를 내쫓았다. 오르페가 나간 후 루프스는 끈 떨어진 인형처럼 옆으로 픽 하고 쓰러졌다.
"한 번만 괜찮냐고 물어봐 주면 안 되나?"
루프스가 나지막하게 중얼거렸다. 딱 한 번, 괜찮냐고 물어보는 것을 들은 적이 있었다. 비탈로 떨어지는 유채를 보호해 아래로 떨어진 후였다. 그때 얼마나 가슴이 벅차올랐던가. 단것을 맛본 개미가 계속 단것을 찾듯이 그도 유채의 따뜻한 말 한마디를 갈구했다. 알렉스나 블루벨에게 하는 것만큼은 바라지도 않으니, 그녀가 저를 걱정하는 말을 듣고 싶었다.

"그런 이유라면 나한테 미안하다고 말하지 말아요."

"알아. 나도 네가 내게 무슨 말을 원하는지."
유채에 대한 사랑을 깨닫고 난 후 그는 이렇게 혼자 남게 되면 온갖 것들을 후회했다. 그녀를 아프게 한 것, 그녀를 힘들게 한 것. 평생 미안해하는 마음으로 살면서 유채에게 모든 것을 다 해줄 수 있지만, 그녀가 가장 바라는 일만큼은 도저히 해줄 수 없어서 미안했다.
"내가 어떻게 해야 네가 편안해질 수 있을까……?"
그는 답을 할 수 없는 물음을 스스로에게 던졌다.

"뭐예요?"

유채는 바람에 흔들리는 베일을 붙잡았다. 루프스가 커다란 은빛 늑대로 변해서 저를 기다리고 있었다.

한밤중에 궁녀들이 달라붙어서 유채를 꾸미기 시작했다. 루프스가 갑자기 보자고 한 탓이었다. 그리고 궁녀들은 루프스의 명이라면서 연보라색 베일로 유채의 얼굴을 가렸다. 전에 썼던 것과 달리 앞이 잘 보이지 않아 유채는 궁녀의 부축을 받아야만 했다.

[타라.]

"어디 가는데요? 내일 토스 호무스로 간다면서 쉬어야 하는 것 아닌가요?"

유채는 움직이기 피곤해서 칭얼댔다. 하지만 루프스가 계속 몸을 낮추고 있자 한숨을 쉬면서 그의 등 위에 올라탔다.

루프스는 유채가 안전하게 자리 잡은 것을 확인하고 달리기 시작하였다. 유채는 바람에 펄럭이는 베일 사이로 빠르게 지나가는 풍광을 보았다. 한 십 분가량 달린 후에 루프스는 멈췄다. 유채는 루프스의 등에서 내려왔다.

베일이 시야를 가리고 있어서 이곳이 어딘지 알 수 없었다. 유채는 살짝 베일을 걷고 주위를 본 후에야 제가 서 있는 곳이 초원이라는 것을 알았다. 루프스가 위르형으로 다가와서 베일을 걷어 주었다.

"데려오라고만 했는데, 궁녀들이 과했군. 어지간히 너를 귀찮게 했겠어."

루프스는 베일 아래 드러난 유채의 얼굴에 심장이 떨렸다. 이렇게 꾸미라고 시킨 적도 없었는데, 궁녀들이 화장까지 해놓은 모양이었다. 가뜩이나 붉은 유채의 입술이 더욱더 붉어져 있었다.

"여긴 어디예요?"

"직접 봐."

루프스는 유채의 눈을 가린 채 그녀를 어디론가 데려갔다. 루프스는 잠시 후 유채의 눈을 가렸던 손을 치웠다.

"와!"

눈앞에 온갖 봄꽃이 가득 핀 들판과 다이아몬드처럼 빛나는 수많은 별들이 수놓인 밤하늘이 어우러진 아름다운 풍경이 보였다. 루프스는 하늘과 들판을 바라보며 감탄하는 유채의 얼굴을 옆에서 곁눈질하였다. 전에 그녀가 밤하늘을 보고 좋아하던 것을 기억해 내고 미노르 호무스를 뒤져 이곳을 찾아낸 것이었다.

소 수인들을 정리하고 있는지라 몸이 곤하고 힘들었다. 하지만 루프스는 유채가 좋아할 거란 생각에 잠을 줄여가면서 미노르 호무스 곳곳을 돌아다녔다. 가능하면 그 노란 꽃이 핀 들판을 찾고 싶었지만 미노르 호무스에는 그 꽃이 피지 않았다. 아쉬운 대로 가장 아름다운 들판과 하늘을 볼 수 있는 이곳으로 유채를 데려왔다.

바람에 유채의 검은 머리카락이 흩날렸다. 오르페의 치료 부작용으로 길게 자란 머리카락은 마치 바람에 흩날려 사라질 것 같았다. 유채의 머리 장식이 바람에 흔들리면서 맑은 소리를 내었다. 그녀의 입가에는 미소가 머금어져 있었다. 머리카락을 넘기는 손길 뒤로 유채의 가는 목이 드러나면서 목에 걸린 금색의 파렌티아가 보였다. 루프스는 파렌티아를 보자 아득해지는 기분이 들어 주먹을 움켜쥐었다.

바람, 들판, 밤하늘, 유채. 당장에라도 화폭에 담고 싶을 만큼 아름다운 광경이었다. 루프스는 눈에 박히도록 아름다운 유채를 머릿속에 새길 정도로 뚫어지게 바라보았다.

"어, 별똥별이다."

유채가 하늘을 바라보면서 작게 중얼거렸다. 루프스도 하늘을 올려다보았다. 별 하나가 길게 꼬리를 그리며 떨어졌다.

"소원 빌어야 하는데……."

떨어지는 별을 보며 소원을 비는 것은 유채가 있던 곳도 마찬가지인 모양이었다.

"예쁘네."

루프스는 꽃을 꺾어 그녀에게 다가갔다. 금세 유채의 미소가 사라졌지만 루프스는 욱신거리는 가슴을 무시하고 그녀의 귀에 꽃을 꽂아주었다.

"저 하늘의 별보다, 이 꽃보다 네가 더 아름답다."

그가 유채에게 준 이름, 레티티아는 고어로 '아름다움'을 뜻하는 단어였다.

유채는 진저리를 치며 뒤로 물러나려 했다. 루프스는 유채의 손목을 잡아서 그 자리에 붙잡아두었다. 바람에 흩날리는 머리카락을 정돈해 주며 루프스는 계속 중얼거렸다.

"농담이 아니다. 그 어떤 것보다 내게는 네가 눈에 박히도록 아름답다."

루프스는 유채의 앞에 조심스럽고 경건하게 무릎을 꿇었다. 이 순간을 위해 차려입은 예복이 거추장스러웠지만 그는 내색하지 않았다. 아무리 생각해 보아도 이것밖에는 방법이 없었다.

"미안하다."

그는 솔직하게 제 약한 모습까지 그대로 내보였다.

“너를 말뚝에 매어놓고 굶긴 것, 네 어깨를 망가뜨린 것, 네가 싫어하는데도 너에게 억지로 입을 맞춘 것, 내가 너에게 했던 모든 정신적, 육체적인 학대까지…… 모두 다 미안하다.”

유채는 제 앞에 무릎을 꿇고 고개를 숙인 오만한 남자를 내려다보았다.

“여기 온 이유가 이거예요?”

“그것 때문만은 아니다. 네가 좋아할 것 같아서…… 잠깐이라도 휴식이 되었으면 해서 데려왔다.”

굳이 잠을 줄여가며 찾았다고 으스댈 필요는 없었다. 유채가 알아주길 바라고 한 일이 아니었다.

“평생 미안해하겠다. 용서는 바라지도 않겠다. 정말 미안하다. 미안하다는 말밖에 할 수 없는 것도 미안하다.”

루프스는 입술을 깨물었다.

유채는 루프스의 손을 잡아당겨 제 목에 걸린 파렌티아에 가져다 대었다.

“그쪽이 사과를 하고 싶다면요.”

루프스의 눈이 흔들렸다. 유채의 얼음장처럼 차가운 시선이 그의 심장을 얼음송곳으로 찔렀다.

“이것부터 풀어주고 말해요.”

유채는 루프스의 사과 같지도 않은 사과를 비웃었다.

“당신은 그저 장난감이 심통이 난 것 같으니까 잠깐 그걸 풀어주려고 이러는 거예요.”

“……그게 아니라!”

루프스는 제 진심이 짓밟히는 것 같아 얼른 반박하려 했다. 하지만 유채의 말은 아직 끝난 게 아니었다.

"그럼 이건 왜 안 풀어주는 거예요? 당신은 나를 아직도 당신의 애완동물로 보는 거잖아!"

루프스는 입술을 깨물었다.

"그걸 풀어주면 너는 내게서 도망갈 것 아닌가?"

그는 용기가 없었다. 파렌티아가 아니면 그녀를 붙잡을 기회도 없을 거란 걸 알기에 그럴 수 없었다. 강제할 수단이 없어진다면 그는 떠나는 유채를 붙잡지도 못할 것이었다.

그는 욱신거리는 가슴을 움켜잡았다. 진퇴양난의 상황이었다. 그래, 솔직히 말해서 방법은 알았다. 인정하기 싫었을 뿐이었다. 유채에게 진정으로 사과하는 방법은 하나였다. 원하는 대로 보내주는 일, 하지만 그것만큼은 죽어도 하고 싶지 않았다.

유채는 거친 숨을 내뱉었다.

"당신이 나에게 진심으로 사과한다고 쳐요. 하지만, 내 눈에 당신의 사과는 당신 만족을 위해서 하는 걸로밖에 보이지 않아요!"

"아니다!"

루프스는 버럭 소리를 질렀다. 그는 몸을 일으켜서 유채의 어깨를 붙잡았다. 유채는 그의 팔을 쳐 냈다.

"그럼 왜 이러는 건데요?"

내가 너를 연모한다. 사랑한다.

그 말이 혀끝에서 맴돌았다. 그는 입술만 깨물었다.

겁이 났다.

온갖 잔인한 말로 제 마음을 부정하고 만신창이로 찢어놓을 유채가 겁이 났다. 사과도 받아주지 않으려고 하는데 마음을 고백하면 그보다 더 잔인하게 저를 내칠 것 같았다.

유채에게 사랑받는다는 것은 꿈꾸지도 않았다. 하지만, 그래도 최소한…….

그 마음을 부정당하고 싶지는 않았다.

유채는 벙어리가 된 루프스를 밀쳐 냈다.

"토스 호무스로 갈게요. 그러니까 알렉스 씨를……."

루프스가 유채를 뒤에서 껴안았다. 그는 유채의 목덜미에 얼굴을 묻었다.

"미안하다. 미안하다. 미안하다."

루프스는 계속 그렇게 중얼거렸다. 하늘에서 유성우가 쏟아져 내렸다. 루프스는 유성우가 만들어내는 긴 꼬리가, 제가 차마 염치없어서 유채의 앞에서 흘리지 못한 눈물같이 느껴졌다.

"미안하다."

루프스는 이대로 시간이 멈춰 버렸으면 하였다.

Chapter 10

에클레시아 [Ecclesia]

“아니, 이게 말이나 되는 소리예요? 도대체 어떻게 사람이 CCTV에 목격되지도 않고 증발하냐고! 대한민국에 깔린 CCTV가 몇 개인데! 어떻게 CCTV 하나에도 걸리지 않고 사라지느냐고!”

중년의 남자가 경찰의 멱살을 붙잡고 고함을 질렀다. 경찰은 하얗게 질린 얼굴로 남자를 진정시키기 위해서 애를 썼다.

“아버님, 고정하십시오. 저희도 열심히 찾아보고 있습니다. 혹시 그사이에 전화는 없었습니까?”

“없, 없어요. 우리, 유채…….”

유채의 엄마는 흐느끼면서 복도에 쓰러지듯이 주저앉았다. 유채가 사라진 지도 이제 이 주가 넘어갔다. 언니의 병문안을 왔던 유채는 치킨을 사러 나갔다가 흔적도 없이 사라져 버렸다. 딸이 어디서 위험에 처해 있을까 봐 걱정이 되었다. 엄마는 가슴을 치면서 오열했다. 경찰과 멱살잡이를 하고 있던 유채의 아빠는 같이 온 경찰이 뜯어말리는 것에 격하게 반항을 하면서 삿대질을 하였다.

"니들, 일 제대로 안 하면 근무 태만으로 고소할 거야! 내 딸 찾아내!"

"저희도 모든 인력을 동원해서 유채 양을 찾고 있습니다. 아버님, 혹시 몰라서 유흥가도……."

경찰들은 사진으로 본 유채의 얼굴이 연예인이라 해도 믿을 정도로 꽤나 반반하여 혹여나 요즘 성행하고 있는 인신매매단에 납치됐을지도 모른다는 가능성도 갖고 있었다. 아빠는 유흥가란 말을 듣자마자 눈에 핏발이 선 채로 고래고래 소리를 질렀다.

"닥쳐! 그딴 소리 지껄이지 말고 찾으라고!"

그에게 유채는 소중한 막내딸이었다. 이방인인 부인과 몸이 약한 큰딸을 바쁜 자신을 대신해서 돌본 유채는 그에게 유달리 아픈 손가락이었다. 밝고 씩씩하게 자라주어서 너무나도 대견스런 딸이었다. 언제나 유채는 이름처럼 꽃길만 걸어야 했다. 유채 아빠의 언성이 높아져 가자 병원의 간호사들이 달려왔다.

유하는 병실 안에서 문틈으로 소란을 훔쳐보았다. 유하는 소리 없이 눈물만 흘렸다.

다 자신 때문이었다. 유채를 그때 보내서는 안 되었다. 가지 말라고 할걸. 왜 유채를 그때 보냈을까. 유하는 유채가 사라지고 나서 매일 밤을 눈물로 지새웠다.

제가 몸이 약해서 제대로 챙겨준 적이 한 번도 없는 동생이었다. 오히려 유채가 자신을 챙기기 위해 동분서주했었다. 언제나 미안했다. 언니가 되어서는 언제나 유채에게 의지만 하는 게 정말 미안했다. 유하는 흐느끼면서 바닥에 주저앉았다.

"유채야, 어디 있는 거야……."

유하는 제발 유채가 무사하기를, 어디 다친 곳 없이 돌아오기를 빌고 또 빌었다.

⚜

"악취미야."

셀레네는 유채의 가족들을 지켜보고 있다가 뒤에서 들린 남자의 목소리에 고개를 돌렸다. 긴 검은 머리카락을 하나로 묶은, 동양식 의복을 입은 서른 초반으로 보이는 남자가 걸어왔다.

"케이카인."

죽음과 파괴의 신이자, 본래 은가연이 살던 차원의 신인 그는 혀를 찼다.

"저 조각을 빨리 회수하지 못하면 네가 아꼈던 이니투스 일족의 땅이 멸망할 거야. 오라클라 리네아가 지연시킬 수 있는 범위를 진작 넘었어. 아주 약간의 계기만 있어도 저건 저 섬을 지도에서 지워 버릴 거야."

"알고 있어."

"그러니 또 가련한 아이를 보냈겠지. 얼마나 가여워. 아무 잘못 없이 이곳으로 끌려와 고통만 받고 있으니."

케이카인이 손을 휘두르자 유채의 가족들의 모습이 사라지고 토모스에게 채찍을 맞는 유채의 모습이 보였다. 유채는 눈을 까뒤집고 경련했다. 셀레네가 입술을 씹었다.

"신은 인간의……."

"일에 간섭할 수 없다. 그래. 그게 규칙이지. 그리고 애초에 규칙을 어긴 것은 너이고. 그 덕에 톱니바퀴가 어긋났지."

셀레네는 그 톱니바퀴를 고치는 중이었다.

"천향(天香)이 말했지. 우리가 인간에 한없이 가까운 것은 인간의 마음을 헤아리라는 것이고, 인간에 한없이 먼 것은 그들을 감정적으로 대하지 말고 객관적으로, 이성적으로 대하라는 의미라고."

케이카인의 손이 셀레네의 어깨에 내려앉았다.

"너는 인간들을 감정적으로 대하여 이 사달을 초래했고 그 결과 죄 없는 이들이 목숨을 잃고 피해를 보았다. 지금 저 소녀도 마찬가지야. 네가 아무리 소원을 들어준다고 해도 저 소녀가 받은 피해가 없어지는 것은 아니야."

"알아."

"그렇다면, 부디 운명과 시간을 관장하는 신으로서 옳은 판단을 하기를 바라. 나의 형제여."

케이카인이 자신의 차원으로 돌아간 후 셀레네는 입술을 깨물었다. 모든 것은 자신의 과오였고 자신은 그것을 바로잡아야 할 책임이 있었다.

"다시 한 번 더 만나야 해."

셀레네가 중얼거렸다.

"잘하셨습니다. 그렇게 응용하시면 됩니다."

프란체는 유채가 프레드릭의 스펠을 빌려 써서 만든 환영을 보면서 칭찬하였다. 환영 마법만큼 섬세한 마력의 강약 조절, 컨트

롤에 도움이 되는 마법은 없었다. 늑대 수인으로는 이례적으로 마법사로 유명한 프란체는 루프스의 명을 받아 유채를 가르치기 위해서 궁으로 왔다. 처음에는 루프스의 총애를 받는다는 천한 마레 위르 따위를 가르쳐야 한다는 것이 정말 싫었다. 하지만 가르치기 시작한 지 삼 일이 지나고 유채에 대한 그녀의 생각은 완전히 뒤집어졌다.

"감사합니다. 언제나 제가 알기 쉽게 설명해 주시네요."

직접 만나본 유채는 예의 바른 아가씨였다. 밝고 참한 데다 성실하기까지 한 학생이라 가르치는 보람도 있어서 프란체는 소문을 무조건 믿어서는 안 된다는 교훈을 다시 한 번 되새겼다. 소문과는 달리, 유채가 한 번도 루프스에게 몸을 내어준 적이 없다는 것도 그녀는 이미 간파했다.

"오늘은 여기까지만 하겠습니다. 몸도 성하지 않은데, 무리해서 마법을 사용하면 좋지 않을 겁니다."

"신경 써주셔서 감사합니다."

유채는 기품 있게 인사했다. 프란체는 곰곰이 생각해 보았다. 소 수인과 양 수인과의 전쟁이 이 암컷 때문이라고 수인 사회가 몰아가는 구석이 있기는 하지만, 잘 생각해 보면 그녀는 그저 피해자에 불과했다. 마레 위르에 대한 악의적인 편견이 이 착하고 참한 아이의 본질을 가리고 있었다. 나이대 비슷한 아들놈의 짝으로 딱이었지만 루프스의 암컷이기에 프란체는 입맛만 다셨다. 그 깐깐한 오르페 영감이 이 아가씨에게 친절하게 구는 데에는 이유가 있었다.

"그럼 일어나 보겠습니다."

"예."

차르릉. 배웅을 하려고 유채가 자리에서 일어나자 쇠사슬이 저들끼리 부딪치는 소리가 들렸다. 유채는 얼굴이 빨개져서는 치마를 잡아 내려서 발목에 걸린 족쇄를 가렸다.

토스 호무스로 돌아오자마자 감히 루프스의 어깨를 찌르고 도망간 펠릭스 다우스에 대한 처벌에 관한 논의가 시작되었다. 루프스는 토모스가 저 아이를 고문하여 그 대가를 치렀으니 더 이상의 처벌은 필요 없다고 하였고, 당연하게도 반발이 나왔다. 그들은 유채에게 매질을 해야 한다고 했고 냉궁에 가둬야 한다고도 주장했다.

한참의 논의 끝에 루프스와 수인들이 한발씩 물러난 결과, 발에 족쇄를 채우고 침대 기둥에 묶어 움직이지 못하게 하는 것으로 처벌이 결정 났다.

"……배웅을 나가지 못해 죄송합니다."

"괜찮습니다. 앉아 계세요."

프란체는 유채를 만류하고 방을 빠져나왔다.

"어머나, 루프스님!"

프란체는 문밖에서 기다리고 있던 루프스를 보고 놀라서 가슴을 쓸어내렸다. 그녀는 예를 갖추어 허리를 숙였다.

"다 끝난 건가?"

"예. 들어가셔도 됩니다."

프란체는 옆으로 비켜섰다. 루프스는 다과를 들고 있는 궁녀들을 데리고 유채의 방으로 들어갔다. 유채는 침대에 앉아 책을 읽고 있었다.

유채는 궁녀들이 분주하게 과자나 차를 탁자에 준비하는 것을 무심하게 지켜보았다. 루프스가 유채의 옆에 앉았다. 침대의 매트리스가 푹 꺼지면서 쇠사슬이 차르릉거리는 소리를 내었다. 유채는 신경질적으로 치마를 잡아 내렸다.

"무슨 책을 읽고 있나?"

"표지에 적혀 있잖아요."

유채는 루프스를 바라보지도 않고 대꾸했다. 정말로 몰라서 묻는 게 아니라 단지 유채와 대화를 하고 싶었던 루프스는 시무룩해져서 입을 다물었다. 제 진심이 닿기 위해서는 좀 더 유채와 함께 시간을 보내고 그녀의 신뢰를 얻을 필요가 있겠다고 생각한 루프스였지만 유채가 이렇게 밀어낼 때마다 머릿속이 하얘지는 듯했다.

루프스는 유채에게서 호감을 얻기 위해서 별의별 방법을 다 생각해 보았다. 전에 생각했던 것처럼 선물을 주기 위해 그가 알고 있는 암컷들을 떠올려 보았다. 어머니와 라일라, 에리카, 바실리사가 무엇을 좋아했는지를 생각해 보았다. 에리카는 꽃을 좋아했고, 라일라는 잘 모르겠고, 바실리사는 빛나는 것을 좋아했다. 어머니인 블랑카는 사소한 선물들을 좋아했다.

루프스는 일주일간 유채에게 매일매일 선물을 했다. 옷과 장신구, 방을 꾸밀 꽃 등 유채가 좋아할 만한 것들을 가득 안겼다. 그리고 그녀가 좋아할 것을 기대하였지만 유채는 언제나 똑같은 태도였다. 장신구가 든 보석함은 열어본 적도 없는 것 같고, 옷은 무엇을 주든 궁녀들이 입혀주는 대로만 입었다. 방 안 곳곳을 장식한 꽃에도 관심 두지 않았다.

기대를 하고 실망하는 것의 반복이었다.

유채는 언제나 저렇게 쌀쌀맞았다. 그는 그럼에도 그녀와 마주보고 싶었고 조금이라도 이야기를 하고 싶었다. 그래서 바쁜 중에도 짬을 내서 유채가 좋아하던 간식을 가지고 와 먹이려고 했다. 여러 번 말을 걸어야 겨우 한두 마디 대답이 돌아오는 삭막한 대화뿐일지라도 그는 그녀의 목소리를 듣고 그녀에 대해 알아갈 수 있다는 것으로 만족했다.

"누가 그걸 모르나. 그냥 이야기해 주면 무슨 문제가 생기기라도 하나."

루프스는 툴툴거리면서 유채의 손에서 책을 뺏어서 침대 옆 협탁에 내려놓았다. 유채는 또 시작이구나 싶어서 귀찮은 표정으로 몸을 움직였다.

"앗."

유채가 갑자기 신음을 흘리며 발목을 붙잡았다.

"괜찮나?"

유채가 말릴 새도 없이 루프스는 바닥에 무릎을 대고 앉아 그녀의 발목을 살폈다. 유채의 왼쪽 발목에는 금으로 만들어진 족쇄가 걸려 있었다. 족쇄에 쓸려 피부가 벌겋게 까졌다. 유채가 루프스를 밀어내기 위해서 다리를 버둥거리다 보니 방 안에 짤랑거리는 소리가 요란하게 울렸다. 루프스는 유채의 발목을 들어 제 무릎에 올리고 궁녀에게 오르페를 불러오라 명을 내렸다.

"살갗이 약해 자꾸 상처가 나는군."

"족쇄를 풀어주면 된다는 생각은 없나요?"

유채는 입술을 짓씹었다. 제가 루프스를 찌른 데에 대한 벌이 이것이라고 했다. 수인들이 난리를 쳐서 어쩔 수가 없다고는 하지만 유채는 여기에 분명히 루프스의 욕심도 있을 거라고 생각했다.

루프스는 유채의 원망이 담긴 눈동자를 보면서 볼 안쪽의 살을 물었다. 유채가 도망가는 것이 두렵고 유채가 다시 위험해질까 봐 걱정되어 원래 쓰던 방이 아닌 내궁 깊숙한 곳으로 옮겼다. 족쇄는 그녀에게 불만을 가진 수인들의 반발을 막을 수단이기도 했지만 제 불안한 마음을 달래기 위한 것이기도 했다.

"부르셨습니까."

루프스의 부름을 받은 오르페가 달려왔다. 루프스는 유채의 발목을 보였고, 근 일주일 만에 족쇄가 풀렸다. 유채는 오르페가 연고를 발라줄 때마다 몸을 움찔거리거나 눈을 감았다 떴다. 오르페는 원칙적으로 루프스의 궁의였다. 언제 루프스의 몸에 이상이 생길지 알 수 없었기에 오르페는 유채에게 생긴 사소한 상처 같은 경우는 마법을 잘 사용하지 않았다.

붕대를 감는 것으로 치료가 끝나자 루프스는 다시 그 위에 족쇄를 채웠다.

"오르페님, 옥타비아는요?"

유채가 옥타비아를 돌볼 상황이 아니라 옥타비아는 오르페가 맡고 있었다. 유채에게서 쥐 수인 소녀를 떼어내기 위해 루프스가 오르페에게 강제로 맡긴 탓도 있었다.

"많이 나아졌네. 이제 금단 현상에 시달리지는 않아. 혼자 밥도 먹을 수 있게 되었고 유아 수준의 어휘력도 나아졌지."

"다행이다."

유채가 가슴을 쓸어내렸다. 루프스는 옥타비아를 생각하며 안도하는 유채의 옆모습을 바라보았다. 이렇게 다정한 이가 저에게는 항상 쌀쌀맞았다. 이제는 그 별 볼 일 없는 쥐 수인 꼬맹이마저 부러울 지경이었다. 제가 옆에 있는데도 오르페와만 이야기하는 것에 심술이 났다.

루프스는 그녀의 관심을 끌기 위해서 유채의 볼에 입술을 맞췄다. 오르페가 헛기침을 하였고 유채는 귀찮은 기색이 역력한 얼굴로 그를 돌아보았다. 이렇게라도 유채의 시선을 뺏을 수 있다는 것에 루프스는 만족하며 유채의 허리를 당겨 안았다.

"나가봐, 오르페."

루프스는 유채의 몸을 안아 의자에 앉혀주었다. 오르페는 유채의 치맛자락을 정돈해 주는 루프스의 모습에 못 볼 꼴을 본 듯한 얼굴로 물러갔다. 루프스는 유채의 맞은편에 앉았다.

"아픈 곳이 있으면 말을 해. 혼자서 끙끙 앓다가 괜히 일을 키우지 말고."

"알아서 할 거예요."

"머리카락 많이 길었네."

유채의 머리카락은 이제 허리까지 닿을 정도였다. 유채는 귀찮은지 머리를 만지작거렸다.

루프스는 유채의 찻잔에 차를 부어주고 설탕을 한 스푼 넣어서 저어주었다. 유채는 루프스가 그러거나 말거나 제 생각에 빠졌다.

토스 호무스에 온 지 벌써 일주일이나 지났다. 이대로라면 내내 방에 갇혀 꼼짝도 하지 못한 채 시간만 흘려보내게 생겼다. 지금은 루프스에게서 벗어나기 힘드니 여기에서 충분히 정보를 모으기로 했다.

이곳은 지구의 중세와 비슷한 환경으로 모든 책은 필사로만 만들어졌고 당연히 귀한 것이라 궁 같은 곳이 아니면 구하기 힘들었다. 토스 호무스 어딘가에 분명 스티폴로르에서 일어난 이상 현상이 기록된 책도 있을 것이다. 방에서 나가지 못하는 대신 루프스는 책은 마음대로 읽어도 된다고 약속했으므로 유채는 그렇게 정보를 찾는 동안 셀레네가 준 능력을 갈고닦아서 몸을 지킬 방법도 강구하기로 했다.

"뭘 그리 깊게 생각하나?"

루프스가 유채가 멍하니 찻잔만 쳐다보고 있는 걸 보면서 물었다. 유채는 고개를 들었다.

"알렉스 씨가 포트리스로 안전하게 돌아갔나 불안해서요."

루프스의 표정이 구겨졌다.

왜 자신에게는 저렇게 무정할까 싶었다.

유채는 루프스가 제게 보이는 호의를 이용하기로 했다. 그가 무슨 생각으로, 무슨 목적으로 이렇게 저자세로 나오는지는 모르겠지만 지금은 이용할 수 있는 건 다 이용해야만 했다. 원하는 정보만 얻으면 그의 호의를 이용해서라도 이곳을 탈출할 생각이었다.

유채는 사람의 마음을 가지고 노는 것은 해서는 안 될 짓이라고 생각했다. 하지만 지금은 방법이 없었다. 이곳이, 저를 둘러싼 환경이, 루프스가 자신을 이렇게 만들었다고 스스로 합리화했다.

"알렉스의 소식은 곧 바실리사가 전해줄 거다."

루프스는 바실리사를 시켜 알렉스를 포트리스로 보냈다. 유채와 대화를 하기 위해서 제 입으로 알렉스의 이름을 꺼냈다. 매번 유채가 저를 믿지 않고 끔찍하게 여긴다는 사실을 확인하는 것은 고통스러웠다. 그러나 이렇게라도 마주 보고 이야기하고 싶었다.

"바실리사 씨는 안 돌아와요?"

유채는 미노르 호무스에서 알렉스와 같이 마지막으로 만났던 바실리사를 떠올렸다. 어깨에 붕대를 두르고도 밝게 웃던 바실리사의 얼굴이 생생했다.

"빅터가 카날리스 호무스로 돌아왔다고 하니 당분간은 자리를 지켜야 할 거다. 개 수인들은 빅터를 좋아해서 바실리사가 카니스 자리에 있는 것을 별로 좋아하지 않거든."

"그럼 어쩔 수 없고요……."

유채가 작게 중얼거렸다. 루프스는 처음으로 바실리사가 부러워졌다.

"한가해지면 찾아올 거다. 정 보고 싶으면 내가 카날리스 호무스에 데려다주마. 시찰을 하러 간다고 핑계를 대면 될 거다."

"참 자비로우시네요."

유채가 빈정거리자 루프스는 입을 다물었다. 둘 사이에 침묵이 흘렀다.

"짠맛이 나는 쿠키는 안 좋아하나?"

유채는 크림을 올린 머핀을 집었다. 그리고 그 위에 가득한 크림을 걷어냈다.

"안 좋아해요."

"단것은?"

"좋아해요."

"그럼 크림은 왜?"

유채는 계속되는 질문에 신경질적으로 포크를 내려놓았다. 평소라면 무시하고 넘겼을 텐데 발목도 아프고 짜증이 나서 감정을 다스리기가 힘들었다.

"난 담백한 것 좋아해요. 당신네들처럼 느끼한 것 못 먹어요! 왜 귀찮게 계속 물어봐요? 내가 당신이 황송하게 차려준 간식에 제대로 반응을 안 보여서 귀찮게 구는 거면 이제부터라도 일일이 반응해 줄게요. 그럼 돼요?"

루프스는 당황해서 말문이 막혔다. 그는 그저 그녀와 이야기하고 싶었다. 유채의 목소리를 듣고 싶었다. 무얼 좋아하고 무얼 싫어하는지, 사소한 취향을 물으면서 조금이라도 오래 이야기를 나누고 싶었다. 하지만 유채는 그저 귀찮아 하기만 할 뿐이라 심장이 욱신거렸다.

"나는, 그게 아니라……."

"그게 아니라면 됐어요."

루프스는 마치 어수룩한 아이처럼 말끝을 흐렸다. 유채는 듣기 싫은지 말을 딱 잘라 버렸다. 그리고 신경질적인 태도로 포크로 머핀을 조각냈다.

루프스는 어떻게 해야 찬바람만 쌩쌩 부는 유채의 마음을 녹일 수 있을지 감이 잡히지 않았다. 어떤 선물에도 기뻐하지 않고 말을 붙여도 저에게 조금의 관심도 흘려주지 않는 유채를 대하는 게 막막했다.

"앞으로는 크림은 조금만 올리라고 해두마."

루프스는 애써 대화를 이어가기 위해서 입을 열었다. 유채는 듣는 둥 마는 둥 조각낸 머핀을 입에 넣었다. 루프스가 유채의 앞으로 다른 케이크를 밀어주었다. 유채는 제 눈치를 보는 루프스의 행동에 오히려 더 어색하고 불편해졌다.

"레티티아님을 구하신 것은 루프스님이십니다."

아리아가 불만 가득한 표정으로 그렇게 말했었다. 루프스가 그녀를 제 호위로 붙여준 터라 유채는 아리아와 이따금 이야기할 기회가 있었다. 루프스에 대한 충성심으로 가득한 아리아는 유채에게 까칠하게 말을 건네곤 하였다.

"그분께서 레티티아님을 구하셨습니다. 그 바람에 팔에 깊은 상처까지 입으셨지요."

은혜도 모르고 건방지게 군다는 듯한 말투였다.

유채는 루프스를 살폈다. 이제 5월이 다 되어가는지라 그의 옷도 짧아지고 얇아졌다. 왼팔에 감긴 붕대가 보였다. 아직도 시간핵의 영향을 받고 있는 모양이었다. 유채는 입술을 깨물었다.

"고마워요."

유채의 앞으로 접시를 밀어주던 루프스가 멈칫했다.

"그때, 구해줘서 고마워요."

아무리 싫어도, 아무리 미워도 그는 제 목숨을 구해준 은인이었다. 그때, 그가 아니었다면 그 자리에서 죽었을 것이다. 유채는 그것만큼은 솔직하게 인정하고 고마워하기로 했다.

루프스는 유채의 얼굴을 멍하니 보았다. 한 줄기 빛이 내려온 것 같았다. 유채에게 고맙다는 말이 나올지 몰랐다. 가슴이 두근거렸다.

"경황이 없어서 인사가 늦었어요. 미안해요."

유채는 저를 멍하니 바라보는 루프스를 이상하게 바라보았다.

"체했어요?"

"아, 아니다."

"그럼 사람 무안하게 왜 빤히 봐요?"

"그냥."

루프스는 차마 네 한마디에 가슴이 떨렸다는 말을 하지 못했다. 루프스는 가만히 제 심장 위를 눌렀다. 유채의 한마디에 세상을 다 가진 기분이었다. 유채는 별 이상한 사람 다 본다는 표정으로 루프스를 바라보았다. 루프스는 유채의 입가에 묻은 크림을 손가락으로 닦아주었다. 손가락에 닿는 아이 같은 피부가 좋았다. 이렇게 유채의 입가에 묻은 크림을 닦아주고 있으니 그녀의 연인이 된 듯한 기분이 들었다. 유채는 귀찮다는 듯이 루프스의 손을 쳐 냈다.

"칠칠맞지 못하게 이런 거나 묻히고."

"먹다 보면 묻힐 수밖에 없어요."

유채는 손가락으로 입가를 문질렀다. 루프스는 유채가 불편해하는 기색이 보이기에 입을 다물었다. 그는 유채의 앞에 앉아 그저 그녀가 먹는 모습을 흐뭇하게 지켜보았다. 유채의 입가에 크림이 묻으면 닦아주거나, 유채의 머리카락을 다정한 손길로 정돈했다. 세상에 하나밖에 없는 연인을 대하는 다정한 손길이었다.

유채는 루프스를 훔쳐보았다. 그의 부드러운 시선이 부담스러웠다.

"배불러요."

유채는 루프스가 제 옆에서 계속 이렇게 알짱거리는 것이 불편했다. 포크를 내려놓는 유채의 손목을 붙잡은 루프스는 조금만 힘을 줘도 부러질 것 같은 얇음에 인상을 찌푸렸다.

"더 먹어라."

"이따 저녁 먹을래요."

루프스는 더 강요할 수가 없었다. 유채가 일어나자 쇠사슬이 움직이며 차르랑거리는 소리를 냈다.

루프스는 유채가 편안하게 기댈 수 있도록 침대에 푹신한 베개들을 정리해 주었다. 유채는 그가 협탁에 놓은 책을 다시 들고 읽기 시작하였다. 루프스가 궁녀들을 불러서 탁자를 치우게 하자 유채는 이제야 그가 나갈까 싶어서 한시름을 놓았다.

루프스는 망설였다. 유채를 생각하면 나가줘야 했다. 그러나, 그는 유채와 오래 있고 싶었다. 유채와 함께 보내는 시간들이 눈이 부시게 빛이 나서 조금도 놓치고 싶지 않았다. 그녀의 얼굴을 보면 불안이 사라졌고 작은 입술에서 나오는 고운 목소리를 들으면 황홀했다. 한참을 망설이던 그는 선택을 했다.

"안 바빠요?"

유채는 루프스가 나가지 않고 옆에 앉자 놀란 표정을 지었다. 그가 얼마나 바쁜 사람인지는 아리아나 오르페, 궁녀들에게 매일 질리도록 듣고 있는 내용이었다.

"별로."

루프스는 천연덕스런 표정으로 어깨를 으쓱였다. 그는 지금 오페라티오(Operatio)에 유채를 데려가기 위해서 대신들을 몰아붙이는 중이기에 조금 한가한 편이었다. 전쟁 후 뒷정리도 어느 정도 끝나가고 있어서 예전만큼 바쁘지 않았다.

"고어가 많다. 모르는 건 내가 알려줄 테니까 물어봐라."

"필요 없어요. 다 이해해요."

유채는 이곳의 글자는 무엇이든 한글을 읽는 것처럼 읽을 수 있었다. 아마도 셀레네 덕분에 얻은 능력 같았다. 이것마저 없었으면 고생을 두 배로 했을지도 모른다.

루프스는 유채가 저에게 무언가를 물어봐 주기를 기대했다. 토스 호무스에서 그만큼 고어에 대해 잘 아는 이도 없었다. 하지만 그의 기대를 배반하듯이 유채는 막힘없이 책을 읽었다.

루프스는 방법을 바꾸어서 유채가 읽고 있는 부분에 필요한 보충 설명을 해주었다. 유채는 귀찮아 하면서도 그만하라고 하지는 않았다. 루프스는 살짝 우쭐해져서 그녀의 관자놀이에 간간이 입술을 맞추곤 하며 설명을 이어갔다.

조근조근 설명을 하던 루프스는 어깨가 묵직해지자 고개를 돌렸다. 유채가 그의 어깨에 머리를 기대고 눈을 감고 있었다. 루프스는 책을 협탁에 내려놓았다.

루프스는 유채가 깰까 봐 조심스레 팔을 뻗어 그녀의 등을 감싸 안았다. 수없이 보았지만 유채가 잠든 모습은 봐도, 봐도 질리지가 않았다. 매번 날카롭게 신경을 곤두세우고 있는 그녀가 아기처럼 얌전한 모습을 볼 수 있는 유일한 때였다.

루프스는 유채의 이마에 입을 맞추었다. 어머니는 언제나 좋은 꿈을 꾸라고 그의 이마에 입을 맞추어주곤 했었는데, 루프스는 그때 그녀의 마음을 이제야 알 것 같았다. 유채가 꿈에서도 편안하기를 바랐다.

유채는 뒤척거리면서 루프스를 향해 돌아누웠다. 루프스는 유채가 편히 침대에 누울 수 있도록 살펴주었다. 그는 유채의 볼에 입을 맞췄다. 이마와 볼에 차례대로 입을 맞춘 그의 눈에 유채의 입술이 보였다.

루프스는 뭐에 홀리기라도 한 듯 그녀의 입술 가까이 다가갔다. 이미 여러 번 닿은 적 있는 저 입술이 자신을 유혹하는 것 같았다. 그때 그를 방해하는 소리가 있었다.

"루프스님."

헤나의 목소리가 들렸다. 루프스는 화들짝 놀라서 유채에게서 얼굴을 뗐다.

방 안으로 들어온 헤나는 루프스와 유채를 보고 로보와 블랑카를 떠올렸다. 항상 블랑카를 품에 안고 잤던 로보는 아침잠이 많은 블랑카를 배려하여 아침마다 그녀가 깨어날 때까지 움직이지 않았었다. 참 그리운 모습이었다.

"무슨 일인가?"

"카니스 바실리사님이 저녁쯤에 선물이 도착할 거라는 연락을 주셨습니다."

"바실리사가?"

루프스는 제가 유채를 위해서 준비한 선물이 곧 도착한다는 말에 침대를 빠져나왔다. 그리고 유채의 족쇄를 풀어준 다음에 그녀를 안아 올렸다. 품에 안긴 유채는 너무 가벼웠다. 이대로 가다간 아무 때고 쓰러져도 이상하지 않을 것 같았다. 몸에 좋은 보양식이며 살찌우는 데 좋은 음식을 가져다주어도 도통 제대로 먹질 않으니 걱정이었다.

"바실리사가 보낸 수인이 도착하면 바로 내게 알려라. 내궁의 정원에 있겠다."

"알겠습니다. 그런데, 레티티아님을 데리고 나가셔도……."

"되었다. 내가 같이 있는데 무슨 걱정이냐. 그리고 기왕의 재회라면……."

헤나가 무엇을 걱정하는지 아는 루프스는 그녀를 뒤로하고 방을 나섰다. 그가 중얼거린 말끝은 너무나 작아 헤나에게도 들리지 않을 정도였다.

"흐음."

유채는 눈을 깜박였다. 책을 읽다가 그대로 잠이 들어버린 것 같았다. 눈앞에 천장이 아니라 노을 지는 하늘이 보이자 유채는 깜짝 놀랐다.

"일어났나?"

유채는 고개를 돌렸다. 몸이 갑갑하다 하였더니만 루프스가 저를 안고 있었다. 유채가 버둥거리면서 일어나려고 하자 루프스가 그녀의 허리를 팔로 감고 놓아주지 않았다.

"지금…… 뭐 하는 거예요?"

"선물이 있어서 데리고 나왔다."

루프스는 유채의 볼에 입을 맞추고 그녀의 머리카락을 정돈해 주었다. 그런 후 그녀를 두고 자리에서 일어났다. 유채는 그의 의도를 알 수가 없어서 고개만 기울였다.

"잠깐만 여기 있어라."

루프스는 유채만 남겨두고 어딘가로 가버렸다. 유채는 루프스의 뒷모습을 바라보았다. 도대체 저 남자가 무슨 생각인가 하였다.

"유채님!"

익숙한 목소리에 유채는 반사적으로 벌떡 일어났다.

"유채님! 정말 오랜만이에요!"

블루벨이 저 멀리서 손을 흔들며 깡충깡충 뛰어왔다.

"블루벨?"

블루벨이 유채의 품에 와락 안겨 헤헤 웃었다. 반갑다고, 그리웠다고 말하는 블루벨을 마주 안은 유채의 눈에서 눈물이 흘러내렸다.

"왜 왔어? 위험하게 여기는 왜 왔어!"

유채는 블루벨의 어깨를 잡고 울었다. 블루벨은 바실리사의 보호 아래에 있을 테니 걱정하지 않아도 될 것 같았는데 다시 여기에 오다니……. 그리웠고 반가운 마음 위로 그녀에 대한 걱정이

솟아올랐다.

"유채님이 좋아서요."

블루벨이 씩 웃으면서 유채의 눈물을 닦아주었다.

"카날리스 호무스에서 일하는 것도 괜찮았는데, 바실리사님이 계속 귀찮게 굴어서 조금, 아주 조금 마음에 안 들었어요."

블루벨은 유채의 목을 끌어안았다. 마지막으로 보았을 때보다 더 마른 몸에 속이 상했다. 크게 다쳤다는 소식에 가슴이 얼마나 아팠는지 모른다. 블루벨은 아이를 달래듯이 유채의 머리를 쓰다듬었다.

"그리고 옥타비아라는 쥐 수인 애가 제 자리를 위협한다는 말이 나오더라고요. 유채님 옆은 제 자리인데. 심지어 그 애는 유채님이랑 같은 침대에서 잤다고도 하고……."

블루벨은 귀를 잡아 내려서 제가 많이 속이 상해 있다는 티를 냈다.

"유채님의 가장 친한 친구 자리를 뺏기지 않기 위해서 돌아왔어요. 저 잘했죠?"

블루벨이 손을 놓자 귀가 뿅 하고 튀어 올랐다. 유채는 눈물을 닦으면서 실없이 웃었다.

"그게 뭐야. 겨우 그것 때문에 돌아온 거야?"

"그게 뭐냐뇨? 저에게는 엄청, 엄청 중요한 문제예요!"

블루벨은 입을 삐죽 내밀면서 유채의 눈물을 닦아주었다.

"무사하셔서 다행이에요."

유채는 고개만 끄덕였다.

"저는요, 유채님이 원하는 곳으로 돌아가셨기를 원했어요. 그래서 인사하지 못했어도 괜찮다고 생각했었는데……."

"미안해."

"그렇게 떠나셨으면 아프지나 마시지, 이렇게 말라서 돌아오시면 어떡해요."

"많이 먹고 빨리 몸 회복할게. 걱정하지 마."

유채는 블루벨을 꼭 끌어안았다. 블루벨도 유채의 다친 등이 아프지 않게 마주 안았다. 블루벨이 그녀의 귓가에 속삭였다.

"그리고 토스 호무스가 더 월급이 많아요. 바실리사님은 정말 짠순이세요."

유채가 파핫, 웃음을 터뜨렸다. 블루벨은 우울해 보였던 유채의 표정이 밝게 변하자 저 역시도 방실방실 웃었다.

"월급이 그렇게 중요했어?"

"당연하죠! 제가 집에서 쫓겨난 이유도 돈 때문인데!"

블루벨이 눈을 동그랗게 뜨고는 돈이 얼마나 중요한지 일장연설을 했다. 블루벨이 꼭 잡아주는 손에서 전해지는 온기가 유채의 마음을 따뜻하게 만들어주었다.

"유채님, 어리광이 느셨어요. 덕분에 유채님 돌보는 재미가 있을 것 같아요. 월급도 빵빵해지고 유채님이랑 놀 수도 있고, 얼마나 좋아요."

"나도 블루벨이 와서 좋아."

"자세한 이야기는 나중에 해요. 저 여기에 방금 도착해서 해야 할 일이 많거든요."

블루벨은 다시 토스 호무스의 궁녀가 되었으니 처리해야 할 문제들이 많다는 푸념을 늘어놓았다. 블루벨은 조금만 기다려 달라고 하고 깡충깡충 뛰어서 사라졌다. 유채는 블루벨이 시야에서 사라질 때까지 손을 흔들었다.

블루벨이 보이지 않게 되자 유채는 또다시 눈물을 흘렸다. 기쁨과 미안함, 반가움이 섞인 복합적인 눈물이었다.

"블루벨도 만났는데, 왜 우나?"

다시 나타난 루프스는 유채가 우는 것에 매우 당황했다. 그녀가 좋아할 줄 알았다. 블루벨과 다시 만나서 그녀의 기분이 나아질 줄 알았다. 그래서 블루벨을 불렀는데 이렇게 우는 걸 보니, 제가 또 뭘 잘못한 것 같았다.

좋아하는 이들과 함께 있게 해주고 좋은 것만 먹이고 입게 해주면 이곳을 좋아하게 되어 여기에 있고 싶다는 생각을 할 것 같았다. 저는 유채가 이곳에 남고 싶어 할 이유가 될 수 없을 테니 블루벨을 옆에 붙여두고자 했다. 선택받지 못함이 슬펐지만 그게 유채를 떠나보내는 것보다는 나았다. 루프스는 유채가 슬퍼하지 않기를 원했다.

"돌아가자."

루프스는 바닥에 주저앉아 있는 유채의 몸을 안아 올렸다. 유채는 루프스의 품에 안겨서 눈물만 닦았다.

다시 방으로 돌아온 루프스는 그녀의 발목에 족쇄를 채웠다. 그리고 눈물 자국이 선명한 유채의 얼굴을 손으로 쓰다듬었다.

"울지 마라."

울지 않게 하려고 했는데 왜 또 이렇게 된 것일까.

"블루벨이 곧 올 거다. 오랜만에 만났으니 회포도 풀고……."

유채가 갑자기 루프스의 팔을 꽉 움켜쥐었다. 얼마나 힘을 준 것인지 가늘고 마른 팔이 부들부들 떨릴 정도였다.

"블루벨 건들면, 당신 내가 가만 안 둘 거야."

아아. 잔인한 나의 여왕님이여.

현실은 잔혹했다. 루프스는 속으로 탄식을 뱉었다. 그녀를 위해서 데려온 블루벨이었다. 블루벨을 이용해서 유채를 협박할 생각은 한 적이 없었다. 하지만 유채는 잔인했다. 그의 마음을 몰라주고, 그의 의도를 곡해했다.

"내가 뭐든, 할 테니까 블루벨은……."

유채는 다시 눈물을 흘리기 시작했다. 뚝뚝 떨어진 눈물이 그의 손에 닿았다. 루프스는 그 눈물이 얼음송곳이 되어 제 심장을 찌르는 것 같았다.

시간을 돌릴 수만 있다면……. 좀 더 부드럽게 대해줄 것을. 좀 더 다정하게 대해줄 것을. 그럼 제게 한 번이라도 더 웃어주었을까? 제 진심을 곡해하지 않았을까? 제 마음을 받아들여 주지는 않더라도 부정하지는 않았을까?

유채가 루프스의 손을 잡아 제 가슴으로 이끌었다. 빠른 속도로 뛰는 유채의 심장이 느껴졌다. 루프스는 입술을 깨물었다.

루프스는 유채의 손을 떨쳐 내고 제가 원하는 건 절대 그런 게 아니라고 외치고 싶었다. 겨우 네 몸을 탐하려고 블루벨을 데려온 것이 아니라고, 그저 네가 웃기를 바랐다고……. 하지만 울음 섞인 유채의 목소리에 그의 입술은 굳게 닫혔다.

"제발, 그 애만은 건들지 말아줘요. 난 그 애에게 빚진 게 많아요. 그러니까. 제발 한 번만 나를 가엽게 봐줘요, 제발."

"……알겠다. 블루벨은 결코 건들지 않으마."

루프스는 겨우 목소리를 짜냈다. 웃는 모습을 보고 싶었는데 결국은 또 이렇게 눈물만 보게 되었다.

"……편히 쉬어라."

루프스는 더 이상 그 눈물을 지켜보고 있을 수 없어 유채를 두고 자신의 방으로 돌아왔다.

도무지 좁혀지지 않는 평행선 같았다. 토스 호무스에 돌아오자마자 유채와 이름이 같은 꽃이 피어 있는 곳으로 찾아갔다. 유채가 그 꽃을 보면 좋아할 것 같아서, 그 꽃을 보면 웃을 것 같아서, 내궁의 정원에 옮겨 심으려 했는데 이미 꽃은 다 지고 푸른 풀만 남아 있었다. 루프스는 그것이 꼭 유채와 자신의 관계 같았다. 자신은 항상 너무 늦었고 유채는 그를 외면했다.

"루프스님, 오페라티오 참석 명단입니다."

헤나가 오페라티오에 참여할 늑대 수인의 명단을 가지고 들어왔다. 루프스는 탁자에 앉아 명단을 찬찬히 읽어 내렸다. 딱 한 곳이 비어 있었다. 베노르 콩레수스의 우승자로서 제사를 주관해야 할 루프스의 비(妃)의 자리였다. 루프스는 그 자리에 유채의 이름을 적었다.

―루프스의 비(妃): 한유채

유채가 남기고 간 그 이상한 물건에 붙어 있던 이름표 같은 것에 적혀 있던 글자였다. 유채의 이름인 것 같아 유채에게 넌지시 물어보니 유채는 맞다는 대답을 하였다. 그 뒤 몇 번이나 그 괴상한 글자를 연습했다. 어린아이가 쓴 것 같은 글자가 루프스의 이름 옆에 적혔다. 헤나는 그 글자를 보고 화들짝 놀랐다. 유채가 언제 자신의 이름을 저렇게 쓴다고 보여준 적이 있었다.

"루프스님, 이것은 법도에 어긋납니다."

"이렇게 한다. 가져가."

"하지만 대신들이……."

"그놈들이 반발을 하든 말든."

루프스가 귀찮다는 듯이 손을 젓자 헤나는 그의 의지가 확고하다는 것을 깨닫고 파란을 예고할 종이를 들고 물러났다.

루프스는 침대에 누웠다. 제 비(妃)의 자리에 유채의 이름을 써놓았다는 것만으로도 가슴이 벅찼다. 유채는 전혀 바라지 않는 것이고 제게 그런 마음 한 조각 주지 않을 것을 알아도, 그는 유채를 제 비(妃)라고 적었다는 것 하나만으로도 만족하고 행복했다.

"사랑을 한다는 것은 세상에 둘도 없는 얼간이가 되는 거야."

그래, 자신은 이미 세상에 둘도 없는 얼간이였다. 그것으로 손가락질을 받더라도 그는 유채를 사랑하기 이전으로 돌아가고 싶지 않았다. 유채를 사랑하지 않았던 그때보다 사랑하며 아파하는 지금이 더 행복하기에. 그는 이 슬픈 사랑을, 유채를 사랑하는 것을…… 멈출 수 없었다.

⚜

"알렉스까지 돌아왔으니, 본격적으로 논의를 시작해 봅시다."

프레드릭은 강경파의 지도자 격인 바론을 아니꼽게 바라보았다. 알렉스가 돌아오자마자 논의를 한다는 것은 결국 저들도 알렉스를 이용하지 않고서는 가망이 없다는 것을 알고 있다는 것이었다. 알렉스가 선봉에 서서 뛰는 동안 뒷짐 지고 구경만 하겠다는 심보가 아니꼬웠다.

긴 탁자의 양쪽으로 각각 강경파와 온건파 장로들이 줄을 맞춰

앉아 있었다. 상석에는 포트리스에서 가장 나이 많은 현자인 티에리 부인이 앉았고 온건파의 상석에는 페드로가 앉았다.

"일단 전염병은 프레드릭 군 덕분에 한시름 돌렸습니다. 하지만 이제 차후의 대책을 논의해야 합니다."

티에리 부인이 운을 띄웠다. 프레드릭이 가져온 물은 전염병에 상당한 효과를 보였다. 죽어가는 아이를 살리고 병의 진행을 늦추었지만 근본적인 해결책은 아니었다.

"일단 베네딕트 씨의 말을 듣겠습니다."

포트리스에서 의사 일을 하는 베네딕트가 앞으로 나섰다. 병에 대해 앞다퉈 묻는 장로들의 질문에 베네딕트는 하나하나 성실하게 대답했다. 필립이 듣다가 귀찮아진 것인지, 베네딕트의 말을 잘라먹고 그의 입장을 정리했다.

"그래서 자네 말은, 치료 방법을 연구하고 싶어도 연구할 만한 약초가 없다는 것이지? 연구할 만한 약초만 있다면 연구를 지속할 수 있고?"

"예. 포트리스에서 구할 수 있는 약초는 모두 효험이 없는 게 확인되었습니다."

"그러니 스티폴로르의 본토를 우리가 차지해야 한다는 겁니다."

이때다 싶어서 바론이 끼어들었다. 바론의 옆에 앉은 렉스가 고개를 끄덕였다.

"그놈들의 악마 같음은 이미 보지 않으셨습니까? 레프스의 효능을 알면서도 선심 쓰듯 그것을 넘겼습니다. 그리고 실종자들을 생각해 보십시오."

바론의 말에 프레드릭은 이를 갈았다. 하지만 아직 진실을 알릴 수는 없었다. 헤임달은 포트리스에서 인망이 두터웠고, 프레드릭은 지난번 레프스 일로 입지가 약해진 상태였다. 레프스의 효능을 모르고 루프스에게 넘어가 수인들에게 좋은 일만 해주고 왔다고 강경파가 트집을 잡았던 이유가 컸다. 선불리 헤임달을 공격했다가 오히려 이쪽의 상황만 안 좋아질 것이 뻔했다.

"헤임달이 말하더군요. 수인들 사이에서 동물화에 대한 문제의 해결책이 인간의 간이란 소문이 돌고 있답니다."

"그게 정말입니까?"

"포트리스 근처에서 실종자 중 몇이 간이 없어진 상태로 발견되긴 하였습니다. 짐승에게 뜯어 먹힌 것처럼 말이지요."

포트리스의 경비를 맡고 있는 렉스의 부하 만치니가 대답했다. 만치니는 포트리스의 혼란을 피하기 위해 소문과 대조하는 중이라 보고를 미루고 있던 사실을 보고했다.

프레드릭은 부글부글 끓는 속을 진정시키기 위해서 최선을 다했다. 실종된 이들은 헤임달의 말을 믿고 스티폴로르의 내륙으로 갔다가 허망하게 목숨을 잃은 것이다.

"한데, 왜 헤임달이 하는 말을 아무런 의심 없이 믿으시는 것입니까?"

프레드릭이 바론에게 물었다.

"왜냐니? 헤임달은 우리에게 옳은 이야기만 알려주었네. 자네도 알지 않나?"

"레프스 역시 헤임달이 알려준 것인데 잘못된 정보였죠."

"사람이 살다 보면 실수도 할 수 있지. 헤임달이 그 일로 포트리스 사람들에게 얼마나 미안해했는지 아는가?"

정치라는 것은 본래 그랬다. 타인의 실수를 또 다른 타인에게 뒤집어씌워 종국에는 그를 끌어내는 것이었다. 바론은 턱을 쓸었다. 그에게 이것이 헤임달의 실수인 것은 중요하지 않았다. 프레드릭을 끌어낼 수 있는 작은 트집거리가 될 수 있다는 것이 중요했다.

"알렉스가 토스 호무스에서 돌아오는 길에 수인들 사이에서 떠도는 소문을 들었다고 합니다. 인간들이 수인들의 간으로 자신들의 전염병을 치료하고 있다고 말입니다. 실제로 칼로 간을 말끔하게 도려낸 시신도 발견이 되었습니다."

"자네 설마, 우리 포트리스 사람들이 그랬다고 믿는가? 증거라도 있나?"

"그럼 바론 장로님은 실종자들과 수인들 간에 상관관계를 증명하실 수 있는 증거라도 있습니까?"

"그 소문이 있지 않은가!"

"저도 들은 소문이 있습니다. 그런데 왜 헤임달이 전한 소문만 믿으려고 하십니까?"

"그, 그건……."

"맞는 말이네, 바론. 지금 자네는 너무 감정적으로 대응하고 있어. 확실한 증거가 있는가?"

페드로가 프레드릭의 말에 동의를 했다. 양측의 열기가 과열되자 티에리 부인이 정리하려고 하였지만 렉스가 먼저 끼어들었다.

"프레드릭, 네게 이 상황을 타개할 방도가 있나? 빌어먹을 화합 말고 다른 방법이 있느냐 말이다."

프레드릭은 대답을 못 하고 입을 다물었고, 렉스는 벽에 걸린 지도 앞으로 다가가 미노르 호무스를 가리켰다.

"헥터 놈이 날뛰어준 덕택에 지금 미노르 호무스는 불안한 상태일 것이다. 비록 루프스 놈 때문에 안정을 찾았지만, 수인 놈들은 제아무리 루프스라 할지라도 제 일족의 영역에 과도하게 참견하는 것을 싫어하지. 벨라토르는 명분이라도 있지만, 이번 건은 달라. 곧 루프스의 병력이 미노르 호무스에서 철수할 거다."

렉스의 손가락이 독수리 일족의 땅과 양 일족의 땅, 토끼와 쥐 일족의 땅을 순차적으로 가리켰다.

"생각보다 빠르게 내전이 진압되었다 할지라도 전쟁은 전쟁이다. 이곳들은 굉장한 피해를 입었다. 아직 그들이 완전히 회복되지 못한 틈을 타면, 우리는 최소한 독수리 일족과 소 일족의 땅을 얻을 수 있고 운이 좋으면 수인 놈들을 몰아낼 수도 있다."

바론이 격하게 고개를 끄덕였다.

"내 말이 그 말입니다, 렉스 경. 전염병을 해결하기 위해서는 보다 많은 자료와 약초들이 필요하고, 그것을 얻을 땅이 필요합니다. 더 이상 이렇게 손 놓고 있을 수는 없습니다."

"그럼 내가 묻지요. 우리도 지금 위기 상황입니다. 그런데 우리보다 수가 많은 수인들을 어떻게 이길 겁니까? 이건 도박입니다."

마틴의 발언에 필립도 덧붙였다.

"맞는 말이지. 겁쟁이 놈이 간만에 말을 잘했네. 자네는 아직도 복수할 생각밖에 못 하는 건가? 냉정하게 생각해, 렉스. 당신이 루프스에게 품은 원한이 얼마나 깊은지 아네. 하지만 자네는 루프스의 아버지를 죽이는 것을 도왔어. 자네가 라일라를 잃었을 때의 슬픔을 루프스도 느꼈다는 말일세. 그러니, 너무 자네 생각만 하고 감정적으로 행동하지 말게. 머리를 좀 식히란 말이야."

렉스는 탁자를 쾅 내리쳤다. 이글거리는 눈이 필립을 향했다. 렉스의 손이 분노에 부들부들 떨렸다.

"감정적인 것이 아닙니다, 필립 장로! 뭣도 모르면서 몰아붙이지 마시지요!"

"진정하고 앉게. 자네 의견은 충분히 알았네."

티에리 부인이 렉스를 진정시켰다. 렉스는 숨을 몰아쉬면서 자리에 앉았다.

렉스가 아니더라도 이미 강경파가 세를 불린 상태라 논의는 계속 미노르 호무스를 치는 방향으로 흘러갔다. 프레드릭은 서둘러 다른 의견을 던졌다.

"만일 그 작전이 성공한다고 하면 말입니다. 당장에 울피누스 호무스에서 가만히 있을까요? 우리의 주전력이 미노르 호무스로 빠지게 되면 헤르티아에게는 더할 나위 없이 좋은 기회가 될 겁니다. 여우 일족이 라일라님의 영향으로 우리에게 조금 호의적이라고는 하나 그건 우리가 이 포트리스에 가만히 앉아 있을 때 얘깁니다. 여우 일족은 늑대 일족 다음으로 강하며 그들은 이번 전쟁으로 피해를 입은 바도 없습니다."

"맞는 말이네. 헤르티아는 어떡할 건가? 헤르티아를 막을 방도가 있는가?"

강경파는 금세 꿀 먹은 벙어리가 되었다. 바론은 눈만 굴렸다. 암만 생각해 봐도 헤르티아를 이쪽 편으로 끌어들일 방도가 없었다. 한때는 라일라 덕에 사이좋게 지내기도 했었으나 수인 내전 중 여우 일족이 인간들에게 뒤통수를 맞은 적이 있었기에 헤르티아가 그들을 좋게 보지 않을 것이 분명했다.

"제가 헤르티아를 만나보지요."

모두의 시선이 렉스를 향했다.

"만나자고 하면 내치진 않을 겁니다. 우리가 토스 호무스를 치는 일을 돕는다고 하면 헤르티아도 저희를 도와줄 수 있을지도 모릅니다."

렉스의 말에 강경파는 다시 기세등등하여 당장 미노르 호무스로 쳐들어갈 것처럼 떠들어댔고 온건파도 우려의 목소리를 높였다. 티에리 부인은 토론을 중재하였으나 프레드릭은 그녀가 묘하게 렉스의 의견에 동조하고 있음을 깨달았다. 한숨이 절로 나왔다. 점점 헤임달의 뜻대로 되어가는 기분이었다.

이 문제는 렉스가 헤르티아를 만나고 난 후에 다시 이어가기로 하고 다른 주제가 나왔다.

"프레드릭 군이 헤임달을 참고인으로 요청했습니다."

헤임달이 기다리다가 졸았는지 눈을 비비며 회의장 안으로 들어왔다. 장로들이 헤임달을 믿는 것은 저런 허술하지만 순박한 면 때문이었다. 저게 모두 연기라 생각하니 프레드릭은 소름이 끼칠 정도였다. 프레드릭이 헤임달을 부른 것은 그의 시선을 돌릴 필요가 있기 때문이었다.

"형, 헤임달이 헥터에게 아편을 공급했다고 해. 유채 양이 직접 들었대."

알렉스에게 들은 소식으로 프레드릭은 그제야 헤임달이 저쪽의 정보를 어떻게 알아내는지 알 수 있었다. 마약을 이용한 것이다.

그가 아편까지 사용해서 헥터를 구슬렸다면 뭔가 엄청난 것을 얻기 위해서였을 것이다. 프레드릭은 그게 무엇인지 알게 되면 헤임달의 목적도 쉽게 파악할 수 있을 거라고 생각했다. 그래야 그의 음모를 막을 수 있다.

헤임달을 여기에 불러놓고 있는 동안 알렉스가 그 조사를 하고 있을 터였다. 오늘의 부름은 오직 그것을 위함이었다.

프레드릭은 헤헤 웃는 헤임달을 바라보았다. 순순히 그의 뜻대로 되게 내버려 두지는 않을 것이다.

⚜

"잘하셨습니다. 그렇게 하시면 됩니다."

헤나의 말에 유채는 바닥에 털썩 주저앉았다.

루프스가 전에 한 내기를 들먹였다. 그가 바란 것은 에클레시아에 제를 올리러 가는데, 그의 비(妃) 역할로 동행하라는 것이었다. 유채는 베노르 콩레수스 전에 한 내기를 떠올리며 그때 자신이 너무 경솔한 것이 아니었나 뒤늦게 후회했다. 하지만 이내 생각을 고쳤다. 에클레시아를 조사할 수 있는 좋은 기회였다. 그 남자의 비(妃) 역할을 해야 한다는 것은 기분이 썩 좋지는 않았으나, 하나를 얻으면 하나를 잃는 것은 감수해야 했다.

"조금 쉬어도 되나요?"

유채는 목이 부러질 것 같았다. 머리에 얹은 장신구 무게가 장난이 아니었다. 유채는 나무에 머리를 기대고 겨우 숨을 돌렸다. 그녀는 지금 헤나에게서 예법을 배우고 있었다. 제사 때 그의 옆에 서야 하기 때문이었다.

유채는 한숨을 쉬며 하늘을 올려다보았다. 루프스는 제 딴에는 배려랍시고 정원에서 수업을 받을 수 있게 해주었지만 어차피 새장 속의 새와 같은 신세라 밖이든 안이든 그녀에겐 별다를 것이 없었다.

유채는 헤나를 힐끔 보았다. 그녀도 힘든지 물을 벌써 한 통이

나 들이켰다.

걸음걸이를 어떻게 해야 하는지, 아주 기초적인 것부터 손을 움직이는 방법까지 다 절차와 예법을 따라야 해서 죽을 맛이었다. 게다가 예복은 무겁고 길어서 거추장스러웠고 머리를 틀어 올려서 꽂은 장신구들도 상당했다. 안 그래도 머리카락이 갑자기 길어져서 무거운데 거기에 장신구까지 더해지니 유채는 이러다 목이 부러지지 않을까 싶었다.

"오늘은 여기까지 하시죠. 편히 쉬세요."

유채는 당장에 장신구들부터 뽑았다. 하나하나를 빼낼 때마다 수명이 늘어나는 것 같은 기분이었다. 헤나도 이제 해탈한 것인지 고개만 저었다. 마지막으로 머리카락을 고정한 비녀 비슷한 것까지 빼내자 긴 머리카락이 구불거리며 어깨 아래로 펼쳐졌다. 유채는 가는 끈 하나로 머리카락을 질끈 묶었다.

유채는 산책을 하겠다며 자리에서 일어났다.

"멀리 가시면 안 됩니다. 루프스님의 명령이십니다."

"알아요."

정원에서 수업을 할 수 있게 해주는 대신 그 정원을 벗어나지 말라는 것이 루프스의 조건이었다. 그리고 또 다른 조건은 수업을 받을 때는 블루벨과 함께 있지 말라는 것이었다. 유채는 루프스가 만일의 상황을 대비해 블루벨을 이용하려 내건 조건 같아 다시 한 번 그녀에게 미안해졌다.

"오늘도 와 있었네."

유채는 덤불 뒤에서 은빛 털의 어린 늑대를 보고 반갑게 말했다. 유채는 새끼 늑대를 안아 작은 주둥이에 입을 맞췄다. 새끼 늑대도 유채가 반가운지 그녀의 입술을 혀로 핥았다.

"잘 지냈어? 아직 도망친 거 들키진 않았지?"

유채가 새끼 늑대의 머리를 쓰다듬으면서 물었다. 유채가 이 새끼 늑대를 처음 만난 것은 정원에서 수업을 시작하고 삼 일 정도가 지난 날이었다. 그날도 오늘처럼 쉬려고 좀 걷고 있었다. 뭔가가 후다닥 뛰어가는 것을 보고 반사적으로 쫓아갔다가 발견한 것이 이 어린 늑대였다. 젖을 뗀 지 얼마 안 된 것 같은 모습에 유채는 안쓰러운 마음에 새끼 늑대를 살폈다.

아무에게도 묻지는 않았지만 추측하기로는 루프스가 기르는 펠리스 다우스인 늑대의 새끼인 것 같았다. 돌봐주는 이가 없는 것을 보니 도망을 나온 게 틀림없었다. 유채는 저와 비슷한 처지인 어린 늑대에게 동정심을 느꼈다.

유채는 품에서 마법으로 축소시켰던 우유병을 꺼냈다.

"배 많이 고팠지."

유채는 환히 웃으면서 가져온 작은 접시에 우유를 부어주었다. 프란체에게 배운 축소 마법 덕택에 이렇게 몰래 가지고 나올 수 있었다. 그리고 우유 그릇이 놓인 곳에 늑대를 내려놓았다. 늑대는 접시에 담긴 우유를 할짝였다.

"잘 먹네."

유채는 새끼 늑대의 머리를 쓰다듬었다. 만난 지 오래되었지만, 이름은 붙여주지 않았다. 이름을 붙여주면 유채라는 멀쩡한 제 이름을 무시하고 새 이름을 붙여 부르는 루프스와 다를 것이 뭘까 싶었다.

"나…… 사실 너무 힘들어."

유채는 말을 알아듣지도 못하는 동물에게 속에만 감추어둔 이야기를 털어놓았다. 그렇게 하나씩 이야기할 때마다 가슴이 후련해지는 기분이었다. 힘들다는 말을 알아들은 것인지 아니면 유채의 말에 실린 감정을 안 것인지 늑대가 고개를 들었다.

"언니가, 너무 걱정이 되는데…… 도저히 답이 안 나와."

유채는 눈물을 뚝뚝 흘렸다. 토스 호무스에 끌려온 후로 유채는 리와인더의 조각을 찾는 데에 모든 시간을 쏟았다. 하지만 쏟은 시간과 정성만큼 손에 들어오는 정보는 턱없이 부족했다.

"수능 공부할 때보다 더 많이 책을 본 것 같아. 그런데도 도저히 모르겠어."

리와인더 조각의 악기로 인해 일어났을 만한 큰 사건들을 찾아보았다. 예상대로 기록이 남아 있기는 하였다. 하지만 모두 원인이 있고 해결이 된 문제들이었다. 동물화와 포트리스의 전염병 문제 말고는 혹시나 하고 의심해 볼 만한 일은 찾을 수가 없었다.

책을 보던 중 유채는 스티폴로르와 대륙 사이의 바다에 일어난다는 거대한 회오리에 대해 알게 되었다. 그것 때문에 바다를 건너는 사람들은 목숨을 걸어야 한다고 했다. 유채는 그 회오리를 의심했다. 하지만 그건 에클레시아가 무너지기 전부터 존재했다고 했다.

"조각을 찾아야 셀레네가 날 돌려보내 주겠다고 했는데. 도저히 어디 있는지 모르겠어……."

유채의 눈에서 뚝뚝 떨어진 눈물이 새끼 늑대의 등에 닿았다. 늑대는 유채를 위로하려는 것인지 그녀의 손을 혀로 쓸었다.

"누구한테 도와달라고 할 수도 없어……. 블루벨은 안 돼. 이미 너무 미안한데…… 이런 힘든 일을 도와달라고 어떻게 말해. 그리고 그 남자는……."

유채는 입술을 깨물었다. 애초에 셀레네가 자신을 이곳으로 부른 이유는 하나였다. 자신만이 리와인더의 조각에 영향을 받지 않을 것이기 때문에. 결론적으로 이 스티폴로르에서 유채가 믿을 수 있는 사람은 스스로밖에 없었다. 누구에게도 도움을 구할 수 없고 정보도 얻지 못해 유채는 너무나 막막했다.

"분명히 막으려고 할 텐데……."

돌아갈 수 있다는 희망이 생기면 괜찮을 줄 알았다. 하지만 희망이 생긴 뒤에 오히려 더 힘들어졌다. 유하에게 제때 돌아가지 못할까 봐 불안했다. 영원히 이곳에 떠나지 못하면 어떡하지, 하는 걱정이 유채의 머릿속을 가득 채웠다.

"언니가 너무 걱정되는데…… 돌아가야 하는데……."

할짝. 새끼 늑대가 유채의 어깨로 올라와서 그녀의 눈물을 혀로 핥았다. 유채는 늑대의 작은 위로에 웃을 수 있었다. 유채는 늑대를 안고 콧잔등을 비볐다.

"고마워. 내 이야기 들어주고 위로해 줘서."

유채는 헤나가 자신을 찾는 소리에 새끼 늑대를 내려놓고 일어났다. 유채는 우유가 담긴 접시에 아침 식사에 디저트로 나왔던 곡물빵을 내려놓았다. 헤나가 선물로 준 작은 주머니에 넣어온 것이었다. 유채는 늑대를 마지막으로 한 차례 더 쓰다듬어 준 후 내일 또 보자는 말을 남기고 덤불을 빠져나갔다.

새끼 늑대는 자리에 가만히 앉아서 유채가 주고 간 곡물빵과 우유를 내려다보았다. 잠시 후 새끼 늑대는 사라지고 그 자리에 은빛 머리카락에 건장한 청년이 나타났다.

"방법을 찾았다."

루프스는 이를 갈았다. 유채가 돌아갈 방법을 찾았을 것이라고는 생각도 못 했다. 셀레네 여신의 이름이 나온 걸 보니 분명 신을 만난 것이었다. 루프스는 기억을 더듬었다. 유채가 신과 관련된 곳에 오래 머무른 적이…….

"시간의 호수."

루프스는 신경질적으로 머리카락을 쓸어 올렸다. 유채는 신의 힘이 담겼다는 호수에 빠진 적이 있었다. 제가 곧바로 그녀를 빼내긴 했지만 신을 만났다면 그때 그곳뿐이었을 것이다. 그러고 보니 손등에 이상한 흉터가 생긴 것도 분명 그 호수에 빠진 이후였다. 그것이 신과 관련된 것이라고 가정하면 요즘 따라 조용한 유채의 태도가 이해되었다. 셀레네 여신이 그녀에게 뭔가를 준 것이었다.

루프스는 셀레네 여신에게 원망이란 원망은 다 토해내고 싶었다. 이루 말로 할 수 없는 비참한 삶에서 겨우 만난 빛인데 그 빛을 도로 빼앗아가겠단다.

루프스는 머리를 쥐어뜯었다. 왜 신은 자신에게만 이렇게 가혹한 것일까? 이제 간신히 그 겨울에서 벗어날 수 있을 것 같았다. 이제야 비로소 살아 있는 것 같았다. 그런데 그의 삶에 축복이라곤 한 번도 내려준 적 없는 신은 유채마저 빼앗겠단다. 루프스는 신을 저주했다.

루프스는 유채와 가까이 있을 수 있는 요즘이 너무나 행복했다. 처음엔 그녀에게 아이 취급을 받는 것이 꽤나 자존심이 상했지만 그럼에도 매일 이렇게 새끼 늑대로 변해 그녀를 기다리는 것은 유채가 그때만큼은 솔직해지기 때문이었다.

숨어서 몰래 수업 받는 모습을 보기만 하려고 했었다. 그래서 들키지 않으려고 작은 모습으로 변했던 거였다. 그녀에게 이런 모습을 들키는 것은 절대 계획에 없었다.

"안녕. 넌 어디서 왔니?"

불행인지 다행인지 유채는 자신을 그냥 새끼 늑대로 착각을 했다. 하긴 포트리스의 마레 위르들도 눈썰미가 좋지 않으면 수인의 동물형과 동물을 잘 구분하지 못했다. 하물며 유채는 완전히 다른 세상에서 온 마레 위르였다. 게다가 몸집까지 작게 만들었으니 당연한 결과였다.

유채는 다른 이에게 털어놓지 못하는 이야기들을 새끼 늑대 앞에서는 아무렇지 않게 얘기했다. 그 이야기 중에는 그녀의 과거에 대한 것도 있었고 무엇이 좋고 나쁜지도 있었고 루프스에 관한 험담도 있었다. 그 모든 이야기에 루프스는 감사한 마음으로 귀를 기울였다.

어릴 적 남들과 조금 다른 외모로 따돌림을 당했다는 이야기를 들었을 때 그는 분노했고, 좋아하는 수컷에 대한 이야기에는 귀를 쫑긋 세우고 새겨들었다. 다정한 수컷을 좋아한다기에, 루프스는 유채에게 정말 최선을 다해서 다정하게 굴었다. 소리도 지르지 않으려 했고 그녀가 불편한 기색이 보이면 사과하고 자리를 피해주었다. 그렇게 해서 유채가 제게 조금이라도 마음을 줄 수만 있다면 성질을 죽이는 것은 아무 일도 아니었다.

그는 유채를 잡을 수만 있다면 뭐든 할 수 있었다.

"젠장. 에클레시아!"

루프스는 유채를 에클레시아에 데리고 가기로 한 것을 후회했다. 이미 무너졌다고 해도 그곳은 신의 힘이 담겼던 곳이었다. 결국 제 무덤을 제가 판 것이다.

루프스는 초조해졌다.

"대체 뭘 찾고 있는 거지."

유채는 정말 중요한 비밀은 어린 늑대에게도 알려주지 않았다. 루프스는 그녀가 어떤 물건을 찾고 있는지 도무지 짐작이 되지 않았다. 아는 것은 그것이 무언가의 조각이라는 것이다.

"젠장할. 도대체 뭐지?"

만일 유채가 찾는 그 물건을 먼저 찾아 빼돌리거나 없애 버린다면 유채는 돌아갈 수 없을 것이다. 유채를 그의 곁에 잡아둘 수 있게 되는 것이다. 루프스는 새로운 희망을 잡았다.

"나…… 사실 너무 힘들어."

눈물을 뚝뚝 흘리던 유채의 모습을 생각하니 가슴이 아렸다. 돌아가지 못한다면 유채는 슬퍼할 것이다. 그 모습을 보는 것은 제게도 아픔일 테지만, 유채가 없다면 그가 죽을 것이다. 그는 살고 싶었다.

그 후로 루프스는 유채를 붙잡을 방법을, 그녀가 무엇을 찾고 있는 것인지 고심하느라 종일 멍하게 있었다. 무슨 정신으로 일을 했는지도 알 수 없었다. 그가 정신을 차린 것은 유채가 불렀을 때였다.

"저기요."

유채가 제 이름을 제대로 부른 것은 몇 번이 되지 않기에 그는 고개를 번쩍 들었다. 그는 지금 유채와 차를 마시던 중이었다. 머뭇거리던 유채가 입을 열었다.

"전에 말했던 그쪽만 열람할 수 있다는 자료…… 나에게 보여줄 수 있나요?"

유채는 루프스가 무얼 대가로 요구할지 몰라 겁을 먹었지만 이젠 어쩔 수 없었다. 돌아가기 위해서는 무슨 짓이든 해야 했다. 루프스는 입술 안쪽을 깨물었다.

유채는 책으로 정보를 찾고 있었다. 그녀가 읽는 책에 찾는 물건에 대한 단서가 있었다. 루프스는 유채가 원하는 대로 책을 제공하기로 했다. 그래야 찾는 물건이 뭔지 알아낼 수 있을 테니.

"그래."

"정말이……."

유채는 선선히 나온 대답에 놀라서 눈을 부릅떴다. 하지만 루프스의 말은 끝난 게 아니었다.

"단."

루프스는 조건을 붙였다.

"에클레시아에서 나와 같은 막사를 쓰되 내가 허락하지 않을 경우 막사에서 꼼짝도 하지 마라."

유채의 표정이 굳었다.

루프스는 자리에서 일어났다. 에클레시아에는 데려가되 그녀가 신을 만날 수 있는 기회는 차단해야 했다. 신을 만나서 정보를 얻어도 큰일이고 다른 능력을 얻어도 큰일이었다. 신과 관련된 모든 것을 막을 생각이었다.

루프스는 유채의 고개를 붙잡아 제 쪽으로 하고서 상체를 숙였다. 유채는 이게 루프스의 또 다른 조건임을 본능적으로 깨달았다.

"마지막 조건이다."

입술을 살짝 깨문 유채는 눈을 질끈 감았다. 조금만 참으면 된다. 조금만.

루프스는 한 손으로 유채의 턱을 잡고 다른 손은 그녀의 허리를 끌어안았다. 빈틈없이 루프스의 품에 갇힌 유채는 곧 이어 몰아닥칠 폭풍 같은 키스를 각오했다.

루프스는 유채의 얼굴을 바라보았다. 둘의 입술은 약간의 틈을 사이에 두고 있었다. 유채의 입술 틈에서 달큰한 숨이 새어 나왔다. 눈을 질끈 감고 손을 파르르 떠는 그녀를 보고서 루프스는 제 입술을 깨물었다. 곧 그의 입술이 유채의 입술에 스치듯이 닿았다가 곧장 떨어졌다. 그는 잠깐 동안 맞닿은 입술로 유채를 사랑하고 그녀의 사랑을 갈구하는 제 마음을 토해내었다.

루프스의 입술이 유채의 이마에 닿았다. 유채는 각오한 것과는 다른 그의 행동에 당황했다. 루프스는 유채를 꽉 끌어안았다. 부드러운 작은 몸이 제 품에 있다는 것만으로도 행복했다.

그러니, 결코 놓을 수 없다.

유채의 언니가 온다 해도, 부모님이 온다 해도, 심지어 신이 온다고 해도 그는 유채를 놓아줄 수 없었다. 루프스는 유채가 도망갈지도 모른단 생각이 들자 그녀를 숨이 막힐 정도로 끌어안았다. 루프스의 팔에 힘이 들어갔다. 제가 죽는다 하더라도 놓지 않을 것이다.

루프스는 진득한 감정을 담아 유채의 볼에 입을 맞췄다. 유채가 숨이 막힌지 바르작거리자 루프스는 그제야 팔에 힘을 풀었다. 조금만 힘을 줘도 부서질 것 같은 몸을 안은 채로 그는 그녀의 뒷머리부터 마른 등을 쓰다듬으며 속삭였다.

"내 곁에 머물면 네가 원하는 것은 무엇이든지 다 해주겠다. 그러니, 내 곁에 있어."

루프스는 뭔가를 말하려는 유채를 품에 끌어안고, 그녀의 고개를 제 가슴팍에 꾹 눌렀다. 이기적이라 할지라도 절대 놓을 수 없다.

⚜

"헤르티아."

뜨거운 태양빛을 피하기 위해 헤르티아는 수행원이 펴놓은 양산 아래에 있었다. 단테가 헤르티아 곁으로 다가오자 그녀의 옆에 있던 울피누스 호무스의 궁녀가 얼굴을 붉혔다. 스티폴로르에서 가장 유명한 미남을 고르라면 루프스와 에쿠우스 단테가 뽑혔다. 둘은 완전히 상반된 매력을 가진 미남이었다. 루프스가 귀족적이고 선이 고운 미남이라면 단테는 야성적이고 거친 미남이었다. 재미있게도 둘의 성품은 생긴 것과 정반대였다.

"무슨 일이야, 단테?"

단테는 헤르티아의 옆에 섰다. 저 멀리 헤르티아의 부군 역할을 하기로 내정된 여우 일족의 이인자가 보였다. 헤르티아가 세력을 안정시키기 위해 세운 약혼자였다. 친족이 없는 헤르티아는 약혼자와 함께 오페라티오 제사를 지낼 예정이었다. 단테는 속으로 쓴 침을 삼켰다.

"뭘 할 생각이야?"

"글쎄."

헤르티아는 고개를 기울였다. 오페라티오에 참여하는 수인 일족들이 이제 에클레시아 근처에 속속 도착하고 있었다. 늑대 수인 일족은 아직이었는데 매년 늦게 도착하는 편이라 이번에도 그럴 모양이었다.

원래 오페라티오는 4월의 마지막 날에 열리지만 이번에는 피치 못할 사정으로 5월로 미루어졌기 때문에 뙤약볕을 견디는 것이 꽤나 괴로웠다. 수인들의 왕인 루프스에게 인사를 해야만 제 막사에서 쉴 수 있기 때문에 헤르티아는 아직도 나타나지 않는 루프스에게 이를 갈고 있었다.

"난 너를 돕지만, 더 이상의 분란은 원치 않아."

단테의 말에 헤르티아의 눈이 날카로워졌다.

"그러니, 너도 이만했으면 한다. 네가 계속 그럴수록 괴로워지는 것은 너 하나야. 로보가 라일라님을 살해한 것은 분명한 잘못이지만, 베니니타스님이 블랑카님을 죽인……."

"입 닥쳐, 단테. 그딴 소리나 지껄일 거면."

헤르티아의 눈에 불꽃이 튀었다. 때마침 늑대 일족이 도착했다. 모여 있던 수인들의 눈이 케릭스의 등에 탄, 푸른색의 옷을 입고 얼굴을 베일로 가린 마레 위르 암컷에게 향했다.

수인들이 설마 하며 수군대기 시작했다. 마레 위르가 오페라티오의 주연이 된 경우는 라일라가 있었으니 처음은 아니었다. 하지만 라일라는 베니니타스의 부인이었다. 고작해야 펠릭스 다우스인 레티티아가 맡기에는 그 자리는 너무 고귀했다.

수인들의 불만이 커져 갈 무렵, 위르형으로 변한 루프스가 케릭스의 등에 앉은 마레 위르를 안아서 내렸다. 루프스의 품에 안긴 마레 위르 암컷은 마치 아이 같아 보였다. 루프스는 마레 위르를 땅에 내려놓고도 제 품에 넣어 꽁꽁 숨기려 했다.

"늦어서 미안하군."

루프스가 짤막하게 인사를 던졌다.

"올해는 멍청한 두 일족으로 인해서 피치 못하게 늦게 치르게 되었지만, 오페라티오의 의미를 퇴색시키지 않길 바라네."

루프스는 늦게 온 주제에 인사도 대강 하고선 유채를 데리고 막사로 들어갔다.

헤르티아는 얼굴을 쓸었다. 정말 예상을 벗어나지 않는 놈이었다. 단테는 헤르티아가 루프스의 펠릭스 다우스에게 묘한 시선을 던지는 것을 보았다. 단테는 야성적으로 생긴 외모와 다르게 섬세한 성격의 소유자였다. 그리고 그는 유채에 관한 이야기를 들었을 때, 그녀를 동정한 몇 안 되는 수인이었다. 방금 루프스의 행동으로 단테는 뭔가 엄청난 일이 생길 것을 예감했다. 그런데 헤르티아가 저 가여운 아이를 마치 먹잇감을 바라보는 눈빛으로 바라보자 단테는 불안해졌다. 그는 주위를 둘러보았다.

다른 수인들도 루프스의 태도에서 뭔가를 느낀 것인지 다들 심각한 표정이었다. 그나마 토끼 수인 일족의 수장인 레푸스 트레모르만이 이 상황을 예상한 듯 아무렇지 않아 보였다. 루프스가 저 펠릭스 다우스를 총애하는 것이 단순한 감정이 아님을 깨달은 것이었다. 단테는 다시 헤르티아를 보았다. 루프스의 약점이 된 그 아이는 이제 보다 더한 급류를 만나서 휩쓸리게 될 것이다.

"단테, 일이 생각보다 빨리 끝날지도 모르겠어."

헤르티아가 작게 웃었다. 유채를 동정함에도 결국 단테 역시 그녀를 이용하는 세력이었다. 헤르티아의 검은 눈에 사로잡힌 뒤로 그는 영원한 헤르티아의 포로였다. 헤르티아를 위해서라면 제 신념도 꺾을 수 있었다. 복수에 미친 헤르티아가 저를 돌아봐 주지 않기에 그는 더 그녀의 시선을 갈구하며 그녀의 말을 따랐다. 헤르티아가 그것을 이용함을 알면서도 단테는 그녀의 말을 따를 수밖에 없었다.

빌어먹게도 그녀를 사랑하기 때문에.

"갑갑했지."

막사로 유채를 데리고 들어온 루프스는 그녀의 얼굴을 가린 베일을 벗겼다. 곱게 치장을 한 얼굴이 드러났다. 루프스는 시중을 드는 궁녀가 가져온 찬물을 유채에게 건네었다. 목이 말랐는지 유채는 금세 물 잔을 비웠다, 루프스는 잔을 다시 궁녀에게 건네고 유채를 의자에 앉혔다. 루프스는 유채의 땀에 젖은 앞머리를 빗어주었다.

"오페라티오의 제사와 오늘 밤에 있는 수장과 그 반려들이 모이는 자리에만 참석하면 된다."

"알겠어요."

유채는 건성으로 대답했다. 유채의 머릿속은 지금 어떻게 하면 에클레시아에 들어갈 수 있을지에 관한 생각으로 꽉 차 있었다. 자료도 포기할 수 없고 그렇다고 여기까지 왔는데 에클레시아를 포기할 수도 없었다. 루프스의 일정은 대강 알고 있으니 그가 다른 일을 하는 잠깐의 틈을 이용해서 에클레시아에 몰래 들어가야만 한다.

"아!"

유채는 볼에 차가운 게 닿자 깜짝 놀랐다. 루프스가 얼음주머니를 대준 것이었다. 루프스는 유채의 손에 얼음주머니를 넘겼다. 그리고 무릎을 굽혀서 그녀와 시선을 맞추었다.

"블루벨을 부를 테니 여기서 꼼짝하지 말고 있어라. 잠시 다녀올 테니."

루프스의 입술이 유채의 볼과 이마에 닿았다 떨어졌다. 루프스가 나가자마자 블루벨이 총총 들어왔다. 블루벨은 더위를 견디기 힘든지 귀를 축 늘어뜨리고 있었다. 블루벨은 혀를 쭉 내밀고 유채의 무릎에 기대앉았다.

"유채님, 저 너무 더워요. 죽을 것 같아요."

"그래? 이건 어때?"

유채는 블루벨의 볼에 얼음주머니를 대어주었다. 블루벨은 금세 세상의 모든 행복을 다 얻은 것 같은 표정이 되었다. 유채는 입을 헤벌리고 살 것 같다는 표정을 짓는 블루벨을 귀엽다는 듯이 바라보았다.

"시원해요, 유채님. 유채님은 안 더우세요?"

"난 괜찮아. 내가 살던 곳은 이곳의 5월만큼 여름에 더운 곳이었거든. 움직이지 않고 가만히 그늘에 있으면 괜찮아."

"유채님은 설마 열지옥에 살다 오신 건 아니죠?"

"그런 더운 나라도 있기는 한데, 내가 살던 곳은 아니야."

유채는 블루벨의 귀가 여전히 축 늘어져 있는 것에 고개를 갸웃거렸다. 시원해지면 귀가 쫑긋 올라올 줄 알았는데 그녀의 귀는 여전히 축 늘어져 있었다. 유채는 블루벨의 옆구리를 간질였다.

"흐갸갸갸갹."

블루벨이 요상한 소리를 내면서 몸을 떨었다. 귀가 쫑긋 솟았다. 블루벨은 유채의 허벅지를 가볍게 토닥거렸다.

"유채님!"

"우울해 보여서 그랬어."

당황한 듯 블루벨의 얼굴이 굳었다. 동시에 귀가 다시 축 늘어졌다. 유채가 다정하게 물었다.

"무슨 일 있어?"

"저…… 케릭스님 만났어요."

블루벨은 시무룩해졌다. 바실리사를 따라서 카날리스 호무스로 가서도 문득문득 케릭스가 떠오를 때가 있었다. 그는 이미 블루벨의 마음에 큰 부분을 차지하고 있었다.

블루벨은 케릭스를 볼 때마다 뛰어대던 심장이 무엇 때문이었는지 카날리스 호무스에서 정확히 깨달았다. 하지만 블루벨은 케릭스를 받아들일 수가 없었다. 그는 유채를 다치게 하려 했다. 유채는 수인이 아니라 까딱하면 죽을 수도 있는 연약한 마레 위르였다. 그래서 블루벨은 케릭스를 용서할 수 없었다. 하지만 다른 한편으로는 그가 그리웠다. 듬직한 손과 따뜻했던 눈길이 그리웠다.

"케릭스?"

유채는 오늘도 여기까지 저를 태우고 온 그를 떠올렸다. 그 덩치 큰 남자가 한눈에 봐도 마른 데다 턱에는 수염이 덥수룩하게 나 있어 뭔가 안 좋은 일이 있나 싶기도 했었다.

케릭스는 유채가 토스 호무스에 다시 돌아갔을 때 먼저 찾아와 사과를 했었다. 유채는 그가 자신을 잡으라는 명령을 내린 것을 기억하고 있었지만 그렇다고 그를 원망하지는 않았다. 그때의 케릭스가 당연히 했어야 할 일이었다. 그리고 그 덕택에 루프스의 손에서 벗어날 기회를 잡을 수 있었던 것도 사실이었다.

오히려 그 상황에서 제 부하들을 막은 루프스가 이상한 것이었다.

유채가 중얼거리는 말을 들은 블루벨이 그녀의 다리를 흔들면서 채근을 했다.

"정말로 케릭스님이 유채님에게 사과를 했어요?"

"응. 그런데 케릭스와 무슨 일이 있었던 거야?"

"화내고 다시 보지 않을 것처럼 말하고 헤어졌어요."

유채는 블루벨의 볼이 붉어진 것을 보았다. 유채는 그제야 '아' 하는 탄성을 뱉었다. 그러고 보니 블루벨이 종종 케릭스의 이야기를 굉장히 즐겁게 했다는 사실이 떠올랐다. 유채는 블루벨이 사랑에 빠진 소녀가 되었다는 것을 깨달았다.

유채는 왠지 모르게 뿌듯해져서 블루벨을 끌어안았다.

"어! 왜 그러세요!"

당황한 블루벨이 버둥거렸다.

"딸 시집보내는 엄마가 된 기분이야."

"예?"

"난 네가 행복했으면 좋겠어. 나랑 상관없이 네 행복을 찾았으면 좋겠어."

유채의 말이 무슨 뜻인지 알아들은 블루벨은 머뭇거리며 눈을 굴렸다.

"하지만, 케릭스님은 유채님을 해치려고 하셨어요. 전 그런 케릭스님을 받아들일 수가 없어요. 제게는 유채님이 가장 소중해요. 그러니까, 저는……."

"상관없어, 블루벨. 난 그에게 사과를 받았는걸. 그리고 케릭스가 나를 공격하려 했다 해서 그를 원망하지 않아. 오히려 사과하러 온 것이 좀 의외였지."

"케릭스님이 진심으로 그런 게 아닐 수도 있잖아요."

"아니, 굉장히 정중했어. 그는 자신이 한 짓을 인정했고 그랬어야 하는 이유도 설명했어. 충분히 진심이 담긴 사과였어."

유채는 블루벨의 이마에 제 이마를 대고 말하였다.

"블루벨, 사랑을 할 때는 말이야. 조금은 이기적이어도 돼. 네 마음을 먼저 생각하란 말이야. 그러니까, 케릭스가 좋다면 그를 좋아해도 난 괜찮아."

"하지만, 케릭스님은 늑대고 전 토끼인걸요……."

블루벨은 말끝을 흐렸다. 일족이 다르다는 문제 말고도 케릭스는 늑대 일족의 명문가 자손이고 그에 반해 블루벨은 아무것도 가진 것 없는 토끼 암컷이었다.

유채는 오라클라 리네아에게 들었던 말을 설명해 주었다. 블루벨의 눈이 커다래졌다.

"정말이에요?"

"내가 너에게 거짓말을 할 이유가 없잖아."

유채는 어깨를 으쓱이고 블루벨의 하얀 머리카락을 쓰다듬었다. 유채는 정말로 블루벨이 행복하기를 바랐다. 좋아하는 사람과 결혼해서 잘 살기를 바랐다. 리와인더의 조각을 찾아내 원래 세상으로 무사히 돌아가고, 블루벨도 아무 위험 없는 이 세상에서 안전하게 살 수 있기를 바랐다.

"그러니까 마음 가는 대로 해. 케릭스가 좋으면 그에게 달려가면 되는 거야."

"유채님……."

블루벨이 눈물이 그렁그렁한 얼굴로 유채의 목을 끌어안았다. 유채는 블루벨의 등을 마주 안았다.

잠시 후, 유채의 맞은편에 앉은 블루벨은 어떻게 해야 할지 모르겠다면서 그녀에게 조언을 구했다. 하지만 유채도 공부가 바빴던 학생이라 연애에 대한 경험은 전무했기에 열심히 드라마나 소설에서 보았던 내용을 풀어냈다. 블루벨은 성실한 학생처럼 연신 고개를 끄덕이면서 유채의 근본 없는 조언에 연신 감탄했다.

그러다 블루벨은 문득 박수를 딱 치더니 유채에게 물었다.

"유채님, 근데 이렇게 많은 수인분들 만나는 것 괜찮으세요? 무섭지 않으세요?"

"괜찮아. 그렇게 무섭지 않아."

유채는 잠시 망설이더니 한마디를 덧붙였다.

"난 다른 수인들보다 루프스가 더 무서워."

"왜요? 그래도 요즘은 많이 안 무서우신데……."

"그가 언제 돌변할지 몰라서 더 무서운 거야. 언제 다시 나를 찍어 누르거나 말뚝에 묶어놓을지 모르잖아. 그리고 너를 데리고 협박할 것이 가장 무서워."

"그건 걱정 안 하셔도 돼요."

블루벨이 싱긋 웃었다.

"저를 토스 호무스의 궁녀로 다시 부르신 건 루프스님이에요. 루프스님이 직접 오셔서 제게 다른 일은 아무것도 안 해도 되니 유채님의 말벗이 되어줄 수 있냐고 물어보셨어요. 제가 평생 상상도 해본 적 없는 거금을 주시면서 유채님의 말벗이 되어달라고 부탁하셨어요."

"뭐라고?"

"사실 루프스님은 토스 호무스의 궁녀 계약 조건을 들먹이시면서 저를 강제로 데려오실 수도 있으셨어요. 근데 저를 직접 만나고 설득하셨어요. 그러니까 전 괜찮을 거예요. 걱정 안 하셔도 돼요. 그거 때문에 괜히 유채님이 걱정하는 것, 저 싫어요."

유채는 루프스의 행적이 두려워질 정도였다. 제가 바실리사에게 부탁한 것이 있으니 그녀는 루프스가 블루벨을 데려가는 것을 막아줄 수 있었을 것이다. 그런데 루프스는 블루벨을 데려오기 위해 블루벨을 직접 설득한다는 영악한 작전을 폈다. 유채는 아무것도 모르고 웃는 블루벨을 바라보았다. 루프스는 순진한 블루벨을 돈으로 유혹해서 저를 압박하려는 목적으로 데려온 것이었다. 또 자신 때문에 블루벨이 위험에 처한 것이다. 유채는 입술을 잘근잘근 씹었다.

얼마 지나지 않아 만찬에 참여할 준비를 도울 궁녀가 들어왔다. 블루벨은 그사이에 케릭스를 만나겠다며 주먹을 불끈 쥐고 막사를 나갔다.

머리를 만지는 것 외에 별다른 치장은 없었다. 궁녀는 유채의 머리카락의 반은 틀어 올리고 나머지 반은 아래로 늘어뜨렸다. 그리고 틀어 올린 머리는 비녀와 비슷한 머리 장식으로 정리했다.

"준비는 다 끝났나?"

루프스가 막사 입구의 천을 젖히며 들어왔다. 궁녀는 유채의 입술에 붉은 연지를 발라주는 것을 마지막으로 허리를 굽히고 물러났다. 루프스는 유채에게 다가갔다.

"아름답군. 꽃 한 송이가 내 앞에 피어 있는 것 같다."

루프스는 유채의 기분을 띄워주려고 생전 해본 적 없는 아부를 했다. 하지만 오히려 역효과로 유채는 얼굴을 찡그렸다. 루프스는 유채의 이름이 꽃에서 딴 거라는 말을 들은 후부턴 언제나 꽃을 미사여구로 활용해서 저런 낯간지러운 말을 했다. 루프스는 유채의 표정을 보고 헛기침을 했다. 그는 손에 든 베일의 주름을 괜히 한 번 더 폈다.

"잠깐만 기다려라."

루프스는 유채의 얼굴을 베일로 가렸다. 헥터 같은 놈이 언제 또 나타날지 모르니 꽁꽁 싸매는 것을 잊지 않았다.

루프스는 유채를 제 품에 안고 수장들과 그들의 반려나 반려 대리들이 모여 있는 막사로 갔다. 간단한 사교의 자리인지라 술과 안주들이 탁자에 놓여 있었다. 유채와 루프스가 등장하자 안에 모인 모든 이들의 시선이 그녀에게 향했다.

둘은 상석에 앉았고 루프스는 술을 마시지 못하는 유채를 위해 다른 과일 음료를 가져다주거나 유채가 먹을 만한 향신료가 비교적 덜 들어간 음식을 권했다.

"한데, 말입니다. 루프스님."

헤르티아가 포도주를 마시면서 그 모습을 지켜보다가 입을 열었다.

"이런 자리에서 모자나 베일을 쓰는 일은 예의 없는 짓이 아닌가요? 그런데 감히 펠릭스 다우스 따위가 무례하게 굴고 있는 것을 저희가 그냥 넘겨야 합니까?"

유채에게 고기꼬치를 밀어주던 루프스가 날카로운 시선으로 헤르티아를 바라보았다. 유채는 이제는 너무나도 익숙한 상황에 치를 떨었다. 매번 이런 자리에 나올 때마다 굴욕을 주어야 직성이 풀리는 모양이었다, 이놈의 수인들은.

"그대는 배려심도 없는가? 레티티아는 그간 겪은 일로 겁이 많아져 그러니 그 입 다물어라."

"겁이 많다는 분이 참으로 대범하게 루프스님의 어깨를 찌르고 도망갔습니다. 하물며 그녀가 겪은 고난은 모두 본인이 자초한 것인데, 그것까지 배려해 주시다니 루프스님답지 않으십니다. 그리도 수인들에게는 잔혹하신 분이 저딴 마레 위르를 위해서는 이리도 자상해지십니까?"

수인들은 루프스와 헤르티아의 신경전을 흥미롭게 바라보았다.

어떤 이들은 이 신경전으로 여우 일족의 세를 가늠하려 했고 어떤 이들은 루프스가 앞으로 마레 위르를 대할 정책과 관련 있을지도 모른다는 생각에 주의를 집중했다.

잠깐의 설전이 오가고 루프스가 유채에게 말했다.

“레티티아, 막사로 돌아가라. 몸도 좋지 않은 너를 괜히 이들에게 예의를 차리기 위해서 불러냈군. 돌아가서 쉬어라.”

유채는 드디어 바늘방석에서 벗어날 수 있을 것 같아서 냉큼 자리에서 일어났다.

“멈춰라.”

헤르티아가 유채에게 차가운 어조로 명령했다.

“감히 먼저 자리를 뜨려 하느냐. 천한 노예에 불과한…….”

“헤르티아!”

루프스가 탁자를 내려쳤다.

그리고 헤르티아의 볼을 스치고 지나간 유리잔이 바닥에 떨어져 산산조각이 났다. 루프스가 던진 것이었다.

“입 닥쳐라. 죽고 싶지 않으면.”

루프스가 음산하게 중얼거렸다. 헤르티아가 이러는 의도는 분명했다. 오늘 모인 군소 일족들의 태반은 마레 위르에 대한 감정이 좋지 않았다. 만일 제가 여기에서 유채를 싸고도는 모습을 보인다면 군소 일족 중 배짱이 좋은 몇몇은 헤르티아에게 붙을 것이다. 헤르티아가 저를 견제할 수 있는 유일한 세력이니 만일 제가 마레 위르에 유화적인 태도를 취한다면 그녀를 통해서 그것을 막을 수 있을 것이라고 생각할 것이 분명했다. 더 나아가 지난번 그 살쾡이 놈들처럼 유채를 제거함으로써 위험 분자를 제거할 수 있다고 믿어 그녀가 위험에 빠지게 될 수도 있었다. 유채가 오페라티오에 참여하는 조건에는 이 만찬에 참여가 필수였기에 어쩔 수 없이 데리고 나왔건만, 헤르티아가 일을 복잡하게 만들었다.

“얼굴만 보여 드리면, 이곳에서 떠날 수 있습니까?”

유채가 차분한 목소리로 헤르티아에게 물었다.

“그것을 어찌 네가 결정하느냐? 네가 그렇게 대단한 이라도 되느냐? 그저 루프스의 소유물에 불과한 것이.”

“레티티아, 나가라.”

“거기서 멈추는 것이 좋을 것이다.”

유채는 입술을 깨물었다. 괜한 감정싸움이 나중에 큰 전쟁으로 번지는 것을 역사책에서 본 것이 한두 번이 아니었다. 헤르티아와 루프스의 사이는 좋지 않은 것으로 유명했다. 리와인더 조각을 찾는 중에 전쟁이라도 일어나면, 조각을 찾는 게 더 어려워질 수도 있었다. 되도록 둘의 감정을 상하지 않게 해야 한다. 유채는 허리를 굽혔다.

“천한 펠릭스 다우스가 이런 소란을 일으켜서 사죄드립니다. 무식하고 천한 펠릭스 다우스라 예의를 몰랐습니다.”

“레티티아!”

루프스가 자리에서 일어났다. 유채는 굽혔던 허리를 펴고 베일을 벗었다. 좀 전에 한 굴종적인 말과 달리 유채의 표정은 한없이 당당했다. 수장들은 유채의 미모에 놀라는 한편 그 당당한 태도에 다시 한 번 더 크게 놀랐다.

“예의를 지키지 못한 점 다시 한 번 사죄드립니다. 그럼 이만 물러가겠습니다.”

“내가 언제…….”

헤르티아의 말을 유채가 끊었다.

"제 주인은 루프스님이십니다. 제가 제 주인도 아닌 울페스님의 말을 따라야 할 이유는 없습니다. 제가 베일을 벗은 것은 예의에 어긋남을 알았기 때문이지, 울페스님의 명을 따른 것이 아닙니다. 제게 명령을 내릴 수 있는 분은 저의 주인이신 루프스님뿐입니다."

"풉."

어디선가 비웃음 소리가 새어 나왔다. 헤르티아의 얼굴이 붉게 물들었다. 유채는 제 알 바 아니라는 표정으로 고개를 숙이고 막사를 나왔다. 언뜻 루프스의 주먹이 부르르 떨리는 것을 보았다. 유채는 그것을 못 본 척하고 막사로 향했다. 처음 도착했을 때 보았던 스톤헨지로 착각했던 폐허가 된 신전이 있는 풍경이었다. 벌써 다섯 달이 흘렀다는 것이 믿기지 않았다.

"유채 양."

유채는 익숙한 목소리에 고개를 돌렸다.

"빅터님?"

"바실리사는 일이 있어 늦게 도착할 예정이라 내가 먼저 와서 그 아이의 대리로 있었지. 오랜만이구나."

"잘 지내셨어요?"

"간만에 궁에 돌아가서 편히 지냈다. 소식은 들었다. 루프스가 너를 찾은 것이 나 때문인 듯하여 미안하구나."

"아니에요. 괜찮아요. 덕분에 많은 것을 얻었어요. 그 정도로 충분해요."

빅터는 배웅해 주겠다고 하며 유채가 머무르는 천막으로 가는 길에 동행하여 주었다. 유채가 어떻게 거기에서 나올 수 있었느냐고 묻자 빅터는 나이 많음의 이점을 이용했다는 가벼운 농담을 던지며 그녀의 기분을 풀어주었다.

"현명하게 대처했더구나. 루프스의 권위를 세워주면서 동시에 헤르티아가 얼마나 옹졸한 이인지를 잘 보여주었어. 네가 할 수 있는 가장 현명한 대처였다. 헤르티아는 그것으로 트집을 잡을 수도 없을 것이고, 마레 위르를 싫어하는 수인들에게는 네가 아직도 루프스의 영향력 아래에 있다는 것을 보여주어서 루프스에 대한 반발을 최소화할 수 있었지."

"전 그냥 그 자리가 싫어서 빨리 나오고 싶었을 뿐이에요. 그런 거창한 것을 생각하지 않았어요."

빅터는 유채의 모습에서 블랑카를 겹쳐 보았다.

"너는 블랑카와 많이 닮았구나."

"전에 하셨던 말이잖아요."

"너는 올곧고 당당하며 네 신념을 지키려고 하지. 네가 사랑하는 이들을 지키기 위해서 노력하는 아이라는 걸 안다. 그러니 루프스가 너를 마음에 들어 하는 게다."

그리고 그만큼 불안해할 것이다. 저렇게 홀로 빛나는 이이니, 언젠가 제 곁을 떠날 수 있다는 것을 본능적으로 깨닫고 이렇게 싸고도는 것이었다. 빅터는 자유롭게 나는 새를 동경하는 루프스가 결국 그 새를 잡기 위해서 날개를 꺾어버릴까 봐 걱정했다.

"들어가서 쉬어라."

유채는 빅터에게 고개 숙여 인사를 하고 막사로 들어가서 머리를 풀었다. 검은 머리카락이 사르륵 흘러내렸다. 유채가 돌아온 것을 안 궁녀가 세숫물과 갈아입을 옷을 가지고 들어왔다. 유채는 궁녀의 도움을 받아서 씻고 옷을 갈아입었다.

에클레시아에서 제를 올리는 동안 이런 종류의 만찬이 계속 있다고 하였다. 내일부터 삼 일간 하늘에 제를 올리고 저녁에는 이렇게 만찬이 열리는데 반려들까지 참여하는 것은 첫째 날뿐이고 나머지는 수장들만의 모임이라고 했으니 그때만이 루프스를 피해 에클레시아에 들어갈 수 있는 때였다. 유채는 손등에 새겨진 권능을 바라보았다.

"아끼다 똥 된다고 했어."

일단 마지막으로 리와인더의 조각이 목격되었던 자리를 살펴보기로 했다. 오페라티오는 무너진 신전 안이 아닌 근처의 야외 제단에서 한다고 하였다. 유채는 내일 제를 지내며 신전의 입구를 확인하고 루프스가 만찬에 참여하는 동안 그곳으로 이동해 내부를 조사하기로 하였다.

적당한 시간이 되면 다시 막사로 돌아오고 그다음 날에 다시 이어서 내부를 탐험하면 되는 것이다. 유채는 만찬이 끝나고 루프스가 막사로 돌아오는 시간을 재었다. 그가 돌아오는 시간을 정확하게 알아야 들키지 않을 수 있었다.

"레티티아!"

루프스가 막사의 천을 거칠게 열고 들어왔다. 루프스는 다짜고짜 유채의 어깨를 붙잡고 외쳤다.

"도대체 무슨 생각으로 베일을 벗은 거냐! 또 헥터 같은 놈들에게 걸려서 위험에 처하고 싶은 거냐?"

루프스는 유채의 얼굴을 감싸고 경고 조로 말을 했다.

"그놈들이 얼마나 위험한 놈들인 줄 아나?"

"있잖아요, 나는 당신이 더 무서워요."

유채는 루프스의 손을 쳐 내었다. 블루벨에게 들은 이야기 때문에 유채는 그에 대한 분노로 이미 속이 부글부글 끓고 있었다.

"뭐?"

"당신이 나를 그놈들에게서 지켜준다면서. 그런데 내가 왜 그놈들을 무서워해야 해요?"

루프스는 유채의 차가운 표정에 반사적으로 뒤로 물러섰다. 당장에라도 유채의 입을 막고 싶었다. 그의 직감은 유채가 또다시 상처가 될 말을 쏟아낼 것임을 말해주고 있었다.

"그런데 나는 당신한테서 날 어떻게 지켜요? 말해봐요. 당신이 이곳에서 가장 강한데, 누가 나를 당신한테서 지켜주죠? 당신이 조금만 힘을 주어도 내 목은 가볍게 꺾일 거고, 아무리 애를 써도 당신의 품에서 벗어날 수 없을 정도로 약한 나는 당신한테서 어떻게 나를 지켜요."

"내가 너를 왜 해할 것이라 생각하나. 지켜준다고 했지 않았나."

"말했잖아요. 나에게는 헥터나 당신이나 똑같다고."

직접적이거나 간접적인 상해를 제외하고도 루프스는 강제로 입을 맞췄고 강압적으로 끌어안고 저를 가두어두었다.

"내 세상에선 싫다는 사람에게 억지로 키스하면 죄가 되고, 사람을 가두어놓는 것도 죄가 돼요. 당신 세상에서는 아닐지도 모르겠지만."

유채는 입술을 깨물었다. 말하다 보니 감정이 북받쳐 올랐다. 유채는 눈물이 그렁그렁해서는 그를 보았다. 눈물에 일그러져 보이는 루프스의 얼굴이 마치 울고 싶은 사람처럼 구겨져 있었다.

"난 당신이 카를리티오 때처럼 돌변해서 나를 찍어 누를까 무섭고, 언제 다시 블루벨을 해치겠다고 협박할지 몰라서 무섭고, 당신이 역겨워요."

역겨워요.

루프스는 끝이 없는 바닥으로 추락하는 기분이었다. 세상에서 가장 사랑하는 이에게 역겹다는 말을 들었다. 그것이야말로 그녀의 진심이었다. 다정하게 대해주면 조금이라도 자신을 좋게 생각해 줄 거라 믿었다. 하지만 자신이 제일 무섭고 역겹다는 데에 루프스는 무어라 할 말이 없었다.

"미안하다."

루프스는 낮게 중얼거리면서 유채의 눈물을 닦아주기 위해서 손을 뻗었다. 유채는 고개를 돌렸다. 명백한 거부였다. 루프스는 이보다 더한 나락으로도 추락할 수 있음을 깨달았다. 그 어떤 배려와 호의도 그녀는 받아들일 생각이 없었다.

"건방지게 굴어서 당신 신경에 거스른 건 미안해요. 내일은 원래대로 펠릭스 다우스 노릇 해줄 테니까. 오늘은 피곤해요. 졸려요. 자고 싶어요."

"……그래, 쉬어라."

루프스는 목이 메어 울컥하는 것을 억누르고 애써 멀쩡한 목소리로 말했다. 제가 당연하게 받아야 할 대가라고 생각했고 감히 그녀의 사랑을 바란 것도 아니었건만.

이런 거부는 너무나 가슴이 아팠다.

루프스는 두터운 담요 위에 누워서 새근새근 잠든 유채를 바라보았다. 얼마나 저에 대한 경계심이 짙은지 제가 자는 척을 한 지 한참이 지나서야 그제야 잠이 들었다. 루프스는 등이 배길 것이 걱정이 되어서 그녀를 안아 침대로 데려왔다. 제 팔을 베개로 내어주고 그는 몸을 돌려서 유채를 바라보았다.

딸각 소리와 함께 파렌티아가 풀렸다. 루프스는 파렌티아를 걷어내고 그녀의 매끈한 목에 입술을 가져다 댔다.

"유채."

그의 입술에서 자연스러운 발음으로 유채의 이름이 나왔다. 수없이 연습했던 이름이었다. 언젠가 그녀에게 온전한 발음으로 이름을 불러주기 위해서. 그는 유채를 끌어안고 그녀의 가슴에 얼굴을 묻었다. 두근두근, 심장박동 소리가 들렸다.

"유채. 한유채."

루프스는 마치 아이처럼 유채의 이름만 불렀다. 그녀가 깨어 있을 때는 부를 수 없는 이름이었다. 그 이름으로 부르면 그녀를 영영 보내게 될 것 같아서, 그녀가 영영 떠나 버릴 것 같아서, 그녀를 놓아주어야 한다는 것을 인정해야 할 것 같아서 도저히 불러줄 수 없었다.

"나는 무서워, 유채."

파렌티아를 풀어주면 유채는 저를 용서하지는 못하더라도 사과는 받아들여 줄 것이다. 하지만 그는 파렌티아를 풀어줄 수 없었다. 그것마저 없으면 그녀가 자신의 곁을 훌훌 떠나 버릴 것만 같았다.

"나는 네가 떠나는 것을 도저히 견딜 수가 없어."

루프스는 유채의 작은 몸을 꽉 끌어안았다. 이 온기를 놓으면 살아갈 수 없을 것이다. 유채의 세상으로 따라가는 방법이 있다면 그는 루프스의 자리를 내어놓고 그녀를 따라갈 것이다. 유채의 곁에만 있을 수 있다면 그 무엇도 필요 없었다. 그에게 필요한 것은 오직 유채뿐이었다.

"너는 착하고 친절하니까……."

루프스는 입술을 깨물었다. 염치없는 말이라는 것을 알면서도 그의 소망이었다.

"나를 한 번만 용서해 주면 안 되는가?"

루프스는 유채의 작은 손을 부여잡고 애원조로 말했다.

"내가 잘하겠다. 평생 그때의 일로 미안해하며 살겠다. 너를 이곳에서 가장 행복하게 만들어주겠다."

목에서 애끓는 울음이 올라왔다. 그의 눈물이 유채의 손을 적셨다.

"그러니 한 번만 기회를 줄 수는 없나?"

루프스는 눈물을 흘리며 유채의 귓가의 그녀의 이름을 속삭이며 애원했다.

⚜

오페라티오의 첫째 날이 지났다. 루프스는 제 손목에 매여 있던 리본의 감촉과 유채를 떠올렸다.

그는 제 손목을 내려다보았다. 어젯밤 잠시 풀었던 파렌티아는 아침에 유채가 깨어나기 전에 다시 채워놓았다. 제 팔을 베고 누운 유채를 바라보며 진실로 자신의 부인이 된 유채를 상상했다. 그 상상은 제를 올리기 위해서 리본의 한쪽 끝을 제 왼손에, 다른 끝을 유채의 오른손을 매는 것을 보면서 더 대담해졌다. 끈으로 서로의 손목을 연결하는 것은 부부의 상징이었다.

오페라티오는 부부가 한 쌍으로 올리는 제이기에 서로의 손목을 끈으로 연결했다. 유채는 혼례복으로도 쓰는 하얀색 예복을 입고 제 옆에 서 있었다. 루프스는 그 모습을 보며 그녀와 제가 혼례를 올리는 모습을 상상했다. 수인들은 혼례 때 남편의 오른 손목과 부인의 왼 손목을 끈으로 연결하고 남은 손목도 똑같은 방법으로 연결한다. 서로가 이어진다는 뜻이었다. 그렇게 손목을 묶은 채로 신방에 들어가 혼례주를 서로에게 먹여주고 남편이 아내의 왼손에 묶인 끝을 풀고 부인이 남편의 오른손에 묶인 끈을 풀면 혼례는 끝이 났다.

루프스는 저와 끈 하나에 묶인 채 수줍게 웃을 유채를 상상했다. 가슴이 욱신거렸다. 결코 일어날 수 없을 일이었다. 저를 역겹다고 생각하는 유채가 그렇게 웃어줄 리 만무했다. 그럼에도 루프스는 제를 지내는 동안 그런 상상만 계속하다가 바보 같은 실수도 저질렀다. 저 고운 이가 정말로 제 부인이기를 상상하니 가슴이 벅차오르게 행복하면서 한없이 슬퍼졌다.

"젠장."

루프스는 만찬장으로 향하다 말고 머리를 쓸어 올렸다. 유채의 역겹다는 한마디 말이 그를 이렇게 비참하고 초라한 수컷으로 만들었다. 루프스는 쓴웃음을 지으며 하늘을 바라보다가 시선을 내렸다.

"어."

루프스의 눈이 크게 떠졌다. 무너진 에클레시아 입구에 있어서는 안 될 이의 모습이 보였다. 분명 유채가 있는 천막은 개미 새끼 한 마리 드나들 수 없도록 감시를 세워두었다. 한데, 어떻게 유채가 저기 있는 것이란 말인가? 루프스는 초조해졌다. 에클레시아로 들어가면 유채가 제 품을 떠날 수 있을지도 몰랐다. 그건 안 된다. 그것만은 안 된다.

"루프스님, 이러시다가 늦습니다."

어제까지만 해도 세상을 다 잃은 것처럼 넋 놓고 살더니 오늘은 갑자기 덥수룩한 수염을 밀어버리고 다시 말끔해진 케릭스가 루프스의 팔을 잡았다. 루프스는 케릭스의 팔을 떨쳐 내고 다급하게 외쳤다.

"난 지금부터 아픈 거다. 네가 대신 만찬에 참여해라."

"예? 그게 무슨……."

루프스는 케릭스의 대답을 듣지 않고 유채가 들어가 버린 신전 쪽으로 정신없이 달렸다. 늑대로 변하면 더 빠르게 달릴 수 있음에도 그녀에 대한 생각으로 가득 찬 머리는 효율적인 생각을 못 했다. 루프스는 빠르게 달려서 어두운 신전 안으로 들어갔다. 멀리 유채가 보였다. 루프스는 당장에 뛰어가서 그녀를 뒤에서 끌어안았다.

유채는 갑자기 저를 끌어안는 손길에 놀라서 고개를 돌렸다.

"루프스?"

"누가 너보고, 헉…… 여기에, 헉……. 들어오라고, 했지. 헉헉."

루프스는 숨을 몰아쉬었다. 루프스는 토끼처럼 놀란 눈을 한 유채의 손목을 힘을 주어서 당겼다. 유채는 끌려 나가지 않기 위해서 두 다리에 힘을 주고 버텼다.

"당장 나와!"

"싫어요! 나는……!"

쾅. 콰콰쾅.

유채의 말을 웬 굉음이 삼켰다. 약간의 달빛이라도 있어 그나마 밝았던 곳이 순식간에 칠흑같이 어두워졌다. 루프스가 유채의 손목을 끌어당겨서 제 품에 끌어안았다. 완전한 암흑이 둘을 감싸 안았다.

입구가 닫혔다.

"어! 이게 뭐야!"

유채는 놀라서 버둥거렸다. 루프스는 움직이지 말라고 말한 뒤 그녀를 데리고 무너진 에클레시아의 벽을 더듬으면서 입구 쪽으로 걸어갔다. 늑대 수인들은 밤눈이 좋은 편이라 루프스는 앞을 볼 수 있었다. 웬 거대한 돌이 입구를 막아버렸다. 힘으로 통할 문제가 아니었다.

"갇혔군."

유채는 어둠속에 갇힌 채 제 손목을 잡고 있는 남자에 몸을 떨었다. 셀레네가 준 권능의 힘이 있으니 다시 이용해서 나갈 수도 있지만, 그럼 루프스에게 이 힘을 들킬 게 분명했다. 게임에서 모든 패를 내어 보이는 것은 패전으로의 지름길이었다. 유채는 진퇴양난의 상황에 머리를 쥐어뜯었다. 어둠 속에서 루프스의 목소리가 들렸다.

"마법으로 이 주위에 빛을 밝힐 수 있나?"

"예?"

"마법을 배우지 않았나? 야광주처럼 빛을 낼 수 있는 마법이 있을 텐데?"

유채는 아, 하는 짤막한 감탄사를 뱉고 프란체가 가르쳐 주었던 마법을 되짚었다. 마력 흐름 조절을 연습했던 것을 떠올렸다. 빛의 밝기를 조절하는 마법이었다. 유채는 작은 공의 모양의 생각하며 주문을 읊었다.

"Lumen Ianthis. Recurro."

유채의 손에서 조그마한 빛의 구가 생겼다. 빛의 구는 마치 전구를 압축해 놓은 것처럼 강한 빛으로 주변을 밝혔다. 유채는 갑작스러운 빛에 눈이 부셔서 얼굴을 찌푸렸고 루프스는 금세 거기에 적응을 하고 유채의 손을 잡아 에클레시아 안쪽으로 이끌었다.

"반대쪽에 출구가 있다. 걸어서 신전을 통과하면 돼."

"여기 내부가 어떻게 생겼는지 알고요?"

유채가 겁을 먹고 움직이지 않으려 하자 루프스는 한숨을 내쉬더니 입을 열었다.

"네가 그토록 원하는 이니투스에 대한 자료 중에 이 신전에 대한 것도 있고, 나는 어릴 적에 이곳에 들어와 본 적이 있다. 뭐, 들어온 곳으로 다시 나왔었지만."

"그럼 나가는 길을 알아요?"

"중앙에 있는 석실을 통과하면 빠르지만 그곳은 함정이 많아 통과하기 힘들다. 함정을 피하려면 신관장의 목걸이가 필요한데, 지금 그게 없으니까 돌아가야지."

동굴처럼 어두운 길을 루프스가 앞장서서 걸었다. 어느 순간 길이 끊기고 아래쪽으로 커다랗게 뚫린 공간이 나왔다. 루프스는 아래로 내려가는 길이 있나 살펴보았다. 비교적 가파른 계단이 있었다. 루프스는 유채의 상태를 살펴보았다. 길게 늘어진 치마는 가파른 계단을 내려가기에 좀 위험해 보였다.

"꺄악!"

루프스는 유채의 허리를 잡고 제 어깨에 들쳐 멨다. 유채는 놀라서 발과 주먹을 움직여 루프스를 때렸다.

"지금 뭐 하는 거예요!"

"아래로 내려가야 한다. 계단이 가파르니까 가만히 있어. 죽고 싶지 않으면."

루프스의 경고에 유채는 몸부림을 멈췄다. 루프스는 유채의 몸을 단단히 고정하고 천천히 아래로 내려갔다. 에클레시아는 하루아침에 무너졌는데 지반이 흔들리면서 신전이 땅 아래로 꺼진 것이었다. 그 와중에도 신전과 이어진 계단은 그 형태를 유지하면서 무너져 여전히 아래로 꺼진 신전과 연결 통로가 되어주었다.

루프스는 땀을 뻘뻘 흘렸다. 유채가 가볍다고는 해도 아예 무게가 없는 건 아닌지라 가파른 계단을 조심스럽게 딛는 동시에 그녀의 안전까지 확보하기 위해 온 힘을 다 쏟아야 했다. 세월이 오래되어 군데군데 부서진 곳도 있어 잘못하면 떨어질 수도 있었다. 바닥을 얼마 남겨두지 않았을 때 루프스는 거리를 가늠해 보더니 곧장 아래로 뛰어내렸다.

"윽."

유채를 우선하다 보니 착지를 잘못해서 발목에 충격이 갔다. 루프스는 얼굴을 찡그렸다. 유채는 주위를 둘러보고는 그의 어깨를 두드렸다.

"내려줘요. 나 혼자 걸을 수 있어요."

루프스가 내려주자 유채는 혹시 몰라서 메고 온 작은 가방에서 물을 꺼내서 그에게 건넸다. 땀을 닦던 루프스는 물을 마시고 다시 유채에게 주었다.

"고마워요."

"고마우면 약속이나 지키든지. 내가 분명히 막사에 가만히 있으라고 하지 않았나?"

루프스는 시선을 피하는 유채의 턱을 잡아서 들어 올렸다.

"도대체 여긴 왜 온 거야? 이니투스의 자료보다 중요한 것이 이 위험한 곳에 있나?"

"그냥 왔어요. 이런 고대 유적지를 좋아해서요."

셀레네가 혹여 여기로 오라고 했을까? 아니면 찾는 물건이 이곳에 있을까? 루프스는 오만 가지 생각이 들었다. 유채가 제게 입술까지 내어주려고 하면서 찾으려고 한 것이 이니투스의 자료였다. 그런데 그것도 제쳐 두고, 제게 들킬지도 모르는데 이곳까지 왔다. 분명 여기에 더 중요한 것이 있다는 뜻이었다.

"그리고 여기까지는 어떻게 왔지? 분명히 개미 새끼 한 마리 드나들지 못하게 감시하고 있을 텐데?"

"막사 뒤편의 천을 들추고 나왔어요."

유채는 대강 둘러대었다. 하지만 루프스는 그것이 거짓임을 알았다. 그렇게 허술한 방법으로 들키지 않았을 리가 없다. 애초에 막사의 천이 쉽게 들춰지는 것도 아니었다. 유채가 탈출할 수 있는 방법은 없었다.

루프스의 눈에 유채의 손등 위 문양의 형태가 바뀐 것이 보였다. 혹시나가 역시나였다. 그의 예상대로 저 문양이 셀레네 여신과 관련 있는 것이다. 루프스는 눈을 감았다. 지금 이것을 걸고넘어지면 유채는 제게 더 많은 것을 숨기려들 것이었다. 유채의 목적이 무엇인지 알아내기 위해 지금은 봐도 못 본 척, 알아도 모르는 척 넘겨야 했다.

"그래? 그럼 널 감시하라는 명령을 지키지 못한 병사들에게 벌을 내려야겠군. 태형이면 되려나?"

"왜 그 사람들을 해치려고 그래요? 잘못한 것은 나예요!"

유채는 자신 때문에 애먼 사람이 다칠 것이 걱정되었다. 루프스는 유채의 손을 감싸 쥐고 그녀의 턱을 들어서 저와 시선을 맞추게 하면서 진지하게 물었다.

"그럼 다시 묻지. 여기에 온 이유가 뭐야?"

유채는 입술을 깨물었다. 거짓말에 자신이 없었다. 유채는 루프스의 차가운 청회색 눈동자를 똑바로 마주 보았다. 거짓을 말하지 못할 바에는 진실을 말하지 않으면 된다.

"돌아갈 방법이 있을 것 같아서요. 신녀나 신관들이 기거했던 곳이니까, 신의 힘이 남아 있을지도 모르니까요."

루프스는 유채의 손을 꽉 쥐었다. 그동안 유채가 집으로 돌아갈 방법을 찾고 있다는 것쯤은 당연히 알고 있었다. 그러나 예상하여 아는 것과 그녀에게 직접 듣는 것은 기분이 사뭇 달랐다. 결연한 유채의 얼굴에는 언젠가는 반드시 떠날 것이라는 각오가 담겨 있었다.

그는 이를 악물었다. 루프스는 파렌티아를 잡아당겼다. 유채는 뒷목이 압박당해 약한 신음 소리를 내면서 루프스 쪽으로 끌려갔다. 루프스는 파렌티아에 입을 맞추고 유채에게 물었다.

"네 주인은 누구지?"

"……빌어먹을 당신이지요."

"네가 역겹다고 생각하는 나이지."

루프스는 자조적인 표정을 지었다. 유채를 잡아두기 위해서 강압적인 방법을 사용해야 한다면, 원망을 듣더라도 어쩔 수 없다. 루프스는 유채의 몸을 끌어안았다. 그 순간 모든 불안감이 사라졌다. 그래, 아직 이 작고 따뜻한 몸은 아직 제 곁에 있었다.

"그러니 가지 마라. 내가 허락하지 않아."

루프스는 유채의 볼을 쓰다듬었다. 무슨 생각을 하는지 알 수 없는 표정의 그녀를 바라보면서 루프스는 입을 열었다.

"네가 약속을 어겼으니 이니투스에 대한 자료는 주지 않겠다. 내 명을 어긴 벌은 찬찬히 생각해 볼 테니. 일단 여기나 벗어나자."

"마음대로 해요."

긍정적으로 생각하지 않으면 여기서 주저앉을 것 같아서 유채는 생각을 긍정적으로 하고 싶었지만, 도저히 그렇게 되지 않았다. 점점 언니에게 빨리 돌아갈 수 있는 길이 멀어지는 것 같았다. 유채는 입술을 깨물고 루프스를 원망스러운 눈동자로 바라보았다.

루프스는 유채의 일렁이는 눈을 애써 무시했다. 유채가 저런 눈을 하면 그의 가슴이 아팠다. 루프스는 유채의 손을 깍지를 껴서 잡았다. 크고 굳은살이 박인 손이 작고 부드러운 손을 감싸 쥐었다.

“에클레시아는 신물을 지키기 위해서 세워진 신전인지라 원래부터 함정이 많다. 고위 신관이나 신녀들 혹은 그들의 허락을 받은 수장들이 아니라면 들어왔다 죽어서 나갈 수 있는 곳이지.”

유채는 불현듯 몸을 떨었다. 책에는 그런 말은 하나도 적혀 있지 않았다. 무식하면 용감하다는 말이 딱 맞았다. 루프스가 토끼처럼 긴장하고 있는 유채의 몸을 확 끌어당겼다.

“걱정 마라. 이니투스가 이 신전의 설계에 관여했기 때문에 토스 호무스에는 이곳의 자료가 남아 있는 편이다. 안다고 해서 다 피할 수 있는 건 아니지만, 그래도 너는 지킬 수 있다. 그리고 어릴 적에 내가 몇 가지 함정은 없애기도 했고.”

“그게 무슨 소리예요?”

“에리카가 함정을 밟은 적이 있다. 화살과 단도가 날아왔었지. 그건 모두 부숴었다.”

루프스는 증거라도 보여준다는 듯이 유채에게 팔뚝에 남아 있는 희미한 상처를 보여주었다.

“더 이상 여길 관리하는 신관이나 신녀도 없으니 함정이 복구될 일도 없을 것이고 그때 그 흔적만 따라서 지나가면 쉽게 갈 수 있다.”

"에리카가 살아 있을 때면 십사 년도 더 전의 이야기잖아요? 그런데 그걸 어떻게 기억해요?"

"넌 나를 너무 무식하게 보는군."

루프스가 유채의 볼을 가볍게 두드렸다.

"시간의 호수에 간 너를 내가 어떻게 찾았을 것이라 생각하나?"

루프스는 유채의 볼을 감싸 쥐고 고개를 숙여서 이마를 붙였다.

"의심 가는 몇 곳을 추려서 그곳에 대한 보고를 받고 네가 있을 위치를 찾아낸 것이지."

유채는 시선을 약간 들었다. 그는 앞뒤 생각 안 하고 막무가내로 행동하는 것에 비해서 머리가 좋았다. 루프스는 유채와 시선을 맞추었다.

"그러니 나만 믿고 내가 딛는 곳을 잘 보고 따라와. 그러면 안전하게 돌아갈 수 있을 테니까."

루프스는 유채의 손을 잡고 앞장서서 걸었다. 유채가 마법으로 만들어낸 빛에 의해 훤히 보이는 내부는 거대한 대리석으로 이루어진 동굴 같았다. 신전이 아래로 꺼지면서 옆으로 기울어진 것인지 유채가 밟는 것은 때로는 벽이었고 천장이었고 아주 가끔은 바닥이었다. 루프스는 최대한 기억을 되살려서 걸음을 옮겼고 간혹 위험하다고 판단되는 곳이면 유채를 멀찌감치 두고 먼저 지나가 보았다. 루프스는 유채가 제대로 제 뒤를 밟고 있는지 확인하랴 함정의 위치를 기억하랴 정신없이 걸었다.

중요한 함정을 하나 피하고 루프스는 힐끔 유채를 돌아보았다.

"잠깐!"

루프스가 크게 소리쳤다. 저는 밟지 않을 수 있어서 가볍게 지나친 함정을 유채가 밟은 것이었다. 루프스는 얼른 달려가서 유채를 벽으로 밀치고 제 몸으로 감싸 안았다. 등에 꽂힐 고통을 기다리는데 일 초, 이 초, 삼 초…… 십 초가 흘러도 아무 일도 일어나지 않았다. 루프스는 슬며시 눈을 뜨고 헛기침을 하면서 몸을 뒤로 뺐다.

"뭐, 그 좋은 기억력도 때로는 오류가 날 수도 있는 거죠. 그렇죠?"

유채가 약간 빈정거리는 투로 말했다. 루프스는 겸연쩍은 듯 애꿎은 바닥만 발로 굴렀다.

끼익. 휙.

뭔가가 열리는 소리와 바람을 가르는 소리가 들렸다. 루프스는 다시 유채를 뒤로 넘어뜨리면서 그녀의 위를 제 몸으로 덮었다. 날카로운 것이 등 바로 위를 스치고 지나갔다. 둔탁한 소리와 함께 벽에 장검이 깊게 박혔다. 아까 그 자리에 그대로 있었다면 루프스와 유채 모두 치명상을 입었을지도 모를 상황이었다.

"저기…… 비켜주면 안 되나요?"

"아! 미안하다."

루프스는 허둥지둥 일어났다. 몸을 움직이자 잊고 있던 고통이 느껴져 눈을 찡그렸다. 등을 베인 것 같았다. 유채는 넘어지며 부딪친 등과 뒷머리가 아파서 손바닥으로 뒤통수를 쓸었다.

"함정에 무게를 따라서 작동하는 기능이라도 있어요? 그리고 운이 좋아서 작동 안 한 것일 수도 있는 걸 왜 건드려서 일을 크게 만들어요?"

"그런 기능은 없다. 그런 걸 만들 기술이 그 당시에는 없었을 테니까. 미안하다. 네 말대로 내가 일을 크게 만든 것 같다."

루프스는 등에 손을 가져다 대었다. 다행히 스친 것 같았지만, 시간이 그렇게 많이 흘렀어도 여전히 날이 날카로웠는지 손끝에 꽤 많은 피가 묻어났다. 루프스는 제 상처는 뒤로하고 눈을 찌푸리고 뒤통수를 매만지는 유채를 보았다. 머리가 울린다고 투덜대는 그녀가 크게 다친 곳은 없는 것 같아 다행이다 싶었다. 루프스는 유채를 일으켜 세웠다.

"그 목걸이는 처음 보는 것 같은데……."

"빅터님이 주신 거예요."

"그때 만나서 받은 건가."

"알면서 왜 물어요?"

유채는 고개를 숙여 빅터가 준 목걸이를 쳐다보았다. 평소엔 착용하지 않다가 오라클라 리네아가 선대 오라클라의 힘이 담겨 있는 물건이라고 했던 게 생각나 혹시나 싶어 가져온 것이었다. 유채의 머릿속에 한 가지 생각이 스쳐 지나갔다.

"신관장의 목걸이가 있으면……."

함정들이 저에게는 작동하지 않았다.

"저, 혹시 에클레시아의 마지막 신관이 개 수인이었나요?"

혹 빅터가 준 이 목걸이가 신관장의 목걸이라면? 유채는 불현듯 드는 생각에 물었다.

"마지막 신관장이 개 수인이었다. 원래 신관이나 신녀는 고양이 수인들이 많이 되는데, 이례적이었지."

잘 생각해 보면 루프스도 에클레시아에 있는 리와인더의 조각을 몰랐다. 그리고 웬만한 수인들 모두 리와인더의 조각이라는 것에 대한 개념이 없었다. 그저 민담 속에서 나오는 도깨비 방망이와 같은 취급을 하여, 실재한다고 믿지 않은 것 같았다. 아마 이니투스는 그것의 위험성을 알았고 철저하게 존재를 감추었을 것이었다. 존재를 아는 것은 소수, 직접적으로 관리할 수 있는 신관장 정도의 인물이나 신과 가까운 존재의 인물들 정도일지 몰랐다.

"수인들의 동물형은 그저 외피에 불과합니다."

아마 고양이 수인을 부모로 둔 개 수인이 신관장이었다면, 그가 목걸이를 훔쳐 낸 것일지도 몰랐다. 만약 신관장이 리와인더의 조각에 홀려 그것을 훔쳐 내고 숨겼다면? 가능성이 있었다. 유채는 목에 걸린 목걸이를 움켜쥐고 루프스에게 물었다.

"혹시 그쪽이 여기 처음 들어왔을 땐 함정들이 모두 작동하던가요?"

"내부의 것들은 그랬지. 외부의 것들은 이미 작동한 적이 있어서 기능을 못 하는 것들이 종종 있었지만."

만약 유채가 가지고 있는 것이 마지막 신관장의 목걸이라면, 신관장이 좋지 않은 심보를 품고 목걸이를 이용해서 리와인더의 조각을 가지고 나왔을 수 있었다. 신관장은 분명히 소원을 빌었을 것이다. 인간의 욕심은 끝이 없으니 다른 소원을 빌기 위해서 어딘가에 리와인더의 조각을 감추어둘 생각을 했을 것이다. 그랬다면 어디에 숨겼을까? 에클레시아에서 가장 가까우면서 제게 가장 익숙한 곳에 숨기지 않았을까?

"제가 고양이의 외피를 지녔고 저주를 대신 받아내서인지, 악기가 저와 같은 외피를 지닌 이들에게 영향을 미쳤습니다. 그에 따라 그들은 모두 고양이로 변이하여 죽고 말았습니다."

"고양이 일족의 땅……."

"뭐?"

루프스는 맥락을 알 수 없는 유채의 말에 고개를 갸웃거렸다. 오라클라 리네아의 이모는 개 수인과 결혼했다. 그리고 이 목걸이가 가문 대대로 전해졌다면 어쩌면 그 개 수인은 제 선조의 고향인 고양이 일족의 땅을 잘 알고 있을지도 몰랐다. 에클레시아와 가장 가까운 곳은 고양이 수인의 땅이었다. 그럼 고양이 일족의 멸족의 이유가 설명이 된다. 리와인더의 조각이 펠레스 호무스에 사는 수인들의 동물화를 가속화시켰고 결국 그 악기에 의해서 고양이 일족이 멸족된 것이었다. 아귀가 딱딱 맞아 들어갔다. 리네아도 고양이 수인 일족이 멸족한 것에 대해서는 명확하게 말하지 못하고 그저 추측만 했다. 고양이 일족의 땅에 리와인더의 조각이 있다는 것을 리네아는 모르고 있었을지도 몰랐다.

"무슨 말을 하려는지는 모르겠지만. 얼른 일어나라. 빨리 나가야지."

루프스는 유채의 손을 잡고 일으켜 세웠다. 유채는 걸으면서 생각을 정리했다. 아직은 모두 추측이었다. 이 목걸이가 정말 신관장의 목걸이일지 아니면 정말로 운이 좋아 함정이 발동하지 않은 것일지는 아무도 몰랐다.

끼익.

"꺄악!"

"레티티아!"

아무 무늬도 없던 바닥에 갑자기 문 모양의 금이 서서히 가기 시작했다. 목걸이에서 희미하게 빛이 났다. 바닥이 열리는 소리가 나더니 유채가 딛고 있던 바닥이 훅 꺼졌다. 루프스는 유채의 아래로 뚝 떨어지는 것에 놀라서 팔을 뻗었다. 아슬아슬하게 유채의 손을 붙잡을 수 있었다. 유채는 루프스의 팔에 대롱대롱 매달렸다. 꺼진 바닥 아래에는 급류가 흐르고 있었다. 유채는 아찔한 기분에 숨도 제대로 쉬지 못했다.

루프스는 유채를 끌어올리기 위해서 팔에 힘을 주었다. 반쯤 끌어 올렸을 때, 바닥이 갈라지는 소리가 났다. 유채의 안색이 하얗게 질렸다.

바닥이 꺼진 여파인지, 루프스가 엎드린 바닥에 균열이 생기더니 그마저도 부서지고 말았다. 유채와 루프스는 아래로 추락해 그대로 급류에 휩쓸렸다. 루프스는 정신이 없는 와중에도 유채의 손을 붙잡았다. 둘은 곧 소용돌이에 휘말려 물 아래로 가라앉았다.

갑작스런 사태에 당황한 유채가 숨을 쉬지 못해 겁에 질리자 루프스는 그녀에게 입을 맞추어 제 숨을 나누어주었다. 유채는 루프스가 나눠주는 공기를 넘겨받고 겨우 정신을 차렸다.

루프스는 주위를 둘러보았다. 물살이 세서 원래 있던 곳으로 돌아가는 것은 위험했다. 이렇게 물이 흐른다는 것은 어딘가에 출구가 있다는 것을 의미했다. 루프스는 유채를 끌면서 헤엄쳤고 유채는 물속에서 간신히 눈을 뜨고 주위를 살폈다. 유채는 왼쪽 손등에 남아 있는 권능을 살폈다. 지금은 능력이 들키는 것이 문제가 아니었다. 생사가 걸린 일이었다. 유채가 공간을 찢기 위해서 손을 흔들려고 하는 때였다.

"읍!"

루프스가 유채의 허리를 끌어안았다. 유채는 그의 품에 안겨 그가 가리키는 쪽을 보았다. 수면 위로 빛이 비치고 있었다. 루프스가 유채의 손목을 잡고 헤엄쳤다. 유채는 제 모든 힘을 짜내어서 그를 쫓아갔다.

"푸핫."

"푸핫."

둘은 거의 동시에 수면 위로 올라왔다. 루프스는 유채를 끌어안고 헤엄쳤다. 평평한 대리석 바닥이 보이자 루프스는 유채를 먼저 물 밖으로 밀어준 다음 그도 대리석 위로 올라갔다. 이곳은 벽에 붙은 야광주가 아직 빛나고 있어서 주위가 환했다.

루프스는 머리의 물기를 털면서 저처럼 머리카락을 짜고 있는 유채를 바라보았다. 유채는 얇은 하얀색의 잠옷 차림이었는데 그게 물에 젖어 몸에 착 달라붙어 있었다. 몸의 굴곡이 그대로 드러난 것도 모자라 치마가 말려 올라가 하얗고 가는 맨다리가 그대로 보였다.

순간 그는 긴장했다. 그 역시 건장한 수컷이었다. 더욱이 유채는 그가 사랑하는 암컷이었다. 가만히 있어도 매일 유혹당하는 듯한 기분인데 밀폐된 공간에서 이렇게 단둘이, 그것도 저런 차림이 된 유채를 보고 마음이 동하지 않을 리가 없었다.

"아, 계속 달라붙어."

유채가 달라붙는 옷이 귀찮은지 가슴 부근을 손으로 잡아당겼다. 그 틈으로 뽀얀 살이 보이자 루프스는 귀까지 새빨개졌다. 동시에 설마 프레드릭이나 알렉스 놈들에게도 저런 모습을 보였던 게 아닌가 하는 질투가 모락모락 피어올랐다. 또 저런 꼴을 하고서도 아무렇지 않아 하는 게 자신을 수컷으로 여기지도 않는 것인가 싶었다. 루프스는 다시 한 번 비참해졌다.

루프스는 입술을 깨물곤 겉옷을 벗었다. 젖은 것은 똑같지만 그래도 이거라도 걸쳐야 속살이 보이지 않을 터였다. 루프스는 유채의 앞으로 가슴을 가리도록 상의를 둘러주고 말려 올라간 치마도 내려주었다.

"도대체 암컷이 돼서 이렇게 무방비하면 어떡하나."

유채는 그 말의 의미를 알고 얼굴이 붉게 달아올랐다. 유채가 저렇게 귀여운 표정을 짓는 것은 처음이라 루프스는 올라갈 것 같은 입꼬리를 끌어 내렸다.

"수컷으로서 예의는 지켰다."

"예의라고요? 처음 만나자마자 내 셔츠를 뜯어 속옷 차림으로 망신을 당하게 만든 사람은 당신 아니었어요?"

"……미안하다."

그는 정말 과거의 자신을 만난다면 한 대 쥐어박고 싶었다. 유채에게 잘못한 일은 한도 끝도 없었고 하나씩 곱씹을 때마다 유채와의 거리는 점점 더 멀어지는 기분이었다.

"아, 피 나네."

유채는 종아리에서 피가 나자 손으로 꾹 눌렀다. 왠지 따끔거린다 싶었더니만 그새 어딘가에 긁힌 모양이었다.

그것을 본 루프스는 제 셔츠를 찢어서 유채의 종아리에 꼼꼼하게 감쌌다. 유채는 그를 가만히 내려다보았다. 도저히 종잡을 수가 없는 남자였다. 그때 루프스의 등이 길게 찢겨 있는 것이 보였다. 그 주위로 분홍빛 물이 든 것까지 본 유채는 시선을 내렸다. 그가 제게 덮어준 겉옷도 똑같이 찢겨져 있었다.

'아.'

아까 검이 날아왔을 때 자신을 감싸면서 입은 상처가 분명했다. 아프다는 내색도 안 해서 몰랐다. 저 정도면 고작 다리 긁힌 제 상처와는 비교도 안 될 정도로 아플 것이었다. 유채는 말로 설명할 수 없는 감정이 되어 그를 바라보았다.

"고마워요."

루프스는 고작 인사 한마디에 기뻐했다. 그는 유채 앞에서 바보처럼 실실 웃을 것만 같아 이곳이 어디인지 알아보는 척을 하면서 그녀의 시선을 피했다.

"여기는…… 아마……."

"저기…… 당신 등도 돌아가면 의사에게 치료받아요. 상처가 깊은 것 같은데."

그 말에 루프스는 누가 봐도 어색할 정도로 딱딱하게 굳어서는 유채를 돌아보았다. 저를 지옥으로 떨어뜨렸다가 다시 천상으로 끌어올릴 수 있는 이는 오직 그녀뿐일 것이었다. 그녀가 제 걱정을 해주었다는 게 믿을 수가 없었다.

"여긴 어디예요?"

유채가 묻는 말에 루프스는 보면서도 믿어지지 않는 듯한 어조로 답했다.

"중앙 석실로 가는 통로 같군."

"중앙 석실로 가는 통로요?"

루프스는 정말 이해가 안 된다는 투로 중얼거렸다.

"중앙 석실로 갈 수 있는 안전한 길은 이거 하나인데. 운도 좋군."

루프스는 신기한 듯이 주위를 둘러보는 유채의 손목을 잡고 제 옆구리 쪽으로 당겼다. 제 어깨를 감싸는 손길에 유채는 고개를 들었다. 루프스가 긴장한 표정으로 입을 열었다.

"여긴 나도 잘 모른다. 위험할지도 모르니 잠시만 이렇게 있어."

"함정의 위치는 거의 다 알고 있다면서요."

"여긴 함정이 없어. 여기까지 오는 길 자체가 함정인데 이 안까지 함정을 만들어둘 이유가 없었겠지. 여기 어떤 신물(神物)이 있었는지는 모르지만, 신관장 외에는 출입을 할 수 있는 인물이 몇 없었을 거다."

유채는 루프스의 말에 자신이 세운 가설이 맞을지도 모른다는 생각을 하였다. 그럼 이제 다르게 생각해야 한다. 일단 고양이 일족의 땅이 지금 이렇게 된 것이 리와인더 조각 때문이라면, 오랜 기간 그 땅에서 조각이 머무르다가 다른 지역으로 옮겨갔을 가능성을 생각해야 했다. 고양이 일족과 거리가 꽤 떨어진 포트리스와 동물화가 진행되는 지역들의 거리를 살펴보면 조각은 분명 다른 곳으로 이동했을 것이다. 다른 일족들이 고양이의 땅을 침범한 기록을 찾아야 했다.

"그렇게 걱정할 필요 없어. 이곳은 신전 안에서 가장 안전한 곳이고 가장 빠르게 나가는 길이 있는 곳이야. 물론 샛길이라 아직까지 온전할지는 나도 장담을 못 하겠다."

"샛길이요?"

"유사시에 사용하라고 만들어놓은 샛길이 하나 있어. 원래 신전의 진짜 중앙 석실은 지하에 있어. 샛길도 지하에 있고. 온전할 확률이 있기는 한데 문제는 그게 어디에 있는지는 모른다는 거지."

루프스는 기억을 더듬었다. 설계도를 본 적은 있지만 거기에 비밀 통로의 위치까지 나와 있는 것은 아니기에 아는 것이 없었다.

루프스는 유채를 감싸고 중앙 석실로 향했다. 언제 뭐가 나타날지 모르니 마음을 놓을 수가 없었다. 그러나 가까이에 붙으니 얇은 옷 너머로 유채의 몸의 굴곡이 그대로 느껴져서 루프스는 아차 하며 그녀를 조금 떨어뜨릴까 하였으나 그녀가 약간 겁에 질린 채로 제게 달라붙어 있는 모습을 보자 그런 생각은 순식간에 사라졌다. 루프스는 다신 오지 않을 기회인 것처럼 유채를 안고 속에서부터 올라오는 충동을 꾹꾹 눌러 참았다.

"중앙 석실에 무엇이 있었는지 알아요?"

"나도 정확히는 모른다. 기록으로도 셀레네 여신의 신물이었다는 것만 남아 있고."

"형태는요?"

"그런 건 기록에 남아 있지 않다. 근데 그게 왜 궁금하지?"

"신물이라는데 궁금한 게 당연한 거 아니에요?"

유채는 루프스의 시선을 피하면서 둘러대었다. 루프스는 유채가 찾으려고 하는 것이 바로 이 신전에 있었던 그 신물임을 눈치챘다. 그래서 이니투스의 자료를 찾고 이곳에 들어오려고 했던 것이다. 불행 중 다행인 것은 그 물건이 사라진 지가 오래되었고 관련하여 남아 있는 자료도 별로 없다는 것이었다. 이니투스의 후손인 자신도 모르는 것인데 그 누가 알랴.

텅!

"엄마야!"

벽에 붙은 야광주가 제 기능을 다한 건지 비교적 어둑어둑한 곳을 지날 때였다. 어둠 속에서 뭔가가 대리석 바닥으로 떨어지며 큰 소리를 냈다. 유채는 겁을 먹고 루프스의 허리를 끌어안았다.

루프스는 제 허리를 끌어안고 눈을 질끈 감은 유채의 등을 토닥여 주었다. 그녀는 강단 있는 성격과 달리 겁이 많았다.

"별거 아니다. 제 기능을 다한 야광주가 떨어진 것뿐이니 무서워할 것 없다."

유채는 그제야 슬며시 눈을 뜨고 재빨리 루프스에게서 떨어졌다. 유채는 부끄러움에 얼굴이 새빨개졌다. 그나마 이곳이 어두워서 얼굴이 보이지 않는다는 것이 다행이었다. 유채는 두 손으로 얼굴을 가렸다. 무섭다고 저 남자에게 들러붙어 안기다니, 굴욕도 이런 굴욕이 없었다. 유채는 크게 심호흡을 하고 표정을 갈무리했다.

루프스는 바닥에 떨어진 야광주를 주워 유채에게 보여주었다.

"이게 떨어진 것이다."

"알겠어요."

루프스는 떨떠름한 표정을 짓는 유채의 볼을 손으로 잡고 늘였다. 유채는 얼른 그의 손을 쳐 내곤 더러운 것이 묻기라도 한 것인 양 그의 손이 닿은 곳을 벅벅 문질렀다.

"너도 생각보다 귀여운 구석이 있구나."

"그런 거 안 키워요."

유채는 냉랭하게 대꾸하곤 루프스로부터 반걸음 정도 멀어졌다. 루프스는 멀어지는 유채의 손을 깍지를 껴서 꽉 잡았다. 그녀가 손을 빼려고 하자 야광주를 다시 가리켰다.

"또 놀라서 소리 지르고 싶지 않으면 꽉 붙잡고 따라와. 도대체 겨우 그런 소리에도 겁을 먹으면서 어떻게 여기에 혼자 들어올 생각을 한 건지."

루프스는 힘을 주어서 유채의 몸을 당겼다. 유채는 휘청거리면서 그에게 끌려갔다.

슬슬 그 신물이 있다는 석실이 나올 때가 되었다. 그의 예상대로 통로 끝에 문이 없는 방이 보였다. 유채는 눈을 크게 떴다. 푸른색의 빛이 요요하게 새어 나오는 그곳은 마치 박물관 전시실처럼 생긴 모습이었다. 중앙에 높은 단이 있고 그 위에는 벨벳 쿠션이 있었다. 그 쿠션 위에 상아로 세공된 아름다운 함이 있었다. 유채의 눈이 커다래졌다.

"상아함……."

저게 바로 셀레네가 말한 그 상아함이었다. 유채는 마음이 급해져 얼른 그 방 안으로 들어가려고 했다. 하나 루프스는 그녀를 붙잡아 움직이지 못하게 했다.

"기다려라. 뭐가 있을지 모르니 내가 먼저 들어가겠다."

루프스는 유채를 등 뒤로 보내고 먼저 방으로 들어갔다. 유채는 루프스의 뒤를 따랐다. 방 안은 생각보다 넓었다.

"움직이지 말고 여기 있어라. 예전에 듣기로 이 근처에 에클레시아의 출입구와 연결되는 통로가 있으니 금방 찾아서 여기를 나가자."

"알겠어요."

유채는 연신 단 위의 상아함만 바라보았다. 저걸 가져야 한다. 여기에서 바로 상아함을 찾게 될 줄은 예상하지 못했지만 생각해보면 불가능한 일도 아니었다. 조각을 훔쳐 나간 신관장은 조각은 숨길 수 있었겠지만 상아함까지 숨기지는 못했을 것이다. 그래서 저것이 여기에 그대로 남아 있는 것이다.

유채는 루프스가 통로를 찾기 위해서 움직이는 것을 지켜보다가 몰래 단상으로 향했다.

루프스는 예전에 설계도를 얼핏 보았던 기억을 더듬으면서 벽을 따라 걸었다. 분명히 설계도엔 서편 쪽 벽에 점을 찍어 비밀 통로라고 표시되어 있었는데. 루프스는 종이 한 장 들어가지 않을 것같이 꼼꼼하게 붙어 있는 대리석 벽면을 손으로 쓸었다. 분명 여기 어딘가에 통로가 있을 것이었다. 하지만 대체 어떻게 해야 통로를 찾을 수 있는지 정말 답답했다.

"윽."

"레티티아!"

루프스는 유채의 신음 소리에 뒤를 돌았다. 유채가 대리석 바닥에 널브러져 있었다. 루프스는 다급하게 유채를 안고 그녀를 깨우기 위해서 가볍게 뺨을 건드렸다.

"레티티아! 레티티아! 윽."

루프스는 팔꿈치에 느껴지는 따끔함에 뒤를 돌아보았다. 단상의 근처에 투명한 무언가가 그것을 보호하고 있었다. 팔꿈치가 닿았던 부분에 균열이 생겼었는데 곧 그 금은 순식간에 사라졌다.

"결계?"

전격으로 이루어진 결계였다. 루프스는 이 결계를 만든 것이 이니투스가 아닐까 하는 생각을 했다.

"좀 조심할 것이지."

루프스는 유채를 안아 올렸다. 주위를 둘러싼 결계가 보이지 않은 채로 단상은 그대로였다. 상아함과 벨벳 쿠션 역시 제자리에 그대로 있었다. 단지 상아함이 약간 틀어져 있었다. 상아함이 있는 곳과 벨벳 쿠션이 움푹 파인 부분이 일치하지 않았다. 유채는 상아함을 들어 올리다가 전기 결계에 의해 의식을 잃은 것이었다. 파렌티아에도 비슷한 기능이 있으나, 이것과는 종류가 달라 유채의 몸이 상했을지도 모르는 일이었다.

루프스는 유채를 안고 서쪽 벽으로 데려왔다. 얼른 나가는 문을 찾아야 했다. 루프스는 한 손으로 유채의 몸을 안고 다른 한 손으로는 벽을 짚었다.

끼이익. 갑자기 벽 한쪽이 거친 소리를 내면서 열렸다. 루프스는 벽과 열린 문을 번갈아 보았다. 여기는 분명 제가 여러 번 확인한 곳이었다. 아무 이유 없이 열리고 안 열리고 할 리가 없었다. 루프스는 불현듯 드는 생각에 유채를 내려다보았다. 유채의 목에 빅터가 주었다는 목걸이가 걸려 있었다.

설마 이 목걸이가…….

신관장의 목걸이는 신관장이 바뀔 때마다 바뀌었다. 일종의 열쇠 역할을 했기에 도난당했을 경우 새로운 신관장을 뽑아 목걸이를 바꾸어 도난당한 목걸이의 기능을 정지시키기 위해서였다. 그러니, 남아 있는 신관장의 목걸이의 주요 기능은 함정을 무력화시키고 중앙 석실의 보안과 안전한 출입을 보장해 두는 것이었다.

만일 이 목걸이가 신관장의 목걸이라면 이상하게 여겼던 몇 가지 일들이 설명이 되었다. 유채가 밟았을 때는 작동하지 않은 함정이라든지, 중앙 석실로 통하는 통로에 오게 된 것이라든지, 아무런 반응도 하지 않던 숨겨진 통로가 열린 것까지. 루프스는 유채의 목에 걸린 목걸이를 잡아당겼다. 툭 끊긴 목걸이를 루프스는 자신의 바지 주머니에 쑤셔 넣었다.

루프스는 유채를 고쳐 안고 열린 문으로 들어갔다. 그가 들어가자마자 문이 닫히고 야광주들이 빛을 내기 시작하였다. 루프스는 유채의 몸을 안고 달렸다. 길이 일직선으로 나 있었기 때문에 길을 찾는 것은 어렵지 않았다. 애초에 위급한 상황에 신물을 보호하기 위한 목적으로 지어진 비밀 통로였다. 빠르고 신속하게 이동해야 하니 길이 복잡할 이유가 없었다. 오래 달리지 않아서 출구가 나왔다.

루프스는 유채를 어깨에 들쳐 메고 사다리에 올랐다. 유채의 몸이 기우뚱거리며 흔들려 루프스는 한 팔로 유채의 몸을 감싸고 다른 한 팔로 제 몸과 유채의 몸무게를 지탱해야 했다. 루프스는 사다리를 타고 올라가서 문을 밀었다. 바깥 공기를 맡자 비로소 몸에 긴장이 풀리고 안심이 되었다.

루프스는 여전히 기절 상태인 유채의 이마를 만져 보고 손목의 맥박을 재보기도 했다. 심장도 규칙적으로 뛰고 아파 보이지도 않았다. 그래도 혹시 모르는 일이었다. 루프스는 비밀 통로의 문을 닫고 넓은 평원을 돌아보며 숨을 골랐다. 루프스는 빠른 발걸음으로 막사로 돌아갔다.

"루프스님!"

막사 앞에 있던 케릭스가 루프스를 보고 외쳤다. 시답지도 않은 핑계를 대고 만찬에 참여하지 않은 루프스 때문에 당연히 분위기가 좋지 않았고, 케릭스는 그 문제를 보고하기 위해 막사 앞에서 기다리고 있던 중이었다. 그는 루프스의 품에 유채가 안겨 있는 것을 보고 또 그녀가 문제이구나 싶었다.

"뱀 수인 일족에게 가서 의사를 불러와. 내가 크게 사례하겠다고 하고."

"알겠습니다."

케릭스는 마음에 걸리는 게 많았지만 그걸 입 밖으로 꺼내지는 않았다. 유채는 답이 보이지 않던 블루벨과의 문제를 해결해 준 은인이었다. 그리고 블루벨이 가장 좋아하는 마레 위르이니 그녀가 잘못되면 블루벨은 분명히 슬퍼할 것이었다.

루프스가 유채를 안고 나타나자 막사를 지키던 경비병들의 얼굴이 사색이 되었다. 분명 개미 새끼 한 마리 드나들 수 없게 감시하고 있는 중이었다. 그런데 어떻게 저 마레 워르 암컷이 그와 함께 있는 것인지 도통 알 수가 없었다.

"루프스님! 자비를 베풀어주십시오. 저희는 최선을…… 윽."

루프스는 바닥에 납작 엎드린 경비병의 손등을 가볍게 밟았다.

"닥쳐라."

루프스가 막사 안에 들어가자 경비병들은 겨우 일어났고 케릭스는 혀를 찬 후 뱀 수인 일족들의 막사 쪽으로 향했다.

루프스는 유채를 안은 채로 침대에 앉아서 그녀를 살폈다. 외관상으로 별 이상은 없어 보였으나 혹시 모르는 일이었다. 루프스는 유채의 머리를 쓰다듬었다. 입술로 그녀의 관자놀이를 꾹 눌렀다. 혹시 체온이라도 떨어질까 싶어 품에서 내려놓질 않던 중에 케릭스가 불러온 뱀 수인 의사가 막사 안으로 들어왔다.

그는 얼른 바닥에 납작하게 엎드렸다. 루프스는 유채의 얼굴을 제 쪽으로 돌려서 보이지 않게 했다.

"저는 뱀 수인 일족의……."

그는 제 실력을 뽐내서 루프스의 궁의로 들어갈 야망을 품고 있었다. 오르페가 곧 은퇴할 나이이기 때문이었다. 이번에 오르페가 은퇴한다면 그 자리를 차지할 욕심에 뱀 수인은 저를 소개하려 목소리를 높였다. 루프스는 짜증 난다는 표정으로 손을 휘휘 저었다.

"쓸데없는 소리 말고 네 일이나 해라."

"예? 옛!"

중년의 뱀 수인은 허둥지둥 달려와 루프스의 품에 안겨 있는 암컷을 훔쳐보았다. 요즘 스티폴로르에서 가장 유명한 펠릭스 다우스였다. 하지만 저 마레 위르로 인해 목숨을 잃은 이가 한둘이 아니기에 그는 호기심을 죽이고 그녀의 상태를 살폈다. 맥박과 체온을 재고 진료가 끝난 후 그는 고개를 숙이고 루프스에게 고했다.

"몸에 이상은 없습니다. 체온이 조금 떨어지셨으나 그리 위험한 수준은 아니고, 기력이 쇠한 것 같으니 영양을 충분히 공급해 주십시오."

"아무 이상 없다, 그 말인가?"

"예, 루프스님."

"그거 다행이군. 그럼 종아리의 상처도 좀 보아라. 긁힌 것뿐이지만 마레 위르가 좀 약해야 말이지. 덧나지 않게 치료하도록."

루프스는 유채의 치마를 들추어 셔츠로 대충 묶어놓은 종아리를 보였다. 뱀 수인은 다리의 상처에 치유 마법을 썼다. 깊은 상처가 아닌지라 흔적도 없이 금세 나았다.

그 후 뱀 수인은 루프스의 등의 상처도 치료하고 막사를 나갔다. 그가 나가자 시중을 들러 궁녀 셋이 들어왔다. 루프스는 유채를 침대에 눕혀두고 옷시중을 받았다. 그사이 궁녀 둘이 유채의 옷을 갈아입혀 놓았다.

궁녀들까지 모두 나가자 루프스는 침대에 걸터앉아 유채를 내려다보았다.

"손이 야무지지 못한 아이들을 데려왔군."

누워 있는 유채의 옷을 갈아입히기 힘들어 그랬는지, 아니면 귀찮아 그런 건지는 알 수 없었지만, 유채의 가슴 쪽이 꽉 여며지지 않은 상태였다. 루프스는 쯧, 혀를 차곤 직접 끈을 다시 매주었다.

"루프스님."

케릭스의 목소리가 들리자 루프스는 무슨 잘못이라도 한 것처럼 놀라면서 얼른 손을 떼었다. 루프스는 겸연쩍은 듯이 헛기침을 하면서 막사 입구에 선 케릭스를 돌아보았다.

"이제 전쟁이 막 끝났습니다. 당분간 분란은 없어야 합니다."

"내가 만찬에 참여하지 않았다고 또 그놈들이 무어라 떠들었나 보군."

루프스는 유채의 목까지 이불을 덮어주며 답을 주었다.

"떠들게 내버려 둬. 그런 것도 떠들지 못하게 하면 또 헥터 같은 놈들이 나올 테니."

"하나, 그것이 언제 분란 세력으로 변할지 모릅니다."

"헤르티아가 사사건건 나와 분쟁하려 드는데, 왜 단테 이상의 거물은 포섭을 못 하는지 궁금해한 적 없나, 케릭스?"

"예? 그것은 저도 잘……."

"그들은 헤르티아에게 동조하는 척을 하며 자신들의 세력을 과시하기만 할 뿐이야. 그저 나에게 자기들을 무시하지 말라고 은근히 시위하는 것뿐이지. 그놈들은 헤르티아에게 협력하지 않을 거야. 그놈들에게 제일 중요한 건 안정이거든. 내가 이번에 발란테스 카르멘과 타우루스 헥터를 어떻게 부수는지 보았으니, 이것을 빌미로 내가 저들에게 간섭하는 것을 막고 싶어서 저럴 뿐이야."

혼란을 막기 위해서 루프스는 미노르 호무스를 거의 통치하고 있었다. 그로 인해 예민해진 수인들은 루프스가 미노르 호무스를 계기로 저들의 자치권마저 뺏을까 겁을 내고 있는 것이었다.

루프스는 유채의 얼굴에서 눈을 떼고 케릭스를 바라보았다.

"그러니 걱정할 필요 없어. 우린 그저 눈치를 보는 척하며 저놈들이 안심하게 만들면 된다. 뭐라고 떠들든 반응하지 말고 우리

할 일만 하면 돼. 그럼 저놈들은 알아서 길 거야. 그러니 시답지 않은 걱정하지 말고 발 닦고 잠이나 자."

루프스는 새삼 멀끔해진 그를 보고 물었다.

"그 토끼 꼬마가 다시 보자든?"

"예?"

"실연당한 수컷처럼 수염도 깎지 않고 생전 마시지 않던 술만 끼고 살더니, 토끼 꼬마가 용서해 주기라도 한 건가?"

"……개인적인 일입니다."

루프스는 부끄러운 듯이 볼을 붉히는 케릭스를 보고 박장대소를 했다. 그리고 제가 벌인 일은 제가 처리하겠다고 하고 케릭스를 내보냈다.

루프스는 침대에 누워 유채를 제 품에 끌어안았다. 어제는 참 비참하기만 했었는데 오늘은 어제와는 완전히 다른 기분이었다.

"저기…… 당신 등도 치료받아요, 상처가 깊은 것 같은데."

그는 유채 끌어안고 그녀의 귓가에 속삭였다.

"나는 많은 것을 바라지 않아."

루프스는 그녀의 이마에 입을 맞추었다.

"내가 다치면 걱정해 줘. 이렇게 내가 안을 수 있는 거리에 있어줘."

그는 유채를 강압적으로 대하고 싶지 않았다. 그 누구보다 자상하고 다정하게 대해주고 싶었다.

루프스는 유채의 입술에 도둑처럼 입을 맞추었다. 유채의 입술은 부드럽고 따스한 온기가 돌았다. 그는 유채의 이마에 자신의 이마를 기대고 코끝을 맞췄다.

"사랑한다. 나를 사랑해 달라고 바라지는 않을 테니."

루프스는 유채를 꼭 끌어안았다. 이렇게 안고만 있어도 행복했다. 어제는 그렇게 우울했는데 유채가 걱정하는 말 한 번 해주었다고 하늘을 날아갈 것 같은 기분이 되었다. 어쩔 수 없었다. 그에게는 이미 유채가 세계의 중심이었다.

"이렇게만 있어줘. 오늘처럼만 나에게 다정하게 대해줘. 그렇게만 해준다면, 네가 원하는 모든 것을 들어줄게."

루프스는 그렇게 중얼거리면서 유채의 몸을 끌어안고 눈을 감았다.

⚜

유채는 머리카락을 잡아 뜯고 싶은 심정이었다. 그러나 다시 머리를 정돈하기 위해서 오랜 시간을 궁녀들에게 시달릴지도 모른다는 생각에 그저 손톱만 깨물었다. 상아함이 바로 눈앞에 있었는데, 급하게 움직이다가 바보같이 기절해 버렸다. 정신을 차리고 나니 이미 밖으로 나온 상태였다. 하지만 아예 수확이 없는 것도 아니었다. 상아함의 위치를 알았으니 나중에 리와인더의 조각을 찾으면 권능으로 다시 그곳으로 이동하면 될 터였다.

"이곳 시간을 기준으로 최대 육 개월 정도 남았단다. 네 언니에게도 이 스티폴로르에도."

유채는 기절해 있는 동안 셀레네를 만났다. 셀레네는 육 개월이라는 기한이 생겼다고 했다. 짧지는 않지만 그렇다고 길다고 할 수도 없는 시간이었다. 유채는 초조해져서 계속 손톱을 씹었다.

"레티티아."

유채는 뒤를 돌아보았다. 루프스가 붉은색의 리본을 들고 서 있었다. 그를 보자마자 유채의 표정이 구겨졌다. 오늘 아침에 저 남자의 품에서 눈을 떴던 기억이 다시 떠올랐다. 루프스는 유채에게 손을 내밀었다.

"어쩔 수 없었다. 네 체온이 떨어져서 저체온증이 올 수도 있다고 해서 그런 거니, 너무 불쾌해하지는 말아라."

루프스는 유채에게 거짓말을 했다. 그렇지 않으면 그녀에게 더한 원망을 들을 것 같았다.

"이불을 더 덮어준다는 생각은 안 했나요?"

"이불이 없었다. 그리고 손을 이리 내라. 이걸 묶어야 한다."

유채는 루프스의 거짓말에 반신반의하면서 손목을 내밀었다. 루프스는 유채의 왼쪽 손목에 리본을 묶기 시작했다.

"옷이 망가져서 문제가 생길 줄 알았더니 그건 아니었나 봐요."

유채는 루프스가 어제 입었던 예복에 문제가 가서 난리가 날 줄 알았다. 하지만 예상과는 다르게 그는 어제와 다른 예복을 입었고 유채도 어제 입었던 하얀색 예복이 아닌 붉은색 예복을 입었다. 루프스는 유채의 손목에 리본을 묶으며 대답했다.

"첫째 날 입는 옷은 혼례복이고, 두 번째 날과 세 번째 날에 입는 옷은 부부 사이에 입는 예복이지. 지금 네가 입은 건 내 비(妃)만 입을 수 있는 옷이다."

루프스는 유채의 곱게 치장된 모습을 새삼스럽게 바라보았다. 그녀가 평생을 저 옷을 입고 제 곁에 있었으면 하였다.

“그리고 이렇게 네 왼쪽 손목과 내 오른쪽 손목을 묶는 것은 부부임을 상징하는 것이고.”

리본을 다 묶은 루프스는 이번엔 제 오른손을 내밀었다. 유채는 그의 손을 뚫어져라 바라보다가 결국 한숨을 크게 내쉬며 리본을 묶기 시작했다. 그런 그녀를 루프스가 조금 뜨겁다 싶은 눈빛으로 내려다보았다. 그는 리본이 묶이지 않은 손으로 유채의 뺨을 감쌌다.

“정말 예쁘군. 꽃이 마레 위르로 화한 것처럼. 영원히 꽃병에 두고 시들지 않게 돌봐주고 싶을 정도로 예뻐.”

루프스는 그녀를 영원히 곁에 두고 싶다는 마음을 우회적으로 털어놓았다. 유채는 그의 시선이 부담스러워 반걸음 뒤로 물러났다.

‘……미친 거 아냐?’

유채는 이를 악물었다. 죽고 싶을 정도로 자신을 괴롭힌 남자가 조금은 가여워 보였다. 스톡홀름 증후군이 바로 이런 건가 싶었다.

그에게 몇 번 목숨을 구제받았다고 마음이 약해진 것이다. 힘든 상황에 여러 번 처하니 그때마다 마치 동화 속 왕자님처럼 나타나 저를 구해준 저 남자에게 무의식적으로 기대려고 하는 것이다. 실상은 왕자님이 아니라 나쁜 용인데.

“난 꽃이 아니라 사람이에요. 멀쩡한 사람을 꽃병 속에 꽂아둘 수는 없죠.”

루프스는 다시 냉랭한 유채의 눈동자를 바라보았다. 그녀의 마음을 얻는 일은 아직도 멀고 험했다.

“가요. 지긋지긋한 당신 부인 노릇 빨리 끝내고 싶으니까.”

유채의 말이 다시 화살처럼 루프스의 가슴에 박혔다. 루프스는 유채의 왼손을 잡았다. 둘의 손목을 묶은 리본은 이어져 있었지만 그 사이는 참 멀기도 멀었다. 이게 그와 유채 사이의 관계인 것 같았다. 루프스는 제 바지 주머니에 든 빅터의 목걸이를 만지작거렸다.

⚜

"당신. 당신이 내 목걸이 가지고 있지?"

저녁 만찬이 끝나고 루프스가 돌아오자마자 유채가 그의 멱살을 붙잡았다. 루프스는 순간 당황했고 그의 옷시중을 들러 들어온 궁녀들도 유채의 무례에 놀라서 멈칫했다. 루프스는 손을 들어서 궁녀들을 내보냈다.

"거짓말하지 말고 솔직히 말해요. 당신이 가지고 있어요?"

유채는 여태까지 모르고 있다가 옷을 갈아입을 무렵 눈치를 챈 것 같았다.

"그래. 내가 가지고 있다."

"당장 돌려줘요! 그거 내 물건이에요."

"내가 왜 그걸 돌려줘야 하지?"

루프스는 유채가 찾으려고 하는 것이 에클레시아 중앙 석실에 있었던 신물이라는 것을 안 이상 신관장의 목걸이로 판단되는 목걸이를 돌려줄 수 없었다.

"네가 약속을 지키지 않은 대가로 내놓았다고 생각해라. 왜? 그게 네게 중요한 건가?"

"당신 말 어겨서 미안해요. 내가 잘못했어요. 붉은 방에 들어가라고 해도 얌전히 말 들을 테니까 그거 돌려줘요. 예?"

"붉은, 방?"

그 방은 이미 치운 지 오래였다. 유채의 입에서 또다시 붉은 방이 언급되자 루프스는 기분이 상했다. 유채는 그의 앞에 무릎을 꿇고 납작 엎드렸다.

"일어나라. 지금 뭐 하는……."

"돌려줘요. 난 그게 필요해요. 예? 제발…… 돌려줘요……."

루프스가 일어나라고 하는데도 유채는 바닥에 엎드린 채 빌었다.

"내가 잘못했어요. 예?"

루프스는 유채의 몸을 일으키기 위해 어깨를 잡았다. 하지만 유채는 루프스의 손을 뿌리치고 손을 모아서 빌었다.

"우리 언니 살려야 돼요. 그러니까, 제발요."

루프스와 유채의 사이는 항상 이런 평행선이었다. 유채는 떠나려 들었고 루프스는 붙잡으려만 했다. 루프스는 이를 악물었다. 루프스는 차가워진 눈으로 그녀를 내려다보았다.

"그럼 선택해라. 목걸이냐, 그놈들……."

루프스가 말을 마치기 전에 어떤 병사가 들어왔다. 병사는 눈물 흘리는 유채의 모습에 당황했지만, 입을 열었다.

"말씀하신 경비병들의 처벌이 결정되었습니다. 두 눈을 뽑고 혀와 왼손을 자른 뒤 궁에서 내치는 것으로 결정하였습니다."

"눈을 뽑고…… 손을 잘라요?"

유채가 루프스의 팔을 잡고 손을 떨었다. 루프스는 당연하다는 듯 유채에게 설명했다.

"막사를 지키던 경비병들이 일을 제대로 하지 못했으니 당연히 벌을 받아야지. 안 그런가?"

"안 돼요! 그 사람들이 무슨 잘못을 했다고요! 왜 나 하나 때문에 그 사람들이 그런 참혹한 처벌을 받아야 해요!"

유채는 루프스의 팔을 붙잡고 고개를 저었다. 저 때문에 죄 없는 사람이 피해를 입는 것을 볼 수는 없었다.

루프스는 아무 연관 없는 그들까지 걱정하는 유채의 모습에 속이 부글부글 끓었다. 경비를 섰던 경비병들이 유채에 관한 음담패설을 지껄이는 것을 듣고 크게 경을 치고 감봉에 징계까지 내린 상태였다. 그들은 유채가 이렇게 저희를 위해서 간절하게 매달리고 있다는 것을 모를 것이다. 루프스는 유채의 이런 면을 동경하고 사랑했다. 하지만, 유채가 이럴 때마다 스스로가 작아지는 기분이었다. 유채는 정말로 그에게 잔인했다.

"나쁜 새끼."

마음 약한 유채는 결국 목걸이를 포기했다. 유채는 눈물을 뚝뚝 흘리면서 돌아섰다.

"혼자 있고 싶어요."

"……."

"이것도 안 돼요? 아, 죄송해요. 펠릭스 다우스 주제에 너무 건방지게 굴었나요?"

"……나가 있다 오겠다. 쉬어라."

루프스는 막사 밖으로 나갔다. 막사 안에서는 아무런 소리도 들리지 않았다. 루프스는 그 앞에 한참을 서 있다가 에클레시아 쪽으로 걸음을 옮겼다. 하늘 위에 별이 흐드러지게 빛나고 있었다.

루프스는 바실리사를 찾아갈까 하다가 제 꼴이 우스워 걸음을 돌려 케릭스를 찾았다. 하지만 그의 막사는 비어 있었다. 루프스는 케릭스의 부관에게 자신이 찾는다는 말을 전하라 하고는 오랜 시간 에클레시아 주변을 서성이다 새벽에서야 제 막사로 돌아왔다. 유채는 바닥에 깐 모포 위에 누워 자고 있었다. 루프스는 유채를 침대에 눕혀 편히 잘 수 있도록 배려했다.

"부르셨습니까?"

루프스의 부름을 받은 케릭스가 찾아왔다. 잠든 유채의 얼굴을 들여다보고 있던 루프스는 케릭스를 돌아보았다.

"플로서스가 맡고 있는 시카리우스(Sicarius: 루프스 직속 암살 첩보 부대)에 대한 권한을 네게 넘기겠다."

"예? 어찌 그런 중요한 중책을 제게 함부로 맡기십니까?"

"내가 가장 신뢰하는 것이 너다. 군말 말고 맡아라. 네 아비도 별말을 하지는 않을 것이다."

루프스는 의자에 앉아 주머니에서 목걸이를 꺼냈다.

루프스는 손으로 얼굴을 감쌌다. 매번 이런 식이었다. 유채를 협박하고 싶지 않았는데 그녀를 붙잡기 위해서는 어쩔 수 없이 협박을 해야 했다. 그럴 때마다 유채가 저를 더 끔찍해하는 것을 알면서 그는 그렇게 행동했다.

"이틀 뒤, 토스 호무스에 돌아가면."

"제발 보내줘요. 나 정말 힘들어요. 제발. 보내줘요. 제발."

"그러니까, 백, 백혈병이란 병, 병을 우리 언니가…… 앓고 있는데…… 그 병을 고치려면 조, 조혈모세, 포라는 게 필요한데. 그, 그걸…… 내가, 내가 줄, 줄 수 있어요……."

"돌려줘요. 난 그게 필요해요. 예? 제발…… 돌려줘요……."

루프스는 주먹을 말아 쥐었다.

"물건 하나를 찾아라."

잃는다는 것을 두려워하여 마음 주는 것도 여태껏 하지 못한 한없이 약하고 겁이 많은 한심한 수컷이 바로 자신이었다. 루프스는 유채를 보내고 찾아올 슬픔과 고통을 견딜 자신이 없었다.

그는 살고 싶었다.

에리카에 대한 죄책감과 스스로에 대한 혐오를 이제 그만하고 싶었다. 평생을 무저갱의 어둠 속에서 화를 내면서 살아왔다. 살아도 산 것이 아니었다. 이 더럽고 추잡하고 어두운 가슴에 유채는 과분할 정도로 눈부시고 아름다웠다.

"그게 시카리우스의 수장으로서 네 첫 임무다."

그는 행복해지고 싶었고 살고 싶었다. 그러기 위해서 유채가 필요했다.

"물건을 찾아서 바다에 버려."

그러기 위해서 그는 얼마든지 비열해질 수 있었다. 그의 가슴이 죄책감에 욱신거렸다. 유채의 눈에서 떨어질 수많은 눈물에 가슴이 아려왔다.

루프스는 뜬 눈으로 밤을 새웠다. 그는 잠든 유채의 얼굴을 바라보며 미안하다는 말만 속삭였다.

오페라티오의 마지막 날의 제는 밤중에 치러지기 때문에 오전에는 여유가 있었다. 루프스는 유채와 마주 앉아서 아침을 먹었다. 유채는 빵을 손톱만큼 떼어 먹으면서 깨작이고 있었다. 그리고 그마저도 얼마 먹지 않고 자리에서 일어났다.

"더 먹어라."

"그만 먹을래요. 입맛 없어요."

유채는 냉랭하게 말하고서 침대에 누워 루프스를 등졌다. 루프스는 침대 옆에 한쪽 무릎을 꿇고 그녀의 어깨를 쓰다듬었다.

"그래도 먹어라. 그렇게 굶다가는 병난다."

"당신이나 먹어요. 난 생각나면 알아서 먹을 테니까."

루프스는 유채가 저와 같이 식사하는 게 싫어서 이런다는 것을 눈치챘다. 그는 한숨을 쉬며 자리에서 일어났다.

"일이 있어서 나가보겠다. 탁자는 치우지 않을 테니 배고프면 먹어라."

루프스가 막사에서 나간 후에야 유채는 도로 일어나 앉았다. 유채는 초조함에 머리를 헝클어뜨렸다. 답답한 가슴만 손으로 내려쳤다.

"빌어먹을."

유채는 셀레네를 향한 욕설을 나지막하게 뱉어냈다.

"너는 항상 내 예상을 벗어나는구나."

쓰러진 유채의 몸을 일으켜 세워주면서 셀레네가 말했다. 유채는 셀레네를 다시 만난 데에 눈을 크게 떴다.

"이곳까지 오게 하기 위해서 힘 좀 썼는데, 아느냐?"

"힘을 쓰다니요?"

"에클레시아의 입구를 막아서 네가 이니투스의 후손과 같이 이 중앙 석실로 오게 했지."

유채는 그제야 주위를 둘러보았다. 셀레네가 중앙의 단으로 다가가 상아함의 뚜껑을 열었다.

"여기는 내 기억 속이다. 보거라. 이게 리와인더의 조각이란다."

유채는 상아함 속에 들어 있는 리와인더의 조각을 보았다. 깨진 구슬 조각은 루비처럼 새빨간 빛이었다. 유채는 문득 책에서 루비 조각에 대해 보았다는 것을 떠올렸다. 단서가 하나 늘었다.

셀레네는 근심이 가득한 표정으로 조심스럽게 입을 열었다.

"시간이 별로 없단다. 이곳 시간을 기준으로 최대 육 개월 정도 남았단다. 네 언니에게도 이 스티폴로르에도."

"그게 무슨 소리예요?"

"앞으로 육 개월 뒤면 네 언니의 목숨이 경각에 달릴 거란 말이다."

"예? 말도 안 돼요! 우리 언닌 그렇게 심각한 상태 아니었어요! 갑자기 왜……!"

유채는 문득 깨달았다. 셀레네가 시간을 늦췄으니, 여기서 이 년이 그곳에서 육 개월이 될지도 모르는 일이었다.

"그리고…… 육 개월 뒤엔 이 스티폴로르도 지도에서 사라질 것이란다. 리와인더 조각의 악기가 한계에 달했다. 지금 남은 시간은 그 정도밖에 없어."

"예?"

"전쟁 때문이지. 한 번 더 전쟁이 일어나면 그 시기가 더 앞당겨질 테니 서둘러야 한다."

유채는 다리에 힘이 풀려 그대로 주저앉았다.

"무리예요. 조각이 어디에 있는지조차 알아내지 못했고 그 남자에게서 벗어날 수도 없다고요! 날더러 뭘 어쩌라는 거예요! 당신 신이잖아! 넋 놓고 보고 있지만 말고!"

"미안하다. 내가 그분께 받은 벌로 힘이 부족해서 너를 더 이상 도와줄 수가 없단다. 이 이상 간섭을 하게 되면 내가 소멸할 것이고, 내 소멸은 곧 이 세계의 소멸로 이어질 수 있어. 그러니…… 나는 너에게 조각이 어디 있는지 알려줄 수도, 너를 직접적으로 도와줄 수도 없단다. 하지만 리와인더의 회수를 쉽게 할 방법을 하나 만들어낼 수는 있다."

셀레네는 이번에 조금 무리를 해서 움직였다. 세계의 법칙을 다시 한 번 깨기에는 힘이 부치는 상태라 우회적인 방식으로 깨었다. 자신의 힘에 매개가 되는 바다를 이용하여 간섭을 할 생각이었다.

"정 시간이 없고 급하면 리와인더의 조각을 바다에 버려라. 에어리얼 바다가 시간을 의미하듯이 내 힘의 매개는 흘러가는 바다. 바다 아래에는 나의 대리인이라 할 수 있는 용 에쿼레우스(Aequoreus)가 있단다. 그 아이가 내게 리와인더의 조각을 전해줄 것이다."

"나는 힘이 없어요. 정보를 찾더라도 저 남자에게 벗어날 만한 힘이……."

"그래서 너를 불렀다."

셀레네는 유채의 이마에 검지를 가져다 대었다. 거기에서부터 빛이 나더니 유채의 온몸에 고대 문자와 같은 글씨들이 새겨지기 시작했다.

"스펠은 신어(神語)로 시작되었지. 스펠을 통한 마법은 신어(神語)를 시동어로 하여 발동하는 것이 원류였다. 지금은 신어(神語)를 아는 이가 거의 없지. 나는 너에게 신어(神語)를 내리겠다."

유채는 머릿속으로 흘러들어 오는 무언가를 느꼈다. 그와 동시에 유채는 무의식중에 입을 달싹였다.

"Beatitas."

"그게 네 시동어가 될 것이다. 신어(神語)를 얻었으니 복잡한 주문을 외울 필요 없이, 마력을 조절하고 통제하는 법만 익혀서 사용하면 된다. 네게 얼마 없는 시간을 벌어주는 수단이 될 것이다."

"감사합니다."

유채는 입속으로 제가 얻은 신어(神語)를 연습했다.

"저승에서 만난 이니투스의 영혼이 네게 전해달라던 말이 있다."

"이니투스요?"

셀레네가 머뭇거리더니 조심스럽게 말을 전했다.

"일단 미안하다고 하더구나."

이니투스는 호탕하고 의리가 있는 사내였다. 그러니 은가연의 실수를 책임지겠다고 나선 것이었다.

"늑대들은 평생 한 명의 여자만 보고 살아가며, 사랑을 거절당하면 무슨 일을 저지를지 저도 모른단다."

셀레네가 유채의 목에 걸린 파렌티아를 만지작거렸다. 물건에는 주변의 감정이 묻어나기 마련이었다. 파렌티아에는 루프스가 유채에게 품은 사랑, 집착 같은 감정들이 묻어 있었다. 셀레네는 유채의 얼굴을 가만히 바라보았다. 이 감정의 결말이 궁금했다.

"몸은 컸지만 아직 성숙하지 못한 제 후손이니, 모쪼록 제 후손을 조금만 조심하라고 전해달라고 하였다. 방심했다가는 위험할 수 있다더구나."

공간이 다시 조각조각 부서져 내렸다. 셀레네의 모습도 조각조각 흩어져 사라져 갔다.

"행운을 빈다."

그것을 마지막으로 유채는 심연 속에서 정신을 놓았다.

⚜

유채는 신경질적으로 손톱을 씹다가 셀레네가 준 신어(神語)로 마법을 사용해 보았다. 주문 없이도 마법이 발동하는 것을 확인했다. 이렇게 되면 마법을 익히는 시간이 짧아진다. 마력을 응용하고 통제하고 집중하는 방법만 익히면 마법을 능숙하게 사용할 수 있었다. 토스 호무스의 궁을 탈출하는 것이 좀 더 쉬워졌지만 문제는 따로 있었다. 유채는 허전한 제 목을 쓸었다.

"젠장."

리와인더의 조각을 맨손으로 만지려면 목걸이가 필요한데 그것을 빼앗겼다. 만일의 경우 보자기가 없는 상태에서 조각을 찾으면 그것을 쥐기 위해 목걸이가 꼭 있어야 했다.

'일단 토스 호무스로 돌아가야 해. 일단은.'

토스 호무스로 돌아가 정보를 더 찾고 조각이 있을 만한 위치를 추려내야 했다. 분명 책에서 붉은 루비 조각에 대한 언급을 본 기억이 났다.

유채는 얼굴을 쓸어내렸다. 이번에 에클레시아에 몰래 들어가려고 했던 게 들켰으니 돌아가면 감시가 더 심해질지도 모른다. 또 무슨 기상천외한 방법으로 저를 구속하려나 걱정이 되었다.

"하이 리스크 하이 리턴이랬지."

호랑이를 잡으려면 호랑이 굴로 들어가야 한다. 그곳에 정보가 있으니 위험을 감수해야 한다.

"유채님? 유채님?"

생각에 빠져 있느라 유채는 블루벨이 온 것을 알아차리지 못했다.

"아? 블루벨? 언제 왔어?"

블루벨은 대답은 않고 손으로 유채의 눈가를 쓸었다.

"왜 그래, 블루벨?"

"꼭 우시는 것 같아서요."

"아니야, 블루벨."

블루벨은 유채가 물어뜯어서 엉망이 된 손톱에 기겁했다.

"엑! 손톱을 씹으시면 어떻게 해요. 손톱이 못나졌어요. 힝, 유채님 손톱은 제가 항상 예쁘게 관리해 드리고 싶었는데."

"괜찮아, 블루벨. 나중에 정리하면 되지. 배 안 고파? 나랑 같이 먹을래? 나 아침 제대로 먹지 않아서 배고프거든."

유채는 음식이 차려진 탁자 앞에 앉았다. 블루벨도 맞은편에 앉아 베이컨을 입안에 넣고 행복하다는 듯이 양 볼에 손을 올렸다. 유채는 블루벨의 귀여운 행동에 웃으면서 아까 전에는 깨작거리던 빵을 크게 한입 베어 물었다.

"블루벨, 그러고 보니 머리카락은 어떻게 된 거야? 왜 갑자기 잘랐어?"

유채는 뒤늦게 단발로 댕강 잘린 블루벨의 머리카락을 지적했다.

"아! 케릭스님이랑 증표 만들려고요."

블루벨은 기름이 묻은 손을 테이블보에 닦았다. 원래 등을 반 정도 덮던 길고 구불거리던 머리카락이 지금은 턱 끝에 닿는 단발이 되어 있었다. 블루벨은 얼굴을 붉혔다.

"음, 스티폴로르에는 연인의 머리카락을 엮어서 긴 끈으로 만들어 그걸 증표로 가지고 다니거든요. 케릭스님은 꼬리털을 자르셔서 저는 이걸로 했어요."

유채는 사랑에 빠져서 행복해하는 블루벨을 바라보았다. 그래, 돌아가는 것도 중요하지만, 블루벨이 있는 이 세상을, 앞으로 블루벨이 살아갈 이 세상을 지키고 싶었다. 유채는 블루벨을 보며 웃었다.

"왜 웃으세요?"

"네가 좋아서."

고민해서 쉽게 풀리는 문제는 몇 없었다. 일단은 주어진 상황에 힘을 내야 했다. 오늘까지는 약했으니 내일부터는 다시 단단히 마음을 먹어야겠다.

오늘까지만 울자. 오늘까지만.

⚜

"그래서 이제 무얼 할 생각이야, 헤르티아."

단테는 오페라티오의 마지막 제를 위해 치장하고 있는 헤르티아의 막사로 들어왔다. 헤르티아는 궁녀들을 모두 물렀다.

"루프스가 레티티아를 마음에 품고 있는 것을 알았으니, 그놈의 목을 자르기 위해서 레티티아를 이용해야지."

"그 가여운 아이를?"

"걱정 마. 나도 레티티아를 해칠 생각은 없어. 그저 인질로만 잡아둘 거야."

헤르티아는 지난번 만찬에서 루프스가 평소와 다르게 말로 저를 설득하려는 것을 보았다. 괜히 군소 일족의 심기를 건드려 레티티아가 위험해질까 봐 그러는 것이 분명했다. 그 자존심 강한 놈이 먼저 숙이고 들어올 만큼 마음에 깊게 품었다는 뜻이었다. 블랑카를 죽였을 때 로보가 분노로 미쳐 버렸던 것처럼, 루프스도 레티티아의 안위에 이상이 생기면 미쳐 버릴 것이다.

"그 아이, 지금 신과 관련된 힘을 찾고 있다고 레푸스 트레모르가 귀띔을 해주더군."

역시 토끼 일족의 자랑인 인디키움의 정보력은 대단했다. 그들은 유채가 읽는 책의 목록을 알아내어 이를 바탕으로 그녀의 동태를 유추해 주시하고 있었다. 유채의 일거수일투족이 루프스에게 영향을 줘 수인 일족에 미칠 여파를 염두에 둔 것이다.

헤르티아는 유채를 꾀어서 데려올 방법을 이미 구상 중이었다.

"신과 관련된 힘?"

"그리고 난 그게 뭔지 알고 있고. 라일라님이 오빠에게 결혼 선물로 요구한 붉은 돌조각에 신의 힘이 담겨 있어."

> "여기에는요, 신의 힘이 담겨 있어요. 그런데 악기가 이걸 오염시켜서 지금은 오히려 위험한 물건이에요. 신의 힘이 전부 악기로 변했거든요. 자칫하면 울피누스 호무스가 화를 입을 수 있어서 제가 할 수 있는 데까지 정화를 하고 있어요."

"그걸로 꾀어볼 생각이야. 5월 여왕의 축제가 끝나면 루프스가 소니페스 호무스로 간다고 들었어. 그 집착 심한 늑대가 레티티아를 떼어놓고 갈 리 없을 테니, 그때 내게 레티티아와 이야기할 만한 시간만 만들어줘."

"그 물건을 네가 갖고 있어?"

"아니, 라일라님이 돌아가셨을 때 사라졌어. 라일라님을 죽인 로보의 명을 받은 시카리우스 소속 늑대 놈이 가지고 있겠지. 뭐, 직접 보여줄 필요는 없잖아. 모양새와 힘만 설명해 주면 알아서 넘어올 텐데."

헤르티아는 유채를 비웃었다. 그 아이를 이용만 하고 놓아줄 것이었다. 어차피 그 아이도 루프스가 끔찍하게 싫을 테니 오히려 이쪽을 도와주려 할지도 모른다. 헤르티아는 이제야 오빠의 복수에 한 걸음 다가가는 것 같았다.

루프스는 느린 걸음으로 막사로 돌아갔다. 마지막 제가 끝나고 유채는 신경질적으로 손목에 묶인 리본을 풀고 먼저 돌아가 버렸다. 그녀의 표정이 살벌했기에 차마 따라가지 못하고 밖에서 한참 시간을 보내다가 이제야 돌아가는 것이었다.

"흑. 으으흑."

막사에서 멀리 떨어진 에클레시아의 파편인 돌더미 뒤에서 우는 소리가 났다. 루프스는 발소리를 죽이고 그 돌더미 근처로 갔다.

"흐으으윽."

유채는 가슴을 두드리며 서럽게 울었다. 오늘까지만 울고 내일부턴 절대 울지 않을 것이다.

루프스는 그녀가 우는 것을 지켜보고 있다가 주먹을 꽉 쥐었다. 그는 유채의 앞에 목걸이를 내놓았다.

"가져가라."

유채의 눈물 젖은 눈이 루프스를 올려다보았다.

"대가는 뭔데요? 아, 이제는 내가 알아서 대가를 말해야 해요?"

"그냥 가져가라."

"무섭게 왜 이래요. 원하는 걸 말해요."

"너 우는 게 보기 싫어서 그런다. 그러니 가져가라."

"왜요? 나 우는 거 제일 좋아하지 않아요? 그렇지 않고서야 이럴 수가 없잖아!"

"그게 아니다!"

루프스는 입술을 달싹였다. 유채는 제가 하는 모든 행동을 다른 방향으로 해석했다. 모두 제가 과거에 저지른 짓들 때문이었다. 하루에도 수십 번씩 '제 마음을 털어놓으면 유채가 조금은 마음을 열어줄까?' 하는 고민으로 번민했다. 하지만 아무 말도 하지 못했다.

루프스는 머뭇거렸다. 오늘은 얘기를 해야 했다.

"내가 너를 연모한다."

말하고 나니 후련했다. 루프스는 유채의 얼굴을 똑바로 마주보았다.

"내가 너를 사랑한다. 그래서 네가 울지 않고 웃었으면 한다. 네가 울면 나는……."

"당신 변태예요?"

유채가 루프스의 말을 잘라먹었다. 그녀는 진심으로 기가 막히고 황당해 역겹다는 표정이었다.

"당신은 누구를 때리면서 희열을 느껴요? 그리고 그걸 사랑이라고 해요?"

"그건……!"

루프스는 덜덜 떨리는 손으로 유채의 어깨를 감싸 쥐었다. 이럴 줄 알았다. 제 감정을 말해도 저렇게 나올 거란 건 예상했었다. 하지만, 그는 일말의 희망에 모든 것을 걸었다. 루프스는 유채의 손을 잡아서 제 가슴 위에 올렸다. 그녀를 향해서만 뛰는 심장이 제 감정을 전달해 주기를 원했다.

"내가 잃어버린 어린 시절의 신념을 가지고 있는 네가 좋다. 겁이 많고 치졸한 나와 다르게 용기 있고 강단 있는 네가 좋다. 나는 나도 모르는 새에 너를 동경하고 있었다. 그래서 너를 사랑하게 되었다. 그런데, 그걸 내가 일찍 알아채지 못했다."

루프스는 유채가 제 진심을 이해해 줄까 싶어서 입술을 깨물었다.

"그래서 나는 네가 행복했으면 하고 내가 너를 행복하게 만들어주고 싶다. 그리고 네가 계속 내 곁에 있기를 바란다. 네 사랑을 바라지는 않아. 그저 내 곁에만……."

"하! 당신 미쳤어요?"

유채는 분노에 차 헛웃음을 터뜨리며 루프스의 손을 떨쳐 냈다.

"착각도 단단히 하고 있군요! 그건 독특한 것에 대한 소유욕이고 집착이에요! 사랑이 아니라고! 하하! 나 좀 편하자고 당신이 들이대는 걸 그냥 좀 받아줬더니 그게 사랑이라고?"

"아니다. 그런 게 아니라……."

"그럼 이거나 풀고 말해요. 당신 소유물이라는 증거를 떡하니 달아놓고 무슨 사랑? 사랑이 소유에서 나온다는 말은 나도……."

"그걸 풀어주면 너는 떠날 것이지 않나!"

루프스가 버럭 소리를 질렀다. 유채는 깜짝 놀라서 입마저 다문 채 그를 바라보았다. 루프스의 청회색 눈에서 눈물이 떨어졌다. 한번 시작된 눈물은 그칠 줄을 몰랐다. 루프스는 제 밑바닥까지 다 내보이기로 결정하였다.

"이래서 말하기가 두려웠어……."

루프스는 입술을 깨물었다.

"안다. 네가 나를 어떻게 생각하는지는 내가 더 잘 알아. 그래서 너를 사랑한다는 걸 깨닫고 지금껏 너에게 했던 모든 일을 후회했다. 너에게 이런 말을 한다는 것 자체가 염치없다는 것을 알지만, 그래도……."

어째서 이렇게밖에 할 수 없는지……. 루프스는 목이 메었다.

"내가 변하겠다. 더 이상 협박 같은 것은 하지 않을 거고 네가 싫다면 손대지도 않으마. 그러니까, 제발 내 곁에 있어주면 안 되겠나. 너는 현명하니, 내게 너처럼 되는 방법을 알려줘. 그럼 네가 원하는 대로 무엇이든 하겠다. 너도 아직 내게 복수하지 못했지 않나. 평생 나를 괴롭혀도 좋으니까……."

가지 말라는 말은 입안으로 삼켰다.

"당신 엄청 이기적이네요. 말로만 나를 위해서 뭐든지 해주겠다고 하면서 결국 당신 원하는 대로만 하겠다는 거잖아요?"

유채가 냉기가 뚝뚝 떨어지는 말로 루프스에게 화살을 날렸다.

"내가 돌아가지 않으면 내 언니가 죽어! 당신이 그걸 책임져 줄 거야?!"

유채가 주먹을 쥐고 노성을 질렀다.

"당신도 에리카를 잃고 평생을 후회했다며! 그런데 나는 어떨 것 같아요? 언니를 구하지 못했는데 내가 당신 곁에서 호의호식하면서 웃을 수 있을 것 같아요? 당신도 괴로웠다며! 나라고 다를 것 같냐고!"

유채는 숨을 몰아쉬었다.

루프스는 얼굴을 성마르게 쓸어내렸다. 그도 알고 있다. 그랬기에 수없이 고민했다. 유채를 이대로 붙잡아두면 그녀 역시 죄책감에 몸부림치며 괴로워할 것을 알고 있기에 수만 번을 고민했다.

"……네가 없으면 내가 죽을 것 같다."

고민 끝에 나온 결론이었다. 그의 물기 어린 눈이 유채의 차가운 얼굴을 담았다.

"그러니까 딱 한 번만 내게……."

"죽어버려요! 당신이 죽는 게 나랑 무슨 상관인데요!"

루프스는 그대로 덜컥 굳었다. 아. 이럴 것 같았다. 이래서 마음을 고백하기가 두려웠다.

"당신 멋대로 나를 사랑한다면서 그걸 나보고 책임지라고 하지 마요. 내가 언제 날 사랑해 달라고 빌었어요? 왜 나한테 책임지라고 이 지랄인데!"

유채는 머리카락을 거칠게 쓸어 올렸다. 부모 잃은 아이 같은 표정으로 저를 바라보는 루프스를 보니 화가 나는 한편으로 통쾌하기도 했다. 유채는 숨을 골랐다. 그녀는 제가 괴로웠던 것을 모두 토로할 작정이었다.

"지금 세상에서 당신이 가장 불행하고 괴로운 것 같죠? 그렇죠?"

루프스는 묵묵히 고개만 저었다.

"하. 거짓말하지 마요. 있잖아요, 나는 당신보다 백배는 더 괴로웠어요. 하루에도 열두 번은 더 죽고 싶었어. 근데 내가 왜 참았는지 알아요?"

"미안하다."

"당신의 손이며 입술이 닿는 것이 벌레보다 더 끔찍해도 참았어요. 내 언니 때문에! 우리 언니를 살리기 위해서라도 난 죽을 수 없어서 참았다고!"

"미안하다. 내가 앞으로 잘하겠다. 네가 싫다는 일은 모두 그만두겠다."

"당신이 나에게 던지는 건 그저 돌멩이에 불과해요. 당신이 죽을 것 같다고 당신 마음을 내게 책임지라고 하지 말아요."

루프스는 냉정하게 돌아서는 유채를 붙잡았다. 그의 눈물 젖은 얼굴은 절박했다.

"책임지라고 하지 않겠다. 그저 내 마음이다. 하지만, 그걸 부정만은 하지 말아줘라."

루프스는 그것 하나만을 바랐다.

"전에 기록에서 본 적이 있다. 신과 계약을 하면 소원을 빌 수 있다고, 나한테 복수하고 싶다는 생각이 들지 않나? 블루벨과 헤어져도 괜찮아? 보내주겠다. 그러니, 만일 신에게 소원을 빌 수 있다면 이곳에 다시 돌아와라. 제발……."

유채가 신과 계약을 했다면 당연히 원래 세상으로의 귀환을 소원으로 빌 것이라 믿었다. 그녀가 어떻게 이 세상에 떨어진 것인지는 모르지만 돌아가기 위해서 신의 일을 맡아주었다고 생각했다. 하지만, 만약에 유채가 은가연과 비슷한 경우라면, 아주 조금의 희망이라도 있을 것 같아서 루프스는 충동적으로 말을 꺼냈다.

"네가 나를 때려서 분이 풀린다면, 아니, 지난번처럼 칼을 꽂아도 괜찮다. 네가 주는 벌이라면 모두 달게 받을 테니, 소원을 빌어서 돌아와 주면 안 되나? 돌아와 준다고 약속만 하면, 네가 찾는 게 무엇이든 도와주겠다."

"하."

유채의 차가운 웃음에 루프스는 제 가슴이 타다 못해 부스러지는 것 같았다.

"내가 왜 당신에게 좋은 소원을 빌어요? 진짜 이기적이네. 정말 최악이야! 그리고 내가 당신을 어떻게 믿어요? 나를 도와주는 척하면서 언제 배신할지 내가 어떻게 알아요?"

루프스는 유채의 말에 맥이 풀렸다.

"그리고 나 없으면 죽겠다면서요? 더 간단하고 좋은 복수 방법이 있는데, 내가 왜 그런 귀찮은 짓까지 해야 해요? 나만 돌아가면 그만이잖아. 그럼 당신은 지옥에 남겨진 것일 텐데 그보다 더 좋은 복수가 어디 있어? 나는 돌아가서 행복하게 살 거예요. 그러니 당신은 평생 불행하게 살아."

루프스의 감정이 정말 사랑인지 집착인지는 모르지만 유채는 이제 제가 칼자루를 쥐었다고 생각했다. 사람 감정 가지고 장난치는 것을 가장 싫어하지만, 유채는 이번만은 독해지기로 마음먹었다. 저를 이렇게 잔인하게 만든 건 바로 루프스였다.

"블루벨은? 블루벨을 좋아하는 거 아니었나?"

루프스는 절박하게 외쳤다. 제가 아니라 블루벨이 그녀에게 돌아올 이유가 되어준다면 얼마든지 매달릴 수 있었다.

"매번 블루벨을 들먹이는 게 지겹지도 않아요? 저질이라는 건 알았지만 이 정도일 줄은 몰랐네요."

유채는 경멸을 담은 눈으로 루프스를 바라보았다.

"블루벨은 내가 행복해질 수만 있다면 돌아가라고 말했어요. 그리고 자길 기억해 달라고 했어요. 인사를 하지 못하고 떠나도 괜찮으니 자길 잊지 말아달라고 했어요. 이게 사랑이에요. 내 행복을 바란다면서 당신은 당신만 살려달라고 빌고 있잖아요. 그러니까, 그건 사랑 아니야. 집착이지."

루프스는 정신없이 고개를 저었다. 아니라고, 그게 아니라고 말해야 하는데 유채는 그를 기다려 주지 않았다.

"블루벨 때문에라도 토스 호무스로 돌아갈 거예요. 그러니까, 애꿎은 블루벨 괴롭히기만 해봐요. 당신 가만 안 둘 테니까."

루프스는 유채가 가져가지 않은 목걸이를 손에 꽉 쥐고 그녀를 뒤에서 끌어안았다. 유채가 버둥거렸다.

"집착이 아니다. 사랑이다."

루프스는 유채의 손을 잡아 손바닥 위에 목걸이를 올려놓았다.

"이게 그 증거다. 가져가라. 네게 아무것도 바라지 않겠다. 내가 원하는 건, 그저 내 마음을 부정만 하지 말아달라는 것이다."

루프스는 유채를 놓아주었다. 유채는 뒤돌아서 루프스의 뺨을 세게 쳤다. 얼마나 세게 힘을 줬는지 손을 휘두른 유채가 비틀거릴 정도였다.

"역겨우니까. 내 몸에 손대지 마요."

유채는 그대로 뒤돌았다. 루프스는 그 자리에서 오열했다. 이렇게 될 줄 알았다. 이 세상은 동화가 아니고 현실은 잔혹했다. 유채는 매몰찼고 저는 어리석었다. 저 같은 천치도 없을 것이다.

이제 유채의 선택에 모든 것이 달렸다. 끝의 끝까지 몽땅 다 보였으니 더 이상 유채를 강제로 잡아둘 수도 없었다. 너무 오만했다. 진심을 털어놓으면 그녀가 저를 동정해 줄 거라고 믿었다. 모든 것이 후회가 되었다.

헤르티아가 유채를 바쳤을 때, 그때 헤르티아에게 화를 내고 유채를 따뜻하게 품었더라면 뭔가가 달라졌을까? 제게 마음을 열었을까? 돌아가지 말라고 애원하면 고민이라도 해줬을까?

"사랑한다. 사랑한다."

그는 진득한 감정을 토해냈다. 둑이 터진 것처럼 마음이 걷잡을 수 없이 흘러넘쳤다. 왜 여태껏 이런 진하고 깊은 감정을 알지 못했을까? 왜 제 마음을 두려워하며 부정했을까? 루프스는 그저 후회가 됐다. 만약은 없었다. 그저 그가 어리석었을 뿐이었다.

사랑이 찾아오면 한눈에 알아볼 수 있을 줄 알았다. 눈이 부시게 빛이 나서 첫눈에 깨닫는 것이라 생각했다. 하지만, 사랑은 그런 것이 아니었다. 가랑비에 옷이 젖는 것을 모르는 것처럼 저도 모르게 빠지게 되는 것이 사랑이었다. 저는 사랑에 젖었으면서도 그게 사랑인 줄을 몰랐다.

이게 사랑이었다.

그 웃음 한 자락, 숨결 하나에 가슴이 떨리는 것이. 이리 가슴에 사무치는 감정이었다는 것을 왜 몰랐을까?

"……내가 너를 연모한다."

루프스는 유채가 사라진 방향으로 제 마음을 털어놓았다. 폐허가 되어버린 옛 신전 터에서 그의 고백이 바람에 흩날렸다.

〈3권에서 계속〉